Knaur.

Knaur.

Über die Autorin:
Hinter dem Namen Iny Lorentz verbirgt sich ein Münchner Autorenpaar, dessen erster historischer Roman »Die Kastratin« die Leser auf Anhieb begeisterte. Mit »Die Wanderhure« gelang ihnen der Durchbruch; der Roman erreichte ein Millionenpublikum. Seither folgt Bestseller auf Bestseller. Die Romane von Iny Lorentz wurden in zahlreiche Länder verkauft.
Besuchen Sie auch die Homepage der Autoren: www.iny-lorentz.de

Iny
Lorentz

Die Rache der Wanderhure

Roman

Knaur Taschenbuch Verlag

Besuchen Sie uns im Internet:
www.knaur.de

FSC
www.fsc.org
MIX
Papier aus verantwortungsvollen Quellen
FSC® C083411

Originalausgabe Februar 2012
Knaur Taschenbuch

Ein Unternehmen der Droemerschen Verlagsanstalt
Th. Knaur Nachf. GmbH & Co. KG, München

Redaktion: Regine Weisbrod
Umschlaggestaltung: ZERO Werbeagentur, München
Umschlagabbildung: akg-images
Karte: Computerkartographie Carrle
Satz: Adobe InDesign im Verlag
Druck und Bindung: CPI – Clausen & Bosse, Leck
Printed in Germany
ISBN 978-3-426-51005-6

2 4 5 3 1

Die Rache der Wanderhure

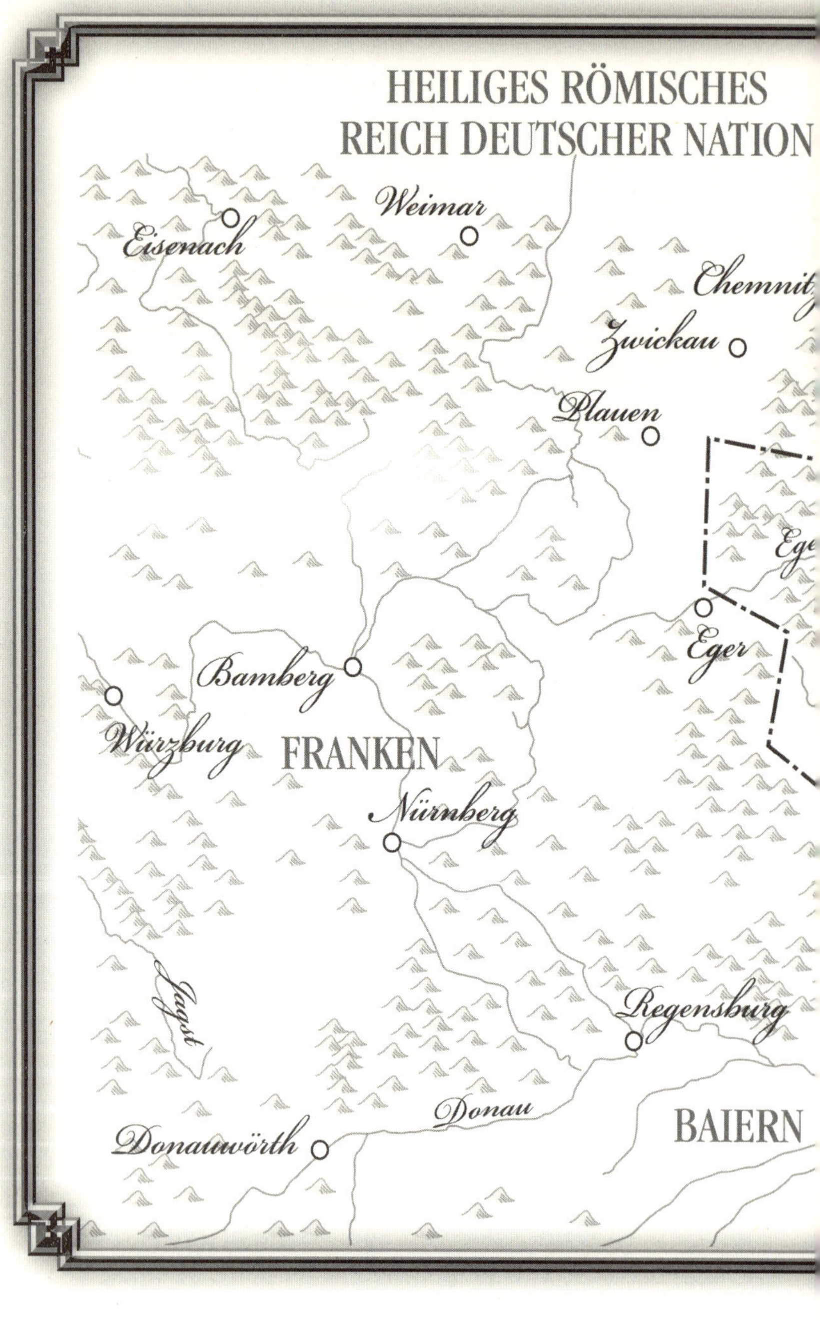
HEILIGES RÖMISCHES
REICH DEUTSCHER NATION
Weimar
Eisenach
Chemnit
Zwickau
Plauen
Ege
Eger
Bamberg
Würzburg
FRANKEN
Nürnberg
Jagst
Regensburg
Donau
Donauwörth
BAIERN

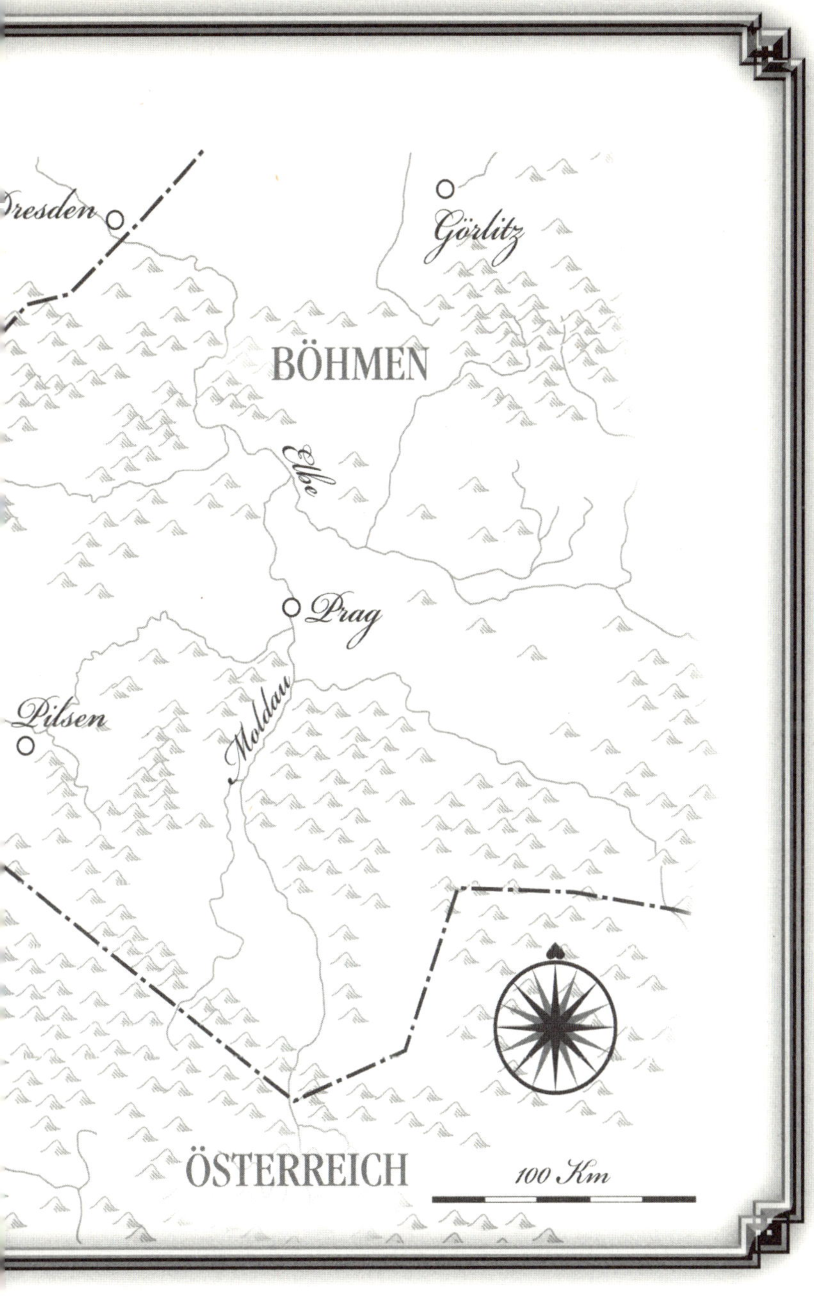

resden
Görlitz
BÖHMEN
Elbe
Prag
Pilsen
Moldau
ÖSTERREICH
100 Km

Prolog

Marie schauderte, als der Henker mit der brennenden Fackel in der Hand auf den Scheiterhaufen zutrat. Hinter ihr aber johlte die dicht stehende Menge erwartungsvoll auf. Es war, als habe sich ganz Konstanz auf der Hinrichtungsstätte versammelt, um sich das Schauspiel eines Feuertods nicht entgehen zu lassen.

Mitten aus den Holzscheiten und Reisigbündeln ragte ein kräftiger Pfahl heraus, an den der Verurteilte mit Ketten gefesselt worden war. Der Mann stand völlig regungslos, sein Gesicht glich einem weißen Fleck.

Mit einer geradezu triumphierenden Geste reckte der Henker die Fackel hoch, damit alle sie sehen konnten, und drehte sich langsam zu dem Delinquenten um. Die Richter hatten Ruppertus zu einem langsamen Tod verurteilt, daher setzte der Henker nur eine Ecke des Scheiterhaufens in Brand und zog sich dann zurück.

Aus der Menge erschollen laute Stimmen, die den Verurteilten verhöhnten. Marie biss die Lippen zusammen, um sich kein Wort entschlüpfen zu lassen, und starrte einige Augenblicke nur in die aufsteigenden Flammen, die sich langsam auf Ruppertus zufraßen. Dann glitt ihr Blick an dem Mann hoch, der aus Hass und Geldgier ihr Leben zerstört hatte. Noch verdeckten weder Rauch noch Flammen sein Gesicht, und so konnte sie die Todesangst und das Grauen in seinen weit aufgerissenen Augen lesen. Er schien immer noch nicht fassen zu können, dass er sterben musste.

Seine Lippen formten Worte, die jedoch im Prasseln des Feuers untergingen. Das blonde, nassgeschwitzte Haar fiel

ihm wirr über die Stirn, und in dem Schandkittel wirkte er klein und hässlich. Von dem gutgekleideten Mann, der vorgegeben hatte, sie zur Frau nehmen zu wollen, war nur ein zitterndes Bündel Mensch übrig geblieben, an einen Pfahl gefesselt und von Flammen umzüngelt, die sich in sein Fleisch fressen würden.
In Marie wollte Mitleid aufsteigen, denn dieser Mann sah einem Tod entgegen, den sie nicht einmal ihrem ärgsten Feind wünschen würde.
»Er *war* dein ärgster Feind«, korrigierte sie sich, und in ihr stieg die Erinnerung an jene grauenvollen Tage und Wochen auf, in denen alles begonnen hatte. Sie sah sich selbst als widerwillige Braut, dann geschändet im Kerker und schließlich als Verurteilte an einen Pfahl gebunden, während der einstige Stadtbüttel Hunold mit aller Kraft auf sie einschlug, um sie – wie sie nun wusste – in Ruppertus' Auftrag totzuschlagen.
Hunold – Unhold formten ihre Gedanken. Doch wie sollte sie Ruppertus bezeichnen? Er war der wahrhaft Böse gewesen, die treibende Kraft hinter dem Verbrechen an ihr. Er hatte sie ihrer Familie beraubt und ins Elend gestürzt. Noch einmal sah sie ihren Vater sterben und dachte an Wina, ihre Tante, die elend im Narrenturm umgekommen war. Auch roch sie wieder die verschwitzten Leiber der Männer, die sie auf sich hatte ertragen müssen.
Nein, sie konnte Ruppertus nicht verzeihen. Eine Heilige hätte es vielleicht vermocht, doch das war sie nicht. Sie war eine Hure, auch wenn die Kirche und der König selbst sie von aller Schuld und allen Sünden freigesprochen hatten. Doch eine Unterschrift und ein Siegel auf einem Pergament konnten nicht die Erinnerung an all die Dinge auslöschen, die sie erlebt hatte. Ihr Blick wurde hart und ihr Gesicht starr. Ruppertus hatte sich Splendidus – der Glänzende –

nennen lassen und war doch nur eine habgierige Kreatur gewesen, die über Leichen ging. Er hatte diesen Tod verdient!
Während Maries Miene sich verdüsterte, starrte Ruppertus sie unverwandt an. Durch den aufsteigenden Rauch und die höher schlagenden Flammen konnte er sie nur schemenhaft erkennen, doch er begriff nun, welch starker Wille diese Frau beseelte, und erkannte die innere Kraft, mit der sie ihrem Schicksal getrotzt und ihre Rache gesucht hatte.
»Ich hätte dafür sorgen müssen, dass sie keine Möglichkeit zur Flucht bekommen konnte, sondern noch in Konstanz umgebracht wurde. Dann wäre ich jetzt Graf von Keilburg und ein hoher Herr«, stöhnte er und spürte, wie die ersten Flammen an seinem Kittel leckten.
Doch da erhob sich eine andere Stimme in ihm. Alles war falsch gewesen. Er hatte Marie doch geliebt! Warum nur hatte er zugelassen, dass sie von üblen Schurken vergewaltigt und von Hunold halb totgeschlagen worden war? Es war so viel Kraft in ihr! Diese hätte er nützen sollen, um höher aufzusteigen. Ihre Kinder wären Grafen geworden und vielleicht noch mehr. Die Zeit war im Wandel, und wer rasch und beherzt zugriff, war gegenüber allen anderen im Vorteil. Sein scharfer Verstand in Verbindung mit ihrer raubtierhaften Kraft hätte Großes vollbringen können.
Einige Augenblicke lang spürte Ruppertus das Feuer nicht mehr, das seine Beine hochzüngelte, sondern sah sich selbst in prachtvoller Kleidung mit Marie an seiner Seite auf König Sigismund zutreten und dessen engster Ratgeber werden.
So schnell das Bild gekommen war, so rasch schwand es in dem Schmerz, der durch seinen Körper peitschte. Ruppertus riss die Augen auf und sah den Mann, der an Maries Seite getreten war und die Hand um ihre Schultern legte. Es war der Sohn des Schankwirts, jener Lümmel, der es gewagt

hatte, seine Augen zu Marie zu erheben, und der sie nun auch bekommen hatte. Selbst der Gedanke, dass die Frau als Hure Dutzenden anderer Männer zu Willen hatte sein müssen, konnte Ruppertus' Gefühl nicht vertreiben, gegen eine Kreatur aus der Gosse verloren zu haben.

»Herrgott, warum hast du das zugelassen?«, schrie er und meinte damit nicht nur das Paar vor sich, sondern auch den Scheiterhaufen, auf dem er sich zur Belustigung der Konstanzer Bürger und der Konzilsgäste in Qualen wand.

Das Feuer wurde heißer, und Ruppertus rang nach Luft. Er wusste, dass Rauch die Menschen betäubte, und sehnte diese Ohnmacht herbei, die ihm endlich den Schmerz nehmen würde, der immer heftiger durch seinen Körper raste. Er spürte deutlich, wie das Feuer seine Glieder verzehrte, und in seiner Not flehte er Gott an, ihm gnädiges Vergessen zu schenken.

Gierig sog er den ätzenden Rauch in die Lunge und kämpfte gegen den Hustenreiz, der ihn würgte. Da traf ihn ein kalter Windstoß und blies den Rauch von ihm weg. Die Flammen zitterten einen Augenblick lang, flammten dann aber doppelt so heiß und sengend wieder auf. Der stärker werdende Wind trieb den Rauch gegen die Zuschauer, während Ruppertus entgegen seiner Hoffnung frische Luft einatmete. Offensichtlich wollte das Schicksal ihn die Qual bis zum letzten bitteren Tropfen auskosten lassen.

Er suchte erneut nach Marie, ein dichter Schleier drohte sie seinem Blick zu entziehen. Andere Gaffer wichen bereits vor dem Rauch zurück, doch sie stand so regungslos in den Schwaden wie eine archaische Göttin. Auch der Wirtsbengel, den er unterschätzt und daher missachtet hatte, trotzte dem Rauch. Er hasste den Kerl so sehr, dass er sich wünschte, er könne seine Seele dem Teufel verschreiben, nur damit diese Gossenkreatur an seiner Stelle brannte.

Doch im nächsten Moment verflogen der Hass und die Wut, die seinen Schmerz zeitweise betäubt hatten, und er kämpfte verzweifelt gegen seine Fesseln, um den schier unerträglichen Qualen zu entkommen. Doch die Flammen fraßen sich unerbittlich in seinen Leib.
»Herrgott, mach ein Ende!«, schrie er und verfluchte im nächsten Augenblick Gott und die ganze Welt, weil man ihm dies antat.
Marie achtete nicht auf den Rauch, der sie wie schwarzer Nebel umwaberte, sondern blickte unverwandt in die Flammen, die Ruppertus umgaben. Der Wind schürte das Feuer an wie ein Blasebalg und ließ die Holzscheite hell aufglühen. Nicht mehr lange, dachte sie, dann ist mein schlimmster Feind tot! Dann endlich würde es ihr möglich sein, ein neues Leben zu beginnen.
Sie schloss die Augen und lehnte sich gegen Michel. Ihn hatte sie immer geliebt, und sie war stolz auf ihn. Stand er doch trotz allem, was in der Zwischenzeit geschehen war, treu zu ihr. Wenn Ruppertus tot ist, kann es für mich doch noch Glück und Liebe geben, wiederholte sie in Gedanken und sagte sich, dass das Schicksal sie zwar zu den tiefsten Tiefen des menschlichen Seins hinabgespült, ihr aber auch die rettende Hand gereicht hatte.
Ein weiterer Windstoß, stärker als die vorhergehenden, ließ Funken aufstieben und trieb sie auf Marie zu. Michel zog sie ein paar Schritte zurück und zeigte zum Himmel, der sich auf einmal pechschwarz über ihnen wölbte. Erste Blitze zuckten wie Flammenzeichen am Horizont, gleichzeitig erschütterten Donnerschläge das Land und übertönten das Prasseln des Feuers.
»Es zieht ein Unwetter auf! Wir sollten ins Trockene gehen, bevor es sich über uns entlädt«, riet Michel, doch Marie schüttelte den Kopf.

»Ich will ihn sterben sehen!«
Um sie herum wandten sich die ersten Zuschauer ab und hasteten in die Stadt zurück. Nicht lange, da verscheuchten die den Himmel mit einem glühenden Netz überziehenden Blitze und der ununterbrochen rollende Donner auch die restlichen Gaffer. Nur Marie und Michel, ein paar Stadtknechte und zwei Dominikanermönche blieben bei dem mittlerweile lichterloh brennenden Scheiterhaufen stehen.
Marie sah, wie Ruppertus sich in Schmerzen wand, und durch das Getöse des Gewitters hindurch glaubte sie auch, Schreie zu vernehmen, die nichts Menschliches mehr an sich hatten. Noch regnete es nicht, und die Windböen fachten das Feuer zu einem Inferno aus Glut und Flammen an.
Als der Wind heftiger an Maries Kleidern zerrte und sie erneut in Gefahr geriet, vom Funkenregen getroffen zu werden, schlang Michel den Arm um sie und führte sie weg.
»Es ist gleich vorbei«, sagte er. »Ruppertus kann sterben, ohne dass du ihm zusiehst.«
Marie nickte nachdenklich. »Es ist eine grauenvolle Strafe! Aber er hat sie verdient.«
Als sie auf das Stadttor zugingen, widerstand Marie dem Impuls, sich noch einmal umzudrehen. Daher sah sie nicht, dass das Pferdegespann vor dem Schinderkarren immer nervöser wurde. Bei einem besonders heftigen Donnerschlag bäumten die Gäule sich auf und gingen durch.
Der Knecht auf dem Bock versuchte noch, sie zu zügeln, doch als der Wagen über einen halb in der Erde eingebetteten Felsblock fuhr und wie ein Ball hochhüpfte, wurde der Mann hinausgeschleudert. Die Pferde rasten kopflos weiter, auf den brennenden Scheiterhaufen zu.
Die beiden Dominikanermönche hatten ausgeharrt, um Ruppertus' Tod zu bekunden und seine Asche auf dem Schindanger zu verscharren. Als sie das durchgehende Ge-

spann auf sich zukommen sahen, sprangen sie erschrocken zur Seite.

Im letzten Augenblick erkannten die Pferde die Gefahr und wichen dem Feuer aus. Dabei rissen die Stränge. Die Tiere galoppierten weiter, der schwere Karren aber rollte mit voller Wucht in den Scheiterhaufen und wirbelte brennende Scheite und Funken auf.

Als wäre dies ein Signal gewesen, öffneten sich die Schleusen des Himmels, und ein Wolkenbruch ergoss sich über die Stadt. Die beiden Mönche gingen um den Karren herum und näherten sich dem Scheiterhaufen. Da war das glühende Holz bereits im weiten Umkreis verstreut und zischte im Regen. Der Wagen hatte den Pfahl umgerissen, an den Ruppertus gefesselt war, und ein Stück mitgeschleift. Dieser lag jetzt mehrere Schritte von den Resten des Scheiterhaufens entfernt auf dem Boden.

Vorsichtig wichen die Mönche den rauchenden Holzresten aus und näherten sich der noch an den Pfahl gebundenen Gestalt, die von offenen Wunden und schwarzer Kruste bedeckt war. Der Schandkittel bestand nur noch aus am Körper klebenden Fetzen.

Einer der Dominikaner begann zu beten, während der andere auf den bis zur Unkenntlichkeit Verbrannten zutrat, um ihn vom Schandpfahl loszuketten. Da drehte Ruppertus mit einem Mal den Kopf. In dem schwarzen Gesicht öffnete sich ein Auge und starrte den Mönch an. Erschrocken schlug der Dominikaner das Kreuz und winkte seinen Mitbruder zu sich.

»Er lebt noch!«

»Wenn er lebt, so ist dies Gottes Wille, dem wir Menschen uns nicht widersetzen dürfen.«

»Aber was sollen wir tun?«

Der Dominikaner warf einen Blick auf die Stadt, die in dem starken Regen wie hinter einem Schleier verborgen lag. »Es ist am besten, wir bezeugen, dass Ruppertus Splendidus sein Ende auf dem Scheiterhaufen gefunden hat und wir ihn begraben haben. In Wahrheit aber bringen wir ihn in unser Kloster. Sollte er durch Gottes Gnade am Leben bleiben, muss er seine Seele durch eine Wallfahrt an eine heilige Stätte reinigen und dort in ein Kloster unseres Ordens eintreten.«

»Ganz wohl ist mir dabei nicht«, bekannte sein Mitbruder und schüttelte sich. Aber auch er nahm es als Zeichen des Himmels, dass der Verurteilte noch lebte, und das wagte er nicht zu missachten.

ERSTER TEIL

Verrat

1.

Elf Jahre waren seit jenem schicksalhaften Tag vergangen, an dem Ruppertus Splendidus auf dem Scheiterhaufen hätte sterben sollen und wie durch ein Wunder gerettet worden war. Niemand hatte je wieder von ihm gehört, und die meisten Menschen, die Zeuge des Geschehens geworden waren, hatten längst seinen Namen vergessen. Auch Marie erinnerte sich nur noch während mancher Tage, an denen sich ihr Gemüt verdüsterte, an ihren einstigen Feind. Seit seiner Hinrichtung auf dem Anger von Konstanz war ihr Leben in ruhigen Bahnen verlaufen.

Da alles in ihrer Heimatstadt sie an ihr Schicksal und ihre toten Lieben erinnert hatte, war sie froh gewesen, Konstanz verlassen zu können. König Sigismund hatte ihr und Michel seine Gunst erwiesen und ihnen die Burg Hohenstein in Franken als neuen Wohnsitz zugewiesen. Dafür war ihnen die Verpflichtung auferlegt worden, als Burghauptmann und Kastellanin die Festung instand zu halten und das umliegende Gebiet samt dem Meierdorf zu verwalten.

Schon bald nach dem Konzil zu Konstanz gärte es im Osten, und schließlich zogen dunkle Wolken auf, die das gesamte Reich bedrohten. Die Böhmen waren erzürnt über die Hinrichtung ihres religiösen Führers Jan Hus in Konstanz und rebellierten gegen König Sigismund und die Papstkirche in Rom. Nicht lange, da wurden die Nachrichten, die nach Hohenstein gelangten, beinahe täglich schlechter. Schließlich forderte Marie, die sich geschworen hatte, nie mehr hilflos sein zu wollen, ihren Mann auf, sie im Gebrauch des Schwertes zu schulen.

Daher unterrichtete Michel sie regelmäßig auf der Wiese am See. An Tagen wie diesem, wenn ein sanfter Windhauch den Burghügel herabblies und ihr Haar aufstieben ließ, genoss Marie die Übungen. Sie stand neben einer Buschgruppe, hielt ihr Schwert gesenkt und sah so aus, als träume sie in den Tag hinein. Doch unter dichten Wimpern musterte sie Michel lauernd. Mit einem Mal riss sie die Waffe hoch und schwang sie gegen ihn.

Mit einem Schritt war Michel aus ihrer Reichweite und lachte. »Das war gar nicht so schlecht. Beinahe wäre ich darauf hereingefallen.«

»Bist du aber nicht! Du hast nicht einmal dein Schwert gehoben, um meinen Schlag abzuwehren.«

Marie bemühte sich, enttäuscht zu klingen. Tatsächlich war sie stolz auf ihren Mann. Er beherrschte den Kampf mit allen Waffen und war ein sehr achtsamer Krieger. In seiner Gegenwart fühlte sie sich so sicher wie in Abrahams Schoß. In friedlicheren Zeiten hätte sie sich ganz auf seinen Schutz verlassen und wäre gar nicht auf den Gedanken gekommen, selbst den Umgang mit dem Schwert zu erlernen. Doch die Bedrohung aus dem Osten war so stark, dass sie Michel nicht zu einer Last werden durfte. Zwar lagen etliche Tagesreisen zwischen Hohenstein und Böhmen, doch hussitische Raubscharen waren an anderen Stellen tief ins Reich eingedrungen, und früher oder später würden sie auch den Weg in ihr kleines Refugium finden.

Marie warf einen Blick auf die Burg, die König Sigismund ihrem Mann und ihr anvertraut hatte. Die Mauern von Hohenstein waren hoch und fest, und solange Michel sie verteidigte, würden die Hussiten sie wohl niemals einnehmen.

»Was ist?«, hörte sie Michels Stimme und hob erneut ihr Schwert.

Es hatte keine scharfe Schneide, sondern war für Übungskämpfe gemacht. Zu gerne hätte sie Michel einmal getroffen, aber natürlich nicht so, dass er verletzt wurde. Marie gab den nutzlosen Gedanken auf und setzte erneut zu einem Schwertstreich an. Ihr Mann wich jedoch mit der gleichen Behendigkeit aus wie zuvor und grinste. »So wird das nichts! Du musst schon richtig wütend werden und mir weh tun wollen.«
»Mir tun die Arme weh!« Mit diesen Worten ließ Marie das Schwert sinken und blickte zu den Büschen hinüber. Dort war ihre Tochter Trudi gerade dabei, die Blüten von einem Holunderbusch zu brechen und in einem Korb zu sammeln. Dahinter erstreckten sich sanft im Wind wiegende Kornfelder, die zu Hohenstein gehörten. Ein Bauer arbeitete auf seinem Acker, hielt nun aber inne und wischte sich den Schweiß von der Stirn.
Lachend hob Marie die Hand und winkte dem Mann zu.
»Hallo, Thomas! Geht die Arbeit gut voran?«
»Aber ja!«, rief er lachend.
»Und wo hast du Hiltrud gelassen?«
»Die ist hier!«, klang da die Stimme ihrer Freundin auf.
Munter wie ein Reh kam Hiltrud den Weg von der Burg herab. Sie hielt in der einen Hand einen Krug und in der anderen einen Becher. »Ich wollte Thomas etwas zu trinken bringen. Wenn du magst, bekommst du auch etwas«, sagte sie und trat auf Marie zu.
Diese nickte lächelnd und streckte die Hand nach dem Becher aus. »Kämpfen macht durstig.«
»Vor allem, wenn man immer danebenschlägt«, warf Michel lachend ein.
»Männer, sage ich nur!« Hiltrud schnaubte scheinbar verächtlich, doch das Zucken um ihre Mundwinkel verriet ihre Heiterkeit. Sie goss ihrer Freundin den Becher voll und sah zu, wie diese trank.

Marie ist noch schöner geworden, dachte sie mit einem gewissen Anflug von Neid. Als Ehefrau des Burghauptmanns auf Hohenstein führte ihre Freundin aber auch ein angenehmes Leben.
Hiltruds Blick flog kurz zur Burg, auf deren Türmen die Banner des Königs im Wind flatterten. Wer hier das Sagen hatte, gehörte zu den Getreuen, die jederzeit Zutritt zu Sigismund erhielten.
Hiltrud wollte jedoch nicht klagen, denn ihr ging es ebenfalls gut. Mit Thomas hatte sie einen braven Mann. Gemeinsam bewirtschafteten sie den Meierhof der Burg. Für sie, die sie jahrelang als Wanderhure von Markt zu Markt hatte ziehen müssen, war dies weitaus mehr, als sie sich je erträumt hatte. Nun hatte sie ein festes Dach über dem Kopf, genug zu essen und in Marie eine Freundin, auf deren Zuneigung sie bauen konnte.
Verwundert, weil sie plötzlich wieder an jene Vergangenheit denken musste, die sie am liebsten für immer vergessen hätte, nahm Hiltrud den leeren Becher von Marie entgegen, füllte ihn und reichte ihn Michel. Dieser trank ebenfalls, bedankte sich bei ihr und sah dann seine Frau nachdenklich an.
»Du hast mich aufgefordert, dir zu zeigen, wie man mit dem Schwert umgeht. Doch du bist nicht mit dem Herzen dabei. Wenn du kämpfst, musst du es mit jeder Faser deines Leibes und voller Konzentration tun.«
Hiltrud schüttelte den Kopf über Maries Verbissenheit, Dinge lernen zu wollen, für die eine Frau nicht geschaffen war, und ging weiter, um ihrem Mann etwas zu trinken zu bringen. Dabei kam sie an Trudi vorbei und strich dem Mädchen übers Haar.
Marie hob das Schwert zum Schlag. »Weißt du, wofür ich von Herzen danke?«, sagte sie zu Michel, nachdem dieser ihren ersten Hieb abgeblockt hatte.
»Wofür?«

Da Michel für einen Augenblick abgelenkt war, führte Marie einen schnellen Hieb aus, den ihr Mann im letzten Moment parieren konnte.

»Schade. Beinahe hätte ich dich getroffen.«

Michel ging nicht darauf ein, sondern sah sie lächelnd an. »Wofür wolltest du danken?«

»Für all das hier!«, antwortete Marie und schüttelte den Kopf über sich selbst, so dass ihr Haar aufstob und in der Sonne leuchtete.

Diesmal passte sie nicht richtig auf und sah Michels Klinge wie einen Blitz auf sich zustoßen. Mit letzter Kraft lenkte sie die Waffe ab und trat einen Schritt zurück, um in aller Ruhe weiterzusprechen. »Ich danke dem Schicksal auch für unsere wunderbare Tochter und die Treue unserer Freunde Hiltrud und Thomas.«

»Und weiter?«, fragte Michel gespannt, während sie erneut die Klingen kreuzten.

»Für die Gunst des Königs, der dich zum Burghauptmann von Hohenstein gemacht hat.«

So ganz gefiel Michel dieser Satz nicht, und er führte seinen nächsten Hieb härter als die vorhergehenden. Marie konnte ihn abwehren, doch ihre Arme schmerzten bis in die Schultern hinein. Aufkeuchend wich sie einen weiteren Schritt zurück.

»Wenn du nicht aufpasst, fällst du gleich in den See«, warnte Michel sie lachend. »Und wofür dankst du dem Schicksal noch?«

Dabei attackierte er Marie ganz plötzlich, doch diesmal konnte sie dem Schlag mit Leichtigkeit ausweichen.

»Für was soll ich dem Schicksal noch danken?«, fragte sie mit schelmischem Blick.

Diesmal achtete sie zu spät auf Michels Klinge. Mit einer geschickten Drehung prellte er ihr die Waffe aus der Hand und setzte ihr spielerisch die Schwertspitze an den Hals.

Marie hob lachend die Arme. »Gnade, ich ergebe mich! Aber zu deiner Frage: Ich danke dem Schicksal vor allem für den Sohn eines Schankwirts, der mich zu seiner Kastellanin gemacht hat.«
Mit der Linken schob sie Michels Klinge beiseite und zog ihn mit der anderen Hand an sich.
»Ich weiß etwas Besseres für uns, als mit einem dummen Schwert herumzufuchteln«, flüsterte sie und küsste ihn.
Michel schlang die Arme um sie und genoss für einige Augenblicke ihre Nähe. Dann griff er unter sein Wams und holte ein Armband aus gelbem Samt hervor, auf dem elf kleine Muscheln befestigt waren. »Eigentlich sollte es ein Armreif aus Gold mit elf Perlen sein, eine für jedes Jahr, das ich mit dir verbringen durfte. Leider hat mich der Goldschmied versetzt, und so habe ich dir dieses Muschelarmband gemacht.«
»Danke!« Maries Gesicht wurde weich, und sie schmiegte sich an ihren Mann, während dieser ihr das selbstgefertigte Armband umlegte.
»Elf Muscheln – und jede birgt ein Geheimnis«, flüsterte sie ergriffen.
»Das Geheimnis unserer Liebe!« Michel lächelte sanft, hob dann aber Maries Schwert auf und reichte es ihr. »Nun stell dir vor, ich wäre dein größter Feind, und du müsstest dich, unsere Tochter und all unsere Freunde gegen mich verteidigen!«
Marie schauderte es. »Mein größter Feind ist tot!«
Sie sah zu Trudi hinüber, als benötige sie den Anblick der Tochter, um die Gedanken, die ihr durch den Kopf schossen, weit wegzuschieben. Die Kleine hob den Kopf, stand auf und rannte lachend auf sie zu.
Bevor Trudi ihre Mutter erreichte, klang Hufgetrappel auf. Alle drei drehten sich um und sahen einen Mann den Weg

zur Burg hinaufreiten. Michel winkte dem Reiter zu und ging zur Straße.

Bei seinem Anblick zügelte der Fremde sein Pferd und blickte auf ihn herab. »Ich suche Michel Adler, den Burghauptmann von Hohenstein!«

»Du hast ihn gefunden!« Michel stemmte die Hände in die Seiten und musterte den Besucher, der einen Waffenrock mit Sigismunds Wappen trug.

Der Mann zog ein versiegeltes Schreiben aus seiner Satteltasche und reichte es Michel mit weitaus respektvollerer Stimme. »Ich habe eine Botschaft für Euch, Herr. Sie kommt vom König!«

Verwundert nahm Michel den Brief entgegen, erbrach das Siegel und begann zu lesen. Mit jeder Zeile wurde sein Gesicht finsterer. Schließlich wies er mit der Hand zur Burg. »Reite voran und sage meinem Stellvertreter, dass ich dich geschickt habe. Er soll dir eine Mahlzeit und einen Krug Wein auftischen lassen. Man wird auch dein Pferd gut versorgen.«

Der Kurier neigte kurz das Haupt und trieb seinen Gaul an, während Michel sich seufzend umdrehte und Marie hinter sich stehen sah. »Seine Majestät Sigismund, der römisch-deutsche König, erwartet seine Ritter und Lehensträger zum Reichstag in Nürnberg. Wir sollen in Waffen erscheinen. Du weißt, was das bedeutet.«

Obwohl Marie es sich denken konnte, schüttelte sie heftig den Kopf. »Nein, das weiß ich nicht!«

»Es gibt Krieg! Sigismund wird gegen die Hussiten ziehen wollen«, erklärte Michel mit ernster Miene.

Trudi war Marie bis zur Straße gefolgt und blickte fragend zu ihrem Vater hinauf. »Was ist ein Hussit?«

Mit einem gekünstelten Lachen nahm Michel seine Tochter auf den Arm und ging mit ihr in Richtung der Burg. »Ein Hussit, meine Kleine, ist unser schlimmster Feind!«

Marie fühlte bei seinen Worten einen scharfen Stich im Magen, so als würde die Wunde aus jenen schrecklichen Tagen erneut aufgerissen. Wieder stiegen Schmerz und Trauer wie eine düstere Wand in ihr auf und drohten über ihr zusammenzuschlagen. Mit ein paar Schritten stand sie vor der Vogelscheuche, die Thomas am Rand des Getreidefelds aufgestellt hatte, schwang ihr Übungsschwert und trennte den hässlichen Kopf der Puppe mit einem wütenden Hieb vom Rumpf. Als dieser über den Boden rollte, glaubte sie einen Augenblick lang, Ruppertus Splendidus' Gesicht darauf zu sehen, und atmete schwer. Dann drehte sie der kopflosen Vogelscheuche mit einer schroffen Bewegung den Rücken zu und folgte Michel und Trudi zum Schloss. »Mein schlimmster Feind ist tot!«, flüsterte sie vor sich hin. Doch sie wusste längst, dass die Erinnerung an Ruppertus Splendidus und das, was dieser Mann ihr angetan hatte, sie ihr Leben lang verfolgen würden.

2.

Ein paar Wochen später wanderte ein Mönch im Habit der Dominikaner auf der Straße nach Nürnberg. Trotz des warmen Wetters hatte er seine Kapuze so tief ins Gesicht gezogen, dass es fast vollständig bedeckt war. Er murmelte lateinische Worte vor sich hin und stieß dabei den Stock, auf den er sich stützte, immer wieder hart auf den Boden, als müsse er die Erde wegen irgendwelcher Verfehlungen züchtigen.

Mit einem Mal erblickte der Mönch am Rand des Weges eine kleine, offene Kapelle und blieb stehen. Einige Atem-

züge lang musterte er das bescheidene Bauwerk und schritt dann darauf zu. Die tiefstehende Sonne fiel durch das Portal ins Innere und leuchtete es hell aus. In dem Augenblick aber, in dem der Mönch eintrat, verdeckte er das Sonnenlicht. Nur ein einziger Strahl drang noch über seine Schulter hinweg in den Raum und umgab die kleine Marienstatue auf dem Altar mit einer goldenen Aura.
Bei diesem Anblick sank der Dominikaner auf die Knie und streifte die Kapuze vom Kopf. Dabei berührte seine Hand die silberne Platte, welche die rechte Hälfte seines Gesichts bedeckte. Die Maske verbarg auch das rechte Auge, während der Blick des linken mit einem feurig-ergebenen Ausdruck auf der umstrahlten Madonna ruhte.
Der Mönch begann wieder zu beten und stieß die lateinischen Worte mit einer Wucht hervor, dass sein ganzer Leib vor Erregung zitterte. Dabei streckte er die Hände so begehrend nach der Statue aus, als wäre sie eine Frau aus Fleisch und Blut.
»Imperat tibi excelsa Dei Genetrix Virgo Maria«, rief er schließlich mit donnernder Stimme, so als müsse er unreine Geister durch einen Exorzismus austreiben, »quae superbissimum caput tuum a primo instanti immaculatae suae Conceptionis in sua humilitate contrivit …«
Seine Worte wurden inbrünstiger, und er schien in Ekstase zu verfallen. Sein ganzer Leib zuckte, während der Mund Ton um Ton ausstieß, so als stände der Satan bereits vor ihm und wolle ihn ins Verderben reißen. Dabei näherte er sich langsam der Madonnenfigur, deren vom Sonnenlicht erfasstes Haupt mit einem Mal andere Züge annahm, Züge, die ihn an jene Frau gemahnten, die ihm einst zum Verhängnis geworden war.
»Marie!« Einen Augenblick unterbrach er sein leidenschaftliches Gebet und stieß diesen Namen wie einen Hilferuf

hervor. Dabei schüttelte er sich wie im Fieber und fuhr dann mit seinem Exorzismus fort.
»... Ergo, draco maledicte et omnis legio diabolica ...« Bei diesen Sätzen steigerte sich die Stimme des Mönchs zu einem schrillen Diskant und war schließlich kaum noch zu verstehen. Die letzten Worte schrie er schließlich wie eine Kampfansage an alle Höllenmächte hinaus.
»Vade, satana, inventor et magister omnis fallaciae, hostis humanae salutis!«
Im gleichen Moment erlosch das goldene Licht, das der Madonnenfigur überirdischen Glanz verliehen hatte. Verwirrt starrte der Mönch auf das plötzlich kalte und schmucklose Standbild und vermochte zuerst nicht zu begreifen, weshalb der Strahlenkranz verschwunden war. Er sprach ein letztes Gebet, bekreuzigte sich und verließ die Kapelle. Als er wieder auf der Straße stand, sah er, dass die Sonne von den Wipfeln dichter Bäume verdeckt wurde, und schüttelte sich, als müsse er sich unangenehmer Gedanken erwehren. Dann machte er sich wieder auf den Weg in die nahe Reichsstadt.
All die Bilder wallten wieder in ihm auf, die ihn zumeist nur des Nachts quälten. Elf Jahre lang hatte er das Land seiner Geburt nicht mehr betreten dürfen. Aber diejenigen, die ihm dies verboten hatten, lebten nicht mehr, und mit ihnen war auch das Geheimnis seiner Herkunft ins Grab gesunken. Um seinen Mund zuckte ein böses Lächeln, als er an die beiden Mönche dachte, denen er seine Rettung verdankte. Sie hatten niemand verraten, dass er noch lebte.
Ihn selbst hatten sie nach Rom geschafft und zu einem Leben in Gebet und Demut verurteilt. Gerade dadurch aber war es ihm möglich gewesen, in der verschlungenen Hierarchie des Vatikans aufzusteigen und den Rang zu erreichen, den er nun einnahm. Als Inquisitor besaß er mehr Macht als

jeder andere Würdenträger des Heiligen Stuhls mit Ausnahme des Papstes. Selbst Bischöfe und Kardinäle hatten ihn zu fürchten, das galt auch für die christlichen Fürsten Europas bis hoch zu König Sigismund. Allerdings hatte er dafür einen hohen Preis zahlen müssen.

Bei dem Gedanken berührte er die silberne Maske, die auf der rechten Seite nur den Mund und die Kinnpartie freiließ. Einst hatte er als gutaussehender junger Mann gegolten, nun aber würde jede Frau schreiend vor ihm zurückweichen. Nicht alle, durchfuhr es ihn. Eine gab es, deren Geist stark genug war, auch diesen Anblick zu ertragen. Sobald er seinen Auftrag in Nürnberg erledigt hatte, würde er sie suchen. Sie war noch am Leben, das fühlte er. Zu seinem Leidwesen hatte er bisher nicht in Erfahrung bringen können, wo sie sich aufhielt. Der Bote, den er vor zwei Jahren nach Konstanz geschickt hatte, um nach Marie Schärer zu fragen, hatte ihm nur melden können, dass sie die Stadt schon vor vielen Jahren verlassen hatte.

»Die Heilige Jungfrau wird mich leiten!« Mit diesem Stoßseufzer ging er weiter und erreichte kurz darauf das Stadttor.

Ein Wächter vertrat ihm den Weg. »Woher kommst und wohin willst du, frommer Bruder?«

Der Mönch blieb stehen, hob den Kopf und funkelte den Mann mit dem einen Auge an. »Ich bin Janus Suppertur, Inquisitor im Auftrag Seiner Heiligkeit, Papst Martin V., und ich komme, um die Sünder zu bestrafen!«

Damit schob Janus Suppertur, der einst auf den Namen Ruppertus getauft worden war, den Mann zur Seite und ging weiter. Ein Windstoß blähte seine Kutte auf, so dass sie ihm wie eine schwarze Fahne um die Beine schlug.

Der Wächter sah ihm verblüfft nach, wagte aber nicht, ihn aufzuhalten. Als der Mönch im Menschengewühl untergetaucht war, kehrte er zu seinem Kameraden zurück und rieb sich mit der rechten Hand das Gesicht. »Der Mönch ist ein Inquisitor und will die Sündhaftigkeit aus Nürnberg vertreiben!«, sagte er mit gepresster Stimme.

»Ein Inquisitor, sagst du, und da reist er allein? Diese Herren kommen doch immer mit großem Gefolge. Andererseits flößt mir der Mönch Angst ein. Solange er hier ist, sollten wir das Hurenhaus meiden. Nicht dass er mit Feuer und Schwert dreinfährt und es uns teuer büßen lässt, wenn wir dort unseren Mann stehen wollen.«

Sein Kamerad nickte eifrig. »Ins Wirtshaus sollten wir vielleicht auch nicht mehr gehen und auch das Fluchen unterlassen. Ich muss sagen – der Mönch ist mir unheimlich! Du hättest ihn aus der Nähe sehen sollen! Sein Gesicht wird zu einem großen Teil von einer Silbermaske verdeckt.«

»Vielleicht ist das die neueste Mode unter den Pfaffen in Rom!« Sein Kamerad spie angewidert aus und fand, dass die Anwesenheit eines fanatisch auftretenden Mönchs seine Behaglichkeit störte.

Während die Torwächter sich noch eine Weile über die Begegnung unterhielten, durchquerte Ruppertus die Stadt und erreichte in kurzer Zeit die Burg. Dort scheuchte er den Wächter mit einer Handbewegung beiseite. Mit der gleichen Arroganz winkte er im Hauptgebäude einen Diener heran.

»Wo ist der König?«

»Seine Majestät befindet sich in der großen Halle«, antwortete der Mann. »Aber ich weiß nicht, ob …«

Was der Diener noch hatte sagen wollen, unterblieb, denn Ruppertus ging einfach an ihm vorbei und vernahm bald laute, getragene Stimmen, die ihm den Weg wiesen.

3.

Isabelle de Melancourt beobachtete die Szene, die sich vor ihren Augen abspielte, mit einem nachsichtigen Lächeln. Nicht weit von ihr entfernt trug ein Ritter ein Samtkissen in den Händen, auf dem der Reichsapfel lag. Ein anderer Edelmann hielt ein Kissen mit dem Zepter, während ein dritter sich mit dem purpurfarbenen Krönungsmantel abmühte. Direkt neben ihm umklammerte ein vierter Edelmann den Griff eines altmodisch wirkenden Schwertes, das der Überlieferung zufolge bereits Kaiser Karl der Große geführt haben sollte. Weitere Ritter standen in blankpolierten Rüstungen Spalier.

Alle blickten so ernst, als wohnten sie tatsächlich einer heiligen Zeremonie bei. Selbst die beiden Nonnen in Isabelles Begleitung sahen ergriffen aus, während sie selbst die Sache eher belustigend fand. Ihr Blick suchte den König, der in einem härenen Hemd steckte und wenig majestätisch wirkte. Seiner Miene nach schien er dies auch selbst zu empfinden.

Er erhob sich, zupfte das Hemd zurecht, das ihn unter den Achseln zwickte, und kniete dann erneut vor dem Mann nieder, der im Ornat der höchsten geistlichen Autorität vor ihm stand und in der Hand die schwere, achteckige Kaiserkrone hielt, die mit kostbaren Edelsteinen und den Bildern der biblischen Könige David und Salomon geschmückt war.

Ein Luftzug traf Isabelle und machte sie darauf aufmerksam, dass soeben die große Flügeltür in den Saal geöffnet worden war. Sie wandte den Blick und entdeckte einen Mönch im Habit der Dominikaner. Als eine der Fackeln an der Wand einen silbern schimmernden Reflex auf seinem Gesicht aufblitzen ließ, kniff sie die Lippen zu einem schmalen Strich zusammen.

Der Mönch trat einen Schritt in den Saal, verharrte dann und starrte verblüfft auf das Spiel, das ihm geboten wurde. Eben hob der als Papst verkleidete Mann die Krone und sah Sigismund fragend an. »Bist du bereit, als gläubiger Christ den Schirm der Kirche, die Wahrung der Gerechtigkeit, die Mehrung des Reiches, das Beschützen der Witwen und Waisen und die Ehrung des Papstes zu geloben?«
Der kniende Sigismund kratzte sich am Hals, weil ihn der Kragen des unbequemen Kleidungsstücks juckte, und nickte dann.
»Sicher!«
Mit einem mahnenden Hüsteln machte der falsche Papst den König darauf aufmerksam, dass er sich in dieser Situation nicht von seinen Launen leiten lassen durfte.
Daher nickte Sigismund noch einmal und antwortete der Zeremonie gemäß: »Volo! Ich will!«
Währenddessen ließ Isabelle de Melancourt den Neuankömmling nicht aus den Augen. Sie spürte seine Verwirrung und auch seinen Zorn, weil ausgerechnet hier in der königlichen Residenz mit einem der heiligsten Sakramente der Kirche Schindluder getrieben wurde. Schon erwartete sie, dass der Mönch einem Engel mit dem Flammenschwert gleich dazwischenfahren würde. Doch er hielt sich zurück und sah regungslos zu.
Nachdem Sigismund zur Zufriedenheit seines Papstdarstellers geantwortet hatte, wandte dieser sich mit einer weit ausholenden Geste an die im Saal versammelten Adeligen und Gefolgsleute des Königs. »Seid ihr bereit, diesen Fürsten anzunehmen, seinen Befehlen zu gehorchen und sein Reich zu festigen?«
Unter den Rittern befand sich auch der Burghauptmann auf Hohenstein. Michel war mit der Vorstellung nach Nürnberg gereist, an einem Kriegszug teilnehmen zu müssen, und fand

sich nun als Teilnehmer an einer fingierten Krönung wieder. Für solche Spiele erschien ihm die Lage wahrlich zu ernst. Dann aber sagte er sich, dass gerade diese Zeremonie, auch wenn sie nur eine Probe für eine richtige Kaiserkrönung darstellte, die Einheit zwischen Sigismund als Reichsoberhaupt und den Teilnehmern am Reichstag stärken konnte. Daher skandierte er ebenso laut wie die anderen die altüberlieferte Antwort: »Fiat! Fiat! Fiat!«

Kaum waren die Worte verklungen, setzte der falsche Papst dem echten König die Krone aufs Haupt, strich ihm mit Zeige- und Mittelfinger über die Stirn und erhob seine Stimme. »Es geschehe! So salbe ich dich zum Kaiser des Heiligen Römischen Reiches in nomine patris et filii et spiritus sancti, amen!«

Sigismund wartete gerade noch ab, bis diese Worte gesprochen waren, erhob sich und zupfte erneut an seinem härenen Kittel.

»Muss das Ding wirklich sein?«, fragte er Isabelle de Melancourt.

Dann entdeckte er die schwarze Gestalt in der Nähe der Tür und gab seinem Herold einen Wink. Dieser trat auf den Mönch zu und fragte ihn nach Namen und Begehr. Nachdem Ruppertus die Auskunft recht hochmütig gegeben hatte, drehte der Herold sich um und hob seinen Stab, um die Aufmerksamkeit aller auf sich zu lenken.

»Janus Suppertur, Inquisitor und Gesandter Seiner Heiligkeit, Papst Martin V.!«

Auf Sigismunds Gesicht erschien ein abweisender Zug, während Isabelle de Melancourt hinter ihre beiden Begleiterinnen zurücktrat, als wolle sie sich vor Ruppertus' schweifendem Blick verbergen. Ihre Miene zeigte für einen Augenblick Abscheu, ja sogar Hass. Doch sie hatte sich rasch wieder in der Gewalt und spitzte die Ohren.

Sigismund trat mit einem gezwungenen Lächeln auf Ruppertus zu. »Ihr also seid Janus Suppertur! Ich hatte Euer Kommen später erwartet.«
»Das habe ich bemerkt«, antwortete Ruppertus mit eisiger Stimme, besann sich aber, was er dem Oberhaupt des Reiches schuldig war, und neigte den Kopf, um eine Verbeugung anzudeuten.
Dann kam er auf das Geschehen im Saal zurück. »Euer Majestät, was hatte dies hier zu bedeuten?«
Mit einer ärgerlichen Bewegung nahm Sigismund die schwere Krone ab und setzte sie dem Papstdarsteller kurzerhand auf den Kopf. Dann lachte er hart auf.
»Wenn Ihr es genau wissen wollt: Die Krönungszeremonie ist seit vierhundert Jahren die gleiche, und sie muss, wenn sie gelingen soll, vorher geübt werden. Man wird schließlich nur einmal im Leben Kaiser.«
In der Stimme des Königs schwang deutliche Kritik mit. Papst Martin hatte ihn bereits zu lange mit der Kaiserkrönung hingehalten, und seine Geduld war erschöpft.
Dies spürte Ruppertus sehr genau, doch das, was Sigismund sich am meisten wünschte, nämlich die Einladung nach Rom und das Versprechen der Kaiserkrönung, konnte er ihm nicht überbringen. Daher bemühte er sich vorerst, verbindlich zu sein.
»Eine Kaiserkrönung ist ein feierlicher Akt. Ich verstehe, dass Ihr darauf vorbereitet sein wollt.«
»Ich bin es und hoffe, Martin V. ist es auch!« Sigismund klopfte dem falschen Papst auf die Schulter und wies auf die Reichskleinodien. »Schaff das weg! Wir werden die Zeremonie später noch einmal proben. Jetzt habe ich so einiges mit dem Boten Seiner Heiligkeit zu besprechen.«
Ruppertus' Blick wurde dunkel, weil er als Bote bezeichnet wurde, und er sah mit wachsendem Ärger zu, wie der Papst-

darsteller die Reichskleinodien einsammelte und mit ihnen durch eine Seitentür verschwand. Am liebsten hätte er Sigismund über die notwendige Demut belehrt, die auch einem König angemessen war. Schon die Tatsache, dass irgendein Hofnarr den Heiligen Vater in Rom darstellen durfte, überschritt die Grenze der Häresie. Doch leider brauchte Papst Martin den König als Schwertarm gegen die Feinde des Glaubens, und er war gesandt worden, um Sigismund an seine Pflichten zu erinnern.

»Wann werdet Ihr gegen die ketzerischen Hussiten ziehen?«, fragte Ruppertus den König unvermittelt.

Sigismund wies mit einer weit ausholenden Geste auf die Ritter im Saal. »Wie Ihr sehen könnt, habe ich bereits meine Getreuen zusammengerufen. All diese Männer sind bereit, einen Kreuzzug gegen den Ketzer Vyszo und seine Hussiten zu führen und ihnen allen die Schädel einzuschlagen.«

Einen Augenblick lang suchte des Königs Blick Isabelle de Melancourt, die es mittlerweile aufgegeben hatte, sich vor dem Dominikaner verbergen zu wollen.

Nun bemerkte auch Ruppertus die Äbtissin, und ein Ruck ging durch seinen Körper. Aber er hatte sich sofort wieder in der Gewalt und wandte sich Sigismund zu. »Ich darf Seiner Heiligkeit also berichten, dass der König und seine Truppen mit Freude im Herzen aufbrechen werden, um die heilige Religion gegen Ketzerei und Häresie zu verteidigen.«

»Die Freude meiner Ritter und Soldaten wäre noch größer, wenn sie einem Kaiser anstelle des Königs in die Schlacht folgen dürften!« Sigismund klang fordernd. Wenn er schon gegen die Ketzer zog, wollte er dafür belohnt werden.

Ruppertus war jedoch nicht befugt, auf die Wünsche des Königs Rücksicht zu nehmen, und bedachte Sigismund mit einem tadelnden Blick.

»Seine Heiligkeit Papst Martin glaubt, das Symbol der Kaiserkrone werde noch strahlender auf der Stirn eines Herrschers leuchten, wenn dieser bereits bewiesen hat, dass er die Feinde des Glaubens niederwerfen und das Reich befrieden kann.«

Die Abfuhr war deutlich. Das Gesicht des Königs färbte sich dunkel, doch bevor er auffahren konnte, sah er, dass Isabelle de Melancourt ihm ein Zeichen machte, Ruhe zu bewahren. So antwortete er verbindlicher, als es seinem Gefühl entsprach. Seine Stimme aber klang wie die eines kleinen Jungen, dem man ein begehrtes Spielzeug verwehrt hatte.

»Soll das heißen, Seine Heiligkeit will warten, bis ich die böhmischen Ketzer abgeschlachtet habe, bevor er mich zum Kaiser krönt?«

»So könnte man es sagen. Majestät, die Zeit drängt! Dem Heiligen Römischen Reich droht die Abspaltung der böhmischen Lande, die dann in Häresie versinken werden. Das darf ein künftiger Kaiser niemals zulassen.«

Ruppertus sah bei diesen Worten nicht den König an, sondern Isabelle de Melancourt. Seine Worte, ja seine ganze Haltung waren als Warnung zu begreifen, sich ihm nicht in den Weg zu stellen. Schließlich war er hier im Namen des Papstes, der auch über sie und ihren kleinen Nonnenorden gebot. Er brauchte nur ein paar Worte über ihre Schwäche im Glauben zu verlieren, und sie würde als Beschuldigte vor einem Inquisitionstribunal stehen.

Einen Augenblick lang fragte Ruppertus sich, ob er sie nicht tatsächlich anklagen sollte. Aber wenn es stimmte, was er von dieser nicht sehr frommen Äbtissin gehört hatte, wärmte die Frau gerade Sigismund das Bett. Daher hielt er es für klüger, erst einmal abzuwarten, bis sich die Leidenschaft des Königs für die Melancourt abgekühlt hatte, um sie danach erst zu vernichten.

Während Ruppertus seinen für Äbtissin Isabelle gefährlichen Gedanken nachhing, wandte Sigismund sich an einen Edelmann, der in Michel Adlers Nähe stand.
»Dann werden Wir eben gegen diese elenden böhmischen Ketzer ziehen! Vetter Hettenheim, Ihr sammelt Unsere Truppen in Franken. Auf diese Weise erfüllen Wir den Auftrag Seiner Heiligkeit in Rom und hoffen, dass er es nicht vergisst.«
Allen im Saal war bewusst, dass Sigismund auf die Kaiserkrone anspielte, auf die er nicht mehr lange warten wollte.
Zwar hatte Michel zuerst ein wenig über die gespielte Kaiserkrönung gelächelt. Nun aber empfand er den Auftritt des Inquisitors als anmaßend. Um zu zeigen, dass immer noch Sigismund im Reich befahl und nicht der Papst in Rom, zog er sein Schwert und reckte es in die Höhe.
»Für Gott, das Reich und den Kaiser!«
Sofort rissen auch die anderen Ritter die Schwerter aus den Scheiden und jubelten Sigismund zu.
»Für den Kaiser!«, hallte es machtvoll durch den Saal und zeigte deutlich, dass die Ritter auf Seiten des Königs standen und nicht ewig darauf warten wollten, bis der Papst sich dazu herabließ, Sigismund zu krönen.
Ruppertus achtete nicht auf die Jubelnden, sondern starrte Michel mit einem Gefühl an, als raste Feuer durch seine Adern. Zwar war sein Gegenüber älter geworden und wirkte in seiner Rüstung wie ein Edelmann. Dennoch erkannte er den Wirtsschwengel, der Marie geholfen hatte, ihn zu vernichten, und der als Lohn ihre Hand und ihren Leib bekommen hatte.
»Nein, ich bin nicht vernichtet! Ich bin zurückgekommen – und bin stärker als jemals zuvor«, murmelte er unhörbar für andere.
Während er Michel voller Hass betrachtete, entging Ruppertus nicht, dass ausgerechnet Falko von Hettenheim, der

Vetter Sigismunds, dem König nicht so begeistert zujubelte wie die anderen Ritter. Das, sagte er sich nach kurzer Überlegung, konnte er zu seinen Gunsten ausnützen.
»Ihr seht, meine Ritter stehen treu zu mir!«, brach Sigismunds Stimme in Ruppertus' Gedanken ein. Seine Worte enthielten eine unterschwellige Drohung, die dem Inquisitor nicht entging. Ewig würde der König nicht auf die Kaiserkrönung warten.
Unterdessen sprach Sigismund weiter. »Mein Kammerherr wird Euch und Eurer Begleitung ein angemessenes Quartier bereitstellen lassen.«
Ruppertus schüttelte mit verbissener Miene den Kopf. »Ich habe meine Diener und Prälaten in Rom zurückgelassen. Gott ist mein Begleiter, und er sorgt auch für meine Unterkunft.« Damit deutete er Sigismund gegenüber eine Verbeugung an und verließ den Saal. Vor der Tür blieb er stehen und ließ die Ritter, die in kleinen Gruppen herauskamen und leise miteinander sprachen, an sich vorbeigehen.
Den Wortfetzen zufolge, die Ruppertus auffangen konnte, hielten die kleinen Reichsritter zu Sigismund, während die Grafen und Fürsten des Reiches, die zu großen Teilen erst gar nicht nach Nürnberg gekommen waren, ihre eigenen Pläne verfolgten.
Da die Hussiten nicht danach fragten, ob jemand ein Anhänger oder ein Gegner des Königs war, bevor sie ihn töteten, scharten sich die hier Anwesenden zumeist aus Überzeugung um Sigismunds Banner. Den Krieg gegen diesen erbarmungslosen Feind würde der König allerdings ohne die Hilfe des hohen Adels führen müssen. Doch das interessierte Ruppertus im Augenblick weniger als Michel Adlers Anwesenheit, und er dankte der Heiligen Jungfrau, dass er so rasch auf Maries Spur gestoßen war.

4.

Es dauerte eine Weile, bis der Mann erschien, auf den Ruppertus es abgesehen hatte. Falko von Hettenheim war ein wenig einflussreicher Verwandter des Königs mit einem nicht gerade umfangreichen und dazu noch verstreuten Besitz, der nicht seinem hohen Rang entsprach. Man sagte ihm nach, er sei von Ehrgeiz zerfressen. An diesem Tag war er so abweisend, dass niemand anderer es gewagt hätte, ihn anzusprechen. Doch als Inquisitor und Gesandter des Papstes brauchte Ruppertus keine Rücksicht walten zu lassen.

Daher trat er dem Grafen in den Weg und nötigte ihn, stehen zu bleiben. »Ich würde gerne mit Euch sprechen, aber unter vier Augen!«

Hettenheim stierte ihn an, grunzte etwas, was als Zustimmung verstanden werden konnte, und wies nach draußen. »Dann kommt mit! Unter den Arkaden sind wir ungestört.«

»Das will ich hoffen.« Ruppertus lächelte, doch seine Maske verzerrte sein Gesicht zu einer boshaften Grimasse.

Falko von Hettenheim hatte miterlebt, wie sein Vetter Sigismund vor allen Rittern von dem Inquisitor zurechtgewiesen worden war, und fragte sich, weshalb Janus Suppertur ausgerechnet seine Nähe suchte. Angespannt führte er Ruppertus nach draußen und blieb an einer einsamen Stelle unter den Arkaden stehen. Einen Augenblick lang starrte er nur auf dessen Maske und überlegte, welch schreckliches Ereignis dazu geführt haben mochte, dass der Inquisitor sein Gesicht verbergen musste. Dann aber erinnerte er sich an dessen geistlichen Stand und senkte den Kopf.

»Segnet mich, ehrwürdiger Vater, damit mein Weib mir endlich den Sohn gebiert, den ich mir von ihr wünsche!«

»Dann müsste ich eher Euer Weib segnen«, antwortete Ruppertus mit leichtem Spott, hob aber die Hand und zeichnete das Kreuz auf Graf Hettenheims Stirn. »Möge Gott Euch Euren Herzenswunsch erfüllen! Doch beantwortet mir eine Frage: Wer war jener Ritter, der vorhin den Hochruf auf den König ausgebracht hat?«

»Michel Adler, Burghauptmann auf Hohenstein«, antwortete Falko von Hettenheim mit angewiderter Miene. »Gerüchten zufolge soll er der Sohn eines lumpigen Schankwirts sein und sein Weib eine Hure, die sich ihren Aufstieg und den ihres Ehemanns in Sigismunds Bett verdient hat.«

»Ihr scheint Michel Adler nicht zu mögen«, fragte Ruppertus lauernd.

»Er ist ein Emporkömmling ohne edles Blut in den Adern und damit eine Schande für jeden ehrlichen Ritter, der mit ihm reiten muss.«

Hettenheim lief bei seinen Worten rot an, als koche er vor innerlichem Grimm, und fuhr nach einer kurzen Pause fort. »Sigismund will, dass ich Michel Adler in meine Schar aufnehme. Ich habe mich natürlich geweigert, einen so unedlen Mann an meiner Seite reiten zu lassen, und seitdem bin ich in der Gunst meines Vetters gesunken.«

»Ach ja! Ihr seid Sigismunds Vetter. Fast hätte ich es vergessen«, log Ruppertus ungerührt und spottete innerlich über den Mann, dessen übertriebener Adelsstolz ihm in die Karten spielte.

Nun legte er seinen Köder aus. »Ich kannte einst den Sohn des Schankwirts Adler und seine Hure!«

»Ihr kennt die beiden? Also stimmen die Gerüchte, die über Hohenstein und sein Weib im Umlauf sind.« Voller Abscheu spie der Graf aus und drohte mit geballter Faust in die Richtung, in der Michels Quartier lag.

»Ja, ich kenne sie«, bekannte Ruppertus und wechselte abrupt das Thema. »Seine Heiligkeit hat mich nach Nürnberg geschickt, damit ich mir ein Bild von der Lage im Land machen kann. Er ist erzürnt über Sigismunds Zögern, ernsthaft gegen die vermaledeiten Hussiten vorzugehen. Im Vertrauen gesagt, hält Papst Martin V. den König für einen Weichling und Zauderer, der sich lieber kindischen Spielen hingibt wie dem, das wir eben erlebt haben, und der mehr Interesse an den Röcken des Reiches zeigt als am Reich selbst.«
»Ihr meint, Seine Heiligkeit vertraut meinem Vetter nicht mehr? Dann wird er ihn auch nicht zum Kaiser machen.«
Hettenheim klang so, als würde er Sigismund diese Niederlage gönnen, dachte Ruppertus zufrieden. Er legte dem Edelmann den Arm um die Schulter und zog ihn näher zu sich heran, damit niemand anders seine Worte hörte.
»Seine Heiligkeit hegt Befürchtungen bezüglich Eures Vetters. Ist Sigismund erst einmal Kaiser, kann er herrschen, wie er will, ohne Rücksicht auf die Kirche zu nehmen, notfalls auch ohne deren Segen. Wir haben dann keine Möglichkeit mehr, ihn von verderblichen Taten abzuhalten.«
»Es wäre Sigismund zuzutrauen, sich gegen Seine Heiligkeit zu stellen«, antwortete Hettenheim nachdenklich.
Ruppertus' Stimme nahm einen beschwörenden Ton an. »Dabei würde Euer Vetter sich vor allem auf Ritter wie diesen Michel Adler stützen und nicht auf hohe Herren wie Euch, die dieser Ehre viel eher würdig sind! Der Papst braucht einen Herrn über das Heilige Römische Reich, der ihm ergeben ist. Diesen würde er nicht jahrelang mit der Kaiserkrönung hinhalten, wie er es bei Sigismund tut.«
Hettenheims ganzer Körper spannte sich wie eine Bogensehne. »Was wollt Ihr damit sagen?«
»Als Nachkomme Heinrichs VII. habt Ihr ebenso viel Recht auf die Krone wie Euer Vetter Sigismund!« Nun war die

Falle gestellt, dachte Ruppertus. Entweder ging Falko von Hettenheim auf dieses vage Angebot ein, oder er würde sich dieses Mannes entledigen müssen. Während er mit der Rechten den Edelmann festhielt, griff er mit der linken Hand unter seine Kutte. Dort trug er einen Dolch, dessen Spitze vergiftet war. Wenn es sein musste, brauchte er Hettenheim nur die Haut zu ritzen, um ihm zu einem baldigen Ableben zu verhelfen.

Hettenheim nahm das verräterische Mienenspiel des Inquisitors nicht wahr, denn er stellte seine eigenen Überlegungen an. Zwar hatte er sich schon mehrmals über seinen Vetter geärgert, der ihn nicht, wie er es erhofft hatte, mit Titeln und Würden auszeichnete, doch bisher war es ihm nie in den Sinn gekommen, nach dessen Thron zu greifen. Nun aber schien sich ihm die Möglichkeit zu bieten, selbst König und sogar Kaiser zu werden.

Ein Sturz durch päpstlichen Bannspruch wäre die richtige Strafe für seinen Verwandten, der ihn nicht nur bei der Vergabe reicher Lehen übergangen, sondern ihm auch noch diesen Michel Adler aufgenötigt und damit seine Ehre als Edelmann beschmutzt hatte. Schon diese letzte Zumutung war Grund genug, Sigismund die Treue aufzukündigen. Er besaß jedoch nicht die Hausmacht, die es ihm gestattete, sich offen gegen seinen königlichen Vetter zu stellen. Sigismunds Gefolgsleuten, allen voran Männern wie Michel Adler, war zuzutrauen, dass sie jeden, den sie als Feind des Königs ansahen, über die Klinge springen ließen.

»Wie meint Ihr das?«, fragte er den Inquisitor vorsichtig.

In dem Augenblick wusste Ruppertus, dass Hettenheim seinen Köder geschluckt hatte. Jetzt galt es nur noch, den Edelmann so zu lenken, wie es seinen eigenen Zielen am besten dienlich war. Mit dieser Absicht setzte er das Gespräch leise, aber eindringlich fort.

»Wenn Sigismund gegen die Hussiten versagt, wird Seiner Heiligkeit Papst Martin nichts anderes übrigbleiben, als einen neuen Verteidiger des Glaubens zu benennen. Sollte der Papst den jetzigen Herrscher exkommunizieren, fallen dessen Anhänger und auch die Reichsfürsten von ihm ab und wenden sich dem Mann zu, dem der Papst seinen Segen erteilt und die Kaiserwürde in Aussicht stellt.«
Damit ging Ruppertus weit über die Vollmachten hinaus, die der Papst ihm übertragen hatte. Martin V. war vor allem daran interessiert, Sigismund zu disziplinieren und in seinem Sinne zu lenken. Doch Ruppertus waren die eigenen Ziele weit wichtiger als der Wille des Papstes. Er wollte Marie in die Hand bekommen und damit seine Niederlage vor elf Jahren in einen Sieg verwandeln. Dabei hasste er diese Frau ebenso, wie er sie begehrte. Wie er selbst war auch sie durch die Hölle gegangen und wieder aufgestiegen. Dabei hatte sie vielleicht nicht Gott, aber zumindest der Welt getrotzt und zuletzt sogar dem König ihren Willen aufgezwungen.
Nun würde er Sigismund seinen Willen aufzwingen, dachte er mit grimmiger Zufriedenheit. Seinem endgültigen Triumph stand allerdings ein Hindernis im Wege, und um das zu beseitigen, benötigte er Hettenheim.
Der Graf hatte über Ruppertus' Worte nachgedacht und spürte, wie sein Blut heiß durch die Adern floss. Nicht einmal in seinen kühnsten Träumen hatte er sich vorzustellen gewagt, eines Tages Sigismunds Stelle einnehmen zu können. Nun bot ihm der Inquisitor des Papstes diese Möglichkeit freiwillig an. Er selbst musste nur noch die Hände ausstrecken und die Gelegenheit beim Schopf packen. Erregt fasste er den Inquisitor am Ärmel und sah in das zum Teil von der Silbermaske verdeckte Gesicht.
»Was muss ich tun, damit Seine Heiligkeit mich zum Kaiser macht?«

»Zunächst sollten wir abwarten, wie sich die Dinge entwickeln, denn wir dürfen nicht vorschnell handeln«, antwortete Ruppertus. Er musste verhindern, dass Hettenheim sich zu früh als Sigismunds Konkurrent zu erkennen gab und diesen damit warnte. »Eines aber könnt Ihr tun: Nehmt diesen Michel Adler auf Hohenstein in Eure Schar auf. Ich will, dass er in Euren Reihen kämpft …«
Hettenheims Gesicht nahm einen störrischen Zug an. »Niemals!«
»… und stirbt«, setzte Ruppertus den angefangenen Satz fort, ohne sich um den Einwand seines Gegenübers zu scheren.
Hettenheim starrte den Inquisitor verblüfft an. »Ihr wollt Michel Adler tot sehen?«
»Sagtet Ihr nicht, dass er treu zum König steht? Um Sigismund fällen zu können, muss man ihn seiner Stützen berauben.«
Mittlerweile hatte Ruppertus seine Ruhe wiedergefunden und genoss das erregende Gefühl, Menschen gegeneinander auszuspielen und dabei Herr über Leben und Tod zu sein.
Hettenheim verachtete Michel Adler, der aus der Gosse stammte, aber er fürchtete den Mann auch als erfahrenen Kämpfer. Wie alle Emporkömmlinge würde der Wirtsschwengel stets auf Sigismunds Seite zu finden sein, weil er dem König seinen Aufstieg zu verdanken hatte und ohne Sigismunds Gunst tief fallen würde.
Daher nickte er unbewusst. »Ich habe nichts dagegen, dafür zu sorgen, dass dieser Kerl stirbt. Wenn das geschehen ist, macht Ihr mich zum Kaiser!«
Ruppertus lachte leise. »So einfach geht das nicht. Michel Adler ist nur einer von vielen Steinen auf Eurem Weg zur Krone, die beiseitegeschafft werden müssen. Tut es aber bald! Zeichnet sich dieser Kerl aus und hilft Sigismund da-

durch, die Hussiten zu schlagen, bleibt Seiner Heiligkeit nichts anderes übrig, als Euren Vetter doch noch zum Kaiser zu krönen. Also ist es in Eurem Interesse, diesen Wirtsschwengel zu beseitigen.«

Kaum hatte er das letzte Wort gesprochen, drehte Ruppertus sich um und schritt grußlos davon.

Schon im gleichen Augenblick hatte er Hettenheim vergessen, denn er beschäftigte sich in Gedanken mit Marie. Er sah sie so vor sich, wie sie vor seinem Scheiterhaufen gestanden war, schön und gleichzeitig gnadenlos wie eine antike Göttin. Der Wunsch, sie zu besitzen und ihr Herr zu sein, der darüber bestimmen konnte, ob sie leben durfte oder sterben musste, brannte so stark in ihm, dass er darüber die Befehle des Papstes und diesen selbst vergaß.

5.

Während Ruppertus und Falko von Hettenheim im Arkadenhof der Burg ihre üblen Pläne spannen, betrat Sigismund seine privaten Gemächer, streifte mit einer ärgerlichen Bewegung das härene Hemd ab und feuerte es in eine Ecke. Da erst bemerkte er, dass seine Wachen jemand ins Zimmer gelassen hatten, und sah sich um. Es war Isabelle de Melancourt, die ihm mit ihrem Rat beistehen und verhindern wollte, dass er eine falsche Entscheidung traf.

»Es ist eine Unverschämtheit, dass ein römisch-deutscher Kaiser so ein Ding bei der Krönung tragen muss und dem Papst dabei auch noch den Hintern küssen soll!«, rief er.

»Euer Majestät sagten bereits, dass das Zeremoniell über vierhundert Jahre alt und nie geändert worden ist. Dabei herrschten damals Könige, die den Papst ohne weiteres hätten gefangen nehmen und in einem Käfig über die Alpen bringen können. Nur bewies die Zeremonie damals die Ergebenheit des neuen Kaisers vor Gott und nicht die vor dem Bischof von Rom!«

Isabelles Stimme drückte einen Spott aus, den Sigismund nicht recht einzuschätzen wusste. Aber er war zu wütend, um auf die Gedanken und Gefühle der schönen und trotz ihrer Nonnentracht sinnlich erscheinenden Frau einzugehen.

Während er sich von seinem Diener in die Kleider helfen ließ, legte er seiner Wut keine Zügel an. »Was bildet sich diese Qualle in Rom eigentlich ein?«, rief er. »Papst Martin hält mich, was die Kaiserkrönung betrifft, hin wie einen lästigen Bittsteller. Jetzt schickt er mir auch noch seinen Großinquisitor als Gesandten, als wäre ich ein Ketzer, den es zu überwachen gilt.«

Die Äbtissin gab ihm ein Zeichen, sich zu beherrschen. Immerhin befand sich ein Diener im Raum, und der konnte solch unbedachte Worte leicht an einen Priester oder gar an den Inquisitor Janus Suppertur selbst weitergeben. Allein der Ausdruck Qualle, mit dem Sigismund den Papst bezeichnet hatte, konnte ihn als Buße die Errichtung eines neuen Klosters und dessen Ausstattung mit reichen Ländereien kosten. Daher schwieg sie, obwohl ihr einige Kommentare auf der Zunge lagen.

Sigismunds Selbstbeherrschung war weit schlechter als die ihre, doch er hielt sich so lange im Zaum, wie sein Leibdiener anwesend war. Kaum hatte der Mann den Raum verlassen, sah er Isabelle fordernd an.

»Ihr habt diese schwarze Krähe doch schon früher kennengelernt, diesen Janus Suppertur! Wer ist er überhaupt? Was wisst Ihr von ihm?«

Nachdenklich wiegte die Äbtissin den Kopf. »Ich bin ihm vor zwei Jahren in Rom begegnet. Damals war er noch nicht ganz so hoch aufgestiegen wie jetzt, dennoch hatten bereits viele Würdenträger am Heiligen Stuhl Angst vor ihm. Es heißt, er wäre einige Jahre zuvor wie aus dem Nichts in Rom aufgetaucht. Er nennt sich Janus Suppertur vom Heiligen Grab, obwohl ich bezweifle, dass er jemals in Jerusalem gewesen ist. Doch woher der Mann stammt, konnte mir niemand sagen. Die einen halten ihn für einen Franzosen, andere für einen Deutschen. Selbst als Grieche wurde er bereits bezeichnet.«

»Er spricht Deutsch wie seine Muttersprache«, wandte Sigismund ein.

»Dasselbe behauptet man von seinem Französisch. Nur Griechisch habe ich ihn noch nie sprechen hören. Auf jeden Fall ist er gefährlich, und Ihr solltet ihn nicht unterschätzen.«

Sigismund war zu erregt, um auf Isabelles Warnung einzugehen. »Was hat es mit seiner Maske auf sich? Mit dem Ding wirkt er direkt unheimlich.«

»Das ist wahrscheinlich auch seine Absicht. Man sagt, die Maske würde Verletzungen aus seinem Kampf gegen die Mauren verbergen. Doch niemand weiß, wann und wo dies geschehen sein soll, und es gibt auch keine Zeugen, die ihn je haben kämpfen sehen.«

»Wenn er kämpfen will, soll er es gegen die Hussiten tun. Dann hat er genug Zeugen«, unterbrach Sigismund die Äbtissin erregt.

»Er hat vorhin sehr deutlich gemacht, dass er genau das Euch überlässt.«

Sigismund antwortete mit einem unwilligen Schnauben. »Der Papst treibt weiterhin sein Spiel mit mir! Und diesmal will er mich mit den Hussiten erpressen. Wenn ich nicht gegen diese Ketzer in den Krieg ziehe, verweigert er mir die Kaiserkrönung. Ziehe ich aber gegen diese Ketzer und verliere, werde ich danach nicht einmal mehr König sein, geschweige denn Kaiser werden. Es gibt genug Narren, die sich dann gegen mich stellen würden.«

Sigismund trat zu einer großen Karte, die von kunstvoller Hand gezeichnet worden war und in die jemand etwas weniger geschickt Grenzlinien eingezogen hatte.

»Seht her!«, forderte Sigismund die Äbtissin auf und zeigte auf die Karte. »Das hier ist das von den Hussiten besetzte Land. Nur ein kleines Gebiet in Böhmen wird noch von Graf Sokolny gehalten. Der ist zwar kein Hussit, sondern ein treuer Sohn der römischen Kirche, aber er pocht auf seine Unabhängigkeit und erkennt mich nicht als seinen König an. Leider kommt kein Papst und redet dem Mann ins Gewissen, dass er mir gehorchen muss. Dabei ist gerade Sokolnys Land der Schlüssel, Böhmen zu erobern.«

»Aber es ist auch der kürzeste Weg für die Hussiten, in diesen Teil des Reiches einzudringen«, wandte Isabelle de Melancourt lächelnd ein. »Übrigens stimmt diese Karte nicht mehr, denn der Machtbereich der Hussiten ist mittlerweile um einiges größer geworden. Sie überfallen bereits große Landstriche in Sachsen, Baiern und Österreich. Dieser Teil hier wurde bereits Fürst Vyszo übertragen. Er soll nun mit seinem Heer Sokolny für die Hussiten erobern und dann auf Nürnberg vorstoßen. Noch hält der böhmische Graf ihn auf. Falls es Vyszo nicht gelingt, Sokolny auf seine Seite zu ziehen, wird er ihn früher oder später überrennen, und dann steht den Hussiten der Weg nach Nürnberg offen.«

Sigismund stöhnte auf. »Wenn sie diese Stadt erobern, zerbricht das Reich!«

Isabelle de Melancourt fühlte seine Verzweiflung. Der König sah sich einer Hydra gegenüber, der mehr Köpfe nachwuchsen, als er abschlagen konnte. Ausgerechnet in dieser schwierigen Situation versagte ihm der Papst die Kaiserwürde, mit der es ihm möglich gewesen wäre, Druck auf die Herzöge und großen Reichsfürsten auszuüben, so dass diese ihn gegen die Hussiten unterstützen mussten. Solange er nur den Königstitel trug, war er nicht mehr als der Erste unter Gleichen und besaß im Grunde keine wirkliche Macht.

Nachdenklich streifte die Äbtissin ihre Haube zurück und schüttelte ihr wie Bernstein schimmerndes Haar aus. »Eines solltet Ihr bedenken, Euer Majestät: Vyszo kämpft für die Ideen des Jan Hus, der die Verderbtheit der Kurie und der Geistlichkeit angeprangert hat und dafür auf dem Scheiterhaufen sterben musste. Papst Martin hingegen will nichts an den Zuständen ändern, die die Reinheit des christlichen Glaubens belasten, und maßt sich Rechte an, die der Heiland ihm und seinen Vorgängern niemals verliehen hat.«

Dieser ketzerische Ausspruch ließ Sigismund nach Luft schnappen. »Ihr zweifelt die Rechte des Papstes an?«

Isabelle de Melancourt nickte mit ernster Miene. »Der Papst will einen Glaubenskrieg, um seine Macht zu erhalten und weiter ausbauen zu können. Für ihn seid Ihr nur ein Mittel zu diesem Zweck. Vyszo hingegen kämpft für die Freiheit des Geistes. Bedenkt, dass er keiner der fanatischen Taboriten ist, sondern ein Angehöriger jener Gruppe, denen die Forderungen der radikalen Hussiten zu weit gehen. Vyszo ist ein Kalixtiner, ein Kelchbruder, und dürfte einem Waffenstillstand, vielleicht sogar einem Bündnis nicht ganz abgeneigt sein. Er braucht keinen Papst, aber vielleicht einen Kaiser, der ihn gegen Prokop und dessen fanatische Taboriten unterstützt. Noch halten die beiden Flügel der Hussiten zusammen, aber das kann sich schon bald ändern.«

»Ihr habt eine noch geschmeidigere Zunge als früher«, antwortete Sigismund mit einem freudlosen Auflachen.
»Wollt Ihr Kaiser eines geeinten Reiches werden oder nicht? Papst Martin wird Euch niemals dazu machen!«, gab Isabelle zurück.
»Damit habt Ihr wahrscheinlich recht. Selbst wenn es mir gelingt, die Hussiten zu besiegen, wird er neue Ausflüchte finden, um mich zu demütigen«, erwiderte Sigismund missmutig.
Dann wurde sein Blick lauernd, und er dämpfte seine Stimme. »Was ratet Ihr mir?«
»Verhandelt!«
»Mit wem?« Obwohl Sigismund ein erfahrener Herrscher war, wirkte er ungewohnt ratlos.
Isabelle de Melancourt begriff, dass sie ihn in eine ihr genehme Richtung leiten musste, aber sie wusste auch um die Gefahr, in die sie dabei geraten konnte. Wenn sie weitersprach, betrat sie einen Weg, der der Balance auf einer scharfen Klinge glich. Ging etwas schief, würde Sigismund es ihr anlasten und sie bedenkenlos opfern, um sich wieder mit dem Papst versöhnen zu können. Sie trat zu der Karte und deutete auf das Gebiet der Hussiten und dann auf den weitaus kleineren Fleck Land, den Graf Sokolny unter Kontrolle hielt.
»Verhandelt mit Vyszo, mit Sokolny und mit allen, die Euren Zwecken dienlich sind, und kämpft gleichzeitig gegen sie, um ihnen zu zeigen, dass Ihr aus einer Position der Stärke heraus handelt. Wenn Euch auch nur ein Einziger von ihnen für schwach hält, werdet Ihr scheitern. Spüren sie jedoch erst einmal Eure Macht, werden sie sich Euch höchstwahrscheinlich unterwerfen.«
Sigismund hatte ihr atemlos zugehört und begann nun zu lachen. »Ihr seid eine gefährliche Ratgeberin, Isabelle! Wür-

den der Papst oder dieser Janus Suppertur erfahren, was Ihr mir vorgeschlagen habt, wäre Euch der Scheiterhaufen gewiss.«

»Tötet mich, wenn Euch mein Rat nicht gefällt!« Isabelle stimmte in sein Lachen ein, obwohl sie wusste, auf welch gefährliches Spiel sie sich einließ. Bislang hatte sie ihre Gesinnung tief in sich verborgen, um den Bluthunden des Papstes, wie sie dessen Inquisitoren nannte, nicht aufzufallen. Nun aber sah sie die Gelegenheit, den König auf ihre Seite zu ziehen.

Sigismund blickte sie unsicher an. »Wenn ich Euch töte, würde ich mir den Zorn Eures Ordens zuziehen!«

»Oder den Fluch des Heiligen Grals!«

Isabelle lächelte sanft, während der König eine wegwerfende Handbewegung machte. »Der Heilige Gral ist ein Ammenmärchen!«

»Seid Ihr Euch da so sicher?«, fragte Isabelle und sah zufrieden, wie Sigismund zusammenzuckte.

Die Weigerung des Papstes, Sigismund zum Kaiser zu krönen, spielte ihr augenblicklich in die Hände. Nun galt es, das Eisen, welches sie gerade ins Feuer gelegt hatte, so zu schmieden, dass es zu einer scharfen Klinge wurde, mit der sie die falschen Triebe von dem Baum des Glaubens abtrennen konnte. Dabei würde sie auch vor dem Mann nicht haltmachen, der in Rom auf dem Bischofsstuhl des heiligen Petrus saß und sich nicht nur als Stellvertreter Gottes auf Erden fühlte, sondern so tat, als sei er Gott selbst.

6.

In Hohenstein, weit entfernt von den Intrigen der Herrschenden und doch von ihnen betroffen, schritten Marie und Hiltrud den Weg am See entlang und blieben vor einem großen Holunderstrauch stehen. Während Hiltrud ein Messer zückte und die ersten Dolden abschnitt, sah Marie ihr zu und rieb sich über die Stirn, als sei ihr eben etwas eingefallen. »Hast du den Teig angesetzt?«

Hiltrud hielt inne und schüttelte seufzend den Kopf. »Und wenn du noch so oft fragst: Ich habe ihn angesetzt. Du bist mit deinen Gedanken heute wirklich ganz woanders. So kenne ich dich gar nicht.«

Um nicht sofort antworten zu müssen, sah Marie zu Trudi hinüber, die in der Nähe des Ufers mit ihrer Strohpuppe spielte. »Komm weg vom Wasser! Sonst fällst du noch hinein«, warnte sie die Kleine und wandte sich dann mit einer heftigen Bewegung Hiltrud zu.

»Andauernd muss man achtgeben, damit dem Kind nichts passiert, dafür sorgen, dass genug zum Essen auf den Tisch kommt, und dazu noch Holunderküchlein backen, weil meinem Herrn und Gebieter, wenn er endlich von seiner langen Reise zurückkommt, danach gelüsten könnte.«

»Wenn Michel zurückkommt, gelüstet es ihn eher nach deiner eigenen Holunderblüte«, gab Hiltrud anzüglich zurück.

»In Bierteig?«, fragte Marie und begann zu lachen.

Hiltrud fiel darin ein, schnitt weitere Holunderdolden ab und reichte sie Marie, damit diese sie in den Korb legen konnte.

Plötzlich wurde sie ernst. »Denkst du manchmal an früher, an unsere Wanderschaft und die Zeit der gelben Bänder?«

Mit einem raschen Blick prüfte Marie, ob Trudi das Seeufer

verlassen hatte, und sah, dass das Kind noch zu weit weg war, um ihre leise geführte Unterhaltung mithören zu können. Dann erst nickte sie.

»Ja! Manchmal denke ich daran und an all die Hurenböcke, die zu uns ins Zelt gekrochen sind, um ihre Bäuche an den unseren zu reiben. Doch diese Zeiten sind Gott sei Dank lange vorbei. Jetzt geht es uns gut!«

»Ja, das tut es«, antwortete Hiltrud, schüttelte sich dann aber und sah sinnend in die Ferne. »Weißt du, Marie, manchmal kommt mir unser jetziges Leben vor wie ein Traum. Ich habe Angst, eines Morgens in meinem Zelt aufzuwachen und wieder unter schwitzenden Soldaten zu liegen.«

»Das geschieht niemals mehr!« Maries Stimme klang wie klirrender Stahl. Auch wenn jene Zeit schrecklich gewesen war und sie oft daran gedacht hatte, ihrem Leben ein Ende zu setzen, so hatte sie mittlerweile etliche Jahre des Glücks erlebt und war nicht bereit, noch einmal jenes Schicksal zu erdulden.

»Mama, Papa kommt zurück!« Trudis Ruf veranlasste Marie, sich auf der Stelle umzudrehen. Doch als sie Ausschau hielt, ritt nicht Michel die Straße heran, sondern Soldaten in den Farben des Königs. Deren Weg führte auch nicht auf die Burg zu, sondern daran vorbei zur nächsten Stadt.

Da Trudi auf den Trupp zulaufen wollte, eilte Marie ihr nach und zog sie in die Deckung des Holunderbuschs. Sie traute den Soldaten nicht. Diese Männer waren meist übles Volk, das mehr von Diebstählen und Plündereien lebte als von ihrem Sold und auch vor Frauen der eigenen Seite nicht haltmachte.

»Wer mag das sein?«, fragte Hiltrud verwundert.

»Sigismunds Kriegsknechte! Aber wenn sie gegen die Hussiten kämpfen wollen, ziehen sie in die falsche Richtung. Nach Böhmen geht es dort entlang.«

Da es sich auch um Deserteure handeln konnte, verbarg Marie sich mit Trudi noch tiefer im Gebüsch. Diese schniefte enttäuscht, weil ihr Vater nicht bei den Soldaten war. Aber da sie die Besorgnis der Mutter spürte, blieb sie still.
»Die Kerle haben Gefangene bei sich«, wisperte Hiltrud, so als hätte sie Angst, der Wind könnte ihre Worte bis zur Straße tragen.
Jetzt sah Marie es auch. Die Soldaten trieben mit Ketten aneinandergefesselte Männer in zerschlissenen, ihr unbekannten Gewändern vorwärts. Als einer der Gefangenen erschöpft stehen blieb, schlug ein Soldat mit seiner Peitsche auf ihn ein und brüllte: »Willst du wohl weitergehen, du Hund!«
»Das müssen Hussiten sein«, flüsterte Marie.
Hiltrud schob einen Zweig beiseite, um besser sehen zu können, und kratzte sich verblüfft am Kopf. »Meinst du? Die schauen aber wie ganz normale Leute aus. Den Worten unseres hochwürdigen Herrn Pfarrers zufolge müssten sie Hörner, einen Schweif und einen gespaltenen Huf anstelle des linken Fußes haben.«
»Warum sollten sie anders aussehen als wir?«, fragte Marie herb. »In Böhmen leben auch nur Menschen und keine Teufel. Die existieren nur im Geschwätz von Leuten, die nichts davon verstehen! Der Pfaffe sollte sich schämen, so etwas zu behaupten.«
Zwar war der Pfarrer ein frommer Mann und stellte weder den Frauen noch seinen Ministranten nach, doch Marie hielt ihn für dumm wie Bohnenstroh. In Hiltruds Augen war er jedoch der Pfarrherr und damit jemand, der sein Wissen direkt von Gott empfing. Aus diesem Grund war sie nicht bereit, die Worte ihrer Freundin einfach hinzunehmen.
»Es heißt, diese Hussiten seien wahre Ungeheuer! Sie bringen fromme Mönche um und spießen ihre Köpfe auf. Und

was sie uns Frauen antun, will ich lieber nicht erzählen. Unser Hochwürden sagt …«

»Der Pfarrer sagt viel, um seine Schäflein in den Pferch zu treiben, der ihm richtig dünkt«, unterbrach Marie sie verärgert. »Diese Männer dort mögen vielleicht all das getan haben, was er erzählt. Jetzt aber werden sie von der Inquisition gefoltert und anschließend auf den Scheiterhaufen geschickt.«

»Du hörst dich beinahe so an, als hättest du Mitleid mit den Kerlen«, sagte Hiltrud verwundert.

Marie drückte ihre Tochter enger an sich. »Nicht jeder Hussit ist ein schlechter Mensch, und es haben sicher auch nicht alle gemordet und geschändet. Doch wenn man in die Hände des Feindes fällt, wird kein Unterschied gemacht. So ist nun einmal der Krieg.«

Damit wandte sie dem in der Ferne verschwindenden Gefangenenzug den Rücken zu und kehrte zu den Holunderdolden zurück. »Wir sollten weiterarbeiten, sonst wird es Nacht, und unser Korb ist noch nicht voll!«

Hiltrud nickte und versuchte zu lächeln. Doch die frohe Stimmung dieses Morgens wollte sich nicht mehr einstellen. Da Trudi das traurige Gesicht ihrer Mutter bedrückte, setzte sie sich still in ihre Nähe, wiegte die Puppe im Arm und starrte in die Richtung, in die die Soldaten gezogen waren.

Marie fragte sich, warum dieser Zwischenfall ihr die Laune verdarb. Wahrscheinlich hatte der Anblick der Gefangenen sie daran erinnert, dass der Krieg auch Hohenstein erfassen konnte. Nun betete sie, dass Michel bald zurückkehren möge, um sie, Trudi, Hiltrud und all die anderen zu beschützen, die auf der Burg und in den umliegenden Dörfern lebten.

7.

Bereits am nächsten Tag ging Maries Wunsch in Erfüllung. Michel kehrte aus Nürnberg zurück, und er hatte für alle Geschenke mitgebracht. So erhielt Thomas ein Messer, Hiltrud ein Stück Stoff für ein neues Kleid und Trudi eine Halskette mit einem silbernen Kreuz. Marie musste ihr die Kette gleich umlegen und ihr einen Spiegel bringen, damit sie sich bewundern konnte.

»Du siehst aber stolz aus!« Hiltrud amüsierte sich über die Kleine, die vor Begeisterung keinen Augenblick stillsitzen konnte. Dann sah sie Michel an, der zwar lächelte, aber trotzdem seltsam ernst wirkte.

»Marie hast du nichts mitgebracht? Dabei hat sie gestern extra noch Holunderküchlein für dich gebacken!«

»Ich warte immer noch auf den Armreif aus Augsburg«, antwortete Michel. »Eine Kleinigkeit habe ich aber trotzdem gekauft, schon wegen der Küchlein, auf die ich mich bereits in Nürnberg gefreut habe.« Er zog ein Päckchen unter seinem Wams hervor und reichte es seiner Frau.

»Was ist das?« Für ein Tuch erschien Marie das Päckchen zu klein, doch war es weich und konnte daher kein Schmuckstück enthalten.

»Mach es auf!«, forderte Hiltrud sie auf.

Zögernd gehorchte Marie und hielt wenige Augenblicke später ein Gewebe in der Hand, das so dünn war wie Spinnweben und so durchscheinend, dass sie die Linien ihrer Hand dahinter erkennen konnte.

»Wofür soll das sein?«, fragte sie verblüfft.

Michel wand sich ein wenig. »Das ist ein hauchzarter Seidenstoff und bei den Damen an Sigismunds Hof die ganz große Mode.«

»So laufen die herum? Da sehen sie ja ganz nackt aus«, rief Hiltrud erstaunt.
»Nein, der Stoff ist für Hemden gedacht. Darüber tragen sie natürlich ganz normale Kleider«, versicherte ihr Michel.
Marie sah zuerst das Tuch an und dann ihn. »Hast du eine der Damen ausgezogen, weil du weißt, dass sie solche Hemden tragen?« Ein Hauch von Eifersucht färbte ihre Stimme und brachte Michel dazu, heftig den Kopf zu schütteln.
»Natürlich nicht! Der Tuchhändler, bei dem ich war, hat es mir erzählt.«
»Das soll ich dir glauben?«
Ihren Worten zum Trotz lächelte Marie. Sie kannte Michel gut genug, um zu wissen, dass er nicht log. Sein Unbehagen bezog sich darauf, ob sie dieses Geschenk auch mögen würde. Für einen Augenblick stellte sie sich vor, wie sie darin aussehen würde. Allerdings würde sie so ein Hemd nur selten anziehen können. Hier auf dem Land galten andere Werte als in einer großen Stadt wie Nürnberg. Was dort in Mode war, würde hier zumeist nur Missbilligung hervorrufen. Andererseits konnte sie das Hemd tragen, wenn Michel und sie allein waren, und damit sein Blut erhitzen.
Bei dem Gedanken freute sie sich auf die kommende Nacht. Sobald Trudi schlief, würde sie dafür sorgen, dass Michel kein durchsichtiges Hemd brauchte, um Lust und Leidenschaft zu verspüren.
»Da es ein Geschenk von dir ist, werde ich es selbstverständlich in Ehren halten«, sagte sie und berührte kurz seine Hand. »Aber jetzt sollten wir uns an die Holunderküchlein machen. Ich hole noch einen Topf Honig zum Süßen.«
»Das mache ich!«, wandte Hiltrud ein. »Bring du nur dein Geschenk in Sicherheit. Ich wundere mich allerdings, dass es Frauen gibt, die so etwas tragen wollen!«

Mit einem ablehnenden Schnauben verschwand sie in der Vorratskammer.
Trudi fasste nun selbst nach der Seide und krauste die Nase. »Ich würde so etwas nicht anziehen. Es wärmt ja nicht einmal.«
Nun mussten die anderen sich das Lachen verkneifen, und Hiltruds Ehemann Thomas zwinkerte Michel kurz zu. »Ich könnte mir vorstellen, dass so ein Hemd einem ganz schön einheizt!«
»Wenn ihr noch länger so redet, werde ich euch auch einheizen«, drohte Marie und brachte das Geschenk in ihr Schlafzimmer.
Als sie zurückkam, hatte Hiltrud nicht nur den Honigtopf gebracht, sondern auch einen großen Teller mit köstlichen Holunderküchlein.
»Lasst es euch schmecken!«, forderte sie die beiden Männer und Trudi auf. Das Mädchen griff sofort zu und badete ihr Küchlein buchstäblich in Honig.
Marie seufzte. »Gib acht, damit du dich nicht beschmierst. Sonst kommst du vor dem Bettgehen noch in die Wanne und wirst abgeschrubbt.«
Damit konnte sie ihre Tochter nicht beirren. Trudi aß ihr Holunderküchlein mit Genuss und leckte sich danach den Honig von den klebrigen Fingern.
»Die schmecken wirklich gut«, lobte sie und nahm sich das nächste.
Nun griffen auch die anderen zu. Als Michel ein Tropfen Honig auf das Hemd fiel, jubelte die Kleine auf. »Jetzt muss Papa in die Badewanne!«
»Das muss er sowieso. Sonst riecht unsere Schlafkammer die nächste Zeit nach Pferd«, sagte Marie lachend und fand ebenfalls, dass die Holunderküchlein ausgezeichnet schmeckten.

Dennoch konnte die heitere Stimmung am Tisch nicht verbergen, dass irgendetwas Michel bedrückte. Wenn er sonst von einer Reise zurückgekehrt war, hatte er es gar nicht erwarten können, ausführlich zu erzählen, was er gesehen und erlebt hatte. An diesem Tag blieb er ungewohnt still und in sich gekehrt. Marie wollte ihn nicht vor den Ohren ihrer Freunde und ihrer kleinen Tochter fragen, was geschehen sei, und zügelte ihre Neugier. Waren Michel und sie erst allein, würde sie gewiss alles erfahren.

8.

Trudi hatte so tief in den Honigtopf gegriffen, dass sie tatsächlich am Abend gebadet werden musste. Ihr Kleid und das Unterhemd waren ebenso klebrig wie ihr Haar. Daher scheuchte Marie die Kleine in die Badestube. Viel Wasser und einiges an Seife waren nötig, bis man Trudi wieder anfassen konnte.

Während Marie ihre Tochter abtrocknete, drehten sich ihre Gedanken um ihren Mann. Michel wirkte ihr zu ernst, gerade so, als bedrückte ihn etwas ungewöhnlich stark. Hat er doch in Nürnberg gesündigt?, fragte sie sich und verneinte es im nächsten Moment. Ihr Mann war niemand, der in der Ferne über die Stränge schlug. Es musste etwas anderes, viel Schlimmeres sein. Rasch streifte sie ihrer Tochter ein Hemd über und gab ihr einen Klaps auf den Po.

»Kleine Mädchen müssen jetzt ins Bett!«

Zum Glück hatte Trudi an dem Tag genug herumgetobt, um müde zu sein. Daher ließ sie sich widerstandslos auf den Arm nehmen und in ihre Schlafkammer tragen. Die Halskette, die sie von ihrem Vater erhalten hatte, bekam ihren Platz auf dem Kasten direkt neben dem Bett, dann sprach die Kleine ihr Nachtgebet und schlief fast augenblicklich ein.

Marie blickte auf sie hinab und gab ihr einen Kuss auf die Stirn. »Schlaf süß, mein Liebling«, flüsterte sie und verließ leise die Kammer.

Da Hiltrud und Thomas zu ihrem Bauernhof zurückgekehrt waren und das Gesinde sich bereits zur Nachtruhe begeben hatte, war sie endlich mit Michel allein.

Ihr Mann hatte sich inzwischen ebenfalls gründlich gewaschen. »Jetzt rieche ich nicht mehr nach Pferd«, meinte er grinsend.

Marie schnupperte prüfend und nickte. »Nein, dafür aber nach Hiltruds scharfer Seife. Allerdings ist die mir allemal lieber als Pferdegeruch. Ich habe dich vermisst!«

Sie fasste nach seiner Hand und zog ihn in Richtung ihrer Schlafkammer.

»Ich habe dich ebenfalls vermisst«, antwortete er und strich ihr über den Rücken. »Keine der Frauen an Sigismunds Hof kann dir das Wasser reichen. Nicht einmal die französische Äbtissin, die ihm derzeit als Gespielin dient.«

»Eine Äbtissin? Die kann ja nicht besonders fromm sein!«

»Dafür aber sehr einflussreich! Ich habe sagen hören, dass Isabelle de Melancourt und Sigismund sich bereits seit ihrer Kindheit kennen, und sie soll schon früher einmal seine Mätresse gewesen sein. Jetzt ist sie nicht mehr ganz jung, aber immer noch sehr schön. Zudem strahlt sie etwas aus, was nur wenigen Frauen zu eigen ist. Auch du gehörst dazu. Du warst als junges Mädchen wunderschön, doch du gefällst mir nun noch viel mehr. Damals warst du eine Blüte, nun bist du eine reife, süße Frucht.«

»Von der du gerne naschen würdest!« Zwar hatte Marie bei Michels lobenden Worten über jene ihr unbekannte Äbtis-

sin eine gewisse Eifersucht verspürt, war aber sofort wieder versöhnt. Als sie ihre Schlafkammer betraten, schloss sie die Tür hinter sich und schob den Riegel vor.
»Jetzt kann uns niemand mehr stören!« Es klang so energisch, dass Michel lachen musste.
»Nein, das kann uns jetzt niemand mehr!« Er schloss sie in die Arme und zog sie an sich. »Ich bin so glücklich, dich zu haben.«
»Ich bin glücklich, dich zu haben«, erklärte Marie und gab ihm einen Kuss. Dann entwand sie sich seinen Armen und stellte sich mit dem Rücken zu ihm.
»Du könntest mir helfen, das Kleid auszuziehen!«, forderte sie ihn auf.
Michel grinste anzüglich. »Das mache ich doch gerne. Halt, du darfst nicht so viel zappeln. Sonst wird das nichts!«
Es dauerte eine ganze Weile, bis er Marie das Kleid über den Kopf gezogen hatte. Ihre Ungeduld, zu erfahren, was er vor ihr verbarg, war in den Hintergrund getreten. Seit Tagen hatte sie sich nach seinen Zärtlichkeiten gesehnt und wollte nicht, dass düstere Nachrichten ihr die Freude daran verdarben. Danach würde noch genug Zeit zum Reden sein.
Als sie nur noch ihr Hemd am Leib trug, drehte sie sich schelmisch lächelnd zu Michel um. »Soll ich ausprobieren, wie mir das neue Tuch steht?«
»Das würde ich gerne sehen!« Michel sah lachend zu, wie Marie in einer Ecke des Schlafgemachs verschwand, dort ihr Hemd abstreifte, dann das Päckchen mit dem Seidenstoff an sich nahm und diesen ausbreitete. Zwar konnte er sie wegen des schlechten Lichts nicht richtig sehen und hätte sie gern gebeten, sofort ins Helle zu treten. Er wartete jedoch, bis sie sich in die knisternde Seide gehüllt hatte und wieder in den Schein der Fackeln zurückkehrte.

Das hauchzarte Gewebe enthüllte mehr, als es verdeckte. Auch schmiegte es sich wie eine zweite Haut an ihren Körper und betonte ihre Formen in so erregender Weise, dass er es kaum mehr ertrug, ihr zuzusehen. Am liebsten hätte er sie an sich gerissen, doch als er die Hände nach ihr ausstreckte, entzog sie sich seinem Griff mit einem leisen Lachen.
»Ein Jäger muss schnell sein, wenn er sein Wild fangen will!«
»Ich bin schnell«, keuchte Michel und schnappte nach ihr.
Diesmal überraschte er sie, hob sie hoch und trug sie zum Bett. »Darauf habe ich mich gefreut, seit Hohenstein bei meiner Abreise hinter dem Schweif meines Pferdes zurückgeblieben war!«
Mit diesen Worten legte er sie auf das Laken, strich über ihre von der Seide verhüllten Brüste und freute sich, wie sie dabei vor Lust aufstöhnte.
So rasch er konnte, entledigte er sich seiner Kleidung und glitt zwischen ihre Schenkel. Sie war für ihn bereit, und für lange Augenblicke gab es für sie nur sie selbst und ihre Liebe. Aller Hader der Welt schien so fern wie der Mond, und es dauerte eine Weile, bis sie sich ihrer Umgebung wieder bewusst wurden.
»Du hast von dieser Äbtissin erzählt, dieser Isabelle de Melancourt. Was ist das für eine Frau?«, fragte Marie, um das Gespräch in Gang zu bringen.
»Puh!«, stöhnte Michel. »Da fragst du mich was. Ich habe sie ein paarmal in der Gesellschaft des Königs gesehen. Sie ist sehr schön, aber ich bezweifle, dass ihre Moral den Maßstäben einer frommen Frau entspricht. Ich vermute, sie wurde als Kind in ein Kloster gesteckt und später zur Oberin ihrer kleinen Gemeinschaft ernannt, ohne dass sie je die Bestimmung zur Nonne gefühlt hätte.«
Marie verschränkte die Hände hinter dem Kopf und blickte zur Decke. »Leider ist es sehr oft der Fall, dass ein Mädchen

in ein Kloster gegeben wird, nur weil seine Familie ein Anrecht auf einen Platz darin hat. Was die Kinder selbst fühlen und wollen, danach wird selten gefragt.«

»In dem Alter wissen es die meisten Mädchen auch noch nicht«, wandte Michel ein. »Auf jeden Fall ist Äbtissin Isabelle eine kluge Frau. Wie es heißt, soll sie Sigismund wertvolle Ratschläge erteilen.«

»Warum sollen Schönheit und Klugheit einander ausschließen?«, fragte Marie. »Ihr Männer seid sehr rasch mit einem Urteil zur Hand. Einerseits wünscht ihr euch schöne Frauen, andererseits aber sollen sie nicht zu klug sein, weil ihr Angst habt, sie könnten euch übertreffen.«

»Eine wirklich kluge Frau lässt ihren Ehemann glauben, er sei der Klügste der Welt, und lenkt ihn mit sanfter, aber bestimmender Hand. So wie du es mit mir machst!«

Michel lächelte verträumt, denn für ihn gab es keine bessere Frau als Marie. Dabei war ihr Wille fester als der der meisten Männer, die er kannte. Auf Marie konnte er sich voll und ganz verlassen. Bei dem Gedanken huschte ein Schatten über sein Gesicht.

Marie bemerkte, dass seine gute Stimmung schlagartig gewichen war, und sah ihn fragend an. »Was gab es sonst noch in Nürnberg?«

»Etliche Gespräche über die Lage in den Grenzgebieten zu den Hussiten! Dort sieht es gar nicht gut aus. Auch hat der König die Krönungszeremonie zum Kaiser geprobt und seinen Hofkaplan dabei kurzerhand zum Papst ernannt. Du hättest Sigismund in seinem härenen Hemd sehen sollen! Es muss ihn fürchterlich gejuckt haben. Aber er hat die Zeremonie fast ohne Kratzen durchgehalten.«

»Erzähl mir mehr davon!«, forderte Marie ihn auf.

Sie erhob sich geschmeidig, holte ihren Kamm und begann, ihre Haare zu entwirren. Dabei blickte sie in den Spiegel, der nicht nur ihren Kopf, sondern auch ihre entblößten Brüste zeigte, und fand sich immer noch sehr ansehnlich. Vielleicht, dachte sie, sollte sie Michel noch einmal dazu bringen, sich mit ihr zu vereinen. Zunächst aber hörte sie amüsiert zu, was ihr Mann über die Krönungsprobe berichtete.

»Gerade als wir alle ›Fiat! Fiat! Fiat!‹ riefen, hat einer der Inquisitoren des Papstes, der als Gesandter an den Hof geschickt worden war, den Saal betreten. Er hat ziemlich dumm dreingeschaut, als er plötzlich den ›Papst‹ vor sich sah und Zeuge von Sigismunds ›Krönung‹ wurde.«

Um Maries Lippen zuckte ein feines Lächeln. »Der Gesandte wird dies als Provokation aufgefasst haben! Oder er glaubte gar, Sigismund wolle seine Gefolgsleute täuschen und sie glauben machen, Martin V. wäre selbst gekommen, um die Krönung zu vollziehen. Zutrauen würde ich es ihm.«

»Sigismund? Nein, da täuschst du dich. Er hat dem Inquisitor sofort erklärt, dass es sich um eine Probe handeln würde. Allerdings gab er dabei einige Bemerkungen von sich, die dem Gesandten klarmachten, dass er die baldige Krönung zum Kaiser erwartet. Aber lassen wir diesen Inquisitor, der eine grässliche Maske vor dem Gesicht trug und auch sonst aussah wie ein richtig schwarzer Aasvogel. Und du hättest Sigismund in seinem härenen Hemd sehen sollen, das er zum Zeichen der Demut trug. Du kannst dir nicht vorstellen, wie er darin aussah!«

Maries Blick wanderte in eine Vergangenheit zurück, in der sie noch um ihre Unschuld und ihre Ehre gekämpft hatte. Damals hatte sie für eine Nacht den Platz in Sigismunds Bett eingenommen. Mit einem harten Auflachen vertrieb sie die Schatten, die sich ihrer bemächtigen wollten.

»Er hat Storchenbeine, nicht wahr?«

Verwirrt schüttelte Michel den Kopf. Marie merkte es und begriff, dass es nicht klug war, einen Mann daran zu erinnern, wer vor ihm seine Frau besessen hatte.
»So habe ich es wenigstens gehört!«, sagte sie.
Da Michel noch immer ein wenig finster schaute, legte sie die Bürste weg und setzte sich neben ihm aufs Bett.
»Aber was sind schon die Beine eines Königs gegen die strammen Schenkel eines jungen Burghauptmanns!« Mit diesen Worten zog sie die Decke von Michel und setzte sich auf ihn. Ihr Blick zeigte so viel Liebe und Hingabe, dass Michel zu lächeln begann und sie um die Taille fasste.
Als sie ihr Becken nach vorne schob und sein Glied in sich aufnahm, spottete er leise. »So ganz, wie die heilige Kirche es will, treiben wir es gerade nicht!«
»Ich mache es so, dass es uns beiden Freude macht«, antwortete Marie und bewegte sich schneller. Sie spürte seine Hände warm auf ihren Hüften und hörte ihn rascher atmen. Doch der melancholische Zug auf seinem Gesicht, den sie seit seiner Rückkehr beobachtet hatte, wollte nicht weichen.
»Woran denkst du?«, fragte sie, ohne innezuhalten.
Michel rang sich ein Lächeln ab. »Ich will dein Bild in mein Herz brennen, damit ich es jeden Tag vor Augen habe.«
Verwundert blickte Marie auf ihn hinab. »Aber du siehst mich doch jeden Tag!«
Das Gesicht ihres Mannes nahm einen schuldbewussten Ausdruck an, doch er presste die Lippen zusammen.
Marie wollte jedoch nicht mehr warten, bis er sich bequemte zu reden, und hörte mitten im Liebesspiel auf. »Sag, was los ist!«
»Wollen wir nicht lieber weitermachen?«
Marie drückte ihn mit beiden Händen nieder. »Rede!«
Einen Augenblick lang zögerte Michel noch, sagte sich dann aber, dass er die Wahrheit sowieso bald bekennen musste,

und zuckte mit den Schultern. »Also gut! Es ist wegen der Hussiten. Sigismund will ein Heer aufstellen, um gegen sie vorzugehen. Da muss ich auch mit.«
»Ich will nicht, dass du weggehst!«, rief Marie erschrocken aus.
»Ich muss! Schließlich ist Krieg.«
Nun war der Augenblick gekommen, vor dem Michel sich während seiner ganzen Rückreise gefürchtet hatte, und er schalt sich einen Narren, weil er das Unumgängliche hinausgezögert hatte. Selbst eine weitaus dümmere Frau als Marie hätte merken müssen, dass ihn etwas belastete. Doch wie sollte er ihr erklären, welche Pflichten er dem König gegenüber hatte? Unsicher blickte er zu ihr auf und fasste sie bei den Händen.
»König Sigismund hat mich zum Burghauptmann von Hohenstein ernannt, und dafür bin ich ihm Treue und Gefolgschaft schuldig. So ist nun einmal das Gesetz!«
»Komm mir nicht mit dem Gesetz!«, rief Marie leidenschaftlich. »Im Namen des Gesetzes hat man mir meine Unschuld genommen und mich ausgepeitscht. Diese Narben werden niemals ganz verheilen. Nein, du bist dem König nichts schuldig. Er schuldet eher mir etwas.«
Michel starrte Marie an, der Tränen in die Augen traten, und fühlte sich so elend wie lange nicht mehr. »Es tut mir leid! Aber als der König uns Hohenstein übertrug, habe ich ihm Schwerttreue geschworen. Diesen Eid darf ich nicht brechen, sonst wäre ich ehrlos, und wir würden unsere Heimat verlieren. Willst du, dass wir als Bettler umherziehen? Denk doch an Trudi! Das kannst du ihr nicht antun. Marie, bitte! Ich kann und darf Sigismund nicht enttäuschen.«
Marie war jeder Funken Lust abhandengekommen. Schniefend stieg sie von ihrem Mann herab und legte sich bäuchlings aufs Bett, den Kopf zur Seite gedreht.

Michel streichelte sie vorsichtig und sprach leise weiter. Mit einfachen Worten versuchte er, Marie die strengen Regeln zu erklären, die den Lehensmann an seinen Lehensherrn banden. Solange er zu Sigismund hielt und dessen Befehle befolgte, zählten er und sie zum Schwertadel des Reiches. Brach er jedoch seinen Treueschwur, waren sie verfemt und galten nicht mehr als das fahrende Volk auf den Straßen, das betteln und stehlen musste, um zu überleben, und oft genug dafür am nächsten Baum aufgeknüpft wurde.

Marie hörte ihm aufmerksam zu und begriff, dass sie ihn nicht zurückhalten durfte, sosehr sie sich dies auch wünschte. Sie beide waren Teil einer Welt, die sich in Bahnen bewegte, die ihr ebenso verworren wie gefährlich erschienen. Selbst der einfachste Knecht vermochte sich den Intrigen und Winkelzügen der Herrschenden nicht zu entziehen, sei es, dass er zu den Soldaten oder zum Tross geholt wurde, oder weil er in einer Gegend lebte, die vom Krieg verheert wurde. Umso weniger war Michel dies möglich, den Sigismund zum Burghauptmann von Hohenstein ernannt hatte.

»Wenn ich mich im Kampf gegen die Hussiten auszeichne, werden wir vielleicht sogar ein eigenes Lehen erhalten«, fuhr Michel fort. »Die Gelegenheit wird bestimmt kommen, denn Sigismund hat mich Falko von Hettenheims Schar zugeteilt. Der Graf ist ein Vetter des Königs und ein berühmter Krieger. Daher ist es eine hohe Ehre für mich, unter seiner Fahne dienen zu dürfen.«

Der Enthusiasmus ihres Mannes schmerzte Marie, gab er ihr doch das Gefühl, als freue Michel sich, aus ihrem friedlichen Dasein ausbrechen und etwas anderes erleben zu können. Sie schnaubte leise, schmiegte sich dann aber doch wieder an ihn.

»Komm heil zurück«, flüsterte sie.

»Ich werde mir Mühe geben«, sagte er lächelnd und strich ihr über das Hinterteil. »Aber sollten wir jetzt nicht weiter-

machen, wo wir vorhin aufgehört haben? Immerhin werden wir uns einige Wochen lang nicht sehen!«
Bei diesem Gedanken verspürte Marie bereits den Abschiedsschmerz. Obwohl ihr selbst nicht danach war, wollte sie Michel nicht enttäuschen und setzte sich wieder auf ihn. Während sie sich langsam bewegte, sah sie, wie seine Gesichtszüge sich entspannten und er voller Liebe und Vertrauen zu ihr aufsah. So leicht aber wollte sie ihm den Abschied nicht machen.
»Du gibst auf dich acht, hast du verstanden? Trudi und ich brauchen dich noch.«
»Du kannst ruhig ein wenig heftiger werden«, stöhnte er, bequemte sich dann aber doch zu einer Antwort. »Natürlich gebe ich auf mich acht.«
»Und den Hübschlerinnen …«
»… gehe ich selbstverständlich aus dem Weg«, unterbrach Michel sie und atmete heftiger.
»… wirst du mit Respekt begegnen!«, korrigierte ihn Marie.
Michel sah seine Frau einige Augenblicke lang an und nickte. »Ich verspreche es dir!«
Dann vergaß er den König, die Hussiten und den bevorstehenden Abschied und ließ sich von seiner Leidenschaft dahintreiben wie ein Blatt auf einem rasch fließenden Bach.

9.

In Nürnberg hatte man Michel nicht sagen können, wann genau Hettenheim mit seiner Schar nach Hohenstein käme und er sich ihm anschließen könne. Daher leitete er in den nächsten Tagen alles Notwendige in die Wege,

damit Marie geraume Zeit in der Lage war, die Burg allein zu verwalten. Obwohl er ihren starken Willen kannte, wollte er sie nicht ohne männlichen Schutz zurücklassen und lehnte daher Thomas' Angebot, ihn zu begleiten, entschieden ab.
»Du wirst hierbleiben und Marie helfen!«, erklärte er ihm und sah Hiltrud aufatmen. Sie war froh, dass ihr Mann nicht gegen die Hussiten ziehen musste, denn sie hatte vom Pfarrer zu viel Schreckliches über die Aufständischen gehört.
Thomas war einst Michels Untergebener bei den Scharen des Pfalzgrafen am Rhein gewesen und kämpfte nun sichtlich mit seinen Gefühlen. »Hohenstein liegt weit genug von den Hussitengebieten weg und wird kaum in Gefahr geraten. Daher wäre es besser, ich würde mit dir kommen. Du brauchst einen Knappen oder wenigstens einen Stallburschen.«
»Mein Pferd kann ich immer noch selbst striegeln, oder ich zahle dem Knecht eines anderen Ritters einen Becher Wein, damit er es für mich tut. Nein, Thomas, du bleibst hier und sorgst dafür, dass Marie und Trudi ohne Sorgen auf Hohenstein leben können. Das ist mir mehr wert als dein Schwertarm an meiner Seite.«
Marie verfolgte das Gespräch zwischen den beiden Männern und hing dabei ihren eigenen Gedanken nach. Um mit den Knechten und Mägden auf Hohenstein zurechtzukommen, brauchte sie Thomas nicht. Außerdem war da noch Hiltrud. Wenn deren Mann hier zurückblieb, würde Michel allein mit Leuten reiten müssen, die er nicht kannte. Ob die ihm im Falle eines Kampfes mit dem Feind so zur Seite stehen würden wie sein alter Freund und Waffengefährte, bezweifelte sie. Da sie jedoch in Hiltruds Augen die Angst las, allein bleiben zu müssen, verkniff sie sich jeden Einwand und zupfte ihre Freundin am Ärmel.
»Was meinst du, wollen wir zum See gehen und nachsehen, ob noch Dolden an den Holunderbüschen wachsen? Viel-

leicht können wir heute Abend wieder Küchlein machen«, schlug sie vor.
»Das ist ein ausgezeichneter Gedanke«, stimmte Michel ihr zu. »Die Holunderküchlein, die Hiltrud und du backen, sind die besten der Welt.«
»Also los!« Marie warf ihrer Freundin einen auffordernden Blick zu und nahm einen Korb.
Nach einem kurzen Zögern griff Hiltrud sich ein Messer und trat zur Tür. Dort wandte sie sich noch einmal um. »Lass dich nicht von Thomas beschwatzen, ihn doch mitzunehmen, Michel. In einer Zeit wie dieser sollten Frauen nicht allein zu Hause bleiben.«
»Keine Sorge, Hiltrud, mein Entschluss steht fest. Ich werde Thomas hierlassen, und wenn ich ihm eine Wunde beibringen müsste, so dass er nicht mitkommen kann.« Michels Lächeln nahm seinem letzten Satz die Schärfe, doch sowohl Marie wie auch Thomas begriffen, dass es ihm vollkommen ernst damit war.
»Komm, Hiltrud, wir gehen. Wo ist Trudi?«
Marie hatte kaum ihren Namen erwähnt, da sauste ihre Tochter um die Ecke. Sie hielt ihre neue Strohpuppe in der Hand und sah ihre Mutter mit leuchtenden Augen an. »Ich habe mir die beiden Zicklein angesehen, die in der Nacht geboren worden sind. Sie sehen genauso aus wie ihre Mama! Nur dass sie noch keine Hörner haben.«
»Die wachsen ihnen schon noch, wenn wir sie nicht vorher schlachten und essen«, erklärte Hiltrud, deren Laune sich bei der Erwähnung der Tiere wieder gebessert hatte.
Trudi stampfte mit dem rechten Fuß auf. »Ich will aber nicht, dass die Zicklein umgebracht werden!«
»Vorerst werden sie es auch nicht. Vielleicht ziehe ich sie auch ganz auf und vergrößere damit unsere Herde«, versuchte Hiltrud, die Kleine zu beruhigen.

Damit gab das Mädchen sich fürs Erste zufrieden, und so konnten sie sich auf den Weg zum See machen. Sie hatten die Holunderbüsche noch nicht erreicht, da vernahmen sie Hufschlag, der rasch näher kam.

»Wer mag das sein?«, fragte Hiltrud besorgt.

»Das werden wir gleich sehen!« Marie blieb stehen und blickte nach vorne.

Seitlich des Burghügels stieg eine Staubfahne auf, wie sie nur eine große, rasch reitende Schar erzeugen konnte, und das Geräusch aufeinanderschlagenden Metalls verriet, dass es sich um Ritter in schweren Rüstungen handelte. Das beruhigte Marie, denn Hussiten zogen Michels Berichten nach leichter gewappnet und auch weniger lärmend ins Feld als Sigismunds Truppen. Daher schloss sie, dass es sich um Falko von Hettenheim und seine Leute handeln musste, und blieb am Rand der Straße stehen, bis die Reiter herangekommen waren.

Diese bemerkten Hiltrud und Trudi, ritten aber weiter, ohne langsamer zu werden oder auf andere Art Rücksicht zu nehmen. Hiltrud wich mit einem schnellen Schritt in die Wiese aus, als einer der Reiter direkt auf sie zutrabte. Auch Marie verließ jetzt die Straße und zog Trudi am Arm mit sich. Dabei verlor das Mädchen seine Puppe und wollte sie wiederholen. Marie hielt sie jedoch fest und musste zusehen, wie die Hufe eines Pferdes die Puppe trafen. Diese flog durch die Luft und blieb schmutzig und verdreht auf der Straße liegen.

»Diese bösen Männer!«, schimpfte Trudi und ballte die kleinen Fäuste.

Marie sah den rücksichtslosen Reitern nach, und ihr wurde das Herz schwer. Wenn Michel mit dieser Schar in den Krieg ziehen musste, würde er nicht glücklich werden. Einen Augenblick schob sie das Kinn trotzig vor. Wozu wollte er auch in den Krieg ziehen! Dann aber senkte sie den Kopf und streichelte ihrer Tochter die Wange.

»Thomas wird dir eine neue Puppe basteln, mein Schatz.«

»Sie hätten sie nicht kaputt machen dürfen«, schniefte die Kleine.

»Wahrscheinlich haben sie die Puppe nicht gesehen!« Noch während sie es sagte, ärgerte Marie sich darüber, dass sie diese Kerle auch noch verteidigte. Wenn Hiltrud und sie nicht rechtzeitig ausgewichen wären, hätten Hettenheims Leute sie glatt über den Haufen geritten.

Mit dem Gefühl, die Besucher seien keine edlen Ritter, sondern elende Rüpel, drehte sie sich um und kehrte zur Burg zurück. Trudi lief hinter ihr her, während Hiltrud überlegte, ob sie nicht doch rasch ein paar Hollerdolden schneiden sollte. Dann aber begriff sie, dass Marie keine Küchlein mehr backen würde, wenn Michel bereits an diesem Tag mit den Kriegern aufbrechen musste, und folgte ihrer Freundin.

10.

Auf dem Vorplatz der Burg zügelte Falko von Hettenheim sein Pferd und sah sich um. Obwohl sein eigener Besitz weitaus größer war als Hohenstein, ärgerte er sich unwillkürlich. Dieser Wirtsschwengel, wie er Michel für sich nannte, hielt die Festung in guter Ordnung. Die Mauern waren glatt, der Vorplatz sauber gefegt, und einige Dächer waren erst vor kurzem erneuert worden. Wenn Sigismund Michel Adler diesen Besitz einmal als Lehen zusprach, konnte der Kerl sich zu Recht einen wohlhabenden Mann nennen.

Hettenheims Stellvertreter teilten die Gefühle ihres Anführers. Aus altem Adel stammend, sahen die beiden es als Zumutung an, einen Mann wie Michel als gleichberechtigten Ritter in ihrer Schar dulden zu müssen. Gunter von Loosens Besitz bestand aus einer Burg, die dem Zusammenbruch nahe war, und so fühlte er Neid auf den einstigen Konstanzer Wirtssohn in sich aufsteigen. Dieser Kerl war, wie er gehört hatte, durch die Nachgiebigkeit seiner Frau dem König gegenüber zum Burghauptmann von Hohenstein ernannt worden. Er hingegen musste zusehen, wie er seinen halbverhungerten Bauern genug abpresste, um sich eine anständige Rüstung und ein gutes Schlachtross leisten zu können.

»Da sieht man, wozu es ein Mann bringen kann, der beide Augen zudrückt, wenn Sigismund die eigene Frau gefällt«, sagte er zu seinem Freund Bodo von Haidhausen, der ebenfalls in verbesserungswürdigen Umständen lebte.

Haidhausen spie aus und verzog das Gesicht. »Wegen mir könnte Sigismund mein Weib rammeln, sooft es ihm beliebt, wenn dabei jedes Mal eine solche Burg als Gewinn herausspringt.«

Damit reizte er Loosen und Hettenheim zum Lachen. Beide wussten, dass Haidhausens Gattin beinahe ebenso breit wie hoch war und mehr wog als ihr Ehemann. Außerdem war sie für ihre scharfe Zunge berüchtigt und gewiss nicht die Frau, die Sigismund sich ins Bett holen würde. In ihrer Jugend war sie eine reiche Erbin gewesen, doch Ritter Bodo hatte ihre Mitgift bei Weib und Wein sowie durch einige schmerzhafte Niederlagen bei Turnieren durchgebracht und musste nun ebenso wie Loosen darauf hoffen, seinen Beutel durch die Beute im Krieg gegen die Hussiten füllen zu können.

Nicht zuletzt deshalb hatte Hettenheim den beiden Rittern den wichtigsten Part bei dem Auftrag zugedacht, den er von

dem päpstlichen Inquisitor Janus Suppertur erhalten hatte. Nun aber galt es erst einmal, Michel Adler in seine Schar aufzunehmen. Daher sah er zu, wie dieser zusammen mit einem anderen Mann auf den Burghof trat und auf ihn zukam.
»Jetzt, Adler, geht es in den Krieg«, begann Hettenheim, da er den Namen Hohenstein, auf den Michel ein Anrecht hatte, nicht über die Lippen brachte.
»Willkommen auf Hohenstein, meine Herren. Wollt Ihr nicht absitzen und einen Schluck Wein trinken? Meine Frau wird dafür sorgen, dass Ihr auch etwas zu essen bekommt.«
Unterdessen hatte Marie die Burg erreicht und hörte Michels Worte. Ihre Lust, für Graf Hettenheim und dessen Männer aufzutischen, war gering, aber um des lieben Friedens willen war sie dazu bereit.
Doch als sie zum Palas gehen wollte, schüttelte Hettenheim den Kopf. »Dazu haben wir keine Zeit, Adler. Der König will, dass wir so rasch wie möglich nach Böhmen vorrücken. Daher steigt aufs Pferd und kommt mit. Oder seid Ihr noch nicht bereit dazu?«
»Ich bin bereit«, antwortete Michel, obwohl er Hettenheims Eile für übertrieben hielt.
Er hätte sich mehr Zeit gewünscht, um sich von Marie und Trudi verabschieden zu können. Da er jedoch seinen neuen Anführer nicht verärgern wollte, ging er in den Palas, um seine Sachen zu holen.
Unterdessen musterte Falko von Hettenheim die Burgherrin, die mit ernster Miene auf dem Hof stehen geblieben war, und beneidete Michel nun ebenfalls. Während diese Frau geradezu engelhaft schön wirkte, war seine eigene Gemahlin schwerfällig und unansehnlich. Auch wuchsen dieser dichte, schwarze Haare auf der Oberlippe. Er hatte sie nur geheiratet, weil sie eine reiche Erbin war und er mit ihrer Mitgift seinen Besitz fast hatte verdoppeln können. Aber

die wichtigste Aufgabe eines Weibes, ihm einen Sohn zu gebären, hatte sie bis zu diesem Tag nicht erfüllt. Dafür hatte sie ihm reichlich Töchter beschert. Den Hausgesetzen seiner Sippe zufolge konnte nur ein Mann den Besitz erben. Solange er keinen Sohn sein Eigen nannte, fiel alles einem entfernten Verwandten in den Schoß.
Michel Adler hingegen konnte, falls Sigismund ihm ein Lehen verlieh, selbst festlegen, ob seine Tochter den Besitz einmal erben und ihn an ihre Kinder weitergeben durfte. Aber dazu wird es nicht kommen, sagte Hettenheim sich und dachte mit einer gewissen Zufriedenheit daran, dass dieser Wirtsschwengel nicht aus dem Krieg gegen die Hussiten zurückkehren würde. Er schüttelte diesen Gedanken ab und schnauzte Marie an: »Wo bleibt dein Mann? Wir wollen heute noch weiterreiten!«
Marie biss die Lippen zusammen, um nicht ebenso unhöflich zu antworten. Bevor sie sich ihre Worte zurechtlegen konnte, kehrte Michel zurück. Er trug nun eine Rüstung und hatte seinen Helm unter den Arm geklemmt. Während ein Knecht sein Streitross heranführte, ging er zu Thomas und klopfte ihm auf die Schulter.
»Thomas, du bleibst auf jeden Fall hier auf der Burg und beschützt Marie und Trudi. Schwöre es mir!«
Sein Freund nickte, obwohl ihm das nach wie vor nicht behagte. »Das schwöre ich, Michel! Ich werde die beiden mit meinem Leben beschützen.«
»Dann ist es gut!« Michel fasste seinen Arm und hielt ihn für einen Augenblick fest. Sie hatten schon vieles zusammen erlebt und wussten, dass sie einander bis zum Letzten vertrauen konnten.
Hettenheim sah dem Ganzen mit einem zynischen Lächeln zu und fragte: »Womit soll dieser Bauer Euer Weib verteidigen? Etwa mit seiner Mistgabel?«

Der höhnische Tonfall ärgerte Michel, aber Maries Antwort kam schneller. »Wenn es sein muss, tut Thomas auch das. Ihr solltet ihn nicht unterschätzen. Er ist gut genug, um es mit zwei von Euren Waffenknechten aufnehmen zu können.«
»Wirklich?« Hettenheim lachte ungläubig und gab einem seiner Unteroffiziere einen Wink. »Eberhard, nimm noch einen Mann – und dann soll der Kerl beweisen, ob seine Herrin recht hat. Wenn es nicht der Fall ist, wird sie mir Abbitte leisten müssen.«
Eberhard stieg aus dem Sattel und deutete auf einen zweiten Kriegsknecht, der ebenfalls absaß. Beide zogen die Schwerter und gingen lauernd auf Thomas zu. Marie begriff, dass es ihnen nicht nur darum ging, Hiltruds Mann zu besiegen. Die Kerle waren auf Blut aus! Wieso hatte sie die Situation mit ihrer Bemerkung nur so zugespitzt!
Sie blickte kurz zu Michel hin, um zu sehen, ob dieser dem ungleichen Kampf Einhalt gebieten würde. Er stand jedoch völlig ruhig da und kreuzte die Arme vor der Brust. Auf seinen Lippen spielte sogar der Anflug eines Lächelns. Da Michel nicht besorgt schien, schöpfte auch sie Hoffnung, dass dieser Zwischenfall ein gutes Ende finden würde.
Thomas musterte die beiden Waffenknechte, griff nach einer Heugabel mit Zinken aus Eisen und wich ein paar Schritte beiseite, um nicht durch die anderen Reiter behindert zu werden. Obwohl seine Gegner erfahrene Krieger waren, fürchtete er sie nicht, denn er hatte sich mit Michel regelmäßig im Kampf mit Bogen, Schwert und Speer geübt.
Die beiden Kriegsknechte nahmen ihren Gegner nicht ernst, und so ließ einer dem anderen lachend den Vortritt. Doch Thomas blockte den Schwerthieb des Mannes fast spielerisch mit den Gabelzinken ab, drehte blitzschnell das Gerät und prellte ihm die Waffe aus der Hand. Bevor ihn der zweite Gegner angreifen konnte, war er bei ihm und fegte ihn

mit einem schwungvollen Hieb von den Beinen. Der Mann stürzte zu Boden und verlor seine Waffe. Sofort schlug Thomas ihm die Gabel gegen den Helm und betäubte ihn für einige Augenblicke.
Der andere Kriegsknecht wollte hinter Thomas' Rücken sein Schwert zurückholen, doch gerade als er danach griff, schleuderte Thomas seine Heugabel wie einen Speer. Der Kriegsknecht schrie vor Schreck auf und starrte mit weit aufgerissenen Augen auf seinen Arm, der von zwei Zinken an die Erde genagelt wurde.
Sein Kamerad erhob sich taumelnd. Doch als er nach seinem Schwert griff und auf Thomas losgehen wollte, hielt Hettenheims Ruf ihn auf.
»Der Kampf ist zu Ende! Das ist wohl besser für euch, sonst besorgt der Bursche es euch noch mit dem Kehrbesen! Beim Heiland! Mit so etwas wie euch soll ich die Hussiten besiegen? Die ziehen euch das Fell ab, ohne dass ihr ihnen auch nur eine Schramme beibringen könnt. Macht, dass ihr in die Sättel kommt!«
Thomas zog die Gabel aus der Erde, damit der Soldat aufstehen konnte, und trat grinsend beiseite. »Glaubt Ihr jetzt, dass ich meine Herrin zu beschützen weiß, Herr Ritter?«, fragte er Hettenheim.
Dieser würdigte ihn keiner Antwort, sondern starrte Michel an, der eben zu Marie hintrat und den Mund öffnete, sich aber nur räusperte und sie stumm ansah.
Marie begriff, dass das, was er ihr sagen wollte, nicht für die Ohren von Hettenheim und seinen Begleitern geeignet war. Jedes liebe Wort würden diese Männer zum Anlass nehmen, ihn als weichlich darzustellen und zu verhöhnen. Daher strich sie ihm über die Wange. »Ich liebe dich. Geh mit Gott!«
Mit einem letzten Blick prägte Michel sich Maries Bild noch einmal ein, denn sie würden wohl etliche Wochen aufeinan-

der verzichten müssen. Dann schwang er sich behende auf sein Pferd, griff nach den Zügeln und sah Hettenheim an. »Ich bin bereit!«

Der Ritter antwortete mit einem Grunzen und trieb sein Pferd an. Gunter von Loosen und Bodo von Haidhausen folgten ihm als Erste, schon um Michel zu beweisen, dass sie sich über ihm stehend fühlten. Auch einige andere Reiter drängten sich vor. Michel achtete jedoch nicht darauf, sondern winkte Thomas, Hiltrud und Trudi noch einmal kurz zu, Marie hingegen etwas länger, dann zog auch er sein Pferd herum und reihte sich zwischen den adeligen Rittern und den einfachen Kriegsknechten ein. Als die Burg hinter ihm zurückblieb, fragte er sich, was ihn in Böhmen erwarten würde. Was immer es auch sein mochte – für ihn war es das Wichtigste, den König nicht zu enttäuschen. Allerdings schwor er sich, nicht allzu wagemutig zu sein, um nicht durch Unachtsamkeit oder Torheit sein Leben und das der Männer zu riskieren, die man ihm anvertrauen würde.

Mit Zweifel im Herzen sah Marie hinter den Reitern her. Erst als diese hinter dem Hügel verschwunden waren, drehte sie sich zu Hiltrud und Thomas um. »Ich weiß nicht, wie es euch geht, aber mir haben weder dieser überhebliche Hettenheim noch seine Begleiter gefallen. Ich frage mich, wie Michel mit ihnen auskommen wird. Hoffentlich schafft er es, sich gegen diese hochnäsigen Dummköpfe durchzusetzen und sich gleichzeitig vor ihnen zu hüten!«

»Die Kerle steckt Michel allemal in die Tasche«, antwortete Thomas mit einem schiefen Lachen.

Dann nahm er seine Gabel und stellte sie gegen die Stallmauer. Wenn es sein musste, würde er diese Waffe gegen jeden einsetzen, der es wagte, die Herrin auf Hohenstein und deren Tochter zu bedrohen.

11.

Auf dem Weg nach Osten schlossen sich weitere fränkische Ritter mit ihren Kriegsknechten Falko von Hettenheim an. Obwohl seine Schar zu einer stattlichen Anzahl kampfkräftiger Männer angewachsen war, stellte sie nur eines von mehreren Aufgeboten dar, die sich an Böhmens Grenzen versammelten. Neben den Franken waren auch Sachsen, Schwaben, Brandenburger und ein paar Baiern gekommen. Österreicher fehlten, denn die brauchten jeden Mann, um ihre eigenen Grenzen gegen die Hussiten zu schützen.

Michel bemerkte schon bald, dass das Heer, das Sigismund hier versammelt hatte, sich mit zwei großen Problemen herumschlagen musste: Zum einen stammten die meisten Krieger aus kleinen Herrschaften und hatten noch nie in einem größeren Verband gekämpft, und zum anderen fehlten die gut ausgebildeten Truppen der Kurfürsten und Herzöge, die den Kern des Heeres hätten stellen sollen. Außerdem war es um die Versorgung nicht allzu gut bestellt, und Kanonen und anderes Material, das für Belagerungen benötigt wurde, fehlten fast ganz.

Mit dieser Truppe ließ sich nicht einmal eine Feldschlacht gegen einen gleich starken Gegner gewinnen, sagte Michel sich besorgt. Nach allem, was er erfahren hatte, war das Heer des Hussitenfürsten Vyszo fast doppelt so groß wie das ihre. Auch hatte ein Angriff auf Burg Sokolny mit dieser Ausrüstung kaum Aussicht auf Erfolg. Bereits der Versuch einer Erstürmung würde zum Verlust des größten Teils der Krieger führen.

Dies war dem König wohl ebenfalls klar, denn er hielt sich nur drei Tage bei dem Heer auf, übergab dann das Kom-

mando zur Enttäuschung seines Vetters Hettenheim an Herzog Adalbert von Sachsen und kehrte nach Nürnberg zurück, um von dort aus weitere frische Truppen zu sammeln und vor allem Geld aufzutreiben.
Das Heer selbst rückte nur wenige Meilen in die Waldberge auf böhmischem Gebiet vor und bezog in der Nähe der Eger ein Lager. So stellte Sigismund erst einmal sicher, dass die Hussiten in dem Moment, in dem sie die Burg des Grafen Sokolny angriffen, von seinen Truppen in die Zange genommen werden konnten.
Michel wollte die Zeit nutzen, die fränkischen Krieger im Kampf auszubilden, doch er stieß bei Falko von Hettenheim auf taube Ohren.
»Beschränkt Euch auf Eure Aufgaben und mischt Euch nicht in die Belange der Heerführer ein!«, beschied dieser ihm und sorgte dafür, dass Michel all jene Arbeiten zugeteilt wurden, die er und seine Busenfreunde Loosen und Haidhausen für unter ihrer Würde hielten.
Ohne es zu ahnen, taten sie Michel damit einen Gefallen. Auf seinen Patrouillengängen und -ritten lernte er die einfachen Waffenknechte und die Unteroffiziere kennen und einige, wie Hettenheims Sergeanten Hannes Mühldorfer, sogar zu schätzen. Von diesem erfuhr er mehr über die Feinde, als selbst ihr Heerführer Adalbert von Sachsen wusste.
Keinen Tagesritt weiter im Osten befand sich das Gebiet des Grafen Václav Sokolny, der auf seiner Unabhängigkeit von König Sigismund wie auch gegenüber den Hussiten beharrte. Als Anhänger der römischen Kirche hatte er eine Gruppe böhmischer und deutscher Ritter um sich geschart und verteidigte sein Territorium mit äußerster Verbissenheit. Dabei half ihm ein Waffenmeister, den nicht wenige für einen Dämon hielten. Sogar erfahrene Soldaten wurden blass, wenn die Rede auf ihn kam. Der Mann nannte sich Marat und

musste den Erzählungen nach ein Sohn des Teufels sein oder gar der Satan in eigener Person.
Nicht weniger fürchteten die einfachen Waffenknechte Fürst Vyszo, den Heerführer der Hussiten, der seine Leute östlich von Sokolny gesammelt hatte und den Grafen zwingen wollte, sich ihm anzuschließen.
Wenn Sokolny das tat, dachte Michel, würde die Position der königlichen Truppen hier unhaltbar werden.
Mit diesem Gedanken beendete er seinen Erkundungsritt und hielt auf das Feldlager zu. Es dämmerte bereits, und die Lagerfeuer wiesen ihm den Weg. Da er den ganzen Tag im Sattel verbracht hatte, war er rechtschaffen müde. Das mochte ebenso zu seiner schlechten Laune beitragen wie das Wissen, dass er viel länger von Marie und Trudi getrennt sein würde, als er beim Abschied von ihnen angenommen hatte.
Der Feldzug gegen die Hussiten zog sich schier endlos dahin, und wenn die kaiserlichen Truppen glaubten, einen Vorteil errungen zu haben, ging dieser an einer anderen Stelle wieder verloren. Es war, als drehten die drei beteiligten Parteien sich im Kreis. Sokolny konnte sich als Katholik nicht den ketzerischen Hussiten anschließen, aber auch nicht dem König, da er befürchten musste, Fürst Vyszo würde ihn in dem Fall mit allem attackieren, was ihm zur Verfügung stand. Vyszo selbst scheute vor einem Großangriff auf Sokolny zurück, da er Angst haben musste, Sigismunds Armee würde ihm in den Rücken fallen.
Da die Heerstraße nach Westen über Sokolnys Besitz führte, war dem Hussitenfürsten der Weg ins Herz des Reiches versperrt. In dieser Situation konnten auch die Truppen des Königs nichts weiter tun als abwarten, ob sich ihnen eine unerwartete Gelegenheit für einen Angriff bot. Sollten sie jedoch zu lange warten, liefen sie Gefahr, sich schmachvoll zurückziehen zu müssen.

Michel hasste die verfahrene Situation und auch die Tatsache, dass scheinbar niemand auf Seiten der Königlichen ein Interesse daran zu haben schien, etwas an ihr zu ändern. Ein Priester hatte ihm einmal von einem Helden namens Alexander berichtet, der einen komplizierten Knoten mit seinem Schwert durchtrennt und damit einen wichtigen Krieg gewonnen hatte. So einen Mann oder wenigstens jenes Schwert hätten sie an dieser Stelle gebraucht, dachte er, während er an der Spitze von drei Waffenknechten auf die erste Postenreihe zuritt und dort wartete, bis einer der Wachen eine Fackel nahm und ihn anleuchtete.

»Ihr seid es, Hohenstein! Wie sieht es draußen aus? Treiben sich Vyszos Halunken immer noch in der Gegend herum?«, fragte der Mann angespannt.

»Gesehen haben wir keinen, aber ich würde darauf wetten, dass sie hier sind! Hinter jedem Busch kann einer von ihnen lauern!«

Michel grinste, als der Mann erschrocken das Kreuz schlug. »Hinter jedem Busch? Hoffentlich nicht! In dieser Gegend gibt es nämlich verdammt viele Büsche.«

»Na ja, vielleicht nicht hinter jedem, aber wir müssen überall mit Spähern rechnen«, schränkte Michel ein. »Sind Boten ins Lager gekommen, vielleicht vom König selbst?«

Der Wachtposten schüttelte den Kopf. »Leider kein einziger! Aber am Nachmittag ist ein Händler erschienen, der einen Wagen voll von irgendwelchen Waffen für Hettenheim gebracht hat. Brot und Fleisch wären mir lieber gewesen. Immerhin liegen wir schon seit Wochen in diesem Lager und müssen bald neue Latrinen ausheben, weil die alten schon zum Gotterbarmen stinken. Wenn der Wind nach Nordosten weht, dürfte es Sokolnys Wachen an der Eger den Atem verschlagen. Uns hier tut es das sowieso!«

»Kein Bote!« Für Michel war dies eine Enttäuschung, hieß

es doch, dass Sigismund weiterhin nichts gegen seine Feinde unternehmen würde.

»Wenn es so weitergeht, liegen wir noch in einem Jahr in diesem verdammten Lager«, murrte er und ritt weiter.

Dieses lähmende Abwarten, das hie und da von kleinen Scharmützeln unterbrochen wurde, drohte ihn zu zermürben. Alles, was notwendig gewesen wäre – ein Vorrücken in Feindesland und eine entscheidende Schlacht –, unterblieb. Man sah den Gegner nicht einmal, bis er aus der Deckung dichter Wälder heraus angriff und sich ebenso schnell zurückzog, wenn er auf stärkeren Widerstand traf.

Michel hatte Graf Hettenheim schon mehrfach den Vorschlag zu unterbreiten versucht, eine ähnliche Taktik einzuschlagen, war aber auf taube Ohren gestoßen. Für Sigismunds Vetter galt nur der als wahrer Krieger, der zu Pferd und in offener Schlacht gegen einen Feind anritt. Hussiten waren in seinen Augen aufrührerische Bauern, die die Armee des Königs bald schon zu Paaren treiben würde. Genau das aber bezweifelte Michel. Wie Fürst Vyszo stammten auch viele andere Anführer der Hussiten aus dem Adel, verstanden es also, Männer anzuführen. Doch im Gegensatz zu den Rittern des Königs hatten sich die Adeligen hier in Böhmen auf eine neue Kampfweise eingestellt und damit bereits etliche Erfolge errungen.

Unwillig schüttelte Michel diesen Gedanken ab und ließ seinen Blick wie gewohnt umherschweifen. Obwohl die Fackeln und die Flammen der Lagerfeuer Männer und Zelte nur unzureichend beleuchteten, war zu erkennen, wie abgerissen das Lager und die Soldaten bereits wirkten. Michel war sich bewusst, dass er ebenso stoppelbärtig herumlief wie die meisten hier und seine Kleidung auch schon bessere Tage gesehen hatte. Außerdem war er schmutzig und sehnte sich nach einem heißen Bad und Hiltruds scharfer Seife.

Darauf würde er jedoch verzichten müssen, bis dieser verdammte Krieg gewonnen war. Doch so lahm, wie König Sigismund, Adalbert von Sachsen und die führenden Edelleute wie Falko von Hettenheim diesen vorantrieben, konnte das noch lange dauern.
Missmutig erreichte Michel Hettenheims Zelt, vor dem das Banner mit dem schwarzen Stier aufgepflanzt war, und schwang sich aus dem Sattel. Sofort eilte einer der Knechte herbei und übernahm die Zügel.
»Reibe ihn gut ab und gib ihm ein bisschen Hafer – vorausgesetzt, es ist noch welcher da.«
Michel seufzte, denn der Nachschub war wohl ihr größtes Problem. Es war nicht möglich, sich aus der Umgebung zu versorgen, da entweder Sokolnys Totschläger Marat mit seinen Leuten oder Vyszos Hussiten die Furagetrupps überfielen.
»Es muss etwas geschehen«, sagte er leise, als er auf Hettenheims Zelt zuging, den Eingang offen fand und es daher ohne Anruf betrat.
Sein Anführer saß auf einem Klappstuhl neben einer Kiste, die ihm als Tisch diente, und war in ein Gespräch mit seinen engsten Gefolgsleuten Gunter von Loosen und Bodo von Haidhausen vertieft. Auch Hannes Mühldorfer, Hettenheims Sergeant, hatte sich eingefunden und blickte angestrengt auf die Karte, auf die Hettenheim gerade wies.
Als Michel eintrat, wandten sich die vier Männer zu ihm um. Während Hettenheim, Loosen und Haidhausen keine Miene verzogen, grinste Mühldorfer. »Seid Ihr heil zurückgekehrt, Hohenstein? Wie sieht es draußen aus? Sind viele Hussiten in der Nähe?«
Michel grüßte den Sergeanten mit einem Nicken und lachte grimmig. »Blicken lassen die Kerle sich nicht, aber es treiben sich etliche hier herum. Ich habe unten am Bach Fuß-

spuren von Leuten entdeckt, die gewiss nicht zu uns gehören.«
»Haben die Spuren sprechen können, weil Ihr das so genau wisst?«, fragte Loosen höhnisch.
Michel schüttelte den Kopf. »Ich habe mir die Abdrücke von unseren Stiefeln und denen der Hussiten sehr genau angesehen und weiß daher, wer zu uns gehört und wer nicht.«
»Ich dachte, Euer Vater wäre Schankwirt gewesen und kein Schuster«, spottete Loosen.
Da Hettenheim keinen Streit wollte, hob er warnend die Hand. »Jeder Mann, der zwei Augen im Kopf hat, kann die Abdrücke unserer Stiefel von denen unserer Feinde unterscheiden. Allerdings tragen Sokolnys Leute das gleiche Schuhwerk wie die aufrührerischen Hussiten. Wenn man die auseinanderkennen würde, wäre dies eine nützliche Kunst.«
»Sokolny sieht uns ebenso wie die Hussiten als Feinde an und verweigert uns den Durchzug durch sein Gebiet«, antwortete Michel gereizt. »Daher ist es nicht wichtig, ob seine Männer die gleichen Schuhe tragen wie Vyszos Leute. Sie alle stechen oder schlagen zuerst zu, bevor sie Fragen stellen. Nur kann man ihnen nicht mehr antworten, weil man tot ist.«
»Ich liebe Euren Humor, Hohenstein!«, rief Bodo von Haidhausen. »Er hat so etwas Erfrischendes an sich. Da wir gerade bei einer Erfrischung sind. Gibt es in diesem elenden Lager vielleicht noch ein Fässchen Wein? Meine Kehle ist wie ausgedörrt, und von dem Wasser hier bekommt man Bauchgrummeln.«
Er sah Hettenheim auffordernd an, doch der wollte den wenigen Wein, den er noch besaß, nicht mit dem Ritter teilen.
»Ihr werdet Euch gedulden müssen, bis die nächsten Proviantwagen eintreffen. So lange müssen wir uns mit Wasser begnügen.«

»Sorgt aber dafür, dass es aus anderen Quellen geholt wird als aus denen, die bislang benutzt werden«, wandte Michel ein.
Gunter von Loosen war sonst nie mit Michel einer Meinung, doch nun machte er eine zustimmende Geste. »Er hat recht! Das Zeug stinkt bereits, wenn man es in den Becher füllt. Daran sind wahrscheinlich unsere Latrinen schuld oder die Kerle, die sich in die Büsche schlagen, um dort zu scheißen!«
»Gut! Sorge dafür, dass das Wasser woanders geholt wird«, forderte Hettenheim seinen Sergeanten auf.
Mühldorfer zog hilflos die Schultern hoch. »Dann müssen unsere Wasserholer ein schönes Stück laufen. Wir werden ihnen Geleitschutz mitgeben müssen, sonst werden sie von Vyszos oder Sokolnys Leuten überfallen.«
»Dann tut das!« Hettenheims Ton verriet, dass dieses Thema für ihn abgeschlossen war. Er erhob sich, trat in eine Ecke des Zeltes und hob ein armspannenlanges Bronzerohr aus einem Kasten. Dieses legte er mit einem breiten Grinsen auf den Tisch.
»Mit dieser Waffe werden wir sowohl Vyszos Gesindel wie auch Sokolnys Leuten einheizen«, erklärte er selbstzufrieden.
Michel betrachtete das Rohr, das ein etwa fingerdickes Loch aufwies, und runzelte die Stirn. »Das Ding sieht aus wie eine kleine Kanone mit einem ziemlich langen Lauf!«
»Genau das ist es. Es handelt sich um eine sogenannte Tannenbergbüchse, die ein einzelner Mann handhaben kann. Die Hussiten haben uns die Durchschlagskraft kleiner Kaliber schon ein paarmal bewiesen. Da ihre Feldschlangen jede Ritterrüstung mühelos durchschlagen, mussten wir uns etwas einfallen lassen. Mein Vetter, der König, hat mir ein paar Dutzend dieser Dinger geschickt, damit wir sie im Feld erproben können.«

»Wann ist denn sein Bote erschienen? Es hieß, es wäre bisher kein kaiserlicher Abgesandter aufgetaucht«, rief Michel verwundert.
»O doch, das ist er, aber als Händler verkleidet! Darüber sollten wir Stillschweigen bewahren«, antwortete Hettenheim herablassend und zeigte auf die Karte. »Sigismund erwartet, dass wir auf diesem Weg hier vorrücken und die Ebene hinter dem Fluss einnehmen. So gewinnen wir eine kürzere Verteidigungslinie gegen die Hussiten und können auch Sokolny besser unter Kontrolle halten. Was meint Ihr dazu?«
Die Frage galt Michel. Dieser wunderte sich, denn bislang hatte Hettenheim Loosens oder Haidhausens Meinung stets der seinen vorgezogen. Aber er war zu froh, sich äußern zu können, um weiter darüber nachzudenken. Im Gegensatz zu den beiden Edelleuten hatte er die Gegend bereits erkundet und vermochte nun sein Wissen in die Waagschale zu werfen.
»So einfach wird das nicht sein. Vor uns stehen mehr als zweitausend Hussiten. Wenn wir wie befohlen vorrücken, werden sie diese Einladung annehmen und uns in die Flanke fallen. Um das zu verhindern, müssten wir uns südwärts wenden und die Eger überqueren. Dort aber ist Sokolnys Land, und wir stehen dessen Leuten gegenüber. Wenn wir die niederkämpfen, schwächen wir den Grafen, der sein Gebiet bis jetzt immer noch gegen Vyszo hält, und treiben ihn unter Umständen sogar den Hussiten in die Arme.«
»Was seid Ihr für ein Bedenkenträger!«, spottete Loosen.
Bevor er mehr sagen konnte, wies Hettenheim ihn zurecht.
»Hohenstein hat recht! Wir können nicht einfach unser Lager abbrechen und ohne Erkundung in Sokolnys Gebiet eindringen. Die Aktion muss gut geplant und noch besser vorbereitet werden.«

»Vor allem müssen wir erkunden, wie stark Sokolny den Weg bewachen lässt«, setzte Michel hinzu.
»Genau das werdet Ihr tun, Hohenstein. Ich gebe Euch die Ritter Loosen und Haidhausen sowie meinen Sergeanten Mühldorfer mit.« Hettenheim wechselte einen kurzen Blick mit seinen Freunden und sah diese nicken.
Dann klopfte er Michel scheinbar kameradschaftlich auf die Schulter. »Findet einen Weg, auf dem wir vorrücken können, ohne dass uns der Feind in die Quere kommen kann.«
Michel brachte noch einen Einwand: »Wir werden bei diesem Ritt Sokolnys Gebiet betreten müssen. Hoffentlich wird er dadurch nicht gewarnt!«
»Dagegen gibt es ein einfaches Mittel«, antwortete Hettenheim lachend. »Ihr lasst euch einfach nicht erwischen. Meine Herren, damit danke ich euch. Eine gute Nacht!«
»Gute Nacht«, wünschte Michel ihm und verließ als Erster das Zelt. Loosen und Haidhausen folgten ihm grinsend und stießen sich dabei gegenseitig an, als würden sie sich auf einen fröhlichen Ausritt und nicht auf eine gefährliche Erkundung begeben.
Als der Sergeant ebenfalls aufbrechen wollte, hielt Hettenheim ihn zurück. »Einen Augenblick, Mühldorfer!«
»Ihr wünscht, Herr?« Der Mann machte kehrt und blieb vor dem Grafen stehen.
Dieser legte das Tannenbergrohr wieder in die Kiste zurück, setzte sich und winkte dem Sergeanten, neben ihn zu treten. Seiner Miene nach schien er zu fürchten, jemand anders könnte hören, was er Mühldorfer zu sagen hatte.
Er wies auf die Karte und deutete dann auf die Stelle, an der die Straße durch eine Furt in der Eger führte. »Schau her, Mühldorfer! Ihr werdet morgen bei eurer Erkundung nicht über diese Stelle hinauskommen.«

Der Sergeant starrte verwundert auf den Fleck, auf dem sich Straße und Fluss kreuzten. »Aber Ihr habt doch gesagt, wir sollen von dort aus in Sokolnys Land eindringen.«
»Das war nur eine Ausrede, eine Kriegslist sozusagen. Mir geht es um Michel Adler. Er wird an dieser Stelle den Tod finden.«
»Den Tod? Ich verstehe nicht!«
Mühldorfer klang so verdattert, dass Hettenheim zu lachen begann. »Was ist daran nicht zu verstehen? Michel Adler wird auf dem Erkundungsritt von einigen Hussiten erschlagen. Das ist doch ein ehrenvoller Tod.«
Da Mühldorfer noch immer so aussah, als begreife er die Welt nicht mehr, erteilte Hettenheim ihm genauere Anweisungen und schloss mit den Worten, dass Michel Adler einem sehr hochrangigen Mann im Wege stände.
»Es wird dein Schaden nicht sein, wenn du Loosen und Haidhausen hilfst, diesen Bastard unter die Erde zu bringen!«
»Das wäre Verrat an einem tapferen Recken«, stieß Mühldorfer empört aus.
Hettenheim funkelte den Sergeanten zornig an. »Verrat wäre es, mir nicht zu gehorchen! Oder muss ich dich erst daran erinnern, wem du Treue geschworen hast?«
»Euch, Herr!« Besiegt senkte Mühldorfer den Kopf.
Obwohl er Michel Adler als fähigen Anführer und guten Kameraden schätzte, so war er Hettenheim verpflichtet. Wenn sein Herr befahl, dass er den Burghauptmann von Hohenstein umbringen sollte, so hatte er zu gehorchen. Für sich aber beschloss der Sergeant, den beiden Rittern den Vortritt zu lassen und nur dann einzugreifen, wenn Loosen und Haidhausen nicht mit Michel Adler fertig wurden.
Mit einem dumpfen Gefühl in der Magengrube verließ Mühldorfer das Zelt und stiefelte zu seiner Unterkunft. Un-

terwegs sah er Michel an einem Lagerfeuer sitzen und aus einem Blechnapf den undefinierbaren Eintopf löffeln, den der Koch aus den Resten ihrer Vorräte zusammengemanscht hatte. Zu einer anderen Zeit hätte er sich zu der Gruppe gesetzt und ein paar Worte mit Michel gewechselt. Nun aber ging er weiter und kam an dem Zelt vorbei, in dem Haidhausen und Loosen hausten. Die beiden Ritter standen vor dem Eingang und blickten ebenfalls zu Michel hinüber. Als sie Mühldorfer kommen sahen, grinsten sie einander an, als wüssten sie bereits, dass er ihnen helfen sollte. Der Sergeant schüttelte sich innerlich und hätte gerne erfahren, aus welchem Grund Michel Adler sterben sollte.

Weder Mühldorfer noch die beiden Ritter konnten wissen, dass Hettenheim sich drei Tage zuvor erneut mit Janus Suppertur getroffen hatte. Der Inquisitor war erzürnt gewesen, weil Michel immer noch lebte, und hatte darauf gedrungen, dass Hettenheim seinen Auftrag ausführte. Da der Krieg gegen die Böhmen nicht so verlief, wie der Papst es sich vorstellte, war eine mögliche Anerkennung Falko von Hettenheims durch Martin V. als König und eine Kaiserkrönung in Rom ein Lockmittel, dem Sigismunds Vetter sich nicht hatte entziehen können.

12.

Der nächste Morgen entstieg kühl und neblig der Nacht, und Michel fröstelte, als er aus seinem Zelt hinausschaute. Hoffentlich regnet es nicht, dachte er, lachte dann aber über sich selbst. Nebel und Regen würden ihn und seine Begleiter während des Erkundungsritts vor den

Augen jener verbergen, die sie nicht sehen durften. Daher war es besser, für schlechtes Wetter zu beten, als darüber zu klagen. Seine Laune besserte sich bei diesem Gedanken, und als er sein Zelt verließ, konnte er schon wieder lachen.

Ein Stück weiter vorne entdeckte er Mühldorfer. »Wir reiten gleich los«, rief er ihm zu, doch der Sergeant antwortete ihm nicht, sondern starrte mürrisch vor sich hin. Daher ging Michel achselzuckend weiter zu dem Zelt, vor dem ihr Koch gerade den Morgenbrei für die Männer kochte.

»Was gibt es heute Gutes?«, fragte er grinsend.

»Ratteneintopf!«, knurrte ein Krieger.

»Dann ist wenigstens Fleisch drin«, spottete Michel und ließ sich seinen Napf füllen. Während er sich unter einen Baum stellte und aß, konnte er seinem Kameraden nur zustimmen. Der Brei schmeckte noch schlechter als die letzten Male.

»Wenn wir wenigstens einen Krug Bier hätten, um das Zeug hinunterzuspülen«, sagte er zu einem Soldaten in seiner Nähe.

Der Mann nickte mit verkniffener Miene. »Schön wär's! Soviel man hört, hat Vyszo einen Bierbrauer unter seinen Leuten. Aber an so etwas hat unser königlicher Feldherr nicht gedacht.«

Offensichtlich war der Mann mit Adalbert von Sachsens Kriegsführung ebenso wenig zufrieden wie mit Hettenheims Pflichterfüllung, denn dem Grafen oblag die Organisation des Lagers und des Nachschubs.

Da ist er nicht der Einzige, dachte Michel. Auch er hätte sich einen Anführer gewünscht, der sich mehr von seinem Verstand und weniger von den Vorstellungen leiten ließ, was standesgemäß war und seinen Rang betonte. Sogar vor dem Herzog von Sachsen strich Hettenheim ständig heraus, dass er ein enger Verwandter des Königs war. Die Taten aber, die von einem Mann seiner Herkunft erwartet werden durften, unterblieben.

»Vielleicht wird es sich ändern, wenn wir wie befohlen vorrücken«, murmelte Michel vor sich hin.
Dafür aber musste er mit Loosen, Haidhausen und Mühldorfer erst den Weg erkunden. Auf die beiden Ritter hätte er verzichten können, doch Mühldorfer war ein erfahrener Soldat und würde mit Sicherheit die Augen aufhalten.
Während seine Gedanken wanderten, war Michel mit dem Frühstück fertig geworden. Trinken wollte er hier im Lager nichts, denn das Wasser schmeckte zu schlecht. Während ihres Ritts würden sie an Quellen mit frischem Wasser vorbeikommen, und dort konnte er seinen Durst löschen und seine Wasserflasche füllen.
»Sattle mein Pferd!«, forderte er einen Knecht auf. Dieser nickte und eilte zu der Stelle, an der die Pferde der Ritter und Soldaten an einer langen Stange festgebunden waren. Die Sättel lagen gleich daneben unter einem aus Zweigen errichteten Vordach. Michel sah dem Mann einen Augenblick zu und ging dann weiter zu Loosen und Haidhausen.
»Meine Herren, wir sollten gleich aufbrechen!«
Bis jetzt hatten die beiden seine Autorität noch nie anerkannt, diesmal aber eilten sie, ohne zu zögern, zu ihren Pferden und ließen sie satteln. Auch Mühldorfer setzte sich mit verbissener Miene in Bewegung.
Michel fragte sich, ob der Sergeant beim Spiel verloren hatte, denn sonst war der Mann weitaus fröhlicher gewesen. Schnell schob er den Gedanken beiseite und stieg auf sein Pferd.
Loosen war kaum langsamer als er, und auch Haidhausen brauchte weniger Zeit als sonst, um in den Sattel zu kommen. Im Gegensatz zu Mühldorfer schienen die beiden bester Laune zu sein. Anscheinend waren auch sie froh, dass sich endlich etwas tat, dachte Michel. Die letzten Wochen waren einfach zu öde gewesen.

»Einen guten Morgen wünsche ich Euch!« Michel erinnerte sich an seine guten Manieren und setzte sich dann an die Spitze des kleinen Trupps.
»Es ist wirklich ein guter Morgen, Adler, und er verspricht, noch besser zu werden!« Loosen lachte darüber wie über einen guten Witz, klopfte seinem Pferd auf die Kruppe und pfiff eine Melodie. Diese hatte er vor einigen Wochen von einem Gaukler namens Nepomuk gehört, der mit einer Gruppe von Spielleuten und Huren ins Lager gekommen und eine Zeitlang geblieben war.
Michel lächelte wehmütig, denn er vermisste die teilweise recht derben Scherze des kleinwüchsigen Narren, die die Soldaten zum Lachen gebracht hatten. Dann sagte er sich, dass es wichtiger wäre, endlich Nachschub zu erhalten. Vom Lachen allein wurden die Leute nicht satt.
Solange sie sich in der Nähe des Lagers befanden, trug Loosen eine fröhliche Miene zur Schau. Doch als sie sich der Eger und damit der Grenze zu Sokolnys Herrschaftsgebiet näherten, verstummte er und sah sich immer wieder um, als erwarte er jeden Augenblick, Hussiten hinter den Büschen hervorspringen zu sehen.
Auch Haidhausen wirkte angespannt, griff beim kleinsten Geräusch zum Schwert, denn er glaubte, in den Nebelschwaden Gestalten zu erkennen. Er war es ebenso wie Loosen gewohnt, mit einem kampfstarken Trupp vorzurücken, und fühlte sich nun mitten in einem von Feinden überwachten Gebiet wie auf dem Präsentierteller. Doch wenn sie Hettenheims Auftrag erfüllen und Michel Adler beseitigen wollten, mussten sie dies in größerer Entfernung vom Heerlager tun.
Als Michel ihnen ein Zeichen gab, anzuhalten, und selbst vom Pferd stieg, um dem schmalen Weg zu folgen, der zum Ufer führte, wechselten die beiden Ritter einen beredten Blick.

»Jetzt oder nie!«, flüsterte Loosen Haidhausen zu und schwang sich aus dem Sattel. Das Geräusch, mit dem seine Füße auf den Boden trafen, kam ihm viel zu laut vor, und er blickte erschrocken nach vorne. Michel Adler schien jedoch nichts bemerkt zu haben.
Eben schob dieser einen Zweig beiseite, der in den Weg hineinragte, und blickte auf eine kleine Lichtung hinaus, die auf der anderen Seite durch Ufergebüsch begrenzt wurde. Zwar übertönte das Plätschern des fließenden Wassers alle anderen Geräusche, aber es war niemand zu sehen. Daher begann Michel zu hoffen, unbemerkt auf Sokolnys Gebiet vordringen zu können.
Unterdessen war auch Haidhausen abgesessen und zog leise sein Schwert. Loosen hielt die eigene Klinge bereits in der Hand und schlich hinter Michel her. Nur Mühldorfer saß noch auf seinem Pferd und schüttelte sich wie im Fieber. Es passte ihm nicht, dass hier ein wackerer und noch dazu argloser Mann sterben sollte. Doch er hatte Hettenheim den Treueid geschworen und durfte diesen nicht brechen.
Michel betrat die Lichtung und wollte weiter zum Ufer gehen, als er neben sich den Schatten eines Mannes auftauchen sah, der eben mit einem Schwert ausholte. Blitzschnell wich er zur Seite und zog in der gleichen Bewegung seine Waffe. Stahl klirrte gegen Stahl. Dann erst erkannte er den Angreifer.
»Loosen, was soll das?«, rief er verdattert.
Im nächsten Augenblick griff Haidhausen ihn an, und die beiden drängten ihn bis an den Rand des Ufers.
Michel konnte nicht begreifen, was hier geschah, und schrie die Ritter an: »Seid Ihr von Sinnen?«
Statt einer Antwort traktierten sie ihn mit wuchtigen Schwerthieben. Michel hatte nun seine Überraschung überwunden und schwang die Waffe mit grimmiger Entschlossenheit. Seine Gegner versuchten, ihn in den Fluss zu trei-

ben und somit wehrlos zu machen, doch mit geschicktem Taktieren gewann er mehrere Schritte Raum. Auf der Lichtung konnte er sein Schwert effektiver einsetzen, und es war rasch zu erkennen, dass Loosen und Haidhausen selbst zu zweit nicht in der Lage waren, ihn zu bezwingen.

Michel kämpfte mit kalter Wut. Zwar hatte er nie viel von den beiden Rittern gehalten und oft genug zu spüren bekommen, dass sie ihn seiner unedlen Herkunft wegen verachteten. Aber einen heimtückischen Mordversuch hätte er ihnen niemals zugetraut. Während er Loosen mit schnellen Schwerthieben mehrere Schritte zurücktrieb, um sich dann Haidhausen zuzuwenden, verspottete er sie.

»Zwei edel geborene Ritter sind nicht in der Lage, mit dem Sohn eines Schankwirts fertig zu werden. Da wundert es mich nicht, dass Sigismunds Kriegszug gegen die Hussiten ins Stocken geraten ist.«

Michels Schwert traf Haidhausens Helm und betäubte den Ritter für kurze Zeit. Bevor er diesen Vorteil ausnutzen konnte, kam Mühldorfer mit blanker Klinge auf ihn zu.

Mit einem verächtlichen Blick streifte der Sergeant die beiden Ritter und atmete tief durch.

»Hauptmann, wir wissen doch beide, dass es immer die einfachen Soldaten sind, welche die Schlachten entscheiden!«

Michel kniff verwundert die Augen zusammen. »Du hilfst diesen Männern, Mühldorfer? Warum?«

»Sicher nicht, weil es mir gefällt. Ich befolge nur meine Befehle. Es tut mir leid um Euch, Hauptmann!«

Mühldorfer hob sein Schwert und schlug zu.

Zwar konnte Michel die Klinge abwehren, aber nun hatte Haidhausen sich wieder gefasst und kreiste ihn gemeinsam mit Loosen ein. Mit Hilfe des Sergeanten glaubten sie, ihn endlich bezwingen zu können. Doch Michel gelang es erneut, sich mit ein paar wuchtigen Hieben Raum zu verschaf-

fen. Wenn er sich gegen drei Gegner durchsetzen wollte, musste er so rasch wie möglich einen von ihnen ausschalten. Während er seine Konzentration für den entscheidenden Angriff sammelte, sah er noch einmal zu Mühldorfer hin.
»Um dich tut es mir leid, Sergeant. Ich habe dich für einen ehrlichen Soldaten gehalten!«
Während die beiden Ritter glaubten, der nächste Schlag ihres Gegners gälte Mühldorfer, war Michel mit einem Schritt bei Loosen und schwang sein Schwert mit aller Kraft.
Da hörte er auf einmal ein Zischen und einen Knall. Gleichzeitig verspürte er einen harten Schlag gegen die Schulter, der ihn zwei Schritte zurückstolpern ließ. Ungläubig blickte er an sich herab. In seinem Brustpanzer war ein Loch, aus dem ein feines Blutrinnsal trat. Da diese Wunde nicht von seinen drei Gegnern stammte, musste ihnen jemand zu Hilfe gekommen sein.
Michel drehte sich einmal um die eigene Achse, sah, dass Loosen, Haidhausen und Mühldorfer nicht weniger überrascht schienen als er selbst, und entdeckte schließlich eine kleine Rauchwolke, die der Wind rasch vertrieb. Dahinter konnte er Falko von Hettenheim erkennen, der gerade eine der Handbüchsen beiseitelegte, die er am Abend zuvor so stolz präsentiert hatte. Nun hob er eine zweite Büchse hoch und stützte den Lauf auf eine Astgabel.
Da Loosen und seine beiden Kumpane soeben die Wirksamkeit dieser Waffe erlebt hatten, wichen sie vor Michel zurück. Dieser starrte auf das Bronzerohr, dessen Öffnung genau auf ihn zeigte, auf die Lunte in Hettenheims Hand und begriff, dass der Mann seine Waffe abfeuern würde, bevor er ihn erreichen konnte. Aber er wollte sich nicht wehrlos abschlachten lassen und rannte im Zickzack auf den Grafen zu.
Beinahe wäre es Michel gelungen, Hettenheim zu überraschen. Gerade noch rechtzeitig zündete dieser die Hand-

büchse. Es zischte, dann löste sich der Schuss mit einem dünnen Knall.
Das zweite Geschoss traf Michel am Kopf. Er nahm noch wahr, wie sein Helm davonflog, spürte aber keinen Schmerz. Dann wurde das Schwert ihm zu schwer und entglitt seiner Hand. Halb betäubt versuchte er noch, danach zu greifen. Doch die Welt drehte sich um ihn. Er wankte, machte unwillkürlich ein paar Schritte, um sein Gleichgewicht wiederzufinden, und geriet ins Ufergebüsch. Dort gaben die Beine unter ihm nach. Noch während er rücklings ins Wasser stürzte, hörte er jemand aufjubeln.
»Der wäre erledigt!«
Dann erloschen seine Sinne, und sein Körper wurde von den Fluten der Eger davongetragen.
Falko von Hettenheim stellte seine zweite Handbüchse ab und trat ans Ufer. Von Michel Adler war bereits nichts mehr zu sehen. Nur das Schwert steckte mit der Spitze im weichen Boden und wippte leicht. Im Licht der Sonne, die gerade durch die Nebelschwaden brach, wirkte sein Schatten wie ein Kreuz.
Unwillkürlich bekreuzigte Falko von Hettenheim sich. Dann funkelte er die beiden Ritter und den Sergeanten grimmig an. »Ich habe nicht angenommen, dass ich selbst eingreifen müsste. Aber ihr seid nicht einmal zu dritt mit diesem Kerl fertig geworden.«
Hannes Mühldorfer starrte beschämt zu Boden, Loosen aber machte eine wegwerfende Bewegung. »Wir hätten Michel Adler schon noch erledigt. Das Gelände ist abschüssig und damit ungünstig für einen Kampf. Daher konnte er uns eine Weile widerstehen!«
»Er hätte euch alle erschlagen!«, erklärte Hettenheim grimmig. »Aber ich sollte zufrieden sein, denn ihr habt mir die Gelegenheit geboten, die Handbüchsen auszuprobieren. Sie

sind nicht schlecht, doch um eine Schlacht mit ihnen entscheiden zu können, bräuchte man Hunderte. Außerdem muss man zu nahe an den Gegner heran, um sicher sein zu können, dass man ihn trifft, und das Laden dauert einfach zu lange. Jedes Ritterheer würde eine mit Tannenbergrohren ausgerüstete Schar über den Haufen reiten, bevor die Männer auch nur einen zweiten Schuss abgeben können.«

»Aber bei einer Belagerung könnten sie von Nutzen sein«, wandte Mühldorfer ein.

»Dafür hat man richtige Kanonen«, erklärte Hettenheim von oben herab.

Trotz seiner abfälligen Worte trug er die Büchse, mit der er den zweiten Schuss abgegeben hatte, zu seinem Pferd und steckte sie in das dafür vorgesehene Futteral. Dann holte er das zweite Rohr, befestigte es auf der anderen Seite seines Sattels und schwang sich auf sein Reittier.

»Wir sollten schleunigst verschwinden. Der Knall dieser Dinger war zwar nicht übermäßig laut, aber er kann trotzdem Leute anlocken.«

»Was machen wir mit Adler?«, fragte Mühldorfer. »Sollten wir nicht dem Fluss folgen und seinen Leichnam bergen, damit er ein christliches Begräbnis erhält?«

»Wenn du das versuchst, schlagen dir Sokolnys Leute oder die Hussiten arg unchristlich den Schädel ein«, spottete Hettenheim. »Adler ist tot! Meine erste Kugel hätte bereits ausgereicht, um ihm das Lebenslicht auszublasen, und die zweite traf ihn mitten ins Gesicht. Außerdem wird ihn seine Rüstung auf den Grund des Flusses ziehen. Das langt, um ihn dreimal zu töten, selbst wenn der Kerl so viele Leben hat wie eine Katze.«

»Wir sollten sein Schwert mitnehmen, damit wir es seiner Witwe, der Hure, schicken können, zusammen mit einem

Sprüchlein, das besagt, wie tapfer ihr Mann im Kampf gegen die Hussiten gefallen ist!«

Während Loosen diesen Vorschlag machte, zog Haidhausen Michels Schwert aus der Erde und schwang es durch die Luft.

»Der Kerl hatte eine verdammt gute Klinge. Am liebsten würde ich sie behalten, sozusagen als letztes Geschenk eines guten Kameraden.«

»Nein! Wir machen es so, wie Loosen vorgeschlagen hat. Immerhin stellt diese Waffe den Beweis dar, dass wir den Bastard erwischt haben. Außerdem ist das Wappen von Hohenstein in die Parierstange eingraviert. Und jetzt kommt endlich! Ich rieche förmlich, wie dieses Böhmengesindel näher kommt.«

Mit diesen Worten ritt Hettenheim los, ohne auf die anderen zu warten. Die drei verhinderten Meuchelmörder stiegen eilig auf ihre Gäule und trieben diese mit den Sporen an, um die Stätte ihrer heimtückischen Tat so rasch wie möglich hinter sich zu lassen.

13.

Hettenheim ahnte nicht, wie nahe der Feind ihm bereits gewesen war. Kaum hatten er und seine Spießgesellen den Schauplatz ihrer Untat verlassen, löste sich eine Gestalt aus den Büschen und blieb am Rand der Lichtung stehen. Es handelte sich um einen muskulösen Mann mittlerer Größe, der fremdartig wirkte. Seine Hautfarbe war dunkler, als es in diesen Landen üblich war, und seine Augen glühten wie dunkle Kohlen zwischen schmalen

Lidern. Am auffälligsten waren jedoch die dunkelblauen Linien, die sein Gesicht und den teilweise kahlgeschorenen Schädel bedeckten.
Der Mann war mit einer ledernen Hose und einer ebenfalls aus Leder gefertigten Weste bekleidet und trug an den Füßen Stiefel mit weichen Sohlen. Auf seinem Rücken hing ein Köcher mit einem Hornbogen und zwei Dutzend Pfeilen. Außerdem trug er ein Krummschwert an seiner linken Hüfte, und in seinem Gürtel steckte ein Dolch, dessen Knauf wie ein Hirschkopf gearbeitet war.
Er blickte in die Richtung, in die Hettenheim und dessen Begleiter verschwunden waren, spie kurz aus und trat dann auf die Lichtung. Nur der aufgewühlte Boden verriet noch, dass es hier einen Kampf gegeben hatte. Auch war die Stelle, an der Michel ins Wasser gestürzt war, deutlich zu erkennen. Der Fremde kniete dort nieder und sah in das flache, aber rasch fließende Wasser. Die Strömung war zu stark, als dass ein Mann in leichter Rüstung, wie der deutsche Ritter sie getragen hatte, sofort auf den Grund des Flusses gezogen worden wäre. Marat kannte ein Stück flussabwärts eine Stelle, an der die Eger von schroffen Felsformationen in eine Schleife gezwungen wurde. Dort, so schätzte er, würde der ermordete Ritter auf die große Sandbank gespült werden.
Bevor er dem Fluss folgte, lauschte Marat in den Wald hinein und nickte zufrieden, als er nichts anderes vernahm als den Wind und die Vögel in den Zweigen. Deutsche Ritter würde er auf fünfhundert Schritt bemerken und Vyszos Hussiten auf gut zweihundert. Doch hier gab es keinen Menschen mehr außer ihm und jenem Toten, den die Eger der Sandbank entgegentrug.
Marat lief los und machte dabei nicht mehr Geräusch als ein schleichender Fuchs. Weder die Deutschen noch die Hussiten würden ihn auf mehr als zehn Schritte hören können.

Während er dem Fluss folgte, fragte er sich, was sich auf der Lichtung abgespielt haben mochte. Warum hatten die deutschen Ritter einen der Ihren ermordet und seinen Leichnam einfach den Fluten der Eger überlassen?
Das war ein Geheimnis, welches er wahrscheinlich niemals würde ergründen können, denn der Mann war tot, und seine Mörder hatten den Ort ihrer Tat fluchtartig verlassen. Marat nahm an, dass es um eine persönliche Angelegenheit gegangen war oder um das, was diese Ritter ihre Ehre nannten und mit dem sie ihren Verstand vernebelten. Ein wenig bedauerte er das Opfer dieses Mordanschlags. Der Mann hatte gut gekämpft und wäre ohne die Schüsse aus diesen lärmenden Teufelswaffen mit den drei ersten Gegnern fertig geworden.
Eigentlich, sagte Marat sich, konnte er den Mordbuben sogar dankbar sein. Immerhin hatten sie einen Feind beseitigt, der ihm und seinem Herrn noch einige harte Nüsse hätte zu knacken geben können.
Marat ertappte sich, dass er mehr über diesen Mann nachdachte, als ein Toter es verdiente, und wollte nicht weiter nach ihm suchen. Aber er hatte die Flussbiegung erreicht und konnte bereits die Sandbank erkennen. Nach ein paar weiteren Schritten sah er, dass der Leichnam wie erwartet dort angeschwemmt worden war. Der Tote lag seitlich zur Strömung auf dem Rücken, so dass der Kopf aus dem Wasser ragte, während die Wellen der Eger an seinen Beinen zerrten. Zwei Wunden konnte Marat erkennen. Hoch in der Schulter war der Panzer von der Handkanone durchschlagen worden, und das Loch war von Blut umrandet. Die zweite Kugel hatte den Mann seitlich am Kopf getroffen. Diese Verletzung blutete stärker, so dass der Fluss dünne, rote Schlieren mit sich nahm.
Aus keinem bestimmten Grund heraus stieg Marat auf die Sandbank und stapfte auf den Deutschen zu. Mehr als des-

sen Dolch und ein paar Münzen im Beutel würde er bei ihm nicht finden, sagte er sich, als er sich über den Körper beugte. Da vernahm er ein leises Stöhnen.
Der Deutsche lebte noch!
Marat zuckte zurück, beugte sich dann aber wieder vor und berührte das Gesicht des Verwundeten mit den Fingerspitzen. Der Mann öffnete den Mund und stieß ein paar zusammenhangslose Worte aus, die wie Namen klangen.
Wenn er es richtig verstanden hatte, musste es sich um Ari und Rudi handeln. Doch das hatte im Augenblick keine Bedeutung. Erst einmal musste er entscheiden, was er tun sollte. Er konnte dem Mann einen Fußtritt geben und ihn damit wieder in tieferes Wasser stoßen. Dort würde der Deutsche unweigerlich ertrinken. Aber davor scheute Marat zurück. Den Mann auf der Sandbank liegen lassen, damit er dort krepierte, war ihm ebenfalls zuwider.
Mit einem Knurrlaut, der seinen ganzen Unmut ausdrückte, zog er den Verletzten ganz aus dem Wasser und begann, ihn aus seiner Rüstung zu schälen. Das Zeug war schwer. Da er einige Meilen zu gehen hatte, wollte er sich nicht über Gebühr belasten. Wenn er auf Feinde traf, musste er in der Lage sein, sich zu verteidigen. Das Material war jedoch zu wertvoll, um es einfach liegen zu lassen, und so beschloss Marat, es später zu holen.
Als Nächstes verband er die Wunden des Verletzten, damit der Mann ihm nicht unterwegs verblutete, und wuchtete ihn anschließend auf die Schulter. Vorsichtig lauschend stieg er aus dem Fluss und wanderte Richtung Sokolny. Unterwegs sagte er sich, dass es vielleicht ganz gut war, wenn der Deutsche am Leben blieb. Da die eigenen Leute ihn hatten töten wollen, war es sogar möglich, dass er König Sigismunds Pläne freiwillig preisgab. Und sollte der Deutsche nicht willens sein zu reden, so kannte Marat genug Mittel, um ihn dazu zu bringen.

ZWEITER TEIL

Die Suche

1.

Auf Hohenstein war das Leben nach Michels Abschied zumindest vordergründig in normalen Bahnen verlaufen. Marie verwaltete die Burg und das dazugehörige Land mit großem Geschick und freute sich über die gute Ernte, die sie heuer würden einfahren können. In den Nächten jedoch, in denen sie allein im Bett lag und immer wieder auf die andere Seite hinübertastete, wurde die Einsamkeit von Tag zu Tag unerträglicher, und ihre Gedanken flogen nach Osten zu Michel. Sie hatte bisher keine Nachricht von ihm erhalten, aber von Kaufleuten und wandernden Sängern gehört, dass der Kriegszug gegen die Hussiten nicht so verlaufe, wie man es sich allgemein vorgestellt hatte.

Marie gefiel die Entwicklung gar nicht, denn je länger der Krieg dauerte, umso länger würde sie auf Michels Rückkehr warten müssen. An diesem Tag war sie besonders beunruhigt und fühlte einen Knoten im Magen, der nicht weichen wollte. Sie beherrschte sich vor den anderen, schickte Trudi am Abend jedoch früher ins Bett als gewöhnlich und machte sich schon kurz danach auch selbst bettfertig. Obwohl sie befürchtet hatte, trotz ihrer ungewöhnlichen Müdigkeit nicht einschlafen zu können, dämmerte sie rasch weg und versank in einem intensiven Traum.

Anfangs ging sie mit Michel Hand in Hand durch herrlichsten Sonnenschein, aber bald umwaberte sie dichter Nebel. Als sie darin eintauchte, entglitt ihr Michels Hand, und sie blieb stehen.

»Michel, wo bist du?«, fragte sie erschrocken und sah sich

um. Ihre Blicke konnten die grauen Schwaden nicht mehr durchdringen.
Da glaubte sie auf einmal, Michels Stimme zu hören. »Marie! Trudi!«, rief er.
»Michel! Hier bin ich«, schrie Marie so laut, wie sie es vermochte. Doch sie erhielt keine Antwort. Verzweifelt eilte sie in die Richtung, aus der die Stimme ihres Mannes gekommen war, stolperte dabei über einen Stein und schlug hin. Sofort war sie wieder auf den Beinen, verbiss sich den Schmerz und rief immer wieder Michels Namen in die graue Düsternis hinein.
Da vernahm sie ein Geräusch und lief in die Richtung, aus der es gekommen war. Für ein paar Augenblicke lichtete sich der Nebel, und sie sah Michel nur wenige Mannslängen vor sich gehen. Erleichtert eilte sie ihm nach, doch da beschleunigte er seine Schritte, und der Abstand zwischen ihnen wurde immer größer.
»Michel, so warte doch!«, rief sie, merkte aber, dass ihre Stimme kraftlos wurde.
Dennoch schien er sie gehört zu haben, denn er drehte sich langsam zu ihr um. Er war hagerer als früher und stoppelbärtig. Als er ihr das Gesicht zuwandte, sah sie die tiefe Wunde an seiner linken Schläfe. Schmutz und geronnenes Blut bedeckten Haar und Haut bis hinab zum Kragen und gaben ihm ein erschreckendes Aussehen.
»Michel, was ist geschehen?«, schrie sie entsetzt und wachte auf.
Es dauerte eine Weile, bis Marie begriff, dass sie in ihrem eigenen Bett auf Burg Hohenstein lag und soeben das Opfer eines Alptraums geworden war.
Doch Michels blutiges Gesicht hatte sich so fest in ihre Gedanken eingebrannt, dass sie nicht mehr im Bett bleiben konnte. Sie stand auf, öffnete die Fensterläden, so dass das

Mondlicht in die Kammer drang, und starrte zu den Sternen empor.
»Es war nur ein Traum«, sagte sie und versuchte, ihr wild klopfendes Herz zu beruhigen. »Michel geht es gut! Ihm ist nichts geschehen.«
Doch es nützte nichts, dies sich selbst eindringlich zu versichern. Ihre Angst wuchs und beherrschte sie schließlich so stark, dass sie die restliche Nacht am Fenster stehen blieb und nach Osten starrte. Dorthin hatte ihr Mann ziehen müssen, um in König Sigismunds Diensten zu helfen, einen Krieg zu gewinnen.
Erst als die Morgensonne die Schatten der Nacht vertrieb und die Geräusche der erwachenden Burg in ihre Kammer drangen, rührte Marie sich wieder. Sie wusch sich und machte sich für den Tag zurecht, so wie sie es immer getan hatte. Doch als sie ihre Kemenate verließ und nach unten stieg, war ihr Gesicht so bleich wie frisch gewaschenes Linnen.
Hiltrud, die wie jeden Tag Milch und Käse aus ihrem Meierhof zur Burg gebracht hatte, eilte erschrocken auf sie zu. »Was ist geschehen? Bist du krank?«
»Nein! Ich habe nur sehr schlecht geschlafen und noch schlechter geträumt«, antwortete Marie leise und klammerte sich an ihre Freundin.
Sie wagte nicht, Hiltrud zu berichten, was ihr das Herz schwermachte. Daher rieb sie sich heftig über die Stirn, um die trüben Gedanken zu vertreiben, und versuchte dann, ihre Aufgaben als Kastellanin der Burg so gut zu erfüllen, wie sie es in ihrem Zustand vermochte.
»Wenn Michel zurückkommt, soll er mit mir zufrieden sein«, sagte sie zu Hiltrud und wischte sich eine Träne aus den Augenwinkeln.
Es war gut, dass Trudi in dem Moment erschien und ihre Aufmerksamkeit forderte, denn Marie wusste, dass sie sich

nicht der Angst und dem Schrecken hingeben durfte, den der Traum bei ihr hinterlassen hatte. Trudi brauchte sie, und das war derzeit der einzige Halt, über den sie verfügte.
Immer wieder jedoch glitten ihre Gedanken zu dem Krieg im Osten, und sie sehnte sich nach einer Nachricht von Michel. Sie wollte nur hören, dass es ihm gutginge und er bald wieder in die Heimat zurückkehren würde. Sonst würde der Alptraum der vergangenen Nacht regelmäßig bis zu ihrem Wiedersehen zurückkehren und sie peinigen.

2.

Marat, der Waffenmeister des Grafen Sokolny, wunderte sich über sich selbst. Aus einem unbestimmten Gefühl heraus hatte er den verletzten Deutschen nicht nur aus dem Wasser gezogen, sondern schleppte ihn auch noch auf den eigenen Schultern nach Sokolny. Ich hätte doch ein Pferd mitnehmen sollen, sagte er sich, weil die Last ihm die Kraft aus den Knochen sog, so dass er schließlich froh war, das am Fuß des Burgbergs liegende Dorf auftauchen zu sehen.
Er brachte den Deutschen nicht zur Festung hoch, sondern trug ihn in eine kleine Hütte am Rande des Dorfes, in der ihn niemand zu stören wagte. Die Leute mieden sein Heim aus Angst vor den geheimnisvollen Kräften, die er beherrschen sollte. Da sie auch seine für sie fremdartige Kriegskunst für Zauberei hielten, wussten sie nicht, ob sie froh sein sollten, weil er auf der Seite ihres Grafen kämpfte, oder sich wünschen, er würde Sokolny bald wieder verlassen.

Die Frauen, denen er begegnete, wagten es nicht, ihn anzusehen, sondern zogen sich in ihre Häuser zurück oder eilten scheinbar geschäftig davon. Da die Dorfleute gelegentlich mit Leuten aus den Nachbardörfern redeten, von denen es nicht wenige insgeheim mit den Hussiten hielten, gefiel es ihm sogar, dass ihm geheime Künste nachgesagt wurden. Diese Gerüchte verunsicherten Vyszo und dessen Hauptleute und halfen mit, Sokolnys Besitz vor einem Angriff der Hussiten zu bewahren.

Nun aber waren nicht Fürst Vyszos Scharen sein Problem, sondern der halbtote Mann, den er aus der Eger gezogen hatte. Marat legte den Fremden auf seine Lagerstatt, zündete ein Feuer auf dem Herd an und hängte einen Kessel mit sauberem Wasser an einem Dreibeingestell über die Flamme. Während er alles zusammensuchte, was er für die Versorgung des Verwundeten brauchte, fiel er in einen Singsang, mit dem er die Geister der Winde und des ewigen blauen Himmels herbeirief, ihm bei der Versorgung des Verletzten beizustehen. Das war gewiss wirkungsvoller als all die Gebete, die die Menschen hier zu einem Gott sprachen, der von seinen Feinden an ein Kreuz genagelt worden war. Auch mit den vielen Heiligen, die man hier anrief, wusste er nichts anzufangen, denn die waren einst Menschen gewesen und konnten daher in der Hierarchie des ewigen Himmels nur untergeordnete Ränge einnehmen.

Schließlich entzündete Marat in einer Räucherpfanne ein Gemisch aus zermahlener Holzkohle, dem Weihrauch, den er sich aus der Burgkapelle geholt hatte, und getrockneten Blüten und Kräutern. Der aufsteigende Rauch würde seine Gedanken klären und es den Geistern seiner Heimat leichter machen, ihn zu finden. Einige Kräuter steckte er in den Mund und begann, sie langsam zu zerkauen.

Nach einer Weile fühlte er die innere Ruhe, die er für sein Werk benötigte, und nicht lange, da begann auch das Wasser zu kochen. Er goss ein wenig davon in eine Schale, vermischte es mit kaltem und reinigte sich die Hände. Anschließend holte er ein schmales, in einer geflochtenen Lederscheide steckendes Messer aus einer Truhe.

Marat entfernte die Scheide, überprüfte die Klinge und schliff sie, da er nicht ganz zufrieden war, mit einem länglichen Stein so scharf, dass er eine vom Wind getragene Feder damit entzweischneiden hätte können. Nachdem er das Messer zuerst mit Wasser und anschließend in der Herdflamme rituell gereinigt hatte, wandte er sich seinem Findling zu.

Der Mann musste über einen starken Geist verfügen, denn er lebte noch immer. Das Gesicht war allerdings grau und zeigte an, dass er viel Blut verloren hatte. Es hieß also ebenso rasch wie umsichtig handeln. Die Wunde in der Schulter schien ihm gefährlicher als die am Kopf. Daher entfernte er den provisorischen Verband und wusch Dreck und Blut mit einem nassen Tuch ab.

Die Wunde war weder von einem Pfeil noch von einer Klinge geschlagen worden, sondern musste von dem Metallrohr in der Hand des zuletzt aufgetauchten Deutschen stammen. Als Marat das Gelenk abtastete, hatte er das Gefühl, als steckte ein Stein oder ein Stück Metall tief im Gewebe. Der Mann war offenbar von einer Art kleinen Kanone verletzt worden. In seinen Augen war dieses Ding ein Werk von Dämonen. Kanonen stellten bereits eine fürchterliche Waffe dar, aber ein Heer, das mit Hunderten solcher Rohre ausgerüstet war, würde jeden Feind in die Flucht schlagen.

»Auch deshalb ist es wichtig, dass dieser Mann am Leben bleibt. Dann kann er uns sagen, was es mit diesen Teufelsdingern auf sich hat«, murmelte Marat und zog die Wundränder auseinander. Mit einer langen, schmalen Pinzette, die er ebenfalls vorher mit Wasser, Feuer und Bannsprüchen gereinigt hatte, fuhr er in die längliche Wunde hinein und spürte, wie das Instrument gegen etwas Hartes stieß. Es war nicht ganz einfach, das glatte Ding mit der Spitze der Pinzette zu fassen, doch schließlich gelang es ihm, und er holte das Geschoss heraus.

Marat wusch es ab und betrachtete es kurz. Es glich einer winzigen Kanonenkugel, war aber nicht aus Stein, sondern aus Eisen gemacht. Mit dem Gefühl, vor einem dunklen Geheimnis zu stehen, legte er die Kugel beiseite und kümmerte sich wieder um den Verwundeten. Wie er es erwartet hatte, trat frisches Blut aus der Schulterwunde. Obwohl der Deutsche bereits viel von seinem Lebenssaft verloren hatte, wartete er einen Augenblick, weil das Blut Schmutz und böse Geister herausschwemmte. Dann spie er die Kräuter, die er gekaut hatte, in die Hand und presste den Brei auf die Verletzung. Nachdem er noch einmal die Geister seiner Heimat angerufen hatte, wickelte er einen festen Verband um die Schulter des Mannes.

Damit war die erste Verletzung versorgt. Sie war groß genug, um selbst einen kräftigen Menschen umzubringen. Doch der Wille des Deutschen war stark, und Marat nahm an, dass er überleben würde. Daher kümmerte er sich nun um die Wunde an der Schläfe. Um sie richtig behandeln zu können, musste er nicht nur Blut und Schmutz abwaschen, sondern auch den Kopf um diese Stelle herum rasieren. Obwohl er vorsichtig arbeitete, stöhnte der Verletzte und bäumte sich auf.

»Ganz ruhig! Ich helfe dir doch!«, sagte Marat in sanftem Tonfall und schob den Verletzten wieder auf das Lager zurück. Zu seiner Erleichterung beruhigte der Mann sich und fiel in einen tiefen Schlaf, der einer Ohnmacht gleichkam.

»Hoffentlich wacht er wieder auf!«, stieß Marat besorgt aus. Er wollte den Fremden nicht meilenweit getragen und sich so viel Mühe mit der Versorgung seiner Wunden gemacht haben, um ihn schließlich doch sterben zu sehen. Daher sandte er erneut Gebete an die Geister des Himmels, während er die Haut um die Schläfenwunde freilegte. Auch diese Verletzung sah anders aus als alles, was er kannte. Sie zog sich so über den Schädel hin, als hätte das Geschoss den Mann nur gestreift. Als er mit den Fingern leicht darüberstrich, spürte Marat, dass die Kugel den Knochen an einer Stelle nach innen gedrückt hatte. Sollten sich dort scharfe Knochensplitter in den Kopf des Mannes bohren, hatte dieser nicht mehr lange zu leben.

In der Hoffnung, dass dies nicht der Fall war, versorgte Marat die Wunde mit all der Kunst, die er sich in seinem Leben als Krieger angeeignet hatte. Nachdem er dem Verletzten einen Kopfverband angelegt hatte, füllte er die Räucherpfanne neu und bat die Geister des Himmels und der Winde, ihm und dem Fremden beizustehen.

3.

Nachdem er Michel Adler aus dem Weg geräumt hatte, kehrte Falko von Hettenheim in einem Zustand wachsender Euphorie ins Lager zurück. Der erste und, wie es aussah, auch der wichtigste Auftrag des römischen Inquisitors Janus Suppertur war erfüllt und er selbst der Kaiserkrone ein ganzes Stück näher gekommen. Den Rest würden die Hussiten erledigen. Bisher hatte sein Vetter Sigismund im Kampf gegen diese Ketzer versagt. Er hin-

gegen würde, sobald er Kaiser geworden war, dieses Gesindel mit harter Hand niederwerfen und beweisen, dass er des Vertrauens würdig war, das Martin V. in ihn setzte.
Nun musste er persönlich Janus Suppertur Vollzug melden. Der letzten Botschaft nach wartete der Inquisitor in einem Kloster in der Nähe von Nürnberg auf seine Nachricht. Mit einem höhnischen Lachen fragte Hettenheim sich, was Sigismund wohl sagen würde, wenn er erfuhr, dass er durch sein Zögern des päpstlichen Segens und gleichzeitig auch seiner Krone verlustig gegangen war.
Vorerst aber musste er seine Pläne tief im Herzen verbergen. Sigismund war zwar ein zaudernder Weichling, dennoch gab es Augenblicke, in denen sein Vetter erstaunlich schnell und hart handeln konnte.
Hettenheim wusste, dass er vorsichtig sein musste, wenn er nicht dem Dolch eines Meuchelmörders oder dem Schwerthieb eines bestochenen Söldners zum Opfer fallen wollte. Ebenso wenig durfte er sich der Gefahr aussetzen, von streifenden Hussiten umgebracht zu werden. Daher befahl er Loosen, Haidhausen und seinem Unteroffizier Eberhard, eine kampfstarke Begleitmannschaft zusammenzustellen, die ihn zu Janus Suppertur eskortieren sollte.
»Mühldorfer, du bleibst hier und sorgst dafür, dass hier alles seinen Gang geht«, erklärte er seinem Sergeanten, als dieser ebenfalls auf sein Pferd steigen wollte.
»Wenn Ihr meint! Du kannst meinen Gaul absatteln und ihm ein wenig Hafer geben, wenn noch welcher da ist!« Mühldorfers letzter Satz galt einem Knecht, der sich um das Pferd kümmern sollte.
Dann wandte der Sergeant sich wieder seinem Herrn zu. »Ihr wollt wohl den Nachschub selbst holen und ihm Begleitschutz geben. Nehmt genug Männer mit, damit die Hussiten Euch nicht abfangen können.«

Die Naivität des Mannes amüsierte Hettenheim. Mühldorfer begriff nicht, dass er ihn hier zurückließ, weil er ihm nicht mehr uneingeschränkt vertrauen konnte. Immerhin hatte sein Sergeant gezögert, Loosen und Haidhausen gegen Michel Adler beizustehen. Aber die Ausrede, die der Mann ihm geliefert hatte, gedachte er auszunützen.
»Ich werde zusehen, was ich bekommen kann, damit ihr Kerle euch wieder die Mägen vollschlagen könnt«, rief er so laut, dass die meisten im Lager es hören konnten.
Begeisterte Rufe klangen auf, und ein paar Männer ließen Hettenheim hochleben. Wie wird es erst sein, wenn ich Kaiser geworden bin?, fragte er sich zufrieden.
Auf seine eigenen Krieger konnte er sich verlassen, und wenn er vom Papst gekrönt worden war, würden ihm auch jene Edelleute und Soldaten folgen, die jetzt noch zu Sigismund hielten. Mit diesem erfreulichen Gedanken gab er den Befehl zum Abmarsch und ritt als Erster durch das Lagertor.
Stunde um Stunde verging, ohne dass sich ein Angreifer sehen ließ, und Graf Sokolnys Machtbereich blieb immer weiter hinter ihnen zurück. Dafür traf Hettenheims Trupp häufig auf verlassene Dörfer, die von streifenden Hussiten niedergebrannt worden waren. Vereinzelt irrte Vieh durch die Wildnis, das keinen Besitzer mehr hatte. Einen Augenblick erwog Hettenheim, anzuhalten und Jagd auf die verwilderten Schweine und Kühe zu machen. Der Gedanke aber, dass in den undurchdringlichen Wäldern rechts und links des Weges aller Wahrscheinlichkeit nach heimtückische Feinde lauerten, hielt ihn zurück. Es war besser, die Vorräte im Hinterland zu besorgen und mit entsprechender Bewachung zu seinen Leuten zu bringen.
Da Hettenheim so bald wie möglich auf den Inquisitor treffen wollte, ritten sie bis in die Dämmerung hinein. Zu später

Stunde erreichten sie die Ruine einer Kirche, die inmitten der niedergebrannten Reste eines Dorfes stand. Deren Mauerreste boten ihnen einen gewissen Schutz für die Nacht. Auch sorgten hell auflodernde Wachfeuer für die nötige Sicherheit, denn sie verhinderten, dass sich Feinde ungesehen nähern konnten.
Dennoch war Hettenheim am nächsten Morgen erleichtert, dass es in der Nacht zu keinem Zwischenfall gekommen war. Als er die steifen Glieder an den glimmenden Resten des Lagerfeuers wärmte, gesellten Loosen und Haidhausen sich zu ihm. Beide waren zufrieden, dass Michel Adler tot und damit die von Gott gegebene Ordnung wiederhergestellt war. Schließlich hatte der Herr im Himmel jedem Menschen seinen Platz zugewiesen. Ein König oder Fürst lebte in seinem Palast, ein Ritter in seiner Burg, ein Bauer in seiner Kate und der Sohn eines Wirts in seiner Schenke. Als Burghauptmann oder gar Lehensmann des Königs hatte ein so niedrig geborener Kerl nichts verloren.
Die beiden Ritter hätten am liebsten mit ihrer Tat geprahlt und es so hingestellt, als wäre Michel Adler als Feigling mit der Bitte um Gnade auf den Lippen gestorben. Das aber hatte Hettenheim ihnen verboten. Nach außen hin musste es so aussehen, als wäre der Trupp an der Eger von Hussiten oder Sokolnys Leuten überfallen worden und Michel Adler dabei ums Leben gekommen.
Nachdem sie aufgebrochen waren, wandte Loosen sich an seinen Anführer. »Wisst Ihr, wie sehr es mich kränkt, dass ich diesen Bastard auch noch loben soll?«
»Seid still!«, warnte Hettenheim ihn. »Wenn bekannt wird, dass Ihr einen der Unseren umgebracht habt – oder, besser gesagt, hattet umbringen wollen –, könnten Euch leicht ein paar Zoll Stahl zwischen die Rippen fahren. Bei den einfachen Kriegern war Michel Adler recht beliebt.«

Argwöhnisch sah Loosen sich um. Doch die Soldaten ritten in Zweierreihen hinter ihnen, und keiner von ihnen sah so aus, als würde er ihn verdächtigen, Michel Adlers Mörder zu sein. Dabei hatte er diesen Bierschwengel nicht einmal selbst umgebracht, fuhr es ihm durch den Kopf. Das war erst Hettenheim mit seinen Teufelsrohren gelungen.
Der Graf hatte am Tag der Tat das Lager zunächst in die andere Richtung verlassen und dabei angegeben, die Handbüchsen ausprobieren zu wollen. Offiziell war er erst zu Haidhausen und ihm gestoßen, als der von ihnen berichtete Zusammenstoß mit den Hussiten bereits hinter ihnen lag.
»Was bekommt Ihr für Adlers Tod?«, fragte Loosen, der sich nicht vorstellen konnte, dass Hettenheim trotz aller Standesdünkel einen Mann umbringen würde, dem er die gefährlichsten Aufgaben übertragen konnte.
Dieser Gedanke ernüchterte ihn, denn Aufträge dieser Art würden nun er selbst und sein Freund Haidhausen übernehmen müssen und dabei in Gefahr geraten, von den Hussiten umgebracht zu werden oder gar Graf Sokolnys barbarischem Waffenmeister in die Hände zu fallen. In der Hinsicht war Adlers Tod für sie beide ein Verlust.
Hettenheim passte Loosens Bemerkung nicht, verstärkte sie doch seine Befürchtung, dass er sich auch auf diesen Gefolgsmann nicht mehr verlassen konnte. Wahrscheinlich würde er ihn ebenso beseitigen müssen wie Michel Adler. Loosen war ein Schwächling und eine Schande für seinen Stand. Außerdem bestand die Gefahr, dass er plauderte und damit seine Pläne gefährdete.
Schnell schob er diese Überlegungen beiseite und antwortete auf Loosens Frage mit einem spöttischen Auflachen. »Wie kommt Ihr darauf, dass ich etwas für Adlers Tod bekäme? Er hat mich beleidigt und dafür seine Strafe erhalten. Punkt!«

»Dann hättet Ihr die Sache offen austragen können und nicht heimlich abhandeln müssen«, widersprach Loosen und verstärkte Hettenheims Gefühl, dass sein Gefolgsmann für sein Versagen auch noch belohnt werden wollte. Sollte der Kerl zu gierig werden, so würden Vyszos Hussiten die Arbeit für ihn tun müssen. Die waren dafür bekannt, dass sie keinen deutschen Ritter, der ihnen in die Hände fiel, am Leben ließen.

4.

Am späten Abend des dritten Tages erreichte Hettenheim das Kloster, in dem Ruppertus wie auf glühenden Kohlen saß, weil er auf die Nachricht von Michel Adlers Tod wartete. Während der Graf seinen Männern befahl, die Pferde abzusatteln und dafür zu sorgen, dass diese gestriegelt und gefüttert wurden, forderte er einen Mönch auf, ihn zu Janus Suppertur zu bringen. Der Mann nickte stumm und führte ihn durch das Hauptgebäude des Klosters zu einem abgelegenen Korridor und klopfte dort an eine Tür.

»Wer ist da?« Die Stimme des Inquisitors klang abweisend.

Der Mönch schien ein Schweigegelübde abgelegt zu haben, denn er sah Hettenheim an und machte eine auffordernde Geste.

Der Graf räusperte sich kurz und rief: »Ich bin es, Falko von Hettenheim!«

Einen Augenblick später wurde die Tür aufgerissen, und Ruppertus blickte heraus. Er trug zwar seine schwarze Kutte, hatte aber die Kapuze zurückgeschlagen, so dass seine

Maske ebenso deutlich zu sehen war wie die Narben auf seinem Kopf, der nur hie und da von dünnem Haarflaum bedeckt wurde.
So, dachte Hettenheim schaudernd, würde er niemals aussehen wollen. Er beherrschte sich jedoch, um sein Grauen nicht zu verraten, und verbeugte sich ehrfürchtig. »Ich habe eine Nachricht für Euch, hochwürdigster Herr.«
»Ich hoffe, eine angenehme!« Ruppertus räusperte sich kurz und winkte dem Mönch.
»Bringe etwas Wein! Habt Ihr schon zu Abend gegessen?«
Die Frage galt Hettenheim, der in seinem Bestreben, die gute Neuigkeit noch an diesem Tag zu überbringen, auf überflüssige Pausen verzichtet hatte.
»Nein, nicht einmal zu Mittag, Euer Exzellenz.«
»Dann sorge dafür, dass mein Gast eine Mahlzeit erhält und auch sonst alles, was er benötigt.« Damit entließ Ruppertus den Mönch und zog Hettenheim an dessen Waffenrock in seine Zelle.
Diese war recht geräumig und verfügte über ein richtiges Bett, einen Tisch mit einem Stuhl und eine Truhe, die verriet, dass der Inquisitor nicht nur mit dem reiste, was er am Leibe trug.
»Und? Was habt Ihr zu melden?«, fragte Ruppertus scharf.
Er wartete bereits seit Wochen auf die Nachricht von Michel Adlers Tod und hatte sich in dieser Zeit intensiv mit den Gesetzen und Gebräuchen im Reich befasst. Mittlerweile hatte er herausgefunden, wie er Marie ganz legal in seine Gewalt bringen konnte, und wollte sich nicht mehr länger gedulden.
»Michel Adler ist tot! Auf einem Patrouillenritt geriet er mit einem Trupp Hussiten aneinander. Auf unserer Seite gab es nur drei Überlebende.«
Hettenheim brachte diesen Bericht so glaubhaft vor, dass Ruppertus zunächst annahm, so wäre es tatsächlich gesche-

hen. »Musstet Ihr wirklich warten, bis der Feind diesen Hund umgebracht hat?«, fragte er scharf.
Der Graf begann zu lachen. »Wenigstens soll seine Witwe es so erfahren! Wie es wirklich zugegangen ist, behalte ich lieber für mich.«
»Ihr habt also nachhelfen müssen. Damit habt Ihr Euch Zeit genug gelassen.«
Der Graf hatte ein dickes Fell und zuckte bei diesem Vorwurf mit den Schultern. »Wieso hätten wir die Sache übers Knie brechen sollen? So konnte ich alles gut vorbereiten und diese Laus in Eurem Pelz beseitigen, ohne dass jemand Verdacht schöpfen kann. Doch sprechen wir lieber über meinen Lohn. Ihr wolltet dafür sorgen …«
Hettenheim brach ab, weil eben der Mönch mit einem Krug Wein und zwei Bechern in der Hand eintrat. Ein jüngerer Mönch folgte ihm mit einem Tablett voller Speisen, die verrieten, dass dieser Tag kein Fastentag für das Kloster war.
Als die beiden Mönche wieder gegangen waren, sprach Hettenheim nicht sofort weiter, sondern riss einen Schenkel des Brathähnchens ab und stopfte sich das Fleisch gierig in den Mund.
»Endlich gibt es wieder etwas Richtiges zu essen! Im Lager fehlt der Nachschub, und nun ist dort Schmalhans Küchenmeister«, sagte er mit vollem Mund, erinnerte sich dann aber an das, was er sagen hatte wollen, bevor ihn die Mönche unterbrochen hatten.
»Ihr habt versprochen, dass der Papst mich zum Kaiser krönt!«
Ruppertus musste lachen. »Seid Ihr nicht ein wenig vorschnell? Michel Adlers Tod war der Preis dafür, dass ich mich überhaupt für Euch verwende. Als Nächstes muss Sigismunds Feldzug gegen die Hussiten scheitern! Dann kön-

nen wir weiterreden. Bis dorthin werdet Ihr mir mit all Eurer Hingabe dienen. Habt Ihr mich verstanden?«
So hatte Hettenheim sich die Sache nicht vorgestellt. Ein Blick in das Gesicht des Inquisitors aber verriet ihm trotz der Maske des Mönches, dass es diesem vollkommen ernst war.
»Ich werde Euch selbstverständlich unterstützen«, antwortete er mit einem kaum merklichen Zögern.
Ruppertus war damit zufrieden. »Dann ist es gut! Kehrt jetzt in Euer Lager zurück und behaltet sowohl die Hussiten wie auch diesen elenden Sokolny im Auge. Ich reite unterdessen nach Nürnberg, um mich mit Sigismund zu treffen.«
Noch während er es sagte, richteten Ruppertus' Gedanken sich auf Marie. Er konnte es kaum mehr erwarten, sie endlich zu besitzen und zu beherrschen. Michels Tod war nur der erste Schritt dazu gewesen. Den zweiten würde er in Nürnberg tun, und ein alter Foliant, in den vor Jahrzehnten ein königlicher Schreiber einen Präzedenzfall eingetragen hatte, würde ihm dabei behilflich sein.
Bis dorthin aber musste Marie erfahren haben, dass sie Witwe geworden war. Ruppertus sah Hettenheim auffordernd an. »Bevor Ihr ins Feldlager zurückkehrt, werdet Ihr Adlers Weib die Nachricht überbringen, dass ihr Mann gefallen ist.«
»Das werde ich tun – und ihr sein Schwert aushändigen, sozusagen als Andenken an ihn!« Hettenheim lachte, um seine eigene Nervosität, aber auch seinen Ärger zu unterdrücken.
Zwar hatte der Inquisitor bei ihrem letzten Zusammentreffen keinen Hehl daraus gemacht, dass Sigismunds Feldzug gegen die Hussiten zuerst scheitern musste, bevor der Papst einen neuen Kaiser krönen konnte, aber die Konsequenzen

dieser Erklärung wurden ihm nun erst bewusst. Da sein Vetter vorerst noch über etliche tausend Krieger verfügte, war er in der Lage, mit diesem Heer über die Alpen zu ziehen und Rom zu erobern. Dieses Risiko durfte Martin V. nicht eingehen. Aus diesem Grund konnte der Papst seine Entscheidung erst fällen, wenn Sigismund nach einer Niederlage gegen die Hussiten geschwächt war.

In seine Gedanken verwoben, überhörte er beinahe Ruppertus' Antwort. »Macht das und beeilt Euch!«

Dies war das Zeichen, dass Hettenheim sich zurückziehen sollte. Ruppertus wollte allein sein, um seinen Triumph auskosten zu können. Endlich war der Weg frei! Marie würde ihm gehören, mit Haut und Haaren und Leib und Seele. Er würde sie strafen können, wenn er zornig war, und zärtlich zu ihr sein, wenn sie es verdiente. Vor allem aber würde er sie zwingen, ihn ohne Maske anzuschauen, damit sie begriff, was sie aus ihm gemacht hatte.

Noch einmal glaubte er die Flammen, die ihn damals verbrannt hatten, sengend auf seiner Haut zu spüren, und stieß einen Schrei aus, der alle, die sich in diesem Flügel des Klostergebäudes aufhielten, erschreckte. Erst nach einer Weile verlor sich das Gefühl wieder, und er schwor sich, Marie mit Höllenqualen für sein Elend zahlen zu lassen. Nach kurzem Nachsinnen begriff er aber, dass sinnlose Rache ihm nichts brachte. Marie war eine Auserwählte, so, wie auch er ein Auserwählter war. Gott hatte bestimmt, dass sie sich vereinen und miteinander Kinder in die Welt setzen sollten, die einmal die edelsten aller Menschen sein würden.

5.

Den Weg nach Nürnberg legte Ruppertus im Schutz einer Begleitmannschaft zurück, die Hettenheims Unteroffizier Eberhard anführte. Er schätzte diesen Mann als dumpfen Klotz ein, der Befehle ausführte, ohne darüber nachzudenken. Kriege waren mit solchen Männern nicht zu gewinnen, doch als Leibwächter konnte man sich auf sie verlassen. Daher beschloss Ruppertus, Eberhard in seine Dienste zu nehmen.

Um so rasch wie möglich nach Nürnberg zu gelangen, ritten sie schnell und gönnten ihren Pferden nur die nötigsten Pausen. Als ihr Ziel endlich vor ihnen auftauchte, überraschte Ruppertus seine Begleiter, indem er einen Bogen um die Stadt schlug und bei einer kleinen Kapelle aus dem Sattel stieg, um zu beten.

Während einige den Kopf schüttelten, nahm Eberhard die Launen des Inquisitors ebenso stoisch hin wie das Wetter und richtete seine Gedanken auf einen fetten Schweinebraten und den guten Wein, den es in Nürnberg gab. Außerdem kannte er ein Hurenhaus in der Stadt, in dem es recht lustig zuging. Da Janus Suppertur angedeutet hatte, er geize nicht mit Trinkgeld, würde er sich das alles leisten können. An den böhmischen Krieg dachte Eberhard nicht mehr. Der war für ihn angesichts der Mauern von Nürnberg so weit weg wie der Mond.

Auch Ruppertus dachte weder an die Hussiten noch an Sokolny oder die Soldaten, die Sigismund in den böhmischen Wäldern zurückgelassen hatte. Er sprach sein Gebet an die Jungfrau Maria und bat sie, ihm weiterhin beizustehen. Dann verließ er die Kapelle und stieg aufs Pferd.

Als er kurz darauf in Nürnberg einritt, wirkte er mit seiner wehenden schwarzen Kutte und der silbernen Maske auf die

Passanten so erschreckend, dass sie vor ihm zurückwichen und hinter seinem Rücken das Kreuz schlugen. Ruppertus entging das nicht, und er verfluchte die Leute stumm. Seit jenem entsetzlichen Tag in Konstanz hatte er nicht mehr leben können wie ein normaler Mensch.

»Marie wird nicht vor mir zurückweichen. Sie darf es einfach nicht, denn ich werde sie mit Banden an mich fesseln, die stärker sind als Ketten aus Eisen«, murmelte er, als er die Burg vor sich auftauchen sah. Dort angekommen, stieg er aus dem Sattel und warf einem Knecht die Zügel zu. Ohne den Mann weiter zu beachten, betrat er die Burg und forderte den ersten Diener auf, der ihm über den Weg lief, ihn zum König zu bringen.

Vor der Tür zu Sigismunds Gemächern wartete er nicht, bis der Diener ihn angemeldet hatte, sondern trat einfach ein und ging durch die Räume, bis er den König gefunden hatte. Sigismund saß an einem Tisch, der für zwei Leute gedeckt war, und aß. Ruppertus achtete jedoch nicht darauf. So entging ihm, dass auch Isabelle de Melancourt im Raum war. Die Äbtissin hatte gerade noch rechtzeitig aufspringen können und verbarg sich nun hinter einer Säule.

»Ihr kommt unerwartet, Inquisitor!« Sigismund hatte für diesen Abend andere Pläne, als mit Janus Suppertur zu reden, und zeigte dies deutlich.

Ruppertus verzog verächtlich den Mund, denn er schloss aus dem Unmut des Königs, dass dieser eine seiner Geliebten erwartete. Aber das interessierte ihn nicht. Wenn Sigismund ihm rasch gewährte, was er von ihm forderte, konnte der König sich wieder den angenehmen Seiten des Lebens widmen. Wenn nicht …

Diesen Gedankengang verfolgte Ruppertus nicht weiter, denn er war nicht Sigismunds Feind, sondern wollte ihn als Werkzeug benutzen. Doch ganz ohne Strafe sollte ihm der

König nicht davonkommen, hatte dieser ihn doch in Konstanz zum Tod auf dem Scheiterhaufen verurteilen lassen. Diese Überlegung bestärkte Ruppertus darin, seine Pläne weiterzuverfolgen. Wenn es ihm gelang, Sigismund zu stürzen und Hettenheim zum neuen König und sogar zum Kaiser zu machen, würde der Graf einen hohen Preis dafür zahlen müssen. Der Rang eines Reichsfürsten mit entsprechendem Besitz und die Stellung als Kanzler des neuen Kaisers mussten es mindestens sein. Zuerst aber galt es, das Fundament für seinen Aufstieg zu legen. Mit diesem Vorsatz deutete Ruppertus eine Verbeugung vor Sigismund an.

»Ich bringe Nachricht von der böhmischen Grenze. Dort sieht es nicht gut aus. Seine Heiligkeit kann mit Eurem Eifer, die Ketzer niederzuwerfen, nicht zufrieden sein.«

»Dann soll Seine Heiligkeit dem Herzog von Baiern, dem Erzherzog von Österreich und allen Kurfürsten des Reiches ans Herz legen, mich mit mehr als nur mit Worten zu unterstützen. Auch sollte er vielleicht selbst in seine Truhen greifen, die durch die Abgaben und Spenden der Gläubigen bis zum Rand gefüllt sind, und mir das Geld geben, das ich brauche, um genügend Soldaten anwerben zu können«, antwortete Sigismund heftig.

Ruppertus ärgerte sich, das Gespräch auf diese Weise begonnen zu haben. Wenn Sigismund sich nun störrisch zeigte, hatte er es sich selbst zuzuschreiben. Rasch lenkte er ein.

»Ich werde Seiner Heiligkeit Eure Bitte um Hilfe mitteilen und bin mir sicher, dass er sie erfüllen wird.«

Tatsächlich wusste er genau, dass Martin V. keinen schimmeligen Schilling für Sigismund opfern würde. Seine Worte erfüllten jedoch ihren Zweck, denn die Laune des Königs hob sich etwas.

»Mit einem größeren und mit den notwendigen Waffen versehenen Heer kann ich die Hussiten besiegen. Noch fehlen mir dazu die Mittel. Außerdem liegt Sokolnys Herrschaftsgebiet zwischen mir und den Hussiten und verhindert so einen erfolgversprechenden Angriff. Wende ich mich erst dem böhmischen Grafen zu, wird er sich mit Fürst Vyszo verbünden, und ich stehe noch mehr Feinden gegenüber. Solange ich keine Unterstützung erhalte, herrscht ein Patt, das nur von außen beendet werden kann. Deswegen bin ich nach Nürnberg zurückgekehrt. Von hier aus habe ich die Möglichkeit, die Reichsstände dazu zu bewegen, mir mehr Geld für diesen Feldzug zu bewilligen.«

Ruppertus hätte sich am liebsten die Hände gerieben. Wenn Sigismund glaubte, erklären zu müssen, weshalb er sich nicht bei seinen Truppen befand, hieß dies, dass er unsicher war und manipuliert werden konnte.

»Ich komme auch noch einer anderen Sache wegen«, setzte er nach. »Michel Adler, Euer Burghauptmann auf Hohenstein, ist im Kampf gegen die fürchterlichen Hussiten gefallen. Er starb als Held. Ihr solltet seiner Witwe daher Hohenstein und die umliegenden Ländereien als erbliches Lehen überlassen.«

»Hohenstein ist tot?« Obwohl Sigismund nach dem Konstanzer Konzil kaum noch etwas mit Marie und deren Ehemann zu tun gehabt hatte, traf ihn diese Nachricht. Michel Adler war einer seiner eifrigsten Anhänger gewesen und sein Tod ein herber Verlust für ihn.

Ruppertus ließ ihm nicht die Zeit, darüber nachzudenken. »In Zeiten wie diesen kann eine Witwe ein solches Lehen wie Hohenstein nicht selbst verwalten. Daher ist es Eure Pflicht, sie umgehend neu zu verheiraten.«

»Pflicht?« Dieses Wort schmeckte Sigismund nicht besonders.

Ruppertus hatte den Schachzug gut vorbereitet und konnte dem König daher die Reichsgesetze aufzählen, die eine so-

fortige Wiederverheiratung von Witwen forderten, und aus ihnen zitieren.
Nach einer Weile gab Sigismund auf. »Also gut! Dann suche ich Frau Marie eben einen neuen Ehemann. Könnt Ihr mir vielleicht hier raten?«
»Das kann ich«, antwortete Ruppertus selbstzufrieden. »Ich selbst bin bereit, Marie zu meinem Weib zu nehmen!«
Sigismund sah ihn verwirrt an. »Ihr und die Kastellanin von Hohenstein? Was wollt Ihr mit einem Weib, das früher einmal die gelben Bänder trug? Zudem seid Ihr ein Mann der Kirche!«
»In erster Linie bin ich ein Mann!«, gab Ruppertus zurück. Er liebte dieses Spiel, in dem er seinen Gegenpart mit der Macht seiner Argumente in die Ecke treiben konnte.
Für den König war der Anspruch des Inquisitors unbegreiflich. Er sah ihn zweifelnd an und musterte vor allem den Kopf mit der Silbermaske. So, wie Janus Suppertur aussah, würde ihn keine Frau auf der Welt freiwillig in ihr Bett lassen. Sogar die Huren würden nur für teures Geld bereit sein, ihm Befriedigung zu verschaffen. Forderte der Inquisitor deswegen Marie von Hohenstein? War es, weil die Witwe keine Familie hatte, die sie vor solchen Ansprüchen schützen konnte? Jede adelige Sippe im Reich, die etwas auf sich hielt, würde Supperturs Forderung entschieden zurückweisen und ihn vielleicht sogar für diese Vermessenheit erschlagen. Marie Adler hingegen war wehrlos. Dennoch und vielleicht gerade deswegen gefiel es Sigismund nicht, sie diesem Mann auszuliefern.
»Ihr seid ein Schwert des Papstes und die Fackel der heiligen Inquisition. Soviel ich weiß, habt Ihr schon viele Ketzerinnen und Huren brennen lassen. Weshalb wollt Ihr jetzt eine Hure heiraten?«
Ruppertus' Miene verriet für einen Augenblick Ärger. Der König sah ihn als Parteigänger Martins V. und damit als

Gegner an. Daher würde er vorgeben müssen, auf die Seite des Königs umzuschwenken.
»Ich bin bereit, für diese Ehe meinen kirchlichen Würden zu entsagen und in den Laienstand zurückzukehren. Ich glaube, dass ich in einer solch kriegerischen Zeit als Euer Lehensmann mehr bewirken kann denn als Inquisitor.«
Dann aber brach seine Leidenschaft aus ihm hervor, und er funkelte Sigismund mit dem ihm verbliebenen Auge an.
»Ich glaube, es ist nicht genug, nur das Faule und Kranke in der Menschheit auszumerzen. Wir müssen auch neuen, guten Samen setzen. Samen, der in reinen Menschen aufgeht, Menschen, die bereit sind, die wahre Lehre der heiligen Mutter Kirche in die Welt hinauszutragen, und die mit ihrem Samen wiederum Zeugnis ablegen für die Gemeinschaft im Herrn und in der Jungfrau Maria!«
Ruppertus' Stimme hieb geradezu auf den König ein.
»Und Ihr glaubt, dieser neue, reine Mensch entspringt Eurem Samen und dem Leib dieser Frau?«, fragte Sigismund, um Zeit zum Nachdenken zu gewinnen.
»Unsere Nachkommen werden in ihrem Blut die Tugenden beider vereinen, die Überlegenheit eines geschulten Geistes und die Strenge und die Kraft des Glaubens mit dem unbändigen Willen des Lebens, der Stärke des Fleisches und den natürlichen Instinkten eines Weibes!«
Ruppertus redete sich in Ekstase, denn er sah seine Bestim mung ganz deutlich vor sich. Er würde diesen unwürdigen König stürzen und durch Falko von Hettenheim ersetzen, um von diesem in einen hohen Adelsrang erhoben zu werden. Vielleicht würde er sogar zu einem der Kurfürsten des Reiches werden. Sobald dies geschehen war, konnte er noch höher greifen und seinem Sohn oder Enkel die Kaiserkrone verschaffen. Einen Augenblick lang dachte er daran, was die Fürsten und Grafen sagen würden, wenn ein Kaiser sie beherrschte, der

von einer ehemaligen Hure geboren worden war. Dann aber zuckte er mit den Achseln. Nicht wenige dieser gekrönten Häupter stammten von Frauen ab, die im Grunde nichts Besseres gewesen waren.

Da Sigismund beharrlich schwieg, klopfte Ruppertus mit der rechten Hand auf den Tisch. Der große Ring an seinem Mittelfinger verursachte dabei ein so lautes Geräusch, dass der König zusammenzuckte.

Bevor Sigismund seinen Unmut äußern konnte, setzte Ruppertus seine Rede fort. »Gemäß den Gesetzen des Reiches, die einzuhalten und zu verteidigen Ihr geschworen habt, fordere ich, Janus Suppertur, hiermit offiziell die Hand und das Lehen der Witwe von Hohenstein. Und nun Gott befohlen!« Mit diesem Gruß wandte Ruppertus sich ab und verließ den Raum.

Kaum hatte sich die Tür hinter dem Inquisitor geschlossen, trat Isabelle de Melancourt hinter der Säule hervor. »Wie kann dieser Mann es wagen, eine solche Forderung zu stellen!«, rief sie empört.

»Suppertur ist verrückt! Anders kann ich es mir nicht erklären. Schließlich ist er der Inquisitor des Papstes mit all der Macht, die ihm dieses Amt verleiht. Zwar stellt Hohenstein ein hübsches Lehen dar – falls ich es der Witwe verleihe! –, doch dafür gibt kein vernünftiger Mensch eine solche Macht auf.«

»Verrückt ist er gewiss, aber auch gefährlich«, wandte Isabelle nachdenklich ein. »Auf jeden Fall entspricht dieser Auftritt nicht dem Bild, das ich mir bisher von Janus Suppertur gemacht habe.«

»Der Kerl will die Witwe auf Hohenstein freien, um mit ihr Dutzende kleiner Jani Supperturi zu zeugen, die schon in der Sandgrube kleine Scheiterhaufen aufschichten und statt Kinderliedern gregorianische Gesänge leiern. Welch eine entsetzliche Vorstellung!«

Während Sigismund sich theatralisch schüttelte, gingen Isabelles Überlegungen in eine andere Richtung. »Wenn der Inquisitor des Papstes solche Ideen durchsetzt, sind die Reiter der Apokalypse wirklich nicht mehr fern. Allein der Gedanke an eine solche Selektion durch Zucht ist widerwärtig.«
Mittlerweile hatte Sigismund sich wieder gefasst und lachte freudlos auf. »Wenn ich es genau betrachte, kopiert er damit nur das Verhalten aller Königshäuser. Auch wir achten strikt darauf, aus wessen Schoß unser Erbe schlüpft!«
»Dies ist etwas ganz anderes«, wies Isabelle ihn zurecht. »Euresgleichen nimmt die Tochter eines Königs zum Weib, weil sie eben dessen Tochter ist, und nicht, weil sie irgendwelche Instinkte besitzt, die Ihr mit Eurem überragenden Verstand in einem auserwählten Sohn vereinen wollt. Außerdem ist es nicht das Blut, sondern die Haltung, die einen König ausmacht – oder den Kaiser!«
»Womit wir wieder bei Martin V. und seiner Weigerung wären, mich zum Kaiser zu krönen. Vielleicht sollte ich Janus Suppertur wirklich die Witwe auf Hohenstein geben und ihn mir damit verpflichten. Er hat Einfluss in Rom und könnte dort in meinem Sinne tätig werden.«
»Möglich wäre es …«, antwortete Isabelle nachdenklich. Doch als sie in sich hineinhorchte, fand sie nichts, was für ein Bündnis mit Janus Suppertur gesprochen hätte.

6.

Seit jenem entsetzlichen Alptraum kämpfte Marie mit der Angst, es könnte Michel etwas Schreckliches zugestoßen sein. Jedes Mal, wenn sich ein Reiter auf der Straße

zeigte, fühlte sie starkes Herzklopfen und atmete erst wieder auf, wenn derjenige an Hohenstein vorbeigeritten war. Die Anspannung ließ auch mit der Zeit nicht nach, sondern wuchs von Tag zu Tag und war bald kaum noch zu ertragen. Mehr als einmal ertappte sie sich bei dem Gedanken, ein Pferd satteln zu lassen, einfach loszureiten und nach Michel Ausschau zu halten. Sie kannte den Weg nach Böhmen aus Berichten von Händlern und wusste daher genau, wie gefahrvoll eine solche Reise war. Auch durfte sie Trudi nicht im Stich lassen. Daher hielt sie ihr Verlangen im Zaum und betete täglich bei der Himmelsmutter und ihrer speziellen Heiligen Maria Magdalena dafür, endlich Nachricht von Michel zu erhalten und zu erfahren, dass es ihm gutging.
An diesem Tag näherte sich ein Reitertrupp der Burg und hielt darauf zu, anstatt vorbeizuziehen. Ein Mann mit einer schwarzen Standarte in der Hand führte ihn an, und ein anderer hielt ein sattelloses Pferd am Zügel, das mit einer schwarzen Schabracke bedeckt war.
Als Marie die Reiter sah, gefror ihr das Blut in den Adern, und sie wartete reglos darauf, dass der Trupp in den Burghof einritt. Erst als ihr Anführer den Burghof erreichte, erkannte sie Falko von Hettenheim und erinnerte sich an dessen erstes Auftauchen auf Hohenstein. Bei diesem Gedanken gesellten sich Abscheu und Misstrauen zu ihrer Furcht vor dem, was die Reiter ihr gleich erklären würden.
Eigentlich hätte Hettenheim längst wieder bei seinen Kriegern im Feldlager sein müssen, doch er war dem Befehl des Inquisitors gefolgt, Michel Adlers Witwe die Nachricht von dessen Tod persönlich zu überbringen. Obwohl der Ritter glaubte, ein harter Mann zu sein, überfiel ihn beim Anblick von Maries blassem, starrem Gesicht eine nie gekannte Unsicherheit. Er stieg vom Pferd, schluckte, um seine Stimmbänder zu befeuchten, und sagte dann das

Sprüchlein auf, das Ruppertus ihm wortwörtlich aufgetragen hatte.

»Ich grüße Euch, Kastellanin von Hohenstein, und soll Euch Folgendes ausrichten: Seine Majestät, König Sigismund, dankt für die Treue Eures Gemahls bis in den Tod. Hauptmann Michel Adler von Hohenstein fiel im Octobris 1427 heldenhaft im Kampf gegen die Hussiten. Gott schütze Euch!«

Es war wie ein Schlag mit einem blanken Schwert. Marie wurde schwindlig, und sie musste sich an der Mauer festhalten, um nicht zu stürzen. In ihren Augen brannten die Tränen, und doch fühlte sie nicht nur Trauer und Schmerz. Irgendetwas hatte Hettenheim an sich, das ihr Misstrauen hochschäumen ließ. Sein Gesicht war ihr zu ausdruckslos, und er hatte die Worte ohne Gefühl und vielleicht auch gegen seine innere Überzeugung heruntergeleiert. Dazu wich er ihrem Blick aus, als sie diesen fixieren wollte.

»Wie starb mein Mann?«, fragte sie mit erstaunlich fester Stimme.

»Er starb bei einem Überfall dieser elenden Hussiten, als er den Rückzug der Unsrigen deckte. Dabei ist er dem Angriff des Feindes zum Opfer gefallen.«

Erneut kamen Marie die Worte Hettenheims falsch vor. So sprach man nicht von einem Mann, der unter dem eigenen Kommando gedient und noch in seinen letzten Lebensminuten seinen Kameraden die Flucht ermöglicht hatte.

Unterdessen trat Falko von Hettenheim zu Michels Pferd und löste das in der Scheide steckende Schwert vom Sattel und reichte es Marie mit beiden Händen. »Hier ist die Waffe Eures Gemahls. Bewahrt sie als Andenken an einen tapferen Mann.«

Marie starrte reglos auf das Schwert, nahm es dann entgegen und reichte es Thomas, der schützend neben sie getreten war.

»Wo ist sein Leichnam?«, fragte sie den Ritter.
Erneut wich Hettenheim ihrem Blick aus. »Die Hussiten sind grausam! Ihr hättet bestimmt nicht sehen wollen, wie sie ihn zugerichtet haben. Haltet ihn so in Erinnerung, wie er von Euch schied, tapfer und bereit, mit seinem Leben für den König und seine Kameraden einzustehen!«
Marie war immer mehr davon überzeugt, dass Hettenheim log. Doch warum sollte er dies tun? »Wart Ihr dabei?«
Ihr Gegenüber zögerte einen Augenblick. »Nun, nein! Das war ich nicht.«
»Habt Ihr Michel Adlers Leichnam gesehen?« Maries Blick schien den Ritter zu durchbohren.
Hettenheim war auf eine solche Frage nicht vorbereitet und druckste zunächst herum, fasste sich dann aber und schüttelte den Kopf. »Nein! Euer Mann war mit mehreren Rittern und Soldaten auf einem Erkundungsritt, von dem ist er nicht zurückgekehrt.«
Marie gingen tausend Fragen durch den Kopf, doch als sie Hettenheims unsteten Blick bemerkte und feststellte, dass auch zwei seiner Ritter betont in andere Richtungen schauten, begriff sie, dass sie von diesen Männern niemals die Wahrheit erfahren würde. Waren Michels Kameraden bei dem Angriff der Hussiten feige geflohen und hatten ihn im Stich gelassen?, fragte sie sich, schob diese Überlegung jedoch schnell beiseite. Obwohl sie die unliebsamen Besucher am liebsten von ihren Knechten hätte vertreiben lassen, lud sie, wie Sitte und Brauch es verlangten, den Grafen und seine Begleiter ein, auf Hohenstein zu übernachten.
Während einige Kriegsknechte so aussahen, als wären sie dankbar für eine Rast und eine gute Mahlzeit, schüttelte Hettenheim den Kopf.
»Verzeiht, aber es ist noch früh am Nachmittag, und es liegt ein langer Ritt vor uns. Der König erwartet mich und die

Meinen in Böhmen. Damit Gott befohlen!« Froh, dieser schier zu Eis erstarrten Frau entkommen zu können, schwang Hettenheim sich in den Sattel, gab seinen Männern das Zeichen, sich ihm anzuschließen, und ritt zum Tor hinaus.
Marie sah ihnen noch lange nach. Erst als ein Hügel die Reiter ihrem Blick entzog, kehrte wieder Leben in sie zurück, und sie schüttelte sich wie im Fieber.
Hiltrud hatte die Nachricht ebenfalls vernommen und trat nun auf die Freundin zu. »Es tut mir so leid!«, flüsterte sie unter Tränen und fasste nach Maries Hand.
»Michel ist nicht tot!«, entfuhr es Marie. »Etwas ist mit ihm geschehen, doch er ist nicht tot! Ich würde es fühlen.«
»Bitte, Marie! Du darfst dich nicht aufregen«, bat Hiltrud und warf ihrem Mann einen hilfesuchenden Blick zu.
Thomas hielt immer noch Michels Schwert in der Hand und starrte fassungslos auf die Waffe. Wie gerne hätte er Marie Trost gespendet, doch dafür war seine eigene Trauer zu groß.
»Hettenheim hat gelogen! Michel ist nicht tot«, wiederholte Marie und wies auf das Schwert. »Habt ihr auf das geachtet, was er gesagt hat?«
Hiltrud und ihr Mann blickten sie verwirrt an. »Wie meinst du das?«, fragte sie.
»Er sagte, Michel wäre gefallen, als er den Rückzug seiner Kameraden decken wollte. Nun frage ich mich, wie Hettenheim mir dann sein Schwert und sein Pferd überbringen konnte? Oder glaubt ihr, die Hussiten hätten beides zurückgelassen?«
»Eigenartig ist das schon«, stimmte Hiltrud ihr zu. »Aber vielleicht …« Sie brach ab, weil ihr nichts einfiel, das gegen die Annahme ihrer Freundin sprach.
Mit einer heftigen Bewegung wandte Marie sich an Thomas. »Verwahre das Schwert in der Burgkapelle! Michel wird es brauchen, wenn er zurückkommt.«

War sie nach dem Traum voller Angst und Sorge um ihren Mann gewesen, so hatte die Nachricht von seinem angeblichen Tod neue Hoffnung in ihr geweckt. All das, was Hettenheim ihr berichtet hatte, passte nicht zusammen, und ihr Herz sagte ihr, dass Michel am Leben war. Er mochte verwundet worden oder vielleicht sogar in Gefangenschaft geraten sein. Doch tot war er nicht!

7.

Einen Tag nach Hettenheims Auftritt erschien ein Kurier des Königs auf Hohenstein und überbrachte eine Botschaft. Anders als Hettenheim war der Mann froh, dafür einen Krug Wein und eine gute Mahlzeit zu erhalten. Marie las unterdessen das königliche Schreiben, in dem sie aufgefordert wurde, unverzüglich bei Hofe in Nürnberg zu erscheinen, und fragte sich, was sie dort erwartete. Ihre anfängliche Hoffnung, Michel könnte mittlerweile wieder aufgetaucht sein, war beim Lesen all der Beileidsbekundungen, die sich Sigismunds Schreiber hatte einfallen lassen, rasch verflogen.

Schließlich legte sie den Brief beiseite und wandte sich an Thomas. »Du wirst mich begleiten. Morgen früh brechen wir auf!«

»Was mag der König von dir wollen?«, fragte Hiltrud besorgt.

Marie antwortete mit einer bitteren Geste. »Das muss er mir erst noch sagen. In dem Brief stehen nur ein paar nichtssagende Floskeln.«

Mit einem Achselzucken hob sie ihre Tochter auf und setzte sie sich auf den Schoß. Ihre Gedanken aber drehten sich nur um

Michel. Sie würde auch schon deshalb des Königs Aufforderung Folge leisten, weil Nürnberg näher an jenen Gebieten lag, in denen gekämpft wurde, und sie vielleicht dort jemand ausfindig machen könnte, der ihr mehr über das Schicksal ihres Mannes berichten konnte. Mit diesem Vorsatz ging sie am Abend zu Bett und war am nächsten Morgen zur Abreise bereit, bevor die Sonne über dem Horizont aufgestiegen war.

Als sie auf den Burghof trat, war Thomas bereits dabei, die Pferde zu satteln. Hiltrud half ihm, während Trudi schweigend dabeistand und ein Gesicht zog, als verstünde sie die Welt nicht mehr.

Marie zog die Kleine an sich und streichelte sie. »Es wird alles gut werden, Trudi. Du wirst sehen, es wird alles gut.«

Dann reichte sie ihre Tochter an Hiltrud weiter und ließ sich von Thomas aufs Pferd helfen. Während sie die Zügel in die Hand nahm, hatte sie das Gefühl, als entscheide dieser Ritt über ihr weiteres Schicksal.

»Bis bald!« Mit einem Winken verabschiedete sie sich von Hiltrud und Trudi. Dann sah sie Thomas entschlossen an. »Reiten wir!«

Schweigend verließen sie die Burg und folgten dem Weg hinab zur Straße. Unterwegs kamen sie an dem kleinen See vorbei und an den Holundersträuchern, die längst keine Dolden mehr trugen. Der Himmel spannte sich wie ein schweres, graues Tuch von Horizont zu Horizont, und dies veranlasste Thomas zu der Prophezeiung, dass es wohl bald tagelang regnen würde. Marie interessierte sich nur wenig für das Wetter, aber die düstere Stimmung um sie herum entsprach dem, was sie im Herzen fühlte.

Mit einem Mal hielt sie ihr Pferd an und stieg ab. Sie hatte Trudis Strohpuppe entdeckt, die bei Hettenheims erstem Auftauchen verlorengegangen war. Auch wenn das Ding schmutzig war und sich bereits einzelne Strohhalme davon lösten, hob Marie sie auf, säuberte sie notdürftig und steckte sie in ihre Satteltasche. Da Michel die Puppe von eigener Hand gefertigt hatte, erschien sie ihr wie ein Omen, auch ihren Mann finden zu können.

»Du bist nicht tot!«, flüsterte sie.

Sie schaute auf und wünschte sich, ihr Blick würde bis nach Böhmen reichen.

Von der Reise nach Nürnberg prägte sich kaum etwas in ihre Gedanken ein, denn sie mied den Kontakt mit anderen und sprach auch nur das Nötigste mit Thomas, der sie umsorgte und alles Unangenehme von ihr fernhielt. In den Herbergen achtete sie nicht auf andere Gäste, sondern ging früh zu Bett und brach bereits auf, wenn diese sich gerade von ihren Strohsäcken erhoben.

Thomas hatte sie nie so still und in sich gekehrt erlebt. Für ihn schien es, als habe sie sich ganz in ihrer Trauer um Michel vergraben.

Davon aber war Marie weit entfernt. Sie ließ die Erinnerung an das Gespräch mit Graf Hettenheim immer wieder Revue passieren und fand mehr und mehr Gründe zu der Annahme, dass Michel noch lebte. Der Alptraum, der sie zunächst so erschreckt hatte, verstärkte nun sogar ihre Hoffnung, denn sie erinnerte sich, Michel zwar verletzt, aber lebend gesehen zu haben.

Kurz vor Nürnberg kam Marie an einer kleinen Kapelle vorbei. Für ein paar Augenblicke hielt sie ihr Pferd an und musterte die Madonnenstatue mit dem Jesuskind. Im grauen Licht des verhangenen Himmels wirkte das Abbild der Gottesmutter trist und wenig geeignet, die Gläubigen zu trösten. Heruntergebrannte Kerzenstummel vor der Statue verstärkten diesen Eindruck noch.

Ein Windstoß wirbelte Straßenstaub und Herbstblätter auf und trieb sie vor sich her. Auch das erschien Marie wie ein

Zeichen. Wieder war sie eine Getriebene des Schicksals, die ihren Weg nicht selbst bestimmen konnte. In bedrückter Stimmung spornte sie ihr Pferd an und ritt weiter. Kurz danach schälten sich die Mauern von Nürnberg aus dem Dunst. Die trübe Herbststimmung hatte auch die Stadt erfasst, und als Marie durch das Tor ritt, schauderte sie. Ihr war, als hätte sie eine Gruft betreten.

8.

Der hohe Herr hat es ja sehr eilig, dachte Marie, als man sie kurz nach ihrem Eintreffen in jenen Saal führte, in dem Sigismund die Bittsteller aus dem Volk empfing. Es waren nicht wenige, die etwas von dem König der Deutschen wünschten. Vielen ging es um die Bezahlung von Vorräten und Kriegsmaterial, die Sigismund und dessen Hauptleute eingekauft hatten. Obwohl die Kaufleute sich ehrerbietig gaben, deuteten sie an, dass sie keine weiteren Waren auf Kredit liefern könnten.

Sigismunds Stimmung schien dies nicht zu belasten. Er saß lässig auf seinem Thron, lächelte jedem zu und versprach allen, dafür zu sorgen, dass ihnen Gerechtigkeit widerfahren würde. Inwieweit er selbst glaubte, dies ausrichten zu können, entzog sich Maries Wissen. Diese Verhandlungen interessierten sie auch weniger als die Person, die leicht versetzt hinter dem Thron stand und sich gelegentlich zu Sigismund niederbeugte, um ihm etwas ins Ohr zu flüstern.

Es handelte sich um eine Nonne, wahrscheinlich sogar um eine Äbtissin, wie das kostbare Kreuz und die Ringe an den Fingern verrieten. Das war eigentlich nicht die Art Frau, mit der Sigismund sich normalerweise abgab. Im Allgemeinen bevorzugte er Frauen, die weniger selbstbewusst auftraten, oder gar Huren. Dabei erinnerte sie sich an Konstanz und daran, dass auch sie das Bett dieses Mannes geteilt hatte. Rasch schüttelte sie den Gedanken ab und musterte erneut die Nonne. Sie war außerordentlich schön und den wachen Blicken ihrer Augen nach klug und umsichtig. Auch bewegte sie sich viel agiler, als Klosterschwestern es im Allgemeinen taten, und ihr Gesicht wirkte lebhafter.

Ihr Lächeln ließ in Marie den Verdacht aufkeimen, dass die Dame nicht ganz so keusch war, wie es ihrer Stellung in der heiligen Kirche entsprach. Nun erinnerte sie sich, dass Michel bei seiner Rückkehr aus Nürnberg von dieser Nonne erzählt hatte, vermochte sich aber nicht mehr an deren Namen zu erinnern.

Die Äbtissin schien wahrzunehmen, dass Marie sie musterte, denn sie erwiderte ihren Blick. Dann winkte sie den Herold zu sich.

Der Mann eilte sofort zu ihr und neigte kurz den Kopf. »Ihr wünscht, ehrwürdige Mutter?«

»Wer ist die Frau, die zuletzt den Saal betreten hat?«, fragte Isabelle de Melancourt.

Der Mann drehte sich kurz um, musterte die Anwesenden und schloss, dass die Äbtissin Marie Adler gemeint hatte. »Das ist die Kastellanin von Hohenstein, die Witwe des Burghauptmanns Michel Adler.«

Das ist also die Frau, die Janus Suppertur so sehr begehrt, dass er dafür das Amt und die Macht eines Inquisitors des Papstes aufzugeben bereit ist, dachte Isabelle de Melancourt. Marie Adler war schön genug, um jedem Mann den Kopf zu verdrehen, doch das konnte nicht der Grund sein. Sie glaubte, Janus Suppertur gut genug einschätzen zu können, um zu wissen, dass dem Mann nichts an einer glatten

Larve lag. Daher versuchte Isabelle, sich ein Bild von dieser Frau zu machen. Marie Adlers Miene wirkte finster, aber auch entschlossen, und die Äbtissin glaubte die Kraft zu spüren, die die Kastellanin von Hohenstein erfüllte.
War es das, was den Inquisitor an der Witwe so stark anzog, dass er sie um jeden Preis haben wollte? Möglicherweise, denn Janus Suppertur schien ihr kein klar denkender Mensch zu sein. Andererseits würde er sich hüten müssen. Marie Adler war offensichtlich keine Frau, die man sich ungestraft zum Feind machte.
Während Isabelle de Melancourts Gedanken sich mit Marie beschäftigten, sah Sigismund sich mit der nächsten Beschwerde konfrontiert. Ein Pfarrherr forderte nach altem Brauch Steine aus dem Steinbruch eines Grundherrn für den Bau einer neuen Kirche, die dieser ihm jedoch verweigerte.
Da der König nicht bereit war, sich lange Klagen anzuhören, hob er die Hand.
»Wir haben diese Sache bereits untersucht und verfügen, dass sich die Pfarrei vom Steinbruch des Gabriel Rothmüller bedienen kann!«
Während der in eine schwarze Soutane gekleidete Priester seinem Kontrahenten einen triumphierenden Blick zuwarf und dieser in ohnmächtigem Zorn die Fäuste ballte, sprach der König weiter.
»Das Bistum hat Gabriel Rothmüller dafür neun von zehn Steinen nach dem üblichen Wert zu bezahlen. Jeder zehnte Stein ist als Teil der Abgaben des Gabriel Rothmüller an die heilige Kirche anzusehen und verringert seinen jährlich zu entrichtenden Kirchenzehnt um diesen Wert!«
Der Priester wirkte geschockt, doch auch sein Gegenspieler wurde von diesem für ihn überaus günstigen Schiedsspruch überrascht.

Sigismund konnte es sich jedoch nicht verkneifen, noch einmal nachzustechen, und wandte sich erneut an den Pfarrer. »Sagt Eurem Bischof, er könne seine Ansprüche später beim Kaiser geltend machen. Ich bin nur der König!«

Alle im Saal verstanden die Anspielung auf die bislang verweigerte Kaiserkrönung durch Martin V. Nicht nur Sigismund, sondern auch die meisten seiner Anhänger und Gefolgsleute waren der Ansicht, dass die hohe Geistlichkeit im Reich zu sehr die Interessen des Papstes und zu wenig die des Landes verfolgte. Daher freuten sich nicht wenige über diesen Dorn im Fleisch des Bischofs, den Sigismund eben gesetzt hatte.

Unterdessen wandte der König sich dem nächsten Bittsteller zu, und es dauerte nicht lange, da kam Marie an die Reihe. Sie spürte eine Beklemmung, die sich wie ein Band um ihre Kehle gelegt hatte, trat aber selbstbewusst vor Sigismund.

Der Herold kündete sie an: »Marie, verwitwete Kastellanin von Hohenstein, vor Euer Majestät erschienen auf Euer Geheiß!«

Sigismund hatte Marie bereits entdeckt und erinnerte sich an die angenehmen Stunden, die er mit ihr in Konstanz erlebt hatte. Auf eine gewisse Weise fühlte er sich in ihrer Schuld und bedauerte daher, dass ihm nach den Gesetzen und der üblichen Rechtsprechung, die Janus Suppertur ihm vorgelegt hatte, nichts anderes übrigblieb, als sie mit diesem Mann zu vermählen. Da er die unangenehme Sache so rasch wie möglich erledigen wollte, ging er ohne Umschweife auf sein Ziel los.

»Marie von Hohenstein, Wir bedauern Euren Verlust, der auch der Unsere ist, nahm er Uns doch einen wertvollen Streiter für Unsere Sache. Ihr habt jedoch Glück im Unglück, denn es gibt bereits einen hohen Herrn, der Gefallen an Euch gefunden hat. Der Mönchsritter Janus Suppertur, bislang Berater des Papstes und Verteidiger des Glaubens, ist bereit, seinem Gelübde zu entsagen, um Euch als Gemahlin heimzuführen!«

Die Stimme des Königs klang säuerlich, denn es passte ihm überhaupt nicht, Janus Suppertur in sein Gefolge aufnehmen zu müssen. Für ihn war der Inquisitor auch dann noch ein Mann des Papstes und, wie er es Isabelle de Melancourt gegenüber derb ausgedrückt hatte, ein blutender Abszess an seinem Hinterteil.

Marie brauchte einen Augenblick, um das Gehörte zu begreifen, dann aber schüttelte sie energisch den Kopf. »Verzeiht, Euer Majestät, aber ich brauche keinen neuen Gatten!«

Sigismund hatte Widerspruch erwartet, denn er kannte Maries Starrsinn. Aber er war nicht bereit, sich ihretwegen mit Janus Suppertur anzulegen. Daher versuchte er, ihr die Sachlage in aller Ruhe zu erklären.

»Wenn Ihr keinen neuen Gatten wählt, verliert Ihr Euren Stand und Euer Lehen. Eine Witwe, deren Schoß vertrocknet, ist dem Reich von keinem Nutzen. So lautet das Gesetz!«

Mittlerweile hatte Marie sich wieder gefangen. »Gerade weil ich nicht gegen die Gesetze Seiner Majestät verstoßen möchte, kann ich keinen anderen Gatten nehmen. Ich weiß, dass mein Michel lebt. Wollt Ihr etwa, dass ich mich der Bigamie schuldig mache?«

Einige der Anwesenden, die Michel selbst oder die Nachricht von seinem Tod kannten, schüttelten den Kopf. Die Laune des Königs sank noch tiefer. »Woher wollt Ihr wissen, dass Euer Mann noch lebt? Seid Ihr dabei gewesen, als er auf Böhmens Schlachtfeldern gekämpft hat?«

Sigismunds Blick warnte Marie davor, sich weiterhin störrisch zu zeigen, doch sie war nicht bereit, sich so einfach geschlagen zu geben.

»Wart *Ihr* dabei?«, fragte sie eisig.
Einige der Anwesenden lachten, denn es war allgemein bekannt, mit welcher Eile Sigismund sein Heer verlassen hatte, um hier in Nürnberg zu residieren. Seine Anhänger aber schmähten die Witwe, die dem König nicht gehorchen wollte.
»Was bildet das Weib sich ein?«, rief ein Mann.
Sigismund nickte grimmig. »Wisst Ihr, wen Ihr vor Euch habt?«, fuhr er Marie an.
»Einen König, den ich schon einmal …« Im letzten Moment gelang es Marie, sich zu bremsen und die anzügliche Bemerkung, die ihr über die Zunge wollte, zu schlucken. »Ihr seid der König, der mir schon einmal in majestätischer Größe zu meinem Recht verholfen hat! Diese Größe fordere ich erneut von Euch!«
An dieser Antwort hatte Sigismund zu schlucken.
Isabelle de Melancourt hingegen nickte unbewusst. Wie es aussah, hatte sie den Charakter der Kastellanin richtig eingeschätzt. Marie von Hohenstein war eine Frau mit einem eisernen Willen, und Sigismund würde es schwerfallen, sich gegen sie durchzusetzen, zumal sie eben ihren nächsten Trumpf ausspielte.
»Verzeiht, Euer Majestät, aber niemand hat den Leichnam meines Mannes gesehen, und es gibt auch keine Zeugen seines Todes, da seine Begleiter, wie sie selbst zugaben, schmählich geflohen sind, während er zum Schwert griff, um den Feind aufzuhalten. Oder ist hier einer, der meinen Michel hat sterben sehen?«
Bevor Sigismund einfiel, was er darauf antworten sollte, griff Isabelle de Melancourt ein. »Ihr sagt, Ihr wüsstet, dass Euer Gatte noch lebt. Woher?«
»Ich habe Michel gesehen – in einem Wahrtraum!« Marie kämpfte gegen die Tränen an, die in ihr aufsteigen wollten.

Doch sie musste stark sein, nicht nur um ihretwillen, sondern auch wegen Michel und Trudi.
Die Leute um sie herum lachten erneut, und diesmal fiel auch der König mit ein. Nur Isabelle beteiligte sich nicht an der allgemeinen Heiterkeit, sondern musterte Marie durchdringend.
Mit dem festen Willen, die Sache zu beenden, sah Sigismund Marie an. »Ihr wollt Euren Mann in einer Vision gesehen haben. Visionen sind aber Sache der Kirche, und ich glaube nicht, dass ein Pfarrer oder Bischof Eurem Traum eine Bedeutung zumessen wird.«
»Ich werde Michel finden!«, rief Marie entschlossen.
»Dafür müsstet Ihr ins Land der Hussiten reisen!«, warf Isabelle ein und schüttelte unbewusst den Kopf. Die Kastellanin von Hohenstein mochte entschlossen und mutig sein, doch verfügte sie auch über den Verstand, um diese Gaben anwenden zu können? Daher wartete sie gespannt auf Maries Antwort.
»Ich werde Michel finden! Wenn es sein muss, auch in der Hölle!«
Sigismund verzog verärgert das Gesicht, doch bevor er eine Entscheidung treffen konnte, berührte Isabelle ihn am Arm.
»Gewährt ihr Aufschub!«
Nach kurzem Zögern sagte er sich, dass ihm dies die Möglichkeit bot, eine unangenehme Entscheidung hinauszuschieben. Daher hob er in einer huldvollen Geste die Hand, auch wenn sein anzügliches Grinsen nicht zu seiner königlichen Haltung passen wollte.
»Aufgrund Eurer Verdienste um das Reich erlauben wir Euch, noch ein wenig weiterzuträumen. Ihr habt Zeit bis zum nächsten Vollmond, Euren Mann zu finden und mir zu beweisen, dass er noch lebt. Dann gilt das Gesetz, und Ihr werdet Janus Suppertur angetraut.«

Voller Wut über diese Bedingung, wollte Marie widersprechen, doch da fassten zwei Wachen sie bei den Armen und führten sie aus dem Saal.

Thomas, dem es gelungen war, im Hintergrund einen Platz zu finden, folgte ihr besorgt. »Was willst du jetzt tun?«, fragte er, als sie wieder im Freien standen.

Marie blickte zum Himmel hoch, auf dem nun wie zum Hohn die Wolken verschwunden waren. Die schmale Sichel des Mondes stand als blasser Schatten über dem Horizont. Rasch rechnete sie nach und stieß einen unwilligen Laut aus.

Auch Thomas sah zur Mondsichel auf. »Es sind nur noch zehn Tage bis zum Vollmond!«

Mit einem Gefühl, als wäre alles in ihr gestorben, blickte Marie auf das Muschelarmband, das Michel ihr geschenkt hatte, bevor er in den Krieg gezogen war. Sie zählte elf Muscheln, riss eine davon ab und ließ sie zu Boden fallen. Darunter kam der gelbe Samt zum Vorschein, auf den die Muscheln aufgenäht waren, und die Farbe erschien ihr nun wie ein übles Omen.

»Man hat mir zehn Tage Zeit gelassen. Danach werde ich wieder die gelben Bänder tragen müssen!«

»Das verstehe ich nicht«, sagte Thomas.

Beschwichtigend hob Marie die Hand. »Wir haben nur wenig Zeit und sollten die Stunden nützen. Daher wirst du nach Hohenstein zurückkehren. Beschütze meine Tochter, was immer auch geschehen mag. Sage ihr, ich bringe ihr den Vater zurück! Oder …«

Was immer sie auch hatte sagen wollen, unterblieb. Warum sollte sie Thomas und damit auch Hiltrud und Trudi ängstigen? Eines jedoch wusste Marie mit Sicherheit: Sie würde niemals den Mann heiraten, den Sigismund ihr aufnötigen wollte.

Unterdessen kämpfte Thomas mit seinen Gefühlen. »Sollte ich nicht besser mit dir kommen?«
»Nein! Sorge für meine und Michels Tochter! Und nun geh!« Für Marie war damit alles gesagt.
Thomas spürte, dass er sie nicht umstimmen konnte, und verließ sie. Einen Augenblick lang überlegte er noch, ihr heimlich zu folgen, um ihr, wenn es hart auf hart kam, beistehen zu können. Dann aber sagte er sich, dass wenigstens einer während Michels und Maries Abwesenheit auf Hohenstein nach dem Rechten sehen musste. Außerdem wollte er nicht gegen Maries ausdrücklichen Befehl handeln.
Ganz so sicher, wie sich Marie Thomas gegenüber gegeben hatte, fühlte sie sich nicht. Bis Böhmen war es ein weiter Weg, und sie würde gewiss etliche gefährliche Situationen meistern müssen. Beinahe hätte sie Hiltruds Mann zurückgerufen, damit sie nicht alleine reisen musste. Dann aber dachte sie an Trudi. Ihre Tochter benötigte Thomas' Schutz dringender als sie.
Da sie noch zur selben Stunde aufbrechen wollte, wandte sie sich den Ställen zu, um ihr Pferd satteln zu lassen. Aber sie kam nur ein paar Schritte weit, denn die Nonne, die hinter Sigismund gestanden hatte, vertrat ihr den Weg.
Isabelle de Melancourt war der Kastellanin von Hohenstein gefolgt, hatte sich aber zurückgehalten, solange deren Begleiter bei der Frau gewesen war. Nun schien ihr die Gelegenheit günstig, Marie Adler anzusprechen.
»Wir müssen miteinander reden!«, forderte sie die Kastellanin auf.
Marie verzog das Gesicht zu einer zornigen Grimasse. »Was gibt es noch zu bereden? Der König hat seine Entscheidung getroffen, und daran ist nicht zu rütteln. Es ist wieder genauso wie in Konstanz. Als ich damals sein Zepter in der

Hand hielt, hat er sich vor Lust gewunden und mich dann doch im Stich gelassen.«
»Er windet sich immer noch, wenn auch nicht vor Lust«, unterbrach Isabelle de Melancourt sie.
»Kümmert es mich? Ich muss mir mein Recht erkämpfen!« Maries Stimme klang so bitter, dass Isabelle ihr den Arm um die Schulter legte und sie tröstend an sich zog.
»Als König kann Sigismund nicht einfach die Gesetze beugen, nicht einmal für eine Frau, die es verdient hätte«, sagte sie leise.
»Dann glaubt Ihr mir?«, fragte Marie verwundert, aber auch mit neu erwachender Hoffnung.
Isabelle nickte. »Ich glaube, dass wir etwas gemeinsam haben!«
»Wir beide?« Diesmal schwang Sarkasmus in Maries Stimme mit.
»Ja, wir beide!«, betonte Isabelle. »Die Zeiten des blinden Glaubens neigen sich dem Ende zu. Wir stehen am Beginn einer neuen Zeit, einer Zeit der Menschen freien Geistes, die ihre Fesseln hinter sich gelassen haben. Ihr gehört dazu.«
Marie starrte die Äbtissin verwundert an, ohne zu begreifen, was die Frau damit sagen wollte. »Ihr irrt Euch! Ich studiere keine theologischen Schriften, sondern bin ganz von dieser Welt!«
»Genau das meinte ich! Ihr seht das Jetzt, wie es ist, und nicht, wie die Pfaffen es Euch weismachen wollen. Das ist Eure Stärke. Doch lasst mich wissen: Wollt Ihr wirklich Euren Gatten suchen?« Isabelle sah Marie nicken und seufzte. »Auf Eurer Suche werdet Ihr tief nach Böhmen hineinreiten müssen. Bitte geht dort zu Graf Sokolny und lasst ihn wissen, dass wir ihm seine Unabhängigkeit garantieren, wenn er sich nicht den Hussiten ergibt.«

»Warum soll ich Graf Sokolny aufsuchen und dabei Zeit bei meiner Suche verlieren?«, fragte Marie harsch.
»Weil Ihr Euch Sigismund damit verpflichten könnt! Und zwar so, dass er Euch nicht diesem römischen Mönch ausliefert, der Euch unbedingt in seinen Besitz bringen will.«
»Aber Ihr sagtet, auch der König könne das Gesetz nicht beugen!« Marie klang ablehnend, denn sie mochte es nicht, als Figur in einem Spiel zu dienen, das sie nicht zu durchschauen vermochte.
Isabelle begriff, dass sie Marie mehr bieten musste als nur ein vages Versprechen. Sie zog sie so nahe zu sich, dass sich ihre Nasen fast berührten.
»Der König braucht unbedingt einen sicheren Frieden mit Graf Sokolny. Wenn der Edelmann sich mit Fürst Vyszo zusammentut, wird Sigismund diesen Krieg verlieren. Der König weiß das sehr genau und wird Euch belohnen, wenn Ihr ihm zu einem Bündnis mit Sokolny verhelft. Und noch etwas sage ich Euch: Wenn Sigismund Euch nicht gegen Janus Suppertur helfen will, so werde ich es tun. In meiner Gemeinschaft seid Ihr vor diesem Mann sicher!«
Mehr konnte Isabelle nicht versprechen, doch sie sah erleichtert, wie das Gesicht der Kastellanin sich aufhellte.
»Schwört es mir!«, forderte Marie.
»Auf alles, was Ihr nur wünscht!«
»Gut!« Marie nickte, als müsse sie ihre Entscheidung für sich selbst bestätigen, brachte dann aber den nächsten Einwand. »Aus welchem Grund sollte Sokolny mir vertrauen?«
»Deswegen!« Bei diesem Wort drückte Isabelle Marie einen kleinen Gegenstand in die Hand.
Diese starrte darauf und sah Isabelle fassungslos an. »Das ist das Siegel des Königs! Wer seid Ihr? Gewiss nicht nur eine der Frauen, die Sigismund sich in sein Bett holt und sofort wieder vergisst.«

»Euch hat er auch nicht vergessen«, erklärte Isabelle lächelnd. »Doch um Eure Frage zu beantworten: Ich bin die Äbtissin des Klosters vom Heiligen Stein! Natürlich teile ich gelegentlich das Bett mit dem König, doch im Besonderen bin ich seine Beraterin. Und nun reitet! Euer Weg ist lang, und es mag sein, dass Ihr etliche Zeit suchen müsst, bis Ihr eine Spur Eures Mannes gefunden habt.«
»Ich werde nicht nur eine Spur, sondern Michel selbst finden!«, gab Marie zurück und eilte davon.

9.

Isabelle de Melancourt sah Marie nach, bis diese zwischen den Stallungen verschwunden war, und kehrte dann in die Burg zurück. Sie mied die Räume, in denen sich die Gäste des Königs aufhielten, und wanderte durch verschlungene Gänge, bis sie Sigismunds Schlafgemach erreichte. Der König stand am Fenster und blickte auf den Hof hinab, auf dem soeben ein Knecht der Kastellanin von Hohenstein das Pferd brachte. Marie schwang sich in den Sattel, nahm die Zügel und galoppierte los, als wären alle Teufel der Hölle hinter ihr her. Durch das offene Tor konnte Sigismund noch sehen, dass sie ihr Pferd auch auf den Gassen der Stadt nicht zügelte. Nicht nur die Wachen am Burgtor mussten beiseitespringen, sondern auch etliche Passanten. Ein paar Männer fluchten so laut hinter Marie her, dass es bis zur Burg hochscholl.
Mit zweifelnder Miene drehte er sich zu Isabelle um. »Sie scheint mir ziemlich wütend zu sein.«
»Sie ist sogar sehr zornig!«

Die Äbtissin lächelte, als würde sie sich über den König amüsieren. Offensichtlich hatte Marie Adler ihm einiges an Respekt eingeflößt. So eine starke Persönlichkeit wie die Kastellanin von Hohenstein war Sigismund in seiner hochherrschaftlichen Selbstzufriedenheit nicht gewohnt. Die Frauen, die ihn sonst umgaben, knicksten devot, wenn er an ihnen vorbeikam, und wagten es kaum, ihn anzusprechen.

Der König hob in einer hilflosen Geste die Hände. »Sie hat auch allen Grund, wütend zu sein. Immerhin hat sie alles verloren, ihren Mann, ihren Besitz und ihre Heimat. Doch was hätte ich tun sollen? Janus Suppertur hat das Gesetz auf seiner Seite!«

Zwar lag Isabelle auf der Zunge, zu sagen, dass er Janus Suppertur jederzeit zum Teufel jagen konnte. Doch da er immer noch darauf hoffte, vom Papst zum Kaiser gekrönt zu werden, wäre das keine hilfreiche Bemerkung gewesen.

»Marie von Hohenstein ist frei, und sie wird diese Freiheit mit aller Kraft verteidigen«, sagte sie stattdessen.

»Warum wolltet Ihr meinen Ring für sie haben? Plant Ihr, sie für einen Eurer Schachzüge zu benutzen?«, fragte Sigismund weiter.

Nachdenklich trat Isabelle neben ihn und ließ den Blick über die Stadt zu ihren Füßen schweifen. »Vielleicht wird sie sogar die Königin in unserem Spiel um die Macht.«

Sigismund kniff die Augen zusammen. So ganz begriff er nicht, was seine Geliebte plante. Eigentlich wollte er es auch nicht so genau wissen, um später, wenn es missglückt war, nicht mit ihren Intrigen in Verbindung gebracht zu werden. Aber ein paar mehr Auskünfte hätte er sich dennoch gewünscht.

Das begriff Isabelle durchaus. »Marie von Hohenstein ist das Zentrum des Wahns, der Janus Suppertur beherrscht. Das ganze Streben und Trachten dieses Mannes gilt ihr. Vielleicht ist sie aber auch seine Achillesferse. Zuerst einmal hoffe ich, dass es ihr gelingt, zu Sokolny zu gelangen. Einer Frau wie ihr wird der böhmische Graf eher Gehör schenken als jedem offiziellen Boten, den Ihr ihm schickt.«

»Und wenn er es nicht tut oder Marie Adler sich gegen mich wendet?«

Isabelle konnte Sigismunds Besorgnis fast mit Händen greifen. Indem er Marie mit dem königlichen Siegel losschickte, wagte er viel. Geriet der Ring in die falschen Hände, konnte dies die Säulen des Reiches zum Einsturz bringen. Obwohl auch sie sich mit einem Mal verunsichert fühlte, schüttelte sie nachsichtig den Kopf.

»Warum sollte sie Euch verraten? Sie weiß, dass nur Ihr allein ihr und ihrem Mann – sollte dieser tatsächlich noch am Leben sein – den Schutz gewähren könnt, den sie braucht.«

»Ihr habt Marie doch hoffentlich nicht versprochen, dass ich ihr die Ehe mit diesem Suppertur ersparen werde, wenn sie mir hilft, Sokolny auf meine Seite zu ziehen?«, rief Sigismund erschrocken.

Darauf erhielt er keine Antwort.

10.

Zuerst fühlte Michel nur eine alles erstickende Nacht um sich, ohne Sterne, ohne den Mond oder den kleinsten Lichtschimmer. Irgendwann glaubte er die Stimme einer Frau zu hören, ohne jedoch verstehen zu können, was sie sagte. Gleichzeitig wurde es heller um ihn, und ein Schemen schälte sich aus dem dichten Nebel. Das musste die Frau sein, deren Stimme er vernommen hatte. Er folgte ihr, weil es das Einzige war, das er erkennen konnte, aber er wagte nicht, sie anzurufen. Plötzlich blieb die Frau stehen und drehte sich zu ihm um. Obwohl sie von grauen Nebelschwaden umspielt wurde, sah er sie nun so deutlich vor sich, als leuchtete sie von innen heraus. Aufgewühlt streckte er die Hand nach ihr aus – und griff ins Leere.

Im nächsten Augenblick fand er sich auf einer Bettstatt wieder, begriff aber nur langsam, dass er aus einem Traum erwacht war. Als es ihm klarwurde, wünschte er sich, wieder einzuschlafen, um der schönen Frau erneut zu begegnen. Doch zu seinem Leidwesen wurde er sich mehr und mehr seiner Umgebung bewusst.

Sein Bett bestand aus übereinandergelegten Fellen, die jemand einfach auf dem Boden ausgebreitet hatte, und man hatte ihn mit einer weiteren Tierhaut zugedeckt. Der Raum um ihn herum war so düster, dass er zunächst kaum etwas erkennen konnte. Aber er war nicht allein. Nicht weit von ihm erklang eine monotone Stimme, die sich einer ihm unverständlichen Sprache bediente. Verwundert schlug Michel die Felldecke zurück und richtete sich auf. Ihm wurde schwindlig, und er brauchte einige Augenblicke, bis er den Anfall überwunden hatte und aufstehen konnte. Dabei stellte er fest, dass seine Schulter schmerzte und sich nicht bewegen ließ. Auch sein Kopf tat höllisch weh.

Was ist mit mir passiert?, fragte er sich. Und wo bin ich? Er versuchte, sich zu erinnern, aber sein Kopf war leer. Da gab es nichts, woran er sich festhalten konnte, nicht einmal einen Namen – seinen Namen. Er wusste einfach nicht, wer er war. Verwirrt sah er sich um.

Inzwischen hatten seine Augen sich an das Dämmerlicht gewöhnt, und er nahm fratzenartige Gesichter um sich herum wahr, die er erst auf den zweiten Blick als Masken erkannte. Unter der Decke hingen abgezogene Schlangenhäute, getrocknete Fledermäuse und verschiedene Beutel, denen verwirrende Gerüche entströmten. Nicht weit von ihm stand ein Herd, auf dem ein Kessel an einem Dreibeingestell über den Flammen schaukelte.

Jetzt erst sah er den breitschultrigen Mann in Lederkleidung, der mit dem Rücken zu ihm saß und jenen monotonen Singsang von sich gab, der ihn am erneuten Einschlafen gehindert hatte. Während der Fremde sang, hielt er einen Wetzstein in der Hand und schliff einen Dolch.

Michel fragte sich, wo er sich befand. War er bereits in der Hölle? Allerdings fehlten dem Mann dort die Hörner eines Teufels ebenso wie der Bocksfuß und der Schwanz, der der Überlieferung nach in einer borstigen Quaste enden sollte.

Dennoch packte Michel die Angst vor dem Unbekannten. Schliff der Mann den Dolch, um ihn zu ermorden oder gar für irgendwelche dämonischen Rituale zu zerstückeln? Dann entdeckte er nicht weit von seinem Bett entfernt ein ungewöhnliches Schwertgehänge. Der Scheide nach zu urteilen, musste die Klinge darin so krumm sein wie die Hörner eines Teufels. Damit war sie wohl gerade die richtige Waffe gegen einen Höllenknecht. Er war sicher, dass der Fremde ein Hexer war, einer von denen, die die Menschen dazu verführten, sich gleich ihnen mit dem Satan einzulassen. Hatte der Mann vor, ihn in einem Hexenritual Luzifer zu opfern, um sich von diesem eine Gunst zu erbitten?

Nicht mit mir!, durchfuhr es Michel. Er schlich zu dem Krummschwert, zog es geräuschlos aus der Scheide und hob die Waffe, um den Mann niederzuschlagen. Doch mitten in der Bewegung zögerte er. Auch wenn der Fremde ein Höllenknecht war, durfte er ihn nicht hinterrücks ermorden. Verunsichert blieb er stehen und überlegte.

So leise Michel auch gewesen sein mochte – Marat hatte ihn gehört und erhob sich so geschmeidig wie eine Schlange. Michel sah die Klinge des Dolches in der Hand des unheimlichen Mannes blinken und schlug zu. Doch es gelang Marat fast spielerisch leicht, die Schwertklinge mit der kürzeren Waffe abzublocken. Zwei weiteren Schlägen wich er geschickt aus, dann ließ er Michel ins Leere laufen. Als dieser in seiner Schwäche das Schwert sinken ließ, griff Marat zu und wand es ihm aus der Hand.

»Vorsicht, mein Freund! Sonst brechen deine Verletzungen wieder auf!« Marat sprach ein fremdartiges, aber gut verständliches Deutsch, denn er nahm nicht an, dass sein unfreiwilliger Gast der tschechischen Sprache mächtig war.

Michel starrte ihn verwirrt und sogar ein wenig ängstlich an. »Wer seid Ihr?«

»Man nennt mich Marat, und ich bin der Waffenmeister des Grafen Sokolny. Und wer bist du?«

»Ich … ich …« Michel griff sich an den Kopf, der noch immer fürchterlich schmerzte, und versuchte, einen klaren Gedanken zu fassen.

Schließlich hob er mit einer verzweifelten Geste die Hände. »Es tut mir leid, aber ich weiß es nicht. Ich … es ist fast so, als wäre ich eben erst geboren worden. In meinem Kopf finde ich nur das Bild einer schönen Frau.«

»Ist es deine Ehefrau, deine Schwester oder sonst eine, die dir nahesteht?«, fragte Marat.

Michel horchte in sich hinein und schüttelte vorsichtig den Kopf, der schier zu zerspringen drohte. »Ich weiß es nicht! Ich weiß rein gar nichts mehr!«

Marat war zuerst der Meinung gewesen, der Deutsche würde ihm vorgaukeln wollen, das Gedächtnis verloren zu haben, um einem scharfen Verhör zu entgehen. Doch als er die verzweifelte Miene des Fremden wahrnahm,

wich sein Misstrauen, und er zuckte bedauernd mit den Achseln.
»Schade! Dabei hatte ich gehofft, du könntest mir erzählen, wie es auf der anderen Seite aussieht.«
»Welche andere Seite?«
»Ich meine bei den Truppen des Königs, den Deutschen. Du bist doch Deutscher?«
Michel versuchte sich zu erinnern, was ein Deutscher war, und blickte dann hilflos zu Boden. »Es tut mir leid, doch ich weiß nur, dass ich eben aufgewacht bin und geglaubt habe, einem Teufel in die Hände gefallen zu sein.«
»Den Teufel kennst du, aber nicht deinen Namen?« Marat begann zu lachen, sagte sich dann aber, dass der Fremde sicher wenig Freude an dieser Tatsache hatte. »Wenn es stimmt, was du sagst, würdest du gegen deinen eigenen Bruder kämpfen und ihn erschlagen, weil du nicht mehr weißt, wer er ist!«
»Ich hoffe, dass Gott dies verhindern wird!«, antwortete Michel erschrocken.
»Gott kennst du also auch. Ganz kann dein Gedächtnis nicht verschwunden sein. In dem Fall hättest du auch neu sprechen lernen müssen. Wenigstens das ist uns erspart geblieben. Aber komm jetzt! Ich will sehen, ob der Hammeleintopf gar ist. Wenigstens muss ich dich nun nicht mehr füttern wie in den letzten Tagen. Du hast fast immer geschlafen, und ich bekam dich kaum wach genug, um dir Wasser oder Brei einzuflößen.«
Marat stieß seinen Dolch in die Scheide und ging zu dem Kochkessel. Während er darin herumrührte und mit einem hölzernen Löffel probierte, schämte Michel sich, weil er den Hammeleintopf für ein Hexengebräu gehalten hatte.

11.

Während Marie wie von Furien gehetzt nach Osten ritt, um Michel zu suchen, kehrte Thomas nach Hohenstein zurück. Nie war ihm ein Weg so schwergefallen wie dieser, und er war mehr als einmal kurz davor, sein Pferd zu wenden und Marie allen Bedenken zum Trotz zu folgen.

Ich hätte ihr nicht den Willen lassen dürfen, sagte er sich, während er auf die Burg zuritt. In seine Gedanken eingesponnen, fiel Thomas die Stille nicht auf, die ihn empfing. Als er sein Pferd auf dem Burghof zügelte, war dieser wie leergefegt. Verwundert stieg er aus dem Sattel und sah sich um.

»Hiltrud, wo bist du?«, rief er. Dann vernahm er hinter sich ein Geräusch und drehte sich um.

Mehrere schwerbewaffnete Männer waren unbemerkt aus der Tür des vorderen Turms getreten und schlossen eben das Tor. Andere Soldaten umringten ihn und bedrohten ihn mit ihren Schwertern. Ein paar Männer kannte er, denn sie hatten zu Falko von Hettenheims Schar gehört. Zwei von ihnen hatte er sogar gelehrt, dass eine Heugabel in der Hand eines Mannes, der sie zu führen wusste, eine gefährliche Waffe war. Das hatten sie anscheinend nicht vergessen, denn einer von ihnen hielt die Gabel in der Hand und stützte sich grinsend darauf.

Thomas begriff überhaupt nichts mehr. Wo war Hiltrud, und wo befand sich Trudi?

Da löste sich ein Mann in der Kutte eines Dominikanermönchs aus dem Schatten einer Tür und trat auf Thomas zu. Er hatte die Kapuze über den Kopf gestülpt, doch die Maske aus Silber, die das halbe Gesicht bedeckte, war deutlich zu erkennen.

»Wo ist deine Herrin?«, fragte der Mönch mit vor Erregung zitternder Stimme.
»Ich verstehe Euch nicht«, antwortete Thomas verwundert und spürte, wie sich sein Magen verkrampfte. Was mochten diese Männer mit seiner Frau und Maries Tochter gemacht haben?
»Wo ist Marie Adler?« Die Stimme des Mönchs wurde lauter und drängender, aber Thomas starrte ihn nur verwirrt an.
Unterdessen betrat auch Falko von Hettenheim den Burghof. Zwei seiner Männer folgten ihm und stießen Hiltrud und Trudi vor sich her. Der Graf trat auf Thomas zu und verschränkte grinsend die Arme vor der Brust.
»Seine Exzellenz, der Inquisitor des Papstes, hat dich nach seiner erwählten Braut gefragt, Bauer! Also sag ihm gefälligst, wo Marie von Hohenstein zu finden ist.«
Als Thomas sich hilfesuchend umsah, wies Hettenheim auf die Gabel, auf die sein Unteroffizier Eberhard sich stützte.
»Suchst du die hier?«
Ruppertus war nicht nach Spielchen zumute, und so fuhr er Hettenheim zornig an. »Verhört diesen Mann! Aber so, dass er noch reden kann.«
»Den Gefallen tun wir Euch gerne!«
Hettenheim erinnerte sich noch gut daran, dass Thomas zwei seiner besten Krieger wie frischgebackene Rekruten hatte aussehen lassen, und gab seinen Leuten einen Wink. Während vier Männer Hiltruds Ehemann packten und zu einem Pfahl schleppten, an dem sonst Pferde angebunden wurden, schwang Eberhard in freudiger Erwartung die Gabel. Sein Kamerad, der ebenfalls den Kürzeren gezogen hatte, fesselte Thomas und versetzte ihm einen heimtückischen Schlag in die Nierengegend.
Während Thomas sich vor Schmerzen krümmte, holte Eberhard mit der Gabel aus und schlug mit dem Stiel zu. Weitere

Soldaten drehten ihre Hellebarden um und prügelten mit den Schäften auf den hilflosen Mann ein.
Etliche Minuten lang waren nur das Klatschen der Hiebe, das gehässige Keuchen der Krieger und Thomas' scharfe Atemzüge zu hören. Hiltrud stand entsetzensstarr an der Mauer und musste mit ansehen, wie ihr Mann zusammengeschlagen wurde. Dabei umklammerte sie Trudi, die ganz so aussah, als wolle sie mit ihren kleinen Fäusten auf den Mönch, auf Hettenheim und auch auf die Waffenknechte losgehen.
Endlich hielten die Männer inne. Eberhard löste den Strick und sah zu, wie Thomas zu Boden fiel. Dann setzte er ihm die Zinken der Gabel an den Hals.
»Rede!«, forderte Hettenheim Thomas auf.
Dieser drehte sich stöhnend um und sah ihn voller Verachtung an. »Zur Hölle mit Euch!«
»Macht weiter!«, befahl Hettenheim seinen Männern hasserfüllt, doch Eberhard hob warnend die Hand.
»Wenn wir das tun, bringen wir den Burschen um, und Seine Exzellenz erfährt überhaupt nichts.«
Verärgert, weil die Männer nicht in der Lage schienen, den Gefangenen zum Reden zu bringen, trat Ruppertus auf einen Krieger zu, zog ihm die Streitaxt aus dem Gürtel und verzog seine Lippen zu einem diabolischen Grinsen.
»Streckt seinen rechten Arm aus«, wies er Eberhard und dessen Kameraden an. Die beiden gehorchten sofort.
Als Ruppertus die Axt hob, um Thomas' Hand abzuhacken, schlug Hiltrud die Hände vor die Augen und begann zu schluchzen. Selbst Hettenheim drehte den Kopf, um nicht hinsehen zu müssen.
Da klang auf einmal Trudis helle Stimme auf. »Lass ihn in Ruhe!«
Konsterniert hielt Ruppertus inne und drehte sich zu dem Mädchen hin. In Trudis Augen las er Hass, aber auch viel

von der Kraft, die ihre Mutter besaß, und den gleichen festen Willen.

»Lasst Thomas in Ruhe! Dann sage ich es«, erklärte die Kleine.

Ruppertus zögerte einen Augenblick, dann warf er die Axt dem Mann, dem er sie abgenommen hatte, vor die Füße und gab Eberhard und dessen Kumpanen das Zeichen, von Thomas abzulassen.

Während Hiltrud zu ihrem Mann eilte und ihm auf die Beine half, stellte Ruppertus sich vor Trudi hin.

»Wo ist deine Mutter?«

Die Kleine blickte ohne Scheu in das maskenverhüllte Gesicht mit dem einen Auge. »Sie sucht meinen Vater!«

Als Ruppertus das hörte, schüttelte er spöttisch den Kopf. »Dein Vater ist tot!«

Mit in die Hüften gestemmten Händen sah Trudi zu ihm auf. »Du lügst! Mein Vater ist nicht tot!«

»Siehst du dieses Gewand?«, fragte Ruppertus und wies auf seine Kutte. Im nächsten Moment hielt er der Kleinen das silberne Kreuz hin, das ihm an einer Kette um den Hals hing.

»Ich bin ein Mann der Kirche und damit die Stimme Gottes. So wie Gott nicht lügt, lüge auch ich nicht!«

»Gott ist lieb, aber du bist böse. Wenn meine Mutter meinen Vater gefunden hat, wird er dich bestrafen!«

Einen Augenblick hob Ruppertus die Hand, als wolle er die Kleine schlagen, dann aber kehrte er ihr mit einer brüsken Geste den Rücken und wandte sich an Hettenheim. »Was sagt Ihr dazu?«

Der Ritter begann zu lachen. »Die Kastellanin glaubt nicht, dass ihr Mann tot ist! Sie muss wahnsinnig sein!«

»Wo habt Ihr ihn zuletzt gesehen?«, fragte Ruppertus scharf.

»Weit im Osten an der Eger, deren Lauf dort die Grenze zu Sokolnys Land bildet. An jener Stelle hat Michel Adler von Hohenstein sein Schicksal ereilt!«
Beinahe hätte Hettenheim mehr gesagt und zugegeben, Michel eigenhändig umgebracht zu haben. Doch das wusste keiner seiner Männer bis auf die drei, die beteiligt gewesen waren. Obwohl seine Soldaten rauhe Burschen waren, wollte er nicht, dass sie es erfuhren, denn einige von ihnen hatten seltsame Ansichten von Kameradschaft. Michel Adler war bei den einfachen Leuten beliebt gewesen, was er von sich selbst und seinen beiden Vertrauten nicht gerade behaupten konnte.
Ruppertus' Gedanken beschäftigten sich mehr mit dem Gehörten. Voller Zorn, weil Marie vor ihm geflohen war, schwor er sich, sie dafür zu bestrafen. Doch dazu musste er sie erst einmal in die Hände bekommen.
Wutschnaubend wandte er sich an Hettenheim. »Schickt sofort Boten los und gebt Nachricht an alle Pfarreien und Klöster im Osten. Wer Marie von Hohenstein hilft, verfällt der heiligen Inquisition und ist des Todes!«
Hettenheim nickte und befahl mehreren Reitern, diese Anweisung an die entsprechenden Stellen weiterzugeben. Danach kehrte er zu Ruppertus zurück. »Was wollt Ihr jetzt unternehmen?«
»Da sie, wie ich sie kenne, nach Böhmen unterwegs ist, werden wir ihr folgen und sie fangen!«, antwortete der Inquisitor mit bebender Stimme.
»Aber sie hat einen Vorsprung von mehreren Tagen«, wandte Hettenheim ein.
»Aus dem Grund werden wir sofort aufbrechen und die Nacht hindurch reiten. Wir wechseln erst in Eichenfels die Pferde. Übrigens: Wenn die Frau umkommen sollte, könnt Ihr all Eure Träume von einer Krone begraben!«

Das war eine Drohung, und Hettenheim begriff sie auch als solche. Mit einem Fluch befahl er, die Pferde zu satteln und aufzusteigen. Ruppertus schwang sich zugleich mit ihm in den Sattel und bestimmte das Tempo. Trudi, Hiltrud, Thomas und den verängstigten Knechten und Mägden in der Burg gönnte keiner von ihnen noch einen Blick.
Hiltrud schlug das Kreuz, als der Trupp die Burg verlassen hatte, schob dann einen Arm unter die Schulter ihres Mannes und wollte ihn zum Palas führen. Doch Thomas schüttelte den Kopf.
»Nein! Bring mir mein Pferd! Ich muss Marie folgen und sie warnen.«
»Aber du bist verletzt!«, rief seine Frau erschrocken.
»Es geht schon«, log Thomas.
In Wahrheit fühlte er sich so zerschlagen, dass er sich am liebsten einen Gewaltrausch angetrunken hätte, um die quälenden Schmerzen nicht mehr zu spüren. Er schämte sich jedoch zu sehr, Hettenheim und seinem unheimlichen Begleiter wie ein Gimpel in die Falle gegangen zu sein. Wäre er aufmerksam gewesen, wäre ihm die Besetzung der Burg durch diese Leute nicht entgangen, und er hätte rechtzeitig fliehen können. Hohensteins Nachbarn hätten mit Sicherheit geholfen, Michels Burg von dieser Bande zu befreien.
Da Hiltrud noch immer wie erstarrt dastand, herrschte er sie an. »Mein Pferd, schnell! Marie braucht meine Hilfe.«
»Aber du hast Michel geschworen, auf Trudi aufzupassen!«
Thomas stieß einen kurzen, bellenden Laut aus und stöhnte, weil dies seine geprellten und wahrscheinlich sogar gebrochenen Rippen übelnahmen. »Hast du nicht begriffen? Trudi hat mir eben das Leben gerettet! Sie ist hier auf Hohenstein sicher, aber Marie ist es nicht. Du hast gehört, was der Mann mit der Maske gesagt hat. Sie wollen jeden töten, der ihr hilft!«

Um zu beweisen, dass er auf eigenen Beinen stehen konnte, humpelte er in die Burgkapelle und nahm Michels Schwert vom Altar. »Er wird es brauchen, wenn er noch lebt!«
Nun begriff Hiltrud, dass sie ihren Mann nicht zurückhalten konnte, und schlurfte wie eine alte Frau zum Pferdestall. Das Pferd, mit dem ihr Mann gekommen war, stand noch gesattelt an der Raufe und versuchte trotz der hinderlichen Trense, einige Halme zu fressen.
Es tat Hiltrud leid, das Tier wieder nach draußen zu führen. Doch die Gäule, über die die Burg jetzt noch verfügte, waren nur dazu geeignet, vor einen Pflug oder einen Wagen gespannt zu werden.
Thomas war viel zu schlecht ausgerüstet für einen langen Ritt, aber sein Gewissen und sein Ehrgefühl ließen ihm keine Wahl. Er musste sofort aufbrechen, dabei fiel es ihm schon schwer, in den Sattel zu steigen. Und als er den Zügel des Pferdes fasste, schoss ihm der Schmerz so sengend durch den Körper, dass ihm die Tränen in die Augen traten.
»Viel Glück«, flüsterte Hiltrud leise.
Da trat Trudi neben sie und sah zu Thomas auf. »Du musst nicht reiten! Meine Mama und mein Papa schaffen das auch allein.«
»Ich muss sie finden. Lebt wohl!«, antwortete Thomas und trieb sein Pferd an.
Er wagte nicht zurückzuschauen, denn er wusste, dass er sonst nicht in der Lage gewesen wäre weiterzureiten. Doch er hatte sich die Aufgabe gestellt, Marie zu warnen und Michel, falls dieser noch lebte, sein Schwert zu bringen. Diese Verpflichtung wollte er erfüllen.

12.

Viele Meilen von Hohenstein entfernt musterte Marat seinen Schützling zufrieden. Die Wunden des Deutschen verheilten recht gut, und der Mann war zu unruhig, um noch länger auf dem Krankenlager zu verweilen. Da seine Kleidung während des Kampfes mit den anderen deutschen Rittern gelitten hatte und man ihn seiner deutschen Tracht wegen hier auf Sokolny schief ansehen würde, hatte Marat ihm lederne Hosen, ein Leinenhemd und eine lederne Weste besorgt. Dazu hatte er Michel ein sauberes, weißes Leinentuch um den Kopf gewickelt, um die Wunde zu schützen.

»Jetzt wollen wir sehen, ob deine Hand noch gewohnt ist, ein Schwert zu führen!«, sagte Marat und wiederholte es auf Tschechisch. In den letzten Tagen hatte er damit begonnen, seinen Gast diese Sprache zu lehren, so dass der Deutsche schon in der Lage war, einfache Sätze zu sprechen. Auch jetzt benutzte Marat das Tschechische.

»*Poid' sem,* komm her!«

Er schwang sein Krummschwert und tänzelte um seinen Findling herum. Michel drehte sich um die eigene Achse, um ihn im Auge zu behalten. Trotzdem wäre es Marat beinahe gelungen, ihn zu überraschen.

Die gebogene Klinge sauste auf Michel zu, und er brachte erst im letzten Moment das einfache Schwert hoch, das Marat ihm besorgt hatte. Dennoch gelang es ihm, den Hieb abzuwehren.

»*Vůbec ne tak špatně,* nicht schlecht!«, lobte Marat. »Vor allem, wenn man bedenkt, dass du deine linke Schulter noch nicht belasten kannst.«

Er griff erneut an, und wieder gelang es Michel, seinen Hieb zu parieren.

»Du bist wirklich ein ausgezeichneter Krieger, Němec. Ich muss sagen, ich bin ganz froh, dass du nicht auf der Seite unserer Feinde kämpfst.«
Prompt durchfuhr ein scharfer Schmerz Michels verletzte Kopfseite, und er wich aufstöhnend zurück. Aber wieder konnte er Marats nächsten Angriff abwehren. Erleichtert stieß er die Luft aus den Lungen und rieb sich mit der Linken über die Stirn. »Nach allem, was du sagst, müsste ich dein Feind sein. Ich bin, wie du mir klargemacht hast, ein Deutscher, auch weil ich wie einer spreche. Dennoch hast du mir das Leben gerettet!«
»Ein Mann vermag sich an vielen fremden Orten heimisch zu fühlen, wenn die Geister des Windes ihn dorthin wehen. Das siehst du an mir!«
Marat lachte leise, dachte aber gleichzeitig daran, dass viele Leute auf Sokolnys Land und in der Burg ihn seines fremdartigen Aussehens wegen fürchteten. Vor solchen Problemen würde der Deutsche nicht stehen, denn er unterschied sich nicht von den Menschen, die auf Sokolnys Land lebten. Sobald er die hier gebräuchliche Sprache gelernt hatte, würde er an diesem Ort heimisch werden können.
Er selbst wusste nicht, ob er auf Sokolny bleiben oder weiterziehen sollte, sobald dieser Krieg vorbei war. Vielleicht kommt der Deutsche mit mir, dachte er, während er ihn erneut angriff und erfreut bemerkte, dass die Reflexe seines Gastes immer besser wurden.
Just in dem Augenblick verspürte Michel erneut einen stechenden Schmerz, der rasch wieder verging. Gleichzeitig tauchte das Bild jener Frau in ihm auf, das ihn seit seinem Erwachen in Marats Hütte verfolgte, und er glaubte sogar, ihre Stimme zu hören.
»… begegne ihnen mit Respekt!«, hatte sie gesagt.
Wem oder was sollte er mit Respekt begegnen?, fragte er

sich, und, was ihm noch wichtiger schien, wer war diese Frau, die so tief in seinen Gedanken verankert war und an die er sich trotzdem nicht erinnern konnte? Durch diese Fragen abgelenkt, übersah Michel die nächste Attacke Marats und keuchte erschrocken auf, als dessen Klinge nur einen Fingerbreit vor seiner Kehle innehielt.

Marat schüttelte verärgert den Kopf. »Hast du wieder an die Frau denken müssen? Löse dich von ihrem Bild, sonst lebst du nicht mehr lange. Ein Feind hält nicht mitten im Schlag inne, wie ich es eben getan habe.«

»Du bist der beste Kämpfer, den ich bis jetzt gesehen habe«, erklärte Michel mit ehrlicher Anerkennung und erntete dafür ein Lachen.

»Vor allem, weil ich der Einzige bin, an den du dich erinnerst. Doch noch einmal zu dieser Frau. Wenn du im Kampf stehst, müssen deine Gedanken stets auf deine Waffe und deinen Gegner gerichtet sein. Ein Weib hat dabei nichts verloren.«

»Vielleicht geht es vorbei, wenn die Kopfwunde ganz verheilt ist«, antwortete Michel verlegen und nahm wieder Abwehrhaltung ein.

»Nein, wir machen Schluss! Für heute hast du genug gekämpft.« Marat ignorierte Michels enttäuschtes Schnauben und reinigte seine Klinge mit einem geölten Tuch, bevor er sie in die Scheide zurückschob.

Zuerst sah Michel ihm zu, dann spießte er mit der Spitze seines Schwertes einen am Boden liegenden Apfel auf und nahm ihn an sich. Während er ihn kurz an seinem Ärmel abrieb und hineinbiss, stellte er die Frage, die ihm schon lange auf der Zunge lag.

»Weshalb hast du mich überhaupt in deine Hütte gebracht und gepflegt? Und warum hast du mich nicht umgebracht, als ich dich angreifen wollte, nachdem ich aus meiner Bewusstlosigkeit erwacht bin?«

Marat wiegte den Kopf. »Das weiß ich selbst nicht genau. Gerettet habe ich dich, weil ich glaubte, ich könnte wichtige Informationen von dir erhalten. Ich war natürlich auch neugierig und wollte wissen, weshalb deutsche Ritter versucht haben, einen der Ihren umzubringen. Was deinen Angriff in der Hütte betrifft, so warst du viel zu schwach, um eine Gefahr für mich darzustellen. Außerdem hatte ich während deiner Fieberträume den Eindruck gewonnen, dass du verrückt sein könntest. Beim Volk meiner Mutter gelten Wahnsinnige als von den Geistern der Winde und des ewigen Himmels berührt. Ihre Visionen zeigen uns, wo die Rentiere zu finden sind.«

»Was sind Renntiere?«, wollte Michel wissen.

»Dem Volk meiner Mutter garantieren sie das Überleben, denn sie liefern Nahrung, Kleidung und sogar Werkzeuge, die aus ihren Geweihen und Knochen gefertigt werden.« Marat sah bei diesen Worten Bilder in sich aufsteigen, die er nur aus den Erzählungen seiner Mutter kannte.

Vielleicht werde ich nach diesem Krieg nach Osten gehen und ihr Volk suchen, dachte er. Allerdings würde er dort ebenso ein Fremder sein wie in diesem Land.

Michel blickte auf seinen halbgegessenen Apfel und deutete darauf. »Nahrung ist das hier und das, was die Köchin auf Sokolny auf den Tisch bringt. Von Renntieren habe ich noch nie gehört.«

»Rentiere! Nein, in diesem Land gibt es auch keine. Vielleicht sind die Leute deshalb so unzufrieden mit sich und ihrem Leben.« Marat winkte ab, denn warum sollte er sich über andere Menschen den Kopf zerbrechen, solange sie nicht enge Freunde waren oder Feinde, die es zu bekämpfen galt.

»Steck dein Schwert in die Scheide!«, sagte er zu Michel. »Ich lade dich zu einem Becher Bier in der Dorfschenke ein. Mehr solltest du jedoch nicht trinken, weil es deine vollständige Heilung verhindern könnte.«

Das Wort Bier rief eine ferne Erinnerung in Michel wach, ohne dass er sie festhalten konnte. Im Gegensatz dazu gelang es ihm recht leicht, sich die schöne, unbekannte Frau ins Gedächtnis zu rufen. Seufzend zuckte er mit der gesunden Schulter und folgte Marat ins Dorf.

»Während du an Renntiere denkst, kommt mir immer wieder diese Frau in den Sinn. Manchmal sehe ich sie sogar nackt vor mir!«, erklärte er seinem Begleiter.

Marat lachte schallend. »Das ist sicher ein interessanterer Anblick als meine Rentiere, die Hirschen ähnlich sehen sollen.«

»Aber wer ist die Frau? Es bedrückt mich, das nicht zu wissen!«

»Sie ist ein Teil deiner verlorenen Vergangenheit und wird es wohl auch für immer bleiben, es sei denn, du findest dein Gedächtnis wieder. Auf jeden Fall stellt sie eine Gefahr für dich dar, denn sie behindert dich im Kampf. Also konzentrierte dich das nächste Mal gefälligst. Sonst ist ein Feind schneller als du! Wenn du tot bist, wirst du nie mehr erfahren, wer sie ist oder gewesen sein könnte.«

Marats Warnung klang eindringlich. Er hatte vor, den Deutschen am nächsten Tag mit auf Patrouille zu nehmen, damit der Mann die Gegend kennenlernte, und dabei durfte kein Trugbild den Geist seines Schützlings verwirren.

Während sie durch das Dorf zur Schenke gingen, sah Michel sich um. Das Zentrum des Landes, über das Graf Sokolny herrschte, bestand aus der größeren Hälfte eines ausgedehnten Talkessels und den bewaldeten Hügeln, die das Tal diesseits der Eger umgaben. Die Burg stand auf einer kleinen Anhöhe, und das große Dorf, an dessen Rand er nun lebte, lag direkt zu Füßen der Festung. Weiter hinten konnte er den Lauf der Eger ausmachen, den einige besonders hohe Bäume kennzeichneten.

Die Gegend gefiel Michel, aber er konnte nicht sagen, ob er in einer ähnlichen Landschaft aufgewachsen war. Als er versuchte, sich zu erinnern, wurden seine Gedanken wieder von der Frau abgelenkt, und er fragte sich, bei welcher Gelegenheit er die geheimnisvolle Fremde unbekleidet gesehen hatte. Dabei wusste er nicht das Geringste über sie und seine eigene Vergangenheit. Sollte er Brüder oder gute Freunde gehabt haben, so hoffte er, ihnen nie im Kampf gegenüberstehen zu müssen. Mit einem unwilligen Laut richtete Michel seine Aufmerksamkeit wieder auf die Umgebung.
Das Dorf oder vielmehr der Marktflecken Sokolny wirkte trotz des Krieges und der dadurch unterbrochenen Handelswege recht wohlhabend. Die Bauernhöfe waren groß und hatten überhängende Dächer, unter denen Feuerholz aufgeschichtet war. Zwar gab es auch etliche Katen und Hütten, die wohl von Handwerkern und Tagelöhnern bewohnt wurden, aber die sahen ebenfalls nicht so aus, als würden die Bewohner am Hungertuch nagen.
Michel fand, dass man hier gut leben konnte. Die Sprache der Leute würde er lernen, und zu Sigismunds Truppen zog ihn nichts. Immerhin hatten deutsche Ritter versucht, ihn zu töten. Für einen Augenblick dachte er daran, dass er für diese Tatsache nur Marats Wort hatte. Doch als er den Mann von der Seite anblickte, war er sicher, dass dieser ihn nicht belogen hatte. Was ihn jedoch am meisten interessierte, war die Frage, weshalb man ihn hatte umbringen wollen. Zu seinem Bedauern konnte er nicht einfach in das Kriegslager des Königs reiten und danach fragen. Solange er nicht wusste, wer seine Feinde waren, würden diese alles daransetzen, ihn zu ermorden, bevor er es erfuhr.
»Da sind wir!«
Marats Worte beendeten Michels Sinnieren, und er folgte seinem Begleiter in die Schenke. Da durch die Fenster genug

Licht hineinfiel, konnte er sehen, dass sie geräumig und sauber war. An dem großen Tisch in der Mitte saß eine junge, recht hübsche Dame, der zwei weitere Frauen sowie mehrere Herren von Stand Gesellschaft leisteten.
Während Michel die Gruppe interessiert musterte, wählte Marat einen kleinen Tisch in der Ecke und setzte sich so, dass er den gesamten Raum im Auge behalten konnte.
Michel nahm neben ihm Platz, ohne den Blick von der Dame und ihrem Gefolge zu wenden. Bevor er jedoch Marat fragen konnte, um wen es sich bei den Leuten handelte, erschien die Schankmaid, strahlte sie fröhlich an und gab sich keine Mühe, ihre Neugier zu verbergen.
»Ist das der Mann, den du gefunden hast, Marat?«
»Vor allem ist er ein durstiger Mann, und ich bin es auch. Bringe uns zwei Krüge Bier!« Marat klatschte dem drallen Mädchen die Hand auf den Hintern und lehnte sich scheinbar entspannt zurück. Seinem Blick entging jedoch nichts, weder die Komtesse Janka Sokolna mit ihren Begleitern noch die drei Hübschlerinnen, die in der anderen Ecke der Schenke saßen und darauf warteten, dass einer der Söldner, die Graf Sokolny zur Verteidigung seines Besitzes angeworben hatte, hereinkam und ihre Dienste in Anspruch nahm.
Da die Weiber aus anderen Gegenden Böhmens stammten, hatte Marat sie im Verdacht, für die Hussiten zu spionieren. Ihm war klar, dass Fürst Vyszo die strategisch wichtige Grafschaft Sokolny erobern musste, wenn er tiefer ins Reich der Deutschen vorstoßen wollte. Gerüchten zufolge, die Sokolny trotz des Krieges immer wieder erreichten, war Sigismunds Herrschaft nicht unumstritten. Da der Papst sich weigerte, ihn zum Kaiser zu krönen, fand er kaum Unterstützung bei seinen Fürsten und Herzögen. Marat hoffte, dass dies noch eine Weile so blieb. Einem römischen Kaiser

war Graf Sokolny zur Gefolgschaftstreue verpflichtet, dem König der Deutschen jedoch nicht.

Inzwischen hatte die Schankmaid die Krüge gefüllt und brachte sie zum Tisch. Ihr Blick ruhte dabei auf Michel, der nach seiner Verletzung hagerer wirkte als früher, aber mit dem Bart, der ihm in der Zwischenzeit gewachsen war, verwegen aussah. Da sie wusste, dass er ein Deutscher sein sollte und damit ein Anhänger Sigismunds, hatte sie jedoch zu viel Angst vor ihm, um ihm schöne Augen zu machen.

Michel merkte es ihr an und zauberte ein charmantes Lächeln auf seine Lippen. »Du musst dich nicht fürchten. Ich tue dir nichts!«

Mit einem verlegenen Gesichtsausdruck wandte das Mädchen sich ab und eilte zum Schanktisch zurück, weil einer der Ritter am Mitteltisch lautstark nach frischem Bier rief.

»Du gefällst ihr«, sagte Marat ansatzlos.

»Was?«, fragte Michel verwirrt.

»Es heißt wem. Ich meine die Schankmaid. Wenn du sie ein wenig umwirbst, wird sie heute Nacht die Kammertür für dich offen lassen.«

»Wieso sollte sie das tun?«

Marat schüttelte seufzend den Kopf. »Hast du vielleicht auch das vergessen? Mach dir da mal keine Sorgen! Wenn du mit ihr allein bist, wird sie dir schon sagen, was du zu tun hast.«

Michel amüsierte sich über Marats Eifer und wollte ihn ein wenig zum Narren halten. »Soll ich mit ihr plaudern, zur Laute singen oder für sie Patiencen legen?«

»Anscheinend kommt dein Gedächtnis wieder, weil du dich an solche Ausdrücke erinnerst«, rief Marat aus.

Michel nickte verblüfft, doch als er in sich hineinhorchte, fand er nur gähnende Leere vor. Ihm kamen zwar immer wieder Ausdrücke aus seinem früheren Leben in den Sinn,

doch wusste er nicht, wo er diese gelernt hatte, und bei den meisten war ihm nicht einmal klar, was sie bezeichneten.
»Nein, es ist nicht anders als vorher!« Es klang traurig, denn er hatte das Gefühl, etwas Unwiederbringliches verloren zu haben.
Um ihn aufzumuntern, stupste Marat ihn an. »Wenn du es schneller haben willst, kannst du die Huren dort fragen. Ich gebe dir Geld, damit du sie bezahlen kannst.« Mit den Worten schob er Michel ein paar Münzen zu und deutete auf die drei Hübschlerinnen.
Michel schüttelte den Kopf. »Nein, ich … Dazu fühle ich mich noch etwas zu schwach. Aber beantworte mir eine Frage: Wer ist die junge Dame dort am großen Tisch? So wie der Wirt um sie herumwieselt, muss sie eine gewisse Bedeutung hier haben.«
»Eine gewisse Bedeutung ist gut!«, antwortete Marat lachend. »Aber pass auf dich auf! So hoch solltest du nicht greifen wollen, mein Freund. Die Dame ist für dich unerreichbar.«
»Warum?« Aus einem Grund, der ihm selbst nicht bewusst war, fühlte Michel sich den Rittern und auch der jungen Dame ebenbürtig.
»Das, mein Freund, ist Janka Sokolna, die Tochter des Grafen und sein einziges Kind. Damit ist sie seine Erbin. Sie ist verwöhnt, impulsiv und unbeständig. Ich schätze, sie würde mit dir spielen und dich dann fallen lassen wie einen heißen Knödel. Außerdem würdest du dir mindestens einen Herrn in ihrer Begleitung zum Feind machen. Ritter Roland hofft nämlich, sie für sich gewinnen zu können und auf diese Weise der Nachfolger des Grafen zu werden.«
»Sie ist gewiss leidenschaftlich und hingebungsvoll. Zwar sieht sie nicht ganz so gut aus wie mein ›Renntier‹, aber sie gefällt mir trotzdem!«

»Es heißt ›Rentier‹! Mit einem lang gesprochenen e«, wies Marat ihn zurecht.

Michel hörte nicht mehr zu, denn er war bereits aufgestanden und trat an den großen Tisch. Dort verbeugte er sich vor der Tochter des Grafen und sprach sie an. »Verzeiht meine direkte Art, aber ich bin mit den höfischen Sitten nicht vertraut.«

Während Janka ihn interessiert musterte, warf Ritter Roland ihm einen bitterbösen Blick zu.

»Wer bist du, dass du es wagst, Komtesse Janka anzusprechen wie eine Magd?«

»Ich bin ein Mann ohne Vergangenheit, der auf eine gute Zukunft hofft«, erklärte Michel sanft, ohne seinen Blick von Janka zu lösen. Sie war schön und übte einen eigenartigen Reiz auf ihn aus. Außerdem mochte er keine Männer wie diesen Roland, die sich aufplusterten und so taten, als wäre eine Frau ihr Eigentum.

Der Ritter hob hochmütig den Kopf. »Du bist also der Soldat, den Marat aus dem Fluss gefischt hat. Deiner Sprache nach bist du ein Deutscher, ein Feind.«

»Ich mag ein Deutscher sein, aber gewiss kein Feind«, antwortete Michel, noch immer lächelnd.

»Wir werden dich das heißen, was du bist, ein Deutscher, also ein ›Němec‹. Was meint Ihr dazu?«, fragte Roland seine Begleiter.

Janka Sokolna musterte zuerst ihren besitzergreifenden Verehrer, dann den Fremden und lächelte schließlich spöttisch.

»Also gut, nennen wir ihn ›Ritter Němec‹.«

Für einen Augenblick traf Michels Blick den ihren, und er glaubte noch einmal Marats Warnung zu hören, dass sie mit ihm spielen und ihn dann fallen lassen würde. Dieses Spiel hatte sie bereits begonnen, und er beschloss, vorerst darauf einzugehen.

»Verzeiht, Komtesse, doch ich weiß nicht, ob ich ein Ritter bin.«
»Das lässt sich leicht herausfinden. Wie wäre es mit einem kleinen Wettkampf?«, fragte Roland ihn provozierend.
»Aber ich fühle keinen Groll gegen Euch.« Michel wollte nicht sagen, dass er sich nach seiner Verwundung nicht kräftig genug für einen ernsthaften Waffengang fühlte, und drehte sich zu Marat um, in der Hoffnung, von ihm Unterstützung zu erhalten.
Nun begann Janka zu sticheln. »Seid Ihr etwa ein Feigling, Ritter Němec?«
Marat drehte dem kleinen Biest in Gedanken den Hals um, denn mit diesen Worten hatte sie es seinem Schützling unmöglich gemacht, Ritter Rolands Herausforderung abzulehnen. Seine Hand fiel schwer auf Michels gesunde Schulter, und er zog ihn ein wenig beiseite, um unter vier Augen mit ihm reden zu können.
»Da es nicht anders geht, müssen sie lernen, wer du bist!«
»Aber wer bin ich?«, fragte Michel nachdenklich.
»Auf jeden Fall mein Schüler. Also mache mir keine Schande! Denke vor allem nicht an jenes Weib, das dir die Sinne vernebelt. Der Ritter wird dich töten, wenn er kann.«
Die Warnung war deutlich, aber im Grunde überflüssig. Michel begriff auch so, dass Ritter Roland ihn dafür bestrafen wollte, dass er Janka Sokolnas Interesse geweckt hatte.
Beim Gedanken an den bevorstehenden Kampf spürte Michel, wie ihm das Blut rascher durch die Adern floss. Seine Schmerzen schienen wie weggeblasen, und er fühlte eine Kraft in sich, die Roland kennenlernen sollte. Außerdem wollte er der Komtesse zeigen, dass er ein Mann war, den man nicht einfach fallen lassen durfte.
Im Gegensatz zu Michel war Marat besorgt. Roland war ein guter Kämpfer. Zwar hätte der Deutsche im Vollbesitz sei-

ner Kräfte den Ritter mit hoher Wahrscheinlichkeit besiegt. Doch jetzt war er durch seine Wunden geschwächt und konnte den linken Arm nicht einsetzen.
Die männlichen Gäste in der Schenke begeisterten sich an der Aussicht auf einen Zweikampf. Zwei von ihnen brachten sogar eine Bank nach draußen, damit Komtesse Janka und ihre beiden Begleiterinnen sich darauf niederlassen konnten. Gleichzeitig maßen Rolands Freunde auf der Wiese neben der Schenke ein Viereck ab, das als Kampfplatz dienen sollte, und einige Dorfburschen markierten diesen mit Zweigen.
Während Roland sein Schwert zog und prüfend durch die Luft schwang, zog Marat Michel ein Stück zur Seite.
»Du bist ein Narr, weil du die Komtesse angesprochen und dir den Zorn ihres Verehrers zugezogen hast. Unterschätze den Edelmann ja nicht, sondern hoffe, dass er dich nicht ernst nimmt. Auch darfst du den Kampf nicht zu lange hinausziehen, denn dafür fehlt dir noch die Ausdauer. Versuche, rasch zu gewinnen. Gelingt dir das nicht, wird dir der Spott des Ritters und vor allem der Komtesse noch lange in den Ohren klingen.«
Michel nickte und versprach, sich an seinen Rat zu halten.
»Trotzdem hast du nicht mehr Chancen gegen den Ritter als eine Schneeflocke, die in einen Schornstein fällt.« Marat sah zufrieden, wie sich das Gesicht des Deutschen dunkel färbte. Wie es aussah, erwachte in dem Němec nun der Trotz, es allen zu zeigen. Damit wuchs auch seine Kraft, und die würde sein Schützling brauchen.
»Wir sind bereit!«, klang in dem Augenblick die Stimme eines von Rolands Begleitern auf.
»Wir auch!« Marat versetzte Michel einen aufmunternden Klaps und trat beiseite.
Dabei spürte er die Blicke der Komtesse auf sich ruhen. Wie es aussah, hätte sie ihn gerne neben sich gesehen, um mehr

von ihm über den Deutschen zu erfahren. Er wollte jedoch den Kampf sehr genau verfolgen, um notfalls eingreifen zu können. Wie in einer Vorahnung möglichen Unheils zog er sein Schwert und stellte sich an den Rand des abgetrennten Gevierts, das die beiden Kämpfer eben betraten.

Roland hatte sich bis auf Hose und Hemd ausgezogen und sah zuversichtlich drein. Mit einer gezierten Bewegung verbeugte er sich vor Janka, drehte sich dann einmal im Kreis, damit ihn alle sehen konnten, und hob schließlich in einer für Michel beleidigenden Geste sein Schwert.

»Bringen wir es hinter uns. Schade, dass du deinen Namen nicht mehr weißt und wir ihn deshalb nicht auf dein Grabkreuz schreiben können.«

Michel antwortete nicht, sondern fixierte den anderen, um sich keine Bewegung, nicht einmal ein Augenzwinkern entgehen zu lassen.

Ein, zwei Augenblicke lang stand Roland völlig regungslos, dann riss er das Schwert hoch und schlug zu, als gelte es, einem Ochsen mit einem Streich den Kopf abzutrennen.

Doch Michel trat mit einer scheinbar sorglosen Bewegung beiseite, und Rolands Klinge zertrennte nur Luft. Die Wucht des Hiebes riss ihn zwei Schritte nach vorne. Nun hätte Michel mit einem Streich den Kampf beenden können. Doch es widerstrebte ihm, den anderen einfach niederzustoßen. Daher wartete er, bis Roland sich wieder gefangen hatte und erneut kampfbereit war.

Der Ritter bleckte die Zähne, weil Janka zu lachen begann, und drang erneut mit wuchtigen Schlägen auf Michel ein. Dieser wehrte die Hiebe geschickt ab und ließ Roland ein weiteres Mal ins Leere laufen.

Jankas Lachen wurde noch vergnügter, und andere Zuschauer fielen darin ein. Für Roland aber war jeder dieser Laute ein schmerzhafter Stich.

Lauernd umrundete er seinen Gegner – und wurde beim nächsten Angriff erneut mit scheinbarer Leichtigkeit abgeblockt.
Die Zuschauer waren nicht minder überrascht von den Kampfkünsten des Deutschen als Roland. Auch Marat hatte nicht erwartet, dass sein Schützling sich so gut schlagen würde. Dennoch machte er sich Sorgen, denn die Kraft des Deutschen würde nicht lange reichen. Am liebsten hätte er ihn angeschrien, ein Ende zu machen, doch er wollte sich nicht vor allen Leuten gegen Roland und dessen Freunde stellen. Graf Sokolny brauchte die Ritter, wenn er gegen Vyszos Hussiten und König Sigismund gleichermaßen bestehen wollte.
Im Augenblick sah es jedoch so aus, als würde der Kampf Roland mehr erschöpfen als seinen Gegner. Der Ritter keuchte und wischte sich mit der linken Hand den Schweiß von der Stirn. In seinem Innern kochte es. Er hatte sich Sokolny nicht zuletzt in der Hoffnung angeschlossen, einmal dessen Tochter heiraten zu können. Von einem lumpigen Deutschen, der nicht einmal wusste, wie sein Name lautete, zum Narren gemacht zu werden war mehr, als er ertragen konnte. Voller Wut griff er erneut an und versuchte, Michel mit raschen Schwerthieben zu ermüden und zu verletzen.
Ein paarmal gelang es Michel erst im letzten Augenblick, Rolands Klinge abzuwehren. Auch er wurde jetzt wütend, wusste aber, dass er dieses Gefühl nicht überhandnehmen lassen durfte. Marats Mahnung kam ihm wieder in den Sinn, den Kampf nicht zu lange hinauszuzogern. Da er spürte, wie seine Kraft nachzulassen begann, suchte er die Entscheidung.
Die Verbissenheit, mit der beide Gegner den Kampf führten, hatte mittlerweile die meisten Zuschauer ernüchtert. Alle fühlten, dass am Ende einer der beiden tot am Boden

liegen würde. Nun bedauerte Janka es, den Streit der beiden Männer angeheizt zu haben. Sie mochte Roland, fand aber auch dessen Gegner interessant und wünschte keinem von beiden den Tod. Doch sie sah keine Möglichkeit zum Eingreifen. Vielleicht konnten Rolands Freunde die Kampfhähne trennen, dachte sie.
Da erscholl ein vielstimmiger Aufschrei.
Michel hatte Rolands Klinge mit einer kurzen Bewegung zur Seite geschlagen und nutzte die Gelegenheit zu einem schnellen Streich gegen dessen Hals. Alle sahen Roland bereits tot, doch im letzten Augenblick parierte Marat mit seinem Schwert Michels Waffe und rettete dem Ritter das Leben.
»Der Kampf ist zu Ende!«, erklärte Marat in kühlem Ton. »Der Deutsche hat gezeigt, dass er ein guter Kämpfer ist und den Titel Ritter, den ihm die junge Herrin verliehen hat, zu Recht trägt. Ihr, Ritter Roland, solltet von ihm lernen, Eure Gefühle im Kampf zu beherrschen. Ihr habt Euer Schwert geschwungen wie ein Holzknecht seine Axt. Doch im Gegensatz zu einem Baum kann ein Feind ausweichen und zurückschlagen!«
Einige lachten über diesen Vergleich, aber Rolands Miene verriet, dass er nachdenklich wurde. Einen Augenblick lang hatte er dem Tod ins Auge geblickt, und er begriff nun, dass er dieses Schicksal selbst herausgefordert hatte. Er warf sein Schwert zu Boden und wandte sich mit einem schmerzlichen Ausdruck an Marat.
»Es tut mir leid! Ich habe die Kontrolle über mich verloren und mich hinreißen lassen, unehrenhaft zu kämpfen, indem ich die Verletzung meines Gegners ausnützen wollte.« Mit hängendem Kopf wandte er sich an Michel.
»Verzeiht mir, Němec. Es ist uns eine Ehre, einen solchen Kämpfer wie Euch bei uns begrüßen zu dürfen.« Er ver-

beugte sich, hob sein Schwert und seine Sachen auf und ging in Richtung der Burg davon.
»Ich hoffe, er übersteht es wie ein Mann und kämpft weiterhin auf unserer Seite«, murmelte Marat, während Janka auf Michel zutrat und diesen anlächelte.
»Sokolny braucht Männer wie Euch, wenn er bestehen will, Němec'co!« Danach wandte sie sich um, winkte ihren Damen und ihren übrigen Begleitern, mit ihr zu kommen, und folgte Roland zur Burg.
Michel sah ihr nach, bis die Torburg sie seinem Blick entzog, und gab sich dabei dem sinnlichen Reiz hin, den die junge Frau ausstrahlte. Für einen Moment überlegte er, ob er sich wirklich wünschen sollte, zu erfahren, wer er einmal gewesen war, denn Janka erschien ihm ein Preis zu sein, für den ein Mann seine Vergangenheit vergessen konnte.
Mit einem zufriedenen Lächeln trat er neben Marat. »Was sagst du jetzt?«
»Dass du ein großer Narr bist! Aber was soll's? Eigentlich sind wir das alle. Wie hat sie dich genannt? Němec'co? Warum nicht, nennen wir dich also Ritter Němec'co.«
Die widerwillige Anerkennung des Waffenmeisters tat Michel gut, ebenso die Erinnerung an den letzten Blick, den Janka ihm geschenkt hatte. »Was willst du, mein Freund? Es läuft doch alles bestens!«
»Siehst du eigentlich dein Rentier mit den flammenden Haaren noch?«, fragte Marat.
Überrascht sah Michel ihn an. »Du meinst die Frau aus meinen Träumen? Nun, ich …«
Er brach ab, weil er nicht wusste, was er sagen sollte. Jene Frau war seine verlorene Vergangenheit, Janka hingegen stellte die Gegenwart und vielleicht auch eine Zukunft dar. Dennoch fühlte er in seinem Herzen, dass die Sache nicht so einfach lag. Auch wenn er sein früheres Leben verloren hat-

te, so existierte es immer noch, und er konnte jederzeit wieder damit konfrontiert werden. Ob dies erstrebenswert für ihn war, wusste er im Augenblick nicht zu sagen.

13.

Marie hatte Nürnberg in einem Zustand hilfloser Wut und mit dem Vorsatz verlassen, es Sigismund zu zeigen. Es kränkte sie, dass der König sie wie eine Schachfigur behandelte und sie zudem für seine politischen Ränke verwenden wollte. Dabei war ihr klar, dass Isabelle de Melancourt ihn nur mit der Idee einer geheimen diplomatischen Mission hatte ködern können, ihr Aufschub zu gewähren. Die zehn Tage, die Sigismund ihr zugebilligt hatte, empfand sie jedoch als blanken Hohn. Obwohl sie rasch ritt und sich nur die nötigsten Pausen gönnte, waren bereits zwei Tage vergangen, und sie befand sich immer noch in Franken. Die Grenze zu Böhmen lag noch weit vor ihr.

Zunächst hatten Meilensteine ihr den Weg gewiesen. Aber nun geriet sie tiefer in umkämpftes Gebiet, und hier waren die Meilensteine bei Vorstößen der Hussiten umgestürzt oder zerschlagen worden. Viele Straßen wurden nicht mehr benützt und führten sie in die Irre. Sie traf nur selten auf einen Einheimischen, den sie nach dem Weg fragen konnte. Zudem waren die Auskünfte nicht immer zuverlässig, und so musste sie auch jetzt wieder ihr Pferd anhalten, um sich zu orientieren. Mit einem ärgerlichen Fauchen dachte sie an den Schäfer, der ihr diesen Weg gewiesen hatte. Statt weiterhin ostwärts nach Böhmen hineinzuführen, bog der nun stark überwucherte Pfad in Richtung Süden ab.

»Ich verliere zu viel Zeit«, flüsterte sie und blickte zum Himmel empor, um anhand des Sonnenstands die Himmelsrichtung zu bestimmen.

Dann trieb sie ihr Pferd wieder an und lenkte es auf einen Weg mit alten Karrenspuren, der nach Osten führte. Schon bald geriet sie in dichteren Wald, vernahm kurze Zeit später das Geheul von Wölfen in der Ferne und tastete unwillkürlich nach ihrem Dolch. Dabei war ihr klar, dass die Waffe ihr nicht gegen die grauen Räuber helfen würde. Sie war in ein wildes Land geraten, in dem man tagelang reiten konnte, ohne auf eine Menschenseele zu treffen. Sie aber musste dringend jemand finden, der ihr den Weg zum Feldlager der königlichen Truppen weisen konnte.

Zunächst sah es nicht so aus, als würde sie überhaupt irgendwohin gelangen, denn der Pfad endete mitten im Wald, und sie fand sich inmitten mächtiger Baumriesen wieder, die schier bis in den Himmel wuchsen. Die Sonne wurde von den ausladenden Baumkronen verdeckt, und für einige Augenblicke fühlte sie sich wie verloren. Sie wollte jedoch nicht kehrtmachen und den ganzen Weg bis zu einer anderen, ostwärts führenden Straße zurückreiten, denn für große Umwege fehlte ihr die Zeit.

Fest entschlossen, sich durch nichts und niemand aufhalten zu lassen, ritt sie bergan. Hinter dem Bergkamm, so hoffte sie, würde sie auf eine brauchbare Straße stoßen. Hohe Farne strichen ihr um die Beine, als sie eine flachere Stelle durchquerte, und nach einer Weile wurde der Wald lichter. Zwischen den Bäumen ragten nun graue, verwittert aussehende Felsblöcke aus dem Boden und verlegten ihr den Weg. Diese Hindernisse musste sie weiträumig umgehen, und sie fürchtete, erneut die Orientierung zu verlieren.

Doch es dauerte nicht lange, da erreichte sie den Kamm des langgestreckten Höhenzugs. An seiner Ostflanke hatte ein

Sturm die Bäume niedergeworfen, und so konnte sie weit ins Land hineinschauen. Ein Rauchfaden, der von einem Schornstein stammen musste, erregte ihre Aufmerksamkeit. Die Leute, die dort wohnten, würden auf jeden Fall wissen, in welche Richtung sie weiterreiten musste.

Da Maries Pferd nicht wie eine Katze über die wirr übereinander liegenden Baumstämme klettern konnte, blieb ihr nichts anderes übrig, als um den Windbruch herumzureiten. Dabei verlor sie erneut mehrere Stunden.

Als sie schließlich das Dorf erreichte, zu dem der Rauchfaden sie geführt hatte, war es bereits dunkel geworden. Ihr war übel vor Hunger, und sie sehnte sich nach einem Bett, um sich gründlich auszuschlafen. Den letzten Gedanken schob sie sofort wieder beiseite, denn so viel Zeit blieb ihr einfach nicht. Während sie weiterritt, wurde die Angst immer größer, das Schicksal werde ihr ein Hindernis nach dem anderen in den Weg legen, bis sie schließlich scheiterte.

Dieser Eindruck verfolgte sie noch, als sie den Ort erreichte. Sie wollte schon an die erste Tür klopfen, da sah sie im Schein des Mondes die Kirche mit dem Pfarrhaus und daneben einen Stall, aus dem das Stampfen von Hufen erscholl. Ihr Pferd war nach dem langen, harten Ritt völlig erschöpft, und so hoffte sie, es gegen ein frisches Tier eintauschen zu können.

Vor dem Pfarrhaus hielt Marie an und stieg steifbeinig aus dem Sattel. Als sie ihr Pferd an einen Pfosten band, fühlte sie den Schaum um seine Nüstern und seufzte.

»Bald kannst du dich ausruhen«, versprach sie dem Tier und streichelte seine schweißnasse Halspartie. Eine Weile blieb sie neben ihm stehen und begriff erst allmählich, dass sie im Begriff war, ihrer eigenen Schwäche zum Opfer zu fallen. Mit einem Ruck wandte sie sich ab und trat auf das Pfarrhaus zu. Licht, das hinter einem kleinen Fenster flackerte, zeigte an, dass noch jemand wach war.

Marie warf einen Blick in den erleuchteten Raum und sah einen breit gebauten Mann in einer Soutane mit dem Rücken zu ihr an einem Tisch sitzen. Seinen Bewegungen nach schien er zu essen. Da sie völlig ausgehungert war, lief ihr bereits beim Gedanken an einen Napf voll Brei das Wasser im Mund zusammen. Daher trat sie rasch an die Tür und klopfte.

»Wer da?«, vernahm sie.

»Eine Reisende! Ich bin vom rechten Weg abgekommen, und mein Pferd ist erschöpft. Daher wollte ich fragen, ob ich es zurücklassen und ein anderes dafür bekommen könnte. Auch wäre ich dankbar für etwas zu essen!«

Marie betete, dass der Priester sich beeilen würde. Wenn er sie hier vor der Tür stehenließ, während er fertigaß, verlor sie erneut wertvolle Zeit.

Doch da näherten sich bereits Schritte. Einen Augenblick später wurde die Tür geöffnet, und der Priester sah heraus.

»Komm herein, meine Tochter! Um das Pferd wird sich mein Stallmeister kümmern. Setz dich und iss! Ich gebe dem Mann Bescheid.«

»Ich danke Euch, hochwürdiger Herr!« Marie knickste und spähte an dem Priester vorbei auf den Tisch. Dort standen vier Schüsseln. In einer lag ein fast völlig abgenagtes Brathähnchen, in einer weiteren befand sich Suppe, von der auch schon gegessen worden war, die dritte enthielt von fettigen Fingern zerfetztes Brot, und von dem Schweinebraten in der letzten Schüssel waren ebenfalls große Teile weggeschnitten worden. Dennoch erschien Marie der Braten noch am appetitlichsten. Sie schnitt sich eine Scheibe davon ab und löste von dem Brot ein Stück, das noch nicht vor Fett triefte. Sie hätte auch gerne etwas getrunken, aber es stand nur der Becher des Priesters auf dem Tisch, und der glänzte ebenfalls speckig.

Da der Geistliche ausblieb, suchte Marie sich einen Becher und füllte ihn aus dem Krug, der auf der Anrichte stand. Als sie trank, wurde ihr klar, dass der Wein zu stark für sie war, denn er stieg ihr sofort zu Kopf. Mit einem gewissen Bedauern stellte sie den Becher auf den Tisch und sagte sich, dass das Wasser, das sie unterwegs aus Quellen geschöpft hatte, bekömmlicher für sie gewesen war.

Da ihr Hunger noch immer nicht gestillt war, zupfte sie noch etwas Brot aus dem Innern des Laibes, denn das fette Fleisch widerte sie an. Es wunderte sie, dass ein gebildeter Mann wie dieser Priester sich beim Essen so benahm wie ein Schwein am Futtertrog. Irgendjemand musste ihm doch Tischmanieren beigebracht haben. Dann lachte sie über sich selbst. In wenigen Minuten würde sie auf ein frisches Pferd steigen, weiterreiten und den Mann bald vergessen haben.

In dem Augenblick trat der Priester ein. »Mein Stallmeister sattelt gerade mein Ersatzpferd. Er hält es aber für besser als das deine und verlangt einen Aufpreis. Den wirst du mit ihm aushandeln müssen. Mit solch weltlichen Dingen habe ich nichts zu tun!«

Marie entging nicht, dass der Mann ein überaus zufriedenes Grinsen aufgesetzt hatte, als würde er sich über etwas amüsieren.

In ihrer Erleichterung, Hilfe bekommen zu haben, dachte sie nicht weiter darüber nach, sondern schluckte den letzten Bissen Brot hinunter. »Ich bin fertig und kann mit Eurem Stallmeister reden, hochwürdiger Herr!«

»Ich sehe, du hast dir bereits Wein eingeschenkt. Komm, lass ihn nicht stehen. Dafür ist der Wein zu schade.«

»Leider ist er für eine Frau wie mich zu stark. Ich werde meinen Durst an der nächsten Quelle stillen.« Marie wandte sich zur Tür, daher entging ihr das stumme Auflachen ihres Gastgebers.

Dieser folgte ihr und fasste sie an den Schultern. »Du willst noch heute Nacht weiterreiten? Ruhe dich doch ein wenig aus. Im Stall steht ein Bett.«
»Der Mond scheint hell genug für einen Ritt, und mich drängt die Zeit.« Mit einer geschmeidigen Bewegung machte Marie sich frei und verließ das Pfarrhaus. Ihr entging nicht, dass der Priester ihr folgte.
Im Stall standen zwei brauchbare Pferde, von denen allerdings keines gesattelt war. Dazu gab es mehrere Käfige mit Hühnern sowie Tauben, die jetzt mit unter die Flügel gesteckten Köpfen schliefen. Da aus dem Anbau des Stalles das Grunzen eines Schweines ertönte, sagte Marie sich, dass der Priester sehr viel auf sein leibliches Wohl hielt.
Sie schob den Gedanken beiseite, konzentrierte sich darauf, ein frisches Pferd zu bekommen, und trat auf den ungeschlacht wirkenden Stallmeister zu. »Du solltest doch ein Pferd für mich satteln!«
Der Mann stierte sie an, antwortete aber nicht.
Marie wollte ihre Forderung bereits wiederholen, da mischte sich der Priester ein. »Mein Stallmeister kann dich zwar hören, aber nichts sagen, denn er ist stumm. Bevor er ein Pferd sattelt, will er wissen, ob du seinen Preis bezahlen kannst!«
Der Priester klang so höhnisch, dass Marie erwartete, er wolle sie beim Aufpreis für das Pferd über den Tisch ziehen. Da es ihr wichtiger war, rasch von hier fortzukommen, zog sie zwei Goldstücke aus ihrem Beutel und hielt sie dem Stallmeister hin.
»Ich gebe dir diese beiden Gulden für das bessere der beiden Pferde hinzu!«
Der Mann schüttelte den Kopf und reckte vier Finger in die Höhe.
»Also gut, vier Gulden!« Marie zog zwei weitere Münzen aus der Tasche, als hinter ihr das Lachen des Priesters erklang.

»Ob du jetzt vier Gulden, vierzig oder vierhundert zahlen willst – du wirst trotzdem kein Pferd erhalten.«
Marie prallte herum und funkelte ihn zornig an. »Ihr habt aber gesagt …«
»… dass ich mit meinem Stallmeister sprechen werde, doch war dies anders gemeint, als du gedacht hast. Weißt du, diese unschuldigen Tierchen hier«, der Priester zeigte auf den Taubenschlag, »schmecken nicht nur ausgezeichnet, sondern sind auch sonst sehr wertvoll. So brachte eine Taube Noah den Ölzweig, um ihm zu zeigen, dass die Sintflut vorbei war. Ich verwende Tauben, um Botschaften zu senden und zu empfangen, teils für die Armee des Königs, aber auch für die heilige Kirche und die Inquisition. Gestern kam so eine Botschaft von der heiligen Inquisition, und weißt du, was sie besagt?«
Marie sah den Pfaffen gereizt an. »Ich weiß nicht, was Ihr meint!«
Der Mann feixte über das ganze Gesicht. »Es heißt, du wirst gesucht, und zwar auf Befehl des Inquisitors Janus Suppertur. Jeder, der dir hilft, ist dem Strafgericht der heiligen Inquisition verfallen, und deren Urteil heißt Tod. Das heißt, du bist vogelfrei und damit meine Gefangene!«
»Das glaubst aber nur du!« Marie stieß den wuchtigen Stallmeister zurück, der nach ihr greifen wollte, und rannte auf das Stalltor zu.
Doch der Priester war schneller, als sein Umfang erwarten ließ, und stellte ihr ein Bein. Marie stolperte, konnte einen Sturz gerade noch vermeiden und erreichte das Stalltor. Dort holte der Stallmeister sie ein, bekam ihren Umhang zu fassen und zerrte sie zurück. In höchster Not löste Marie die Spange, um doch noch zu entkommen, doch es war zu spät. Der Pfaffe packte sie und drückte sie trotz ihrer heftigen Gegenwehr seinem Stallmeister in die Arme. Der umklam-

merte sie mit der Wucht eines Schraubstocks und schleifte sie mit einem breiten Grinsen in seine Kammer.
Verzweifelt trat Marie nach ihm, doch der Kerl kicherte nur erwartungsvoll und warf sie rücklings auf den Tisch.
Sein Herr trat hinter sie und hielt ihr die Arme fest. »Mein Stallmeister ist stumm und sieht nicht gerade wie ein Adonis aus. Dadurch kommt er sogar bei den dummen Bauernweibern nur selten zum Zug. Umso mehr freut er sich jetzt, dich zu bekommen.«
Der ungeschlachte Mann nickte heftig und klemmte Maries strampelnde Beine mit seinen Oberschenkeln fest. Mit einer Hand zerrte er ihr die Röcke hoch, und mit der anderen öffnete er seinen Hosenlatz und ließ sein Glied herausschnellen.
»Mach schon! Wenn du mit ihr fertig bist, werde ich sie nehmen und du mir …« Dem erregten Priester versagte die Stimme.
Der Stumme beugte sich über Marie und gab unwillkürlich ihre Beine frei. Sofort warf sie sich in einer schlangenartigen Bewegung herum und zog die Knie an. Dann trat sie so fest zu, wie sie es vermochte. Aber sie hätte genauso gut auf einen Felsklotz einschlagen können.
Der Mann packte ihre Knöchel, verdrehte sie schmerzhaft und zwang sie, die Beine zu spreizen. Dann drang er mit einem schmerzhaften Ruck in sie ein. Während er sich schnaufend auf den Tisch stützte und vor- und zurückbewegte, fiel Maries Blick auf die Öllampe, die ganz in der Nähe auf einem Bord stand, und dann auf den Strohsack des Stallmeisters direkt darunter. Sie stieß mit dem Fuß nach der Lampe, traf aber nur die Flamme und verbrannte sich die Zehen.
Ihr zweiter Tritt fegte die Lampe herunter. Das heiße Öl ergoss sich über die Lagerstatt, und der noch brennende Docht

entzündete den Strohsack. Fauchend breiteten sich die Flammen aus und schossen bis zur Decke.
Der Priester kreischte entsetzt auf. »Feuer! Feuer! Du musst sofort löschen! Schnell!«
Der Stallmeister drehte mit einem fassungslos erstaunten Ausdruck den Kopf. Zunächst schien er nicht zu begreifen, was vor sich ging, aber dann ließ er von Marie ab und packte einen Eimer, um Wasser zu holen.
Mit einem heftigen Ruck befreite Marie ihre Arme und sprang vom Tisch. Der Priester griff nach ihr, erwischte aber nur das Oberteil ihres Kleides und riss es bis zur Taille auf. Marie entkam ihm, ließ ihn mit dem Fetzen in der Hand zurück und rannte zu ihrem Pferd.
»Tut mir leid, aber du wirst mich weiterhin tragen müssen«, sagte sie zu dem erschöpften Tier und schwang sich in den Sattel. Als sie losritt, drehte sie sich noch einmal um. Der Teil des Stalles, in dem der Stallmeister wohnte, stand bis ins Dach hinein in Flammen. In deren Schein sah sie den Priester verwirrt hin und her laufen und vernahm sein entsetztes Kreischen, während sein Stallmeister mit stoischer Ruhe in einem Eimer Wasser vom Teich holte und in die Flammen schüttete.
»Er sollte besser die Gäule und das übrige Vieh herausholen«, dachte Marie noch, dann ließ sie die Stätte, die ihr beinahe zum Verhängnis geworden wäre, hinter sich zurück.

14.

Ruppertus war wie von Sinnen durch das Land gebraust, um Marie einzuholen, und seine Begleiter waren ihm insgeheim fluchend und schimpfend gefolgt. Unterwegs hatten sie mehrmals die Pferde gewechselt und hofften nun, den Vorsprung der Frau bald aufgeholt zu haben. Laut der Auskunft eines Bauern, der ihr den Weg gewiesen hatte, konnte Marie nur noch wenige Stunden vor ihnen sein, und Ruppertus war überzeugt, sie schon so gut wie in der Hand zu halten. Die Vorfreude auf seinen endgültigen Triumph über die Vergangenheit versetzte ihn in Hochstimmung, und er hetzte seine Begleiter gnadenlos weiter, obwohl die Sonne bereits hinter den westlichen Horizont gesunken war.

»Die Männer sind erschöpft! Wir sollten Rast machen«, mahnte Falko von Hettenheim ihn.

Ruppertus schüttelte den Kopf. »Nicht jetzt! In Kürze haben wir sie! Oder wollt Ihr, dass sie uns wieder entwischt?«

Die hinter Ruppertus und Hettenheim reitenden Männer begannen nun offen zu murren. »Der Schwarzkittel jagt uns durch das Land wie die Wilde Jagd«, rief Eberhard dem Kameraden an seiner Seite zu.

»Ich sage dir, der Mann ist besessen! Seit wir Hohenstein verlassen haben, sind wir kaum aus den Sätteln gekommen. Dreimal schon haben wir die Gäule gewechselt, und die, die wir jetzt reiten, sind auch bereits erschöpft. Janus Suppertur gönnt uns nicht einmal die Zeit zum Essen, und wenn sich einer in die Büsche schlagen muss, um sich zu erleichtern, darf er hinterher seinem Gaul die Sporen in die Weichen schlagen, bis sie bluten, um wieder aufzuschließen.«

Hettenheim spürte die Unzufriedenheit der Männer, wusste aber nicht, wie er den Inquisitor dazu bewegen konnte, mehr Rücksicht auf seine Begleiter zu nehmen. Er wagte einen schwachen Versuch: »Wir werden heute noch die Pferde wechseln müssen. Die Gäule sind schon so schwach, dass sie in der Dunkelheit über kleinste Hindernisse stolpern. Wollt Ihr, dass sie sich die Beine brechen?«

»Wenn der Mann, der uns den Weg wies, nicht gelogen hat, treffen wir bald auf ein Dorf mit einem Pfarrer, der sich einige prachtvolle Pferde hält. Den Rest holen wir bei den Bauern im Dorf. Und jetzt weiter!« Damit war für Ruppertus alles gesagt.

»Schaut! Dort vorne brennt es!«, rief Hettenheim und zeigte nach Südosten.

Ruppertus blickte auf und sah im Mondlicht ein Dorf vor sich liegen, in dem gleich neben der Kirche ein Feuer ausgebrochen war.

»Vorwärts!« Noch einmal spornte er seinen Gaul an. Fluchend folgte ihm Hettenheim mit mehreren Reitern, während die anderen hinter ihnen zurückblieben, da sie keine Lust verspürten, sich bei einem Parforceritt durch die Nacht das Genick zu brechen.

Als Ruppertus die Gebäude erreichte, war es dem Priester und dem Stallmeister mit Hilfe anderer Bewohner gelungen, das Übergreifen der Flammen auf die Nachbarhäuser zu verhindern.

Der Priester stellte den Eimer ab und trat auf Ruppertus zu. Obwohl er den Inquisitor noch nie gesehen hatte, wusste er sofort, wen er vor sich hatte. »Ihr seid es, Euer Exzellenz? Ich hätte gleich eine Brieftaube losgeschickt, um Euch zu informieren.«

»Die Frau ist also hier!«, fragte Ruppertus mit mühsam beherrschter Stimme.

Der Priester wand sich vor Scham. »Sie war da, Euer Exzellenz, und wir hatten sie schon dingfest gemacht. Doch die-

ses elende Miststück hat die Lampe in der Kammer meines Stallmeisters umgeworfen und diesen Brand hier entfacht.«
Etwas in seiner Stimme ließ Ruppertus misstrauisch werden. »Was hatte die Frau in der Kammer des Stallmeisters zu suchen?«
Der drohende Unterton hätte den Priester warnen müssen. Doch der Mann war zu sehr mit seinem Ärger über das entgangene Vergnügen und den Schaden beschäftigt, den die Frau angerichtet hatte. »Die heilige Inquisition sucht sie, und daher ist sie vogelfrei und rechtlos. Deswegen wollten mein Stallmeister und ich unsere Lust an ihr stillen.«
»Ihr habt sie vergewaltigt!« Ruppertus' Stimme zitterte vor Zorn.
»Leider sind wir nicht dazu gekommen. Mein Stallknecht ist ihr zwar noch zwischen die Beine geschlüpft, kam aber nur zu ein paar Stößen. Da hatte dieses Miststück auch schon Feuer gelegt. Für das, was dieses elende Weib angerichtet hat, will ich entschädigt werden!«
Diese Forderung verschlug Ruppertus für einen Augenblick die Sprache. Finster musterte er den Priester. Dieser Mistkerl hatte es gewagt, Hand an Marie zu legen. Sein Stallmeister war sogar im Begriff gewesen, die Frau zu schänden, die ihm – und nur ihm! – gehörte.
Unterdessen hatten die Dorfbewohner den Brand vollständig gelöscht und sich aus Angst vor den Soldaten in ihre Behausungen zurückgezogen. Die Umgebung wurde noch von einigen in die Erde gesteckten Fackeln erhellt. In ihrem Licht konnte man den Stummen unruhig vor dem schwer beschädigten Stall auf und ab gehen sehen. Sein Hosenlatz stand immer noch offen, und das fachte Ruppertus' Zorn weiter an.
Da er alles von dem Priester erfahren hatte, was dieser zu sagen wusste, wies er auf die beiden Pferde, die von beherzten

Dorfburschen aus dem brennenden Stall geholt und in sicherer Entfernung an zwei Pfähle gebunden worden waren.
»Ich nehme eines der beiden, und Ihr, Hettenheim, nehmt Euch das andere. Die Männer sollen sehen, was sie im Dorf an brauchbaren Gäulen finden. Sie sollen sich jedoch beeilen, denn wir reiten gleich weiter!«
Für diesen Befehl erntete Ruppertus etliche Flüche. Doch die Männer gehorchten ihm, und so klang schon bald das Jammern und Schimpfen der Dörfler auf, denen die Bewaffneten die besten Tiere aus dem Stall holten. Ruppertus scherte sich ebenso wenig darum wie um den Protest des Priesters.
»Meine Pferde sind besser als die, die Ihr mir zurücklassen wollt! Außerdem sind die Gäule erschöpft und werden Tage brauchen, um sich zu erholen!« Der Priester wollte Hettenheim daran hindern, eines seiner beiden Pferde zu besteigen, doch Ruppertus stieß ihn zurück.
»Du willst doch nicht etwa die heilige Inquisition daran hindern, ihren Auftrag zu erfüllen?«
»Das nicht!«, rief der Priester erschrocken. »Ich helfe Euch sogar von ganzem Herzen. Aber ich will dabei nicht draufzahlen!«
Um Ruppertus' Lippen spielte ein sanftes Lächeln, als er Antwort gab. »Gleich wirst du entschädigt werden, mein Sohn. Du erhältst sogar den höchsten Preis, den ich dir geben kann.«
Während der Priester aufatmete, winkte Ruppertus Eberhard und drei andere von Hettenheims Kriegern, näher zu kommen. »Fesselt die beiden Männer!«
Der Befehl wunderte Eberhard, aber er führte ihn aus. Kurz darauf lagen der Priester und sein Stallmeister gebunden am Boden. Der Pfarrherr zeterte zunächst wie ein Nürnberger Marktweib, doch als er begriff, dass niemand auf seine Flüche und Drohungen reagierte, änderte er seine Taktik.

»Euer Exzellenz, was macht Ihr denn mit mir? Ich bin doch ein treuer und wahrhaftiger Diener der heiligen Kirche und habe stets nur deren Wohl im Auge gehabt.«

»Eher dein eigenes Wohl, so fett, wie du bist«, spottete Eberhard.

Ruppertus gebot dem Unteroffizier zu schweigen. Mit der Zufriedenheit eines Mannes, der sein Ziel dicht vor Augen hat und nur noch eine belanglose Sache aus der Welt schaffen muss, sah er auf den Priester herab.

»Hängt ihn an dem Baum dort vorne auf, aber möglichst hoch, und seinen Knecht eine halbe Mannslänge tiefer! Das ist die Strafe dafür, dass sie die Delinquentin haben entkommen lassen!«

»Aber Ihr habt doch gesagt, Ihr wollt mich belohnen«, kreischte der Priester entsetzt.

Noch immer lächelnd, nickte Ruppertus. »Dies ist dein Lohn! Schließlich schicke ich dich ungesäumt ins Himmelreich! Sag mir, was kann einem Diener Gottes Besseres widerfahren?«

Mit einem grimmigen Lächeln sah er zu, wie Eberhard und dessen Kameraden zwei Stricke holten, diese über kräftige Äste warfen und den beiden Männern die Schlingen um den Hals legten. Zunächst wirkte der Priester wie erstarrt, als könne er nicht glauben, was ihm geschah, dann aber flehte er um Gnade.

»Bitte, nein, Euer Exzellenz! Verschont uns! Was haben wir Euch denn getan?«

»Ihr habt Euch an einem Weib vergriffen, das von Gott auserwählt wurde«, antwortete Ruppertus mit eisiger Stimme.

Auf seinen Befehl hin zogen die Soldaten den Priester und seinen Stallmeister in die Höhe. Für einige Augenblicke gellte das entsetzte Schreien des Priesters durch die Nacht, bis es in einem erstickten Gurgeln verklang.

Eberhard und seine Männer befestigten die Stricke an anderen Ästen und sahen ungerührt zu, wie die beiden Gehängten noch eine Weile zappelten und dann erschlafften.
»Ihr Hunde werdet kein Weib mehr schänden, das nicht für euch geschaffen ist«, murmelte Ruppertus, dann drehte er sich um und stieg auf sein Pferd.
»Vorwärts, Männer! Marie Adler ist uns höchstens zwei Stunden voraus. Bevor der Morgen graut, will ich sie eingeholt haben!« Mit diesen Worten setzte er sich an die Spitze seiner Schar.
Da Eberhard und andere Krieger die Fackeln der Dörfler mitnahmen und damit den Weg ausleuchteten, kamen sie rasch voran. Hinter ihnen blieben zwei tote Männer und die entsetzten Einwohner des Ortes zurück, für die ihr Pfarrherr bislang eine Art Halbgott gewesen war, der nun den Tod eines gewöhnlichen Strauchdiebs gestorben war.

15.

Nachdem Marie das Dorf verlassen hatte, folgte sie der Straße Richtung Osten. Mehr als eine Stunde hielt die Empörung über den unwürdigen Pfaffen und seinen Stallmeister sie wach. Doch dann spürte sie ihre Erschöpfung doppelt stark zurückkehren und wünschte sich, einen Unterschlupf zu finden, um wenigstens ein paar Stunden schlafen zu können. Über dem Gedanken nickte sie ein und schreckte hoch, als ihr Pferd in die Knie brach. Sie konnte sich im letzten Moment im Sattel halten und starrte ihr Reittier erschrocken an.
Das Pferd war am Ende seiner Kraft. Marie wollte es trotz-

dem wieder antreiben, merkte dann aber, dass das Tier auf dem linken Hinterhuf lahmte.
»Es tut mir leid«, flüsterte sie und stieg ab. Ein paar Schritte führte sie das Pferd noch, doch es humpelte immer stärker, und es wäre eine Qual gewesen, es noch länger zum Laufen zu zwingen.
Marie hatte gehofft, innerhalb der zehn Tage, die Sigismund ihr zugebilligt hatte, nach Böhmen zu gelangen und zumindest handfeste Informationen über das zu erhalten, was ihrem Mann wirklich zugestoßen war. Doch das Schicksal warf ihr erneut Stöcke zwischen die Beine.
»Und wenn es noch so schlimm kommt: Ich werde Michel finden!«, stieß sie aus und wiederholte damit den Schwur, den sie jeden Tag mindestens einmal geleistet hatte. Dafür aber musste sie tiefer nach Böhmen vordringen.
Nun ärgerte sie sich doppelt, dass es ihr nicht gelungen war, ihr Pferd im letzten Dorf gegen ein frisches auszutauschen. Warum hatte sie auch an einen geilen Pfaffen und dessen willfährigen Knecht geraten müssen! Die Bemerkung des Priesters, sie würde von der Inquisition gesucht, nahm sie nicht ernst. Das war mit Sicherheit nur eine Drohung dieses Schuftes gewesen, damit sie stillhielt und den beiden Kerlen die Gelegenheit gab, ihre Lust zu stillen.
»Hoffentlich ist ihnen der Stall über den Köpfen abgebrannt!«, rief sie und erschrak darüber, wie kraftlos ihre Stimme klang.
Vielleicht sollte sie sich neben der Straße hinlegen und ein wenig schlafen. Doch sie hatte nicht einmal mehr ein Stück Stoff, in das sie sich hätte einhüllen können. Ihr Umhang war im Pfarrstall zurückgeblieben, und ihr Kleid hing in Fetzen.
Im Grunde war sie gescheitert. Sie besaß weder die Mittel weiterzureisen, noch konnte sie nach Hohenstein zurück-

kehren. Aber sie dachte nicht daran aufzugeben. Wenn es nicht anders ging, würde sie betteln und stehlen müssen. Vor der letzten Konsequenz, notfalls ihren Körper verkaufen zu müssen, schreckte sie jedoch noch zurück. Mit diesem Gedanken sattelte sie das Pferd ab, nahm ihm die Trense aus dem Maul und legte beides neben die Straße. Dann strich sie dem Pferd noch einmal über den Hals und ging mit Tränen in den Augen weiter. Sie konnte nur hoffen, dass das Tier sich so weit erholte, dass es bis zum nächsten Dorf kam und dort von einem guten Herrn eingefangen wurde.

Unterwegs knüpfte sie die Reste ihres Kleides auf der Brust zusammen. Da aber immer noch ein Teil ihres Busens unbedeckt blieb, riss sie ein Stück vom Saum ihres Rockes ab und wickelte sich den Streifen um den Oberkörper.

Gerade als die Sonne aufging, glaubte sie, weit hinter sich ein dumpfes Trommeln zu vernehmen. Sie drehte sich um und entdeckte eine Staubwolke, wie sie nur von einer größeren Reiterschar stammen konnte. Wer auch immer dort ritt, kam rasch auf sie zu. Metall klirrte, also musste es sich um Krieger handeln. Um nicht von irgendwelchen Kerlen in ihrem zerfetzten Kleid als Freiwild angesehen zu werden, begann sie zu laufen, so schnell sie es vermochte. Dabei hielt sie auf ein dichtes Waldstück zu, das noch an die hundert Schritte von ihr entfernt war. Dort, so sagte sie sich, würde sie sich verstecken können.

Während Marie die Straße entlangrannte, ritt Ruppertus an der Spitze seiner Männer und behielt die Umgebung im Auge. Er entdeckte als Erster das lahmende Pferd, das neben der Straße hungrig das Gras rupfte, und den zurückgelassenen Sattel.

»Das muss der Gaul der Gesuchten sein!«, rief er Hettenheim zu.

»Das könnte sein! Wenn Ihr den Pfaffen nicht gleich hättet aufhängen lassen, hätte er uns das Pferd beschreiben können.«
Hettenheim war ein harter Mann, für den ein Menschenleben wenig zählte. Doch Ruppertus' gnadenlose Art machte ihm allmählich Angst. Der Inquisitor war kein Mensch, der Widerspruch duldete oder gar Versagen. So selbstherrlich trat nicht einmal Sigismund auf, und der war immerhin der von den sieben Kurfürsten gewählte König des Reiches. Bei dem Gedanken an seinen Vetter fiel Hettenheim ein, dass Janus Suppertur versprochen hatte, ihn zum Kaiser zu machen.
Aber das würde wohl eine arg bittere Frucht für ihn werden. Wie er den Inquisitor inzwischen kennengelernt hatte, würde dieser die Fäden in der Hand behalten und ihn wie seine Marionette führen. Allerdings verlieh ihm der Glanz der Kaiserkrone genügend Macht, mit diesem Mann fertig zu werden. Selbst der Inquisitor des Papstes war nur ein Mensch und so sterblich wie alle anderen. Das vorzeitige Ende eines solchen Mannes durfte nur keinen Schatten auf ihn selbst werfen.
In seine Überlegungen verstrickt, überhörte Hettenheim Ruppertus' Antwort und vernahm dessen Worte erst, als sie weiterritten.
»Es kann nicht mehr weit sein bis zum Fluss. Dort sitzt sie in der Falle.«
Hoffentlich!, dachte Hettenheim, dann war diese höllische Hetzjagd endlich vorbei.
Kurz darauf stieß Ruppertus einen leisen Ruf aus und wies mit der Linken nach vorne, wo eben eine Gestalt im dichten Auwald verschwand. »Das muss sie sein. Vorwärts!«
Während er sein Pferd noch einmal zum Galopp antrieb, begann Eberhard zu schimpfen. »Wenn das so weitergeht,

wechsle ich noch zu den Fußtruppen. Da bekomme ich wenigstens nur wundgelaufene Füße und keinen durchgerittenen Arsch.«

16.

Das Geräusch eilig fließenden Wassers trieb Marie voran. Wenn sie einen breiten Bach oder besser noch einen Fluss zwischen sich und jene Reitertruppe legen konnte, würde sie sich sicherer fühlen. Kurz darauf erreichte sie das Ufer und jubelte innerlich auf. Das Gewässer war zu breit und seine Strömung zu stark, um es mit Pferden überwinden zu können. Zu ihrem Glück aber lag keine fünfzig Schritt von ihr entfernt eine Fähre am Ufer. Der Ferge saß auf der Bordwand und schnitzte an einem Holzstück herum.

Erleichtert lief Marie auf den Prahm zu. Geld für das Übersetzen besaß sie keines, da der Priester ihr alles abgenommen hatte, doch mittlerweile war sie bereit, notfalls mit ihrem Körper für die Überfahrt zu zahlen.

Ein Blick nach hinten zeigte ihr, dass die Reiter den Auwald noch nicht erreicht hatten, und so sprach sie den Fährmann an. »Kannst du mich hinüberbringen?«

»Das kann ich, aber es kostet drei Kreuzer«, antwortete er in einem schwer verständlichen Dialekt.

»Ich habe kein Geld, aber vielleicht könnte ich dich anders bezahlen.« Marie wies auf ihren Unterleib.

Für einen Augenblick flammten die Augen des Mannes begehrlich auf, dann aber schüttelte er den Kopf. »Das bekomme ich zu Hause bei meiner Frau umsonst und muss mich dafür nicht über den Fluss quälen. Gib mir Geld oder schwimm rüber!«

Es war Marie schwer genug gefallen, sich dem Kerl anzubieten, und seine unerwartete Ablehnung brachte sie in höchste Gefahr. Sie warf einen Blick auf den trübbraunen Fluss, der Hochwasser führte und allerlei Unrat mit sich trug. In dieses Wasser zu springen und hinüberzuschwimmen, wagte sie nicht. Da ertastete sie in einer versteckten Tasche ihres Kleides einen harten Gegenstand.

Der Ring des Königs!, fuhr es ihr durch den Kopf. Sie hatte ihn von Isabelle de Melancourt erhalten, um ihn dem Grafen Sokolny vorzuweisen. Aber notfalls musste es auch ohne den Ring gehen. Ein Blick nach hinten zeigte ihr, dass die Reiter schon ziemlich nahe waren. Daher zog sie das wertvolle Stück aus der Tasche und zeigte es dem Fährmann.

»Den bekommst du, wenn du mich hinüberbringst!«

»Hast wohl Angst vor denen, was?«, fragte er, nahm dann den Ring, musterte ihn kurz und steckte ihn unter seinen Gürtel.

»Mach, dass du auf die Fähre kommst!«, rief er, ergriff seine Stange und schob den Prahm ins Wasser.

Marie sprang mit einem Satz ins Boot, setzte sich vorne an die Spitze und sah dem Fährmann zu. Dieser lenkte den Prahm so, dass er, vom Druck der Strömung getrieben, dem Seil folgte, das von Ufer zu Ufer gespannt war.

Das war allerhöchste Zeit!, dachte Marie, als die Reitertruppe das Ufer erreichte und dort anhielt.

Anstatt zu warten, bis die Fähre zurückkehrte, begann Hettenheim mit den Armen zu fuchteln. »Komm sofort wieder her, Kerl!«, brüllte er den Fergen an.

»Bring die Frau zu uns!«, forderte Ruppertus den Fährmann mit schneidender Stimme auf.

Erst jetzt begriff Marie, dass diese Männer tatsächlich sie verfolgten, und überlegte, was sie tun sollte, wenn der Fährmann auf deren Verlangen hin umkehrte. Notfalls würde sie ins Wasser springen und hoffen müssen, dass sie lebend ans andere Ufer gelangte. Zwar konnte sie ausgezeichnet schwimmen, doch hier gab es bösartige Strudel und sehr viel Treibholz, das einem Schwimmer gefährlich werden konnte.
Der Fährmann griff an seinen Gürtel und zog den Ring hervor. Noch nie hatte er so etwas Wertvolles besessen, und er wollte diesen Schatz nicht verlieren. Doch wenn er die Frau zurückbrachte, würde sie den Ring zurückverlangen, und die Männer würden ihm diese Kostbarkeit abnehmen.
Daher winkte er kurz nach hinten. »Ich setze euch über, sobald die Frau drüben ist.«
Danach, so sagte er sich, konnten die Leute ihr immer noch folgen. Schließlich war sie zu Fuß und würde von den Reitern bald eingeholt werden.
Ruppertus wollte jedoch nicht warten und wies Eberhard an, eine Armbrust zu spannen. Dann nahm er ihm die Waffe ab, zielte kurz und schoss. Zufrieden sah er, wie der Fährmann zusammenzuckte und in sein Boot stürzte. Trotzdem wurde die Fähre von der Strömung weiter auf das andere Ufer zugetrieben. Ruppertus sah sich die Fähre genauer an und entdeckte, dass der Prahm an einem umlaufenden Seil hing, das über je eine Rolle an diesem und dem gegenüberliegenden Ufer geführt wurde.
»Los, zieht den Kasten zurück!«, befahl er seinen Männern und dankte im Stillen der Vorsehung, dass die Fähre nicht von einem einzigen Seil gehalten wurde, an dem der Bootskörper mittels eines Ringes bewegt werden konnte.
Das brutale Vorgehen ihrer Verfolger erschreckte Marie, und ihr Entsetzen wuchs, als die Knechte an dem Seil zogen und die Fähre sich auf einmal rückwärts bewegte. Sie wollte

schon über Bord springen, als sie den Ring des Königs in der Hand des toten Fergen glänzen sah. Den wollte sie diesen Schurken nicht überlassen. Rasch bückte sie sich, bog die verkrampften Finger des Mannes auf und steckte den Ring ein.

Inzwischen hatten die Kerle den Prahm bereits über die Hälfte zurückgezogen. Doch Marie schauderte bei dem Gedanken, sich dem gurgelnden Wasser anvertrauen zu müssen. Da brachte das Messer des Fährmanns sie auf eine Idee. Sie zog es aus der Scheide, fasste mit der anderen Hand das Seil und begann hastig, es durchzuschneiden.

Ruppertus bemerkte es und forderte die Männer auf, rascher zu ziehen. Doch da hatte Marie das Seil bereits durchtrennt, wickelte sich das abgeschnittene Ende mehrmals um den Arm und sprang ins Wasser. Die Strömung riss sie sofort mit, und sie wurde bis auf den Grund des Flusses gedrückt. Wild entschlossen klammerte sie sich an dem Seil fest, kam wieder an die Oberfläche und sah erleichtert, dass sie auf die rettende Seite des Flusses zu gezogen wurde.

Hinter ihr gab Ruppertus den Befehl, das Seil schneller einzuholen, musste dann aber feststellen, dass die Männer am falschen Ende zogen und Marie dadurch nur noch rascher auf die andere Seite gelangte.

Wütend stampfte er auf den Boden. »Lasst das Seil los!«

Eberhard und die anderen gehorchten und mussten hilflos zusehen, wie die Fähre, die sie selbst benötigten, von der Strömung gepackt und mitgerissen wurde.

Marie hatte unterdessen das jenseitige Ufer erreicht und kroch hustend und keuchend an Land. Als sie sich auf die Beine kämpfte, merkte sie, dass sie einen Schuh verloren hatte. Mit einer wütenden Bewegung zog sie auch den anderen aus, warf ihn ins Wasser und tauchte barfuß im Halbdunkel des Waldes unter.

Hinter ihr begann Ruppertus so wild zu brüllen, dass Hettenheims Männer erschrocken den Kopf einzogen. Aber er hatte sich rasch wieder in der Gewalt und funkelte den Grafen grimmig an.

»Wo gibt es die nächste Möglichkeit überzusetzen?«

»Das weiß ich nicht genau. Gewiss müssen wir etliche Meilen reiten, bis wir wieder auf eine Fähre treffen, denn bei diesem Hochwasser können wir keine Furt benützen.«

Hettenheim bedauerte den letzten Satz bereits, bevor er ihn ausgesprochen hatte, denn der sichtbare Teil von Janus Supperturs Gesicht färbte sich dunkel vor Zorn.

»Wenn es notwendig sein sollte, werden wir den Fluss auch bei dieser Strömung durchqueren. Gott wird uns leiten!«

Auf das Gottvertrauen des Inquisitors wollte Hettenheim allerdings nicht bauen. Daher war er froh, als dieser befahl, den Weg zurückzureiten und die nächste Fähre zu suchen.

DRITTER TEIL

Die Flucht

1.

Mit einem zufriedenen Nicken musterte Marat seinen Schüler. Der Deutsche hatte seine Verletzungen rascher überwunden, als zu erwarten gewesen war. Wer ihn nun in seiner ledernen Kleidung sah, das Schwert an der Seite und Bogen und Köcher auf dem Rücken, hätte sich wohl kaum überzeugen lassen, dass der Mann vor wenigen Wochen dem Tod näher gewesen war als dem Leben.
»Bist du bereit?«, fragte er.
Michel nickte. »Das bin ich!«
»Dann komm mit! Im Süden wurden hussitische Späher gemeldet. Ich fürchte, Fürst Vyszo wird uns nicht mehr lange in Ruhe lassen. Sokolny blockiert den Weg nach Franken, dem einzigen Landstrich, in dem die Hussiten noch fette Beute machen könnten. Wenn Vyszo seine Soldaten über den Winter bringen will, muss er dort einfallen und plündern.«
Marat klang besorgt. Im Allgemeinen desertierten hungrige Soldaten rasch, um sich auf eigene Faust die Bäuche zu füllen, doch die hussitischen Krieger wurden nicht von der Gier nach Gold und Beute angetrieben, sondern von dem Willen, ihren Glauben zu verteidigen. Ihrem Feldherrn würde es daher leichtfallen, sie zum Sturm antreten zu lassen, auch wenn viele an diesen Mauern den Tod finden würden. Dem konzentrierten Angriff eines vielfach überlegenen Heeres konnte Sokolny nicht standhalten, selbst wenn die Belagerer nicht über mauerbrechende Kanonen verfügten.
Marat wischte diesen Gedanken mit einer abwehrenden Geste beiseite und drehte sich zu Michel um. »Wir müssen

die Späher abfangen. Es darf keiner zurückkehren, hast du verstanden? Wenn auch nur einer seinem Fürsten beschreiben kann, wie unsere Verteidigungslinien aussehen, kann Vyszo seinen Angriff planen.«
»Wir werden ihn schon davon abbringen!« Michel lächelte, aber es wirkte grimmig.
»Das werden wir! Allerdings werde ich mich ein wenig zurückhalten. Wenn andere Hussiten ihre Späher von den Höhen dort drüben aus beobachten, sollen sie sehen, dass ein weiterer harter Krieger zu Sokolnys Scharen gestoßen ist.«
Mit diesen Worten schritt Marat weiter, blieb nach einer Weile stehen und machte seinem Begleiter das Zeichen, still zu sein.
»Sie sind ganz in der Nähe!«, wisperte er fast unhörbar.
»Woran erkennst du das?«, gab Michel ebenso leise zurück.
»Die Vögel sitzen ganz aufgeregt auf den obersten Ästen der Bäume, anstatt weiter unten die Beeren von den Büschen zu picken. Das tun sie nur, wenn sie gestört werden. Es könnte zwar ein Raubtier sein, aber in diesem Fall ist es ganz offenbar ein Mensch!« Marat wies auf eine Stelle, an der für einen Augenblick zwischen den Blättern eines Busches ein Arm sichtbar wurde.
»Du bleibst hier und schießt, sobald der Erste sich sehen lässt. Ich umgehe die Kerle und treibe sie auf dich zu.« Marat winkte ihm noch aufmunternd zu, dann verschwand er leise wie eine Schlange in den Schatten des Waldes und ließ seinen Begleiter in der Deckung eines Gebüschs zurück.
Michel nahm seinen Bogen zur Hand und legte einen Pfeil auf die Sehne.
Erneut tauchte der Arm des Spähers aus dem Grün auf. Der Mann ist unvorsichtig, dachte Michel. Anscheinend fühlte er sich in dieser Entfernung von Sokolnys Burg noch sicher

vor fremden Blicken. Damit rief er das Verderben auf sich und seine Kameraden herab.
Der Ruf eines Vogels ließ Michel aufmerksam werden. Obwohl er täuschend echt klang, war es Marats Signal für ihn. Gleichzeitig wurde es in dem Gebüsch, in dem er die Feinde vermutete, lebendig. Der erste Mann schlich heraus, blickte sich kurz um und winkte dann den anderen, ihm zu folgen. Sie waren zu dritt und schienen Marat, der scheinbar sorglos auf sie zukam, in die Zange nehmen zu wollen.
Nur einer der Männer trug einen Bogen und spannte diesen. Da traf ihn Michels Pfeil. Während der Hussit niedersank, schnellten die beiden anderen herum und versuchten, zwischen den Büschen zu verschwinden. Einen Mann erwischte Michel mit seinem zweiten Schuss. Der letzte Pfeil ging jedoch fehl, und so setzte er dem überlebenden Späher nach. Aus den Augenwinkeln sah er, dass Marat seinen Bogen schussbereit hielt, den Fliehenden aber aus den Augen verloren hatte.
»Du musst ihn erwischen, Němec!«, rief Marat seinem Begleiter zu.
Michel wurde schneller und sah den Verfolgten schon bald vor sich. Der Fliehende kam nicht so schnell voran wie er und schlug nun Haken wie ein Hase, um ihn abzuhängen. Trotzdem gelang es Michel, den Vorsprung des Mannes Schritt für Schritt aufzuholen. Schließlich erreichte der Späher das freie Feld. Zwar verbarg sich in dem Waldstück dahinter ein hussitischer Posten, doch der war noch zu weit weg, um eingreifen zu können.
Als der Böhme begriff, dass er nicht entkommen konnte, blieb er stehen und zog sein Schwert. Obwohl er blitzschnell angriff, konnte Michel seinem ersten Hieb ausweichen. Bevor der Mann einen zweiten Schlag führen konnte, steckte er ihm den Bogen zwischen die Beine und brachte ihn zu

Fall. Dann griff er zu seinem Schwert, wartete, bis der Gegner sich aufgerichtet hatte, und hielt ihm die Klinge an den Hals.

»Du bist mein Gefangener!« In seiner Erregung sagte er es auf Deutsch. Der andere zuckte zusammen und rollte sich dann ansatzlos weg, ohne auf die blutige Spur zu achten, die die Schwertspitze in seine Haut zog, sprang auf und begann zu schreien.

»Sokolny ist mit den Deutschen im Bund!«

Mit einem Fluch rannte Michel ihm nach, holte ihn ein und führte einen Schwerthieb nach dessen Bein. Der Hussit brach zusammen, zog aber im Fallen seinen Dolch und hieb damit wild um sich. Gleichzeitig schrie er weiter, dass Graf Sokolny sich mit Sigismund eingelassen habe.

Michel blieb zuletzt nichts anderes übrig, als den Mann mit einem Schwerthieb zum Schweigen zu bringen. Wütend auf sich selbst, weil er den Mann lieber lebend gefangen hätte, kehrte er zurück und sah kurz darauf Marat vor sich.

Dieser grinste ihn anerkennend an. »Du hast Vyszos Leuten ein schönes Schauspiel geliefert. Das hätte ich nicht besser gekonnt.«

Michel zuckte mit den Schultern. »Lebt noch einer der anderen Kerle, so dass wir ihn befragen können?«

»Nein! Einen hast du gleich in die Hölle geschickt. Der zweite war zu schwer verletzt, um von Nutzen zu sein, und so habe ich ihm die Kehle durchgeschnitten. Wir werden die beiden Toten holen und neben den Kerl legen, den du eben erledigt hast. Das wird Vyszos Leuten zeigen, dass mit Sokolny nicht zu spaßen ist.«

Damit war für Marat die Sache erledigt. Michel hingegen spürte, dass es ihm keine Freude bereitete, Menschen zu töten. Doch um Sokolny zu retten, musste er es tun. Dabei dachte er an Janka und fragte sich, was sie dazu sagen würde, wenn sie erfuhr, dass er drei ihrer Feinde umgebracht hatte. Ein Lächeln würde es ihr hoffentlich wert sein. An mehr wagte er im Augenblick noch nicht zu denken.

2.

Nur wenige Meilen von Sokolny und auch nicht weit vom Heerlager der deutschen Truppen entfernt rannte Marie wie ein gehetztes Wild durch den Wald. Zwar war sie ihren Verfolgern vorerst entkommen, doch sie fragte sich, wie hartnäckig diese Leute sein mochten und wer sie waren. Sie konnte sich nicht vorstellen, was der Mönch im schwarzen Habit von ihr wollte, der mit diesen Männern ritt.

Mit einem Mal erinnerte Marie sich wieder an das, was der fette Priester gesagt hatte. Angeblich sollte sie von der Inquisition gesucht werden! Das wunderte sie, ängstigte sie aber auch, denn sie hatte nie etwas gegen die Kirche getan. Marie brach den Gedankengang ab, weil ihr etwas anderes einfiel. Hatte König Sigismund nicht erklärt, ein Inquisitor des Papstes würde seinem Amt entsagen, um sie zu ehelichen?

Das musste der schwarze Mönch gewesen sein! Bei der Vorstellung, mit diesem Mann verheiratet zu werden, der den Fährmann gnadenlos niedergeschossen hatte, überlief es sie kalt. Sie konnte auch nicht begreifen, weshalb dieser Mönch ausgerechnet an ihr interessiert sein sollte. Sie war weder von edler Abkunft, noch hatte sie ein reiches Erbe in Aussicht. Dieses Rätsel vermochte sie allein nicht zu lösen. Doch wenn sie diesem mörderischen Mönch entkommen

wollte, musste sie all ihre Kräfte zusammennehmen und ihren gesamten Scharfsinn einsetzen.
Dabei war sie schon so erschöpft, dass sie sich am liebsten unter dem nächsten Busch zusammengerollt hätte. Trotz ihrer Schwäche biss sie die Zähne zusammen und schleppte sich weiter. Stunde um Stunde verging. Irgendwann begriff Marie, dass sie nicht einfach ostwärts wandern durfte. Der Mönch würde auf jeden Fall annehmen, dass sie das Heerlager der Königlichen aufsuchte, und sie dort erwarten. Obwohl es ihr im Herzen weh tat, bog sie beim nächsten Kreuzweg ab und tauchte zwischen den uralten Baumriesen unter.
Nun machte der Hunger sich immer stärker bemerkbar. Sie hatte in der Nacht nur ein wenig Brot und Schweinefleisch in dem Pfarrhaus gegessen und dafür einen hohen Preis bezahlen müssen. Noch einmal wollte sie nicht an eine Tür klopfen und um Essen betteln. Mit diesem Vorsatz ging sie weiter und wählte einige Zeit später eine Abzweigung, die wieder nach Osten führte. Auf diese Weise, so hoffte sie, würde sie ihre Verfolger täuschen können.
Während sie sich weiterschleppte, kam ihr in den Sinn, dass es jetzt nicht mehr nur darauf ankam, Michel zu finden. Auch zu zweit würden sie vor dem Mörder im Gewand eines Gottesmanns nicht sicher sein. Falls Michel überhaupt noch lebt, dachte sie in einem Anfall von Mutlosigkeit.
Sofort riss sie sich zusammen. »Michel lebt, und ich werde ihn finden. Dann wird dieser verfluchte Mönch für seine verruchten Taten bezahlen!«, sagte sie zu sich selbst und drohte mit der geballten Faust in die Richtung, in der sie ihren Verfolger vermutete.
Vor Müdigkeit über die eigenen Füße stolpernd, setzte sie ihren Weg fort. Ihren Durst konnte sie an Quellen löschen, und hie und da fand sie Beeren, die für ein paar Augenblicke

den Hunger besänftigten. Dennoch schien ihr der Magen bereits in der Kniekehle zu hängen, und sie leckte sich beim Gedanken an ein saftiges Brathähnchen die Lippen. Auch mit einem schlichten Brei oder Eintopf ohne Fleischeinlage wäre sie zufrieden gewesen.

Während sie unter dem fast geschlossenen Kronendach eines dichten, grünen Waldes wanderte, schränkte sie ihre Ansprüche immer mehr ein, bis sie zuletzt für ein einziges Stück trockenen Brotes nicht nur ihren Körper, sondern auch ihre Seele verkauft hätte.

Leider bestand der Wald nicht nur aus großen, wuchtigen Stämmen, sondern auch aus elendem Dornengestrüpp, das sich über den Pfad schlängelte. Immer wieder trat sie sich einen Dorn in den nackten Fuß oder riss sich die Beine blutig. Ihr Mut, der ihr in Nürnberg schier unerschöpflich erschienen war, sank mit jedem Schritt. Zudem wurde ihr immer wieder schwindlig. Während sie sich auf der scheinbar wankenden Erde weiterkämpfte, war ihr, als würde ihr Blick durch einen Schleier getrübt.

Plötzlich weitete sich der Wald zu einer kleinen Lichtung, und sie sah in einer Entfernung einen üppig behangenen Kirschbaum. Ohne daran zu denken, dass die Zeit für dieses Obst längst vorbei war, hastete sie darauf zu und rupfte die roten Früchte mit beiden Händen von den Zweigen. Doch als sie die ersten in den Mund steckte und darauf herumkaute, klärte sich ihr Blick wieder, und sie starrte entgeistert auf giftige Vogelbeeren. Mit einem Aufschrei warf sie das Zeug fort und spuckte alles aus, was sie im Mund hatte. Gleichzeitig reagierte ihr Magen, und sie erbrach einen Schwall grüngelber Galle.

Es dauerte eine Weile, bis Marie wieder in der Lage war, einen Fuß vor den anderen zu setzen. Ihre Kraft war aufgebraucht, dringend brauchte sie eine Pause. Auf der Lichtung konnte sie jedoch nicht bleiben. Daher ging sie weiter, bis sie wieder in das Grün des Waldes eintauchen konnte, verließ kurz darauf den Pfad und kauerte sich unter einem dichten Busch zusammen. Etwas trockenes Moos und die ersten Herbstblätter mussten als Zudecke reichen, dann sank sie ansatzlos in einen von Alpträumen geplagten Schlaf, in dem sie durch schier endlose Wälder irrte. Immer wenn sie glaubte, den richtigen Weg gefunden zu haben, sah sie den schwarzen Mönch vor sich, der mit einer Armbrust auf sie zielte.

3.

Marie erwachte, als ihr Magen schmerzhaft knurrte, und sah sich erschrocken um. Wenn die Sonne nicht rückwärts gewandert war, hatte sie die ganze Nacht und den halben Vormittag verschlafen. Dabei saßen ihr bösartige Verfolger im Nacken. Mit schmerzenden Gliedern kämpfte sie sich auf die Beine, löschte den brennenden Durst an einer nahen Quelle und weinte vor Hunger.

Trotzdem ging sie Stunde um Stunde nach Osten. Kurz vor dem Abend entdeckte sie auf einer kleinen Lichtung mehrere Büschel Löwenzahn. In ihrer Zeit als wandernde Hure hatte sie von Hiltrud gelernt, dass man die Blätter essen konnte. Daher kniete sie sich nieder, rupfte ein Blatt nach dem anderen ab und steckte es in den Mund.

Ein Geräusch riss sie hoch. Ohne zu schauen, huschte sie tiefer in den Wald und versteckte sich hinter einem dichten Gebüsch. Dann erst begriff sie, was sie aufgeschreckt hatte. Es waren Hufschläge, in die sich das Klirren von Eisen und erregte Stimmen mischten. Als Marie zwischen den Zweigen hervorspähte, sah sie nicht weit von sich den schwarzen Mönch das Pferd zügeln.

Gerade wandte er sich seinem Nebenmann zu. »Wir haben ihre Spur verloren!«

Seine Stimme schmerzte in Maries Ohren und weckte eine verschwommene Erinnerung, die sie nicht einzuordnen wusste.

»Ich schlage vor, wir lagern hier«, antwortete der Edelmann, den Marie zu ihrer Verwunderung als Falko von Hettenheim identifizierte.

Was hatte der Graf mit dem schwarzen Mönch zu schaffen? Da entdeckte sie weitere Männer aus Hettenheims Schar, die mit auf Hohenstein gewesen waren, um Michel abzuholen. Hier ist etwas faul, sagte sie sich und schlich vorsichtig auf den Rand der Lichtung zu, um mehr zu erfahren.

Keine zehn Schritte von ihr entfernt saß der Inquisitor auf seinem Pferd und schwankte, ob er lagern lassen oder den Befehl geben sollte, weiterzureiten. Er begriff jedoch, dass er den Männern keinen weiteren Nachtritt mehr zumuten durfte, wenn er nicht wollte, dass sie ihn kurzerhand verließen.

Daher nickte er Hettenheim zu. »Wir übernachten hier. Morgen früh soll ein Teil Eurer Männer ausschwärmen und alle Ortschaften in dieser Gegend absuchen. Durchkämmt jeden Bauernhof, jede Köhlerhütte und jede Kate.«

Ruppertus verstummte einen Augenblick, dann klang seine Stimme erneut auf. »Wenn ein Bauer ein Pferd hat, tötet es. Ebenso, wenn ihr bei einem Köhler ein Maultier seht.«

»Aber die Bauern brauchen die Pferde zum Pflügen!«

Selbst einem hartgesottenen Mann wie Hettenheim war dieser Befehl zuwider, doch Ruppertus sah herrisch auf ihn herab.

»Sollen sie doch ihre Weiber und Kinder vor Pflüge und Wagen spannen! Tötet alles, was in der Lage ist, einen Menschen zu tragen. Die Kastellanin darf uns nicht entkommen – und wenn der Himmel einstürzen sollte!«

Der Mann ist verrückt!, durchfuhr es Marie. Gleichzeitig bedauerte sie die Menschen, denen ihretwegen Leid zugefügt werden sollte, und verfluchte ihre Machtlosigkeit. Doch sie war nicht bereit, sich um anderer willen diesem Mann auszuliefern.

In ihre Überlegungen eingesponnen, übersah Marie beinahe, dass einige Krieger in den Wald kamen, um trockenes Holz für ein Lagerfeuer zu suchen. Gerade noch rechtzeitig versteckte sie sich in dem großen Busch und betete, dass man sie nicht fand. Sie lauschte angestrengt, doch die Männer sagten nichts von Belang, sondern beklagten nur, dass der schwarze Mönch sie kreuz und quer durch diese Ödnis hetzte.

»Ich sage dir, wenn hinterher nicht eine saftige Belohnung herausspringt, sollte der Kerl mir besser nicht bei Nacht an einem einsamen Ort begegnen«, erklärte einer direkt vor dem Busch, in dem Marie steckte. Er bückte sich nach einem Ast und blickte dabei so in ihre Richtung, dass sie sich bereits entdeckt glaubte.

Doch er hob nur das Holzstück auf, meinte dann zu seinem Kumpan, dass es wohl reichen müsse, und kehrte zur Lichtung zurück.

Kurz darauf brannte dort ein munteres Feuer, und die Männer begannen, Fleisch auf Spieße zu stecken und über den Flammen zu braten. Da der Wind Marie den Duft des brutzelnden Fleisches direkt in die Nase wehte, zog sie sich so vorsichtig wie möglich tiefer in den Wald zurück. Sonst, dachte sie in bitterem Spott, würde ihr knurrender Magen sie verraten.

Als sie annahm, sich weit genug von ihren Verfolgern entfernt zu haben, suchte sie sich ein neues Versteck und rollte sich zwischen überwucherten Steinblöcken auf einem Moospolster zusammen. Noch während sie überlegte, weshalb der schwarze Mönch sie verfolgte, fielen ihr die Augen zu, und sie schlief ein.
Nach einiger Zeit schreckte sie hoch und stellte fest, dass es tiefe Nacht war. Nicht weit von sich entfernt bemerkte sie zwei glühende Augen in der Dunkelheit und begriff, dass das hungrige Heulen eines Wolfes sie geweckt hatte. Erschrocken langte sie zu dem Essmesser, das an ihrem Gürtel hing. Doch die Klinge war gerade mal daumenlang und stellte alles andere als eine erfolgversprechende Waffe gegen einen Wolf dar.
Da ertönten von der Lichtung her Stimmen. Gleich darauf drang jemand mit einer vorgehaltenen Fackel in den Wald ein und kam direkt auf ihr Versteck zu. Bevor der Mann sie erreichte, tauchte neben ihr ein Schatten auf, und sie sah spitze Zähne im Fackellicht aufleuchten. Marie presste sich die Hände auf den Mund, um nicht vor Angst zu schreien. Für Augenblicke schien die Welt stehenzubleiben, und es gab nur den Mann mit der Fackel, den Wolf und sie.
Eine schier endlose Zeit war die Spannung unerträglich, dann schoss der Wolf mit einem wütenden Knurren davon. Der Soldat hob seine Fackel und sah das Tier zwischen den Büschen verschwinden. Enttäuscht wandte er sich ab und kehrte zu seinen Kameraden zurück.
»Das war nur ein verdammter Wolf! Wir sollten während der Nacht doppelte Wachen aufstellen, denn wo eine von diesen Bestien ist, können auch mehr sein.«
Dies war auch Maries Sorge. Erst jetzt begriff sie, dass sie nicht nur den verrückten Mönch und seine Männer fürchten musste, sondern auch die Raubtiere des Waldes. Tränen

traten ihr in die Augen. Das Leben war so ungerecht. Sie hatte schon vor vielen Jahren einen hohen Preis für ihr Überleben bezahlt, und wie es aussah, würde es diesmal noch schlimmer kommen.

Nach diesem Zwischenfall blieb Marie lange wach. Irgendwann aber erwies sich ihre Erschöpfung stärker als ihre Angst, und sie dämmerte weg. Geweckt wurde sie von den rauhen Stimmen der Männer, die sich zum Aufbruch fertig machten. Wenig später vernahm sie den Hufschlag der Pferde und dankte Gott, dass sie während der Nacht weder von Wölfen gefressen noch von ihren Verfolgern entdeckt worden war.

Trotzdem wartete sie noch eine Weile und wagte erst, als alles ruhig blieb, die Lichtung zu betreten. Die Soldaten hatten ihr Lagerfeuer nur nachlässig gelöscht, und die Reste waren wieder aufgeflammt. Mehr als von der Glut wurden Maries Blicke von einem Knochen angezogen, der auf einem Stein neben dem Feuer lag. Da noch einiges an Fleisch daran hing, hob sie ihn auf und begann ihn hungrig abzunagen.

Ein Geräusch ließ sie herumfahren. Aus dem Wald tauchte ein magerer Wolf auf und kam auf sie zu. Erschrocken zog Marie ihr Messer, um sich zu verteidigen. Das Tier blieb jedoch mehrere Schritte von ihr entfernt stehen und starrte auf den Knochen in ihrer Hand. Marie begriff, dass der Wolf ebenfalls Hunger hatte, es aber nicht wagte, sie anzugreifen. Er musste alt sein und war wahrscheinlich von seinem Rudel ausgebissen worden. Damit war er so etwas wie ein Leidensgenosse, sagte sie sich. Außerdem hatte das Tier ihr in der Nacht die Verfolger vom Hals gehalten. Mit diesem Gedanken zog Marie den letzten Fleischfetzen vom Knochen ab und warf ihn dem Wolf hin.

»Hier, nimm! Du hast es wahrscheinlich nötiger als ich!«

Danach drehte sie sich um und ging. Zwar wusste sie ihre

Verfolger jetzt vor sich, doch sie glaubte nicht, dass diese sich irgendwo so lange aufhalten würden, dass sie zu ihnen aufschloss.

Unterwegs riss sie zwei weitere Muscheln von ihrem Armband ab. Die Frist neigte sich dem Ende zu, und ihr Ziel schien unerreichbar fern. Sobald die Zeit abgelaufen war, galt sie tatsächlich als vogelfrei. Verzweiflung packte sie und Wut auf Sigismund, der sie hatte zwingen wollen, einen ihr völlig unbekannten Mann zu heiraten. Ihr Zorn richtete sich auch gegen Isabelle de Melancourt, die sie als Werkzeug benutzen wollte, ohne ihr die geringste Unterstützung zukommen zu lassen. Schließlich haderte sie sogar mit Michel, der einfach in den Krieg gezogen war, und mit Gott, der dies alles geschehen ließ, so als hätte er sich bereits vor langer Zeit von ihr abgewandt.

Hufgetrappel riss Marie aus ihren Gedanken, und sie rannte blindlings los. Nach ein paar Schritten warf sie einen Blick über die Schulter und entdeckte zwei Nonnen zu Pferd.

»Ihr Inquisitionskrähen bekommt mich nicht!«, rief sie keuchend und versuchte, zwischen dicht stehende Bäume zu fliehen.

Da tauchten vor ihr zwei weitere Nonnen auf, und als Marie ihnen ausweichen wollte, prallte sie gegen eine weitere Klosterschwester. Noch während Marie nach ihrem Messer griff, um sich zu wehren, schlug die Ordensschwester zu und betäubte sie.

4.

Als Marie erwachte, hatte sie das Gefühl, jemand benutzte ihren Kopf als Trommel. Gleichzeitig war ihr übel. Mühsam öffnete sie die Augen und blickte sich um. Sie lag auf einem einfachen Bett in einer Kammer, deren Mauern aus nackten Steinquadern bestanden. Ich bin in einer Kerkerzelle gefangen, dachte sie erschrocken. Eine einzige Kerze in einem Halter an der Wand erhellte den Raum, der nur ein kleines, einer Schießscharte gleichendes Fenster aufwies, durch das frische Luft hereinströmte.

Dann stellte sie fest, dass man sie gebadet, ihre Schrunden und Risse mit Salbe behandelt und ihre wunden Füße verbunden hatte. Nun steckte sie in der Tracht einer Nonne, doch das war auch eine Form von Gefangenschaft, zumindest in ihrer Situation.

Jetzt haben sie mich, dachte sie, und ihr kamen die Tränen. Sie wischte sich diese jedoch resolut ab, denn sie war nicht gewillt, sich jetzt oder zu einer anderen Zeit diesem Schicksal zu ergeben.

Als sie die Zelle genauer in Augenschein nahm, blieb ihr Blick an einem Wappen hängen, das in die Rückwand eingeschnitten war. Es zeigte ein Pferd, auf dem zwei Reiter saßen, und darunter befand sich ein Tatzenkreuz.

Verwundert schüttelte Marie den Kopf. Das waren doch die Zeichen der Templer, eines Ordens, der bereits vor vielen Jahren von einem Papst aufgelöst worden war. Die meisten Mitglieder der Templer sollten in Frankreich als Ketzer auf dem Scheiterhaufen verbrannt worden sein. Dann sagte sie sich, dass das Gemäuer uralt sein musste und das Wappen wohl noch aus früheren Tagen stammte. Möglicherweise hatte der schwarze Mönch es als Gefängnis für sie eingerich-

tet. Mit diesem Gedanken stand sie auf, ging zur Tür und fand sie wie erwartet verschlossen.
»Ich bin tatsächlich gefangen«, flüsterte sie und überlegte, welche Möglichkeiten sie hatte, von hier zu fliehen. Solange sie nichts über diesen Ort wusste und über jene, die sie hier festhielten, konnte sie nichts anderes tun als abwarten.
Marie setzte sich wieder auf ihr Lager und versuchte, das dumpfe Pochen in ihrem Kopf zu verdrängen. Nach einiger Zeit wurde die Tür geöffnet, und eine Nonne trat ein. Sie trug ein Tablett, auf dem ein Napf mit einem Eintopf und ein Löffel lagen. Außerdem standen ein Krug und ein Becher darauf. Eine zweite Nonne stand wachsam an der Tür, während ihre Mitschwester das Tablett auf einem kleinen Tisch abstellte.
»Wer seid ihr? Was habt ihr mit mir vor?«, fragte sie die beiden.
Sie gaben keine Antwort.
»Glaubt mir bitte! Ich weiß nicht, weshalb die Inquisition mich verfolgen lässt. Ich habe nichts getan!«, fuhr Marie fort.
»O doch, das habt Ihr, meine Liebe! Ihr habt dem Großinquisitor einen Korb gegeben, und das mag er gar nicht gerne«, sagte plötzlich jemand Drittes.
Die Nonne an der Tür wich zur Seite und gab den Weg frei für Isabelle de Melancourt. Auf deren Zeichen hin verließ die andere Nonne ebenfalls den Raum, und die Äbtissin war mit ihrem unfreiwilligen Gast allein.
»Ihr? Aber wie kommt Ihr hierher?«, fragte Marie verblüfft.
Isabelles Gesicht nahm einen entschlossenen Zug an. »Ich will meinen Fehler korrigieren. Leider habe ich unseren Feind unterschätzt und angenommen, er würde sich an Sigismunds Schiedsspruch halten und die Zehntagefrist abwarten. Doch als ich hörte, dass Janus Suppertur in allen

Klöstern verbreiten ließ, dass man Euch einfangen und ihm übergeben solle, bin ich mit meinen Schwestern aufgebrochen und habe gehofft, Euch zu finden, bevor er oder seine Diener Euch in die Hände bekämen.«

»Aber warum haben Eure Frauen mich niedergeschlagen? Sie hätten mir doch sagen können, dass ...«

Isabelle fiel Marie ins Wort. »Meine Mitschwestern nehmen ihr Schweigegelübde sehr ernst. Außerdem seid Ihr nicht ganz bei Sinnen gewesen und hättet sie nicht als Freunde erkannt. Ich wollte nicht, dass Euch oder ihnen ein Leid geschieht.«

»Aber warum sprecht Ihr, wenn Euer Orden ein Schweigegelübde abgelegt hat?«, wollte Marie wissen.

»Als Äbtissin bin ich davon entbunden. Schließlich muss ich meinen Orden leiten, und dafür brauche ich meine Zunge. Oder glaubt Ihr, es würde reichen, wenn ich meine Anweisungen auf Papier oder eine Schiefertafel schreibe?«

Isabelle lächelte nachsichtig und strich Marie übers Haar. »Und was alles andere betrifft, so wird mein Gott mir verzeihen!«

»Euer Gott?« Marie fragte sich, wo sie hineingeraten war. Wie es aussah, gab es wenig Freundschaft zwischen Isabelle de Melancourt und dem Inquisitor, der sie selbst von Sigismund zur Frau gefordert hatte.

»Ja, mein Gott!«, sagte Isabelle mit Nachdruck und forderte Marie auf, zuzugreifen, ehe der Eintopf kalt war. »Ihr werdet all Eure Kraft brauchen, wenn Ihr weiter nach Osten reiten wollt. Für mich und meine Schwestern ist dieses Kloster der östlichste Punkt, den wir derzeit erreichen können. Von hier ist es nicht mehr weit bis zu Graf Sokolnys Gebiet, und dahinter steht bereits Fürst Vyszo mit seinen Hussiten.

Doch noch einmal zu meinem Gott: Es ist der Gott des freien Geistes. Der Geist, mit dem es vielleicht gelingt, eine neue Weltordnung zu schaffen, die nicht von selbsternannten Priestern und Päpsten beherrscht wird, die die Menschheit in Dunkelheit und Verzweiflung halten. Es ist der Gott der Toleranz und der Erkenntnis, der Gott aller Menschen und nicht nur derer, die aus Angst das Haupt vor dem Papst in Rom beugen und sich damit selbst versklaven. Es ist unser aller Gott!«

»Auch der Gott der Hussiten?«, fragte Marie ungläubig.

»Warum sollte er es nicht sein? Es gibt nur diesen einen Gott.«

Isabelle klang so überzeugt, dass Marie sich fragte, ob die Frau nicht ebenso fanatisch war wie jene, die sie ihre Feinde nannte. Doch es gab einen wichtigen Unterschied: Die Männer jagten sie, die Äbtissin aber hatte ihr geholfen.

»Was habe ich mit dem Ganzen zu tun?«, fragte sie unwillig.

»Eure Reise ins Herz der Finsternis dient hoffentlich unserer Sache. In Eurem Wesen seid Ihr eine von uns! Auch Sigismund ist ein freier Geist, selbst wenn er es selbst noch nicht weiß!«

Bei diesen Worten schien Isabelle in Erinnerungen zu versinken.

Marie sah die Äbtissin verwundert an. »Ich soll eine von Euch sein? Dann müsst Ihr mir erst sagen, wer Ihr seid!«

»Mein Name ist Isabelle de Melancourt, doch das wisst Ihr bereits. Ich bin eine Frau, die geliebt hat, so wie Ihr Euren Michel liebt.«

»Wen?«, fragte Marie verblüfft.

»Den jungen Prinzen von Böhmen und Ungarn«, erklärte Isabelle lächelnd.

»Sigismund?« Jetzt wunderte Marie sich nicht mehr über die Vertrautheit, die sie in Nürnberg zwischen den beiden verspürt hatte.

Isabelle nickte. »Ja, Sigismund! Er liebte mich ebenso wie ich ihn. Doch er durfte nicht zu mir stehen, weil in mir das falsche Blut fließt, nämlich das jener Männer, die das Gute suchten und als Ketzer verdammt wurden. Ich bin die letzte Nachfahrin eines Geschlechts, dessen Väter die Kreuzzüge mitgemacht und alle Mysterien des Heiligen Landes gesehen haben. Dann aber wurden sie von der ach so heiligen Kirche verraten, bekämpft und auf dem Montségur hingerichtet!«

»Die Tempelritter?«, fragte Marie atemlos.

»Einige von jenen gehörten zu uns, doch mit uns meine ich die Katharer, die Reinen, die das Licht in die Welt bringen wollten und von der dumpfen Dunkelheit des römischen Glaubens vernichtet wurden.« Nun klang Isabelles Stimme hart, und Marie begriff, dass diese Frau eine fürchterliche Feindin sein konnte.

Doch sie interessierte sich weniger für theologische Spitzfindigkeiten als für ihre eigenen Probleme.

»Wie lange bin ich bereits hier?«

»Fast drei Tage. Ihr hattet hohes Fieber«, antwortete Isabelle.

»Drei Tage?« Marie sprang so hastig auf, dass sie den Becher umstieß und das Wasser verschüttete. »Ich muss weiter! Die Frist ist fast abgelaufen.«

»Das sollte Euch dort, wo Ihr hingeht, nicht mehr bekümmern. Ruht Euch aus. Morgen werden meine Schwestern Euch durch die Reihen der Häscher führen.«

Isabelle lächelte immer noch, doch dieses Lächeln erreichte nicht die Augen. Diese wirkten kalt, fast wie glitzerndes Eis, und Marie spürte den unbändigen Willen der Frau, ihr Ziel zu erreichen. Darin waren sie beide sich ähnlich. Dabei erschien es ihr mit einem Mal um einiges einfacher, trotz streifender Kriegsscharen nach Böhmen zu reisen und nach Michel zu suchen, als die Macht der katholischen Kirche zu stürzen.

5.

Ruppertus' Wut kannte keine Grenzen. Seit Tagen durchstreifte er mit Hettenheim und seinen Kriegern das Waldgebirge, aber niemand, dem er begegnete, hatte eine Frau gesehen, auf die Maries Beschreibung zutraf. Mittlerweile reichte es ihm nicht mehr, den Leuten Fragen zu stellen und auf deren guten Willen bei der Antwort zu hoffen.

Als sie tief in der Nacht das nächste Gehöft erreichten, gab der Inquisitor Eberhard einen Wink. Für das, was jetzt kam, war der Unteroffizier ein besserer Helfer als der Graf, der sich bei aller Roheit noch einen gewissen Ehrenkodex bewahrt hatte. Allerdings wagte Hettenheim es nicht, seinen Befehlen zu widersprechen. Auch jetzt sah der Graf reglos zu, wie seine Soldaten die Haustür einschlugen und die Bewohner ins Freie zerrten.

»Entzündet Fackeln, damit ich etwas sehen kann!«, befahl Ruppertus und wandte sich an den Bauern. »Ich suche eine allein umherstreunende Frau. Sie muss hier durchgekommen sein.«

Der Mann schüttelte den Kopf. »Euer Exzellenz, hier ist keine solche Frau vorbeigekommen. Die hätte ich sehen müssen, denn ich habe gestern und heute auf dem Feld gearbeitet. Mein Knecht war dabei und meine Älteste. Einem von uns wäre eine Wanderin aufgefallen.«

Mit dieser Antwort gab Ruppertus sich nicht zufrieden. Sein suchender Blick fand einen Ochsenkarren. »Bindet ihn an ein Rad und sorgt dafür, dass er ein wenig gesprächiger wird!«

Eberhard klatschte voller Vorfreude in die Hände und holte sich eine Mistgabel aus dem Stall. »Keine Sorge, Euer Exzel-

lenz! Der Mann wird sprechen – und wenn es das Letzte ist, was er in seinem Leben tut!«, sagte er und trat zu dem Bauern, der eben von mehreren Kriegern bäuchlings an das Rad gefesselt wurde.
»Noch hast du Zeit zum Reden, Schollenbrecher«, spottete er und holte mit dem Gabelstiel aus.
»Ich habe keine umherziehende Frau gesehen!« In der Stimme des Bauern schwang Angst, aber auch eine gewisse Sturheit mit, denn er hatte die Wahrheit gesagt.
»Bitte, Euer Exzellenz! Ihr habt doch nichts davon, wenn ich jetzt sage, ja, ich habe sie gesehen und sie ist da und dahin gegangen. Ihr würdet dann doch nur der falschen Spur folgen. Ihr …« Zu mehr kam der Mann nicht, denn auf ein fast unmerkliches Nicken von Ruppertus schlug Eberhard zu.
Der Bauer stieß einen erstickten Schrei aus, versuchte, den unterbrochenen Satz zu Ende zu führen, und erhielt den nächsten Schlag. Da Eberhard seine ganze Kraft einsetzte, knirschten die Knochen des Mannes, und man konnte seine Rippen brechen hören.
Die Frau und die Tochter des Bauern eilten auf Ruppertus zu, knieten vor ihm nieder und fassten nach seinem Steigbügel. »Euer Exzellenz, wir bitten Euch, übt Gnade! Hier ist wirklich kein einzelnes Weib vorbeigekommen.«
Ruppertus blickte auf die beiden hinab und gab Eberhard den Befehl, weiterzumachen. In das entsetzte Kreischen der Bäuerin und ihrer Tochter mischten sich nun die Schmerzensschreie des Bauern, den Schlag um Schlag traf, bis er verstummte und regungslos in den Fesseln hing.
Ein Eimer kalten Wassers brachte ihn wieder zu Bewusstsein. »Und wenn Ihr mich totschlagen lasst, ich habe keine Frau gesehen!«, sagte er stöhnend.
Ärgerlich wandte Hettenheim sich an Ruppertus. »Der Mann weiß wirklich nichts!«

»Er muss sie gesehen haben!«, kanzelte Ruppertus den Ritter ab und musterte den Geschundenen mit einem Blick, als könne er damit alle Geheimnisse aus ihm herausreißen. »Hast du sonst etwas gesehen, andere Reisende zum Beispiel? Sie könnte sich auch verkleidet haben.«

Der Bauer wollte schon den Kopf schütteln, hielt dann aber inne. »Nur drei Nonnen zu Pferd. Sie ritten vor ein paar Tagen den Weg dort entlang. Wahrscheinlich wollten sie zu ihrem Kloster.«

»Welchem Kloster?«, fragte Ruppertus scharf.

Jetzt mischte Hettenheim sich ein. »Das müssen die verrückten Kartäuserinnen der Melancourt sein. Wir haben ein paarmal verletzte Soldaten zu ihnen gebracht, damit sie die Männer gesund pflegen. Ihr Kloster befindet sich gleich dort hinter dem Berg. Es leben seltsame Weiber darin, die kein Wort über die Lippen bringen. Wenn sie dir etwas mitteilen wollen, schreiben sie es auf eine Schiefertafel. So verrückt sind sie!«

Hettenheim begann zu lachen, verstummte aber, als er Ruppertus' zornigen Blick auf sich gerichtet sah.

»Ihr wisst, dass die Melancourt hier einen Stützpunkt hat, und verschweigt es mir? Ich sollte Euch …«

Der Inquisitor brach ab, doch der Blick, den er dem gemarterten Bauern zuwarf, zeigte deutlich, dass er Hettenheim gern an dessen Stelle gesehen hätte. Bereits in Nürnberg hatte ihm die enge Vertrautheit zwischen Sigismund und Isabelle de Melancourt missfallen, und er hätte jeden Eid geschworen, dass der lächerliche Aufschub, den der König Marie gewährt hatte, auf Vorschlag der Äbtissin erfolgt war. Möglicherweise war die Frau sogar mit Marie im Bunde.

»Los, auf die Pferde! Wir reiten weiter«, befahl er und lenkte sein Pferd auf die Straße zurück. Dem zerschlagenen Bauern und seiner verzweifelten Familie gönnte er keinen wei-

teren Blick. Der Mann war selbst schuld, wenn er Eberhards Schläge nicht überstand. Schließlich hätte er gleich sagen können, dass er drei Nonnen gesehen hatte.
Nun, da Ruppertus überzeugt war, eine Spur gefunden zu haben, war er halbwegs zufrieden. Er ritt an der Spitze seiner Männer um den Berg herum und sah schließlich im Schein der Morgensonne ein düsteres, unheimlich wirkendes Gemäuer vor sich auftauchen. Um zu verhindern, dass man ihm das Tor des Klosters vor der Nase zumachte, befahl er den Männern aufzuschließen und galoppierte als Erster in die alte Festung.
Ein paar Nonnen versuchten noch, die Torflügel zuzudrücken, doch da hatten Hettenheim, Loosen und Haidhausen ebenfalls den Hof erreicht und bedrohten die frommen Frauen mit ihren Schwertern.
Ruppertus atmete auf, als er sah, dass die Lage unter Kontrolle war. Sie hatten die Frauen der Melancourt überraschen können und würden den Bau nun vom Keller bis zum Dach nach Marie durchsuchen. Sobald sie gefunden war, würde er die Nonnen Hettenheims Männern als Beute überlassen.

6.

Die Ruhe im Kloster tat Marie ebenso gut wie die Gespräche mit Isabelle de Melancourt. Zwar verstand sie die Träume von einer besseren Welt, die die Äbtissin hegte, doch sie hatte in ihrem Leben zu viel Selbstsucht und Gier erlebt, um daran glauben zu können, dass es irgendwann einmal zu einem solchen Paradies auf Erden kommen würde. Als sie am nächsten Morgen gemeinsam frühstückten und sich über Gott und die Welt unterhielten, begann sie jedoch zu hoffen, dass die Welt durch Menschen wie Isabelle de Melancourt ein wenig besser würde.

»Lange werde ich mich nicht mehr hier aufhalten können«, sagte Marie mit einem Blick durch das winzige Fenster, das nur den Ausblick auf ein paar Baumwipfel bot.

Sie hatte bereits von einem Turm aus gesehen, dass sich dunkle Waldberge weit um das Kloster erstreckten. In diesen verlief die Grenze zwischen Franken und Böhmen. Ihr erschien die Landschaft so unberührt, als hätte sie niemand mehr betreten, seit Gott die Welt geschaffen hatte. Doch das königliche Heerlager lag nicht weit vom Kloster entfernt, und die Burg Sokolny ließ sich in wenigen Tagesmärschen erreichen. Maries Gedanken wanderten unwillkürlich zu Michel, der Hettenheims Aussage zufolge an einem Fluss namens Eger das letzte Mal gesehen worden war. Dabei fiel ihr ein, dass Hettenheim dem Gefolge des schwarzen Mönchs angehörte, und sie schauderte.

»Ist etwas mit Euch? Ist das Fieber zurückgekehrt?«, fragte Isabelle besorgt.

»Nein, ich dachte nur an die Leute, die mir und meinem Mann Übles wollen!« Marie nahm ihren Becher zur Hand und trank einen Schluck des säuerlichen, mit Wasser vermischten Weines, der ihr weitaus besser mundete als der schwere Trunk, den sie bei jenem verderbten Priester gekostet hatte.

»Ihr dürft den Inquisitor nicht unterschätzen. Der Mann ist scharfsinnig und gefährlich!«, warnte Isabelle sie.

»Das ist kein Mensch, sondern ein Ungeheuer!«, brach es aus Marie heraus. »Der Mönch hat den Fährmann, der mich übersetzen wollte, kaltblütig ermordet.«

»Ich sagte ja, dass er gefährlich ist.« Isabelle seufzte und lauschte dann nach draußen. »Das hört sich an wie Hufgetrappel!«

Mit diesen Worten stand sie auf, trat zum Fenster und sah hinab. Als sie die Schar erkannte, die eben in den Klosterhof preschte, schlug sie erschrocken das Kreuz.
»Es ist der Inquisitor. Ich hätte doch das Tor schließen lassen sollen!«
»Und warum habt Ihr es nicht getan?«
»Weil das Tor immer offen steht für jene, die Hilfe benötigen. Daher wollten wir nicht, dass die Leute im Umland sich wundern, weshalb es plötzlich anders ist, und es Eurem hartnäckigen Freier verraten. Allerdings ist er schneller hier erschienen, als ich angenommen habe, und will Euch gewiss seine Aufwartung machen. Ich glaube ja nicht, dass Ihr ihn sehen wollt.«
Isabelle lachte leise auf und wies zur Tür. »Kommt mit! Am Ende der Krypta führt ein geheimer Gang hinter die Klostermauern. Wenn Ihr der Straße unten im Tal nach links folgt, gelangt Ihr zum Feldlager der königlichen Truppen. Sucht dort den Gaukler Nepomuk auf. Er teilt mit uns den Glauben an die Freiheit des Geistes und wird Euch beistehen.«
Nach diesen Worten schloss sie Marie in die Arme und drückte sie kurz an sich. »Ihr müsst schnell sein – und vorsichtig! Wir werden versuchen, Euch genügend Vorsprung zu verschaffen.«
»Danke!«, flüsterte Marie.
»Dankt uns, wenn es an der Zeit ist und Ihr Euren Michel wiedergefunden habt. Jetzt lebt wohl!«
Isabelle winkte Marie, mit ihr zu kommen, und führte sie in die Klosterkapelle und weiter über eine von einer Säule verdeckte Treppe in die darunterliegende Krypta. Dort öffnete sie die für Uneingeweihte nicht zu erkennende Tür des Geheimgangs, reichte Marie einen Kerzenständer aus Messing mit einer brennenden Kerze und schloss hinter ihr ab. Dann

strich sie ihre Kleidung glatt und stieg wieder nach oben, um sich ihrem Todfeind zu stellen.

Unterwegs erteilte sie einigen ihrer Frauen mit Handzeichen Befehle. Auch wenn das Klostertor einladend offen stand, hieß dies nicht, dass sie wehrlos waren. Dafür waren die Zeiten viel zu unruhig. An der in den Hof führenden Tür blieb Isabelle stehen und blickte hinaus.

Der Inquisitor war abgestiegen und schickte mehrere Männer nach vorne, das Tor zu bewachen. Einige Krieger führten gerade die Pferde ins Freie, da es im Hof recht eng war. Die anderen sahen sich mit gezogenen Schwertern um, aber keiner wirkte besorgt. Sie steckten ihre Waffe wieder in die Scheide und beobachteten grinsend, wie der Inquisitor auf eine noch recht junge Nonne zutrat. Diese wich vor ihm zurück, bis sie mit dem Rücken gegen die Wand stieß.

Er trat so nah vor sie hin, dass ihre Gewänder sich berührten, und streichelte ihr die Wange. »Du bist so jung und rein und eine wahre Braut des Herrn. Du musst keine Angst haben, mein Kind. Ich weiß, du hast geschworen, dein Leben nicht nur unserem Herrn Jesus Christus zu weihen, sondern auch bis an dein Lebensende zu schweigen. In meiner Machtfülle als Vertreter der heiligen Inquisition und als Gesandter des Papstes entbinde ich dich von deinem Schweigegelübde.«

Während seine anderen Finger an ihrer Wange blieben, zeichnete er ihr mit dem Daumen wie beiläufig ein Kreuz auf die Stirn und sah sie dann gleichermaßen auffordernd wie drohend an.

»Und jetzt wirst du mir sagen, wo sich Marie von Hohenstein befindet.«

Als Reaktion kniff die junge Nonne die Lippen noch fester zusammen. Verärgert legte Ruppertus die Hand um ihre Kehle und drückte langsam zu. Die Nonne schloss die Au-

gen, um ihn nicht länger ansehen zu müssen, blieb aber stumm.
Nun trat Isabelle ins Freie und blieb vor Ruppertus stehen. »Sie wird Euch nichts sagen, denn die Einzige, die hier redet, bin ich! Und ich frage Euch, mit welchem Recht Ihr den Frieden dieses Hauses stört!«
Ruppertus ließ von der jungen Nonne ab, die auf Isabelles Wink im Haus verschwand, und sah betont von oben auf die Äbtissin herab.
»Dieses Recht verleiht mir die heilige Inquisition! Einer einfachen Äbtissin wie Euch bin ich keine Rechenschaft schuldig! Aber wenn Ihr das nicht einseht, so …«, sein Mund verzog sich zu blankem Hohn, »so stelle ich meine Fragen mit dem Recht des Stärkeren – und ich will die Wahrheit hören!«
Ohne Isabelle, die ihre Hände in den weiten Ärmeln ihres Gewandes verborgen hielt, aus den Augen zu lassen, gab er Hettenheim einen Wink. »Durchsucht jeden Raum und jede Zelle. Wenn Ihr die Kastellanin nicht findet, zündet das Kloster an. Auf diese Weise werden wir sie ausräuchern!«
»Das würde ich an Eurer Stelle nicht tun«, erklärte Isabelle so ruhig, als plaudere sie über das Wetter.
Inzwischen waren ihre Nonnen einzeln oder in kleinen Gruppen auf den Hof getreten, ohne dass Ruppertus oder seine Männer von ihnen Notiz genommen hätten. Jetzt standen sie zu zweit oder zu dritt in der Nähe jedes einzelnen Kriegers und hielten ebenso wie die Äbtissin die Hände in den Ärmeln verborgen. Dabei schauten sie Isabelle erwartungsvoll an.
Ruppertus begriff mit einem Mal, was das Verhalten der Frauen bedeuten sollte, und begann schallend zu lachen. »Glaube nur nicht, Nönnchen, dass du uns mit deinen Weibern schrecken kannst!«

»Seid ihr kleine Knaben, denen man Angst einjagen kann?«, fragte Isabelle spöttisch.
Dann zog sie mit einer blitzschnellen Bewegung den im Ärmel verborgenen Dolch und richtete die Spitze auf das noch vorhandene Auge ihres Gegenübers.
»Seht mich genau an, Janus Suppertur, denn ich werde das Letzte sein, was Ihr in Eurem Leben sehen werdet, wenn Ihr nicht sofort mit Euren Männern das Kloster verlasst!«
Ruppertus wollte zurückweichen, doch Isabelle hatte ihn so ausmanövriert, dass er mit dem Rücken zur Wand stand, und sie war bereit, ihn zu blenden. Auch die Krieger waren von den Nonnen überrascht worden und schielten nun fassungslos auf die Klingen, die auf ihre Kehlen zielten.
»Was sagt Ihr nun?«, fragte Isabelle schneidend.
Einen Augenblick lang erwog Ruppertus, den Männern zu befehlen, die Nonnen niederzukämpfen und alle zu töten. Dabei würde zwar ein Teil von ihnen ihr Leben verlieren, doch das war zu verschmerzen. Der Dolch aber, der auf ihn selbst zielte, und Isabelles spürbarer Wille, ihn zu blenden und damit zu einem hilflosen Krüppel zu machen, gab den Ausschlag.
»Wir verlassen das Kloster!«, rief er den Männern zu und nahm zähneknirschend wahr, dass Hettenheim, Loosen und Haidhausen als Erste durch das Tor schritten, ohne sich weiter darum zu kümmern, ob die verrückte Äbtissin ihm das Auge ausstach oder ihn ungeschoren gehen ließ.
Erst als auch die restlichen Männer draußen waren, zog Isabelle den Dolch zurück und befahl ihm zu verschwinden. Angesichts der Übermacht bewaffneter Frauen, die drohend ein Spalier bildeten, blieb ihm nichts anderes übrig, als den Rückzug anzutreten.
Kaum hatte auch er das Klostergelände verlassen, schlugen die Nonnen das Tor zu und verriegelten es. Isabelle atmete

erleichtert auf und sah dann zu ihrer Stellvertreterin hoch, die sich auf dem Turm befand. »Ist alles vorbereitet?«, fragte sie.

Die Frau nickte und wies auf zwei Nonnen, die einen großen Krug nach oben schleppten.

»Dann ist es gut!« Isabelle atmete auf und stieg selbst die Treppe hoch, um zu sehen, was der Inquisitor als Nächstes tun würde.

Ruppertus stand draußen vor dem Kloster und starrte das Tor an, als wolle er es mit dem Blick seines Auges zum Bersten bringen. Doch auch er begriff, dass es nicht einfach sein würde, die alte, aber gut instand gehaltene Festung zu erobern. Über dem Tor erhob sich ein dreißig Ellen hoher Turm mit Schießscharten und Wasserspeiern in der Form von Gargoyles, Neidköpfen, Teufelsfratzen und Widderschädeln. Irgendwo dazwischen entdeckte er sogar das Templerwappen mit den beiden Reitern auf einem Pferd und dem Tatzenkreuz, beides Symbole von Ketzern und damit Feinden der heiligen Kirche.

Allein dieses Wappens wegen konnte er jede Handlung, die er nun befahl, vor dem Heiligen Stuhl rechtfertigen, sagte Ruppertus sich und wandte sich an Hettenheim.

»Das ist eine Zuflucht für Ketzerbrut! Lasst das Kloster stürmen, schleift es und tötet alle.«

»Sollen wir nicht besser …« Was immer der Graf hatte vorschlagen wollen, unterblieb nach einem Blick auf das Gesicht des Inquisitors. Selbst die Silbermaske schien Hass auszustrahlen. Daher trat Hettenheim zu seinen Männern und gab zwei von ihnen, die mit Äxten bewaffnet waren, einen Wink.

Die beiden Krieger nickten und eilten zum Tor, um es mit Axthieben aufzubrechen. Doch noch vor dem ersten Schlag ergoss sich brennendes Öl aus den Wasserspeiern und Dämonenmäulern über die beiden Männer. Zwar warfen sie sich sofort auf den Boden und rollten sich hin und her, um die Flammen zu ersticken. Das brennende Öl war jedoch bis unter die Rüstungen gelaufen, hatte ihre Kleidung getränkt und fraß sich nun in ihr Fleisch. Nun hallte ihr Brüllen und Kreischen grauenerregend von der Mauer der alten Festung zurück.

Ihre Kameraden wichen mit bleichen Mienen zurück und wandten sich zur Flucht. Keiner dachte daran, den beiden Unglücklichen zu helfen.

Ruppertus sah den brennenden Männern zu, bis deren Schreie erloschen. Dann drehte er sich um und folgte Hettenheims Kriegern. Als er die entsetzten Gesichter seiner Begleiter wahrnahm, begriff er, dass er die Leute nicht einmal mit den schlimmsten Drohungen zu einem Angriff auf das Kloster treiben konnte. Damit hatte Isabelle de Melancourt gewonnen.

Allerdings nur für den Augenblick, schränkte Ruppertus ein und stieß einen Schrei aus, der so klang, als würde er innerlich vom Feuer verzehrt.

7.

Nachdem Isabelle de Melancourt die Tür hinter ihr geschlossen hatte, stand Marie in einem dunklen, feuchtklammen Gang und vernahm keinen Laut außer ihrem Atem. Dennoch hatte sie das Gefühl, als wimmelte es in diesem Loch vor widerwärtigem Getier. In diesem Augenblick war sie froh um die Schuhe, die ihr die Nonnen gegeben hatten. Sie hätte sich zu sehr geekelt, mit blanken Sohlen hier gehen zu müssen. Sie schob diesen Gedanken schnell

von sich weg und schritt hastig aus. Dabei achtete sie sorgfältig darauf, dass die Kerze, die Isabelle ihr mitgegeben hatte, nicht vom Luftzug gelöscht wurde. Nach einer schier endlosen Zeit erreichte sie eine vom Gebüsch verdeckte Gittertür, die von innen verriegelt war. Sie öffnete sie vorsichtig und stellte dankbar fest, dass die gut eingefetteten Scharniere keinen Ton von sich gaben. Kurz lauschte sie nach draußen und schlüpfte dann ins Freie.
Während sie sich im Schutz der Büsche sorgfältig umschaute, überlegte sie, was sie tun sollte. Zu Fuß kam sie nicht rasch genug voran, um ihren Verfolgern auf Dauer entkommen zu können. Zudem war die Nonnentracht so auffällig, dass Ruppertus jederzeit ihre Spur aufnehmen konnte. Aber da sie nicht in ihrem dünnen Unterhemd herumlaufen konnte, ohne in Gefahr zu geraten, von jedem Mann, dem sie begegnete, ins Gebüsch gezerrt zu werden, musste sie dieses Gewand anbehalten.
Als sie talwärts schritt, vernahm sie ganz in der Nähe das Stampfen von Pferdehufen und Wiehern.
»Ich brauche einen Gaul!«, durchfuhr es Marie, und sie schlich näher, bis sie die Tiere entdeckte. Es waren Kriegerpferde, und der Mann, der sie bewachte, trug Hettenheims Wappen. Er hatte wohl Wasser gelassen, denn er verstaute eben sein Glied in der Hose und zog den Gürtel zu.
Marie hoffte, er würde nach oben gehen und sich seinen Kumpanen anschließen. Doch zu ihrem Bedauern blieb der Kerl bei den Pferden. Dann muss ich wohl zu Fuß an mein Ziel gelangen, dachte sie und wollte sich wieder zurückziehen. Da knackte ein dürrer Zweig unter ihrem Fuß.
Sofort zog der Krieger sein Schwert und blickte in ihre Richtung. »Halt, wer da?«
Verzweifelt überlegte Marie, was sie tun sollte. Wenn sie jetzt floh, würde der Soldat sie verfolgen oder – was noch

schlimmer war – gleich den schwarzen Teufel von einem Inquisitor herbeirufen. Also hatte sie nur eine Chance, wenn sie den Mann überlistete.
»Ich bin es, Schwester Mar…ia. Ich bringe die heiligen Sakramente ins Dorf, um einem Sterbenden Beistand zu leisten.« Ihre Stimme zitterte dabei so stark, dass sie befürchtete, der Mann würde nicht darauf hereinfallen.
»Du bist aus dem Kloster gekommen? Hast du die Erlaubnis dafür?«, fragte Eberhard barsch.
»Ja, natürlich habe ich die. Der hochwürdige Herr Inquisitor hat mich gehen lassen«, log Marie und verbarg den Kerzenständer hinter ihrem Rücken.
Eberhard war ein rauher Krieger und hatte etliches auf dem Kerbholz. Zudem hatte er im Auftrag des Inquisitors Dinge getan, die ihm schwer auf der Seele lagen. Daher wollte er aus der unverhofften Begegnung seinen Vorteil ziehen.
»Wenn du zu einem Kranken gehst, könntest du doch auch mir die heilige Kommunion erteilen«, drängte er und vergaß dabei ganz, dass eigentlich nur ein Priester dazu befugt war.
Marie überlegte, ob sie als Gegenleistung ein Pferd von ihm fordern sollte, glaubte aber nicht, dass er dazu bereit sein würde. Mit vor Angst feuchten Fingern umklammerte sie den Kerzenständer und trat auf den Mann zu.
»Ich kann dir die heilige Kommunion spenden. Beuge dein Knie und empfange den Leib des Herrn!«
Erleichtert, auf so leichte Art und Weise Vergebung seiner Sünden zu erlangen, anstatt einem Pfarrer Rede und Antwort stehen zu müssen, kniete Eberhard sich vor Marie hin und schlug das Kreuz. »Im Namen des Vaters, des Sohnes und des …«
»… freien Geistes«, setzte Marie hinzu. Dabei zog sie ihm den Kerzenständer über den Schädel.

Mit einem halberstickten Laut fiel Eberhard nach hinten und rührte sich nicht mehr.

»Hoffentlich habe ich ihn nicht erschlagen«, murmelte Marie und beugte sich über ihn.

Als sie nach seiner Halsschlagader fühlte, war sein Puls zwar schwach, aber stetig. Erleichtert erhob sie sich, band das ihr am nächsten stehende Pferd los und zog sich in den Sattel. Ihre Nonnentracht war zwar nicht dafür geeignet, mit gespreizten Beinen zu reiten, doch im Augenblick zählte für sie nur, dass jeder Schritt des Tieres sie weiter aus der Reichweite ihrer Verfolger brachte.

Um möglichst viel Vorsprung herauszuholen, trieb Marie das Pferd in den Galopp. Immer wieder musste sie sich tief auf den Pferdehals beugen, da Äste in den Weg hineinragten. Manches Mal schlugen ihr die Zweige dennoch schmerzhaft ins Gesicht.

Nach einer Weile kam sie an einen vom Regen stark angeschwollenen Bach, dessen Wasser hoch aufschäumte. Sie holte tief Luft und zwang den widerspenstigen Wallach, in das aufgewühlte Wasser hineinzusteigen. Mitten in der stärksten Strömung stolperte das Tier, und sie sah sich schon in die Flut stürzen. Doch das Pferd fasste wieder Tritt und kletterte prustend das steile Ufer hinauf.

Marie brauchte einige Zeit, ihr wild klopfendes Herz zu beruhigen, bevor sie es wagte zurückzuschauen. Nebelschwaden zogen über das Land, und das Kloster auf der Anhöhe war nur noch schemenhaft zu erkennen. Von ihren Verfolgern war nichts zu hören und zu sehen. Daher hoffte sie, genügend Vorsprung herausgeholt zu haben, um das königliche Heerlager lange vor dem schwarzen Mönch zu erreichen. Dort würde sie als Erstes nach dem Gaukler Nepomuk fragen.

Maries Vorsprung war weitaus geringer, als sie ahnte. Nach dem Tod der beiden Männer, die das Tor des Klosters hatten

einschlagen sollen, erteilte Ruppertus seinen Leuten den Befehl abzurücken. Da er überzeugt war, Marie würde sich im Kloster aufhalten, wollte er die Nonnen zuerst in Sicherheit wiegen und aus der Deckung des Waldes heraus nach einer Möglichkeit suchen, doch noch in den Bau eindringen zu können. Dann würde er die Niederlage, die er eben hatte hinnehmen müssen, in einen Sieg verwandeln und dafür sorgen, dass Isabelle de Melancourt für ihren Widerstand bezahlte. Er stellte sich gerade die Foltern vor, denen er die Äbtissin unterwerfen würde, als sie die Pferde erreichten.
Eigentlich sollte Eberhard die Tiere bewachen, doch der Mann war nirgends zu sehen. Da stieß einer der anderen Krieger einen Fluch aus. »Zum Teufel, wo ist mein Gaul?«
Es riss Ruppertus herum, als hätte er einen Schlag erhalten. »Kann Eberhard mit Marie geflohen sein?«, fragte er misstrauisch.
Hettenheim hob beschwichtigend die Hand. »Das würde er niemals tun. Dafür ist er zu treu!« Leiser und im Grunde nur für sich gedacht, setzte er hinzu: »… und zu dumm.«
»Hier ist er!«, meldete da Gunter von Loosen, der den Vermissten entdeckt hatte. »Jemand muss ihn niedergeschlagen haben, er blutet am Kopf.«
Ruppertus warf einen Blick auf Eberhards Pferd und fluchte. »Dieser Narr hat seinen Helm an den Sattel gehängt und lässt sich dann auch noch übertölpeln wie ein kleines Kind!«
»Oder wie der Herr Inquisitor persönlich«, murmelte einer der Männer, dem der beschämende Abzug aus dem Kloster und der Feuertod seiner beiden Kameraden noch auf der Seele lagen.
Zu seinem Glück war Ruppertus viel zu erregt, um darauf zu achten. Er blickte in die Richtung, in der das Lager der königlichen Truppen liegen musste, und zog den einzig richtigen Schluss.

»Sie reitet zum Heer! Also werden wir gleich aufbrechen und ihr folgen. Vorher aber werde ich diesen Mann für sein Versagen bestrafen. Euer Schwert!« Ruppertus streckte die Hand in Hettenheims Richtung aus, doch der schüttelte den Kopf.
»Euer Exzellenz, wir haben heute schon zwei Leute verloren. Dabei brauchen wir jeden Mann.«
Einige Augenblicke lang kämpfte Ruppertus mit sich, dann drehte er sich wortlos um und stieg in den Sattel.
»Los jetzt! Ich will dieses Weib haben – und wenn wir es aus der Hölle holen müssten.«
Bei diesen Worten gab er seinem Pferd die Sporen. Hettenheim, Loosen und Haidhausen folgten ihm, während die übrigen Reiter zögerten. Zwei von ihnen halfen Eberhard, der eben mit einem mächtigen Brummschädel aus seiner Bewusstlosigkeit erwachte, auf die Beine und setzten ihn aufs Pferd.
»Da hast du noch mal Glück gehabt! Der schwarze Mönch wollte dir in seiner Wut das Lebenslicht ausblasen«, sagte einer.
Eberhard begriff, dass er dem Tod im letzten Moment von der Schaufel gesprungen war, und schüttelte entsetzt den Kopf. »Der Mann ist ganz und gar verrückt!«

8.

Mit dem Wissen, dass ihr die Verfolger im Nacken saßen, ritt Marie so schnell, wie der zertrampelte und von tiefen Löchern übersäte Weg es erlaubte. Sie musste auf der richtigen Straße sein, denn vor sich sah sie einen Trupp Soldaten marschieren, die in dieselbe Richtung streb-

ten wie sie. Mit zusammengebissenen Zähnen überholte sie die Männer und trieb den Wallach wenig später eine Bergkuppe hinauf. Oben angekommen, entdeckte sie das große Feldlager, das am Fuße der Erhebung lag.
Erleichtert ritt sie weiter und musterte jedes einzelne der im Winde wehenden Banner. Die Farben des Königs suchte sie vergebens. Also war Sigismund noch nicht zu seinem Heer zurückgekehrt.
Am Lagertor trat ein Wachtposten ihr entgegen, blieb achtungsvoll stehen, als er ihre Nonnentracht bemerkte, und neigte kurz den Kopf. »Ihr gehört wohl zu den Schwestern oben im Kloster?«
Marie nickte. »Gottes Gruß und Segen! Ja, ich gehöre zu ihnen und wurde von der Äbtissin hierhergeschickt. Ich suche den Gaukler Nepomuk!«
»Den Zwerg? Keine Ahnung, wo der sich rumtreibt. Da müsst Ihr schon die dort fragen«, sagte der Mann und wies auf eine Gruppe Frauen mit gelben Bändern an den Kleidern, die den an ihnen vorbeikommenden Soldaten ihre Dienste anboten.
Marie sah dem Posten an, dass er sich darüber amüsierte, sie zu den Huren geschickt zu haben. Aber für sie war es vielleicht die Rettung, denn ein Blick die Straße hinauf verriet ihr, dass soeben eine Schar in scharfem Tempo die Hügelkuppe überquerte. Es bedurfte nicht des schwarzen Umhangs, der hinter dem vordersten Reiter flatterte, um ihr zu verraten, dass ihre Verfolger aufgeholt hatten.
Rasch glitt sie aus dem Sattel, warf einem herbeieilenden Knecht die Zügel zu und schritt zwischen Zelten, Feuerstellen und Schmieden durch, um zu den Hübschlerinnen zu gelangen. Zwei Soldaten grüßten sie, als sie an ihnen vorbeiging, und Marie erschrak. Dann begriff sie, dass die Männer nur ihren Respekt vor ihrer Nonnentracht zeigen wollten,

und eilte aufatmend weiter. Als sie die Huren erreichte, schmerzte sie der Anblick der gelben Bänder, denn er erinnerte sie an jene Zeit, in der sie diese selbst hatte tragen müssen. Für ein paar Augenblicke wäre sie am liebsten davongelaufen, doch sie riss sich zusammen und trat auf eine der Frauen zu.

»Schwestern, sagt mir bitte, wo ich Nepomuk, den Gaukler, finde.«

Erstaunt, von einer Nonne so freundlich angesprochen zu werden, sahen die Huren einander an.

»Was hat eine heilige Frau wie Ihr mit diesem Lumpen zu schaffen?«, rief eine der Huren verblüfft.

Marie lächelte freundlich. »Seine verirrten Schäflein liebt der Herr ganz besonders. Also, wo finde ich ihn?«

»Überall und nirgends. Er spielt jeden Tag woanders.«

Für Marie war es ein Schlag, denn sie hatte auf die Hilfe des Gauklers gehofft. Wie es aussah, würde sie sich weiterhin nur auf ihre Findigkeit verlassen müssen. Da die Verfolger in Kürze das Lager erreicht hatten, war sie dicht davor, sich aufzugeben. Dann fiel ihr ein möglicher Ausweg ein.

»Wisst ihr, wo sich das Aufgebot aus Franken befindet?«, fragte sie. Obwohl Hettenheim und Loosen sich dem Inquisitor angeschlossen hatten, so hoffte Marie doch, unter den Franken Freunde und Bekannte zu finden, die ihr helfen würden.

Eine der Huren biss von einem Apfel ab, dass es nur so krachte, kaute den Bissen ein paarmal und schluckte ihn hinunter, bevor sie etwas sagte. »Die Franken? Die findet Ihr dort hinten bei dem Banner mit dem schwarzen Stier ihres Anführers Hettenheim!«

»Vergelt's Gott!« Marie eilte weiter und kam dabei an Hettenheims Zelt vorbei, das in seiner Abwesenheit leer stand. Ein paar Schritte weiter näherte sich ihr ein junger Soldat mit verlegener Miene.

»Ehrwürdige Schwester, bitte gebt mir Euren Segen. Ich …« Der Bursche brach ab, da er nicht bekennen wollte, dass ihm die Angst beinahe die Knochen zerfraß. Der Segen einer frommen Nonne, so hoffte er, würde ihm helfen, diesen Kriegszug wohlbehalten zu überstehen.

Obwohl Marie die Zeit unter den Nägeln brannte, blieb sie stehen und vollzog eine segnende Geste. Da fiel ihr etwas ein. »Gehörst du zu den Franken?«

Der junge Mann nickte. »Ja, das tu ich.«

»Hast du unter dem Hauptmann Michel von Hohenstein gekämpft?«

Maries Hoffnung zerstob, als der Soldat den Kopf schüttelte. »Nein, das habe ich nicht, denn ich bin erst später zum Aufgebot gestoßen. Aber ich habe sagen hören, dass der Herr von Hohenstein ein großer Krieger gewesen sein soll und vor allem nicht so hochnäsig wie gewisse andere Leute. Die einfachen Soldaten haben ihn gemocht und es Gunter von Loosen und Bodo von Haidhausen nie verziehen, dass sie ihn auf der Patrouille im Stich gelassen haben. Dem Mühldorfer Hannes verzeihen sie es auch nicht. Aber der wird schon bald vor seinem himmlischen Richter stehen, denn er wurde beim letzten Scharmützel schwer verwundet.«

Gunter von Loosen und Bodo von Haidhausen gehörten zu den Begleitern des schwarzen Mönchs. Diese Männer konnte Marie nicht fragen. Doch was war mit dem dritten?

»Wo finde ich Hannes Mühldorfer?«, fragte sie und musste an sich halten, um ihre Erregung nicht zu zeigen.

»Nach dem erkundigt Ihr Euch am besten dort hinten!« Der junge Soldat zeigte auf ein großes Zelt, das etwas abseits von den anderen stand. »Das ist unser Lazarett. Wer dort hineinkommt, darf froh sein, wenn er es auf eigenen Beinen wieder verlassen kann.«

Marie begriff, dass der Bursche hoffte, niemals die Kunst der Feldchirurgen des Königs in Anspruch nehmen zu müssen. Ihr hingegen bot das Lazarett die beste Gelegenheit, nach Michel zu forschen. Mit entschlossener Miene schob sie ihre Angst vor ihren Verfolgern beiseite und schritt auf das große Zelt zu.

Schon von weitem schlug ihr der Gestank nach brandigem Fleisch, Eiter und Exkrementen entgegen. Marie kniff die Lippen zusammen und gebot ihrem rebellierenden Magen Ruhe. Gelassener, als sie sich fühlte, betrat sie das Zelt und sah Männer dicht an dicht auf schmutziger Streu am Boden liegen. Nur den Herren von Stand und einigen Unteroffizieren war die Gunst eines einfachen Feldbetts gewährt worden. Eine Handvoll Bader und Feldscher kümmerten sich unter der Aufsicht eines Medicus um die Verwundeten.

Marie betete darum, dass Michel nicht auch schwerverwundet hierhergebracht worden war, denn sie sah Gevatter Tod in der Ecke sitzen. Er hielt seine Sense im Arm und lauerte darauf, wen er als Nächsten mit sich nehmen konnte. Schnell schob sie diese Vorstellung von sich weg. Um Klarheit zu gewinnen, musste sie mit Hannes Mühldorfer reden.

Da kam der Medicus auf sie zu. »Ehrwürdige Schwester, dem Himmel sei Dank für Euer Kommen! Gestern fand ein Scharmützel mit den Hussiten statt. Es sind viele verletzt worden, nicht wenige davon schwer. Wir wissen nicht, wie wir alle versorgen sollen. Wenn Ihr mir bitte helfen wollt? Eine kühle Frauenhand ist oft die beste Medizin!«

Erschrocken wich Marie zurück. »Ich habe so etwas noch nie getan!«

»Ich vor dem ersten Mal auch nicht.« Der junge Wundarzt wirkte einen Augenblick unwirsch, kniff dann aber die Augen zusammen und sammelte seine Gedanken. »Verzeiht! Mein Helfer wird gleich wiederkommen und mit anpacken.

Aber Ihr könnt Euch anders nützlich machen und einem auf den Tod Verwundeten Trost zusprechen. Dafür wäre ich Euch dankbar.«
Die Verfolger im Nacken und ohne jede Unterstützung, fühlte Marie sich wie eine Maus in der Falle. Alles in ihr schrie danach, das Zelt zu verlassen, das erste Pferd zu nehmen und so schnell zu reiten, wie sie es vermochte. Sie wusste jedoch, dass sie Hettenheims erfahrenen Kriegern so niemals würde entkommen können. Außerdem half eine solche Flucht ihr nicht, Michel zu finden. Sie musste einfach mehr erfahren, daher nickte sie freundlich.
»Wo ist der Verletzte?«
Der Medicus deutete in den hinteren Teil des Zeltes, in dem es so dunkel war, dass die Strohschütten und die Feldbetten nur schemenhaft zu erkennen waren. »Er liegt im letzten Bett links. Wahrscheinlich wird er diese Stunde nicht überleben.«
»Dann tut es mir um ihn leid.« Marie wollte schon hinübergehen, als ihr einfiel, wie sie das Schicksal zu ihren Gunsten zwingen konnte. »Sagt Euch der Name Michel von Hohenstein etwas?«
»Das war doch der wilde Hauptmann aus Franken! O ja! Den kannte ich.«
»Wisst Ihr, wie er umgekommen sein soll?«, fragte Marie voller Hoffnung, hier eine Antwort auf ihre bohrenden Fragen zu erhalten.
»Nein! Aber wie es Gott will, weiß es der Mann, der dort im Sterben liegt. Es ist Hannes Mühldorfer, der ebenfalls zu Hettenheims Aufgebot gehört und bei der Patrouille war, die Hohenstein bei seinem letzten Ritt angeführt hat.«
»Mühldorfer!« Den Namen hatte bereits der junge Soldat genannt. Voller Anspannung eilte Marie weiter und übersah dabei, dass ein zwergenhafter Mann in bunten Kleidern ins Zelt trat und sich in eine dunkle Ecke drückte.

Ein Helfer des Wundarztes reichte Marie eine Kerze auf einem Messingständer. Sie zögerte einen Augenblick, diesen anzufassen, denn er erinnerte sie daran, dass sie erst vor kurzem einen Mann mit einem ähnlichen Kerzenständer niedergeschlagen hatte. Dann aber nahm sie das Licht und trat auf das Bett zu, auf dem Mühldorfer lag.
Der alte Haudegen sah für einen Todgeweihten recht munter aus. Zuerst musterte er Marie durchdringend und begann schließlich zu grinsen. »Ihr seid es wirklich! Auf Hohenstein war ich mir noch nicht sicher, aber jetzt erkenne ich Euch! Schade, dass Ihr die gelben Bänder mit dem Krähenkleid einer Nonne vertauscht habt. Aber was soll's! Maria Magdalena war auch eine Hure, und sie gehörte zu den Frauen, die unserem Herrn Jesus Christus nachfolgten und für seinen und der Jünger Unterhalt sorgten. So steht es in der Bibel bei Matthäus, Vers siebenundzwanzig!«
Marie sah ihn verwundert an. »Sollte ich dich kennen?«
»Es ist schon lange her – damals auf dem Markt von Merklingen. Eine wie Euch vergisst ein Mann nie!«
»Jetzt erinnere ich mich! Du hast damals zwei Kerle verprügelt, die mir mein Geld abnehmen wollten.« Für einen Augenblick war jene Zeit wieder so präsent, als habe es das Vorher und Nachher nie gegeben.
Mühldorfer nickte matt. »Als Dank habt Ihr mich mit in Euer Zelt genommen. Das war eine schöne Zeit.«
»Nicht für mich!«
»Eine andere Zeit als jetzt«, murmelte Mühldorfer, ohne auf Maries Einwand einzugehen. »Damals war es noch ehrenhaft, einem hohen Herrn zu dienen. Doch jetzt …«
Der Mann brach ab und atmete auf einmal schwer. »Ich sehe den Schnitter schon. Gleich wird er seine Sense schwingen. Dabei würde ich vorher noch gerne meine Seele erleichtern.«

Er hob den Arm und packte Marie an der Schulter. »Mich drückt ein feiges Attentat, bei dem ich mitgeholfen habe. Es ging um einen aufrechten Kameraden, der den hohen Herren wohl im Wege war, nämlich Euren Mann! Man hat mich bei meinem Gefolgschaftseid gezwungen, dabei zu helfen.«
»Wer hat Michel umbringen wollen?«, rief Marie und sah sich erschrocken um, ob ihnen jemand zuhören konnte.
Mühldorfers Blick wurde bereits trübe, doch er sammelte Kraft, um weiterzusprechen. »Euer Gemahl war ein großer Kämpfer. Selbst zu zweit sind sie nicht mit ihm fertig geworden, und ich glaube, er hätte uns auch zu dritt besiegt. Doch dieses Teufelsrohr …«
»Was ist passiert?« Marie packte Mühldorfer bei der Brust und wollte ihn schütteln. Da klang seine Stimme erneut auf. »Ich weiß es nicht! Er stand ein paar Schritte von uns entfernt und verspottete uns, weil wir nicht einmal zu dritt mit ihm fertig wurden. Plötzlich krachte es, und er fiel um wie vom Schlag getroffen.«
»Hast du seinen Leichnam gesehen?«, drängte Marie.
»Er ist in die Eger gestürzt, und der Fluss hat ihn mitgenommen.« Mühldorfers Kraft war geschwunden, und er sehnte nur noch den Augenblick herbei, in dem der Tod ihn von seinen Schmerzen erlöste.
Marie, die endlich einen Zipfel der Wahrheit in Händen hielt, war jedoch nicht bereit, ihn so einfach gehenzulassen. »Wer war dabei?«, fragte sie drängend. »Wer hat den Tod meines Mannes gewollt?«
Ihre Worte drangen nicht mehr bis zu dem Sterbenden durch. Mühldorfer stöhnte unter einer neuen Schmerzwelle und begann zu husten. Als er wieder Luft bekam, hob er den Blick zur Zeltdecke, als sähe er dort jemand.
»Ich bereue, den Hauptmann verraten zu haben. Er war ein

guter Anführer. Dafür werde ich wohl sehr, sehr lange im Fegefeuer brennen.«

»Du kannst es gutmachen und diese Schuld tilgen«, beschwor ihn Marie. »Sage mir, wer meinen Mann töten wollte. Diese Männer müssen bestraft werden!«

»Es sind ...«, murmelte Mühldorfer mit ersterbender Stimme. Was er jedoch sagen wollte, riss ihm der Tod von den Lippen.

Marie starrte den Mann an und begriff erst nach einigen Augenblicken, dass Hannes Mühldorfer in diesem Leben keine Frage mehr beantworten würde. Niedergeschlagen und den Tränen nahe, weil sie wieder gescheitert war, drückte sie dem Toten die Augen zu und stand auf. Da hörte sie hinter sich ein Geräusch und fuhr herum. Neben einem leeren Strohsack stand ein Mann mit sehr kurzen Beinen und bunter Kleidung, der sie misstrauisch musterte.

»Du suchst mich? Was willst du von mir?«, fragte er.

»Du bist ...«, begann Marie zögernd.

»Nepomuk, der Gaukler! Ich wüsste gerne, weshalb du nach mir gefragt hast!« Der Mann trat einen Schritt vor und verschränkte die Arme vor der Brust.

Marie musterte ihn und fand, dass sie ihn trotz seiner geringen Größe nicht unterschätzen sollte. Seine scheinbar entspannte Haltung täuschte, denn auf sie wirkte er äußerst wachsam, und sie bemerkte auch, dass der Dolch an seiner linken Seite einen vom vielen Gebrauch abgewetzten Griff hatte.

»Isabelle de Melancourt schickt mich. Sie nannte dich einen Mann des freien Geistes und meinte, dass du mir helfen würdest«, erklärte Marie und betete in Gedanken darum, dass sie endlich einmal Glück hatte.

Im gleichen Augenblick aber vernahm sie draußen Eberhards rauhe Stimme, und ihr wurde klar, dass ihre Verfolger bereits im Lager waren.

»Wenn ihr das falsche Ordensweib seht, dann haltet es fest!«
Mit einem bitteren Lächeln wies Marie nach draußen. »Diese Kerle sind hinter mir her, und sie sind auch die Feinde der Äbtissin Isabelle de Melancourt!«
Nepomuk überlegte kurz, trat dann zur Rückwand des Zeltes und zog sein Messer. Schnell schnitt er die Schnüre durch, mit denen die Leinwand am Boden befestigt war, und hob diese ein Stück hoch. »Hier kommen wir noch durch«, sagte er, nachdem er hinausgespäht hatte, und machte Marie ein Zeichen, dass sie durchschlüpfen sollte.

9.

Ruppertus hatte sich und seinen Männern alles abverlangt, Marie aber trotzdem nicht einholen können. Als er an der Spitze des Trupps ins Lager einritt, schweifte sein Blick über die versammelten Menschen, als erwarte er, Marie unter ihnen zu entdecken. Doch es gab zwischen den Zelten, den Ständerreihen, an denen die Pferde festgebunden waren, den Feldwerkstätten und all den Leuten, die sich hier drängten, einfach zu viele Versteckmöglichkeiten für eine einzelne Frau.
Plötzlich stieß Eberhard einen Ruf aus. »Da drüben steht der gestohlene Gaul! Sie muss also hier sein.«
Froh, sein Versagen wenigstens zum Teil wettgemacht zu haben, stieg er ab und ging zu dem Pferd. Auf der Satteldecke war deutlich das Abzeichen Hettenheims, der schwarze Stier, zu sehen. Als er die Hand unter den Sattel schob, war das Fell des Tiers klitschnass.

»Der Zossen steht noch nicht lange hier«, erklärte er zufrieden. »Wäre die Frau mit einem anderen Pferd aus dem Lagertor gekommen, hätten wir sie sehen müssen.«
Er griff sich an den Kopfverband, den ihm einer seiner Kameraden angelegt hatte, und hoffte, die Verfolgte als Erster zu erwischen. Zwar durfte er dem Weib wegen des verrückten Inquisitors nicht viel antun, aber sie sollte ihm wenigstens für die Kopfschmerzen bezahlen, die er ihr verdankte.
Auf einen Wink von Ruppertus eilte er zu den Huren, denen kaum etwas entging, das im Lager geschah. Ohne es zu ahnen, traf er auf die, mit denen Marie gesprochen hatte.
»Wo ist die Frau, die dieses Pferd dort geritten hat?«
»Welches Pferd meinst du?«
Eberhard ballte die Faust und hielt sie der noch recht jungen Frau vor das Gesicht. »Von einer Hure lasse ich mich nicht verspotten. Hast du verstanden?«
Nun lenkte Ruppertus sein Pferd zu der Gruppe und blickte mit verächtlicher Miene auf die Hübschlerinnen hinab. »Die heilige Inquisition sucht eine falsche Nonne, die nicht nur die Tracht des Herrn besudelt, sondern auch dieses Pferd dort gestohlen hat. Entweder ihr sagt jetzt, wo sie ist, oder ihr werdet als Feinde der heiligen Kirche verhaftet und auf dem Scheiterhaufen verbrannt!«
Schlichtes Landvolk hätte Ruppertus mit dieser Drohung erschrecken können, doch die Huren waren aus einem härteren Holz geschnitzt. Ihre Anführerin verschränkte die Arme vor der Brust und blickte mit einem gekonnt treuherzigen Blick zu ihm auf.
»Wir haben keine Nonne gesehen, Euer Exzellenz, denn wir waren beschäftigt.«
»Genau! Es gibt sehr viele Soldaten hier und nur wenige Marketenderinnen und Hübschlerinnen. Da muss sich jede von uns ordentlich ranhalten, damit die Männer zufrie-

dengestellt werden. Ich zum Beispiel war bis eben dort in dem Zelt Seiner Durchlaucht, Adalbert von Sachsen, dem Oberbefehlshaber der Truppen Seiner Königlichen Hoheit Sigismund. Wenn Ihr mir nicht glaubt, könnt Ihr ihn ja fragen!«

Ruppertus warf einen Blick in die angegebene Richtung und nahm dort ein mit Flaggen verziertes Prunkzelt wahr. Vor dem Eingang standen hochgewachsene Männer als Wache. Jeder von ihnen trug eine Rüstung und hielt eine reichverzierte Hellebarde in der Hand.

Da es auch für Ruppertus erheblichen Ärger bedeutet hätte, sich mit Sigismunds Heerführer anzulegen, zog er sein Pferd herum und herrschte seine Begleiter an. »Durchsucht das Lager! Schaut in jedes Zelt und hinter jeden Busch. Findet die Frau! Aber bringt sie mir unversehrt! Wer sie verletzt oder Schlimmeres mit ihr macht, wird so enden wie jener Pfaffe und sein Stallmeister!«

Die Drohung schwang noch in der Luft, als Hettenheim und die anderen sich aufmachten, das Lager zu durchsuchen. Jedem von ihnen war klar, dass sie Marie finden mussten, wenn sie ihren Anführer zufriedenstellen wollten. Inzwischen hatten sie alle Angst vor dem Inquisitor. Wozu der Einäugige fähig war, hatte er ihnen bereits mehrfach bewiesen. Selbst Hettenheim bereute es inzwischen, sich mit dem Mann aus Rom eingelassen zu haben. Das Gold und die Juwelen der Reichskrone hatten zunächst verlockend geglänzt, aber nun musste er sich fragen, welchen Preis er Janus Suppertur für seinen Aufstieg am Ende würde zahlen müssen. Gleichzeitig begriff er immer weniger, weshalb dieser Mann so versessen darauf war, Marie von Hohenstein in seine Gewalt zu bringen. Zunehmend beschlich ihn das ungute Gefühl, es mit einem Wahnsinnigen zu tun zu haben.

Ein Ziel stand Hettenheim in dieser Stunde fest vor Augen: Sobald er König und Kaiser war, wollte er sich des Inquisitors entledigen. Andernfalls würde er den Rest seines Lebens von dessen Launen abhängig sein. Vorerst aber galt es, sich Janus Supperturs Gunst zu erhalten.
Daher schickte Hettenheim jeden seiner Männer los und suchte auch selbst wie ein gewöhnlicher Soldat nach der flüchtigen Frau.
Zusammen mit Eberhard ging er zum Lazarettzelt hinüber, nahm eine Fackel und trat ein. Die Beschwerde des Arztes ignorierte er dabei ebenso wie das Elend der Verwundeten. Mit einem Mal zupfte Eberhard ihn am Ärmel und leuchtete mit seiner Fackel eine düstere Ecke aus.
»Herr, dort hinten liegt der Mühldorfer Hannes!«
Hettenheim folgte dem Fingerzeig des Soldaten und sah seinen Unteroffizier starr auf einem Feldbett liegen. Der Mann war tot, daran gab es keinen Zweifel. Dieser Umstand kam ihm gelegen, denn Mühldorfer wäre immer ein Unsicherheitsfaktor geblieben. Anders als auf diesen hehren Tropf konnte er sich auf seine beiden anderen Mitverschwörer Loosen und Haidhausen verlassen. Die beiden würden schon aus eigenem Interesse schweigen.
Er wollte sich abwenden, als Eberhard, der sich nicht von dem Toten hatte ablenken lassen, etwas anderes entdeckte.
»Schaut, Herr! Dort sind die Zeltschnüre durchtrennt worden. Wenn sich da mal nicht jemand aus dem Staub gemacht hat!«
Der Unteroffizier freute sich über diese Entdeckung, weil er hoffte, nun wieder in der Gunst des Inquisitors zu steigen. Außerdem kam ihm Mühldorfers Tod gelegen, denn nun würde er in Hettenheims Aufgebot die Stelle des Sergeanten einnehmen. Mit diesem Gedanken zog er die Zeltleinwand

hoch und schlüpfte darunter hindurch. Hettenheim folgte ihm auf dem Fuß.

Marie und Nepomuk hatten bereits zweimal Hettenheims Männern ausweichen müssen. Da sahen sie auf einmal Eberhard und den Grafen selbst hinter sich auftauchen. Mit einer verärgerten Geste schob der Zwerg Marie zwischen zwei eng stehende Zelte.

»Du musst ja einiges ausgefressen haben, sonst würden diese Kerle nicht so eifrig nach dir suchen. Und jetzt wird deine verdammte Kutte uns verraten.«

Kurzentschlossen streifte Marie die Nonnentracht und das Unterhemd ab und stand nackt vor ihm. »Los, lass deine Hosen herunter«, sagte sie, während sie sich bückte und das verräterische Gewand in einem der beiden Zelte versteckte.

»Ich verstehe nicht …«, sagte der Gaukler.

Da griff Marie auch schon zu und löste ihm den Hosenriemen. Anschließend wies sie auf eine Wassertonne, die ihnen einen gewissen Sichtschutz versprach.

»Leg dich dort drüben auf den Rücken und dann …« Sie ließ den Rest des Gedachten ungesagt und setzte sich, als er lag, auf ihn und bewegte ihr Becken leicht vor und zurück.

»Stöhne, als würden wir es richtig machen«, fauchte sie Nepomuk an.

Dieser gehorchte, und so sah Eberhard, als er um die Ecke schaute, nur den nackten Rücken einer Hure, die, auf einem Mann sitzend, diesen scheinbar mit allem Eifer zu befriedigen suchte.

»Das wäre was für mich«, stieß er neiderfüllt aus. Doch bevor sie die flüchtige Frau gefunden hatten, würde der schwarze Mönch weder ihm noch einem seiner Kameraden die Zeit lassen, sich mit einer Hure zu vergnügen.

»Habt ihr eine Nonne gesehen?«, fragte er das Pärchen, das sich durch seine Gegenwart nicht stören ließ.

»Die sitzt gerade auf mir, denn der Bischof war ihr zu müde«, witzelte Nepomuk und erntete dafür einen Fluch.
Wütend wandte Eberhard sich ab und folgte Hettenheim, der sich nun einen anderen Teil des Feldlagers vorgenommen hatte.
Kaum waren die beiden Männer verschwunden, erhob Marie sich, und der Zwerg stöhnte enttäuscht auf. Auch wenn sie sein Glied nicht in sich aufgenommen hatte, hatte ihn ihr Reiben erregt und fast zur Erfüllung gebracht.
»Hättest du nicht weitermachen können?«, fragte er, vergaß dann aber seinen Unmut und deutete auf das Wasserfass.
»Bleib hier und lass dich nicht sehen! Ich versuche, andere Kleidung für dich aufzutreiben. So wie jetzt kannst du dich nicht im Lager sehen lassen.«
»Nein, da hast du wohl recht«, gab Marie zu und kauerte sich hinter das Fass.
Nepomuk zog seine Hose hoch, band sie fest und eilte davon.
Als er zurückkam, brachte er die ältere Hure mit, die Marie nach ihm gefragt hatte. Die Frau hatte ein Kleid unter ihrem Schultertuch versteckt, zog es nun heraus und reichte es Marie.
Sie lächelte dankbar und wollte es überziehen. Aber Nepomuk hielt sie mit einer Handbewegung auf und griff nach seinem Dolch. »Warte! Ich schneide rasch die gelben Bänder ab.«
Marie schüttelte den Kopf. »Nein! Lass sie dran. Ich weiß damit umzugehen.«
Bei diesen Worten stutzte die Hure und sah Marie durchdringend an. »So ist das also! Ich hätte es mir denken können. Du warst viel zu freundlich für eine richtige Nonne.«
Mit einem Auflachen verabschiedete sie sich und kehrte zu ihrem Zelt zurück.
Nepomuk sah ihr einen Augenblick nach und blickte dann Marie an. »Am helllichten Tag kommen wir nicht ungese-

hen fort. Daher sollten wir zu meinem Wagen gehen. Dort kannst du dich jetzt verstecken. Tilda hat gesagt, einer deiner Verfolger hätte ihn bereits durchsucht. Also werden die Kerle dort nicht mehr nachschauen. Vielleicht verlassen sie sogar das Lager, wenn sie dich nicht finden.«

»Ich fürchte, das werden sie nicht!« Marie wusste zwar nicht viel über den römischen Inquisitor, doch das wenige reichte aus, um sicher zu sein, dass der Mann nicht aufgeben würde. Im Augenblick interessierte sie sich jedoch für etwas anderes. »Glaubst du, du kannst mir etwas zu essen besorgen? Ich habe in den letzten Tagen sehr viel fasten müssen.«

»Das lässt sich machen«, erklärte Nepomuk und führte sie auf verschlungenen Pfaden zu seinem Wagen.

10.

Maries und Michels Gefolgsmann Thomas war mit dem festen Willen von Hohenstein aufgebrochen, seine Herrin zu suchen und sie vor diesem fanatischen Mönch zu warnen. Den Entschluss bereute er schon bald, denn die Verletzungen, die Hettenheims Männer ihm zugefügt hatten, machten sich immer stärker bemerkbar. Als er sich nach einem heftigen Hustenanfall den Mund abwischte, entdeckte er roten Schaum auf der Hand. Der Verstand sagte ihm, dass es besser wäre, aufzugeben und zu Hiltrud zurückzukehren. Doch der Gedanke, sowohl Michel wie auch Marie damit im Stich zu lassen, trieb ihn weiter.

Allerdings kam er nicht so rasch voran, wie er es gehofft hatte, denn seine Schwäche zwang ihn immer wieder, Pausen einzulegen. Einen Tag lang blieb er schließlich am Rand

eines Wäldchens auf weichen Moospolstern liegen, weil ihn nicht nur sein Körper, sondern auch sein Verstand im Stich zu lassen drohte. Trugbilder umschwirrten ihn nach diesem langen Schlummer, und er bemerkte erst nach etlichen Sätzen, dass er anstelle eines Hirten einen Weidenbaum befragt hatte, ob dieser eine junge Reiterin gesehen habe.
Kurz darauf erklärte ihm ein Wanderer, der ihm mit geschulterter Kiepe entgegenkam, dass er auf dieser Straße immer weiter nach Osten reiten müsse, um zu Sigismunds Truppen zu gelangen.
Er befolgte den Rat und erreichte das Heerlager just zu dem Zeitpunkt, an dem Marie auf Nepomuk gestoßen war. Als er zum Lagertor kam, vertrat ihm ein Wachtposten den Weg.
»Wohin des Weges, mein Freund, und woher kommst du?«, fragte dieser, horchte aber mit einem Ohr auf den Lärm im Lager, wo die Männer des Inquisitors immer noch die Zelte durchsuchten und dabei oft mit Flüchen und Beschimpfungen empfangen wurden. Sie zu behindern wagte jedoch niemand. Dafür saß allen die Angst vor der Inquisition zu sehr in den Knochen.
»Ich heiße Thomas und komme aus Franken. Ich muss einen Freund von mir aufsuchen, der hier im Lager ist«, erklärte Thomas und stöhnte leise, weil ihn erneut heftige Schmerzen quälten.
Der Wächter vernahm seine Wehlaute, wich vor ihm zurück und musterte ihn. »Du bist ja krank! So kannst du nicht ins Lager kommen. Wenn du die Seuche hast …«
»Ich bin nicht krank, sondern habe mich verletzt«, unterbrach Thomas den Mann.
Dieser schüttelte energisch den Kopf. »Das kann jeder behaupten! Haben dich etwa die verdammten Hussiten geschickt, damit du uns die Seuche ins Lager schleppst? Nein,

mein Junge, du bleibst brav draußen. Solltest du versuchen, dich heimlich einzuschleichen, hängen wir dich an den nächsten Baum. Hast du verstanden?«

Thomas nickte, obwohl sich die Gedanken wirr in seinem Schädel drehten. Seine Schmerzen waren kaum mehr zu ertragen, und er sehnte sich nach einem Platz, an dem er sich hinlegen und ausruhen konnte. Im Augenblick war dieser Wunsch sogar stärker als sein Bestreben, Marie oder Michel zu finden. Doch an diesem Ort würde er keine Hilfe erfahren. Der Wachtposten richtete die Hellebarde auf seine Brust und schien bereit, sofort zuzustoßen, wenn er versuchen sollte, das Lager zu betreten.

»Ich sagte doch, ich suche einen Freund. Vielleicht kannst du mir helfen.« Viel Hoffnung hatte Thomas nicht.

Nun begriff der Wächter doch, dass er keinen feindlichen Spion vor sich hatte, sondern jemand, der sich Sorgen um einen Bekannten machte. Daher nickte der Soldat.

»Also gut! Was willst du wissen?«

»Es geht um den königlichen Lehensmann Michel von Hohenstein. Es kam die Nachricht, er wäre im Kampf gefallen. Ich …« Thomas brach ab, denn er wusste nicht, wie er erklären sollte, dass Marie sich auf die Suche nach ihrem Mann gemacht hatte und er im Grunde diese suchte.

»Den Hohenstein? Gekannt habe ich ihn nicht, aber viel von ihm gehört. Die Kameraden sagen, er wäre der beste Hauptmann gewesen, unter dem sie je gedient hätten. Wirklich schade um ihn, denn von solchen Anführern könnten wir mehr brauchen.«

Der Wachtposten warf einen verächtlichen Blick auf Hettenheims Zelt. Der Ritter hatte bereits vor mehreren Wochen seine Soldaten verlassen und war erst an diesem Tag zurückgekehrt. Daher hatte Adalbert von Sachsen, der Oberbefehlshaber, die Franken überall dort eingesetzt, wo

es am heißesten herging, und seine eigenen Männer geschont.
»Weißt du, wo Michel von Hohenstein begraben liegt?«, fragte Thomas. Wenn Marie vor dem Grab ihres Mannes stand, würde sie wohl begreifen, dass die Suche nach Michel zu Ende war. Doch seltsamerweise hatte auch er das Gefühl, als könne sein Freund noch leben.
»Der ist nirgends begraben, es sei denn von Leuten, die seinen Leichnam aus dem Fluss gezogen haben. Es heißt, er soll in die Eger gefallen oder gesprungen sein. Etwas Genaues weiß man nicht, weil seine Begleiter bereits vorher das Weite gesucht haben.« In der Stimme des Wachtpostens schwang Verachtung für die Männer mit, die einen Kameraden feige im Stich gelassen hatten.
Auf Thomas wirkten seine Worte wie ein belebender Trunk. »Das heißt, Michel Adler könnte noch am Leben sein!«
Der Soldat wiegte nachdenklich den Kopf. »Wenn es so wäre, hätte er sich längst zu uns durchgeschlagen. Ich fürchte, er war zu schwer verletzt und ist entweder ertrunken oder seinen Wunden erlegen.«
Diese Aussage war ein herber Dämpfer für Thomas' Hoffnung. Aber er wollte Gewissheit erlangen. »Wo fand Michel von Hohensteins letzter Kampf statt?«
»Ein Stück südwärts von hier an der Grenze zu Sokolnys Land. Hohenstein sollte einen Weg erkunden, auf dem wir hätten vorrücken können, aber der Feind war auf der Hut.«
»Südwärts also! Hab Dank für die Auskunft.« Thomas wendete sein Pferd und ließ das Lager hinter sich zurück, ohne zu ahnen, dass Marie nicht weit von ihm verzweifelt überlegte, wie sie ihren Verfolgern entkommen konnte. Kurz darauf erreichte er eine Straße, die nach Süden führte, und folgte ihr. Obwohl der Verstand ihm sagte, dass er jederzeit auf feindliche Streifscharen treffen konnte, richtete

er all seine Gedanken auf den Augenblick, in dem er Marie oder Michel finden würde. Gott, so hoffte er, würde ihm den rechten Weg weisen und ihn beschützen.

11.

Der Abend kam, ohne dass Ruppertus' Männer die geringste Spur von Marie entdeckt hatten. Auch das Verhör der Wachtposten hatte nichts erbracht. Einige wollten gesehen haben, wie eine Nonne ins Lager eingeritten war, andere wiederum nicht. Niemand konnte sagen, ob sie sich noch im Lager befand, denn bei mehreren tausend Soldaten und einer nicht gerade geringen Zahl an Knechten, Marketenderinnen, Huren und anderem Volk, das sich dem Heer angeschlossen hatte, war es kaum möglich, sich einen Überblick zu verschaffen.

Ruppertus' Wahn, Marie zu finden, erhielt durch diese Widerstände noch mehr Nahrung, und er trat mit einer Arroganz auf, als wäre er der Papst persönlich. Selbst als Adalbert von Sachsen empört protestierte, weil auch sein Zelt durchsucht werden sollte, kanzelte er den Herzog vor allen Leuten ab.

»Ich stehe hier für die heilige Inquisition und für die Reinheit des Glaubens. Jeder, der sich mir in den Weg stellt, ist ein Feind Christi und damit ein Ketzer, der die härteste Strafe verdient.«

An diesen Worten hatte der Sachse zu kauen. Er erinnerte sich allzu gut, dass sogar Sigismund in Nürnberg vor diesem Mann eingeknickt war. Aus diesem Grund hielt der Herzog es für besser, sich den Inquisitor nicht zum Feind zu ma-

chen, und gab Befehl, dessen Männer bei ihrer Suche zu unterstützen.
Ruppertus registrierte es mit zufriedener Miene. Seine Macht im Reich war im Wachsen begriffen, und schon bald würde er in der Lage sein, Könige nach seinem Willen ein- und wieder abzusetzen. Doch dafür brauchte er Marie. Sie war der einzige Mensch, der sich bisher als stärker als er selbst erwiesen hatte. Nur dann, wenn er sie sich unterwerfen konnte und sie ihm den Sohn schenkte, den er sich ersehnte, würde er die Niederlage, die sie ihm beigebracht hatte, verwinden können. In seinen Nächten träumte er von dem Feuer, das ihn damals in Konstanz fast verzehrt hätte. Seine Wunden waren längst verheilt, und ein Wundermittel aus dem Orient nahm ihm die Schmerzen, die ihn immer noch quälten. Doch das Feuer, das seitdem in seinem Herzen brannte, konnte nur Marie löschen.
»Sucht sie, bis Ihr sie gefunden habt!«, brüllte er Hettenheim an, als dieser zu ihm kam und meldete, dass die Suche ergebnislos verlaufen sei.
»Verzeiht, Euer Exzellenz, aber wir haben das gesamte Lager durchkämmt. Sie ist nicht hier!«, widersprach der Graf, der von seinen Standesgenossen bereits als Pfaffenbüttel beschimpft worden war.
»Dann durchsucht das Lager noch einmal. Sie muss hier sein!«, kreischte Ruppertus wuterfüllt auf.
Er ist kein Inquisitor, sondern ein Dämon!, durchfuhr es Hettenheim. Sicher ist er vom Höllenfürsten persönlich geschickt worden, um mich mit falschen Versprechungen zu ködern, ihm und seinem Herrn zu dienen.
Doch es war zu spät für ihn, sich von Janus Suppertur zu trennen. Wenn der schwarze Mönch einige seiner Äußerungen verdreht an Sigismund weitergab, würde er als Hochverräter gelten, der seinem Vetter nach dem Thron und dem

Leben trachtete. Der Inquisitor würde sich mit ein paar Worten herausreden und lächelnd zusehen, wie Sigismund ihn hinrichten ließ.
Außer sich vor Wut, der Handlanger eines Mannes geworden zu sein, der vom Teufel besessen sein musste oder gar selbst eine Höllenkreatur war, drehte Hettenheim sich zu Loosen und Haidhausen um, die es ebenso wie er leid waren, von Janus Suppertur wie Knechte behandelt zu werden. »Ihr habt Seine Exzellenz gehört. Durchsucht das Lager aufs Neue!«
Loosen nickte seinem Freund Haidhausen vielsagend zu und deutete mit einer Geste an, dass er den Inquisitor für vollkommen verrückt hielt. Doch der Mann besaß die Macht, ihn und jeden anderen auf den Scheiterhaufen zu bringen, wenn ihm danach war. Daher blieb ihnen nichts anderes übrig, als die Befehle des Inquisitors zu befolgen und zu hoffen, dass sie für den zu erwartenden Fehlschlag nicht zur Verantwortung gezogen wurden.

12.

Marie und Nepomuk hatten sich in den Wagen des Gauklers zurückgezogen und warteten darauf, dass Hettenheims Männer die Durchsuchung des Lagers aufgaben und wieder verschwanden. Während sie angespannt auf die Geräusche im Lager lauschten, rätselte Marie, wer der schwarze Mönch sein mochte und weshalb er sie verfolgte. Sie hatte ihre Vergangenheit immer wieder durchkämmt, seit sie sich ihres Verfolgers bewusst geworden war, aber sie fand keine Antwort auf diese Frage. Daher schob sie die quälenden Gedanken beiseite und berichtete Nepomuk, weshalb sie nach Böhmen gekommen war.

»Ich habe deinen Michel hier im Lager kennengelernt«, erklärte der Zwerg nach einer Weile. »Er war ein tapferer Mann und bei den gemeinen Soldaten beliebt, weil er nachdachte, bevor er sich freiwillig auf ein Scharmützel mit den Hussiten einließ. Andere Edelleute hetzen ihre Leute in unsinnige Kämpfe und brüsten sich, ein Dutzend Feinde erschlagen zu haben, obwohl die eigenen Verluste weitaus höher sind.«

Die Anerkennung, die in Nepomuks Worten mitschwang, tat Marie gut, verstärkte aber gleichzeitig das nagende Gefühl des Verlusts. Sie musste Michel wiederfinden, sonst hatte ihr Leben keinen Sinn mehr.

»Was machen meine Verfolger?«, fragte sie den Gaukler.

Dieser hob kurz die Plane, die seinen Wagen bedeckte, und steckte den Kopf hinaus. »Wie es aussieht, haben sie aufgegeben. Hoffentlich ziehen die Kerle sich endlich in die Unterkünfte zurück oder verlassen das Lager, damit wir endlich aufbrechen können.«

»Das gebe Gott!« Nun spähte auch Marie durch einen Spalt der Wagenplane und sah, wie Hettenheim und zwei seiner Gefolgsleute zum Feldherrenzelt gingen, vermutlich, um dort mit dem schwarzen Mönch zu reden. Obwohl die Kerle sie bislang nicht entdeckt hatten, war die Unruhe nicht von ihr gewichen. Zwar hatte sie von Mühldorfer erfahren, dass Michel von eigenen Leuten angegriffen worden war und nicht von Hussiten oder Sokolnys Kriegern, doch er hatte ihr nicht mehr sagen können, wer die Schuldigen waren. Allein in diesem Lager hielten sich mehr als hundert Edelleute auf, und von denen hatten gewiss die wenigsten Michels Tod gewünscht. Doch wer hatte versucht, ihn zu ermorden? Bevor diese Frage beantwortet war, wollte Marie das Feldlager nicht verlassen.

»Da wir die Häscher des Inquisitors täuschen konnten, sollten wir versuchen, auch die anderen Ratten aus ihren Löchern zu locken«, sagte sie leise zu Nepomuk.
Der Zwerg sah sie mit gerunzelter Stirn an. »Wie meinst du das?«
»Ich meine die Ratten, die meinen Michel umge… eh, hatten umbringen wollen.« Beinahe hätte Marie etwas Falsches gesagt, denn sie wollte nicht einmal den Verdacht aussprechen, Michel könne tot sein. Er lebte, das sagte ihr Herz mit jedem Schlag.
»Er war mit einigen Leuten auf Patrouille«, fuhr sie fort, »und seine Begleiter müssen versucht haben, ihn zu ermorden! Mühldorfer war dabei, konnte mir aber nicht mehr berichten, um wen es sich handelte.«
»Verstehe!«, antwortete Nepomuk. »Du glaubst, dass die Männer, die einen Anschlag auf deinen Mann geplant hatten, noch im Lager sind. Aber deine Verfolger sind es ebenfalls. Das solltest du nicht vergessen.«
Der Gaukler hoffte, Marie mit dieser Mahnung von Dummheiten abhalten zu können, doch er unterschätzte ihren Willen, die Wahrheit zu erfahren.
Sie sah ihn entschlossen an. »Ich werde mich verkleiden! Hast du etwas, mit dem ich meine Haare färben kann?«
Nepomuk wollte schon verneinen, erinnerte sich dann aber daran, dass er in einer großen Kiste ein kleines Fläschchen verwahrte, das Marie helfen konnte. »Das macht deine Haare so schwarz wie Pech. Aber du darfst damit nicht in den Regen kommen, denn Wasser wäscht die Farbe wieder aus, und dir läuft die dunkle Brühe übers Gesicht.«
»Es sieht nicht so aus, als wenn es heute regnen würde – und morgen sind wir nicht mehr hier.« Zuerst wollte Marie die Haare selbst färben, bat dann aber Nepomuk, es zu tun.

»Ich weiß nicht, ob ich alle Strähnen erwische«, erklärte sie und beugte sich nach vorne, damit der Gaukler beginnen konnte.

»Ich bin verrückt«, brummte Nepomuk, zog aber den Stöpsel aus der Flasche und träufelte die schwarze Flüssigkeit auf Maries Kopf. »Ich bin wirklich verrückt, mich auf so eine Sache einzulassen – und du bist es auch! Warum nimmst du dieses Risiko auf dich?«

»Nur die, die dabei waren, können sagen, was sich abgespielt hat, und sie wissen auch, wo Michel zu finden ist.«

»Und das werden sie ausgerechnet dir verraten!«, spottete Nepomuk, während er ihre Haare mit der Farbe tränkte. »Du spielst ein verdammt gefährliches Spiel, weißt du das?«

Mit einer verzweifelten Geste setzte Marie sich auf und wies auf den Mond, der fast voll am Himmel stand. »Natürlich weiß ich es. Aber mir bleibt nichts anderes übrig. Die Frist, die Sigismund mir gesetzt hat, ist fast abgelaufen. Wenn ich meinen Mann nicht finde, lande ich in der Gosse oder im Kerker. Ohne Vater und Mutter aber endet meine Tochter in den Kohleminen des Ruhrtals oder in den Frauenhäusern des Morgenlands.«

»Und wie willst du die Feinde deines Mannes anlocken?«

Marie sah den Gaukler mit blitzenden Augen an. »Ich will ein Lied singen, das den Mordgesellen in den Ohren klingen soll! Mach bitte weiter! Wir haben nicht mehr viel Zeit.«

Während Nepomuk Marie die Haare färbte und anschließend einige Sachen heraussuchte, die sie für ihren Auftritt benötigte, dachte er bei sich, dass sich jeder Mann glücklich schätzen konnte, eine Frau wie sie als Gefährtin zu bekommen. Doch solange sie an ihrem Michel festhielt, mochte er nun tot oder lebendig sein, hatte kein anderer eine Chance bei ihr, und ganz gewiss kein Zwerg wie er.

Unterdessen wartete Ruppertus vor dem Zelt des Feldherrn auf die Nachricht, dass Michel von Hohensteins Witwe gefunden worden sei. Während er selbst trotz der Gefühle, die ihn durchtobten, starr wie ein Felsblock wirkte, wurden die Männer um ihn herum immer nervöser. Keiner wusste, was der Inquisitor wirklich bezweckte, doch dem Aufwand nach, den der schwarze Mönch betrieb, mussten Hochverrat, Ketzerei und noch viel Schlimmeres im Spiel sein.
Hettenheim hatte sich zu Ruppertus gesellt und trank durstig den Wein, den ein Diener des Herzogs von Sachsen ihm anbot. Zwischen zwei Schlucken erstattete er Rapport. »Unsere Leute haben den größten Teil des Lagers zum zweiten Mal durchkämmt. Sie durchwühlen Waffentruhen, stochern in jeder Wassertonne und schauen unter jede Decke, die in einem Zelt liegt. Wenn die Frau noch hier ist, treiben sie sie wie ein Stück Wild vor sich her. Es bleiben nicht mehr viele Stellen, an denen sie sich …«
»Still«, unterbrach Ruppertus ihn und lauschte einer Frau, die eben zum Klang einer Laute ein Lied sang. Dabei durchlief es ihn gleichzeitig heiß und kalt, denn diese Stimme hätte er unter Tausenden wiedererkannt.
Auch Hettenheim achtete jetzt auf den Gesang und klopfte zunächst im Takt mit dem Fuß auf den Boden.

»Für Euch, mein König, ist dieses Lied,
und für euch Krieger in Reih und Glied.
Die Moritat von Schwert und Spaten,
von Rittern, Bauern, Feldsoldaten!«

Ruppertus stand auf und schlug mit bebenden Fingern die Zeltplane zurück, um nach der Sängerin zu schauen. Ein ganzes Stück von ihm entfernt saß eine schwarzhaarige Frau mit weißgeschminktem Gesicht und einem bunten Rock auf einem Wasserfass. Um sie herum hatten sich etliche Dutzend Soldaten geschart, die begeistert ihr Lied verfolgten. Die Frau ließ den Blick über die Zuschauer schweifen, als suche sie etwas. Dabei klang ihre Stimme immer eindringlicher und hallte zuletzt durch das ganze Lager.

»Ja, Majestät, es ist recht bitter,
verweichlicht sind sie, Eure Ritter.
Drum, Sigismund, bleibt gut beraten,
vertraut auf Eure Fußsoldaten!«

Während Hettenheim angewidert das Gesicht verzog, lauschte Ruppertus vergnügt der Ballade, in der die hohen Herrschaften nicht gerade gut wegkamen, und bewunderte gleichzeitig den Mut der Frau, die nicht in eine Ecke gedrängt darauf wartete, entdeckt zu werden, sondern ihrerseits mit ihren Verfolgern zu spielen begann. Er war sich sicher, dass sie Hettenheim, Loosen, Haidhausen und die anderen Männer in seiner Begleitung auf diese Weise hätte überlisten können – und wohl auch jeden Inquisitor aus Rom außer ihm selbst.

Sie ist noch stärker geworden, dachte er verzückt.

Wie er war sie eine Auserwählte des Herrn, denn sie hatte gleich ihm dem Tod getrotzt, den sie durch Hunolds Rutenhiebe und er durch den Scheiterhaufen hatte erleiden sollen. Sie allein war es wert, ihm die Kinder zu schenken, die einmal zu Höhen aufsteigen sollten, die für alle anderen unerreichbar waren. Welche Stärke sie an ihren Nachwuchs weitergeben konnte, hatte er bereits an ihrer Tochter Trudi gesehen. Bei dem Gedanken, wie mutig ihm das Kind entgegengetreten war, leuchtete sein Auge voller Vorfreude auf. Dabei war der Vater nicht er selbst, sondern jener Tölpel Michel Adler gewesen. Auch dieser Wirtsschwengel hat-

te von Maries Kraft profitiert und war bis zum Gefolgsmann des Königs und zum Hauptmann im fränkischen Heerbann aufgestiegen.
Während Ruppertus seine Gedanken schweifen ließ, sang Marie weiter und behielt dabei ihre Zuhörer im Auge. Noch gab es keine Anzeichen, einer könne sich betroffen fühlen, doch die entscheidenden Strophen ihres Liedes kamen noch.

»Sie lieben Weiber, Wein, Gesang,
dazu der Laute sanften Klang.
Sie gehen stolz im edlen Kleide,
in Brokat, in Samt und in Seide.

Sie hauen, stechen im Turnier,
blicken grimmig durchs Visier,
öffnen hier und da ein Mieder,
machen daraus Heldenlieder.«

Nun empfand Hettenheim den Gesang doch zu sehr gegen die Ehre der Ritterschaft gerichtet und wollte die freche Sängerin zum Schweigen bringen.
Doch Ruppertus hob befehlend die Hand. »Bleibt!«
Hettenheim drehte sich um und sah zu seiner Verwunderung eine Träne aus dem gesunden Auge des Inquisitors perlen. Ein paar Augenblicke lang lauschte der schwarze Mönch noch dem Lied, dann stand er auf und winkte Hettenheim und den anderen, ihm zu folgen.
»Die Sängerin darf nicht entkommen!«, flüsterte er mit heiserer Stimme. »Aber es darf ihr auch kein Haar gekrümmt werden!«
Da Hettenheim nicht begriff, dass die Sängerin die gesuchte Frau war, verwirrte ihn die Anweisung. Doch gewohnt, Ja-

nus Suppertürs Befehle zu befolgen, rief er seine Männer zu sich und riegelte den Platz ab, auf dem Marie noch immer sang.

»Doch kaum ist Krieg, beginnt das Zittern,
das Heulen und Jammern bei den Rittern.
Das ist nicht Spiel, Turnier noch Witz,
das Schwert ist scharf, der Pfeil ist spitz.
Und sieht er die Hussitenlanz',
zieht mancher Ritter ein den Schwanz!«

Maries Verse wurden derber, und sie sah, wie die Herren von Stand das Gesicht verzogen, während die einfachen Soldaten ihr johlend applaudierten. Nun wollte sie ihren schärfsten Pfeil verschießen und betete, dass diejenigen, die Michel hatten umbringen wollen, sich selbst verraten würden.

»Erst neulich drunt' im Egermoor,
ein Hauptmann nicht den Kopf verlor,
weil drei von Euren Königsrecken,
es nicht gelang, ihn hinzustrecken.
Zwei hohe Herren und ein dritter,
turniererprobte Königsritter,
es ist wirklich zu beklagen,
konnten diesen Mann nicht schlagen.
Der sprang schließlich in den Fluss,
lachend, wie man hören muss.
Schwamm einfach fort in dieser Lache
und sinnt bis heute wohl auf Rache.«

Als Hettenheim das hörte, wurde er bleich. »Sie weiß es! Aber woher?«, raunte er Ruppertus zu.
Dieser wies ihn mit einer geradezu vergnügt wirkenden

Geste an, den Mund zu halten. Bislang hatte er von Michel Adlers Ende nur durch Hettenheim und dessen Kumpane gehört. Maries Lied erzählte jedoch eine andere Geschichte, und er war begierig darauf, sie ganz zu hören.
Unterdessen sang Marie hasserfüllt weiter.

»Bleibt für die Ritter nur zu hoffen,
dass er wirklich abgesoffen,
denn kommt dieser Kämpe wieder,
schlägt er zehn von ihnen nieder.
Ja, Majestät, es ist recht bitter,
verweichlicht sind sie, Eure Ritter.
Drum, Sigismund, bleibt gut beraten,
vertraut auf Eure Fußsoldaten!«

Die letzten Verse sangen die einfachen Soldaten aus voller Kehle mit, und so mancher dachte dabei an seine Anführer, die in schimmernder Rüstung einhergingen, aber durchaus dem Bild entsprachen, das die Sängerin eben gezeichnet hatte.
Als das Lied endete, jubelten die Soldaten frenetisch, umringten die Frau und warfen ihr kleine Münzen zu.
Im Gegensatz zu ihnen glühte Hettenheim vor Wut. »Los, Männer, greift sie euch!«, rief er seinen Leuten zu.
Doch er wurde erneut von Ruppertus zurückgehalten. »Nein! Überwacht sie und sorgt dafür, dass ich nicht gestört werde, wenn ich sie gestellt habe.«
Dann ging er auf die Soldaten zu, die Marie umgaben, ohne weiter auf Hettenheim und dessen Leute zu achten. Als er den dichtesten Pulk der Zuhörer erreichte, kam er kaum voran, denn die Männer machten ihm nur widerwillig Platz. Während Ruppertus Marie nicht aus den Augen ließ und Hettenheim vor Wut die Fäuste ballte, als wolle er jemand

niederschlagen, redeten Loosen und Haidhausen leise, aber erregt aufeinander ein. Für sie war das Lied ein Schlag ins Gesicht gewesen, erinnerte es sie doch an den Kampf mit Michel Adler und die wenig heldenhafte Figur, die sie dabei abgegeben hatten.

Sie hätten die freche Sängerin am liebsten gepackt und an einen abgelegenen Ort verschleppt, um dort von ihr zu erfahren, von wem sie diese Geschichte gehört hatte. Wenn auf diese Weise bekannt wurde, auf welche Weise der Recke Hohenstein ums Leben gekommen war, würden sie als feige und ehrlos gelten, und kein Graf oder Fürst würde sie jemals wieder in seine Dienste nehmen. Außerdem befürchteten sie, Michel Adler könnte tatsächlich überlebt und die Sängerin geschickt haben, um ihnen seine Rache anzukündigen.

»Wir müssen die Frau unbedingt verhören«, flüsterte Loosen Haidhausen zu, während sie die Soldaten umgingen und Marie, die durch deren Reihen geschlüpft war, bis zu Nepomuks Gauklerwagen folgten.

»Keine Sorge! Das wird Seine Exzellenz, der Inquisitor, für uns erledigen«, sagte Hettenheim, der seine Gefolgsleute inzwischen eingeholt hatte, um diese zu beruhigen.

Er sah ihnen ihre Furcht an, bloßgestellt zu werden, und als er in sich hineinhorchte, entdeckte er bei sich die gleiche Sorge. Auch wenn die beiden Ritter und er bei Michels Tod im Grunde nur Janus Suppperturs Werkzeuge gewesen waren, so hatte dieser sich im Hintergrund gehalten. Sie aber hatten die Waffen gegen Michel Adler erhoben. Sollte der Mann tatsächlich überlebt haben, würde er alles tun, um sich an ihnen zu rächen.

Verärgert, weil diese Tatsache ihn noch fester an den Inquisitor aus Rom band, stiefelte Hettenheim zum Wagen des Gauklers und wies seine Männer an, den Karren zu umzingeln. Dabei achtete keiner von ihnen auf Nepomuk, der auf halbem Weg zu seinem Wagen auf die Gruppe aufmerksam geworden war und hinter einem anderen Wagen Deckung suchte. Nun sah er auch den Anführer der Verfolger herannahen, jenen schwarzen Mönch, der sich an Maries Fersen geheftet hatte. Dieser wechselte ein paar Worte mit Hettenheim, nickte dann zufrieden und ging auf den Vorhang zu, den Nepomuk vor seinem Wagen aufgespannt hatte, damit Marie sich in Ruhe umziehen konnte.

13.

Marie wischte sich gerade die Schminke aus dem Gesicht, als sie Schritte hörte. »Nepomuk, hast du etwas bemerkt? Ich leider nicht«, sagte sie enttäuscht, aber mit der leisen Hoffnung, ihr Verbündeter könnte mehr Glück gehabt haben.

Da klang auf einmal eine Stimme auf, die ihr seltsam bekannt vorkam, ohne dass sie im ersten Augenblick begriff, wem sie gehören konnte. »Du bist seit damals noch schöner geworden. Das kann auch die Schminkpaste nicht verbergen.«

Verwirrt drehte Marie sich um und erstarrte mitten in der Bewegung, als die Erinnerung kam. Sie schüttelte den Kopf und spürte, wie ihr vor Grauen schier das Blut in den Adern gerann.

»Ruppertus! Nein, das ist unmöglich! Du ... du bist doch tot!«

»Tot? Ja, das war ich! Elf Jahre lang hat mich das Feuer einer Leidenschaft verbrannt, die keine Erfüllung fand. Ich war tot und kalt bis ins Herz und habe im Mantel der Kirche und im Gebet versucht, dich zu vergessen. Doch es war vergebens. Denn du bist meine Bestimmung!«

Marie zitterte. Es war die Stimme eines Ungeheuers, das geradewegs aus der Hölle zurückgekehrt war, um sie ins Unglück zu stürzen. Sie konnte nicht begreifen, wie der Mann, der vor einem Dutzend Jahren ihr Leben zerstört und sie in die Gosse gestoßen hatte, seiner Strafe auf dem Scheiterhaufen entkommen war. Auch fasste sie es nicht, was sie da hörte, und nahm für ein paar Augenblicke an, sie stecke in einem üblen Traum, aus dem sie bald erwachen würde.

Ruppertus schob den Vorhang beiseite und kam auf sie zu. Mit seinem gesunden Auge starrte er Marie an, als wolle er sich ihr Bild ins Gedächtnis brennen.

»Du bist noch schöner geworden und immer noch voller Stolz!«, stieß er leidenschaftlich hervor. »Meine brennende Sehnsucht, die verzehrende Liebe zu dir ist nicht allein von dieser Welt, sondern der Wille des Herrn selbst! Er hat mich zu dir geführt, damit wir eins werden im Fleisch und Kinder zeugen, die weit über allen Menschen stehen und sich erheben werden zu den Herren dieser Welt!«

»Es war der Wille des Herrn, dich auf dem Scheiterhaufen brennen zu sehen!«, schrie Marie ihn hasserfüllt an.

Ruppertus winkte mit einem verächtlichen Lachen ab. »Dies war der Wille des Königs. Der Wille des Herrn war jedoch, dass ich errettet wurde! Er hat mir sein Zeichen aufgebrannt, auf dass ich seine Macht erkenne, die den Lebenden den Tod und den Todgeweihten das Leben bringen kann!«

Bei diesen Worten schlug er seine Kapuze zurück und legte die Maske ab.

Der Anblick war so grauenhaft, dass Marie glaubte, erbrechen zu müssen. Stirn und Wange waren von dicken, schwarzroten Narben bedeckt, unter denen eine Augenhöhle völlig verschwand. Es erschien ihr unglaublich, dass der Mann diese Verletzungen hatte überleben können. Dabei musste ihm der Herr der Hölle selbst geholfen haben. Ebenso sehr wie sein Körper hatte auch sein Verstand gelitten, das fühlte sie deutlich. Skrupellos war er schon früher gewesen, doch jetzt schien er keine Grenzen mehr zu kennen.

»Der Herr hat mich gezeichnet und geläutert und mir meine Bestimmung gezeigt, nämlich dich, Marie«, fuhr Ruppertus voller Inbrunst fort.

Marie schüttelte heftig den Kopf. »Es war nicht Gott, der dich gerettet hat, sondern der Teufel! Er hat dich mit seinem Höllenfeuer gezeichnet und zum Werkzeug seiner üblen Taten gemacht!«

»Verzeih, dass ich dich erschreckt habe!« Mit einer Geste, als wolle er um Entschuldigung bitten, setzte Ruppertus die Maske wieder auf und lächelte glückselig.

»Du wirst mich lieben lernen, Marie, und ich werde dir dafür das Reich, ja, die ganze Welt zu Füßen legen. All das werde ich tun, um dich zu besitzen. Du bist meine Bestimmung!«

Der letzte Satz klang wie ein Befehl an sie, jeden Widerstand aufzugeben und sich in ihr Schicksal zu fügen. Er trat auf Marie zu, umfasste ihren Kopf mit den Händen und zog sie an sich. Sein Mund glitt über ihre Schultern und ihren Hals und hinterließ eine so kalte Spur auf ihrer Haut, dass sie sich vor Ekel wand.

Sie wollte ihn von sich wegschieben, doch da packte er ihre Arme und drängte sie so heftig gegen den Wagen, dass sich dessen Bretter schmerzhaft in ihren Rücken bohrten.

»Du bist mein! Gemeinsam werden wir der Welt die Erlösung bringen.«

Ruppertus versuchte Marie zu küssen, doch sie drehte den Kopf weg und biss die Zähne zusammen. Gegen die Kraft

des Verrückten hatte sie keine Chance, das wusste sie. Daher ließ sie alles ohne Regung über sich ergehen, als wäre sie nur eine Puppe ohne eigenes Leben.
Überrascht, weil er keinerlei Reaktion von ihr erhielt, ließ Ruppertus Marie los und starrte auf ihre Handgelenke, die sich durch seinen harten Griff rot verfärbt hatten. Ein Teil seiner selbst drängte ihn dazu, sie dafür um Verzeihung zu bitten, doch er schob diesen Gedanken sofort wieder von sich. Gott hatte sie für ihn bestimmt, und es war in seinem Sinn, wenn er Marie so lange bestrafte, bis sie sich ihrer Bestimmung unterwarf.
Weit davon entfernt, sich Ruppertus' Willen zu beugen, blickte Marie ihn voller Verachtung an. »Ich kann dich nicht daran hindern, mir Gewalt anzutun, aber du wirst mich niemals besitzen. Ich verachte dich und habe dich schon immer verabscheut. Glaubst du, ich hätte vergessen, dass mein Vater auf dein Betreiben hin umgebracht wurde? Auch spüre ich immer noch den Schmerz der Rutenhiebe auf meinem Rücken, zu denen ich durch deine Intrige verurteilt worden bin! Vor allem aber habe ich die Zeit nicht vergessen, die ich mit gelben Bändern am Kleid durch das Land ziehen und meinen Leib jedem geilen Kerl anbieten musste, der bereit war, ein paar Pfennige dafür zu zahlen.
Damals habe ich deinetwegen viel ertragen müssen. Aber selbst der stinkende Atem eines Bierkutschers, die schmutzige Hand eines Schweinebauern oder die grobe Wollust eines verschwitzten Fußsoldaten sind nichts gegen den Ekel, den ich empfinde, wenn dein kleiner Finger mein Haar berührt!«
Maries Worte trafen Ruppertus wie ein Schlag, und sein Zorn wuchs, bis er innerlich zu verbrennen glaubte. Alles, was er sich seit jenen Tagen in Konstanz erhofft hatte, schien sich in Rauch aufzulösen. Eine Stimme in ihm sagte, dass er

das Zeichen Gottes falsch verstanden haben müsse. Es konnte nicht Marie sein, mit der er den neuen Herrn der Welt zeugen sollte. In dem Moment wurde das, was er in seinem Wahn Liebe genannt hatte, zu brennendem Hass, und er bog die Lippen zu einem verächtlichen Lächeln.

»Dann erinnere dich noch einmal an jene Augenblicke, in denen du unter Bierkutschern, Schweinebauern und Soldatenrüpeln gelegen bist – und daran, dass ich es war, der dir dazu verholfen hat! Du hättest an meiner Seite zu Höhen aufsteigen können, die kein anderes Weib je erreichen kann, doch du trittst meine Liebe in den Schmutz und bist daher dieser Ehren nicht würdig! Doch wenn ich dich nicht besitzen kann, so wird dich auch kein anderer mehr bekommen!«

Ruppertus zog seinen Dolch und richtete ihn auf Maries Gesicht. Bevor er sie tötete, wollte er ihre Schönheit zerstören, damit ihr Antlitz ihn nicht länger bis in seine Träume verfolgte. Er zögerte, weil er auf ihre Angst wartete und auf ihr Flehen, sie zu verschonen. Doch sie stand mit stolzer Miene vor ihm und wartete scheinbar völlig gelassen auf den tödlichen Stoß. Aber sie hatte sich noch nicht aufgegeben, das fühlte er. Sie würde um ihr Leben kämpfen, auch wenn sie nicht glaubte, ihm entkommen zu können.

Kochend vor Wut, setzte er ihr den Dolch an die Wange und ließ die Spitze langsam bis zum Hals wandern, ohne ihre Haut zu ritzen. Die pochende Ader an ihrem Hals zog seinen Blick auf sich. Wenn er dort schnitt, würde sie ihm in kürzester Zeit tot zu Füßen liegen und sein Sieg über sie vollkommen sein.

Nein, nicht vollkommen, durchfuhr es ihn. Er würde sie niemals vergessen können und es sich immer zum Vorwurf machen, dass er sie nicht kraft seines Geistes unterworfen und zu seiner Gefährtin gemacht hatte. Der Gedanke ent-

setzte ihn. Gott konnte doch nicht geirrt haben, als er ihm diese Frau als Mutter seiner Kinder versprochen hatte! Sein Stolz zwang ihn, mit der Klinge auszuholen und auf ihr Herz zu zielen. Doch als er zustoßen wollte, versagte ihm der Arm den Dienst.
Ruppertus begriff, dass er sie in jenem Augenblick hätte töten müssen, in dem er den Entschluss dazu gefasst hatte. Nun war es zu spät. Er hatte einfach nicht mehr die Kraft, sie umzubringen, zumindest nicht mit eigener Hand. Doch er konnte etwas anderes tun, nämlich ihr Schicksal in die Hände Gottes legen. Wenn der Herr im Himmel ihr half und sie errettete, war sie wahrlich die Auserwählte, die der Menschheit den neuen Erlöser schenken sollte, seinen Sohn! Zitternd vor Erregung, ließ er den Dolch fallen und trat von ihr zurück.
»Hettenheim!«, rief er und sah diesen zusammen mit Loosen und Haidhausen näher kommen.
»Sie will zu ihrem Mann! Also schickt sie zu ihm und werft ihren Leichnam den Schweinen zum Fraß vor.«
Nun musste es sich entscheiden. Gelang es den Männern, seinen Befehl auszuführen, hatte Gott Marie verworfen und würde ihm eine andere, eine reinere Braut schenken, durch die ein neuer Heiland die Erde betrat, der das Schlechte mit eiserner Hand ausmerzen und das Gute schirmen und schützen würde. Mit dieser Überzeugung kehrte er Marie und den Rittern den Rücken zu und ging zu Adalbert von Sachsens Zelt hinüber. Sigismunds Feldherr, so sagte er sich, sollte es noch bereuen, ihn nicht mit der Ehrfurcht empfangen zu haben, die ihm als Auserwähltem des Herrn gebührte.
Hettenheim konnte den Zorn über die Art, mit der Janus Suppertur ihn behandelte, kaum mehr verbergen. Daher drehte er dem Inquisitor den Rücken zu und starrte die schöne Frau an, die wie eine wachsame Katze wirkte. Sie

schien zu glauben, ihrem Schicksal doch noch entgehen zu können. Für einen Augenblick überlegte er, sie in den nahen Wald zu schleppen, ihr dort Gewalt anzutun und darüber sein eigenes plumpes Weib zu Hause zu vergessen. Dann aber erinnerte er sich an den Priester und dessen Stallmeister, die Marie ebenfalls hatten vergewaltigen wollen, und an die Strafe, die Janus Suppertur über die beiden verhängt hatte. Er hielt den Inquisitor für verrückt genug, genauso zu handeln, wenn sich auch nur einer von ihnen an der Frau verging. Daher wandte er sich mit einer wegwerfenden Geste an seine Begleiter.

»Michel von Hohenstein war Euch über, und ich musste vollbringen, was Ihr nicht geschafft habt. Doch sein Weibsstück werdet Ihr wohl noch ohne meine Hilfe zur Hölle schicken können!« Mit diesen Worten ging auch er und übersah dabei das Aufblitzen in Maries Augen.

Endlich hat sich der Schleier gehoben, durchfuhr es sie. Gleichzeitig verspürte sie die Bitterkeit ihrer Niederlage. Gegen zwei bewaffnete Ritter hatte sie keine Chance. Ihr blieb nur, die Männer zu verfluchen, die ihren Mann verraten hatten. Ob es den beiden gelungen war, Michel zu töten, würde sie nun nie mehr erfahren. Wenigstens würde sie mit dem Wissen vor Gottes Thron treten können, dass Loosen, Haidhausen und Hettenheim Michels Mörder waren und sie höchstwahrscheinlich auf Ruppertus' Gebot gehandelt hatten.

Loosen schickte Hettenheim einen verwunderten Blick nach, denn er hatte nicht erwartet, dass dieser ihnen die Frau überlassen würde. Dann aber wandte er sich Marie zu und packte sie bei den Haaren. Gleichzeitig drehte Haidhausen ihr die Arme auf den Rücken und stieß sie quer durchs Lager. Die beiden Ritter waren sich ihrer Überlegenheit über das schwache Weib so sicher, dass sie nicht darauf achteten, dass

Maries Körper sich spannte wie eine weit ausgezogene Bogensehne und sie auf die erste Möglichkeit zur Flucht lauerte. Zu schreien und auf die Hilfe der Soldaten zu hoffen, wagte Marie nicht, denn in dem Fall hätte Ruppertus seine ganze Autorität ausspielen und sie als Ketzerin denunzieren können. Sie traute ihm zu, über sie das gleiche Urteil fällen zu lassen, welches damals über ihn verhängt worden war. Sie selbst bekäme gewiss keine Chance, den Scheiterhaufen zu überleben. Da nahm sie den Umriss eines Menschen wahr, der ihnen folgte und dabei jede Deckungsmöglichkeit ausnützte. Seine Gestalt und seine Bewegungen verrieten ihr, dass es Nepomuk war. Obwohl sie sich nicht vorstellen konnte, wie der Zwerg mit zwei kampfgeübten Rittern fertig werden konnte, schöpfte sie Hoffnung.

14.

Mittlerweile war finstere Nacht, und Haidhausen ließ sich eine Fackel reichen, damit er den Weg ausleuchten konnte. Als sie, von den fragenden Blicken der Wachen am Tor verfolgt, weitergingen, brachten Windstöße die Wipfel der Bäume zum Tanzen.

»Es zieht ein Sturm auf!«, rief Loosen Haidhausen zu. »Daher sollten wir die Sache rasch hinter uns bringen und dann ins Lager zurückkehren. Ich habe keine Lust, bei einem Gewitter im Wald herumzuirren.«

»Ich auch nicht! Besonders, wenn der Sturm die Fackel ausbläst. Ich hasse es, mir den Weg im Dunklen suchen zu müssen.« Haidhausen musste die Fackel bereits so halten, dass sie halbwegs von seinem Körper geschützt wurde.

»Erledigen wir es doch gleich hier! Die Bäume stehen dicht genug. Verdammt, warum muss uns auch noch ein Unwetter dazwischenkommen? Ich hätte dieses Weibsstück gerne vorher auf den Rücken gelegt.« Mit diesen Worten stieß Haidhausen Marie zu Boden und zog sein Schwert.

Bevor er zum Schlag kam, tauchte eine Gestalt neben ihm auf. Marie erkannte Nepomuk und sah, wie dessen Dolch sich in Haidhausens Unterschenkel bohrte. Einen Augenblick später war der Gaukler wieder in der Dunkelheit verschwunden.

Das Ganze war so schnell vor sich gegangen, dass Loosen nichts wahrgenommen hatte und sich wunderte, wieso sein Kumpan auf einmal torkelte und aufstöhnte. Da griff Nepomuk erneut an und hieb die Achillessehne an Haidhausens anderem Bein durch.

Der Ritter stürzte mit einem nicht enden wollenden Schrei zu Boden. Doch nun hatte Loosen den Störenfried bemerkt und schwang sein Schwert. Er traf jedoch nur ein paar Zweige, die vom Wind gepeitscht wurden.

Nepomuk versuchte, den Ritter hinter sich her in den Wald zu locken. Doch Loosen blieb stehen und beugte sich über seinen Freund. Bodo von Haidhausen saß am Boden, umklammerte seine Unterschenkel und schrie vor Schmerz. Sein Schwert hatte er bei dem Sturz verloren, es lag nun im dunklen Gebüsch.

»Bist du verletzt?«, fragte Loosen überflüssigerweise und starrte entgeistert auf das Blut, das zwischen den Fingern seines Freundes hervorquoll.

Marie nutzte die Tatsache aus, dass die beiden Männer abgelenkt waren, robbte in die Richtung, in der Haidhausens Schwert liegen musste, und tastete danach. Sie berührte zuerst die Klinge, fand dann den Griff und umklammerte ihn. Als sie sich mit der Waffe in der Hand erhob, wurde Loosen auf sie aufmerksam.

»Du glaubst doch nicht etwa, ich fürchte mich vor einem Weib!«, spottete er und holte mit seiner Waffe aus.
Mit zusammengebissenen Zähnen parierte Marie seinen harten Hieb und ging ihrerseits zum Angriff über. Beinahe hätte sie den Ritter überrascht, doch mit einer schnellen Drehung gelang es ihm, ihrem Schlag auszuweichen. In der gleichen Bewegung riss er die Fackel aus dem Boden und streckte sie ihr entgegen, um sie zu blenden. Dann schlug er blitzschnell zu.
Zu seiner Verblüffung gelang es Marie, ihn abzuwehren.
Stumm dankte sie Gott für die vielen Übungsstunden, in denen Michel sie die Kunst des Schwertkampfs gelehrt hatte. Damals hatte er sie häufig getadelt, weil sie nicht aufmerksam genug gewesen war. Nun aber focht sie mit eiserner Konzentration, denn sie hatte den Mann vor der Klinge, der Michel verraten hatte. Zumindest einen der Männer, schränkte sie ein, während sie eine blitzschnelle Finte machte und plötzlich von der anderen Seite zuschlug.
Da Loosen diesen Hieb nicht erwartet hatte, schnitt Maries Schwert sich tief in sein Fleisch. Der Ritter stieß einen Schrei aus, der ebenso Überraschung wie rasende Wut ausdrückte, wich aber zurück, weil der Schmerz seinen Arm lähmte.
»Seid Ihr etwa überrascht, mein Herr? Wie Ihr seht, hatte ich einen guten Lehrmeister. Aber den kanntet Ihr ja!« Mit einem schnellen Schritt war Marie bei Loosen und stieß ihm das Schwert in den Leib.
Sie sah noch, wie der Verräter zu Boden sank, und drehte sich dann zu Haidhausen um. Doch Nepomuk war bereits bei ihm und schlitzte ihm die Kehle auf. Obwohl sie eben selbst einen Mann getötet hatte, wurde Marie bei der kaltblütigen Art des Gauklers übel.
Sie atmete mehrmals tief durch und sagte sich, dass sie bereits einiges erreicht hatte. Mit Hannes Mühldorfer, Gunter

von Loosen und Bodo von Haidhausen waren drei Männer tot, die sich gegen sie und ihren Michel verschworen hatten. Doch es bereitete ihr keine Befriedigung. Im Grunde waren die beiden, die hier lagen, hirnlose Totschläger gewesen, die nach Ruppertus' Willen gehandelt hatten.
Der Sturm zerrte an Maries Kleid und ließ ihre Haare aufstieben. Im schwachen Schein, der von den Feuern im Lager ausging, sah sie, dass die Baumwipfel sich bogen, im nächsten Augenblick zuckten auch schon die ersten Blitze über den Himmel, gefolgt von mehreren harten Donnerschlägen. Noch regnete es nicht, doch Marie spürte eine plötzliche Kälte, die ankündete, dass sich bald ein Platzregen entladen würde. Im flackernden Licht der Fackel wischte Marie sich eine Träne von der Wange und starrte dann auf ihre Finger, an denen Reste der weißen Schminke klebten. Sie hatte viel gewagt und wusste endlich, wer ihr Feind war.
Eigentlich hätte sie froh sein müssen, nicht mehr im Dunkeln zu tappen. Doch wie sollte sie sich mit einem Mann messen, der schier aus dem Jenseits wiedergekehrt war? Mit einer energischen Bewegung schüttelte sie ihre Zweifel ab und reckte die Faust in den von Blitzen zerfurchten Himmel. Dabei musste sie schreien, um das pausenlose Grollen des Donners zu übertönen.
»Beim Leben meiner Tochter, bei der Liebe meines Mannes und dem Rest von Ehre, der mir noch verblieben ist, schwöre ich, Marie Schärer, einst Bürgerstochter, dann Wanderhure, später Kastellanin und jetzt Vogelfreie, meinem Verderber Rache! Gott sei mein Zeuge! Ruppertus Splendidus, ich werde dich töten!«
Nepomuk sah ihr wie gebannt zu. Mehr noch als im Lager spürte er den Zorn, der Marie erfüllte, aber auch ihren unbändigen Willen, mit ihrem Feind abzurechnen. Eine Frau wie sie hatte er noch nie kennengelernt, und er würde es

wohl in seinem ganzen Leben nicht mehr tun. Doch über ihrem Ziel durfte Marie nicht das Jetzt und Heute vergessen.
»Wir sollten zusehen, dass wir von hier fortkommen. Allerdings dürfen wir die beiden Ritter nicht in der Nähe des Feldlagers liegen lassen, sonst werden sie morgen von den Holzsammlern gefunden. Nicht weit von hier führt eine Straße nach Osten. Bleib hier und warte auf mich! Ich hole meinen Wagen. Wir laden die Toten auf und lassen sie an einer sichereren Stelle zurück.«
Marie schüttelte sich wie im Fieber und nickte dann. »Ja, bitte tu das!«
»Ich lasse dir die Fackel hier.« Zögernd wandte Nepomuk sich ab und kämpfte mit dem Gefühl, mit jedem Schritt auf das Lager zu wieder zu dem zu werden, was die Menschen in ihm sahen, nämlich zu einem Hanswurst und Narren. Dabei hatte er sich für ein paar Augenblicke wie ein Held gefühlt.
Um zu verhindern, dass andere bemerkten, aus welcher Richtung er kam, schlug er einen Bogen und betrat erst dann das Lager. Die Soldaten dort kannten ihn und hatten oft genug über seine derben Scherze gelacht. Daher winkten sie ihm zu und ließen ihn ungefragt passieren.
Auf dem Weg zu seinem Wagen kam er an dem Teil des Lagers vorbei, in dem die Huren untergebracht waren. Das nahende Unwetter hatte die Soldaten anscheinend hitzig werden lassen, denn vor den Zelten standen die Männer in langen Schlangen an. Die Frauen haben gut zu tun, dachte Nepomuk. Er gönnte ihnen das Geschäft, bedauerte aber den Umstand, denn er hätte sich gerne von ihnen verabschiedet. Solange ein Mann wie der unheimliche Inquisitor im Lande war, durfte er es wohl nicht mehr riskieren, in dieses Feldlager zurückzukehren.
Marie hatte den schwarzen Mönch erkannt und ihn Ruppertus Splendidus genannt. Auch hatte sie ihn beschuldigt,

aus der Hölle zurückgekehrt zu sein, um ihr Leben ein zweites Mal zu zerstören.
Kurz erwog er, sich an Janus Suppertur heranzuschleichen und ihn zu töten, damit Marie endlich ihren Frieden fand. Doch seinen Heldenmut hatte er im Kampf mit Haidhausen aufgebraucht, und bei dem Gedanken an die Martern, denen man ihn unterwerfen würde, wenn er einen Inquisitor umbrachte, schüttelte es ihn. Daher eilte er rasch weiter. Bei seinem Wagen angekommen, sah er, dass der Vorhang, den er aufgespannt hatte, vom Sturm weggerissen worden war. Die Zeit, ihn zu suchen, konnte er sich nicht nehmen. Rasch lud er die Sachen auf, die noch im Freien standen, zurrte alles fest und holte seinen Gaul, um ihn einzuspannen.
Das Pferd sah älter aus, als es war, und wirkte so knochig und dürr, als könnte es jeden Augenblick zusammenbrechen. Vieles davon war jedoch Täuschung. Nepomuk hatte lange suchen müssen, um diesen Gaul zu finden. Waren die Pferde zu gut, nahmen die Soldaten sie dem fahrenden Volk ab und verwendeten sie für den Tross. Also musste ein gutes Pferd aussehen wie ein schlechtes.
Der Zwerg grinste, als er daran dachte. Zwar fühlte er sich nicht zum Helden berufen, doch ein schlauer Kopf auf den Schultern war häufig mehr wert als ein starker Schwertarm. Vielleicht konnte er Marie noch einmal auf seine Weise helfen. Zufrieden mit sich trieb er das Tier an und kutschierte seinen Wagen zum Lagereingang. Die Wachen dort sahen ihn kommen und lachten verwundert.
»Was ist denn in dich gefahren, Nepomuk? Es ist noch nicht einmal Mitternacht. Willst du bei diesem Unwetter in die Dunkelheit hineinfahren?«, fragte ihr Anführer.
»Ihr könntet mir eine Fackel geben, damit ich etwas sehen kann. Ja, ich muss weg, Freunde. Da der König nicht kommt,

ist meine Kunst hier nicht vonnöten«, gab Nepomuk grinsend zurück.
Während einer der Wachtposten ihm eine Fackel reichte, winkte ein anderer ab. »Dir geht es weniger um den König als um den Sold, den er uns seit Monaten schuldig geblieben ist. Solange wir kein Geld haben, können wir dir auch keines für deine Kunststücke geben.«
»Aber zu den Huren gehen könnt ihr!«, antwortete Nepomuk und wies auf die Männer, die immer noch vor deren Zelten anstanden.
Nun lachten die Wachtposten schallend. »Du kennst doch den Spruch: Weib, Wein und Gesang. Wenn man zu wenig Geld hat, ist dein Gesang als Erstes überflüssig, und wir beschränken uns halt auf Weib und Wein.«
»Wenn wir wenigstens Wein hätten«, stöhnte ein anderer. »Aber der Nachschub stockt schon wieder! Ich kann Nepomuk verstehen, dass er sich einen Platz suchen will, an dem es wenigstens etwas Gutes zu trinken gibt.«
»Ich wünsche euch auf alle Fälle, dass bald Nachschub und damit auch neuer Wein kommt und euer Sold ausgezahlt wird. Dann bin ich auch wieder da!«
Nepomuk winkte den Männern noch einmal zu und klatschte der mageren Mähre die Zügel auf den Rücken. Gehorsam zog das Tier an, und das Feldlager blieb rasch hinter ihm zurück.
Bereits beim nächsten Kreuzweg bog Nepomuk ab und fuhr auf einem schmalen, unebenen Weg in die Richtung, in der er Marie zurückgelassen hatte. Obwohl er ein gutes Orientierungsvermögen hatte, brauchte er eine Weile, bis er die Stelle fand, und atmete erleichtert auf, als der Lichtschein einer Fackel auf ihn zukam und er Marie erkannte. Er hatte bereits befürchtet, sich bei dem unheimlichen Licht der Blitze verfahren zu haben.

»Da bin ich«, sagte er überflüssigerweise.
Marie lächelte wie befreit. »Ich war schon in Sorge, du würdest mich verfehlen.«
»Ich bin keiner von diesen königlichen Fuhrleuten, die ohne einen Führer nicht einmal das große Lager finden«, gab Nepomuk grinsend zurück. Dann stieg er ab, band die Zügel an einen Baumstamm und zuckte bei einem besonders lauten Donnerschlag zusammen.
»Da hat es ganz in der Nähe eingeschlagen!«
So ganz war ihm das Toben der Natur nicht geheuer. Er sah aber ein, dass das Unwetter ihr Glück war, denn es würde ihnen einen guten Vorsprung verschaffen. Sowie man die beiden Ritter vermisste, würde Ruppertus Splendidus sich auf ihre Spur setzen und nicht eher aufgeben, bis er entweder sein Ziel erreicht hatte oder tot war.
»Hilf mir, die beiden Kerle in den Wagen zu legen«, forderte er Marie auf.
Sie steckte die Fackel so in den Boden, dass er die Toten sehen konnte. »Ich habe sie schon neben den Weg geschleift, damit es schneller geht.«
Nepomuk nickte anerkennend. »Du bist eine kluge Frau! Wenn ich jemals heiraten sollte, muss mein Weib so sein wie du.«
Dabei dachte er, dass er nach einer solchen Frau wohl über das Jüngste Gericht hinaus würde suchen müssen.
Gemeinsam hoben sie Loosen auf und steckten ihn in den Wagen. Ihm folgte Haidhausen, dann nahmen sie auf dem Bock Platz, und Nepomuk lenkte seinen Wagen ostwärts in den beginnenden Wolkenbruch hinein.
Sie fuhren die ganze Nacht hindurch und gönnten dem Pferd erst am Morgen eine Pause, damit es grasen konnte. Marie fühlte sich müde und zerschlagen, vermochte aber nicht zu schlafen. Sowie sie die Augen schloss, sah sie Ruppertus'

grässlich zerstörtes Gesicht vor sich. Er hatte viel gelitten, doch das war nur eine geringe Strafe für all seine Untaten, zumal das Schicksal ihm ungeheure Macht und großes Ansehen verliehen hatte, so dass er erneut und weitaus machtvoller als damals in ihr Schicksal eingreifen konnte.
Nicht nur in ihres, korrigierte sie sich. Auch in das von Isabelle de Melancourt und König Sigismund. Marie fasste nach dem Siegelring, den sie von der Äbtissin bekommen hatte und nun an einer Silberkette um ihren Hals trug. Auch diese Mission schien gescheitert zu sein, bevor sie begonnen hatte. Dabei wäre es wichtig gewesen, Graf Sokolny davon zu überzeugen, dass er sich mit dem König verbünden musste. Solange sie das nicht erreicht hatte, gab es für Sigismund keinen Grund, auch nur den kleinen Finger zu ihren Gunsten zu rühren.
Marie zischte eine Verwünschung und sah dann Nepomuk auffordernd an. »Wir sollten die beiden Leichen aus dem Wagen werfen. Hier findet sie so leicht keiner!«
»Ich weiß nicht. Mir erscheint es besser, noch ein wenig zu warten. Ich habe ein komisches Gefühl.« Nepomuk fing seinen Gaul wieder ein und spannte ihn vor den Wagen. »So, du hast genug gefressen! Im Gegensatz zu dir mussten wir auf das Frühstück verzichten.«
»Es regnet zu sehr, als dass wir ein Feuer hätten entzünden können.« Marie seufzte, denn ein warmer Morgenbrei wäre genau das gewesen, was sie sich im Augenblick gewünscht hätte. Dann aber zuckte sie mit den Achseln. Sie befand sich auf der Flucht und würde wohl noch einige Zeit auf jedwede Annehmlichkeit verzichten müssen.
»Es ist weniger wegen dem Regen. Ein kleines Feuer hätten wir mit einer Plane abdecken können, doch das Holz ist feucht und würde zu stark rauchen. Das könnte die falschen Leute auf uns aufmerksam machen!«

Nepomuk zwinkerte Marie zu und forderte sie auf, wieder auf den Wagen zu steigen. Er folgte ihr und griff dabei nach hinten in eine Truhe. Als er die Hand wieder zurückzog, hielt er einen Rest Brot in der Hand, den er Marie reichte.
»Schneide es in zwei Teile! Aber halte es vorher in den Regen, denn es muss erst ein wenig aufweichen. Eines verspreche ich dir: Wenn wir das nächste Mal fliehen müssen, lade ich den Wagen vorher mit frischem Brot voll!«
»Eine Flucht tritt man meistens nicht nach langer Planung und Vorbereitung an«, antwortete Marie herb.
Ihre Miene verhärtete sich wieder, und während der nächsten Meilen weilte ihr Geist in weiter Ferne. Sie dachte an Trudi und Hiltrud, die treue Freundin, und an Michel, von dem sie noch immer nicht wusste, ob er Ruppertus' feigen Anschlag lebend überstanden hatte.
Während Nepomuk seine Mähre ostwärts lenkte, musterte er Marie immer wieder. Der Regen hatte die Farbe aus ihrem Haar und die Reste der weißen Schminke von ihrem Gesicht gewaschen, und nun glich sie einer ins Wasser gefallenen Katze. Dennoch erschien sie ihm wunderschön. Aber sie war viel zu ernst, setzte er für sich hinzu und beschloss, sie ein wenig aufzuheitern. Ansatzlos begann er zu lachen und riss Marie damit aus ihrem Grübeln.
»Was ist denn jetzt so lustig?«, fragte sie verärgert.
Nepomuk verzog das Gesicht zu einem übermütigen Grinsen. »Ich kann diesen Inquisitor gut verstehen. Er und ich haben sehr viel gemeinsam.«
»Wie kommst du auf so etwas?«
»Auch ich würde den König verraten, das Reich in Flammen setzen und Gott verleugnen, wenn du dafür an meiner Seite bliebest.«
Nun huschte der Anflug eines Lächelns über Maries Gesicht. »Du bist ein Narr!«

»Ja, das bin ich«, murmelte Nepomuk, und es klang bedauernd.
Er spürte, dass er zwar auf ihre Freundschaft hoffen konnte, aber nicht auf mehr. Nun beneidete er den Mann, dem ihre Liebe und Treue galt, und sagte sich, dass dieser ein besonderer Mensch sein musste. Er wollte Marie jedoch beweisen, wozu er fähig war, und dabei würden die beiden Toten im Wagen ihm helfen. Das war jedoch nichts, was er ihr schon jetzt verraten wollte.
So lenkte er den Wagen weiter durch den Regen. Während die Mähre mit hängenden Ohren zog, gingen Maries und Nepomuks Gedanken eigene Wege.

15.

Etliche Dutzend Meilen weiter im Westen und um einiges sicherer als im umkämpften Böhmen saß Sigismund, deutscher König und Anwärter auf die Kaiserkrone Karls des Großen, in seiner Nürnberger Burg und blickte angespannt auf das Schachbrett auf dem Tisch. Er streckte die Hand aus, um eine Figur zu bewegen, zog sie wieder zurück. Daraufhin hörte er Isabelle de Melancourt leise lachen. Die Äbtissin hatte das Kloster, in dem sie Marie beschützt hatte, verlassen, nachdem Ruppertus mit seinen Männern abgerückt war. Nun hielt sie sich in Nürnberg auf, um ihren Einfluss auf Sigismund zu sichern.
Im Augenblick ging es zwar nur um ein Schachspiel, dennoch stichelte sie ein wenig. »Es ist richtig, sich jeden Zug gründlich zu überlegen, doch zu langes Zaudern wird oft als Zeichen von Schwäche ausgelegt.«

Entschlossen ergriff Sigismund den Springer und grinste, als er diesen zog. »Springer c3-b5. Gardez la reine …«
Im nächsten Augenblick blickte er auf und sah durch das Fenster zum Nachthimmel empor. »Es ist Vollmond und Marie Adlers Frist abgelaufen. Das ist ebenso schade wie der verlorene Ring. Ich verurteile Euch dazu, ihn mir zu ersetzen. Immerhin handelte es sich um ein Meisterstück der Goldschmiede zu Oberstein.«
Isabelle blickte nun ebenfalls zum Mond empor, ohne auf die letzte Bemerkung einzugehen. »Vielleicht lebt Marie noch. Immerhin ist sie klug und kühn. Außerdem gibt es Freunde, die ihr helfen könnten.«
»Ich weiß, Ihr habt sie gesehen!« Sigismund grollte leicht, denn er konnte nicht begreifen, weshalb die Äbtissin ein so großes Interesse an dieser Frau zeigte.
»Ja, das habe ich! Aber mir ist auch der Inquisitor begegnet. Er ist kein Sohn Gottes, sondern ein Dämon aus der Hölle! Ihr hättet ihm verbieten sollen, Euren Hof zu verlassen. Obwohl – der Mann wäre Marie auch dann gefolgt.«
Ihre Zweifel an seiner Autorität erbosten Sigismund umso mehr, als er wusste, dass Isabelle recht hatte. Da Janus Suppertur jedoch nicht der Mann war, über den er gerne sprechen wollte, wechselte er das Thema.
»Es ist schade, dass es Marie nicht gelungen ist, Kontakt zu Sokolny herzustellen. Jetzt sitzt der böhmische Graf immer noch mit gezücktem Schwert an meiner Flanke und behindert jede Aktion, die ich gegen Fürst Vyszo und dessen Hussiten plane.«
»Wenn der erste Pfeil nicht trifft, sollte man einen zweiten im Köcher haben«, erklärte Isabelle mit einem nachsichtigen Lächeln.
Sigismund winkte mit einer heftigen Bewegung ab. »Ihr und Eure Pläne!«

Dann aber schob er das Schachbrett beiseite und sah sie durchdringend an. »Was würdet Ihr mir in dieser Situation raten?«
»Bietet Sokolny Eure Unterstützung an und helft ihm, sich gegen Fürst Vyszo zu behaupten.«
Sigismund verzog abschätzig den Mund. »Sokolny wird keinen einzigen Soldaten von mir annehmen, da Vyszo sonst glauben würde, er hätte sich mir angeschlossen. Ganz abgesehen davon, kann ich es mir gar nicht leisten, ihm so viele Krieger zu schicken, wie für die Verteidigung seines Herrschaftsgebiets nötig wären!«
»Krieg kostet nun einmal Geld. Wäre es nicht angebracht, dies Papst Martin in Rom mitzuteilen, damit er seine Truhen öffnet, um Euch zu unterstützen, mein König?« Isabelle lächelte, als hielte sie dies für eine gute Idee.
Der König fuhr auf. »Den Teufel wird er tun! Wahrscheinlich wird Martin V. mir einen zweiten Schwarzrock schicken, der mir ins Gewissen reden soll. Womöglich einen noch schlimmeren als diesen Janus Suppertur!«
»Ich glaube kaum, dass ein noch üblerer Mensch in Rom zu finden ist als dieser Inquisitor«, schränkte Isabelle mit sanfter Stimme ein.
»Der Papst wird mir schreiben, dass es meine Pflicht als gläubiger Sohn der Kirche und Anwärter auf den Thron der Cäsaren sei, die Ketzer in Böhmen auf meine eigenen Kosten niederzuwerfen. Als Sühne, weil es so lange dauert, darf ich dann zusätzlich ein paar Klöster stiften und mit reichlich Land ausstatten, so dass sich meine Steuereinnahmen noch weiter verringern. Dabei sind sie jetzt schon zu niedrig, um wie ein König leben zu können, geschweige denn wie ein Kaiser!«
»Das«, so riet Isabelle nachsichtig, »solltet Ihr dem Papst nicht mitteilen, sonst findet er, dass er richtig handelt, wenn er Euch auch weiterhin die Kaiserkrone versagt.«

»Er hetzt mich in den Krieg gegen die Hussiten, um es mir unmöglich zu machen, mit einem Heer über die Alpen zu ziehen und ihm in Rom klarzumachen, wer der wahre Herrscher ist. Das aber haben viele Kaiser vor mir getan!«, antwortete Sigismund erbittert.

Er lief vor Wut rot an, und so hob Isabelle beschwichtigend die Hand. »Nicht alle Könige waren erfolgreich! Doch wir sollten wieder auf Sokolny zurückkommen. Schickt ihm keine Soldaten, sondern Waffen!«

»Die kosten auch Geld! Dabei habe ich kaum genügend Ausrüstung für meine eigenen Männer. Wollt Ihr mich noch schwächer machen, als ich bereits bin?«

Isabelle begriff, dass sie Sigismunds Zorn besänftigen musste, wenn sie Erfolg haben wollte. Daher berührte sie seinen Arm und sah ihm in die Augen. »Ich denke nicht an Rüstungen, Schwerter und Schilde, mein König. Eure Schmiede haben die Luntenschlösser der Handbüchsen verbessert. Bietet Sokolny diese Waffen an.«

»Ich soll Sokolny unsere Tannenbergbüchsen schenken? Seid Ihr übergeschnappt?«

Sigismund war kurz davor, das Gespräch zu beenden und Isabelle fortzuschicken. Die verbesserten Handbüchsen waren die einzige Waffe, mit der er hoffte, Vyszos Hussiten in Schach halten zu können. Ausgerechnet diese wertvollen Stücke sollte er einem Mann anvertrauen, der sich bis jetzt jeder Forderung verweigert hatte, sich ihm zu unterwerfen oder wenigstens anzuschließen?

Ohne auf Sigismunds sichtliche Erregung einzugehen, nickte Isabelle. »Wenn Ihr nicht zulassen wollt, dass Fürst Vyszo über kurz oder lang Sokolny überrennt, müsst Ihr etwas tun. Überlasst Ihr dem böhmischen Grafen die Handbüchsen, zeigt Ihr damit, dass Ihr ihm vertraut. Das könnte ihn geneigt machen, sich Euch anzuschließen. Auf jeden Fall aber verhindert Ihr mit dieser Geste, dass Fürst Vyszo ihn auf seine Seite ziehen kann.«

»Das sehe ich ein«, antwortete Sigismund mit widerwilliger Bewunderung. »Aber wie stellt Ihr Euch das vor? Sokolny hat bislang auf keine einzige Botschaft reagiert, die ich ihm habe zukommen lassen.«

»Ihr sollt ihm ja auch keine Botschaft senden, sondern diese Waffen. Erteilt Graf Hettenheim den Befehl, die Luntenbüchsen zu Sokolny zu bringen. Damit trennt Ihr Euren Vetter auch von Janus Suppertur, der dessen Schar als Leibgarde verwendet, und schlagt gleich zwei Fliegen mit einer Klatsche!«

»Wenn Sokolny die Handbüchsen erhält, habe ich selbst keine Möglichkeit mehr, seine Burg einzunehmen«, wandte Sigismund ein. »Dabei kann ich es mir auf Dauer nicht leisten, ihn dort frei schalten und walten zu lassen. Entweder er erkennt mich als seinen Herrn an, oder ...«

»... Ihr wartet bis zum Sankt-Nimmerleins-Tag auf die Kaiserkrönung durch Papst Martin. Nein, mein Herr, das solltet Ihr nicht! Einem deutschen König mag Graf Sokolny die Gefolgschaft verweigern, vor einem Kaiser jedoch muss er das Knie beugen.«

Isabelle lächelte noch immer und stellte dann die Figuren des Schachspiels neu auf. »Erweist mir doch die Güte, eine weitere Partie mit mir zu spielen.«

Sigismund musterte sie mit einer Mischung aus Bewunderung und Misstrauen. Noch wusste er nicht, ob er ihren Rat annehmen und sich auf ein so gefährliches Spiel einlassen sollte. Doch um die Herrschaft in Böhmen zu erringen, brauchte er entweder einen entscheidenden Sieg – und der schien derzeit so fern wie der Mond – oder einen Verbündeten, der ihm dabei helfen konnte, erst einmal seinen eigenen Besitz vor weiteren Angriffen der Hussiten zu schützen.

Nicht zum ersten Mal bedauerte er, dass die großen geistlichen Fürstentümer des Reiches fernab von Böhmen lagen. Mehrere Kriegs- und Plünderungszüge der Hussiten durch die Lande der Fürstbischöfe von Köln, Trier und Mainz hätten diesen Herren schon gezeigt, dass es besser wäre, sich beim Papst zu seinen Gunsten zu verwenden. So aber musste er den Krieg gegen die Ketzer allein führen, und der fraß langsam seine sämtlichen Reserven auf.

VIERTER TEIL

Die Hussiten

1.

Marie und Nepomuk kamen nicht so schnell voran, wie sie gehofft hatten. Das Unwetter weichte die Wege auf, und die Räder des Wagens versanken tief im Morast. Zwar mühte sich das Pferd redlich, das Gefährt zu ziehen, doch sie mussten ihm immer wieder Pausen gönnen und sich selbst etliche Male gegen den Wagenkasten stemmen, um das Gefährt aus dem Schlamm zu befreien. Darüber hinaus gab es noch einen zweiten Grund, der Zeit erforderte.

»Willst du es wirklich wagen?«, fragte Nepomuk, als sie am ersten Abend nach ihrer Flucht in einem dichtbewachsenen Windbruch ihr Nachtlager aufschlugen.

»Ja! Da Michel von seinen eigenen Kameraden angegriffen worden ist, kann er nicht mehr zu den Truppen des Königs zurückkehren. Daher nehme ich an, dass er sich entweder Graf Sokolny oder gar Fürst Vyszos Hussiten angeschlossen hat. Dort will ich ihn suchen.« Maries Stimme klang so entschlossen, dass der Gaukler keinen weiteren Versuch mehr machte, ihr das Vorhaben auszureden.

»Du solltest dich vorsehen! Weder die Hussiten noch Sokolnys Leute machen viel Federlesens mit jemand, den sie für einen Spion halten. Dabei spielt es keine Rolle, ob es ein Mann oder eine Frau ist.«

»Ich weiß! Aber ich habe mir alles genau überlegt. Ich werde mich als Mann verkleiden, denn die Krieger nehmen eine Frau meistens nicht ernst. Deine Hemden müssten mir passen, und ich könnte eine deiner Hosen für mich länger machen.«

Marie überlegte, was sonst noch wichtig werden konnte, und kam auf einen Punkt, den sie bislang nicht berücksichtigt hatte. »Ich darf nicht als Deutscher gehen, sonst bringen mich die Hussiten sofort um!«
Nepomuk antwortete mit einem Lachen. »Dafür müsstest du die Sprache der Böhmen beherrschen. Und ich glaube nicht, dass heute Nacht ein Engel vom Himmel steigen wird, um sie dir ins Ohr zu blasen.«
»Sprichst du sie?«, fragte Marie.
»Recht gut! Früher bin ich mit meinem Wagen bis nach Prag und Brünn gefahren, um meine Kunststücke zu zeigen. Aber seit dem Aufstand der Hussiten ist das nicht mehr möglich. Dabei waren die Leute dort recht großzügig – und sie brauen ein köstliches Bier.«
Nepomuk seufzte, als er daran zurückdachte, doch Marie ließ ihm nicht die Zeit, seinen Erinnerungen nachzuhängen. »Du musst mir ein paar Redewendungen beibringen, damit ich die Leute in ihrer Sprache begrüßen kann!«
»Das wird nicht reichen. Sie werden trotzdem erkennen, dass du eine Deutsche bist.«
»Du meinst ein Deutscher!« Maries Lächeln erreichte diesmal nicht ihre Augen. »Ich werde mich als Sohn eines Böhmen ausgeben, der nach Konstanz ausgewandert ist. Das erklärt, warum ich nur ein paar Worte ihrer Sprache kenne.«
»Du bist sehr mutig! Ich wünschte, ich wäre an der Stelle deines Mannes.« Der Zwerg gab damit seine geheimsten Gedanken preis, aber er wusste, dass diese Frau für ihn so unerreichbar war wie der Mond.
Marie sah ihn kopfschüttelnd an. »Dann wärst du wahrscheinlich jetzt schon tot!«
»Aber ich hätte vorher alle Glückseligkeit der Welt in deinen Armen gefunden. Ach, vergiss mein Geschwätz! Such deinen Mann und finde ihn. Gott wird nicht zulassen, dass

er tot ist, nachdem du seinetwegen so viel hast erleiden müssen. So, heute können wir ein kleines Feuer riskieren. Ich werde Holz suchen, das trocken genug ist. Dann kannst du uns eine Suppe kochen. Sie wird uns guttun.«

»Wie sieht es mit deinen Vorräten aus?«, fragte Marie.

»Wahrscheinlich besser als in Sigismunds Feldlager«, antwortete Nepomuk lachend.

»Wenn ich kochen soll, müssen die beiden Männer vom Wagen herunter und am besten ganz weit weg gebracht werden.«

»Na, dann hilf mir mal!« Noch während er es sagte, stieg Nepomuk auf den Wagen und wuchtete die erste Leiche hoch.

Marie wand sich vor Abscheu vor den Toten, biss aber die Zähne zusammen und half dem Gaukler, sie vom Wagen zu heben und ein Stück in den Wald hineinzutragen. Als es getan war, rieb sie sich die Hände mit dem feinen Sand ab, den sie im Bett eines nahen Baches fand, und spülte sie gründlich im Wasser. Dabei schwor sie sich, die beiden Ritter hier zurückzulassen, ganz gleich, was Nepomuk für Einwände brachte.

Unterdessen riss der Zwerg Rinde von umgestürzten Bäumen und brach mit einem Messer trockenes Holz heraus. Als Nächstes schnitt er vier junge Bäumchen kurz über der Wurzel ab, entastete sie und steckte sie in den Boden. Schließlich befestigte er ein Stück Tuch wie ein Dach an ihnen. Als er Maries fragenden Blick sah, lächelte er. »Damit wird der Rauch daran gehindert, gerade aufzusteigen. Außerdem deckt das Tuch den Feuerschein ab, den man sonst ein Stück weit sehen würde.«

»Verbrennt das Tuch denn nicht?«, fragte Marie.

»Nicht wenn wir das Feuer nur mäßig schüren. Aber wir wollen ja kein Johannisfeuer entzünden.« Nepomuk lachte, schlug dann einen Funken und brachte damit ein wenig zerfaserte Wolle zum Glimmen, die ihm als Zunder diente. Kurz darauf brannte ein kleines Feuer.

»Jetzt mache ich uns noch ein Dreibein, dann kannst du den Kochkessel daran hängen!«

Nepomuks Worte erinnerten Marie daran, dass sie noch keine Vorbereitungen für das Abendessen getroffen hatte. Das holte sie rasch nach, und so konnte sie wenig später kleingeschnittenes Wurzelgemüse, getrocknete Erbsen und etwas Speck in den kleinen Kessel geben und diesen mit Wasser auffüllen. Als sie ihn an das aus Zweigen gebastelte Gestell hängte, dachte sie noch, dass es mit diesen kleinen Flammen lange dauern würde, bis die Suppe gar war.

Nepomuk hatte jedoch viel Erfahrung damit, sich eine gute Mahlzeit zu bereiten, ohne Fremde auf sich aufmerksam zu machen. Er heizte das Feuer gerade so weit an, dass der Inhalt des Kessels nach kurzer Zeit aufwallte und ihnen ein verführerischer Duft in die Nase stieg.

Er seufzte auf. »Du hast viele Talente, Marie, und würdest rasch eine gute Gauklerin werden. Vielleicht könntest du wahrsagen … Ach, vergiss es! Ich bin nur ein Narr und komme manchmal ins Träumen.«

»Du bist ein guter Mann, Nepomuk. Es tut mir leid.« Marie schüttelte sich und starrte in die aufsteigende Dunkelheit. »Du sagst, wir müssten uns bald trennen?«

Nepomuk nickte. »Das da drüben ist derzeit kein Land für einen Gaukler. Einige Leute kennen mich und würden mich für einen Spion halten. Es tut mir leid, aber wenn ich dich begleite, bringe ich dich in Gefahr.«

Da er nicht wollte, dass sie ihn einen Feigling hieß, holte Nepomuk seine besten Kleidungsstücke aus dem Wagen und präsentierte sie Marie.

»Hier, die sind für dich! Aber ob man dich wirklich für einen Mann halten wird, bezweifle ich.«

»Lass das meine Sorge sein. Während ich sie für mich umändere, wirst du mir ein wenig von der böhmischen Sprache beibringen müssen.«
»Das geht nicht in ein paar Stunden«, wandte Nepomuk ein. »Du wirst mindestens zwei Tage üben müssen, um die Sprache so weit zu beherrschen, dass man dir den Sohn eines Böhmen abnimmt.«
Marie blickte auf den Mond, der mittlerweile wieder schmäler zu werden begann, und zuckte mit den Achseln. »Die Frist, die Sigismund mir gegeben hat, ist bereits verstrichen. Daher kommt es nicht darauf an, ob ich einen Tag früher oder später aufbreche. Unser Versteck ist gut, wir haben zu essen, und niemand treibt uns voran.«
»Auch Ruppertus nicht?«, fragte Nepomuk.
Einen Herzschlag lang flammten Maries Augen hasserfüllt auf, dann winkte sie mit einem unechten Lachen ab. »Ruppertus darf sich nicht in dieses Land wagen. Es heißt doch, die Hussiten brächten jeden Pfaffen oder Mönch um, dessen sie habhaft werden. Das wird er nicht riskieren.«
Nepomuk fragte sich, ob Marie ihren Feind nicht unterschätzte. Andererseits hatte er sein Versteck mit Bedacht gewählt und glaubte nicht, dass Ruppertus und dessen Handlanger sie hier finden würden.
»Also gut, wir machen es so, wie du es willst. Und was bekomme ich dafür, wenn ich dir die böhmische Sprache beibringe?«, fragte er.
Marie verzog das Gesicht, denn sie begriff auf Anhieb, worauf er hinauswollte. Doch wenn das der Preis sein sollte, war sie bereit, auch diesen zu zahlen.
Da hob der Gaukler die Hand. »Vergiss auch das. Ich werde lieber davon träumen. Und jetzt gib acht! ›*Dobrý den*‹ heißt ›guten Tag‹ in der böhmischen Sprache.«

2.

Im Feldlager unweit der Grenze zu Sokolnys Land lief das Leben in ermüdend eintönigen Bahnen weiter. Zwar wurden Patrouillen ausgeschickt, die sich gelegentlich Scharmützel mit Vyszos Hussiten lieferten, doch für die Masse der Krieger hieß es warten, bis der König selbst erschien oder wenigstens neue Befehle schickte. Ohne Sold, mit nur geringen Vorräten an Proviant und vor allem ohne Bier und Wein stieß das den meisten Soldaten sauer auf.

Ruppertus hatte sich entschlossen, im Lager zu bleiben, bis er sicher wusste, dass Marie tot war oder er ein neues göttliches Zeichen erhielt. Diese Zeit wollte er nutzen, um so lange Druck auf Adalbert von Sachsen auszuüben, bis dieser auch ohne Sigismunds Befehl gegen Sokolny oder die Hussiten vorrückte. Die unweigerlich darauf folgende Niederlage des deutschen Heeres würde Sigismund schwächen und Ruppertus seinen Zielen näher bringen.

Die Gespräche verliefen jedoch unerquicklich. Zwar versprach der Herzog ihm jedes Mal, etwas zu unternehmen, erklärte aber auf sein Drängen, dass er ohne Nachschub und Verstärkung an Männern keine Offensive beginnen könne.

»Außerdem«, setzte er beim letzten Gespräch mit einer gewissen Schadenfreude hinzu, »muss ich die nächste Soldzahlung abwarten. Die Männer haben schon zu lange kein Geld mehr gesehen, und wenn ich jetzt mit ihnen in die Schlacht ziehe, würden sie sich weigern und zu einem guten Teil sogar desertieren. Das dürfte gewiss nicht im Sinne Seiner Heiligkeit sein!«

Ruppertus hasste es, auf solch eine Weise ausmanövriert zu werden, und wollte aus dem ersten Impuls heraus dem Herzog mit der Strafe des Himmels drohen, sollte dieser ihm

nicht gehorchen. Allerdings hatte er längst begriffen, dass hier im Kampfgebiet andere Gesetze galten als an Sigismunds Hof in Nürnberg. Dort konnte er seine ganze Autorität als Gesandter des Papstes in die Waagschale werfen. Hier aber herrschte das Schwert, und wenn es Adalbert von Sachsen gefiel, sich seiner hinterrücks zu entledigen, würde sich kein Hund dafür interessieren.
Ruppertus zwang sich mühsam zur Ruhe, schwor sich jedoch, den Herzog als einen der Ersten von jenen zu vernichten, die seinen Aufstieg an die Spitze des Reiches behindern konnten. Mit einer gemurmelten Entschuldigung zog er sich zurück. Draußen vor dem Zelt konnte er seinen Zorn nicht mehr beherrschen und ballte die Fäuste.
»Der Herr wird alle strafen, die jetzt noch zaudern und zögern. Für sie ist kein Platz mehr auf dieser Welt!«
Zwei Soldaten sahen ihn kurz an, und einer von ihnen tippte sich ein paar Schritte weiter an die Stirn. »Der Inquisitor ist nicht mehr bei Verstand! Das hat mir auch einer der Kameraden bestätigt, die ihn begleiten mussten.«
Mit dieser Feststellung gingen die beiden weiter und vergaßen den Mönch rasch wieder. Für sie war die Frage wichtiger, wie sie die Marketenderinnen und Huren dazu bewegen konnten, ihnen Waren auf Kredit zu verkaufen und die Befriedigung ihrer Lust zu übernehmen.
Unterdessen eilte Ruppertus so finster wie eine Gewitterwolke, die gleich Blitze schleudern würde, zu Hettenheims Zelt und traf den Ritter in ähnlich übler Laune an.
»Loosen und Haidhausen sind immer noch nicht zurück!«, empfing Hettenheim ihn.
Ruppertus erinnerte sich nur zu gut daran, dass er die beiden Ritter vor drei Tagen mit Marie weggeschickt hatte. In seinem Ärger über den störrischen Herzog von Sachsen hatte er sich nicht mehr um die Angelegenheit gekümmert,

sondern einfach abwarten wollen, was sie zu berichten hatten. Nun sah es so aus, als sei dies ein Fehler gewesen. Wutschnaubend fuhr er Hettenheim an. »Warum habt Ihr mir das nicht eher gesagt?«

»Ich habe es getan! Vorgestern. Aber Ihr habt mir keine Antwort gegeben.«

Dies stimmte zwar, doch Ruppertus war niemand, der ein Versäumnis zugab. »Kann das Weib, das sie hatten umbringen sollen, die Männer dazu gebracht haben, sich auf ihre Seite zu schlagen?«

Hettenheim schüttelte vehement den Kopf. »Loosen und Haidhausen haben die Frau nicht weniger gehasst und verachtet als deren Ehemann. Den beiden ist sauer aufgestoßen, dass Sigismund Burg Hohenstein einem solch niederen Pack übergeben hat, während sie selbst trotz ihrer adeligen Abkunft kaum über eigenen Besitz verfügen. Loosen nennt nur eine halbverfallene Burg sein Eigen und Haidhausen kaum mehr als das, was der jüngere Sohn eines Ritters an Ausrüstung mitbekommt. Ich nehme an, dass sie sich mit der Metze ein paar schöne Stunden gemacht haben. Hübsch genug dafür war sie ja. Aber auch dann hätten sie spätestens gestern zurückkommen müssen.«

»Wenn sie Marie etwas angetan haben, werden sie es bereuen!«

Ruppertus' Ausbruch überraschte Hettenheim. »Ihr habt den beiden doch selbst befohlen, die Frau zu töten!«

»Zu töten, ja! Aber nicht mehr.« Der Gedanke, dass die Männer sich das genommen hatten, zu dem er nicht fähig gewesen war, ließ Ruppertus rotsehen.

»Schickt Patrouillen aus, um nach Loosen und Haidhausen zu suchen! In jener Nacht herrschte ein starkes Unwetter, das sie vielleicht daran gehindert hat, rechtzeitig zurückzukehren.«

»Das werde ich tun.« Froh, Ruppertus entkommen zu können, eilte Hettenheim nach draußen und rief Eberhard zu sich.
»Nimm dir ein paar Männer und sieh zu, dass ihr Haidhausen und Loosen findet!«, befahl er ihm.
Der Unteroffizier zog eine abwehrende Miene. »Das wird nicht leicht werden, Herr Graf. Es sind nur noch ein paar Meilen bis zur Grenze, und da können wir jederzeit auf hussitische Streifscharen treffen oder gar auf den Dämon, den Sokolny in seine Dienste genommen hat. Diese mörderische Kreatur soll übrigens einen Bruder bekommen haben, der noch geschickter mit Schwert und Bogen umgehen kann. Von den Unsrigen traut sich keiner mehr an Sokolnys Grenze heran.«
Hettenheim hatte ebenfalls bereits von den beiden Kriegern in Sokolnys Diensten gehört. Die sollten wahre Teufel sein, gegen die nur ein an einer besonders heiligen Stelle geweihtes Kreuz helfen könne. Solche Amulette aber waren in diesem Lager Mangelware.
»Haidhausen und Loosen wollten doch in die andere Richtung gehen«, erklärte er Eberhard.
Der Unteroffizier schüttelte den Kopf. »Das hatten sie vor, aber dann war ihnen der Wald auf der Seite zu weit weg. Daher haben sie das Weibsstück nach Osten geschleift. Schade, dass sie mich nicht mitgenommen haben. Bei der Stute hätte ich auch gerne den Reiter gespielt.«
Eberhard schien ebenfalls anzunehmen, dass die beiden Ritter Marie vor deren Tod noch vergewaltigt hatten. Das erfüllte Hettenheim mit Sorge. Männer, die ihre Gier über das normale Maß hinaus befriedigen konnten, wurden unaufmerksam. Möglicherweise hatte die Frau dies ausgenützt. Zwar nahm er nicht an, dass das Weib Loosen und Haidhausen hatte umbringen können. Wahrscheinlich war sie ihnen

entflohen, und die beiden Narren suchten immer noch nach ihr. Er verstand die Männer sogar, denn auch er wäre nicht mit der Nachricht, dass Marie von Hohenstein entkommen war, zu Janus Suppertur zurückgekehrt.

»Sieh zu, dass du sie findest!«, schnauzte er Eberhard an und überlegte sich, bei wem er einen Becher Wein bekommen konnte, der diesen Namen noch verdiente. Ihm fiel jedoch nur Adalbert von Sachsen ein, der als Oberbefehlshaber den ersten Zugriff auf die gelieferten Vorräte besaß.

Gerade diesen Mann aber hasste der Inquisitor fast ebenso inbrünstig wie den Höllenfürsten, und Hettenheim fragte sich, ob er Janus Suppertur wegen eines Weines erzürnen sollte. Da er sich heftig über den schwarzen Mönch geärgert hatte, fiel ihm die Entscheidung plötzlich leicht, und er begab sich zum Zelt des Sachsen, wo er den Feldherrn über eine von Anmerkungen übersäte Karte der Umgebung gebeugt fand.

Als Herzog Adalbert Hettenheims ansichtig wurde, hob er den Blick. »Wann reist diese schwarze Krä…, ich meine Seine Exzellenz, der Inquisitor, wieder ab?«

Hettenheim zuckte mit den Achseln. »Das wissen nur der Inquisitor selbst und Gott, wobei ich bei Letzterem fast im Zweifel bin.«

»Der Kerl bringt zu viel Unruhe ins Lager«, beschwerte der Feldherr sich. »Andauernd verlangt er, ich solle angreifen. Mit was denn? Mit den Männern da draußen? Selbst Sigismund würde die Kerle nicht dazu bringen, einen Schritt in Richtung Hussiten oder Sokolny zu tun. Dafür haben sie zu lange keinen Sold erhalten. Mit reicher Beute ist weder bei den einen noch bei den anderen zu rechnen, denn dieses Land ist durch den Krieg bereits zu sehr verheert und ausgeplündert worden.«

Zwar interessierten Hettenheim die Sorgen des Herzogs we-

nig, dennoch ging er darauf ein und wagte dabei sogar Kritik am König, der seine tapferen Feldhauptleute und Soldaten so schlecht versorgte. »Sigismund lässt es sich in Nürnberg wohl ergehen, während wir die Last seines Krieges tragen.«
»Das könnt Ihr ihm sagen, wenn Ihr ihn das nächste Mal seht!«, spottete Adalbert von Sachsen. »Doch Ihr seid gewiss nicht gekommen, um über den König oder unseren Kriegszug zu sprechen.«
»Ich habe gehofft, von Euch zu einem Becher Wein eingeladen zu werden.« Hettenheim äugte zu dem Fass hinüber, das ganz hinten im Zelt stand und den persönlichen Weinvorrat des Herzogs enthielt.
Dieser zögerte, denn er wusste ebenso wenig wie seine Untergebenen, wann wieder Nachschub zu erwarten war. Die Überlegung, dass sein Besucher immerhin ein Vetter des Königs war, brachte ihn schließlich dazu, seinen Diener anzuweisen, Hettenheim einen Becher Wein zu füllen.
»Lasst ihn Euch schmecken! Es ist der letzte Becher, den ich einem Gast anbieten kann«, sagte er zu Hettenheim, als dieser das Gefäß in der Hand hielt.
Der Graf hob den Becher dem Herzog entgegen. »Auf Euer Wohl!«
Dann trank er genüsslich den schweren Wein.
Das Gespräch erstarb und konnte auch nicht mehr aufgenommen werden, weil der Herold des Herzogs erschien und diesem ein kleines Metallröhrchen überreichte.
»Das haben wir soeben durch eine Brieftaube bekommen. Ich hoffe, es enthält die Information, wann endlich die Versorgungswagen kommen.«
Der Herold warf dabei einen neidischen Blick auf Hettenheims Becher, denn er selbst hatte schon mehrere Tage lang auf Wein verzichten müssen. Das war im Grunde am schwersten zu ertragen. Die Huren konnte man auf später

vertrösten, wenn der Sold wieder ausgezahlt wurde. Doch jemand wie Jesus, der Wasser in Wein verwandeln konnte, gab es beim Heer nicht.
Der Herzog nahm die winzige Büchse entgegen, öffnete sie und zog einen Zettel heraus. Um diesen lesen zu können, musste er die Augen zusammenkneifen, so klein war die Schrift. Nach einer Weile reichte er ihn schnaubend an Hettenheim weiter.
»Hier, das betrifft Euch! Euer Vetter erteilt Euch neue Befehle.«
Verwundert blickte Hettenheim auf das Zettelchen und entzifferte mühsam die kleinen Buchstaben. Als es ihm gelungen war, musste er an sich halten, um nicht lauthals zu fluchen.
»Was denkt Sigismund sich dabei?«, rief er empört.
»Er hofft, einen geschickten Schachzug zu tun. Gelingt er ihm, wird es die Lage hier an der Grenze vollkommen verändern.«
Zufrieden, weil ihm nicht der Befehl erteilt worden war, weiter vorzurücken, lehnte Adalbert von Sachsen sich gemütlich in seinem Stuhl zurück und amüsierte sich über Hettenheim, der seine Wut offen zeigte.
»Ihr werdet den Befehl befolgen müssen, wenn Ihr Sigismund nicht erzürnen wollt«, sagte er und hoffte, mit Sigismunds Anweisung nicht nur den impertinenten Grafen, sondern auch den Inquisitor loszuwerden.
Hettenheim begriff die Absicht des Herzogs und schnaubte leise. »Ihr werdet erlauben, dass ich mich in meine Unterkunft zurückziehe und alles vorbereite.«
Ohne eine Antwort abzuwarten, verließ er das Zelt und vergaß über Sigismunds eigenartigem Befehl sogar den noch halbvollen Becher Wein.
Schnell griff der Herold nach dem Gefäß und trank es leer, ohne einmal abzusetzen. Anschließend verbeugte er sich

um etliches ehrerbietiger vor seinem Herrn als eben vor dem Grafen und fragte, ob dieser Anweisungen für ihn habe.
»Halte ein Auge auf Hettenheim und diesen Mönch und berichte mir, ob sie beide das Lager verlassen oder ob ich mir morgen erneut das Geschwätz anhören muss, dass die Ketzer auf der Stelle zu vernichten seien.«
Auf sein Zeichen füllte der Diener den Becher des Herzogs. Während Adalbert von Sachsen sich den Wein schmecken ließ, fragte er sich, wie Janus Suppertur auf Sigismunds Befehl reagieren würde.

3.

Hettenheim platzte in sein Zelt und blieb zornglühend vor dem Inquisitor stehen, der sich gerade dort niedergelassen hatte. »Jetzt ist Sigismund endgültig verrückt geworden! Ich soll Sokolny die Handbüchsen überbringen, die uns bisher die Überlegenheit gegenüber unseren Feinden garantiert haben.«
Bevor Ruppertus darauf antworten konnte, trat Eberhard ins Zelt. »Verzeiht, aber ich bin zurückgekommen, weil mir etwas aufgefallen ist. Zwar haben wir kein Zeichen gefunden, welches darauf hindeutet, wohin die Herren Loosen und Haidhausen verschwunden sind, dafür aber eine Karrenspur, die nicht älter sein kann als drei Tage und Richtung Osten führt. Von einem Wachtposten am Lagertor habe ich erfahren, dass der Gaukler Nepomuk in derselben Nacht aufgebrochen sein soll, in der Loosen und Haidhausen die Frau aus dem Lager gebracht haben.«

»Also doch Verrat!«, schäumte Ruppertus, während ein Teil in ihm zu jubeln begann. Wenn es Marie gelungen war, die Ritter dazu zu bewegen, sie am Leben zu lassen und ihr auch noch die Flucht zu ermöglichen, dann war sie doch seine von Gott erwählte Braut. Das hieß aber, sie rasch einzufangen und in strenger Obhut zu halten, bis das große Werk getan war.
»Ich kann mir nicht vorstellen, dass die Frau meinen Rittern entkommen ist«, mischte Hettenheim sich ein. »Allen anderen ja, aber Loosen und Haidhausen gewiss nicht.«
»Sie ist eine Auserkorene des Herrn und vermag Dinge zu vollbringen, die ein kleiner Mensch wie Ihr nicht versteht«, erklärte Ruppertus hochmütig.
Der Ausdruck »kleiner Mensch« kränkte den Grafen zutiefst, denn er hielt sich für einen Edelmann vornehmster Abkunft und war als Sigismunds engster Verwandter der nächste Anwärter auf den Thron und die Kaiserkrone.
Sein störrischer Gesichtsausdruck warnte Ruppertus, zu weit zu gehen. Noch brauchte er Hettenheim, und daher legte er ihm scheinbar freundschaftlich den Arm auf die Schulter. »Ich fühlte, dass Marie lebt und geflohen ist. Helft mir, sie wieder einzufangen, und macht damit die Dummheit Eurer beiden Ritter wett.«
»Aber warum sollte sie ausgerechnet nach Osten fliehen?«, fragte Hettenheim scharf.
»Weil sie fest davon überzeugt ist, dass ihr Mann noch lebt. Ihr selbst habt ihn doch weiter im Osten getötet.«
»Eher im Südosten, an der Grenze zu Sokolnys Land. Genau an der Straße, die ich nehmen müsste, wenn ich dem Grafen die Handbüchsen überbringen soll.« Hettenheim war deutlich anzusehen, dass er diesen Auftrag nicht annehmen wollte.
Das war jedoch nicht in Ruppertus' Sinn. »Wollt Ihr noch König werden?«, fragte er leise und sah zufrieden, wie sein Gegenüber nickte.

»Dann bringt Sokolny die Waffen! Vorher aber werdet Ihr sie so behandeln, dass sie im Kampf unbrauchbar sind. Habt Ihr mich verstanden?«

»Ehrlich gesagt, nein!«, bekannte Hettenheim.

Ruppertus lächelte sanft. Wie es aussah, war der Edelmann noch dümmer, als er angenommen hatte. Das war ganz in seinem Sinne, denn damit würde es ihm später leichtfallen, ihn zu beseitigen und für sich selbst oder seinen Sohn den Weg zum Thron zu ebnen. »Überbringt die Handbüchsen in Sigismunds Namen. Wenn Sokolny sich auf deren Wirkung verlässt, wird er eine arge Enttäuschung erleben und gegen Vyszos Scharen den Kürzeren ziehen.«

»Aber das schwächt uns«, wandte Hettenheim ein.

»Falsch! Es schwächt Sigismund. Euer Vetter hat dann offen vor aller Welt als Verteidiger des Glaubens versagt. Das wird es den Kurfürsten des Reiches ermöglichen, sich im Geheimen zu versammeln, ihn abzusetzen und den Mann als Nachfolger zu benennen, den ich ihnen im Namen des Heiligen Vaters vorstellen werde, nämlich Euch!«

So einfach, wie Ruppertus es darstellte, würde es gewiss nicht werden, die Kurfürsten davon zu überzeugen, sich gegen Sigismund zu wenden und ausgerechnet dessen Vetter zum neuen König zu wählen. Für Hettenheim reichte diese Erklärung jedoch aus.

»Danach muss Seine Heiligkeit mich aber rasch zum Kaiser krönen«, raunte er Ruppertus so leise zu, als hätte er Angst, der Wind könnte seine Worte vernehmen und zu seinem königlichen Vetter tragen.

»Das wird er«, versprach Ruppertus und trat vors Zelt. »Sattelt die Pferde! Wir brechen gleich auf.«

Während Eberhards Männer davoneilten, um den Befehl auszuführen, wagte Hettenheim einen Einwand. »Wir müssen doch zuerst noch die Handbüchsen unbrauchbar machen!«

»Dann tut es! Aber rasch!« Ruppertus tat jede Minute leid, die er länger an diesem Ort verweilen musste, doch schussfähige Waffen würden dazu führen können, dass Sokolny sich gegen Fürst Vyszos Hussiten halten und sich aus Dank Sigismund anschließen würde. Und das würde seine eigenen Pläne massiv gefährden.
»Lasst eine Handbüchse so, wie sie ist, damit Ihr sie Sokolny und seinen Leuten vorführen könnt«, riet er noch, dann ging er unruhig vor dem Zelt auf und ab. Noch konnte er sich nicht vorstellen, wie Marie es gelungen sein mochte, die beiden Ritter auf ihre Seite zu bringen. Das musste Gottes Fügung gewesen sein. Die drei Tage Vorsprung, die sie dadurch gewonnen hatte, kümmerten ihn wenig, denn Gott selbst würde ihm den Weg zu ihr weisen. Dennoch verging er beinahe vor Ungeduld und war erleichtert, als Hettenheim zurückkam und ihm meldete, dass die Handbüchsen unbrauchbar gemacht worden waren.
»Wir konnten sie natürlich nicht so zurichten, dass etwas zu sehen ist, sondern haben nur das Zündloch innen verklebt. Sobald die Waffen wieder in unsere Hände fallen, können wir sie leicht wieder schussfertig machen«, setzte er sichtlich zufrieden mit sich und seinem Werk hinzu.
»Könnten Sokolnys Leute das nicht auch?«, fragte Ruppertus ungehalten.
»Dafür müssten sie wissen, wie die Handbüchsen beschaffen sind. Das kann man nur erfahren, wenn man sie auseinandernimmt und den Schießmechanismus studiert.«
Hettenheim hatte keine Lust, sich von der schlechten Laune des Inquisitors anstecken zu lassen. Immerhin war ihm ein Auftrag erteilt worden, der ihn seinen Zielen näher brachte. Wenn Sigismund im Kampf gegen die Hussiten scheiterte, war der Weg zum Thron für ihn frei. Dafür aber musste er den Inquisitor zufriedenstellen, und das ging am einfachs-

ten, wenn sie die Frau einfingen, die dieser so hartnäckig verfolgte. Dann erinnerte er sich, dass die Frau gewusst hatte, was damals an der Eger passiert war, und kämpfte erneut gegen die in ihm aufsteigende Furcht. Lebte Michel Adler tatsächlich noch und lauerte ihm irgendwo auf?

Unterdessen hatten die Männer die Pferde gesattelt, und Eberhard war es gelungen, einen stabilen Karren für den Transport der Handbüchsen zu besorgen. Auf den luden die Männer nun die in Kisten verpackten Tannenbergrohre sowie ein Fässchen Pulver und einen Sack mit Eisengeschossen.

Kaum war dies geschehen, stieg Ruppertus in den Sattel. Hettenheim tat es ihm gleich und klatschte sich dann mit der flachen Hand gegen die Stirn. »Eigentlich hätten wir die Handbüchsen gar nicht unbrauchbar machen müssen. Es hätte gereicht, Sokolny aus Blei gegossene Kugeln zu geben. Die können keine Rüstungen durchschlagen.«

»Bleikugeln zu gießen hätte zu lange gedauert. Außerdem tragen nur wenige Hussiten eiserne Rüstungen, und so hätten die Handbüchsen ihnen trotzdem geschadet.« Ruppertus' Geduld mit dem Grafen war erschöpft, und er ritt mit grimmiger Miene an. Dem Herzog, der eben aus seinem Feldherrenzelt trat, um dem Aufbruch zuzusehen, schenkte er keinen Blick.

»Die wären wir los!«, sagte Adalbert von Sachsen aufatmend, als der Reitertrupp samt dem schweren Karren das Lagertor passiert hatte und im aufwirbelnden Staub verschwand.

»Hoffentlich für immer«, murmelte sein Herold und beschloss, sein letztes Geldstück zur Feier des Tages bei einer Hure auszugeben.

4.

Marie hatte sich umgezogen und steckte das Haar unter den Samthut, den Nepomuk ihr geschenkt hatte. Dabei wirkte ihr Gesicht so hart, dass sie durchaus als hübscher Jüngling durchgehen konnte. Auch in diesen Augenblicken übte sie die fremde Sprache und wurde von dem Gaukler immer wieder verbessert. Dabei war Nepomuk längst klargeworden, dass sie nicht nur seine schönste, sondern auch seine beste Schülerin war.

»Ich glaube, jetzt gehst du als Sohn eines Böhmen durch, der in Konstanz aufgewachsen ist und dort die Sprache seines Vaters kaum üben konnte«, sagte er anerkennend.

»Danke!« Marie lächelte Nepomuk auf eine Weise an, die ihn für alles entschädigte.

»Ich wünsche dir Glück, Marie! Mögest du deinen Michel finden.« Nepomuk meinte es ehrlich und wunderte sich über sich selbst. Doch er sah ein, dass es wertvoller war, diese prachtvolle Frau als Freundin zu gewinnen, als sich ein paar Minuten mit ihr zu paaren und danach mit ihrer Verachtung leben zu müssen.

Etwas unbeholfen griff er unter sein Wams und zog einen Lederbeutel hervor. »Hier, nimm! Das ist dein Anteil an unserer Beute, Marie. Da ich nicht glaube, dass Loosen und Haidhausen ihr Geld in der Hölle brauchen können, habe ich es ihnen abgenommen und gerecht geteilt.« Die Aussage stimmte nicht ganz, denn er hatte nichts für sich selbst behalten. Viel war es nicht, und Marie würde es auf ihrem weiteren Weg dringender benötigen als er.

Marie wollte den Zwerg aus Dank umarmen, doch er wich ihr mit einem verlegenen Grinsen aus. An der Grenze seiner Selbstbeherrschung angelangt, wollte er ihre Zuneigung

nicht durch eine unüberlegte Handlung verlieren. Stattdessen schob er ihr seinen Dolch unter das Wams.
»Vielleicht hilft dir die Waffe, wenn das Silber nicht reicht. Außerdem brauchst du einen Wanderstock!« Ohne Maries Reaktion abzuwarten, lief Nepomuk in den Wald und schnitt einen passenden Ast zurecht. Nachdem er diesen mehrmals gegen ein Wagenrad geschlagen und mit einer Paste aus Asche, Erde und Fett behandelt hatte, sah der Stab so aus, als hätte sie ihn bereits auf einer langen Wanderung benutzt.
»So, jetzt kannst du abmarschieren. Mach's gut!«, sagte er und reichte Marie den Stock.
Sie sah ihn dankbar an und begriff, dass jedes Wort seinen Schmerz nur verstärkt hätte. Daher winkte sie ihm kurz zu und wandte sich zum Gehen. »Viel Glück, Nepomuk«, sagte sie dann doch.
»Hauptsache, du lässt dich nicht von den Hussiten umbringen«, rief er ihr nach und spannte sein Pferd vor den Wagen. Als er aufschaute, war von Marie bereits nichts mehr zu sehen.
Nepomuk fror plötzlich. Ihm war klar, dass Ruppertus Splendidus Marie auch jetzt noch verfolgen würde. Diese Vermutung hegte er schon seit Beginn ihrer Flucht, und er hatte daher immer wieder an einem Plan gefeilt, wie er den üblen Kerl austricksen konnte. Zwar war er nicht sicher, ob er Marie dadurch tatsächlich vor dem Zugriff des Inquisitors bewahren konnte, aber er wollte es wenigstens versuchen.
Er ging seine nächsten Schritte noch einmal durch, holte die Leichen und zerrte sie auf den Wagen. Bei dieser Arbeit war er froh um das kühle Wetter, verhinderte es doch, dass die Toten schon jetzt zu stinken begannen. Dann fuhr er den Weg zurück, den er gekommen war. Sollte er einer deutschen Patrouille begegnen, würde er behaupten, er habe die beiden Ritter tot im Wald gefunden.

Als er die alte Handelsstraße nach Osten erreichte, begegnete er zunächst keinem Menschen. Doch von der Kuppe eines Berges aus sah er in der Ferne eine Gruppe Reiter, die ihm entgegenkam. Obwohl sie noch zu weit entfernt war, als dass er Einzelheiten hätte erkennen können, war er sicher, dass der Mann an der Spitze einen schwarzen Umhang und ein schwarzes Gewand trug.
»Dachte ich es mir doch«, sagte er zu seiner Mähre und zog die Zügel an. Rasch warf er die beiden Toten aus dem Wagen, fuhr diesen ein Stück in den Wald hinein und versteckte ihn hinter einigen dichten Büschen. Sein Pferd band er an einen Baum und sah es durchdringend an.
»Dass du mir ja nicht wieherst und dich verrätst, meine Gute!« Er strich der Stute noch über das Maul, nahm das alte Kurzschwert, das er als Waffe gegen Räuber im Wagen liegen hatte, sowie einen Spaten an sich und eilte zur Straße. Während er wie besessen arbeitete, musste er noch einmal zu seinem Wagen zurückkehren, um etwas Farbe zu holen. Kurz darauf versteckte er Kurzschwert und Schaufel im Gebüsch und arbeitete mit den Händen weiter. Er war noch nicht ganz fertig, da hörte er in der Ferne Hufschläge. Rasch beendete er seine Vorbereitungen und betete, dass sein Streich gelingen möge.

5.

Ruppertus drehte sich um und fluchte, weil Hettenheim mit dem Karren schon zum dritten Mal mehr als zweihundert Ruten hinter ihm, Eberhard und den anderen Reitern zurückgeblieben war.

»Geht das nicht schneller?«, rief er laut nach hinten.
Seine Begleiter zuckten zusammen. In dieser Gegend konnte jeder ungewöhnliche Laut Feinde auf den Plan rufen, und um sich erfolgreich mit ein paar Dutzend Hussiten schlagen zu können, waren sie zu wenige.
»Verzeiht, Euer Exzellenz, aber wir müssen vorsichtiger sein«, wagte Eberhard einzuwenden.
Ruppertus knirschte mit den Zähnen, wartete jedoch schweigend, bis Hettenheim aufgeschlossen hatte. Dann kehrte seine Unrast zurück. »So geht es nicht weiter! Marie Adler ist zu Fuß schneller als Ihr mit dem Wagen. Dabei hat sie durch Eure Dummheit bereits drei Tage Vorsprung. Aus diesem Grund werden wir uns hier trennen. Ihr begebt Euch mit den Handbüchsen und drei Männern zu Sokolny, während ich mit den anderen ostwärts reite und das Weib suche.«
Mit nicht mehr als drei Mann und ohne Rüstung und Schwerter ins Feindesgebiet vorzustoßen, war nicht gerade das, was Hettenheim für vernünftig hielt. Doch er hatte den Inquisitor inzwischen kennengelernt und wusste, dass Widerspruch den schwarzen Mönch nur noch wütender machen würde. Daher nickte er und wählte seine Begleiter aus. Die Männer zogen Gesichter, als hätte er sie zu einem Todeskommando eingeteilt. Aber auch die, die Ruppertus begleiten sollten, sahen missmutig drein und fluchten halblaut.
Eberhard ballte in ohnmächtiger Wut die Fäuste. In seinen Augen war es keine Frau auf der Welt wert, dass er seine Haut auf eine solche Weise zu Markte trug. Da er die Situation jedoch nicht ändern konnte, herrschte er seine Untergebenen an.
»Was ist los? Sitzt ihr auf Ziegenböcken, weil nichts vorwärtsgeht?« Er hob die Reitpeitsche und drohte, sie den Säumigen überzuziehen. Dann trieb er sein Pferd an und

trabte hinter Ruppertus her, der bereits einen leichten Vorsprung gewonnen hatte. Seine Männer folgten ihm wie Kinder, die sich vor dem Wolf fürchteten.
»Was denkst du, Eberhard? Werden wir auf Hussiten stoßen?«, fragte einer der Waffenknechte.
Der Unteroffizier drehte sich mit verbissener Miene zu ihm um. »Wenn ich das wüsste, müsste ich nicht hier auf diesem verdammten Gaul auf dieser noch verdammteren Straße reiten, sondern könnte mein Geld mit Wahrsagerei verdienen. Sigismund würde gewiss etliche Gulden lockermachen, wenn ich ihm sagen könnte, wann der Papst ihn endlich zum Kaiser macht.«
Er wollte noch mehr sagen, da zeigte einer der Männer nach vorne. »Da ist was!«
Jetzt entdeckten auch Ruppertus und Eberhard die drei mitten in den Weg gerammten Pfähle. Auf zweien von ihnen steckte ein Kopf.
»Das sind die beiden verschollenen Ritter!«, rief Eberhard entsetzt aus, zog sein Schwert und starrte in den Wald hinein, als erwarte er jeden Augenblick einen Überfall der Hussiten. Doch es blieb alles still.
Ruppertus ritt bis zu den beiden knapp armdicken Pfählen und musterte die Köpfe der Toten. Dabei entdeckte er auch deren Körper, die man einfach an den Straßenrand geworfen hatte. Zwischen den beiden Leichen lag ein dritter Kopf, der anscheinend von dem letzten Pfahl herabgefallen war und jetzt auf seinem Hals stehend auf dem Boden lag. Der Kopf war so blutverschmiert und voller Dreck, dass er nicht erkennen konnte, um wen es sich handelte.
Würgegeräusche brachten Ruppertus dazu, sich umzudrehen. Einer der jungen Soldaten hing halb vom Pferd und übergab sich qualvoll. Auch den anderen Männern stand das Grauen ins Gesicht geschrieben. Selbst Eberhard sah aus, als

wünschte er sich lieber in eine tobende Schlacht, als länger an diesem Ort verweilen zu müssen.

»Das soll wohl eine Warnung sein, nicht weiterzureiten. Diese Hussiten sind wirklich Bestien! Wir sollten schnellstens umkehren«, schlug er vor.

Mit einer Mischung aus Grauen und Faszination sah Ruppertus die beiden von Fliegen umschwärmten Köpfe auf den Stangen und den Kopf am Boden an und wandte sich dann zu Eberhard.

»Wo ist die Hure?«

Der Unteroffizier sah sich um und entdeckte ein paar Schritte weiter das Kleid, das Marie zuletzt getragen hatte. Es hing zerfetzt und blutig an einem Busch. »Wie es aussieht, haben sie noch ihren Spaß mit ihr gehabt, bevor es zu Ende ging.«

»Aber wo ist ihre Leiche?«, rief Ruppertus mit sich überschlagender Stimme.

»Wahrscheinlich haben sie die Frau lebend mitgenommen, damit auch ihre Kameraden sie benutzen können. Überlebt hat sie das gewiss nicht. Sie kann froh sein, wenn man ihr hinterher mit einem glatten Schnitt die Kehle durchtrennt hat, sonst ist sie elend krepiert!« Für Eberhard war die Sache erledigt, und er wollte so rasch wie möglich von hier weg.

Andere Soldaten wendeten bereits ihre Pferde, um bereit zu sein, wenn der Unteroffizier ihnen das Zeichen zum Rückzug gab.

Ruppertus sah den Männern an, dass sie ihm nicht weiter folgen würden, und fragte sich, ob es noch sinnvoll war, nach Marie zu suchen. Sie konnte nicht die Frau sein, die Gott ihm versprochen hatte. Dafür waren die Zeichen ihrer Niederlage zu deutlich. Im ersten Augenblick wollte er die himmlischen Mächte anklagen, ihn so getäuscht zu haben. Dann aber sagte er sich, dass der Schöpfer wusste, was er tat, und dies hier nur eine Prüfung für seine Standhaftigkeit sein sollte.

»Also gut, kehren wir um! Ich werde nach Nürnberg reiten und mit Sigismund sprechen, damit er den Krieg mit den Hussiten energischer führt. Diese elenden Hunde müssen für ihre Untaten bestraft werden.«

Obwohl Eberhard und die anderen merkten, dass er damit Maries Tod meinte, atmeten sie erleichtert auf. Nürnberg war weit weg von Böhmen und den Hussiten, die nur darauf lauerten, jeden Deutschen ums Leben zu bringen. Daher folgten sie Ruppertus auf dem Rückweg weitaus leichteren Herzens.

Kaum war der Hufschlag der Reitergruppe verklungen, atmete der Kopf am Boden tief aus. Gleichzeitig wurden die Torsi der Ritter von unten auseinandergeschoben, und man konnte erkennen, dass der angeblich abgeschlagene Kopf noch immer fest auf seinen Schultern saß.

Nepomuk schob Loosens Leichnam auf die Straße zurück und stieg aus dem flachen, mit lockerer Erde gefüllten Loch, das er rasch gegraben hatte. Dabei grinste er über die Leichtgläubigkeit der Verfolger, die sich hatten täuschen lassen. Nach einem letzten Blick auf die toten Ritter eilte er in den Wald und wusch sich am Bach die Farbe aus Gesicht und Haaren. Dann kehrte er zu seinem Wagen zurück.

Die Stute begrüßte ihn mit einem erleichterten Prusten, so als hätte sie begriffen, welcher Gefahr ihr Herr sich ausgesetzt hatte.

»Du hast dich brav gehalten, meine Gute. Dafür gibt es Hafer, sobald ich welchen stehlen kann«, versprach Nepomuk dem Tier, schirrte es an und fuhr los.

Der Weg war schlecht, und er würde einen weiten Bogen schlagen müssen, um wieder in Gegenden zu gelangen, in denen ein Gaukler nicht als Spion galt und ohne Gerichts-

verfahren aufgeknüpft wurde. Doch dieses Abenteuer war ihm die Anstrengung wert gewesen.
Zuerst hatte er nur den beiden toten Rittern die Köpfe abschneiden und auf die Stangen stecken wollen, sich dann aber gesagt, dass Ruppertus sich davon nicht abschrecken lassen würde. Daher hatte er Maries Helfer gespielt, der ebenfalls von den Hussiten geköpft worden war.
Eine Weile saß ihm die Angst vor dem Inquisitor, der wohl als Einziger sein Schauspiel hätte durchschauen können, noch in den Knochen. Dann aber überwog der Stolz, dass ihm der Streich so gut gelungen war. Nur ein Gaukler wie er war wohl in der Lage, so lange einen Toten zu mimen. Beinahe bedauerte er, dass er dies ohne wirkliches Publikum hatte tun müssen. Doch wenigstens hatte er Marie die Verfolger vom Hals geschafft.
Nun wollte er etwas für die eigene Sicherheit tun und zum Feldlager der Königlichen zurückkehren. Ob er dort warten sollte, bis er etwas von oder über Marie hörte, oder ob es besser war, auf Reichsgebiet zurückzukehren, um seinen Lebensunterhalt bei Leuten mit genug Münzen im Beutel zu verdienen, wusste er noch nicht.
Während er grübelte und sein Pferd dabei auf den gleichen Weg lenkte, den auch der Trupp des Inquisitors genommen hatte, bemerkte er einen Mann, der sich bei seinem Anblick rasch zwischen den Büschen verkroch, und griff zu seinem Kurzschwert.
Als er die Stelle erreichte, an der er den Fremden gesehen hatte, blieb der Angriff, den er erwartet hatte, aus. Vorsichtig fuhr er weiter und spähte dabei angestrengt in den Wald hinein. Doch da rührte sich nichts. Erst als Nepomuk ein Stück weitergefahren war und sich umschaute, stellte er fest, dass der Mann wieder aus seinem Versteck hervorkam und seinen Weg in südöstlicher Richtung fortsetzte.

Verwundert fragte der Gaukler sich, wer der Wanderer gewesen sein mochte. Handelte es sich um einen Spion der Hussiten oder der Königlichen? Auf jeden Fall war er froh, ungeschoren davongekommen zu sein. Dabei musste er wieder an Marie denken. Ihr Vorsprung war zu groß, als dass der Fremde sie einholen würde, und ihren hartnäckigen Verfolger hatte er von ihrer Spur abgebracht. Dennoch war die Gefahr für sie noch immer riesig, und er haderte mit sich, weil er sie nicht von ihrem Vorhaben hatte abbringen können.

6.

Ruppertus spürte die Erleichterung seiner Begleiter und verachtete die Männer deswegen noch mehr. War doch jeder Schritt, den er tat, und jeder Weg, dem er folgte, ihm von Gott vorherbestimmt worden. Da der HERR ihn unter allen Menschen auserwählt hatte wie einst Jesus Christus, würde er auch weiterhin seine schützende Hand über ihn halten. An ein Ende am Kreuz, wie es Christus erlebt hatte, glaubte er jedoch nicht. Der Sohn Mariä war der Beginn der heiligen Kirche gewesen, er selbst aber würde die Krönung sein. Nein, schränkte er sofort ein. Nicht ihm war das bestimmt. So vermessen durfte er nicht sein. Ein Sohn von ihm würde den Thron des heiligen Petrus besteigen und über die Christenheit herrschen und ein anderer den Platz Karls des Großen einnehmen und dessen Reich neu errichten.

Während seine Gedanken weit in eine strahlende Zukunft eilten und er sich fragte, welches Weib einmal jenes glückliche – weil auserkorene – Wesen sein würde, das seinen Samen austragen durfte, sah er vor seinem inneren Auge wieder die beiden von Fliegen bedeckten Köpfe der Ritter vor sich und den Kopf am Boden. Nun stutzte er. Auf jenem Kopf hatte sich keine einzige Fliege niedergelassen.

Da stimmte etwas nicht!

»Halt!«, rief er mit hallender Stimme. »Wir kehren um!«

Eberhard zügelte sein Pferd und sah ihn entgeistert an. »Was sagt Ihr da?«

»Wir reiten zurück zu den Toten. Los jetzt! Wer desertiert, wird es am Galgen bereuen.« Mit diesen Worten wendete Ruppertus sein Pferd auf der Hinterhand und ritt los, ohne zu schauen, ob die Männer ihm auch folgten.

Trotz der Drohung sahen einige so aus, als würden sie am liebsten ins Feldlager zurückreiten. Eberhard aber dachte an die Macht des Inquisitors und sagte sich, dass sie zumindest eine gewisse Chance hatten, den aufständischen Hussiten zu entgehen. Der Rache des schwarzen Mönchs aber würde keiner entkommen.

»Seid ihr Männer oder Memmen? Los, Leute, hinterher!« Mit diesen Worten spornte er die anderen an und folgte dem Inquisitor. Als er sich nach ein paar Pferdelängen umdrehte, sah er erleichtert, dass die Krieger ausnahmslos hinter ihm ritten.

Ruppertus legte ein Tempo vor, als käme es auf jede Minute an. Da alle versuchten, mit ihm Schritt zu halten, bekam so mancher Soldat einen Batzen Dreck ins Gesicht, den das Pferd des vor ihm Reitenden mit den Hufen hochschleuderte, und die meisten fluchten unflätig. Dennoch wagte keiner zurückzubleiben, denn nur die Gemeinschaft bot einen gewissen Schutz gegen mögliche Angreifer. Erwischten Sokolnys Leute oder die Hussiten einen von ihnen allein, so war der Mann verloren.

Der Trupp erreichte die Stelle mit den aufgespießten Köpfen in weniger als der Hälfte der Zeit, die sie für den Abmarsch gebraucht hatten – und doch kamen sie zu spät. Mit mahlenden Kiefern starrte Ruppertus auf das Loch im Boden, das vorher durch lockere Erde und die Körper der beiden Toten verdeckt gewesen war. Er konnte es kaum glauben, aber er war erneut überlistet worden. Doch wo war Marie?

»Sucht die Frau!«, schrie er seine Männer an.

»Und wo?«, fragte Eberhard erbost. »Das Weib kann überall sein.«

»Nicht überall«, konterte Ruppertus eisig. »Es gibt nur einen Ort, an den sie fliehen kann, und das sind die Hussiten. Bei Sokolny läuft sie Gefahr, an uns ausgeliefert zu werden, falls dieser Frieden mit Sigismund schließen sollte.«

Eberhard glaubte, nicht richtig gehört zu haben. »Ihr wollt, dass wir zu den Hussiten reiten?«

»Genau das meine ich! Gott wird uns schützen.«

»Hoffentlich!«, murmelte ein Soldat.

Zu seinem Glück drangen seine Worte nicht an das Ohr des Inquisitors, denn dieser sah im Augenblick so aus, als sei er bereit, jeden Widerstand augenblicklich mit dem Tod zu bestrafen.

Ruppertus setzte sich erneut an die Spitze des Trupps und ritt an den aufgespießten Köpfen der beiden Ritter vorbei ins Hussitenland hinein.

7.

Kaum waren Ruppertus und sein Trupp außer Sicht, da taumelte ein Mann aus dem Unterholz auf die Straße und stolperte über eine der beiden kopflosen Leichen. Mit einem Aufschrei blieb er stehen und starrte den Torso

an. Dann entdeckte er den zweiten Enthaupteten und zuletzt die beiden aufgespießten Köpfe. Bei dem Anblick schüttelte es ihn, und er zog das Schwert, das er in Ermangelung eines Schwertgehänges an seinem Gürtel befestigt hatte.
Es handelte sich um Thomas, der von Hohenstein aufgebrochen war, um Marie zu suchen und ihr beizustehen. Nun aber sah er so aus, als würde er selbst dringend Beistand benötigen. Kurz nachdem er vom Kriegslager der Königlichen weggeritten war, hatte sein Pferd ihn abgeworfen, und er irrte bereits seit drei Tagen in der Gegend umher, ohne etwas zu essen zu finden und ohne jedes Gefühl für die Richtung, die er einschlagen musste.
Mit schräg gelegtem Kopf starrte er auf die frischen Hufabdrücke und wusste nicht, was er von ihnen halten sollte. Waren es Freunde oder Feinde? Als er versuchte, darüber nachzudenken, schmerzte sein Kopf, und ihm wurde schwindlig. Sein ganzer Körper tat ihm weh, denn die unbehandelten Verletzungen hatten sich entzündet, und er spürte ein Stechen in der Brust, das immer stärker wurde. Als er hustete, spuckte er erneut roten Schleim. Wäre Thomas noch bei klarem Verstand gewesen, hätte er begriffen, dass er aufgeben und Hilfe suchen musste. Aber in seinem fieberverwirrten Kopf existierte nur noch der eine Gedanke, Marie zu finden.
Die Straße nach Osten erschien ihm verlockend, und so folgte er ihr eine Weile. Dann traf er auf einen nach Süden führenden Weg, und eine schwache Erinnerung stieg in ihm auf. Sollte Michel nicht südwärts von hier gefallen sein? Also wandte er seine Schritte in diese Richtung und ließ die Straße, auf der Ruppertus und dessen Männer weiter nach Osten geritten waren, hinter sich zurück.
Nach einer Weile fiel ihm ein, dass er sich ja auf feindlichem Gebiet aufhielt, und schwenkte von dem gebahnten Weg ab,

um quer durch die Wildnis nach Süden zu wandern. Ohne es zu ahnen, umging er auf diese Weise Sokolnys Grenzwachen und drang immer tiefer in das Gebiet des Grafen ein.
Spät am Nachmittag lichtete sich der Wald, und Thomas vernahm das Rauschen eines Flusses. Der Drang, sich die heiße Stirn im Wasser zu kühlen, trieb ihn weiter, bis er den Rand des Auwalds erreicht hatte. Dort sah er eine breite Kiesbank und dahinter das dunkle Band des Flusses. Begierig starrte er auf das Wasser, ohne auf die Umgebung zu achten. Daher bemerkte er erst, als er am Ufer stand, dass er nicht alleine war.
Ein schlankes Wesen mit weiblichen Formen entstieg den Fluten und kam nackt, wie Gott es geschaffen hatte, auf ihn zu. Das muss eine Nixe sein!, durchfuhr es Thomas, und er wandte den Blick ab, damit sie ihm nicht in die Augen schauen und ihn verhexen konnte. Gleichzeitig reckte er ihr zitternd das Schwert entgegen und begann zu beten.
Als Janka seine Worte vernahm, schaute sie auf und rannte kreischend die Uferböschung hinauf. Dort riss sie ihr Kleid hoch und hielt es vor sich. Dabei zitterte sie so vor Angst vor dem abgerissen aussehenden Mann, dass sie nicht bemerkte, wie der Stoff ihren Fingern entglitt.
Sie hatte sich diese Stelle zum Baden ausgesucht, weil sie wusste, dass der Krieger, den sie und ihre Leute Němec nannten, auf seiner Patrouille hier vorbeikommen musste. Doch nun sah sie sich einem Fremden gegenüber, dessen Kleider auf einen Deutschen hinwiesen und der ein blankes Schwert in der Hand hielt.
Würde er sie gleich töten oder vorher noch schänden?, fragte sie sich und stieß einen lauten Ruf aus, in der Hoffnung, der Němec könnte sie hören und ihr zu Hilfe eilen.
Ihre Stimme gellte in Thomas' Ohren. Die Nixe setzt ihre Zauberkräfte ein, dachte er panikerfüllt. Gleich wird sie mir

meine Seele rauben! Mit einer verzweifelten Bewegung hob er das Schwert und wollte zuschlagen, um nicht dem Hexenbann des Wesens zu verfallen.

8.

Etwa zur gleichen Zeit, zu der Thomas den Fluss erreichte, durchstreifte Michel zusammen mit Marat die Flussaue und beobachtete dabei eine Ricke, die mit ihrem Kitz auf einer kleinen Lichtung äste. Es war ein friedliches Bild, das so gar nicht in diese vom Krieg erfasste Landschaft passen wollte. Michel sah den Tieren ergriffen zu und verspürte dabei so etwas wie einen großen, schmerzhaften Verlust.

»Denkst du wieder an dein Rentier?«, fragte Marat, der die Mimik des Deutschen inzwischen zu deuten wusste.

»Wenn du jene wunderschöne Frau meinst, nein. Ich sehe sie immer seltener, als würde sie langsam meinen Träumen entschwinden«, antwortete Michel bedrückt.

»Sie ist nur ein Traum«, wies Marat ihn zurecht. »Das hier ist die Wirklichkeit. Zum einen gibt es einige Meilen im Nordwesten das Lager der Königlichen, und zum anderen haben wir Fürst Vyszos Scharen weiter im Osten. Darauf müssen wir unser Augenmerk richten, nicht auf ein Weib, von dem du nicht einmal weißt, ob es überhaupt existiert oder doch nur eine Ausgeburt deiner Phantasie ist.«

Sie existiert!, wollte Michel schon antworten, zuckte dann aber mit den Achseln. »Wahrscheinlich hast du recht. Komm, lass uns weitergehen. Vielleicht geraten uns ein paar Feinde vor die Klingen.«

»Willst du Siege sammeln, um der Komtesse zu imponieren?«, fragte Marat spöttisch.

Nachdem sein Schützling sich in der Auseinandersetzung mit Ritter Roland als der Geschicktere erwiesen hatte, war Graf Sokolny auf ihn aufmerksam geworden. Dieser hatte sich jedoch noch nicht entschieden, ob er den Deutschen als Edelmann oder doch nur als gewöhnlichen Bürgerlichen behandeln sollte. In einer Zeit wie dieser boten ein scharfer Verstand und ein starker Schwertarm auch einfachen Männern die Möglichkeit für einen Aufstieg.

Marat verspürte keinen Neid und hätte es seinem Begleiter gegönnt, Herr über die Burg und das umliegende Land zu werden. Aber er kannte Sokolnys Tochter und wusste, dass diese Frau jedem Ehemann gehörig zum Tanz aufspielen würde.

Die beiden gingen weiter und beobachteten dabei sorgfältig ihre Umgebung, als auf einmal ein gellender Schrei ertönte.

»Das ist Janka!«, rief Michel aus und begann zu rennen.

Marat hielt sich an seiner Seite. »Falls es wirklich die Komtesse ist, soll sie der Teufel holen! Ihr Vater hat ihr ausdrücklich verboten, sich allein so nahe an der Grenze aufzuhalten. Wenn so ein verdammter Deutscher sie erschlägt oder ein Hussit, wird man uns beschuldigen, nicht richtig aufgepasst zu haben.«

Während des Laufens nahm Marat den Bogen zur Hand und zog einen Pfeil aus dem Köcher. Zwar wusste er nicht, auf wen Janka gestoßen sein konnte, doch er war bereit, alles zu tun, um die Tochter seines Herrn zu beschützen.

Auch Michel griff nach seinem Bogen und machte ihn schussbereit. Dabei setzte er zu einem wahren Sturmlauf an, der ihn so rasch auf den Fluss zutrug, dass er sogar Marat um ein paar Mannslängen hinter sich ließ.

Auf der Kuppe des Hügels angekommen, unter dem die Eger strömte, sah er auf der anderen Seite eine Frau mit dem Rücken zu ihm auf der Sandbank und einen Mann, der sich ihr mit erhobenem Schwert näherte. Michel blieb stehen, atmete tief durch und spannte den Bogen zum Schuss. Die Situation war eindeutig. Dennoch zögerte er, schüttelte verwirrt den Kopf und zielte erneut.

Da tauchte Marat hinter ihm auf. Dieser erfasste die Situation mit einem Blick und schoss noch im Laufen.

»Du hattest wohl Angst, die Komtesse zu treffen? Doch auch in einer solchen Situation musst du kühles Blut bewahren!«, rüffelte er Michel und gab ihm dann einen freundschaftlichen Stoß. »Los, geh schon! Für die Komtesse soll es so aussehen, als hättest du ihr das Leben gerettet!«

Noch während er es sagte, ging Marat rückwärts, bis er Jankas Sichtfeld entzogen war.

Die Komtesse hatte weder Marat noch Michel bemerkt. Unverwandt starrte sie den Fremden an und nahm vor Schreck nicht einmal wahr, wie der Pfeil in dessen Hals einschlug. Erst als der Mann leblos auf dem kiesbedeckten Ufer zusammenbrach, begriff sie, dass ihr keine Gefahr mehr drohte. Heftig atmend wischte sie sich die Tränen aus den Augen, drehte sich um und sah Michel den Hügel herabeilen.

»Němec! Dich schickt der Himmel!«, rief sie ihm entgegen, wich dann aber vor dem Toten ins Wasser zurück und wirkte mit ihrem nackten Oberkörper und den feuchten Haaren nun tatsächlich wie eine Sagengestalt.

Michel wusste nicht so recht, was er tun sollte. Es widerstrebte ihm, sich mit fremden Federn zu schmücken. Andererseits war Janka eine schöne, begehrenswerte Frau. Würde er sie gewinnen, hätte er gleichzeitig auch eine Heimat gefunden. Doch wollte er das überhaupt?, fragte er sich. Musste er nicht erst herausfinden, wer die Frau aus seinen Träumen war, die Marat spöttisch sein Rentier nannte?

Unschlüssig stieg er ins Wasser und watete, der Strömung trotzend, auf das andere Ufer zu. Sein Blick saugte sich an

Jankas schlanken und doch weiblichen Formen fest, und er spürte, wie sein Blut rascher durch die Adern strömte. Am liebsten hätte er sie an sich gezogen und vielleicht noch mehr mit ihr getan. Doch da war der Tote auf der Kiesbank, den er sich ansehen musste. Als er an Janka vorbeiging und sich über den Leichnam beugte, sah er aus den Augenwinkeln, dass sie gekränkt das Gesicht verzog. Offensichtlich zürnte sie ihm, weil er nicht ihr seine Aufmerksamkeit schenkte.

Doch er hatte keine Zeit, darüber nachzudenken, denn beim Anblick des Toten durchfuhr es ihn heiß und kalt. Verwirrt kniete er neben dem Leichnam nieder und entdeckte die Spuren starker Entbehrungen. »Der Mann ist zu früh gestorben. Ich glaube nicht, dass er eine Gefahr für Euch dargestellt hat, Komtesse.«

»Doch, das hat er!«, widersprach Janka erregt, während sie nach ihrem Kleid griff und hineinschlüpfte. »Hätte dein Pfeil ihn nicht rechtzeitig getroffen, wäre ich einen Augenblick später von ihm erschlagen worden.«

Michel lag auf der Zunge, zu sagen, dass das tödliche Geschoss nicht von seinem, sondern von Marats Bogen stammte. Doch im Augenblick war es ihm wichtiger, den Toten zu durchsuchen, um einen Hinweis darauf zu finden, woher er kam. Nun entdeckte er, dass der Mann unter etlichen Verletzungen gelitten hatte, die sich dieser schon vor vielen Tagen zugezogen haben musste. Es war ein Wunder, dass der Fremde mit all diesen Blessuren noch hatte herumlaufen können. Sonst entdeckte Michel nichts, was ihm verraten hätte, wer der Mann gewesen war. Die zerschlissene Kleidung war keinen Kreuzer wert, und Geld fand er auch keines. Das einzig Wertvolle, das der Fremde bei sich hatte, war ein außergewöhnlich schönes Schwert. Als er es aufhob, lag es so gut in seiner Hand, als sei es für ihn selbst gefertigt worden.

Janka hasste es, missachtet zu werden, und trat neben Michel. »Wer mag er sein?«
»Das werden wir wohl nie erfahren«, antwortete Michel leise und sah sie strafend an. »Ihr hättet hier nicht baden dürfen. Diese Stelle liegt viel zu nahe an der Grenze, und Ihr habt gerade gesehen, was für Gefahren Euch hier drohen! Wäre der Mann nicht verletzt und krank gewesen, hättet Ihr die Begegnung mit ihm nicht überlebt.«
Selten war Janka so harsch zurechtgewiesen worden, und im ersten Augenblick wollte sie zornig auffahren. Dann aber lächelte sie zufrieden. Er sorgt sich um mich, dachte sie und legte Michel die Hand auf den Arm.
»Die Gefahr war größer, als du denkst, Němec. Ich weiß das, denn ich habe in den Augen dieses Mannes meinen Tod gelesen. Ohne deinen beherzten Schuss würde ich jetzt dort liegen. Nimm meinen aufrichtigsten Dank dafür entgegen.«
Dann sah sie den Toten mit verächtlicher Miene an. »Wer er auch immer gewesen sein mag, ob Hussit oder Königstreuer – er hat sich für einen Spion ziemlich dumm angestellt.«
Da Michel zu ihr schaute, beugte sie sich zu ihm nieder und sorgte dafür, dass er von oben in ihren Ausschnitt sehen konnte. Sie hatte ihr Kleid noch nicht geschnürt, und so gab es dort einiges zu bewundern.
Wie sie es erwartet hatte, verschlang Michel sie mit einem begehrenden Blick, und so verzieh sie ihm, dass er sie nicht sofort beachtet hatte. Immerhin war er ein Krieger und hatte es als seine Pflicht angesehen, sich erst um den Feind zu kümmern und zu prüfen, ob dieser noch eine Gefahr darstellte.
»Du bist ein großer Kämpfer, Němec, und übertriffst sogar noch Marat, dem sonst keiner gewachsen ist«, lobte sie ihn mit sanfter Stimme.

Michel lächelte erfreut, wandte dann aber seine Aufmerksamkeit wieder dem Toten zu. Eine Stimme in ihm sagte, dass dies hier nicht hätte geschehen dürfen. Doch als er nach einem Gedanken oder einer Erinnerung suchte, die ihm dies hätte erklären können, griff er erneut ins Leere.

9.

Bei Nepomuk hatte Marie sich noch mutig und entschlossen gefühlt. Mittlerweile aber saß ihr die Angst wie ein Alb im Nacken. Jeden Augenblick konnte sie vor Leuten stehen, die keine Fragen stellten, sondern gleich zuschlugen. Doch welche andere Wahl hatte sie, als diesen Weg zu gehen?, fragte sie sich.

Eine Möglichkeit wäre gewesen, sich Nepomuk anzuschließen und mit ihm zusammen in Heerlagern und auf Jahrmärkten aufzutreten. Doch damit hätte sie alles verspielt, was sie je erreicht hatte, eine sichere Stellung im Leben, ihre Tochter, ihre Freunde und ihren Mann.

Nach kurzem Überlegen kam sie zu dem Schluss, dass sie niemals frei würde atmen können, solange ihr alter Feind noch lebte. Trotz des Mönchsgewands glaubte sie nicht an Ruppertus' Läuterung. Er erschien ihr sogar noch skrupelloser als früher und so fanatisch, dass sie nun sicher war, es mit einem Wahnsinnigen zu tun zu haben.

Während sie durch eine enge, von dichtem Wald gesäumte Schlucht ging, haderte sie mit dem Schicksal, das es diesem Mann nicht nur erlaubt hatte weiterzuleben, sondern auch, Macht und Ansehen zu erlangen. Im Gegensatz dazu war alles, was sie einst geliebt und besessen hatte, zu Scherben zersprungen. Nach dem Ablauf der von Sigismund gewährten Frist war sie nun vogelfrei, und es gab keinen Weg für sie zurück, es sei denn an Michels Seite.

»Du darfst nicht tot sein«, flüsterte sie. »Ich brauche dich! Trudi braucht dich! Wir alle brauchen dich!«

Marie traten die Tränen in die Augen. Wenn sie ihr Glück wiedergewinnen wollte, musste sie den einmal eingeschlagenen Weg weitergehen, auch auf die Gefahr hin, dass sie dabei den Tod fand.

Mit einem Mal hatte sie das Gefühl, nicht mehr allein zu sein. Trotzdem schritt sie scheinbar unbesorgt weiter, um ein unbelastetes Gemüt und ein gutes Gewissen vorzutäuschen.

Da lösten sich vier Krieger aus dem Schatten des Waldes und verlegten ihr den Weg. Doch sie war vorbereitet und hob grüßend die Hand. »*Dobrý den,* guten Tag!«

Die verwegen aussehenden Männer musterten sie überrascht von oben bis unten und schienen sich nicht sicher zu sein, was von ihr zu halten war. Schließlich trat der Patrouillenführer auf sie zu und sprach sie auf Tschechisch an.

»*Tak, kampak to jedme maličký?* Wo soll es hingehen, Kleiner?« Er klang misstrauisch, und Marie ahnte, dass ein einziges falsches Wort ihr Ende sein konnte.

Einen Erfolg aber hatte sie bereits aufzuweisen, denn der Mann hatte sie nicht als Frau erkannt, sondern hielt sie aufgrund ihrer Verkleidung für einen jungen Burschen. Sie räusperte sich und antwortete im kernigen Tonfall.

»Ich will die Eger rauf bis zur großen Biegung. Da, wo wir im ersten Feldzug die Königlichen niedergemacht haben.«

»Wir?«, fragte der Böhme spöttisch.

Marie senkte ein wenig den Kopf. »Na ja, selbst bin ich nicht dabei gewesen. Aber die Unsrigen haben gewonnen!«

»Die Unsrigen sagst du, Bürschchen? So gut kannst du unsere Sprache nicht, als dass ich dich für einen von uns halten

würde!« Das Misstrauen des Mannes nahm zu, und zwei seiner Kameraden hoben bereits ihre Kurzschwerter.
Sie zog ein missmutiges Gesicht. »Daran ist mein Vater schuld! Warum musste er auch nach Konstanz auswandern? Er hätte genauso gut in Duchcov bleiben können. So musste ich unter lauten, strohdummen Němci aufwachsen. Vater hat mir zwar ein paar Worte seiner Sprache beigebracht, aber die Amme und der Hauslehrer haben mich nur Deutsch gelehrt. Jetzt ist Vater tot, und ich kann endlich nach Hause!«
Der Patrouillenführer sah sie aus zusammengekniffenen Augenlidern heraus an. »Deine Geschichte könnte stimmen oder auch nicht. Du solltest uns einen guten Grund liefern, warum wir dir glauben sollen.«
»Weil mich die Deutschen als Kind verprügelt haben, wenn ich ihnen gesagt habe, dass ich ein Čech bin!«, rief sie empört.
Jetzt wird es sich erweisen, ob ich mich richtig vorbereitet habe, dachte sie. Entweder kam sie mit Frechheit hier durch, oder aber … Diesen Gedanken wollte sie lieber nicht ausspinnen, sondern sah den Anführer grinsend an.
Dieser gab noch nicht auf. »Warum bist du so lange bei den Deutschen geblieben? In deinem Alter ist man Soldat und kämpft für seine Sache!«
»Das hätte ich gerne«, antwortete Marie im bitteren Ton, »aber ich lag lange im Kerker. Ich bin Marius Frantiček, Sohn eines Konstanzer Tuchhändlers, der vom König hingerichtet worden ist. Jetzt suche ich den Bruder meines Vaters. Er soll Fährmann an der Eger bei Bílina sein. Also bin ich einer der Euren.«
Es gefiel Marie nicht, immer dicker auftragen zu müssen. Dadurch erhöhte sich die Gefahr, dass einer die Gegend kannte und wusste, dass es dort gar keinen Fährmann gab, dieser ganz anders hieß oder keinen Bruder hatte.

Daher ballte sie die Fäuste und drohte in Richtung Westen. »Ich will Rache für alles, was die Inquisition mir angetan hat!«
Diesmal musste sie nicht schauspielern. Der Gedanke an Ruppertus reichte aus, ihre Wut glaubhaft erscheinen zu lassen.
Der Patrouillenführer nickte verständnisvoll und gab seinen Männern den Befehl, den Weg freizugeben. »Na dann viel Glück, Kleiner! Du wirst es brauchen. Geh aber nicht weiter geradeaus, sonst triffst du auf Graf Sokolnys Land. Wer ohne triftigen Grund dort hineinläuft und in die Hände seines heidnischen Waffenmeisters oder des Namenlosen fällt, dem gnade Gott.«
»Welchen Weg muss ich nehmen?«, fragte Marie besorgt. »Und wer sind die beiden Männer, vor denen du mich gewarnt hast?«
»Du musst beim nächsten Kreuzweg nach links gehen und erreichst dann die Straße nach Chomutov. Der folgst du bis zur Fähre. Sag dem Fährmann, Jakub schickt dich. Dann wird er dir helfen, deinen Onkel zu finden. Was Sokolnys Bluthunde angeht, so ist der eine ein Tatar und der andere ein Němec, von dem es heißt, er wisse nicht, wer er ist und woher er kommt. Beide streifen wie Raubtiere an Sokolnys Grenzen entlang und fangen jeden ab, der dort einzudringen versucht. Also übersieh bloß nicht die Abzweigung. Sonst musst du beten, dass sie zuerst fragen und dann zuschlagen. Meistens tun sie das nämlich nicht.«
»Danke für die Warnung, Herr Jakub! Ich werde mich vorsehen.« Noch während sie versuchte, diese Worte auf Tschechisch zu radebrechen, wirbelten Maries Gedanken in einem wilden Tanz.
Der Mann ohne Namen, den der Patrouillenführer den Němec, den Deutschen, genannt hatte, konnte Michel sein!

Da ihr Mann von eigenen Kameraden überfallen worden war und damit rechnen musste, dass Hettenheim, Loosen und Haidhausen ihn im Heer des Königs verleumdet hatten, durfte er sich dort nicht mehr blicken lassen. Den Hussiten hatte er sich ebenso wenig anschließen können. Zum einen ließen die keinen Deutschen, insbesondere keinen von Sigismunds Rittern, am Leben, und zum anderen handelte es sich bei ihnen um Ketzer. Sie traute ihrem Mann durchaus zu, Graf Sokolny so viel Respekt eingeflößt zu haben, dass dieser ihn unter seine Krieger aufgenommen hatte. Daher verabschiedete sie sich voll neuer Hoffnung von Jakub und schritt weiter.

Die Hussiten sahen ihr ein paar Augenblicke nach, dann zuckte einer von ihnen mit den Achseln. »Eine große Hilfe wird uns dieses spirrelige Bürschchen nicht sein.«

»Unterschätze nicht die, die kleiner sind als du«, wies Jakub ihn zurecht. Er maß eine gute Handbreit weniger als der Sprecher und fühlte sich persönlich angesprochen.

Nach diesem Zwischenfall legten sich seine Männer und er erneut auf die Lauer, um weitere Reisende abzufangen.

Es dauerte nicht lange, da erklangen Hufschläge, und sie entdeckten einen Reitertrupp, der sich im flotten Tempo näherte. Der Patrouillenführer sah die Blicke seiner Kameraden auf sich gerichtet und überlegte. Wenn es zum Kampf kam, waren die anderen in der Überzahl. Allerdings lagerten etliche ihrer eigenen Leute in Rufweite und konnten ihnen jederzeit zu Hilfe kommen.

»Ihr zwei wartet am Waldrand. Wenn es hart auf hart kommt, ziehen wir uns zurück. Zwischen die Bäume können sie uns mit ihren Gäulen nur schlecht folgen. Du, Franek, alarmierst unsere Freunde. Sage ihnen, ein paar Deutsche reiten frech durch unsere Lande.«

»Einer davon ist ein Mönch!«, warf einer ein.

»Die habe ich besonders gefressen. Also los! Ihr wisst, was ihr zu tun habt.« Jakub wies seine Männer mit heftigen Gesten an, sich zu beeilen.

Dann wartete er, bis der Reitertrupp herangekommen war, und vertrat den Männern den Weg. »Na, wen haben wir denn da? Ein paar deutsche Reiter, die nicht wissen, dass hier böhmisches Land ist, und einen Schwarzkittel, der die Lügen Seiner Scheinheiligkeit aus Rom verkündet!«

Der Mann trat mit einer solchen Frechheit auf, dass Ruppertus, Eberhard und deren Begleiter gar nicht auf die Idee kamen, die Hussiten könnten in der Unterzahl sein. Während Eberhard zu seinem Schwert griff, um sein Leben so teuer wie möglich zu verkaufen, überschlugen sich Ruppertus' Gedanken. Er blickte auf Jakub hinab und verzog sein Gesicht zu einer Grimasse.

Der Böhme baute sich vor ihm auf und sprach ihn auf Deutsch an. »Bete deine letzte Litanei, Mönchlein, denn gleich wirst du vor deinem Herrn stehen. Damit meine ich den, der tief unter uns wohnt und bei dem es immer so schön warm ist.«

Er zeigte mit der Linken grinsend nach unten, während er mit der anderen Hand sein Schwert zog, aber nicht sofort zuschlug.

Ruppertus nahm sein Zögern durchaus wahr und beschloss, es für sich auszunützen. »Du nennst mich einen Mönch? Du hirnloser Trottel, weißt du überhaupt, wen du vor dir hast? Du sprichst mit Janus Suppertur, dem Großinquisitor der heiligen römischen Kirche!«

Die Arroganz und die Selbstverständlichkeit, mit der Ruppertus auftrat, verblüfften die Hussiten. Noch waren sie nur zu dritt, und es würde dauern, bis die Verstärkung kam. Daher versuchte ihr Anführer Zeit zu gewinnen.

»Aus Rom bist du? Da bist du aber weit von deinen gewohnten Wegen abgekommen!«

»Ich bin auf dem Weg, auf den Gott mich geführt hat«, erwiderte Ruppertus mit kalter Stimme. »Und nun bring mich zu deinem Herrn. Ich glaube, Vyszo heißt er!«
Zu jeder anderen Stunde hätte Jakub diese Worte mit blankem Stahl beantwortet. Doch Ruppertus' Benehmen und die unheimliche Maske schüchterten ihn ein.
»Was wollt Ihr von Fürst Vyszo?« Unwillkürlich sprach er den Mönch ehrerbietig an.
Ruppertus lächelte zufrieden. »Ich will mit Eurem Anführer verhandeln! Und jetzt führe uns zu ihm, sonst wird es dein Schaden sein.«
Einen Augenblick lang überlegte der Böhme, dann nickte er. »Also gut! Aber wenn das, was Ihr sagt, Fürst Vyszo nicht gefällt, werde ich es sein, der Euch den Kopf abschneidet und auf einen Pfahl spießt.«
Dieser Drohung fehlte jeglicher Nachdruck. Jakub stieß sie nur aus, damit sein Nachgeben nicht als Niederlage gewertet werden sollte.
Ruppertus kümmerte das Befinden des Hussiten nicht. Für ihn galt es, Maries Spur aufzunehmen und sie zu fangen. Um dieses Ziel zu erreichen, war er bereit, jedem alles zu versprechen und es wieder zu vergessen, wenn er Marie endlich in seiner Gewalt hatte. Mit diesem Vorsatz folgte er Jakub und kam eine halbe Meile weiter an der Abzweigung vorbei, wo Marie den Weg nach Süden eingeschlagen hatte.

10.

Wie es Marats Absicht gewesen war, wurde Michel auf Sokolny als Jankas Lebensretter gefeiert. Er nahm es jedoch mit zwiespältigen Gefühlen hin. Zwar begehrte er Janka als Frau und wünschte sich, zugleich mit ihr eine neue Heimat erringen zu können. Aber das ungute Gefühl, das er angesichts des toten Fremden empfunden hatte, wollte nicht weichen. Er war immer noch der Ansicht, es wäre besser gewesen, den Mann nicht zu töten, sondern mit ihm zu reden. Andererseits war die Situation für Janka zu bedrohlich gewesen, und sein Zögern hätte sie das Leben kosten können. Vielleicht wäre es anders gekommen, wenn sie nicht vor Schreck erstarrt am Ufer stehen geblieben, sondern ins tiefere Wasser zurückgewichen wäre. Einen Vorwurf wollte er ihr daraus jedoch nicht machen. Frauen waren nun einmal nicht so beherzt wie Männer, und jemand, der mit gezücktem Schwert auf einen zukam, konnte selbst einem unbewaffneten Mann das Blut in den Adern erstarren lassen.

Trotzdem gefiel es Michel nicht, dass er auf Sokolny mit fremden Federn geschmückt wurde. Immerhin hatte Marat den tödlichen Pfeil abgeschossen und nicht er. Doch dem Waffenmeister lag nichts an besonderen Ehrungen, und er wollte ihm helfen, auf Sokolny heimisch zu werden. Die Wahrheit zu bekennen hätte bedeutet, Marats Geschenk zurückzuweisen und diesen zu beleidigen, und das wollte er nicht.

Ganz in Gedanken versunken, stieg Michel an diesem Abend auf die Wehrmauer der Burg und blickte nach Osten. In der Dämmerung waren die Wachfeuer der Hussiten zu erkennen. Plötzlich hörte er Schritte neben sich und sah sich

um. Graf Sokolny und Marat waren ihm gefolgt und spähten nun ebenfalls zu den Linien des Feindes hinüber.
»Fürst Vyszo schickt täglich neue Verbände in die Ebene jenseits der Eger, um uns seine Stärke zu demonstrieren«, sagte der Graf mit verbissener Miene.
»Bis jetzt haben wir seine Angriffe noch jedes Mal abwehren können und bestrafen jede Grenzverletzung aufs härteste. Ich schätze, den Hussiten wird bald die Lust vergehen, sich weiterhin bei uns blutige Köpfe zu holen. Es gibt genug andere Ziele, denen sie sich zuwenden können.«
Michels Stimme klang hart, denn die Männer, die dieses Land bedrohten, gefährdeten seine Zukunft, und er war bereit, mit jeder Faser seines Seins für den Erhalt von Sokolny zu kämpfen.
»Der Němec macht keine Gefangenen mehr«, warf Marat ein und grinste breit. »Ich übrigens auch nicht. Wer gegen Sokolny marschiert, muss wissen, was ihm droht. Da bei uns nicht viel Beute zu holen ist, wird es Vyszo bald ebenso schwerfallen wie Sigismund, seine Truppen zum Angriff zu bewegen.«
Michel nickte. »Die Deutschen gehen uns weiträumig aus dem Weg, so sehr fürchten sie uns. Hätten sie eine Möglichkeit, diese Burg und das umliegende Land durch einen Zauber in ein fernes Land zu versetzen, so würden sie es tun, denn wir blockieren ihren Handelsweg nach Osten. Wer dorthin will, muss einen Umweg von vielen Meilen in Kauf nehmen.«
»Das gilt auch für Vyszos Krieger, die nach Westen streben«, stimmte Marat ihm zu. »Wir sind praktisch ein Riegel, der die beiden Mächte trennt. Solange wir stark sind, müssen beide uns fürchten! Bisher schickt der Feind nur kleine Streifscharen gegen uns, um Lücken in unserer Verteidigung zu finden, aber der Němec und ich haben bisher jeden Angreifer in Schach gehalten.«

Sokolny nickte anerkennend, denn er wusste, dass ihm die Verteidigung seines Besitzes ohne Marat und den Deutschen weitaus schwerer gefallen wäre. Dann aber wiegte er zweifelnd den Kopf. »Fürst Vyszo wird nicht einfach den Schwanz zwischen die Beine klemmen und wie ein geprügelter Hund abziehen. Dafür kenne ich ihn zu gut. Bevor er aufgibt, wird er zum Sturmangriff auf unsere Burg blasen lassen.«

»... und dabei herbe Verluste erleiden und abziehen müssen«, erklärte Michel mit einer Stimme, die deutlich machte, dass er eher sterben würde, als zuzulassen, dass ein Hussit die Mauern der Burg Sokolny erklomm.

Der Graf spürte die Entschlossenheit des Deutschen und dankte dem Schicksal, das diesen Mann in sein Land gebracht hatte. Mit ihm an der Spitze wäre es den Truppen des Königs höchstwahrscheinlich gelungen, seine Burg zu umschließen und einzunehmen. Davor hätte ihn auch ein Bündnis mit Fürst Vyszo nicht bewahren können.

»Gleichgültig, wie es ausgeht, es werden viele Männer sterben«, sagte er bedrückt.

Michel nickte. »Das ist richtig. Dennoch werden wir kämpfen, um unsere Freiheit zu bewahren. Sie ist unser höchstes Gut!«

»Wir kämpfen, weil uns das Schicksal an diesem Ort zusammengeführt hat, damit wir gemeinsam unsere Schwerter ziehen und dieses Land gegen seine Feinde verteidigen!« Für Marat gab es keine Zweifel. Er war hier, um zu kämpfen, weil er die Geister seiner Ahnen zufriedenstellen musste.

»Mein Vater war ein Krieger, dessen Vater ebenfalls und auch der Großvater«, fuhr er fort. »Meine Ahnen sind im Heer des Dschingis Khan geritten, mit Batu Khans Scharen und denen anderer Khane der Großen Horde. Ich will, dass der Westwind meine Taten in die Steppe trägt und das Gras dort von ihnen singt. Ich bin Marat, Sohn des Marqil und Enkel des Mardur. Mein Schwert ist scharf und mein Arm stark. Erst wenn der ewige Himmel es will, werde ich einem Feind unterliegen. Bis dorthin wird mein Bogen seine tödlichen Pfeile versenden, und ich werde mein Schwert in das Blut der Feinde tauchen!«

Für ein paar Augenblicke gab Marat seinen Zuhörern einen Einblick in seine Seele und verriet seinen Wunsch, dass die Kunde von seinen Taten in die Steppe seiner Ahnen gelangen sollte, auch wenn er selbst niemals dorthin zurückkehren würde.

Sokolny war klar, dass er sich sowohl auf seinen Waffenmeister als auch auf den Deutschen verlassen konnte wie auf sich selbst, und streckte den beiden erfreut die Hände entgegen. »Ich danke Euch! Ihr seid Männer aus der Fremde und mir doch treuer zugetan als jene Freunde, die mit mir aufgewachsen sind und stets an meiner Seite waren.«

Ein Gefühl der Rührung ließ ihn für einen Augenblick verstummen, dann aber atmete er tief durch und sah Michel an. »Wer seid Ihr wirklich, Němec? Warum seid Ihr bereit, für fremde Menschen und ein fremdes Land Euer Leben zu geben?«

»Ich bin ein Mann, der eine Heimat sucht, mein Herr. Ohne Heimat bin ich wie ein Blatt im Wind, das einmal hierhin und dann wieder dorthin geweht wird«, antwortete Michel bitter.

Versonnen schaute der Graf in die beginnende Nacht hinein, in der die Lagerfeuer der Hussiten fern, aber bedrohlich loderten, und klopfte Michel auf die Schulter.

»Wenn Ihr eine neue Heimat gesucht habt, dann habt Ihr sie jetzt gefunden!«

Marat zwinkerte Michel zu, doch dieser achtete nicht darauf, sondern kämpfte mit seinen Gefühlen. Erneut sah er jene

schöne Frau vor sich, die sein Freund sein Rentier genannt hatte, und fragte sich, ob es sie wirklich gab und sie womöglich irgendwo auf ihn wartete. Wenn er in den Nächten schlaflos auf seinem Bett lag, zermarterte er sich das Gehirn, um wenigstens einen Fetzen seiner Vergangenheit aufzuspüren. Doch in ihm waren nur Leere und eine gewisse Traurigkeit.
Ein tiefer Seufzer, den Sokolny ausgestoßen hatte, unterbrach sein Grübeln. »Ich bin alt und zu müde für die Ränkespiele der Politik«, sprach der Graf nachdenklich. »Auch bin ich zu weich, um meine eigenwillige Tochter im Zaum zu halten. Sie braucht eine stärkere Hand, die sie führen kann, und es wird Zeit für einen Erben, damit mein Haus weiterbesteht. Wenn Ihr meinen Namen annehmen wollt, Němec, gebe ich Euch meine Tochter zur Frau!«
Obwohl Marat erwartet hatte, dass sein Herr irgendwann einmal Michel als Nachfolger einsetzen würde, überraschte ihn diese Eile. Er musterte den Deutschen und sah dessen Augen freudig aufleuchten. Trotzdem schien Němec unsicher zu sein, vielleicht, weil ihn seine verlorene Vergangenheit quälte oder weil ihm alles zu schnell ging.
Da Michel nicht sofort antwortete, empfand Sokolny eine gewisse Enttäuschung. Er hatte sich mehr Begeisterung erwartet. Seine Tochter war eine – wenn auch sehr starrköpfige – Schönheit und hatte deutlich erkennen lassen, wie sehr ihr der Němec gefiel. Andererseits ehrte es den Mann, dass er nicht sofort zugriff. Sich ein Weib zu nehmen war eine wichtige Sache, die wohl bedacht werden wollte. Noch viel schwerer aber war es, sich die Verantwortung für einen Besitz wie Sokolny auf die Schultern zu laden, denn dazu waren nur wenige fähig. Der Deutsche war einer dieser wenigen, und der Graf traute ihm zu, sein Land künftig mit fester Hand vor allen Feinden zu schützen und es im Frieden klug zu leiten.

Michel hatte dieses Angebot erwartet, wenn auch nicht so rasch, und ihm schwirrte der Kopf, als er an die Möglichkeiten dachte, die sich daraus ergaben. Andererseits aber hatte er gezögert, den Fremden zu erschießen, und würde nun den Lohn einstreichen, der eigentlich Marat gebührte. Auch fragte er sich, was mit der unbekannten Schönen in seinen Träumen war. Würde der Gedanke an sie sich zwischen ihn und Janka stellen, und könnte er Sokolnys Tochter deshalb womöglich weniger Liebe schenken, als diese verdiente? Von Zweifeln geplagt, erwog Michel, um Aufschub zu bitten, damit er mit seinen Gedanken ins Reine kommen konnte.

Da klopfte Marat ihm auf die Schulter. »An deiner Stelle würde ich nicht zögern, Němec. Du hast gezeigt, was du als Krieger wert bist. Beweise nun der Komtesse, dass hinter dem Krieger auch ein ganzer Mann steckt.«

Sokolny war froh um Marats Unterstützung und fasste Michel um die Schulter. »Bald ist Johanni, und das ist ein guter Tag für ein großes Fest.« Damit klopfte auch er Michel auf die Schulter und wandte sich zum Gehen.

Als der Graf die von den Fackeln erhellte Treppe hinabstieg, sah Michel ihm sinnend nach.

Marat stieß ihm den Ellbogen in die Rippen. »Das waren eben große Worte an einen, der noch immer nicht weiß, wo sein Rentier ist!«

Mit einer heftigen Bewegung wandte Michel sich zu ihm um. »Dann sag du es mir! Immerhin bist du mein Lehrer.«

Marat schüttelte den Kopf. »Das war ich vielleicht bis zu dieser Stunde. Doch nun bist du der erkorene Nachfolger des Grafen Sokolny und damit bald mein neuer Anführer im Krieg.«

Nach diesen Worten verließ auch Marat den Wehrgang, und Michel blieb allein zurück. Die Fackel in seiner Nähe flackerte und erlosch. Mit einem Mal stand er im Dunkeln, und er sagte sich, dass dies wie ein Symbol seines Lebens war. Er war aus der Dunkelheit nach Sokolny gekommen und konnte nicht mehr rückwärtsschauen. Doch wie gut war es, nur noch an das Morgen zu denken?

11.

Ruppertus' Verstand hatte gelitten, aber wenn es um Winkelzüge ging, konnte er noch glasklar denken. Als er sich mit seinen Leuten dem Feldlager der Hussiten näherte, beobachtete er alles sehr genau und schloss so einiges aus dem, was sich um ihn herum tat.

Schon der erste Blick verriet ihm die Unterschiede zwischen den hussitischen Kriegern und den königlichen Truppen. Während Sigismunds Ritter und Waffenknechte mürrisch und gelangweilt in und zwischen ihren Zelten herumlungerten, herrschte hier ein ganz anderer Geist.

In diesem Heerlager war niemand untätig. Auf einer Wiese außerhalb des Lagers wurden Rekruten gedrillt. Ein Stück davon entfernt arbeiteten Zimmerleute mit Unterstützung von Soldaten an Belagerungstürmen und Katapulten, mit denen man die Mauern von Sokolny zu überwinden hoffte. An anderer Stelle wurden Lafetten für Geschütze zusammengebaut. Etliche Männer waren damit beschäftigt, Armbrustpfeile zu schnitzen, und in den Feldschmieden erklangen die Hämmer der Schmiede, die Schwerter und Speerspitzen anfertigten. Eben marschierten neue Truppen ins Lager und erhielten von den Quartiermeistern die Plätze zugewiesen, an denen sie ihre Zelte und Feldküchen aufbauen sollten.

Alles atmete den Geruch entschlossener Kriegsführung. Obwohl Ruppertus mehr als ein Jahrzehnt lang im zumindest äußerlich friedlichen Rom gelebt hatte, begriff er, dass hier der alles entscheidende Sturm auf Sokolny vorbereitet wurde. Lange, sagte er sich, würde es nicht mehr dauern, dann hatte Fürst Vyszo den Sperrriegel, den die Burg und das Land darum herum darstellten, überwunden. Oder er musste sich als gescheiterter Mann ins böhmische Binnenland zurückziehen.

Wenn Vyszo keinen Erfolg hatte, würden ihn die größten Schreier unter den Hussiten der Unfähigkeit zeihen und dafür sorgen, dass er diese Niederlage nicht lange überlebte. Aber hier sah es so aus, als täte der Hussitenfeldherr alles, damit es nicht zu einem solch beschämenden Ende kam.

Nachdem Ruppertus zu Vyszos Zelt gebracht worden war, erhielt sein Führer die Auskunft, der Fürst befände sich auf einem Inspektionsritt.

»Ihr werdet hier warten!«, erklärte Jakub in einem Ton, der dem Mönch zeigen sollte, wie wenig willkommen er hier war. Ruppertus vertraute jedoch auf Gott und die Sendung, die ihm die Himmelsmächte aufgetragen hatten. Verächtlich blickte er über den Hussiten hinweg, und es störte ihn auch nicht, dass seine Begleiter wie Gefangene behandelt und weggebracht wurden.

Ihm selbst bot man keine Sitzgelegenheit an und auch keinen Becher Bier oder gar Wein. Außerdem zogen Wachen auf, die ihn nicht aus den Augen ließen.

Etliche Zeit später näherte sich ein Reiter dem Zelt, den Ruppertus der Beschreibung und der Kleidung nach für Fürst Vyszo hielt. Der Mann schwang sich nicht weit von ihm aus dem Sattel, und der Blick, mit dem er ihn musterte, bewies Ruppertus, dass der Fürst bereits über seine Ankunft informiert worden war.

Der Hussit war ein kräftiger, finster wirkender Mann, der alles andere als begeistert zu sein schien, sich mit einem solchen Gast abgeben zu müssen. Er blieb zwei Schritte vor Ruppertus stehen, während zwei seiner Leibwächter diesen in die Mitte nahmen und mit ihren Schwertern bedrohten.
»Du willst der Inquisitor des Bischofs von Rom sein, Mönch?«, fragte er in gut verständlichem Deutsch.
»Ich bin der Großinquisitor des Papstes. Zu Euren Diensten, Fürst Vyszo!«
Überrascht über diese höfliche Antwort, fiel Vyszo jetzt in den unter Edelleuten gebräuchlichen Tonfall ein. »Ihr redet so, als hättet Ihr mich aufsuchen wollen.«
»Und wenn es so wäre?« Ruppertus spürte, dass die Neugier des anderen erwacht war.
Aber er hütete sich, den Fürsten für einen vertrauensseligen Narren zu halten. Dieser Mann wusste genau, dass er nicht ewig gegen das Reich und die römische Kirche Krieg führen konnte. Böhmen brauchte den Frieden ebenso dringend wie die umliegenden Lande Österreich, Baiern, Franken und Sachsen.
Vyszo hatte indessen beschlossen, den Inquisitor nicht als Unterhändler, sondern als Feind anzusehen. »Ihr seid weit weg von Rom, Mönch, und fast ebenso weit von den Schwertern der deutschen Ritter, die Euch schützen könnten. Wenn ich meinen Männern sage, sie sollen Euch in Stücke hauen, kann Euch niemand mehr helfen.«
»Einer kann und wird es tun, nämlich Gott im Himmel!« Ruppertus blickte nach oben zum grau verhangenen Himmel und verblüffte damit sein Gegenüber.
Vyszo hatte bereits sein Schwert aus der Scheide gezogen, um den Tod seines Idols Jan Hus zu rächen und die Allmacht der römischen Kirche zu brechen. Gott aber fürchtete er mehr, als der Papst und dessen Bischöfe es taten. Nun

wurde der Fürst unsicher und fragte sich, was er mit diesem so überraschend aufgetauchten Gast anfangen sollte. Daher gab er einem seiner Männer einen Wink, bevor er sich wieder dem schwarzen Mönch zuwandte.

»Ihr kennt den Bischof von Prag?«

»Ich glaube, ja«, antwortete Ruppertus, der nicht genau wusste, ob er diesem Mann in Rom begegnet war.

»Er ist unser Gefangener. Meine Männer werden ihn gleich holen. Von Euch aber will ich wissen, was der Kerkermeister des Papstes von mir will? Wollt Ihr mich etwa bekehren? Wenn ja, werdet Ihr Euch in Kürze unter der Schar der Märtyrer wiederfinden, zu denen Euresgleichen so eifrig betet, als wären diese Menschen Gott oder wenigstens einem Cherub gleich.«

Um Ruppertus' Mund spielte ein spöttisches Lächeln. »Ich will Euch nicht bekehren, Fürst Vyszo, sondern Euch einen Handel vorschlagen, der zu Eurem Vorteil ausschlagen wird.«

»Einen Handel?« Vyszo begann zu lachen. »Was hättet Ihr mir schon anzubieten, Mönch?«

»Zum Beispiel die Burg Sokolny«, antwortete Ruppertus ungerührt.

»Sokolny? Für diese Frechheit lasse ich Euch vierteilen!« Vyszo sah ganz so aus, als wolle er den Befehl dazu auf der Stelle geben.

Da schoss Ruppertus seinen nächsten Pfeil ab. »Graf Sokolny hat sich auf Sigismunds Seite geschlagen!«

»Ihr lügt!«, fuhr Vyszo ihn an, wurde aber gleichzeitig unsicher, denn es gab Gerüchte, die genau das besagten. Immerhin musste der Graf mit einem Großangriff von seiner Seite rechnen, und da war es gut möglich, dass er sich mit dem König verbündet hatte, um sich behaupten zu können.

»Ich lüge niemals«, erklärte Ruppertus gelassen. »Als Lohn für dieses Bündnis schickt Sigismund dem Grafen eine Ladung neuartiger, tödlicher Waffen, mit denen dieser Euren Angriff leicht abwehren kann.« Jetzt muss es sich entscheiden, dachte er. War Vyszo nur ein fanatischer Narr, würde er ihm nicht glauben oder der Ansicht sein, Sokolnys Burg auch ohne seine Hilfe erobern zu können. Als fähiger Feldherr musste er ihm jedoch weiter zuhören.

Einen Augenblick lang schwankte der Hussit, dann deutete er auf das Innere seines Zeltes. »Kommt herein! Mich interessiert, was Ihr zu berichten habt. Bringt Wein und Brot für mich und meinen Gast!«

Auf diese Worte hin eilten mehrere Diener davon, während Ruppertus Vyszo mit einem zufriedenen Lächeln in das Zelt folgte. Er setzte sich auf einen Stuhl, den ein Diener ihm hinstellte, trank von dem Wein, der ihm gereicht wurde, und musterte dabei den Fürsten mit einem belustigten Blick.

»Sokolny vertraut Sigismund und fühlt sich dadurch sicher. Allerdings werden die Waffen, die ihm der König geliefert hat, ihren Zweck nicht erfüllen. Dafür habe ich gesorgt.«

Es dauerte einen Augenblick, bis Vyszo begriff, was sein Gast damit gemeint hatte. »Ihr habt die Waffen unbrauchbar gemacht?«

»Unbrauchbar machen lassen«, korrigierte Ruppertus ihn. »Es sind gefährliche Waffen, nämlich die neuen Handbüchsen. Sie verschießen kleine Eisenkugeln, die jeden Brustpanzer durchschlagen.«

»Ich habe davon gehört«, erklärte Vyszo nachdenklich. »Allerdings bräuchte Sokolny mehrere hundert dieser Handbüchsen, um mich und meine Männer aufzuhalten.«

»Ihr vergesst die Wirkung, die diese Waffen auf Eure Männer haben werden. Vor Pfeilen können sie sich mit ihren

Schilden schützen. Doch gegen eine Kugel, die von einem Tannenbergrohr abgefeuert wurde, gibt es keinen Schutz. Es reichen drei Dutzend solcher Rohre, um den Mut jedes Soldaten schwinden zu lassen. Stellt Euch vor, wie Eure Männer vorwärtsmarschieren und dabei einer nach dem anderen fällt.«

Dieses Bild malte Ruppertus so lebendig aus, dass der Fürst eine solch ungleiche Schlacht tatsächlich vor sich zu sehen glaubte. Vyszo schüttelte sich, fasste sich dann aber wieder und sah seinen Gast lauernd an.

»Ihr sagt, Ihr habt die Waffen unbrauchbar gemacht. Warum sollte ich sie also fürchten?«

»Weil es nur eines Handgriffs bedarf, sie wieder schussfertig zu machen. Wenn ich nicht bald zu meinem Gewährsmann zurückkehre und ihm sage, dass Ihr auf meine Forderungen eingegangen seid, wird er einen Pfeil über die Grenze zu Sokolny schießen, um dessen Schaft ein Brief gewickelt ist. Das Blatt wird genau dieses Wissen enthalten.«

Obwohl er noch immer in Gefahr schwebte, auf Vyszos Befehl von dessen Leuten hingerichtet zu werden, genoss Ruppertus die Situation. Gott hatte das Geschick aller drei Feldherren dieses Krieges in seine Hände gelegt. Für Sokolny bedeutete dies die Erstürmung seiner Burg und den Tod, für Sigismund den Sturz vom Thron und ebenfalls das Ende. Und Fürst Vyszos würde er sich später mit Hilfe des neuen Königs Falko von Hettenheim entledigen.

Vyszos Gedanken griffen nicht so weit aus wie die seines Gastes. Für ihn ging es in erster Linie darum, Sokolnys Burg zu stürmen, die jeden Vormarsch in diese Richtung verhinderte. Um sein Heer zusammenzuhalten und es gut über den Winter zu bringen, brauchte er die Beute, die er jenseits der Waldberge in den angrenzenden Gebieten des Reiches machen konnte.

»Was wollt Ihr für Eure Hilfe?«, fragte er noch immer misstrauisch, aber auch bereit, sich mit seinem seltsamen Gast einzulassen.
Um Ruppertus' Lippen spielte ein nachsichtiges Lächeln. »Ich will, dass Ihr eine bestimmte Frau für mich sucht und sie mir übergebt!«
»Das meint Ihr doch nicht im Ernst!«, platzte Vyszo heraus.
»Es ist mein voller Ernst! Es handelt sich um eine elende Hure und vogelfreie Mörderin, die sich hier in Eurem Land unter Euren Soldaten tummelt.«
Vyszo schüttelte ungläubig den Kopf. »Ihr verratet Euren König und verlasst den Schoß Eurer Kirche für ein Weib?«
»Dieses Weib ist der Schoß meiner Kirche!«, stieß Ruppertus erregt hervor.
»Ihr haltet mich doch zum Narren!«, rief Vyszo aus.
Er wollte noch mehr sagen, doch da schleppten mehrere Soldaten einen Mann im schmutzigen und zerrissenen Bischofsornat herbei und stießen ihn ins Zelt. Der Kirchenfürst stürzte und blieb vor Vyszos Füßen liegen. Sein angstvoller Blick verriet, dass er sein letztes Stündlein geschlagen glaubte. Dann entdeckte er Ruppertus, und ein Funken Hoffnung erhellte sein ausgezehrtes Gesicht.
»Euer Exzellenz, Ihr seid hier! Es gibt also Verhandlungen zwischen Rom und diesen Leuten. Bitte, verwendet Euch für mich. Helft mir, bitte!« Er kroch auf Knien zu Ruppertus hin und küsste dessen Hand, als wäre er der Papst in eigener Person. Offensichtlich hatte man ihn misshandelt und lange hungern lassen, denn sein Gewand schlotterte um seine dürre Gestalt.
Scheinbar mitleidig beugte der Inquisitor sich zu dem Gequälten nieder, ergriff seine Hände und hob ihn auf. »Ich werde Euch aus dieser Gefangenschaft befreien«, versprach er lächelnd und ignorierte dabei Vyszos abweisende Miene.

Der Bischof lächelte unter Tränen und bedankte sich wortreich. Da drehte Ruppertus sich zu einem der hussitischen Soldaten um und nahm dem Verblüfften das Schwert aus der Hand. Bevor irgendjemand im Zelt begriff, was er vorhatte, stieß er dem Bischof die Klinge mit aller Kraft in den Leib. Während dieser mit einem erschrockenen Ausdruck in den Augen zusammenbrach und starr liegen blieb, warf Ruppertus das Schwert auf den Boden und sah Vyszo herausfordernd an.

»Glaubt Ihr mir nun, dass ich mich von der römischen Kirche abgewandt habe? Was jenes Weib betrifft, so suche ich sie nicht zuletzt, weil sie mir dies angetan hat!« Noch während Ruppertus es sagte, nahm er die Silbermaske ab und zeigte Vyszo sein von Narben zerfurchtes Gesicht und die leere Augenhöhle, die notdürftig zugenäht worden war.

Vyszo hatte im Krieg schon schlimm zugerichtete Männer gesehen und geglaubt, ihn könne so leicht nichts mehr erschüttern. Dennoch vermochte er Ruppertus nicht lange anzusehen und wandte den Blick ab.

»Ja«, sagte er schaudernd. »Jetzt glaube ich Euch!«

12.

Nachdem Ruppertus sich von ihm getrennt hatte, warf Falko von Hettenheim einen zweifelnden Blick auf die Männer, die ihn nach Sokolny begleiten sollten. Sie hatten ihre Rüstungen ablegen müssen und trugen nun derbe Fuhrmannstracht. Er selbst steckte in der Kleidung eines reisenden Händlers. Im Allgemeinen hätte dies ausgereicht, jedermann täuschen zu können. Doch Sokolnys Grenzen wurden nicht von normalen Männern bewacht, sondern von Dämonen. Da er in den letzten Wochen ständig den Inquisitor hatte begleiten müssen, wusste er zu seinem Leidwesen viel zu wenig über die Leute, auf die sie treffen würden.

Zwei seiner Männer waren auf den langen Ritten der letzten Wochen bei ihm gewesen und gehorchten ihm auch jetzt widerspruchslos. Doch der dritte, der im Feldlager geblieben war, sah so aus, als hätte man ihn zu seiner eigenen Beerdigung eingeladen.

Der Mann starrte Hettenheim panikerfüllt an. »Das wird nicht klappen! Sokolnys Grenzwachen werden uns in Stücke hauen, ehe wir den Mund aufmachen können!«

»Hast du etwa Angst?«, fragte Hettenheim spöttisch.

Der Mann nickte grimmig. »Die habe ich, und Ihr solltet sie auch haben! Im Feldlager habe ich verdammt viel über Marat, den Waffenmeister des Grafen, gehört. Der schlägt einem den Kopf schneller von den Schultern, als man ›Gott‹ sagen kann. Die Kameraden nennen ihn einen Sohn des Teufels und behaupten, er sei stich- und schussfest. Und da ist auch noch der neue Krieger, der seit einigen Wochen mit ihm die Grenze sichert! Der soll noch schlimmer sein! Zwar ist er bisher nicht mit den Unsrigen aneinandergeraten, aber dafür hat er die Hussiten zuhauf über die Klinge springen lassen.«

»Wenn der eine der Sohn des Teufels sein soll, ist der andere wohl dessen Großvater!«, versuchte Hettenheim zu witzeln, obwohl die Angst ihn ebenfalls in den Klauen hielt.

Der Inquisitor soll verflucht sein!, dachte er erbittert. Doch um des Glanzes der Kaiserkrone willen war er allzu schnell auch zu diesem Schritt bereit gewesen. Ihm war klar, dass er nicht nur sich selbst Mut zusprechen musste, sondern auch seinen Begleitern.

Daher machte er eine wegwerfende Handbewegung. »Ach was! Mit deinen Schauergeschichten kannst du Kinder erschrecken, aber keine erwachsenen Männer.«
Er sah den Mann strafend an und zwinkerte den beiden anderen Soldaten zu. »Immerhin sind wir als Handelsleute verkleidet. Bei solchen werden auch die angeblichen Dämonen fragen, was ihr Begehr ist, anstatt gleich zuzuschlagen.«
Die Angesprochenen begriffen, dass ihr Anführer Zustimmung heischte. »Das werden sie gewiss, Graf Hettenheim!«
Der dritte ließ sich jedoch nicht überzeugen. Um diesen Mann auf andere Gedanken zu bringen, befahl Hettenheim ihm, mit dem angeblichen Fuhrknecht den Platz zu tauschen. Er wartete, bis der Angesprochene die Zügel der beiden Zugpferde mit geradezu versteinerter Miene übernommen hatte, und gab dann das Zeichen, wieder aufzubrechen. »Weiter, Leute, bevor dieser Schisser hier endgültig in die Hosen macht«, sagte er, setzte sich an die Spitze und ritt in Richtung Grenze. Dabei unterhielt er sich lautstark mit seinen Männern. Jeder, der sie hörte, musste annehmen, da käme ein Kaufmann, der mit seinen Knechten den möglichen Profit dieser Reise besprach.
Die Verkleidung zahlte sich aus, denn als sie auf die Grenze trafen, die durch einen Pfahl in Sokolnys Wappenfarben gekennzeichnet wurde, versperrten ihnen einige Wachtposten zwar aufmerksam, aber nicht übermäßig besorgt den Weg.
»Woher und wohin?«, fragte Ritter Roland, der an diesem Tag das Kommando an dieser Stelle führte. Seine Hand lag zwar demonstrativ auf dem Schwertknauf, aber so, dass er die Waffe nicht augenblicklich ziehen konnte.
Das entging Hettenheim nicht, und er war überzeugt, dass es ihm und seinen Begleitern ein Leichtes wäre, diesen Grenzposten zu überwältigen. Mit einem Heer im Rücken hätte er sogar bis zur Burg vordringen und diese einschlie-

ßen können, ehe Sokolny auch nur eine Hand zur Abwehr hätte heben können. Diese Überlegung verstärkte seinen Wunsch, der Befehlshaber eines eigenen Heeres zu werden und den Böhmen zu zeigen, dass er aus einem härteren Holz geschnitzt war als der zaudernde Sigismund oder der von diesem eingesetzte Feldherr aus Sachsen. Zunächst aber galt es, Sokolnys Leuten den Handelsmann vorzuspielen.

»Gott mit Euch, werte Herren«, begann er und bemühte sich dabei, eine unbesorgte Miene zu zeigen.

»Ich fragte, wo ihr herkommt und wo ihr hinwollt!«, fuhr Ritter Roland ihn an.

»Wir kommen von da und wollen nach dort.« Hettenheim wies zuerst mit dem Daumen nach hinten und dann mit dem Zeigefinger nach vorne.

Eine der Wachen lachte kurz auf und fing sich einen bitterbösen Blick des Ritters ein. Roland hatte es noch nicht gänzlich überwunden, dass ihn ein Fremder ohne Namen in den Schatten gestellt und damit jede Hoffnung auf Jankas Gunst geraubt hatte. Nun aber von einem Pfeffersack wie ein dummer Junge behandelt zu werden ließ ihn vor Wut kochen.

»Sprich deutlicher und tu es rasch, sonst schlage ich dir den Kopf ab!« Das kurze Schwert, das am Sattel des Handelsmannes hing, nahm er nicht ernst.

Hettenheim lächelte nachsichtig. Bevor dieser Gimpel seine Waffe aus der Scheide brachte, würde ihm seine eigene Klinge an der Kehle sitzen. Er begriff aber, dass er den Mann nicht zu sehr reizen durfte.

»Verzeiht, aber ich kann mir die Namen so schlecht merken. Ein Stück weiter an diesem Weg muss eine Burg sein, die einem mächtigen Grafen gehört«, sagte er daher.

»Ihr meint den Grafen Sokolny und dessen Festung?«, fragte Ritter Roland.

»Ach ja, Sokolny, so heißt dieser Herr. Zu dem sind wir unterwegs. Auf dem Wagen dort sind ein paar Waffen, die ihn vielleicht interessieren könnten.«
»Ihr habt Waffen zu verkaufen?« Ritter Rolands Interesse wuchs.
Da ihnen mit Fürst Vyszos Heer eine gewaltige Übermacht gegenüberstand, war ihnen jede Unterstützung willkommen. Außerdem würde er, wenn er gute Waffen nach Sokolny brachte, in den Augen des Grafen und dessen Tochter wieder an Ansehen gewinnen.
»Nicht direkt verkaufen, denn sie sind schon bezahlt«, fuhr Hettenheim fort. »Es handelt sich um Handbüchsen, die von einem einzigen Mann bedient werden können. Vielleicht habt Ihr schon davon gehört.«
Ritter Roland kannte zwar Kanonen und auch die leichten, lederummantelten Feldschlangen der Hussiten, aber keine Handbüchsen. Da er dies nicht zugeben wollte, nickte er. »Ich habe davon gehört. Was sollen sie bewirken?«
»Die Eisenkugel einer Handbüchse durchschlägt auf fünfzig Schritt jede Ritterrüstung. Ein Soldat, der über diese Waffe verfügt, macht jeden Feind nieder, der ihn mit gefälltem Speer und blanker Klinge angreift. Am besten aber sind sie bei der Abwehr von Belagerern, die eine Burg stürmen wollen. Eine einzige Salve aus ein paar Dutzend Tannenbergrohren reißt tödliche Lücken in jedes Heer. Vor allem kann man sie mit sich tragen und an jedem Ort einsetzen, und das ist mit Kanonen nicht möglich.«
Ich rede, als wollte ich diesem Burschen die Waffen wirklich verkaufen, dachte Hettenheim amüsiert. Doch der Köder war ausgelegt, und sein Opfer schien ihn gerade zu schlucken.
»Also gut, kommt mit!«, forderte Ritter Roland sie auf. »Aber eins lasst euch gesagt sein: Wenn ihr Spione seid, werdet ihr Sokolny nicht lebend verlassen!«

Die Drohung schreckte Hettenheim wenig. Allerdings war er froh, auf diesen jungen Edelmann getroffen zu sein und nicht auf einen der beiden gefürchteten Grenzwächter. Die hätte er mit Sicherheit nicht so leicht um den Finger wickeln können.

Auf dem Weg zur Burg hielt Hettenheim die Augen offen und bestimmte für sich bereits die Anmarschwege für eine Belagerung. Da es reichlich Holz für Sturmleitern und anderes Gerät gab, sah er sich schon als Eroberer hier einziehen. Aber als er Burg Sokolny schließlich vor sich aufragen sah, starrte er sie verblüfft an. Für so groß und wehrhaft hatte er die Festung nicht gehalten. Von tapferen Männern verteidigt, konnte sie sich auch gegen ein größeres Heer halten. Allerdings gewiss nicht gegen eines, das er selbst führte.

Hettenheim hoffte, in die Burg gebracht zu werden, um sich die Verteidigungsanlagen genauer ansehen zu können. Doch Ritter Roland führte ihn in ein größeres Dorf.

Vor der Schenke hielt er an und wies mit dem Kinn zur Tür. »Hier bekommt ihr etwas zu essen und zu trinken. Ich informiere inzwischen den Grafen. Versucht aber nicht herumzuspionieren. Es würde euch schlecht bekommen.«

Da die Soldaten, die sich jetzt näherten, nicht gerade die freundlichsten Gesichter machten, beschloss Hettenheim, den verbindlichen und unterwürfigen Händler zu spielen. Er stieg vom Pferd, sah zu, wie der junge Ritter lospreschte, um den Grafen zu holen, und betrat die Schenke.

»Gibt es hier etwas zu trinken?«, fragte er die Schankmaid.

»Wenn Ihr es bezahlen könnt«, antwortete diese schnippisch.

Statt einer Antwort warf Hettenheim ein paar Münzen auf den Tisch. »Das wird wohl für einen Krug Wein und einen Happen zu essen reichen!«

»Wein gibt's nicht. Ihr müsst schon Bier trinken!« Die junge Frau schnappte sich die Geldstücke und betrachtete sie naserümpfend. »Das ist deutsches Geld. Hier hat das keinen Wert!«
»Dann gib es zurück!«, forderte Hettenheim.
Darauf aber wollte die Schankmaid sich nicht einlassen. Rasch steckte sie die Münzen weg und brachte drei Krüge mit schäumendem Bier und drei Holzbretter, auf denen je ein Stück geräucherten Schinkens und ein halber Laib Brot lagen.
»Mag es Euch munden«, sagte sie und setzte für sich ein ›es soll Euch im Hals stecken bleiben‹ hinzu.
Dies war allerdings nicht der Fall. An die karge Kost im Feldlager gewohnt, griffen Hettenheim und seine Männer mit gutem Appetit zu und vertilgten Schinken und Brot, ohne einen Krümel übrig zu lassen.
Schließlich rülpste Hettenheim erleichtert. »Das war gut! Wie es aussieht, ist Sokolny mit Vorräten besser versorgt als wir.«
Sofort kniff er die Lippen zusammen und sah sich um. Aber niemand schien seine deutschen Worte verstanden zu haben. Dennoch wartete er von da an schweigend auf Ritter Rolands Rückkehr und das Erscheinen des Grafen.
Es verging noch eine Weile, bis draußen der Klang von Pferdehufen erscholl. Einer von Hettenheims Männern steckte den Kopf zur Tür hinaus und drehte sich dann ängstlich zu seinem Herrn um.
»Da kommt eine ganze Schar herangeritten. Nicht dass uns die Leute feindlich gesinnt sind.«
»Warum sollten sie? Wir bringen ihnen wertvolle Waffen, und da sollten sie uns dankbar sein«, erklärte Hettenheim lachend.
Er trat vor die Tür des Gasthauses, um zu schauen, wer da hoch zu Ross erschienen war. Einen älteren Mann in der Kleidung eines hochgestellten Edelmanns ordnete er als

Graf Sokolny ein und mehrere andere Reiter als dessen Lehensleute und Ritter. Ebenfalls zur Gruppe zählte eine junge Frau, die recht schneidig zu Pferd saß. Ihr Kleid wies sie als Dame von Stand aus, daher vermutete Hettenheim, dass es sich um Sokolnys Erbtochter handelte.
Der Graf hielt vor der Schenke an und blickte auf Hettenheim hinab. »Bist du der fremde Händler, der mir Waffen verkaufen will?«
»Ich will sie nicht verkaufen. Sie sind ein Geschenk König Sigismunds an Euch, edler Herr.«
»Meine Freundschaft ist nicht durch Geschenke zu erringen!«, antwortete Sokolny abweisend.
»König Sigismund ist Euer Freund«, erklärte Hettenheim lächelnd. »Er wünscht auch keine Gegengabe außer einer.«
»Und die wäre?«
»Er möchte, dass Ihr samt Eurer Burg gegen diesen elenden Ketzer Vyszo standhaltet!«
Hettenheim beugte dabei den Kopf, damit der Graf ihm nicht ins Gesicht sehen konnte. Da er bis auf eine Handbüchse, die er dem Grafen vorführen wollte, alle anderen unbrauchbar gemacht hatte, würde dieses Geschenk Sokolnys Untergang beschleunigen. Fiel die Burg an die Hussiten, musste Sigismund sein Heer aus Böhmen zurückziehen und würde jeden Rückhalt beim Papst verlieren. Dann endlich war der Weg für ihn frei.
»Ich will mir deine Waffen ansehen!«, unterbrach Graf Sokolny Hettenheims Überlegungen.
Dieser verbeugte sich und deutete auf den Wagen. »In den Kisten sind drei Dutzend Handbüchsen als Geschenk Sigismunds an Euch. Wenn Ihr mehr haben wollt, müsst Ihr sie allerdings von mir kaufen.«
»Erst einmal will ich sehen, was sie taugen! Du sagtest, sie würden Rüstungen durchschlagen. Ich werde dir die Gele-

genheit geben, es zu beweisen. Wir wollen nur noch warten, bis Marat und der Němec von ihrem Patrouillenritt zurück sind, denn ich gebe sehr viel auf die Meinung der beiden. Sind sie der Ansicht, dass Sigismunds Geschenk uns helfen kann, werde ich es annehmen. Wenn nicht, lasse ich dich und deine Knechte zur Grenze meines Landes bringen – zur Ostgrenze, wohlgemerkt!« In der Stimme des Grafen schwang eine ernstzunehmende Warnung mit.
Hettenheim begriff dies durchaus, war aber noch guter Dinge. Seine drei Begleiter wussten sehr wohl, dass jenseits der Ostgrenze Fürst Vyszos Hussiten lagerten, und erbleichten.

13.

Marat und Michel waren kaum von ihrem Patrouillenritt zurückgekehrt, da eilte ihnen auch schon ein Knecht entgegen. »Gut, dass Ihr gekommen seid, meine Herren. Der Graf wünscht dringend Eure Anwesenheit auf dem Dorfanger.«
Verwundert drehte Michel sich zu Marat um. »Weißt du, warum Sokolny uns zum Anger bestellen lässt?«
»Wie sollte ich? Ich habe ebenso wenig mit ihm gesprochen wie du«, antwortete Marat mit einem nachsichtigen Kopfschütteln.
»Ich hatte gehofft, wir könnten etwas essen, wenn wir unseren Ritt hinter uns haben. Aber daraus wird wohl nichts!« Mit diesen Worten zog Marat sein Pferd herum und lenkte es auf den Anger zu. Michel folgte ihm nachdenklich und spähte nach vorne, um zu sehen, was dort vor sich ging.

Auf dem Anger entdeckten sie Graf Sokolny inmitten seiner Gefolgsleute. Er sprach mit einem Fremden, der ein langes Bronzerohr in der Hand hielt. Daneben stand ein beladener Wagen, der von drei ihnen unbekannten Knechten bewacht wurde.
Michel hielt sein Pferd an, stieg ab und schlang die Zügel um einen Pfosten, dann wandte er sich Marat zu. »Was ist das für ein seltsames Ding, das der Fremde da in der Hand hält?«
»Etwas, das wir noch lange fürchten werden«, antwortete der Waffenmeister mit verkniffener Miene. Dabei achtete er weniger auf die Handbüchsen als vielmehr auf den Fremden. Die Händlertracht irritierte ihn, denn er hatte das Gefühl, den Mann schon einmal gesehen zu haben. Daher gesellte er sich zum Grafen und lauschte ebenso wie dieser den Erklärungen des Kaufmanns.
»Ihr knetet den Schwefel, den Salpeter und die Kohle mit Wein oder Essig zu einem Kuchen, lasst ihn trocknen und gewinnt damit das neue Knollenpulver, das für diese Waffe geeignet ist. Es ist ein körniges Pulver, das viel heftiger brennt als das normale Schwarzpulver, das bei Kanonen Verwendung findet. In einem wasserdicht verschlossenen Horn lässt es sich nach Belieben herumtragen, so dass die Handbüchse an jedem Ort eingesetzt werden kann. Darf ich …«
Hettenheim zeigte die Handbüchse, füllte mit bedächtigen Handgriffen etwas Pulver ab, schüttete es in den Lauf, gab dann einen Pfropfen aus Papier hinzu und steckte die Kugel darauf. Mit einem hölzernen Stock trieb er das Geschoss in den Lauf, drückte ein großzügig bemessenes Stück Lunte ins Zündloch und ließ sich eine Fackel reichen.
Bevor er die Lunte anbrannte, wies er auf mehrere Rüstungen, die von den Dienern des Grafen in etwa dreißig Schritt Entfernung aufgestellt worden waren. Eine davon stammte

von einem königlichen Ritter, der sich vor einigen Wochen zu nahe an Sokolny herangewagt hatte, um Marat herauszufordern, und die andere von einem Hussitenoffizier. Beide Rüstungen bestanden aus Brustpanzer, Schild und Helm und trugen die Wappen und Abzeichen des jeweiligen Heeres.

»Ihr erlaubt mir, die Rüstung der Königlichen zu verschonen und auf den Hussiten zu zielen?«, scherzte Hettenheim.

Graf Sokolny schmunzelte. »Solange Sigismund begreift, dass wir keine Unterschiede machen, wenn unsere Grenzen überschritten werden, kannst du wählen, auf welche Rüstung du schießen willst.«

Mit zufriedener Miene zündete Hettenheim die Lunte an, reichte die Fackel zurück und richtete seine Handbüchse auf die Hussitenrüstung. Da erst bemerkte er Marat und ein Stück hinter dem Schlitzäugigen einen Mann, den er tot geglaubt hatte. Der Schreck fuhr ihm in die Glieder, und er zog den Lauf der Waffe in einer Reflexbewegung herum, so dass das Rohr auf Michel zeigte. Die Lunte war zwar lang bemessen, brannte aber rasch ab.

Hettenheim sagte sich, dass es nur eine Ähnlichkeit sein konnte. Zum einen trug der Mann, den er für Michel von Hohenstein gehalten hatte, fremdartige Kleidung, und zum anderen schien der Krieger ihn nicht zu erkennen. So stark, sagte er sich, hatte die Händlertracht ihn gewiss nicht verändert.

Marat hatte das Erschrecken des Händlers bemerkt, sah den auf seinen Freund gerichteten Lauf und griff zum Schwert. Da er annahm, der Händler gehöre zu jenen, die den Němec an der Egerfurt in die Falle gelockt hatten, wollte er dem Fremden die Hand abschlagen, die die Waffe hielt, bevor der Schuss sich lösen konnte.

Anders als Marat erkannte Michel die Gefahr nicht, in der er schwebte, denn er hatte die Wirkung der Handbüchsen ebenso vergessen wie so vieles andere aus seinem Leben. Daher trat er noch einen Schritt näher, um das unscheinbar wirkende Bronzerohr genauer in Augenschein zu nehmen. Hatte Michels fremdartiges Aussehen Hettenheim eben noch verwirrt, so war er sich jetzt vollkommen sicher. Der Mann, den er im Auftrag des päpstlichen Inquisitors hatte töten sollen, lebte noch! Ihm kam auf einmal die Geschichte von König David und Bathseba in den Sinn. So wie der biblische König begehrte auch Janus Suppertur ein verheiratetes Weib und hatte sich ihres Ehemanns entledigen wollen. Anders als bei David und Urias war dies hier vorerst misslungen. Verzweifelt überlegte Hettenheim, was er tun sollte. Wenn er Michel von Hohenstein hier an dieser Stelle vor aller Augen niederschoss, hatte er den Auftrag des Inquisitors erfüllt. Dann aber würden die Gefolgsleute des Grafen ihn in Stücke hauen.

Der letzte Gedanke gab den Ausschlag. Gerade noch rechtzeitig riss er den Lauf herum, richtete ihn auf die erste Rüstung und hörte fast gleichzeitig den Knall des Schusses. Der Helm der Rüstung wurde wie von einer unsichtbaren Hand gepackt und flog mit einem gewaltigen Scheppern etliche Schritte weit weg.

Während von Sokolnys Begleitern ein beifälliges Gemurmel erklang, atmete Hettenheim erleichtert auf. Er war dem Teufel gerade noch rechtzeitig von der Schaufel gesprungen. Allerdings ließ er Michel Adler nicht mehr aus den Augen. Dieser sprach gerade mit Ritter Roland über die Wirkung der Waffe, ohne ihm selbst mehr als einen beiläufigen Blick zu gönnen. Diese Haltung verwirrte Hettenheim, und er fragte sich, ob der andere nur mit ihm spielte, um ihn zu späterer Stunde zur Rechenschaft zu ziehen.

Da wandte Michel sich ihm lachend zu. »Nach diesem Treffer könnte Sigismund dich womöglich für einen Verräter halten, Händler!« Dabei deutete er auf die Rüstung mit den Abzeichen eines königlichen Ritters, die nun kopflos auf dem Anger stand.

Hettenheim zwang sich zu einem Grinsen, sagte aber nichts, sondern beobachtete, wie Michel sich zu Janka gesellte und ihr den Arm um die Schultern legte, als wäre dies sein ureigenstes Recht.

»Wer ist dieser Mann?«, fragte er Ritter Roland leise.

»Das wüsste ich auch gerne«, antwortete dieser mit einem tiefen Seufzer. »Auf jeden Fall habe ich nie einen besseren Kämpfer als ihn gesehen. Allerdings muss er einmal unterlegen sein.«

»So?« Mehr fiel Hettenheim nicht ein.

Unterdessen ging Marat zu dem getroffenen Helm hin, bückte sich und hob ihn auf. Dort, wo das Geschoss ihn getroffen hatte, war ein an den Rändern zerfetztes Loch zu sehen. Doch als er den Helm drehte, hörte er etwas darin klappern. Neugierig kippte Marat ihn um und fing die daumendicke Eisenkugel auf, die in den Helm eingeschlagen hatte. Es war eine Kugel von derselben Art, wie er sie aus Michels Schulter geholt hatte. Sein Verdacht, dass der Händler etwas mit dem Anschlag auf seinen Freund zu tun haben könnte, wurde durch diese Entdeckung weiter genährt. Zwar konnte der Fremde auch nur der Mann sein, der den Verrätern die Waffen geliefert hatte, aber für seinen Geschmack starrte er zu angespannt Michel und Janka an.

Während Marat über seinen Verdacht nachsann, konnte Hettenheim sich kaum mehr beherrschen. Jeden Augenblick erwartete er, dass Michel den Befehl geben würde, ihn gefangen zu nehmen. In diesen Minuten haderte er mit Gott und der Welt, weil seine Lehensmänner Loosen und Haidhausen nicht in der Lage gewesen waren, mit diesem Mann fertig zu werden, obwohl Hannes Mühldorfer ihnen beigestanden hatte. Nervös trat er näher auf Michel zu, der sich zu ihm umdrehte und ihn freundlich ansah.

»Eure Waffen sind gut. Allerdings werden drei Dutzend nicht ausreichen, uns Vyszos Scharen auf Dauer vom Hals zu halten. Wie viele weitere kannst du liefern?«

Zu anderen Zeiten hätte Hettenheim sich verwahrt, von Michel wie ein schlichter Handelsmann angesprochen zu werden. Nun aber war er froh darum. Wie es aussah, schien Michel Adler ihn nicht zu erkennen. Da entdeckte er die noch nicht völlig verheilte Narbe auf Michels Kopf und ahnte, dass es damit zu tun haben musste. Offensichtlich hatte der Hohensteiner durch seinen Schuss das Gedächtnis verloren und erkannte ihn nicht. Für ihn hieß das, Sokolny unversehrt verlassen und zu den eigenen Truppen zurückkehren zu können. Was der Inquisitor sagen würde, wenn er erfuhr, dass der angeblich tote Ehemann der Marie Adler noch am Leben war, wollte er sich lieber nicht vorstellen.

Ein rascher Blick zu seinen drei Begleitern zeigte ihm, dass diese Michel nicht erkannt hatten. Also war es besser, auch Janus Suppertur gegenüber dessen Überleben zu verschweigen und auf die Hussiten zu vertrauen, die Graf Sokolny und dessen Gefolgschaft schon bald den Garaus machen würden.

14.

Nachdem es Marie gelungen war, Jakub und seine Männer zu überlisten, war sie an der genannten Wegkreuzung nach Süden abgebogen, um nach Sokolny zu gelangen. Sie merkte jedoch rasch, dass sie sich in der Entfer-

nung sträflich verschätzt hatte. Die Dämmerung zog bereits auf, und wenn sie nicht bald ein Dach über den Kopf bekam, würde sie im Wald übernachten müssen. Besorgt blickte sie zum Himmel. Dort ballten sich dichte Regenwolken.
Der Gedanke an eine Regennacht im Freien brachte Marie dazu, fester auszuschreiten. Doch nach kurzer Zeit blieb sie stehen und starrte auf die vor ihr liegende Gabelung. Da der Patrouillenführer Jakub ihr zwar den Weg in den eigenen Machtbereich, aber nicht den nach Sokolny erklärt hatte, wusste sie nicht, ob sie nach links oder nach rechts gehen sollte. Ein Blick in die Runde half ihr ebenfalls wenig. Um sie herum war dichter Wald, an dessen Stämme seit Jahrhunderten keiner die Axt angelegt hatte, und die Berge dahinter konnte sie von dieser Stelle aus nur erahnen.
Schließlich zuckte sie die Schultern, zählte einen Kinderreim ab und wählte die Richtung, die dieser ihr wies. Eine Zeitlang ging es weiter durch dichten Wald. Dann öffnete sich vor ihr eine Rodungsinsel von fast einer halben Meile Durchmesser. Während im Westen bereits die Sonne hinter den Waldbergen versank, sah Marie im letzten Schein des Tages Felder und Wiesen vor sich und in deren Mitte ein Dorf. Zwar wusste sie nicht, wer dort lebte, doch sie hoffte, etwas zu essen und ein Nachtlager zu erhalten.
Als sie auf den Ort zuging, wiederholte sie für sich einige böhmische Sätze, die Nepomuk sie gelehrt hatte, und entdeckte kurz darauf an einem der Häuser ein geschnitztes Wirtshausschild. Es zeigte ein sich aufbäumendes Pferd und einen großen Bierkrug. Da es in diesem Moment zu regnen begann, trat sie kurz entschlossen ein und fand sich in einem dämmrigen Raum wieder, in dem eine junge Frau gerade mehrere Unschlittlampen entzündete.
»Dobrý den«, grüßte Marie und bemühte sich dabei, ihrer Stimme einen tiefen, festen Klang zu geben.

»*Dobrý den*«, antwortete die Frau und musterte sie dabei so durchdringend, dass Marie sich unwillkürlich an den Hut langte, weil sie Angst hatte, eine ihrer langen Haarsträhnen könnte sich hervorgestohlen haben. Jetzt bedauerte sie, dass sie es nicht über sich gebracht hatte, ihre Haare abzuschneiden. Betont forsch trat sie auf einen Tisch zu, setzte sich und blickte den Wirt an, der auf sie zugewieselt kam.

»Ich hätte gerne ein Bier und etwas zu essen!« Allein bei dem Gedanken daran begann ihr Magen zu knurren. Durst hatte sie auch, und so war sie froh, als ihr der Wirt einen Krug füllte und hinstellte. Das Bier schmeckte bitterer als zu Hause, erfrischte aber, und so leerte sie den Krug auf einen Zug bis zur Hälfte. Unterdessen verschwand der Wirt in der Küche, und kurz darauf vernahm sie das Geräusch brutzelnden Fetts.

Während Marie auf das Essen wartete, hatte sie Muße, die anderen Gäste zu betrachten. An einem Tisch weiter hinten saßen mehrere Soldaten, dem Aussehen nach Hussiten. Also war sie vorhin wohl falsch gegangen, zu weit nach Osten abgekommen und in Fürst Vyszos Machtbereich geraten. Sie atmete tief durch, um ihr klopfendes Herz zu beruhigen, und ließ ihren Blick weiterwandern.

In der Nähe des Schanktisches saß eine einzelne Frau in einem abgetragenen Kleid, und als ein weiterer Gast die Tür öffnete, fuhr ein Windstoß durch die Gaststube und ließ mehrere gelbe Bänder an ihrem Kleid aufflattern. Also handelte es sich um eine Hure, und zwar um eine aus Böhmen. Das verriet ihr die Sprache der Frau, die sich dem Neuankömmling sofort anbot. Dieser winkte ab und setzte sich zu den Soldaten.

Es dauerte eine Weile, bis der Wirt zurückkam und Marie einen Zinnteller voller gebratener Fische und ein großes Stück Brot hinstellte. »*At' Ti chutná,* lass es dir schmecken«, sagte er dabei.

»*Děkuji,* danke«, antwortete Marie und begann zu essen. Dabei lauschte sie dem Gespräch, das am Tisch der Soldaten geführt wurde. Ihre Kenntnisse der böhmischen Sprache waren zu gering, um mehr als ein paar einzelne Worte verstehen zu können. Aber sie begriff, dass der Angriff auf Sokolnys Burg kurz bevorstehen musste und die Männer sich ihres Erfolges bereits sicher waren.

Maries Gedanken wanderten weiter zu dem Mann, den der Patrouillenführer erwähnt hatte, dem Krieger ohne Namen. Nach Jakubs Beschreibung konnte es sich nur um Michel handeln. Ein Teil ihrer selbst warnte sie, dass sie einer trügerischen Hoffnung nachjagte, wenn sie glaubte, ihren Mann lebend vorzufinden. Wahrscheinlicher war, dass seine Gebeine in irgendeinem Gebüsch vermoderten.

Entschlossen stemmte sie sich gegen dieses Bild, das sie dazu bringen wollte, aufzugeben. Solange noch Leben in ihr war, würde sie jedem Gerücht folgen, das auf Michel hindeutete. Mit diesem Entschluss beendete sie ihr Essen und legte dem Wirt ein paar Münzen hin, um ihre Zeche zu begleichen. Sie wollte ihn nach einem Nachtlager fragen, als die Hure, die das Geld in Maries Beutel hatte klimpern hören, aufstand und hüftenschwingend auf sie zukam.

»Na, mein Hübscher, wohin des Wegs?«, fragte sie und setzte sich ungebeten neben den angeblichen Jüngling.

Eine Hure war ungefähr das Letzte, was Marie brauchen konnte. Daher machte sie eine abwehrende Miene und sagte: »*Na jih,* nach Süden!«

Sie hoffte, damit die Frau abschütteln zu können, doch diese war anhänglicher als eine durstige Bremse.

»Über die Grenze zu Sokolny? Da sieh dich vor …«

Marie winkte ab. »Vor dem gnadenlosen, namenlosen Němec, ich weiß.«

»Besser vor unserem Fürsten Vyszo und seinen Kriegern. Die werden nämlich Sokolny in der Johannisnacht dem Erdboden gleichmachen. Da wäre es schade, wenn ein so feiner Bursche wie du für einen Feind gehalten würde.«
Marie fuhr es durch alle Glieder. Wenn sie Michel finden und ihn warnen wollte, durfte sie sich weder von der Nacht noch vom Regen aufhalten lassen. Daher streifte sie die Hand der Hure, die sich auf ihre Schulter verirrt hatte, ab und stand auf.
»Ich muss weiter!«
»Aber doch nicht in der Dunkelheit!«, wandte die Hure ein. »Lass dir vom Wirt eine Kammer zuweisen. Ich komme mit dir und sorge dafür, dass du es nicht bereust. Ich mache dir auch einen guten Preis. Für dich kostet es nur fünfzehn Kreuzer.«
Marie begann zu lachen. »Fünfzehn Kreuzer verlangst du? Du bist verrückt! In Konstanz lag der Preis für eine wie dich bei fünf Kreuzer, und das beim Konzil und nicht im Krieg wie hier.«
»Sieh an, der junge Herr kennt sich gut aus mit Hurenpreisen. Du bist wohl ein ganz Schlimmer, was? Und so jung, wie du ausschaust, kannst du auch nicht mehr sein. Das Konzil war doch schon vor zehn Jahren!« Bei jedem Wort rückte die Hure näher auf Marie zu und schlang schließlich einen Arm um sie.
»Für einen jungen Burschen mit einem sicher mächtigen Geweih mach ich's natürlich billiger. Einigen wir uns auf acht Kreuzer!« Noch während sie es sagte, griff die Frau Marie zwischen die Beine. Diese wollte ihr die Hand noch wegschlagen, doch die andere war schneller.
Zuerst schüttelte die Hure verwirrt den Kopf, dann verzerrte sich ihr Gesicht zu einer hasserfüllten Grimasse. »Dieser Bursche ist kein Kerl, sondern ein Weibsbild – eine Spio-

nin!«, rief sie den Soldaten zu und riss Marie den Hut vom Kopf.
Eine Fülle langen, rötlich schimmernden Haares fiel über Maries Rücken. Entsetzt und wütend stieß Marie die Hure von der Bank und sprang auf.
Doch da waren bereits mehrere Soldaten auf den Beinen und verlegten ihr den Weg.
»Fangt die Spionin!«, befahl ihr Anführer und zog sein Schwert.
Mehrere Männer stürzten sich auf Marie, doch sie tauchte unter den zugreifenden Armen hindurch, zückte ihren Dolch und stach dem Mann, der ihr im Weg stand, in die Schulter. Während dieser zurückzuckte, entriss sie ihm das Schwert und hielt sich damit die anderen Soldaten vom Leib.
Marie glaubte schon, durch die Tür entkommen zu können, da tauchte auf einmal der Wirt mit einem Fischernetz auf und warf es über sie. Bevor sie sich daraus befreien konnte, griffen die Soldaten nach ihr und hielten sie fest.
Es ist vorbei, schoss es ihr durch den Kopf. Ich bin gescheitert!
Da tauchte die Hure neben ihr auf, den Bierkrug in der Hand, und blickte höhnisch auf sie herab. »Hier hast du deine fünf Kreuzer«, zischte sie und schlug mit dem Krug zu.
Um Marie wurde es schwarz, und sie sank zu Boden. Die Hure hingegen sah die Soldaten grinsend an und streckte die freie Hand aus.
»Ich glaube, es ist eine Belohnung wert, dass ich diese Spionin hier ausgeräuchert habe! Meint ihr nicht auch?«
Der Anführer der Männer nickte. »Die bekommst du! Aber jetzt wollen wir dieses Biest erst einmal fesseln. Weiß der Teufel, wo sie gelernt hat, mit dem Schwert umzugehen. Beinahe wäre sie uns durch die Lappen gegangen.«

Dann versetzte er der Hure einen leichten Stoß. »Kümmere dich um unseren verwundeten Kameraden. Wenn er stirbt, drehe ich unserer Gefangenen eigenhändig den Hals um, aber schön langsam, damit sie auch etwas davon hat!«

15.

Während Marie von den Hussiten gefangen genommen wurde, standen Michel und Marat auf den Zinnen von Sokolny und blickten zu den Lagerfeuern ihrer Gegner hinüber. Michel wirkte siegessicher, doch Marat verzog sorgenvoll das Gesicht.

»Es werden immer mehr. Fürst Vyszo ruft alles zusammen, was er aufbieten kann. Auch lässt er Belagerungsgerät bauen und verstärkt seine Artillerie. Ich sage dir, sie werden bald kommen!«

»Sollen sie doch! Wir werden sie mit Wellen aus Eisen fortspülen«, antwortete Michel lächelnd.

»Ich hoffe, der Händler, der uns die ersten Handbüchsen geschickt hat, beeilt sich und bringt noch mehr von den Dingern. Wir werden sie brauchen, wenn wir mit Vyszos Leuten fertig werden wollen.«

Marat klang nicht sehr zuversichtlich. Seit Tagen bereiteten die Hussiten den Sturm auf die Burg vor, ohne dass sie den Gegner daran hindern konnten. Zwar hatte Michel vorgeschlagen, er und zwei Dutzend weitere Männer sollten mit den neuen Handbüchsen bewaffnet einen Angriff auf das Hussitenlager durchführen, doch hatte Graf Sokolny dies nach kurzer Beratung verworfen, um die wertvollen Waffen nicht bei einer solch riskanten Aktion zu verlieren.

Marat spürte, dass Michel immer noch darüber nachsann, wie er den Grafen dazu überreden konnte, ihm den Ausfall doch zu erlauben, und wechselte das Thema.
»Eines will mir nicht aus dem Kopf gehen, Němec.«
»Was drückt dich?«
»Ein Bild, das ich in meinen Gedanken sehe!«
»Hat es ein Geweih wie deine Rentiere, oder ist es nackt wie meines?«, bohrte Michel weiter.
Marat schüttelte den Kopf. »Beides nicht! Ich meine den Händler, der uns die Waffen gebracht hat. Als er dich gesehen hat, ist er fürchterlich erschrocken und hat sein Donnerrohr mit brennender Lunte einen Augenblick auf dich gerichtet, so als wolle er dich erschießen.«
»Wie kommst du darauf?« So genau hatte Michel nicht auf den Mann geachtet, als dass er dies bemerkt hätte. Er kannte Marat inzwischen jedoch gut genug, um zu wissen, dass dessen Blick selten etwas entging.
»Er muss dich kennen, und er ist gewiss nicht dein Freund«, erklärte Marat mit ernster Stimme.
»Aber woher? Ich kann mich nicht an ihn erinnern!«
»Du kannst dich an vieles nicht mehr erinnern. Du bist ein Němec, ein Deutscher, und du bist von deutschen Rittern angegriffen worden. Der Mann weiß davon, und er hatte Angst vor dir. Hier, sieh! Das Ding hier hat den Helm durchbohrt!« Mit diesen Worten reichte Marat Michel eine kleine Eisenkugel.
Michel nahm sie in die Hand und spielte damit wie mit einem Ball. »Diese Dinger werden unsere Unabhängigkeit sichern, mein Freund. Sie werden Vyszos Hussiten niedermähen, bis ihnen jede Lust auf einen Angriff vergeht!«
Ohne darauf zu antworten, zog Marat eine zweite Eisenkugel aus seiner Tasche und drückte sie Michel in die Hand. »Dieses Ding habe ich aus deiner Schulter herausgeschnit-

ten. Es gibt nicht viele, die über solche Handmörser verfügen. Daher solltest du dir Gedanken über diesen Händler machen. Obwohl …«

Marat fuhr sich über die Stirn, um einen Gedanken zurückzuholen, der ihm eben durch den Kopf geschossen war.

»… obwohl ich bezweifle, dass der Händler ein Händler war. Seine Sprache war eher die eines Edelmanns. Auch seine drei Knechte wirkten, wenn ich es recht bedenke, trotz ihrer Fuhrmannstracht wie Soldaten.«

»Du meinst, der Händler hätte uns getäuscht?«, fragte Michel und ärgerte sich, weil er nicht besser auf den Mann geachtet hatte.

Marat nickte bedächtig. »Genau das glaube ich.«

»Aber warum sollte er das tun? Er war doch ein Mann des Königs!«

»Was ist, wenn der König lügt? Ich würde es Sigismund zutrauen. Sokolny behindert ihn nicht weniger als die Hussiten. Vielleicht ist es sein Plan, uns von Vyszos Heer niederkämpfen zu lassen, um uns auszuschalten und gleichzeitig den Hussitenfürsten zu schwächen!«

Obwohl Michel die Schlüsse seines Freundes nachvollziehen konnte, schüttelte er den Kopf. »Dann hätte Sigismund uns die Handbüchsen nicht überlassen dürfen. Selbst mit denen, die wir bereits haben, können wir Vyszos Männer zurückschlagen. Damit hätte Sigismund nichts gewonnen.«

»Das stimmt zwar, aber ich habe ein verdammt schlechtes Gefühl dabei. Komm mit! Ich will mir die Handbüchsen noch einmal ansehen.« Marat verließ den Wehrgang, ohne darauf zu achten, ob sein Freund ihm folgte oder nicht.

Michel schüttelte kurz den Kopf, ging dann aber gemeinsam mit dem Steppenkrieger in den Kellerraum, in dem Sokolny die wertvollen Handbüchsen aufbewahrte. Die Büchse, die der Händler ihnen vorgeführt hatte, lag auf einem Tisch, die anderen waren noch in ihren Kisten verpackt. Während Marat die erste Waffe von allen Seiten betrachtete, öffnete Michel eine Kiste und zog eine der anderen Handbüchsen hervor. Dann nahm er eines der Pulverhörner und lud die Waffe so, wie der Händler es ihnen gezeigt hatte. Als Letztes schnitt er ein kurzes Stück Lunte ab und steckte es ins Zündloch.

»Wenn du das Ding abfeuern willst, solltest du es draußen tun. Wenn die Kugel hier an der Wand abprallt und in eines der Pulverfässer fährt, braucht Vyszos Heer nicht einmal mehr zum Sturm antreten«, warnte Marat ihn.

Michel nickte lächelnd und verließ den Keller. Auf dem Burghof angekommen, ergriff er eine Fackel und entzündete die Lunte. Diese brannte ab, bis der Funke ins Zündloch schlüpfte, und erlosch, ohne dass sich ein Schuss löste.

Ernst geworden, wandte Michel sich zu Marat um. »Wie es aussieht, hast du recht. Sigismund hat uns verraten und will uns und Vyszo gegeneinander hetzen, damit einer von uns ausgeschaltet und der andere geschwächt wird.«

»Du solltest dich nicht darüber ereifern«, antwortete Marat mit einem schiefen Grinsen. »So ist nun einmal die Politik. Wäre ich an Sigismunds Stelle, würde ich nicht anders handeln. Aber jetzt lass uns schauen, warum dieses Ding nicht schießt! Sei aber vorsichtig! Nicht dass der Schuss doch noch losgeht und du nicht nur deine Vergangenheit, sondern dazu auch noch deine Zukunft verlierst.«

16.

Das Erwachen war entsetzlich. Marie war so übel, dass sie glaubte, sich jeden Augenblick übergeben zu müssen. Gleichzeitig tat ihr der Kopf so weh, als hätte sie sich einen gewaltigen Kater angetrunken. Zunächst wusste sie nicht, wo sie sich befand und was geschehen war. Nur allmählich erinnerte sie sich daran, dass sie bei Einbruch der Nacht vor Regen und Kälte Unterschlupf in einer Schenke gesucht hatte und dabei als Frau entlarvt worden war. Der Gedanke trieb ihr die Tränen in die Augen. Sie hatte versagt und dabei sowohl Michel wie auch Trudi im Stich gelassen.

»Ich glaube, sie ist wach«, hörte sie eine Stimme und öffnete die Augen. Von Tränen verschleiert, sah sie mehrere Männer in hussitischer Kriegertracht sowie ein Gesicht, das sich über sie beugte und die Lippen bewegte.

»Hebt sie auf!«

Jetzt erkannte Marie ihn. Es war Jakub, der Patrouillenführer, dem sie den Sohn eines nach Konstanz ausgewanderten Böhmen vorgespielt hatte. Der Mann klang sehr verärgert, und das verhieß nichts Gutes.

Marie wurde von rauhen Händen hochgerissen und auf die Beine gestellt. Als sie sich umsah, bemerkte sie, dass sie sich nicht mehr in der Schenke befand, sondern ein Stück davon entfernt im Freien. Neben ihr wuchs ein hoher Baum mit kräftigen Ästen. An einem davon befestigte einer der Hussiten gerade einen kräftigen Strick, der unten in einer Schlinge auslief. Nun sah Marie auch das sattellose Pferd, das ein Knecht herbeiführte, und begriff, dass sie erhängt werden sollte wie ein Spion oder ein ehrloser Schurke.

Für einen Augenblick überlegte sie, ob sie sich wehren und gegen ihr Schicksal ankämpfen sollte. Doch als sie an ihren

Fesseln zerrte, waren diese fest und solide. Sie hätte schon die Kräfte eines Herkules gebraucht, um sie zu sprengen. Selbst als sie aufs Pferd gehoben wurde, ergab sich keine Möglichkeit, denn die Männer hielten ihre Beine fest, und Jakub legte ihr sofort den Strick um den Hals, so dass sie nicht mehr vom Pferd rutschen konnte, ohne sich selbst zu strangulieren.

Hoffentlich ist es schnell vorbei, dachte sie nur noch. Doch da hielten die Hussiten inne und warteten. Mehrere Reiter trabten heran, allen voran ein Mann in fürstlicher Kleidung. Dieser sprang vom Pferd und musterte sie mit finsteren Blicken.

»Das ist also die Spionin, die ihr erwischt habt«, sagte er zu Jakub.

Dieser nickte. »Das Weib ist geschickt und schlau. Sie hat mich mit ihrer Geschichte eingelullt. Hätte nicht eine Hure sie zufällig als Frau erkannt, wäre sie uns durch die Lappen gegangen.«

Vyszo musterte Marie, und seine Gedanken überschlugen sich. Konnte dies die Frau sein, die der Inquisitor aus Rom suchte? Es erschien ihm wahrscheinlich. So viele Frauen aus Deutschland wagten sich nicht in dieses vom Krieg zerfressene Land. Doch warum war sie hier?, fragte er sich, und was hatte es mit dem Mann auf sich, der wegen dieses Weibes bereit war, nicht nur den Papst und den König, sondern auch seinen Glauben zu verraten? Daher stellte er sich breitbeinig vor das Pferd hin, auf dem Marie saß, und bemühte sich, so grimmig wie möglich zu wirken.

»Nun, Spionin, du hast die Gelegenheit zu einem letzten Wort!«

Fürst Vyszo verwendete die deutsche Sprache, die aus seinem Mund einen seltsam weichen Klang erhielt.

»Worüber sollte ich reden?«, fragte Marie bitter, »außer über Eure Grausamkeit, weil Ihr mit meiner Hinrichtung gewartet habt, bis ich aus meiner Betäubung erwacht bin.«

»Wir geben auch einer Vogelfreien und Mörderin die Gelegenheit, ihren Frieden mit Gott zu machen – oder auch mit dem Teufel. Also sprich!«

Auf ein Zeichen Vyszos hin hob Jakub die Hand, um dem Pferd den Schlag zu geben, der es in Bewegung setzen würde.

Marie kämpfte gleichzeitig gegen ihre Tränen und ihre Verzweiflung an und sagte sich, dass Michel wenigstens einen letzten Gruß von ihr erhalten sollte. »Wenn Ihr vor Burg Sokolny steht, so nennt dem Krieger, der Němec genannt wird, meinen Namen und sagt ihm, ich hätte ihn bis in den Tod geliebt.«

Als Jakub den verhassten Namen hörte, verzog sich sein Gesicht vor Wut, und er klatschte dem Gaul auf die Kruppe, ohne den Befehl dafür erhalten zu haben. Das Tier ging los, und für einen Augenblick hing Marie baumelnd am Strick. Doch da fuhr Vyszos Schwert aus der Scheide und durchtrennte das Seil mit einem Hieb. Marie fiel hart auf den Boden und blieb nach Luft ringend liegen.

Unterdessen funkelte Vyszo seinen Untergebenen zornig an. »Tu das nie wieder ohne meinen direkten Befehl! Hast du verstanden?«

Jakub nickte, obwohl er im Grunde gar nichts verstand – außer der Tatsache, dass sein Herr stärker an dem Weibsstück interessiert war, als er es hatte erwarten können.

Ohne den Patrouillenführer weiter zu beachten, beugte Vyszo sich über Marie, packte sie bei den Schultern und schüttelte sie. »Nenne mir deinen Namen, damit ich ihn diesem verdammten deutschen Hund ins Gesicht schleudern kann!«

»Ich bin Marie, Kastellanin von Hohenstein«, würgte Marie hervor. Sie hatte eben dem Tod ins Auge geblickt und begriff nicht, weshalb sie immer noch lebte.

»Was hast du mit dem Němec zu tun?«, setzte Vyszo sein Verhör fort.
»Ich bin seine Frau!«
Während Vyszo sie erstaunt ansah, schüttelte Jakub energisch den Kopf. »Sie tischt uns nur Lügen auf, mein Fürst. Der Němec will am Johannistag Sokolnys Tochter zum Weib nehmen. Doch diese Hochzeitsfeier werden wir ihm verderben!«
»Michel will heiraten? Aber …« Marie versagte die Stimme, und sie sah so entsetzt drein, dass Vyszo unsicher wurde und Jakub Schweigen gebot.
»Es heißt, der Němec würde seine Vergangenheit nicht mehr kennen. Daher muss die Aussage dieser Frau keine Lüge sein. Welchen Antrieb hätte sie sonst, um in unser Land zu kommen, als ihren Mann zu suchen.«
»Zum Spionieren«, warf Jakub knurrig ein.
Unterdessen gingen Maries Gedanken ihre eigenen Wege. Zwar glaubte sie nicht, dem Tod entrinnen zu können, dennoch war sie nicht bereit, alles einfach hinzunehmen. Mit einem fordernden Blick sah sie zu Vyszo auf.
»Ihr habt mich vorhin eine Vogelfreie und Mörderin genannt. Doch so nennt mich nur einer! Was habt Ihr mit dem verrückten Inquisitor zu schaffen? Mit Ruppertus?« Das Letzte kam unwillkürlich aus Maries Mund.
Vyszo schüttelte verwirrt den Kopf. »Wer ist Ruppertus?«
»Er ist der Mann, der mir alles genommen hat, was ich je geliebt habe, meinen Mann, meine Tochter, meine Heimat, meine Ehre. Seinetwegen bin ich zur Hure geworden, und als ich endlich rehabilitiert war, kam er zurück und verfolgt mich seitdem mit aller Bosheit, die ein Mensch aufbringen kann.«
Jetzt begriff Vyszo, was den Inquisitor und diese Frau miteinander verband, von seiner Warte aus Begehren und der

Wille, sie zu unterwerfen, und bei ihr ein Hass, wie er größer nicht sein konnte.

»Ihr kennt ihn!«, fuhr Marie fort.

Nachdenklich bejahte der Hussit. »Ja, ich kenne ihn. Er war hier und bietet mir Erfolg in der Schlacht und so geringe Verluste unter meinen Männern wie möglich. Der Preis, den er fordert, bist du, und ich bin gewillt, ihn zu bezahlen!«

Marie erschrak zutiefst. Ihr schien der Tod ein leichteres Los zu sein, als in Ruppertus' Gefangenschaft zu geraten. Doch welch andere Möglichkeit blieb ihr noch?

Vyszo musterte sie scharf. »Ich bin ein Mann, der gerne alle Trümpfe in der Hand behält. Der Inquisitor ist einer davon. Doch was könntest du mir für deine Freiheit anbieten?«

Diese Frage überraschte Marie, aber sie begriff auch, weshalb Vyszo sie stellte. Aus einem ihr unbekannten Grund misstraute er Ruppertus. Doch womit konnte sie den Fürsten auf ihre Seite ziehen? Marie sammelte ihre Gedanken und sah ihn dann mit festem Blick an.

»Was ich dir geben kann, ist Wahrheit und Aufrichtigkeit und damit die Achtung deiner Männer. Das bekenne ich vor Gott und bei den Lehren von Jan Hus, dessen Ende in Konstanz ich miterleben musste.«

»Ihr habt ihn sterben sehen?« Vyszo schluckte. Allein für einen ehrlichen Bericht über die letzten Stunden ihres Propheten hätte er dieser Frau das Leben und vielleicht sogar die Freiheit geschenkt. Dann aber schüttelte er den Kopf. Hier ging es nicht um Theologie, sondern um Politik. Er musste Burg Sokolny erobern, und dabei wollte der Inquisitor des Papstes ihm helfen.

»Graf Sokolny paktiert mit dem König, und dieser liefert ihm Waffen. Also muss ich zuschlagen, bevor sie ihre Kräfte vereinigen können. Auch wenn du es vielleicht nicht begreifen willst, Frau: Es herrscht Krieg!«, stieß er mit rauher Stimme hervor.

»Dann beendet ihn! Schließt Frieden oder wenigstens einen Waffenstillstand mit Sigismund.«

Vyszo begann zu lachen. »So kann nur ein Weib reden. Als katholischer König kann Sigismund keinen Pakt mit mir schließen. Wie soll er das mit seinem Gewissen vereinbaren? Und selbst wenn er es täte, müsste er den Papst fürchten. Wenn dieser den Kirchenbann über ihn verhängt, ist er seine Krone schnell los, und ein anderer König beginnt diesen Krieg aufs Neue!«

»So muss es nicht kommen«, rief Marie beschwörend. »Kennt Ihr Isabelle de Melancourt?«

»Die Ratgeberin des Königs? Ja!«, antwortete Vyszo mit verächtlich verzogenem Mund.

»Sie ist ein freier Geist! So wie Ihr! Auch Sigismund ist auf dem besten Weg dorthin. Schließt Frieden mit ihm. Oder wollt Ihr, dass Euer ganzes Land im Elend versinkt?«

Unwillkürlich schüttelte Vyszo den Kopf. »Nein, das will ich nicht. Würde ich dir sonst zuhören? Doch wenn ich mich mit Sigismund einigen soll, muss er uns und unseren Glauben vorher anerkennen!«

Irgendwie dreht sich das Gespräch im Kreis, dachte Marie bedrückt. Sie verstand den Hussiten zwar, doch so einfach, wie Fürst Vyszo sich die Sache vorstellte, ging es nicht.

»Sigismund kann Euch nicht anerkennen, wenigstens nicht offiziell. Ihr habt selbst den Papst erwähnt. Martin V. würde sofort gegen Sigismund geifern, und es gibt genug Heuchler im Reich, die sich auf seine Seite stellen und gegen den König intrigieren würden. Trefft geheime Absprachen, sowohl mit Sigismund wie auch mit Sokolny – mit dem Ring des Königs als Pfand!«

Da Marie noch immer gefesselt war, konnte sie das Kleinod nicht herausholen. Vyszo bemerkte ihr vergebliches Mühen und schnitt ihr kurzerhand die Fesseln durch.
Marie rieb sich die Handgelenke, um die Durchblutung wieder in Gang zu bringen, fasste dann das Lederband, das sie um den Hals trug, und zog Sigismunds Siegelring unter ihrem Hemd hervor.
»Hier, seht«, forderte sie Vyszo auf. »Sigismund will das Reich einen. Dafür aber muss er zum Kaiser gekrönt werden. Das kann nur der Papst tun. Doch wenn Sigismund erst Kaiser ist …« Da sie von Vyszo keine Reaktion erhielt, verstummte Marie und überlegte fieberhaft, was sie noch tun konnte, um ihn zu überzeugen.
»Bietet Sokolny Frieden, und Ihr habt bald einen Kaiser, der Euch einen Gefallen schuldig ist. Ein Kaiser kann Euch Euren Glauben lassen. Der Papst kann es nicht – und ebenso wenig jeder andere, den der Papst als neuen König durchsetzen würde.«
Wenn es jetzt nicht klappt, weiß ich nicht mehr, was ich noch tun soll, dachte Marie und ließ Vyszo nicht aus den Augen.
In dessen Gesicht arbeitete es, und schließlich begann er zu lachen. »Du sprichst kluge Worte für eine, die eigentlich nur diesem Němec die Haut retten will. Doch was soll ich dem Inquisitor Janus Suppertur bestellen?«
Marie begriff, dass er angebissen hatte, und fühlte sich so erleichtert, dass sie am liebsten hysterisch gelacht hätte. Mit Mühe zwang sie sich zur Ruhe und begnügte sich mit einem Lächeln. »Bestellt ihm gar nichts. Soll er mich doch für tot halten, wenigstens bis zu dem Augenblick, in dem ich ihm gegenüberstehe.«
Das Aufblitzen in ihren Augen bewies Vyszo, dass dieses Zusammentreffen nicht friedlich enden würde. Wozu diese

Frau in der Lage war, hatten ihm seine Männer bereits berichtet. Obwohl sie zu dritt gewesen waren, war es ihnen kaum gelungen, sie zu überwältigen. Ohne den Wirt und sein Fischernetz wäre sie ihnen wahrscheinlich sogar entkommen. In der Hinsicht war sie für den Inquisitor eine würdige Gegnerin. Außerdem hatte dieser sich mit dem Mord an dem Bischof von Prag zwar als Feind der Kirche gezeigt, ihn aber gleichzeitig einer wertvollen Geisel beraubt.

Daher wandte er sich mit einem Grinsen an Jakub. »Du wirst die Frau zur Grenze von Sokolny bringen. Pass auf, dass ihr nichts passiert. Sie ist meine Dame in diesem Schachspiel, und wenn sie geschlagen wird, müssen meine Bauern – also unsere Soldaten – es ausbaden.«

Sein Patrouillenführer sah aus, als müsse er eine riesige Kröte schlucken. Die Tatsache, dass es einer Frau gelungen war, ihn derart an der Nase herumzuführen, würde noch lange für Hohn und Spott bei seinen Kameraden sorgen. Aber er wusste, dass er den Befehl seines Feldherrn nicht missachten durfte.

»Also gut, wir bringen sie hin. Doch es wird nicht einfach werden. Der Steppendämon Marat und der Němec streifen wie blutgierige Wölfe dort herum und töten jeden, der die Grenze zu überschreiten wagt.«

Es war ein letzter Appell an Fürst Vyszo, auf diesen Plan zu verzichten. Jakub fürchtete sich vor den beiden Kriegern und war überzeugt, dass diese seltsame Frau eine Begegnung mit diesen Männern nicht überleben würde.

Vyszo winkte ab. »Tu, was ich dir sage! Wird die Frau von ihrem eigenen Mann umgebracht, so ist das ihr Schicksal. Außerdem kann ich dem Inquisitor sagen, dass sie von einem Gefolgsmann des Grafen Sokolny getötet wurde. Das wird seine Bereitschaft, uns zu helfen, nur noch steigern.«

Marie begriff, was er damit meinte. Gelang es ihr, Frieden zwischen ihm, Sokolny und Sigismund zu schaffen, hatte er den Rücken frei und konnte mit seinen Männern jene Landstriche heimsuchen, die nicht unter dem Schutz des Königs standen. Wenn sie scheiterte und umkam, würde er Ruppertus' wahnsinnigen Hass gegen seine eigenen Feinde lenken und den Inquisitor zu seinem Werkzeug machen. Doch so groß die Gefahr für sie auch sein mochte, sie war bereit, sich ihr zu stellen.

FÜNFTER TEIL

Vergeltung

1.

Als Marie die Grenze zu Sokolny erreichte, wurde sie von Zweifeln gepackt. Was würde sein, wenn der Němec doch nicht ihr Michel war? Waren dann all ihre Anstrengungen und Opfer umsonst gewesen? Sie versuchte, den Gedanken zu verdrängen, und klammerte sich an die Hoffnung, dass sie richtig entschieden hatte. Besorgt blickte sie von einer Hügelkuppe aus zu der Burg hinüber, die Sokolnys Land beschützte und bereits auf diese Entfernung stattlich wirkte. Nun verstand sie, weshalb Vyszo bereit gewesen war, einen Handel mit Ruppertus einzugehen. Diese Mauern zu erstürmen würde einen Blutzoll kosten, den kein vernünftiger Feldherr ohne Not zu opfern bereit war.

Allerdings wurde Sokolny nicht nur durch seine hohen Mauern geschützt, sondern auch durch den Ruf seiner Verteidiger. Allein schon bei der Erwähnung der Namen Marat und Němec wurden ihre Begleiter bleich und sahen sich hastig um. Dabei waren Jakub und seine Männer alles andere als Feiglinge. Sie wussten jedoch genau, dass jeder, der gegen den Willen des Grafen auf dessen Land eindringen wollte, sein Leben riskierte.

Marie drehte sich um und sah, dass Jakub sich mit seinen Männern hinter einem großen Busch versteckte.

»Was ist?«, fragte sie.

Nervös blickte Jakub sich um. »Wir sind schon auf Sokolnys Gebiet. Ab hier müsst Ihr Euren Weg allein finden.«

Noch während er es sagte, zupfte einer seiner Kameraden ihn am Ärmel und wies auf einen nahen Hügel. »Der Němec! Gott steh uns bei! Wenn er uns entdeckt, sind wir tot.«

Marie blickte ebenfalls in die Richtung und fühlte im ersten Augenblick Enttäuschung. Auf dem Hügel stand ein Mann in fremdartiger Tracht mit einem kurzen Vollbart, der auf den ersten Blick keinerlei Ähnlichkeit mit Michel hatte. Als der Krieger jedoch weiterging, erinnerten seine Bewegungen sie an ihren Mann. Nun wuchs ihre Hoffnung, aber auch ihre Besorgnis, denn sie nahm den langen Bogen in seiner Hand wahr, dessen Pfeile die Hussiten zu fürchten gelernt hatten. Würde er auch auf sie schießen? Jetzt bedauerte sie es, sich als Mann verkleidet zu haben. Vielleicht hätte sie Fürst Vyszo um ein Kleid bitten sollen.

Es war jedoch zu spät, sich darüber Gedanken zu machen. Daher verabschiedete sie sich leise von ihrer Eskorte und ging mit gemächlichen Schritten weiter. Wenn Michel sah, dass sie waffenlos war, würde er nicht sofort schießen. Zumindest hoffte sie es.

Michel hatte die Eindringlinge längst entdeckt und ärgerte sich über die plumpe Art, mit der Vyszos Männer vorgingen. Drei Kerle hatten sich hinter einem Busch versteckt und schickten eben einen jungen Burschen vor, um zu sehen, ob die Luft rein war. Noch während er überlegte, ob er den Späher gleich erschießen oder nur verletzen sollte, um ihn später verhören zu können, hörte er jemand näher kommen und schnellte herum.

Es war Janka. Sie lächelte ihm zu und wollte sich bei ihm unterhaken.

»Nicht jetzt!«, sagte er abwehrend und wies mit dem Kinn nach unten. »Es sind Feinde unterwegs. Ihr hättet mir nicht folgen dürfen.«

Obwohl Michel recht hatte, zog Janka eine Schnute. Sie war es leid, immer wieder zu hören, dass sie dieses und jenes nicht durfte, nur weil ihr Vater oder in letzter Zeit auch der Němec eine Gefahr darin sahen. Dabei fühlte sie sich in der

Gegenwart des Kriegers ohne Erinnerung so sicher wie in Abrahams Schoß. Andererseits freute es sie, dass er sich um sie sorgte und alles tat, damit sie in Geborgenheit leben konnte.
»Ich hatte Sehnsucht nach dir«, sagte sie lächelnd und entwaffnete Michel damit.
»Ich sorge nur rasch dafür, dass diese Kerle hier ihre Lektion erhalten, dann bringe ich Euch zurück zur Burg!« Trotz seiner Anspannung gab Michel das Lächeln zurück.
Janka hingegen beschloss, den Heimritt an einem verborgenen Ort zu unterbrechen, um dort mit ihrem Verlobten allein zu sein.
Auch während er sich mit Janka unterhielt, ließ Michel die Eindringlinge nicht aus den Augen. Der junge Späher wanderte immer noch scheinbar sorglos auf Sokolny zu, während seine Kumpane sich auf einmal zurückzogen. Anscheinend hatten sie Jankas Kommen bemerkt und gaben Fersengeld, ohne ihren Kameraden zu warnen. Michel wunderte sich darüber, sagte sich aber gleichzeitig, dass er die Kerle nicht ohne einen Denkzettel davonkommen lassen durfte. Er hob seinen Bogen, zielte zunächst auf den jungen Burschen, der fast genau auf ihn zukam, schüttelte dann aber den Kopf. Den würde er sich lebend schnappen. Von den anderen musste jedoch einer dran glauben, damit die Hussiten begriffen, dass sie hier nichts verloren hatten.
Da stupste Janka ihn an. »Verschone die Kerle! Ich bin in Hochzeitslaune und will nicht, dass sie durch den Tod eines Menschen gestört wird.«
Michel lachte leise auf. »Es ist das Vorrecht der Damen, Gnade zu erbitten!«
Bei diesen Worten senkte er den Bogen ein wenig, ließ den Pfeil von der Sehne schnellen und sah zufrieden, wie der hussitische Patrouillenführer, den er schon mehrfach um

Sokolny hatte herumschleichen sehen, sich mit einem Fluch an den Oberschenkel griff und dann eilig weiterhumpelte.
»Das wird ihm eine Lehre sein«, erklärte Michel zufrieden und wandte sein Augenmerk wieder dem frechen Burschen zu, der immer tiefer nach Sokolny hineingeriet.
»Was machst du mit diesem Kerl?«, wollte Janka wissen.
»Den hole ich mir!« Michel lief zu seinem Pferd, schwang sich in den Sattel und ritt los. Zuerst trabte er nur, genoss das Gefühl der Jagd und auch die Tatsache, dass er Janka zeigen konnte, wie geschickt er war.
Kurz darauf vernahm er, wie sich ein zweiter Reiter näherte, und drehte sich um. Es war Marat, der anscheinend bemerkt hatte, dass Janka sich wieder auf gefährliches Gebiet gewagt hatte, und sie überwachte. Michel winkte ihm kurz zu und ritt dann schneller. Nun wurde der junge Bursche auf ihn aufmerksam und lief auf die Burg zu, so als könnte er einem galoppierenden Pferd davonlaufen. Das fand Michel ziemlich dreist, und er beschloss, dem Kerl eine Lektion zu erteilen.

2.

Marie hörte den Reiter hinter sich und blickte kurz über die Schulter zurück. Es war jener bärtige Mann in dem fremdartigen Gewand. Die Angst, es könne doch nicht Michel sein, ließ sie schneller laufen. Dann aber begriff sie, dass sie dem Reiter niemals würde entkommen können. Daher blieb sie stehen und sah dem Mann entgegen. Er saß auf dem Pferd wie Michel, doch alles andere war fremd und ungewohnt. In seiner Rechten hielt er

ein Schwert, und sie wusste nicht, ob er damit zuschlagen würde.
Du bist ein dummes Stück!, schoss es ihr durch den Kopf. Solange du als Mann verkleidet bist, wird er dich nicht erkennen. Kurzentschlossen nahm sie den Hut ab und schüttelte den Kopf, damit ihre Haare frei auf den Rücken fielen. Gleichzeitig zog sie den Dolch, den die Hussiten ihr zurückgegeben hatten, um sich bis zum Äußersten zu wehren, sollte der Mann doch nicht Michel sein.
Der Reiter hatte sie fast erreicht, als ihr Haar in der Sonne aufflammte, und seine spöttisch verzogene Miene veränderte sich jäh. Er wirkte verwirrt, wenn nicht gar erschrocken. Sein Schwert sank herab, und er beließ es dabei, ihr mit dem Pferd den Weg zu verlegen und auf sie hinabzustarren. Doch der Ausdruck des Erkennens, auf den Marie so sehr gehofft hatte, blieb aus.
Dabei war es ihr Michel. Dessen war sie sich nun trotz des Bartes und der unbekannten Tracht sicher. Von ihren Gefühlen überwältigt, streckte sie die Arme nach ihm aus.
»Michel, endlich!«
Er starrte die Frau an und konnte nicht glauben, was er sah. Es war die Fremde aus seinen Träumen, sein Rentier, wie Marat sie spöttisch genannt hatte. Ein sengendes Feuer raste durch seinen Schädel, und er glaubte für einen Augenblick, bewusstlos zu werden. Erschrocken kniff er die Augen zusammen und hielt sich mit der linken Hand am Sattel fest. Als der Schmerz in seinem Kopf nachließ, stieg er steifbeinig vom Pferd und starrte Marie an. Alles in ihm schrie, dass sie ein wichtiger Teil seiner Vergangenheit sein musste, doch suchte er vergebens nach einer Erinnerung.
»Ich … Wer …«, stöhnte er, brach aber jedes Mal ab, da er nicht einmal in Gedanken einen einzigen Satz formulieren konnte.

Sein Verhalten bestürzte Marie. »Michel, ich bin es doch!«
»Michel?« Der Name sagte ihm nichts. Er stand da und begriff, dass mit dieser Frau ein Teil seiner Vergangenheit Gestalt angenommen hatte. Plötzlich fürchtete er sich davor, was er von ihr erfahren würde, und wich einen Schritt zurück.
»Was ist los mit dir?« Marie folgte ihm, während ihr die Freude, ihren Mann gefunden zu haben, aber auch Erschöpfung und Enttäuschung über sein Verhalten die Tränen in die Augen trieben.
Wieso sieht er mich an, als wäre ich eine Fremde?, fragte sie sich.
Der Augenblick schien wie eingefroren, ohne dass einer von ihnen in der Lage war, die Erstarrung zu durchbrechen. Unterdessen hatten Marat und Janka zu ihnen aufgeschlossen. Während die Komtesse Marie verständnislos musterte, hatte der Waffenmeister ein freudloses Lächeln aufgesetzt. Rascher als Michel begriff er, dass dieser von seiner Vergangenheit eingeholt worden war und ihr nicht mehr entkommen konnte.
Mit einem bedauernden Blick streifte er Janka. Sie war ein hübsches Ding, doch mit dieser fremden Schönheit konnte auch sie nicht konkurrieren. Noch mehr tat es ihm leid, dass der Němec nun nicht der neue Graf auf Sokolny werden würde. Ihm hätte er zugetraut, das Land ebenso erfolgreich gegen die gierigen Klauen des Königs wie gegen Vyszos Hussiten zu verteidigen. Nun würden Janka und ihr Vater sich wieder an Ritter Roland halten müssen. Doch ebenso wenig, wie Janka sich mit dieser Fremden messen konnte, so wenig reichte der Ritter an den Němec heran. An Michel, korrigierte Marat sich, da er den Namen, den die Fremde benutzt hatte, für den richtigen hielt.
Janka passte die Begegnung mit der Unbekannten überhaupt nicht, und sie hieb mit ihrer Reitgerte verärgert durch die Luft. »Wer ist das Weib?«, fragte sie hochmütig.

»Das Rentier des Němec oder, besser gesagt, sein Schicksal«, antwortete Marat nachdenklich.
Der Blick, den Janka daraufhin Marie zuwarf, sagte ihm, dass er besser auf die Fremde achtgeben sollte. Er hielt die Komtesse für impulsiv genug, die überraschend aufgetauchte Konkurrentin mit allen Mitteln beseitigen zu wollen. Der Kampf zwischen den beiden hatte bereits begonnen, denn Janka ging eben zu Michel, fasste mit einer besitzergreifenden Geste dessen Arm und funkelte die Fremde mit hasserfüllten Augen an.
Marat beschloss einzugreifen, bevor die Situation außer Kontrolle geriet. Daher trat er auf Marie zu und verbeugte sich vor ihr. »Ihr seid eine mutige Frau, weil Ihr Euch in diese vom Krieg beherrschte Gegend wagt.«
Bislang hatte Marie sich wie in einem schlechten Traum gewähnt, spürte aber instinktiv, dass dieser fremdartig aussehende Mann ihr das Unbegreifliche erklären konnte. »Was wäre ich für eine Frau, wenn ich nicht nach meinem Mann suchen würde, wenn es heißt, er sei verschollen oder tot.«
»Tot ist der Němec – oder Michel, wie Ihr ihn nennt – auf jeden Fall nicht«, sagte Marat mit sanfter Stimme. »Dennoch ist er nicht mehr der Mann, den Ihr kennt.«
Mit einer fürsorglichen Geste griff er Michel an den Kopf und schob eine Haarsträhne beiseite, so dass Marie die Narbe sehen konnte, welche Hettenheims Kugel hinterlassen hatte. »Diese Wunde raubte Eurem Mann das Gedächtnis«, begann er und wurde von Janka heftig unterbrochen.
»Er ist nicht ihr Mann!«
Marat begriff, dass es unmöglich sein würde, mit Michels Frau zu sprechen, solange Janka dabei war. Daher klopfte er seinem Freund auf die Schulter. »Bring die Komtesse zur Burg zurück. Ich kümmere mich unterdessen um diese Dame.«

»Sie ist keine Dame von Stand. Sieh doch, wie sie aussieht! In Männerkleidern! Wie abstoßend!« Janka war kurz davor, noch ausfälliger zu werden.
Daher stieg Michel wieder auf sein Pferd, fasste den Zügel von Jankas Stute und ritt los. Das Letzte, was Marie sah, war der Blick der Komtesse, der eine einzige Kriegserklärung darstellte.
Sie schüttelte sich und wandte sich an Marat. »Wer ist diese Frau?«
Ihr Tonfall sagte Marat, dass sie den Kampf um ihren Mann niemals aufgeben würde. Vielleicht war das sogar gut. Ihr Bild war in den Gedanken ihres Mannes, der sonst alles aus seiner Vergangenheit vergessen hatte, eingebrannt und würde ihn ewig verfolgen.
»Es ist Janka, die Tochter des Grafen Sokolny. Sie hat gehofft, Euer Mann würde sie heiraten.«
»Heiraten?« Marie klang böse.
Doch Marat lachte nur leise. »Ich sagte doch, dass Michel alles vergessen hat, was vor jenem Tag, an dem er verwundet wurde, geschehen ist. Selbst seine Feinde kennt er nur, weil ich gesehen habe, wem er diese Verletzung verdankt!«
»Ruppertus, Hettenheim, Loosen und Haidhausen!«
Der Hass in Maries Stimme ließ Marat aufhorchen. Diese Frau konnte eine fürchterliche Feindin sein. Andererseits hätte sie mit einem schwächeren Willen niemals den Mut aufgebracht, ihren Mann in diesem vom Krieg zerrissenen Land zu suchen.
»Ich kenne die Namen der deutschen Ritter nicht, doch wenn du sie weißt, ist es gut für deinen Michel«, sagte er.
Marie fauchte wie eine gereizte Wildkatze. »Ruppertus ist kein Ritter, sondern ein Teufel aus der tiefsten Hölle! Loosen und Haidhausen sind tot – und die beiden anderen werden ebenfalls sterben, das schwöre ich!«

»Erzähl mir die ganze Geschichte und nenn mir vorher deinen Namen. Ich kann dich schlecht als Michels Frau ansprechen«, schlug Marat vor.

Über Maries Lippen huschte ein bitteres Lächeln. »Den hat er wohl ebenso vergessen wie vieles andere!« Sie blickte auf das Armband, das Michel ihr einst geschenkt hatte. Keine einzige Muschel hing mehr daran, und sie sah nur noch den schmutzig gewordenen gelben Samt. Er erinnerte sie an die Hurenbänder, die sie vor langen Jahren hatte tragen müssen. Mit einer entschlossenen Bewegung riss sie sich das Armband vom Handgelenk und warf es fort. Dann wandte sie sich wieder Marat zu.

»Ich heiße Marie.«

»So ist das also!«

»Was?«

»Während seiner Bewusstlosigkeit nach der Verletzung murmelte Michel etwas, das ich als Ari verstand. Er meinte jedoch Marie. Gibt es auch jemand, der Rudi genannt wird?«, fragte Marat.

»Trudi, unsere Tochter!«

»Du und Michel, ihr habt eine Tochter?«

Damit, sagte Marat sich, war der Kampf zwischen Marie und Janka entschieden. Jetzt galt es nur noch, die Komtesse so weit zu besänftigen, dass sie ihre Niederlage hinnahm und weder sie noch Michel und Marie in dieser verworrenen Situation Schaden nahmen.

Mit einem Lächeln reichte er der Frau den Arm. »Komm, ich bringe dich nach Sokolny.«

»Aber was soll ich tun, wenn Michel mich nicht mehr kennt?«

»Er wird dich erneut kennenlernen«, antwortete Marat sanft, und es klang wie ein Versprechen.

3.

Michel kehrte als Opfer widerstrebender Gefühle nach Sokolny zurück, während Janka wie eine Furie tobte. Sie sprang vom Pferd, ohne darauf zu warten, dass jemand sie aus dem Sattel hob, schleuderte einem herbeieilenden Knecht die Zügel entgegen und fegte wie ein Wirbelsturm in die große Halle der Burg. Dort waren ihr Vater, Ritter Roland und einige andere Vertraute gerade dabei, die neuesten Informationen zu besprechen, die die Burg in den letzten Stunden erreicht hatten.

Außer sich vor Wut fuhr Janka dazwischen. »Sie ist eine Spionin der Deutschen. Ganz sicher!«

Verwundert blickte ihr Vater auf. »Was ist geschehen, Kind?«

»Die Fremde! Die der Němec gefangen hat. Sie wurde von Hussiten auf unser Land gebracht!«

»Hussiten, sagst du?«, unterbrach Graf Sokolny sie. »Dann kann sie keine Spionin der Deutschen sein.«

»Sie ist es!«, schrie Janka, die sich von nichts anderem überzeugen lassen wollte.

Da er aus den Worten seiner Tochter nicht klug wurde, sah der Graf Michel an. »Könnt Ihr mir erklären, was das soll?«

Michel atmete tief durch und berührte mit einer unbewussten Bewegung die Narbe an seinem Kopf. Seine Gedanken wirbelten, und gelegentlich glaubte er darin Fetzen zu erkennen, die von seiner Vergangenheit kündeten. Es gelang ihm jedoch nicht, diese festzuhalten oder sich an mehr zu erinnern als an das Gesicht aus seinen Träumen. Da Sokolny ihn erwartungsvoll ansah, versuchte er, dem Grafen das, was geschehen war, in aller Ruhe zu erklären.

»Wir haben diesseits unserer Grenzen eine Frau aufgegriffen. Sie kam als Mann verkleidet.«
»Sie behauptet, der Němec wäre ihr Ehemann und würde Michel heißen«, warf Janka voller Groll ein.
Jetzt riss es Sokolny herum. »Stimmt das?«
Michel zuckte hilflos mit den Schultern. »Ich weiß es nicht! Aber ich kenne ihr Gesicht. Es ist das Einzige, was mir von meiner Vergangenheit geblieben ist. Doch wenn ich mehr wissen will, schwindet sogar diese Erinnerung.«
»Sie ist eine Spionin, entweder des Fürsten Vyszo oder des Königs. Einem von beiden will sie Sokolny in die Hände spielen. Da bin ich mir ganz sicher! Warum hätte sie sich sonst als Mann verkleidet auf unser Land geschlichen?«
Einmal in Fahrt, ließ Janka sich weder von Michels verzweifelten Gesten noch vom Räuspern ihres Vaters bremsen. Noch während sie erregt ihren Standpunkt vertrat, betrat Marat die Halle. »Sprecht Ihr von der Kastellanin von Hohenstein?«
»Sie soll eine Dame von Stand sein? Ich sah nur ein Weib im Kittel eines Straßenjungen!«, höhnte Janka.
Ritter Roland und ein paar andere lachten, während Michel sich aus einem ihm unverständlichen Grund darüber ärgerte.
Marat hob beschwichtigend die Hand. »Urteilt nicht vorschnell, sondern wartet ab, bis Ihr die Dame seht. Ich habe mir erlaubt, eine Magd zu beauftragen, ihr Wasser zum Waschen und ein passendes Kleid zu besorgen. Bis dorthin sollten wir in aller Ruhe zusammensitzen und uns nicht von Gefühlen hinreißen lassen.«
Seine Worte galten vor allem Janka, die ganz so aussah, als wolle sie erneut auffahren.
Bevor es jedoch dazu kam, griff ihr Vater ein. »Setz dich und schweig!«

»Es wird nicht lange dauern«, versprach Marat und lehnte sich gegen einen Türpfosten. Er wollte die Gesichter der Menschen in diesem Saal im Blickfeld haben, wenn Marie herunterkam, um die Gefühle und Gedanken der Anwesenden einschätzen zu können.
Janka hätte dem Ganzen am liebsten mit einem Schwertstreich ein Ende gemacht, Michel wirkte verwirrt und ratlos, und auch der Graf schien nicht zu wissen, wie er sich verhalten sollte.
In Ritter Rolands Augen hingegen leuchtete neue Hoffnung auf. Wenn der Němec verheiratet war, erhielt er eine zweite Chance, Sokolnys Tochter zu erringen.
Marat nahm seine zufriedene Miene wahr und sagte sich, dass der Mann noch einiges würde lernen müssen, wenn er der unumstrittene Herr dieses Besitzes sein wollte. Zunächst aber war er gespannt auf den Eindruck, den Marie auf die anderen machen würde.
Nicht lange, da waren Schritte auf der Treppe zu vernehmen. Jeder im Saal starrte Marie verblüfft an. Michel rieb sich mehrmals über die Augen, so als würde ein Zauber sie trüben. Auch Janka schnappte überrascht nach Luft, während ihr Vater eine knappe Verbeugung andeutete.
Jetzt drehte auch Marat sich um und nickte zufrieden. Die Magd hatte seine Anweisungen peinlich genau befolgt und Marie ein prachtvolles Gewand gegeben, das ihr ausgezeichnet stand. War sie ihm bereits in der Männertracht schön erschienen, so überstrahlte sie nun alle Frauen, die er in diesen Landen je gesehen hatte. Janka war gewiss kein unansehnliches Mädchen und glich in ihrem Kleid einer Märchenprinzessin. Doch die Frau, die nun erschien, war eine Königin, der niemand das Wasser reichen konnte.
»Das ist eines meiner Kleider!«, rief Janka empört, doch niemand hörte auf sie.

»Darf ich die Dame jetzt offiziell vorstellen?« Marats Frage war nur rhetorischer Natur, denn er sprach sofort weiter. »Dies ist Marie Adler von Hohenstein, Gemahlin des Ritters Michel von Hohenstein, den wir als den Němec kennen.«

»Ein deutscher Ritter, der von deutschen Rittern verraten wurde?«, stieß Graf Sokolny überrascht hervor.

»Michel wurde nicht von den deutschen Rittern verraten, sondern von genau drei Edelleuten, die sich mit dem Schurken Ruppertus verschworen haben!« Maries Stimme klirrte, und alle in der Halle begriffen, dass sie dem von ihr genannten Mann den Tod wünschte.

Selbst Michel konnte sich der Magie ihrer Stimme nicht entziehen. Obwohl seine Erinnerung stumm blieb, hallte der Name Ruppertus in seinen Gedanken so machtvoll, als sei ein Feind aus alter Zeit zurückgekehrt und bedrohe erneut sein Leben.

Ohne ihrem Mann mehr als ein kurzes Lächeln zu schenken, trat Marie zu Sokolny und knickste. »Ich bringe Euch ein Friedensangebot von König Sigismund und auch eines von Fürst Vyszo. Sie respektieren beide Eure Unabhängigkeit, solange Ihr Euch nicht auf eine der beiden Seiten schlagt.«

Während der Graf nachdenklich die Augen zusammenkniff, schüttelte Michel den Kopf.

»Ich denke, wir sollten kämpfen. Immerhin sind wir gegen Vyszos Männer im Vorteil. Haben wir uns diese vom Hals geschafft, können uns auch Sigismunds deutsche Ritter nicht mehr schrecken.«

»Du sprichst wohl von den Waffen, die euch der König hat zukommen lassen?«, fragte Marie.

Die anderen sahen sie erstaunt an. Bevor jedoch einer eine Frage stellen konnte, setzte sie ihre Rede fort. »Vyszo weiß davon, doch sie scheinen ihm keine Angst einzuflößen.«

»Wahrscheinlich hat er von Sigismunds Verrat erfahren«, stieß Michel zornig hervor. »Der König will die Hussiten auf uns hetzen, um hinterher die Reste des Siegers vernichten zu können. Doch er wird eine arge Überraschung erleben.«

»Sigismund hat euch nicht verraten!«, wandte Marie mit Nachdruck ein.

»Ach nein? Warum hat er uns dann unbrauchbare Waffen geschickt?« Im Augenblick wurde das Gespräch zu einem Duell zwischen Marie und Michel, der sich mit aller Kraft an seine Loyalität zu Sokolny klammerte.

»Es war mit Sicherheit nicht Sigismund. Er wünscht Frieden mit euch und mit Fürst Vyszo«, konterte Marie gelassen. »Ich nehme an, dass Ruppertus dahintersteckt. Der Kerl war bei Fürst Vyszo, um ihn zum Angriff auf Sokolny anzustacheln und um ...« Sie hatte noch sagen wollen: ... und um mich zu fangen, schluckte dies aber im letzten Augenblick hinunter. Das war etwas, das nur Michel und sie anging.

Da sie die zweifelnden Mienen Sokolnys und seiner Getreuen sah, zog sie Sigismunds Ring aus ihrem Ausschnitt, nahm ihn von der Kette und reichte ihn dem Grafen mit den Worten: »Hier ist das Siegel des Königs als Zeichen seiner Aufrichtigkeit und als Unterpfand für die Unabhängigkeit der Grafschaft Sokolny für alle Zeiten.«

»Und was ist mit Vyszo?«, fragte Michel barsch.

»Solange Fürst Vyszo befürchten muss, dass Sokolny sich mit dem König verbündet und den deutschen Heeren den Weg in das Herzland seines Gebiets öffnet, muss er die Grenze mit einer starken Militärmacht schützen. Sobald er die Gewähr hat, dass Sokolny neutral bleibt, kann er den größten Teil seiner Soldaten nach Hause schicken, damit sie ihre Felder bestellen.«

»Aber er ist nur einer von mehreren Anführern der Hussiten!«, wandte Sokolny ein.
»Fürst Vyszo ist kein fanatischer Taborit, sondern ein Kalixtiner und als solcher bereit, sich mit Euch und dem König zu einigen, wenn sein Glaube und der seiner Männer respektiert wird.« Maries Stimme klang beschwörend.
Dann erst erinnerte sie sich an die Zeitspanne, die Sigismund ihr nur zugestanden hatte, und senkte den Kopf. »Ich bin lange vor dem letzten Vollmond aufgebrochen. Wahrscheinlich komme ich bereits zu spät.«
Sokolny schüttelte den Kopf. »Nein, Ihr kommt gerade zur rechten Zeit. Vyszo bereitet seinen Angriff vor, und es könnte noch möglich sein, ihn davon abzuhalten.«
Der Graf war des langen, blutigen Krieges müde und sehnte sich nach Frieden. Auch spürte er sein Alter und wusste, dass ihm nicht mehr viele Jahre blieben, in denen er sein Schwert schwingen konnte. Daher wünschte er nichts mehr, als seiner Tochter das Land in Frieden übergeben zu können.
Im Gegensatz zum Grafen sah Michel die Chance, Sokolnys Unabhängigkeit im Kampf durchzusetzen, und verstieg sich zu einem leidenschaftlichen Appell.
»Mein Herr, weder die Hussiten noch der König wissen, dass die Handbüchsen wieder schussfähig sind. Mit dieser Feuerkraft brauchen wir keinen Handel mit unseren Feinden. Lasst uns diesen Vorteil nutzen. Wenn wir Vyszo überzeugend schlagen, werden wir Sigismund so beeindrucken, dass er bereit ist, einen Frieden zu unseren Bedingungen zu schließen!«
»Und im nächsten Jahr habt Ihr anstelle von Fürst Vyszo und seinen Truppen ein fanatisches Taboriten-Heer an Euren Grenzen, dessen Anführer nur eines kennen: verbrannte Erde zu hinterlassen!«, gab Marie zu bedenken. »Selbst in dieser Einsamkeit müsstet Ihr erfahren haben, dass die Hus-

siten sich nicht einig sind. Es gibt zwei Gruppierungen bei ihnen, die Taboriten, die erst vor kurzem Sachsen und Österreich verheert haben, und die Kelchbrüder oder Kalixtiner, zu denen Fürst Vyszo zählt.«

Dann richtete sie ihren Blick auf Michel und sah ihn vorwurfsvoll an. »Ist zu kämpfen alles, was du hier gefunden hast, Němec? Dabei bist du hier in einem Land von Menschen, die sich keinem Zwang der Religion beugen und frei im Geiste sind.«

»Was wisst Ihr vom freien Geist?«, fragte Michel, der sich mehr denn je als Gefangener und Spielball des Schicksals fühlte.

Marie antwortete mit einem traurigen Lächeln. »Ich selbst kenne die Weisheit einer Äbtissin und die eines Gauklers. Auch weiß ich …«, ihre Stimme schwankte und wurde ein wenig heiser, »… von der Sehnsucht nach der Heimat zu berichten sowie von einer Liebe, die einmal groß war und nun verloren ist.«

Marat hatte die beiden bislang scharf beobachtet und senkte bei dem Gedanken an das tragische Schicksal dieses Paares den Kopf. Für einen Augenblick erwog er, einzugreifen und Michel, der ihm ein treuer Freund geworden war, den Kopf zurechtzusetzen. Aber er wollte erst dessen Entgegnung abwarten.

»Was sprichst du von Heimat? Der Boden einer jeden Heimat ist mit Blut getränkt und muss mit dem Schwert verteidigt werden.«

Mit einem milden Lächeln legte Sokolny Michel die Hand auf die Schulter. »Das solltet Ihr nicht sagen, Němec, denn so spricht nur einer, der selbst keine Heimat kennt. Heimat, das ist das Rauschen der Wälder um einen herum, das Blühen der Blumen, das Lachen der Mädchen und das Lied, das einem die Liebste singt.«

Er sprach all das aus, an das der Mann, den sie Němec nannten, sich nicht mehr erinnern konnte, obwohl die Worte eine unbestimmte Sehnsucht in ihm auslösten.
Betroffen sah Michel die anderen an und spürte, dass sie sich an schöne Dinge erinnerten, aber auch an Trauer und Leid. Sogar Janka wirkte auf einmal weich und zart, und ihr liefen Tränen über die Wangen.
Graf Sokolny atmete tief durch und nickte dann Marie zu. »Ich werde mich mit Fürst Vyszo treffen und sehen, ob es zu einer Verständigung kommt. Danach werde ich zum König gehen. Wenn seine Motive so edel sind, wie Ihr es sagt, Kastellanin von Hohenstein, kann hier wirklich Friede herrschen.«
Bislang hatte Michel immer zum Kampf gedrängt, doch nun nahm er die aufflammende Hoffnung in den Augen der anderen wahr und schwieg. Er hatte begriffen, dass er trotz allen Respekts, den man ihm als Krieger zollte, nie wirklich einer der Ihren gewesen war, sondern immer der Fremde, der Němec. So würde es auch in Zukunft sein.
Er schüttelte sich, um diesen Gedanken zu vertreiben, sagte sich aber, dass er seinem Schicksal und damit auch seiner Vergangenheit nicht entkommen konnte. Das hieß für ihn, seine wahren Feinde zu kennen und zu bekämpfen. Zwar wusste er nicht, wer sie waren, doch die Frau, die sein »Rentier« war, konnte es ihm sagen. Mit einer resignierenden Geste hob er die Hand.
»Ich werde mit Marie von Hohenstein zu Fürst Vyszo reiten. Sollte uns kein Erfolg beschieden sein, wird Sokolny Euch brauchen, Graf, und nicht mich. Marat kann Euch ebenso gut dienen wie ich. Doch weder er noch ich sind in der Lage, Euch zu ersetzen.«
Noch während die anderen ihn erstaunt ansahen, trat Michel auf Janka zu und fasste ihre Hand. »Es tut mir leid,

Komtesse. Aber ich bin nicht Němec'co, sondern ein Wanderer, der aus dem Dunkel kam und sein Licht an einem anderen Ort suchen muss!«

Janka hatte gehofft, es könne doch noch anders kommen, und so glitt der Ausdruck tiefen Schmerzes und großer Enttäuschung über ihr Gesicht. Dann entzog sie Michel mit einem heftigen Ruck die Hand und lief aufschluchzend davon. Michel bedauerte, ihren Stolz und ihre Gefühle verletzt zu haben, doch er sah Marat zustimmend nicken und wusste, dass er richtig gehandelt hatte. Tief durchatmend drehte er sich zu Marie um, die etliche Schritte entfernt stand und ihn einerseits mit einem gewissen Verständnis, andererseits aber auch mit sichtlichem Ärger musterte. Ihr Stolz war ebenso verletzt wie der von Janka und machte sich mit einer spöttischen Bemerkung Luft.

»Ihr wollt mich wirklich begleiten?« Sie sprach ihn wie einen Fremden an, um ihm zu zeigen, dass er sich ihr Vertrauen erst wieder erwerben musste.

»Warum sollte ich es nicht tun?«, fragte er mit einem Achselzucken. »Schließlich habe ich oft genug davon geträumt.«

»Ihr seid ein wahrer Edelmann!« Ritter Roland zog sein Schwert und schlug es zum Zeichen seiner Anerkennung gegen seinen Schild. Die anderen Ritter folgten seinem Beispiel, und so hallte das rhythmische Klopfen durch die ganze Burg.

Michel lächelte bitter und fragte sich, was ihm die Zukunft bringen würde. In seinen Träumen hatte er Marie von Hohenstein weit weniger bekleidet gesehen als zu dieser Stunde und Augenblicke der Liebe mit ihr genossen. Doch nun wirkte die Frau so abweisend, als wäre ihr die Begleitung jedes anderen Mannes lieber als die seine. Dabei war sie schön wie ein Sommertag und stolz wie ein kreisender Adler in der Luft. Auf jeden Fall würde sie in seinem weiteren

Leben eine Rolle spielen, und er hoffte, dass es eine gute Rolle war.

Auch Marie hing ihren Gedanken nach. Sie war froh, Michel wiedergefunden zu haben, begriff aber immer noch nicht, wieso er sich nicht mehr an sie erinnern konnte und auch nicht an all das, was zwischen ihnen geschehen war. Selbst seine Liebe zu ihr hatte er vergessen, und das schmerzte so sehr, dass sie sich am liebsten in eine dunkle Ecke verkrochen hätte, um zu weinen.

Sie wusste jedoch, dass sie sich nicht von ihren verletzten Gefühlen leiten lassen durfte. Es ging um weit mehr als nur um sie und Michel. Da war Trudi, die ihre Eltern brauchte. Auch hatten Isabelle de Melancourt und König Sigismund Hoffnungen in sie gesetzt, die sie nicht enttäuschen durfte, wollte sie jemals wieder in Ruhe und Frieden leben. Ebenso wenig durfte sie Ruppertus vergessen, ihren ebenso unheimlichen wie grausamen Feind, und seinen Spießgesellen Hettenheim.

Daher nickte sie Michel auffordernd zu. »Also gut. Reiten wir zuerst zu Fürst Vyszo und dann zum König!«

4.

In Vyszos Feldlager herrschte eine angespannte Stimmung. Die Vorbereitungen für den Großangriff auf Burg Sokolny waren fast abgeschlossen, und die Männer erwarteten spätestens am nächsten Tag den Befehl, vorzurücken und die Festung zu umschließen. Der Fürst hingegen starrte immer wieder zu dem Hügel hinüber, den die grauen Mauern von Sokolny krönten.

Schließlich hielt Jakub, der Patrouillenführer, es nicht mehr aus. Seine Pfeilwunde hatte sich als harmloser herausgestellt, als er befürchtet hatte. Aber seine Scham, erneut vor dem Němec geflohen zu sein, überwog die Schmerzen.
»Wir sollten nicht länger warten, mein Fürst. Es wäre Wahnsinn, sich allein auf den guten Willen und die Möglichkeiten eines schwachen Weibes zu verlassen. Graf Sokolny wird die Frau nicht einmal anhören. Daher rate ich Euch, lasst uns angreifen und die Burg erstürmen. Die Handbüchsen, mit denen Sokolnys Männer hoffen, uns abwehren zu können, sind unbrauchbar, und so wird es eine üble Überraschung für diese Leute werden, wenn sie versuchen, die Waffen gegen uns einzusetzen.«
Vyszo wiegte den Kopf. »Auch wenn Sokolnys Handrohre nicht funktionieren, werden wir zahlreiche Männer bei der Erstürmung der Burg verlieren, vielleicht sogar so viele, dass Sigismund glaubt, mit uns fertig werden zu können. Dann müssten wir uns zurückziehen und uns dem Kommando taboritischer Anführer unterstellen. Du weißt, was das bedeutet!«
»Einige der radikalen Führer fordern heute schon Euren Kopf – und dann würden es noch mehr tun.« Für einen Augenblick verspürte auch Jakub Zweifel, schob diese aber mit einer geringschätzigen Handbewegung beiseite.
»Ich rate trotzdem zum Angriff. Nehmt die Frau gefangen und liefert sie dem Inquisitor aus, und zwar zu Euren Bedingungen.«
»Und die wären?«, fragte Vyszo verkniffen.
»Die Lieferung von genügend schussfähigen Handbüchsen und einen Waffenstillstand mit Sigismund. Damit könnten wir uns in dieser Gegend festsetzen und uns sowohl gegen die Taboriten wie auch gegen den König selbst behaupten. Macht Sokolny zu Eurer Residenz! Die Festung ist der Schlüssel zu Böhmen.«

»Den in die Hand zu bekommen dürfte uns verdammt schwerfallen!« Vyszo rieb sich über die Augen und spähte noch einmal zur Burg hinüber. »Ihre Mauern sind fest, und die Männer, die sie verteidigen, werden nicht zurückweichen.«

Jakub verstand die Besorgnis seines Anführers, doch die Schmerzen in seinem Bein ließen ihn ungeduldig werden. Daher maß er den Problemen weniger Gewicht bei als Fürst Vyszo. Er wollte erneut darauf dringen, die Burg anzugreifen, doch da platzte ein Soldat ins Zelt.

»Herr, unsere Späher melden zwei Reiter, die aus Richtung Sokolny auf uns zukommen.«

»Sie wollen also doch verhandeln!« Erleichtert stand Vyszo auf. »Wir werden ihnen entgegenreiten. Vielleicht gibt es einen Ausweg aus dieser Lage.«

»Aber nur, wenn Graf Sokolny sich mit uns gegen Sigismund verbündet«, knurrte Jakub und schrumpfte sichtlich zusammen, als ihn Vyszos strafender Blick traf. Trotzig folgte er dem Fürsten nach draußen und stieg mit zusammengebissenen Zähnen in den Sattel, obwohl ihm die Schmerzen durch den ganzen Körper schossen. Da sich die Entscheidung näherte, wollte er dabei sein, um seinen Herrn beraten zu können.

Auch Vyszo schwang sich auf sein Pferd und verließ das Lager. Schon nach wenigen hundert Schritten tauchten sie in einen dichten Nebel ein, der sich über das Flusstal gelegt hatte. Burg Sokolny war nicht mehr zu erkennen und hätte ebenso gut zweihundert Meilen wie zwei Meilen entfernt sein können. Zudem schien jeder Laut verschluckt zu werden. Selbst der Hufschlag der eigenen Pferde war kaum zu vernehmen. Obwohl Vyszo wusste, dass seine Leibwache in der Nähe war, überkam ihn ein ungutes Gefühl. Was war, wenn Sokolny ein falsches Spiel mit ihm trieb und ihm einen Meuchelmörder schickte? Am liebsten hätte er Befehl gegeben, zum Lager zurückzureiten, um die beiden Reiter dort zu empfangen. Danach aber hätte er sie nicht mehr fortlassen dürfen. Eine Frau wie Marie von Hohenstein verstand nichts vom Krieg und konnte daher nicht sagen, wie gut sein Heer für einen Sturm auf die Burg gerüstet war. Marat, der Němec oder ein anderer aus Sokolnys Gefolge würden jedoch ihre Schlüsse aus dem Gesehenen ziehen können.

Vyszo versuchte, sich seine Unsicherheit nicht anmerken zu lassen, und trieb sein zögerndes Pferd an. Kurz darauf sah er zwei Reiter aus dem Nebel auftauchen. Der eine war der Němec, jener Mann, den seine Leute in den letzten Wochen fürchten gelernt hatten, die andere Person jene Frau, für die der Inquisitor des Papstes zum Verräter und Mörder geworden war. Da der Fürst spürte, dass Jakub den Mann am liebsten von den Leibwachen hätte töten und die Frau gefangen nehmen lassen, streckte er den linken Arm nach seinem Getreuen aus und bedachte ihn mit einem warnenden Blick.

»Was auch immer geschieht, Jakub: Hier entscheide ich!«

Der Patrouillenführer nickte widerwillig und betrachtete seinerseits das Paar, das seine Pferde nun wenige Schritte vor ihnen anhielt. Nun sah er keine als Bursche verkleidete Frau vor sich, sondern eine Dame in einem kostbaren Gewand, die auf einem passenden Sattel thronte und auf seltsame Weise ebenso starr wie erhaben wirkte. Bei ihrem Anblick glaubte er zu begreifen, weshalb ein Mann wie Janus Suppertur dieses Weib begehrte.

Den Němec aber musterte er misstrauisch. In seinen Augen war dieser Mann gefährlicher als ein Pulverfass mit entzündeter Lunte. Daher hielt er es für besser, mehrere Pferdelängen zwischen seinem Fürsten und dem Deutschen zu lassen.

Marie sah die Hussiten an und spürte, dass Michel angespannt war wie eine Bogensehne. »Was ist mit dir?«
»Wenn es schiefgeht, habe ich ein gutes Dutzend Pfeile in meinem Köcher. Es wird zwar nicht ganz reichen, aber ich habe auch noch mein Schwert«, antwortete Michel im Bestreben, ironisch zu klingen.
Da in dem Moment ein Windstoß den Nebel vertrieb, entdeckte Marie nun auch die Krieger in Vyszos Begleitung. Es handelte sich nicht nur um die Leibwache des Fürsten, sondern um mehrere hundert Mann, die alle erfahren wollten, was hier besprochen wurde. Scheiterten Michel und sie an dieser Stelle, würden ihnen weder Pfeile noch ein Schwert helfen, dachte Marie und richtete ihr Augenmerk auf Fürst Vyszo.
»Graf Sokolny lässt Euch sagen …«, begann sie.
Gleichzeitig sprach auch Michel. »Graf Sokolny ist bereit …«
Beide brachen ab und blickten sich an. Michel machte eine Geste, dass sie reden sollte.
Vyszo verzog die Lippen zu einem schmalen Lächeln. »Was lässt Václav Sokolny mir sagen?«
»Der Graf will den Frieden und gelobt im Gegenzug seine Neutralität gegen jedermann!«, erklärte Marie mit fester Stimme.
»Sokolny winselt also um Frieden!«, rief Jakub mit einem spöttischen Lachen. »Er hat anscheinend gemerkt, dass er keine Aussichten mehr hat, sich länger gegen uns zu behaupten. Warum also sollten wir uns mit seiner Neutralität zufriedengeben?«
»Weil es alles ist, was Ihr bekommen könnt!« Michel lächelte, doch seine Miene wirkte nicht gerade freundlich.
»Wir können jederzeit die Burg stürmen! Wir …« Auf ein Handzeichen Vyszos verstummte Jakub und funkelte Michel wütend an.

Dieser setzte sich gemütlich im Sattel zurecht und fragte: »Was macht Euch eigentlich so siegessicher? Wir besitzen neue Waffen, mit denen wir Euer Heer jederzeit zurückschlagen können.«

»Diese Waffen werden Euch nicht gegen uns helfen!«, ergriff jetzt Fürst Vyszo das Wort. »Mit denen könnt Ihr nicht schießen! Der Inquisitor des Papstes hat veranlasst, sie unbrauchbar zu machen. So sieht die Loyalität der Kirche aus, für die Ihr kämpft.«

Marie wollte etwas darauf antworten, sah dann aber, wie Michel hinter sich griff und eine der Handbüchsen aus dem Futteral nahm. Dabei sah er den Hussiten spöttisch an.

»Meint Ihr diese Waffen?« Mit der Handbüchse in der Hand stieg er ab und ging auf Vyszo zu. Dessen Leibwächter wollten zu den Schwertern greifen, doch da reichte Michel dem Fürsten das Tannenbergrohr mit dem Kolben voraus.

»Vorsicht, die Waffe ist geladen. Probiert aus, ob sie wirklich nicht schießt«, forderte er den Fürsten auf.

Einen Augenblick lang starrte Vyszo auf das klobige Ding, nahm es entgegen und wies ein paar Männer an, mehrere Schilde zusammenzustellen. Als dies geschehen war, ließ er sich eine Fackel reichen und zündete die Lunte an. Diese brannte rasch ab, und als die Flamme ins Zündloch schlüpfte, wollte Jakub schon spotten. Da ging die Handbüchse krachend los. Das eiserne Geschoss knallte gegen die aufgestellten Schilde und riss einen davon heraus, während die anderen scheppernd zusammenstürzten.

»So viel zu den Versprechungen des Inquisitors«, erklärte Marie bissig.

Fürst Vyszo starrte auf den rauchenden Lauf und die zusammengebrochenen Schilde und wusste im ersten Augenblick nichts zu sagen. Dafür fluchte Jakub in einer Weise,

dass ihn jeder taboritische Prediger zur schlimmsten Buße verurteilt hätte.
»Dieser elende Hund von einem Mönch hat uns verraten! Wären wir gegen Burg Sokolny vorgerückt, hätten wir uns blutige Köpfe geholt. Der Teufel soll ihn holen und den deutschen König gleich dazu.«
»Sigismund hat mit diesem Täuschungsspiel nichts zu tun«, wies Marie den Mann zurecht. »Er will nur Sokolny helfen, sich gegen Euch zu behaupten, und hat dafür die Unabhängigkeit der Grafschaft akzeptiert.«
»Schießen alle diese Büchsen oder nur diese eine?«, wollte Vyszo wissen.
Statt eine Antwort zu geben, holte Michel eine zweite Handbüchse aus ihrem Futteral, brannte die Lunte an und hielt den Lauf auf den bereits durch das erste Geschoss verbogenen Schild. Die Waffe krachte, und diesmal durchschlug die Eisenkugel das Holz ebenso wie die metallenen Beschläge.
»Reicht das als Antwort?«, fragte Michel.
Vyszo stieß erschrocken die Luft aus den Lungen und musterte dann Marie mit einem seltsamen Blick. »Wie es aussieht, ist dieser Mann Euer würdig. Nun wundert es mich nicht mehr, dass meine Leute ihn fürchten.«
»Das müssen sie nicht länger, wenn Ihr Euch für den Frieden entscheidet!«, sagte Marie erleichtert. Sie war froh, dass Michels Verstand noch genauso scharf war wie früher und sein Mut ebenfalls nicht unter seinem Gedächtnisverlust gelitten hatte.
Fürst Vyszo starrte nachdenklich auf den verbeulten Schild und überlegte. Seine Stellung in Böhmen war nicht unangefochten. Fanatischere Anführer als er wollten ihren Glauben mit Feuer und Schwert verbreiten und jene, die diesen nicht annahmen, von dieser Erde tilgen. Mit dieser Einstel-

lung aber würden sie irgendwann scheitern, weil sie sich zu viele Feinde machten, die einander schon aus Angst um das eigene Leben beistanden. Er hingegen wollte nur seinen Glauben gegen die römische Kirche verteidigen. Wenn Václav Sokolny und seine Leute unbedingt katholisch bleiben wollten, so berührte ihn das nicht, solange der Graf keinen Krieg gegen ihn führte. Genauso stand er zu König Sigismund. Ein Bündnis mit den beiden konnte ihm wahrscheinlich sogar helfen, sich gegen die Taboriten durchzusetzen, die immer lauter nach seinem Kopf riefen.

Entschlossen nickte er Marie und Michel zu. »Wenn König Sigismunds Friedensangebote ebenso wie die von Graf Sokolny ehrlich gemeint sind, so bin ich bereit, sie anzunehmen. Möge nur Gott diese Vereinbarung brechen!«

»Amen!«, rief Marie erleichtert aus, und Michel atmete auf. »So sei es!«, rief er zufrieden.

»Damit ist alles gesagt. Richtet Sokolny aus, dass ich seine Burg nicht angreifen werde, und dann überbringt Sigismund meine Antwort!«

Fürst Vyszo begrüßte diese Entwicklung, denn in den letzten Monaten hatte er sich wie zwischen Hammer und Amboss gefühlt, und die meisten seiner Unteranführer waren ebenfalls zufrieden. Nur Jakub kaute noch auf seinen Lippen herum, wagte aber nicht, etwas einzuwenden.

Sein Anführer fixierte ihn mit einem scharfen Blick und deutete dann in die Richtung, in der Sokolnys Burg lag. »Du wirst den Němec und die Dame zum Grafen begleiten und ein Treffen mit ihm aushandeln. Wir müssen dem Friedensschluss mit Brief und Siegel die rechte Form geben. Euch«, mit diesem Wort wandte Vyszo sich an Michel und Marie, »gebe ich eine Eskorte mit, die Euch dann auch zur Grenze des Reichsgebiets bringen soll. Von dort müsst Ihr allein weiterreiten. Solange der Krieg noch nicht

offiziell beendet ist, will ich keinen meiner Männer riskieren.«
Michel wechselte einen kurzen Blick mit Marie und stimmte zu. »Damit sind wir einverstanden. Mögen Eure Männer bald in Frieden die Grenze überqueren können!«
Er ritt auf Vyszo zu und streckte ihm die Hand entgegen. Dieser ergriff sie mit dem Gefühl, diesen Mann lieber als Verbündeten zu sehen denn als Feind.

5.

Der Abschied von Sokolny war kurz. Janka ließ sich nicht sehen, der Graf war in Gedanken bereits mit den Verhandlungen beschäftigt, die er mit Vyszos Vertrautem Jakub führen wollte, und Ritter Roland saß mürrisch in einer Ecke. Ihm gefiel es gar nicht, dass einige von Sokolnys Leuten die Idee aufgebracht hatten, Jankas Heirat mit Fürst Vyszo könnte die beste Lösung aller Probleme sein.
Michel fühlte sich auf einmal wie ein Fremder in der Burg und war froh, als er Marie auf ein Pferd heben und selbst auf seinen Hengst steigen konnte. Bei dem Gedanken lächelte er über sich selbst. Es war ja noch nicht einmal sein Pferd. Der Graf hatte ihm dieses Tier und Marie die zierliche Stute geschenkt, auf der sie nun saß. Sokolny hatte sich großzügig gezeigt, und so kam Michels Dank aus vollem Herzen. Eines aber bedrückte ihn. Marat, der ihm in den Wochen auf Sokolny zu einem guten Freund geworden war, winkte ihm nur kurz zum Abschied zu und verschwand dann in Richtung seiner Hütte.
Einen Augenblick überlegte Michel, dem Steppenkrieger zu folgen. Dann aber zog er mit einem missmutigen Laut das

Pferd herum und verließ die Burg, die beinahe zu seiner neuen Heimat geworden wäre. Von dem Ort, an den er den Worten seiner Begleiterin nach gehörte, hatte er immer noch keine Vorstellung. Auch seine Beziehung zu Marie war ihm nicht ganz klar. Den Bildern in seinem Kopf nach musste sie seine Ehefrau gewesen sein oder seine Geliebte.

Sie aber war offensichtlich nicht bereit, ihn darüber aufzuklären. Auch sah sie ihn kein einziges Mal an oder richtete von sich aus ein Wort an ihn. Ihre ganze Haltung wirkte so abweisend, dass er es nicht wagte, ihr Fragen zu stellen.

Vyszos Eskorte wartete an der Grenze zu Sokolny auf sie und geleitete sie durch das Gebiet, in dem auch hussitische Krieger schwärmten, die zu den fanatischen Taboriten gehörten. An einem Nebenfluss der Eger hielten die Männer an und wiesen auf das andere Ufer.

»Dort beginnt das Land, das Sigismunds Ritter kontrollieren. Von hier an müsst Ihr ohne uns weiterziehen«, erklärte der Anführer.

Michel nickte mit ernstem Gesicht, denn ihm war klar, dass der Weg nicht ohne Gefahren war. Gleichzeitig war er froh, eine Weile mit seiner Begleiterin alleine reiten und dabei vielleicht mit ihr reden zu können. Tatsächlich fürchtete er sich etwas vor dem, was ihm die Zukunft bringen würde, und es wäre ihm wohler zumute, wenn er mehr erführe.

Inzwischen hatte er sich rasiert und trug seine alte Rüstung, die Marat sich als Beutestück geholt und aufbewahrt hatte. Nun war er auch äußerlich wieder der Němec, der Deutsche, aber er fühlte sich in diesem Aufzug nicht wohl. Den Hussiten war er ihren Mienen nach sogar unheimlich, und sie schienen froh zu sein, ihn verlassen zu können. Sie wendeten ihre Pferde ohne Abschied und ritten in die Richtung, aus der sie gekommen waren.

Michel sah ihnen einige Augenblicke nach, dann lenkte er seinen Hengst in die Furt. Aus den Augenwinkeln sah er, dass Marie ihm folgte. Drüben angekommen, versuchte er, freundlich zu lächeln. »Erlaubt Ihr mir eine Frage?«

»Ja!«

»Wie soll ich Euch ansprechen? Kastellanin von und auf Hohenberg?«

»Hohenstein!«, korrigierte Marie ihn, ohne ihm einen Schritt entgegenzukommen.

Michel hatte von ihr wissen wollen, in welcher Beziehung sie standen und wer er gewesen war, aber ihr kühles Benehmen schreckte ihn ab. Daher zuckte er resignierend mit den Achseln.

»Ich bin eben Němec und wäre um Haaresbreite der nächste Graf Sokolny geworden. Doch irgendwie erleichtert es mich, dass es dazu nicht gekommen ist.«

Marie reagierte nicht auf seine Worte, sondern trieb ihr Pferd an.

Michel hielt seinen Hengst eng neben ihrer Stute und versuchte, ihre Miene durch ein Lächeln aufzuheitern. »Eigentlich seid Ihr mir schon länger vertraut.«

Überrascht zügelte Marie ihr Pferd und starrte ihn an. Doch sie las immer noch kein echtes Erkennen in seinem Gesicht.

»Ich habe Euch wieder und wieder in meinen Träumen gesehen«, fuhr Michel fort.

»In Euren Träumen, Němec? Was habe ich dort getan?«

Michel wand sich ein wenig, beschloss dann aber, bei der Wahrheit zu bleiben. »Ihr seid irgendwie über mir gewesen!«

»Über Euch! Bin ich geflogen oder auf einem Besenstiel geritten?«, fragte Marie in bitterem Spott.

»Ihr seid auf mir gesessen – mit nicht mehr als Eurer Haarspange bekleidet.«

»So habt Ihr mich gesehen? Und doch wolltet Ihr Janka Sokolna heiraten?« Marie fauchte erbittert. Obwohl sie auf eine seltsame Weise in seinem Gedächtnis geblieben war, hatte er sich einer anderen zugewandt, und das kränkte sie zutiefst.
»Janka war da, als ich nach meiner Verletzung wieder erwacht bin, und sie hat mir eine Heimat geboten. Wisst Ihr, wie es ist, wenn man nicht mehr weiß, wer man ist und wohin man gehört?«
Marie begriff, dass er an ihr Mitleid appellierte, doch so schnell war sie nicht bereit, ihm diesen Verrat zu vergeben. Hätte er nur sein Gedächtnis verloren und sich nicht um Janka bemüht, wäre es anders gewesen. So aber schob sie eine mögliche Versöhnung weiter hinaus.
Da sie nicht mit ihm streiten wollte, wechselte sie das Thema. »Bald werden wir dem König gegenüberstehen.«
»Woher kennt Ihr Sigismund?«, fragte Michel, um mehr über seine geheimnisvolle Begleiterin zu erfahren.
»Ich habe mit ihm geschlafen«, antwortete Marie zornig, weil sie sicher war, dass ihr Mann dies auch mit Janka getan hatte.
»Ihr habt mit dem König geschlafen?«, fragte Michel ungläubig.
»Vor sehr langer Zeit einmal war ich seine Hure.« Marie spürte, dass ihre schonungslosen Worte ihn trafen, und genau das war ihre Absicht. Sie hatte auf der Suche nach ihm Schmerzen und Leid ertragen, um ihn schließlich in den Armen einer anderen zu finden.
Als Michel mit einem verbissenen Gesichtsausdruck sein Pferd antrieb, um die Spitze zu übernehmen, entdeckte sie auf dem Schwert an seiner Seite das Wappen von Hohenstein. Verwirrt schüttelte sie den Kopf. Diese Waffe hatte Hettenheim ihr doch zusammen mit der Nachricht von Michels Tod überbracht.

»Du trägst dein eigenes Schwert! Aber wie bist du daran gekommen?«, rief sie erstaunt aus.
»Mein Schwert?« Michel blickte auf seine Waffe hinab und erinnerte sich, dass es die Waffe jenes Fremden war, den Marats Pfeil getötet hatte. Er fasste nach dem Griff und fühlte wieder jene seltsame Vertrautheit mit der Klinge.
»Sie stammt von einem Eindringling«, erklärte er und berichtete Marie mit knappen Worten, was damals geschehen war.
Sie hörte ihm mit wachsendem Entsetzen zu und wich dann mit einem empörten Ausruf vor ihm zurück. »Der Fremde muss Thomas gewesen sein! Dein Freund und der Ehemann meiner Freundin Hiltrud. Wie konntest du ihn nur töten?«
»Ich habe es doch nicht getan! Es war Marat«, antwortete Michel nicht weniger erregt.
»Aber du hast dich vor dieser böhmischen Metze damit geschmückt und sie so in dein Bett gelockt!« Maries Stimme wurde schneidend. Zwar wusste sie nicht, weshalb Thomas von Hohenstein aufgebrochen war, aber sie spürte den Schmerz, ihn tot zu wissen, wie eine scharfe Klinge in ihrem Herzen.
»Wie soll ich Hiltrud je wieder unter die Augen treten?«, flüsterte sie mit bleichen Lippen.
Michel begriff, dass das Schicksal ihm wahrlich übel mitgespielt hatte, und nun haderte er mit Gott, der ihn zum Feind seiner Freunde gemacht hatte.
Marie und Michel blieb nicht die Zeit, über all das zu reden, was zwischen ihnen lag, denn vor ihnen schälte sich ein magerer Gaul aus dem Dunkel des Waldes, der einen buntbemalten Karren zog und auf dessen Bock ein kleinwüchsiger Mann saß.
Nepomuk hatte es nicht übers Herz gebracht, Marie einfach gehen zu lassen, sondern in der Nähe der Grenze gewartet.

Mit einem Lächeln, das ihm einiges an Kraft abforderte, blickte er Marie entgegen. »Du hast es also geschafft!«
»Wer ist dieser Mann?«, fragte Michel und verwirrte damit den Gaukler, der sich gut an ihn erinnern konnte, hatte er ihm doch nach jeder Vorführung zwei Münzen in die Schale gelegt.
»Das ist Nepomuk, ein treuer Freund«, erklärte Marie und wies dann auf Michel. »Hohenstein hat sein Gedächtnis verloren und weiß nicht mehr, wer seine Feinde und wer seine Freunde sind!«
»Dann sollte er sich rasch wieder daran erinnern. Ich habe Hettenheim erst vor kurzem zum königlichen Lager reiten sehen.«
»Wer ist Hettenheim?«, fragte Michel, der dem Tonfall des Zwerges entnahm, dass jener Mann etwas mit seinem Schicksal zu tun haben musste.
»König Sigismunds Vetter und Ruppertus' Handlanger«, erklärte Marie an Nepomuks Stelle. Doch auch der Hinweis auf den alten Feind löste in Michels Kopf keine Erinnerung aus.
»Ein sehr gefährlicher Mann!«, warnte der Gaukler. »Eigenartig ist, dass ich ihn vor ein paar Tagen in Verkleidung eines Händlers aus Richtung Sokolny kommen sah. Er hatte einen leeren Wagen bei sich, und in seiner Begleitung waren drei ebenfalls als Fuhrleute verkleidete Waffenknechte.«
In Michel formten sich die einzelnen Informationen langsam zu einem Bild. Damit konnte nur der angebliche Händler gemeint sein, der die unbrauchbar gemachten Handbüchsen geliefert hatte. Nun ärgerte er sich erneut, dass er nicht besser auf diesen Mann geachtet hatte.
Als er Nepomuk nach Hettenheim fragte, wies dieser mit einer knappen Bewegung auf Marie. »Sie kann Euch mehr über diesen Mann erzählen als ich, Herr Ritter!«

Michel wandte sich zu Marie um und seufzte. Offensichtlich war diese Frau sein Schicksal, im Guten oder im Bösen. Wenn er nicht wollte, dass seine unbekannten Feinde über ihn triumphierten, würde er ihre Hilfe brauchen und – was noch wichtiger war – ihr Vertrauen.

»Bitte erzählt mir von Hettenheim und von diesem – wie nanntet Ihr ihn? – Ruppertus?«

Auch Marie begriff, dass sie und Michel zusammenhalten mussten, wenn sie den Schlichen dieses Wahnsinnigen entgehen wollten, und nickte. »Also gut, ich erzähle es dir, Němec. Nimm dich aber in Acht! Deine und meine Feinde sind gefährlicher, als ich es mit Worten ausdrücken könnte.«

»Ich werde es mir zu Herzen nehmen«, antwortete Michel und hörte aufmerksam zu, als Marie zu berichten begann. Dabei näherten sie sich zusammen mit Nepomuk dem Lager der königlichen Truppen und ritten dort ein.

6.

Nach seinen Verhandlungen mit Fürst Vyszo war Ruppertus ins Feldlager der königlichen Truppen zurückgeritten. Dort blieb er jedoch nicht lange, sondern brach noch vor Hettenheims Rückkehr von Sokolny mit Eberhard und mehreren Kriegern nach Nürnberg auf. Dort wollte er den König in seinem Sinn beeinflussen und seine eigenen Pläne vorantreiben. Für Hettenheim hinterließ er eine Nachricht, die Sigismunds Vetter anwies, zu beobachten, wie Vyszo Burg Sokolny eroberte, und festzustellen, ob der Fürst die Frau gefangen nahm, die er suchte. Wenn das

der Fall war, sollte er Marie Adler von dem Hussiten übernehmen und zu ihm bringen.
Hettenheim fluchte unflätig, als er den Brief las, denn momentan waren Fürst Vyszo und die Frau wahrlich sein geringstes Problem. Fast sein ganzes Denken kreiste um den so urplötzlich von den Toten auferstandenen Michel von Hohenstein. Er hatte bisher niemand berichtet, dass der Mann noch lebte. Aber was war, wenn der Kerl sein Gedächtnis wiedergewann und sich daran erinnerte, wer an der Egerfurt auf ihn geschossen hatte?
Während er in seinem Zelt mit seinem Schicksal haderte, kam ihm noch eine andere Frage in den Sinn. Seit der römische Inquisitor in sein Leben getreten war, hatte er den Mönch mit allen Kräften unterstützt, aber bisher noch nicht einmal einen Zipfel der ihm versprochenen Belohnung erhalten. Stattdessen hatte er seine beiden Vertrauten Loosen und Haidhausen verloren wie auch seinen fähigen Sergeanten Mühldorfer. Sein Vetter Sigismund saß noch immer ungefährdet auf dem Thron, während er selbst fast seinen ganzen Einfluss verloren hatte. Adalbert von Sachsen berief ihn nicht einmal mehr in seinen Kriegsrat, und sein eigener Anhang schwand wie Wasser zwischen den Fingern.
In seinem missmutigen Grübeln verstrickt, bekam Hettenheim nicht mit, dass zwei Reiter und ein Mann auf einem Karren das Lager erreichten. Die erstaunten Rufe und der Jubel etlicher Krieger aus Franken ließen ihn schließlich aufmerksam werden. Er stand auf und wollte sein Zelt verlassen, um nachzusehen, was geschehen sei. Aber bei dem Anblick, der sich ihm bot, prallte er wieder zurück. Er wollte nicht glauben, was ihm seine Augen zeigten.
Da ritt dieses Weib, das der Inquisitor so sehr begehrte, dass er über Leichen ging, um es in die Hände zu bekommen, so selbstverständlich ins Lager ein, als wäre nie etwas gesche-

hen, und wie zum Hohn für ihn wurde Marie Adler auch noch von ihrem Ehemann begleitet. Michel Adler trug seine alte Rüstung und sah bis auf eine auffällige Narbe am Kopf wieder genauso aus wie früher.

Michel stieg aus dem Sattel und schritt auf das Zelt des Befehlshabers zu, ließ seinen Blick aber forschend über das Lager gleiten. Als er zu Hettenheims Zelt hinüberblickte, verbarg der Graf sich erschrocken hinter der Zeltplane. Auf Sokolny hatte Michel Adler als Mann ohne Gedächtnis gegolten. Doch als der Hohensteiner seine Frau mit einer zärtlichen Geste vom Pferd hob, hätte Hettenheim keinen schimmligen Pfennig darauf gewettet, dass der Mann sich an nichts mehr erinnern konnte.

Mit einem Mal packte ihn die Angst mit voller Wucht, denn Michel Adler war ein fürchterlicher Krieger. Nicht einmal zu dritt war es Loosen, Haidhausen und Mühldorfer gelungen, mit ihm fertig zu werden. Wenn er im Lager blieb und darauf wartete, bis dieser ihn erkannte und zum Zweikampf herausforderte, war er ein toter Mann.

Er blieb in der Deckung seines Zeltes, bis das Paar das Feldherrenzelt betreten hatte, und befahl dann einem seiner Männer, sein Pferd und die Pferde seiner persönlichen Leibschar satteln zu lassen. Am liebsten hätte er das Lager sofort verlassen, aber er sagte sich, dass er mehr erfahren musste, um sich auf eine mögliche Fehde mit Michel von Hohenstein und dessen Weib einstellen zu können.

Mit verbissener Miene forderte er einem seiner Soldaten dessen Mantel ab, warf ihn sich über und zog sich die Kapuze über den Kopf. So verkleidet, schlich er sich von hinten an das Zelt des Befehlshabers heran und lauschte dem Gespräch, das sich drinnen entspann.

Obwohl sein eigener Name dabei nicht fiel, erschreckte ihn das, was er hörte, bis ins Mark. Zu seinem Leidwesen verstand er nicht alles, aber er begriff, dass Janus Supperturs Pläne mit den Hussiten, Sokolny und dem königlichen Heer auf ganzer Linie gescheitert waren. Wenn Marie und Michel von Hohenstein nun auch noch Anklage gegen ihn erhoben, würde der Herzog von Sachsen ihn verhaften und als Gefangenen zu Sigismund schaffen lassen.

Mit dieser Überlegung zog Hettenheim sich zurück und eilte zu den Pferden. Eine Wache des Sachsen hatte ihn jedoch bemerkt und verlegte ihm den Weg, um ihn zur Rede zu stellen.

»Du Narr, erkennst du mich nicht?«, fuhr Hettenheim den Mann an.

»Aber wieso lauscht Ihr hinter dem Zelt, anstatt hineinzugehen, wie es sich für einen Herrn von Stand und Befehlshaber des fränkischen Aufgebots gehört?«, fragte der Mann verdattert.

»Bin ich einer Kröte wie dir Rechenschaft schuldig?« Mit diesen Worten ließ Hettenheim den Mann stehen und ging weiter. Bei seiner eigenen Leibschar angekommen, befahl er den sofortigen Aufbruch.

»Beeilt euch und richtet euch darauf ein, dass wir die Nacht durchreiten«, setzte er so grimmig hinzu, dass niemand ein Widerwort wagte.

Während die Pferde gesattelt wurden, hatte Hettenheim das Gefühl, auf glühenden Kohlen zu stehen. Mehrmals äugte er zu dem Wachtposten hin, der ihn vorhin aufgehalten hatte, doch der blieb auf seinem Platz und kümmerte sich nicht weiter um ihn.

Kurz darauf näherte sich sein derzeitiger Unteranführer und meldete, dass alles zum Aufbruch bereit sei. Mit angespannter Miene stieg Hettenheim in den Sattel und lenkte sein Pferd zum Lagertor hinaus. Als einem der hohen Herren, die hier ein und aus gingen, stellten ihm die Wa-

chen keine Fragen, doch sein Aufbruch blieb nicht unbemerkt.
Nepomuk hatte ihn beobachtet und wartete besorgt darauf, dass Michel und Marie das Zelt des Oberbefehlshabers verließen und er mit ihnen reden konnte.

7.

Sigismunds Heerführer war sehr gespannt auf die Neuigkeiten, die Marie und Michel zu berichten wussten. Mit den zur Verfügung stehenden Truppen war er nicht in der Lage, gegen Fürst Vyszo und Graf Sokolny gleichzeitig Krieg zu führen, daher musste sich jede Veränderung der Machtverhältnisse unmittelbar auf seine Lage auswirken. Er hatte bisher nichts anderes erreichen können, als die Hussiten mit viel Mühe daran zu hindern, in den von ihm kontrollierten Teil des Reiches vorzustoßen. Nun zu erfahren, dass der König sowohl mit Sokolny wie auch mit Fürst Vyszo einen Waffenstillstand und vielleicht sogar Frieden schließen konnte, erleichterte ihn sehr. Wenn es dazu kam, würde er vielleicht sogar den Winter über in seine Heimat zurückkehren dürfen, denn bei Schnee und Eis war ein Zelt im Feldlager kein guter Platz. Da er immer wieder Fragen stellte, war die Nacht bereits hereingebrochen, als er Hohenstein und seine Frau entließ.
Kaum standen Marie und Michel im Freien, trat Nepomuk auf sie zu. »Ich glaubte schon, ihr würdet kein Ende finden!«
Der Klang seiner Stimme alarmierte Marie. »Ist etwas geschehen?«

Nepomuk deutete auf Hettenheims Zelt. In den früheren Nächten hatten dort die Lagerfeuer des fränkischen Aufgebots gebrannt. Jetzt war es an dieser Stelle so dunkel wie in einer Höhle.

»Hettenheim hat euch ins Lager kommen sehen und ist kurz darauf abgerückt. Wie es aussieht, will er nach Westen.«

»Westen?« Marie fragte sich, was der Mann nun vorhatte. Dann aber dachte sie an Ruppertus und ihre kleine Tochter, die sie auf Hohenstein zurückgelassen hatte.

»Wir müssen Hettenheim folgen und nach Möglichkeit überholen«, sagte sie erregt zu Michel.

Er schüttelte nur verständnislos den Kopf und haderte damit, dass sein Gedächtnis immer noch versagte. Daher war er ganz auf das Wissen seiner Begleiterin angewiesen, die es ihm derzeit nur lückenhaft weiterreichte.

»Hettenheim ist der Verbündete dieses Ruppertus. Du befürchtest, dass er zu diesem reitet?«, fragte er.

»Ja, davon bin ich überzeugt«, antwortete Marie, »und ich habe Angst vor dem, was Ruppertus dann tun wird. Deshalb sollten wir noch heute Nacht losreiten.«

Michel warf einen Blick in die Runde und schüttelte den Kopf. »Wir würden Fackeln brauchen, um uns den Weg auszuleuchten, und kämen dennoch nur ein paar Meilen weit. Morgen wären unsere Pferde und wir selbst dann zu erschöpft, um eine ganze Tagesetappe zu schaffen. Daher sollten wir im ersten Tageslicht aufbrechen und so rasch reiten, wie wir es den Pferden zumuten können.«

Obwohl Marie sich Flügel wünschte, um Hettenheim überholen zu können, begriff sie, dass ihr Mann recht hatte. Sie kannte den genauen Weg nach Nürnberg nicht und würde daher in den Herbergen nach dem nächsten Wegstück fragen müssen. Das bedeutete ebenfalls Zeitverlust. Hier im Lager zu fragen, wagte sie nicht, denn sie konnten an einen

Anhänger Hettenheims geraten und in die Irre geführt werden.
»Es wäre gut, wenn du dein Gedächtnis rasch wiedererlangen könntest«, sagte sie schnaubend zu Michel, nahm eine Fackel und ging auf Hettenheims herrenloses Zelt zu. »Da niemand diese Unterkunft benutzt, können wir hier schlafen!«
»Einen Augenblick! Ich habe noch etwas für dich.« Nepomuk griff nach hinten und holte die alte Strohpuppe aus dem Wagen, die Marie aus der Heimat mitgenommen und dann bei ihm vergessen hatte.
Marie schnappte danach wie nach einem wertvollen Talisman und drückte das mitgenommene Ding an sich. »Danke! Vielleicht wird jetzt doch noch alles gut.«
Verwundert, weil sie so viel Aufhebens um ein schmutziges, kaputtes Ding machte, musterte Michel die Puppe und schüttelte den Kopf. Frauen waren wahrlich seltsame Wesen. Dieser Gedanke hinderte ihn jedoch nicht daran, unterwegs ein wenig Stroh mitzunehmen und in Hettenheims Zelt eine neue Strohpuppe zu binden. Seine Hände taten es fast wie von selbst, und als er sie Marie zeigte, sah diese ihn erstaunt an.
»Die alte Puppe ist ziemlich kaputt, und da dachte ich, du möchtest vielleicht eine neue haben«, sagte Michel.
Marie nahm die Puppe in die Hand und sah sie an. »Wie hast du das gemacht? Kommt dein Gedächtnis wieder?«
»Nein, ich ... Vielleicht war ich früher einmal ein Puppenspieler und habe dabei gelernt, Puppen zu fertigen. Ich konnte ja auch mit Waffen umgehen, obwohl ich mich nicht daran erinnern konnte, wann ich es gelernt hatte.«
Michels Worte ernüchterten Marie. Sie würde ihrem Mann nicht nur beibringen müssen, wer ihre Feinde waren, sondern auch alles andere, was für ihn wichtig war.

Da Nepomuk mehrere Fackeln aufgestellt hatte, war es angenehm hell im Zelt, und das weiche Licht ließ Maries Gesichtszüge sanft und wunderschön erscheinen. Michel musterte sie versonnen und fand, dass er wohl niemals einer begehrenswerteren Frau als ihr begegnet war. Zwar hatte sie einmal behauptet, Sigismunds Hure gewesen zu sein, doch das störte ihn nicht. Eine Frau wie sie würde immer ihren eigenen Weg gehen, und in dieser Stunde hoffte er, dass ihr Weg zu ihm führen würde.

»Hat der König dir damals diese Burg gegeben?«, fragte er in dem Bestreben, mehr über sie und damit auch sich zu erfahren.

Maries Gedanken waren weit gewandert, und es dauerte einige Augenblicke, bis sie die Frage begriff. Dann schüttelte sie den Kopf. »Mein Mann war der Sohn eines Schankwirts in Konstanz, wurde dann einer der Hauptleute des Königs und später zum Burghauptmann von Hohenstein ernannt.«

»Und wo ist dein Mann jetzt?«, fragte Michel in der Hoffnung, sie würde sagen, dass dieser ihr genau gegenübersitzen würde.

So leicht aber wollte Marie es ihm nicht machen. »Es hieß, er sei an der Eger gefallen!«

Um Michels Lippen spielte ein nachdenkliches Lächeln. »Das ist ein schicksalhafter Fluss. Er hat mich fast das Leben gekostet. Doch wo hast du gelebt?«

Marie musterte ihn jetzt schärfer. Dämmerte es ihm langsam, wer sie und wer er war? »Mein Mann und ich lebten auf einer Burg inmitten sonnendurchfluteter Weinberge an den Hängen des Frankenlands.«

Es war ein weiterer Versuch, in ihrem Mann, der noch immer der Němec war, den Marat aus der Eger gezogen hatte, Michel wiederzuerwecken. Daher schwärmte sie ihm von

Hohenstein und der Landschaft vor, in der es lag, und stellte fest, dass Michel förmlich an ihren Lippen hing. Er wirkte aufgewühlt, doch auf das Verstehen, auf das sie gehofft hatte, wartete sie vergebens. So ging sie auf intimere Dinge über.

»Unser liebster Platz war eine kleine Wiese mit alten Obstbäumen unten am See. Dort haben wir uns unter einem Holunderbusch geliebt, während unsere Tochter Trudi mit ihren Puppenkindern schwimmen ging. Michel musste ihr immer wieder neue binden, weil das Spielzeug sich im Wasser aufgelöst hat.«

Michel lächelte melancholisch. Zwar war er sich mittlerweile sicher, dass sie von ihm sprach, doch er vermochte sich weder an Trudi noch an Hohenstein zu erinnern. Es machte ihn traurig, aber er hoffte von ganzem Herzen, einmal dort weitermachen zu können, wo er einst aufgehört hatte.

»Dein Mann war zu beneiden«, sagte er mit einem sehnsuchtsvollen Blick, der diesem verlorenen Glück galt.

Bis jetzt hatte Marie sich gegen ihr Herz gesträubt, doch nun begriff sie, wie verlassen er sich fühlen musste. Sie rückte näher zu ihm hin und fasste seinen Kopf mit beiden Händen.

»Es wird alles gut werden. Dessen bin ich mir gewiss!«, sagte sie und küsste ihn voller Leidenschaft, so als wolle sie seine Erinnerung erzwingen. Nun gab es auch für Michel kein Halten mehr. Er schlang die Arme um sie, spürte ihren warmen, festen Körper, und sein Wunsch, mit ihr eins zu sein, wurde immer stärker.

»Glaubst du, wir könnten das tun, was ich in meinen Träumen mit dir erlebt habe?«, fragte er heiser und legte seine Hand auf ihre Brust.

Marie zögerte einen Augenblick, dann nickte sie und zog ihr Kleid und ihr Hemd über den Kopf. Als er ihren bloßen

Oberkörper sah und ihr vom flackernden Licht der Fackeln beleuchtetes Haar, wurde er eins mit seinem Traum. Ein letzter Gedanke galt noch Marat und der Tatsache, dass er im Gegensatz zu seinem Freund sein »Rentier« gefunden hatte.

8.

Als sich die ersten Finger der Morgenröte über den östlichen Horizont schoben, waren Marie und Michel zum Aufbruch bereit. Die Nacht hatte Michels Gedächtnis nicht zurückgebracht, aber dennoch fühlten sich beide so stark verbunden, wie Marie es von früher kannte.
Nepomuk war ebenfalls wach und hatte ihre Pferde gesattelt. Als er sah, wie Michel Marie auf ihre Stute hob, und die Blicke beobachtete, die beide wechselten, seufzte er traurig. Marie war eine Frau, wie er sie niemals in Armen halten würde. Dennoch wünschte er ihnen alles Glück für diese Reise.
»Seid vorsichtig! Dieser Ruppertus ist gefährlicher als alles, was ich je kennengelernt habe«, setzte er mahnend hinzu.
»Das wissen wir«, antwortete Marie und lenkte ihre Stute zum Lagertor.
Michel ritt an ihrer Seite und richtete seine Gedanken auf das, was vor ihnen liegen mochte. So nahmen beide nicht wahr, dass auch Nepomuk das Lager verließ. Der Gaukler hätte ihnen unterwegs raten können, welche Straßen sie nehmen sollten, doch mit seinem Wagen war er viel zu langsam. Daher sah er nur hinter dem schönen Paar her, bis es in der Ferne verschwand.

Einige Zeit überlegte er, ob er nicht besser wieder seiner eigenen Wege ziehen sollte. Es gab genug Städte und Landschaften, in denen er und seine Kunststücke willkommen waren. Doch ein unbestimmtes Gefühl trieb ihn dazu, denselben Weg einzuschlagen wie Michel und Marie. Er wollte unbedingt wissen, ob die beiden mit ihren Feinden fertig würden, und ihnen notfalls dabei helfen.
Bei dem Gedanken lachte er über sich selbst. Was sollte er, ein kleiner Gaukler und Taschenspieler, schon groß bewirken können? Der Feind, dem Marie und ihr Mann gegenüberstanden, war viel zu mächtig und skrupellos. Dennoch war seine Neugier stärker als seine Vernunft. Zudem trieb ihn die Erinnerung an die schöne Äbtissin weiter, die ihm einstmals aus Schwierigkeiten geholfen hatte. Vielleicht konnte er der Dame wenigstens indirekt seinen Dank abstatten. Eine einzige Schneeflocke vermochte eine große Lawine in Gang zu setzen, und für schwerer als eine Schneeflocke hielt er sich allemal.
Eine Weile später hatte Nepomuk auf einmal das Gefühl, er wäre nicht mehr allein. Er erhob sich vom Kutschbock seines Wagens und blickte sich aufmerksam um. Da war nichts. Oder doch? Für einen Augenblick glaubte er zwischen den Bäumen den Schatten eines Reiters zu sehen, der in die gleiche Richtung strebte wie er selbst.
Beunruhigt langte Nepomuk nach hinten und holte sein Kurzschwert hervor. Wenn es sich um einen Feind handelte oder einen Räuber, sollte dieser merken, dass er nicht wehrlos war. Doch die Zeit verging, ohne dass der fremde Reiter näher kam. Zwar entdeckte Nepomuk ihn immer wieder hinter sich, aber es hatte den Anschein, als wolle der andere ihm folgen, ohne sich zu zeigen. Da ein Reiter auf jeden Fall schneller war als er mit seinem Wagen, machte er sich Sorgen.

Mittag ging vorüber, und Nepomuk verspürte Hunger. Zuerst ignorierte er das Gefühl, dann aber sagte er sich, dass er nichts gewann, wenn er wie ein verschrecktes Kaninchen auf seinem Bock saß und sein Pferd ohne Rast weitergehen ließ. Daher zügelte er die Mähre, lenkte sie auf eine freie Stelle neben der Straße und stieg ab, um ihr das Zaumzeug aus dem Maul zu nehmen. So konnte sie wenigstens Gras und Blätter fressen. Dabei schaute er sich immer wieder unauffällig nach dem fremden Reiter um. Dieser hatte sein Pferd ebenfalls angehalten und wartete hinter einem Gebüsch versteckt ab.

Nepomuk wurde aus dem Verhalten des Mannes nicht schlau, doch mittlerweile hielt er den Fremden nicht mehr für einen Räuber. Ein solcher hätte ihn längst angegriffen. Aber was wollte der Kerl von ihm?

Nach einer Weile stieg der Gaukler wieder auf den Wagen, holte etwas Wurst und Brot aus einem Kasten und begann zu essen. Sein Kurzschwert lag dabei so neben ihm, dass er es jeden Augenblick packen und damit zuschlagen konnte.

Endlich setzte der Reiter sich in Bewegung. Nepomuk glaubte schon, der Unbekannte wolle in der Deckung der Bäume an ihm vorbeireiten, da lenkte der Mann sein Pferd keine zehn Schritt von ihm entfernt auf die Straße. Nun konnte der Gaukler sehen, um wen es sich handelte, und spürte, wie eine eisige Hand nach seinem Herzen griff. Es war Marat, der gnadenlose Wächter von Sokolny. Gegen diesen unheimlichen Krieger rechnete er sich keine Chance aus. Dennoch wanderte seine Hand zum Schwertgriff.

Da schwang Marat sich aus dem Sattel, nahm seinem Pferd die Gebissstange aus dem Maul und ließ es ebenfalls grasen. Dann erst wandte er sich dem Gaukler zu.

»Gesegnete Mahlzeit!«

»Danke«, antwortete Nepomuk verblüfft.
»Hast du vielleicht ein Stück Brot und Wurst für mich übrig? Ich habe vergessen, Mundvorrat mitzunehmen«, sprach Marat weiter.
Da seine Satteltaschen prall gefüllt waren, hielt Nepomuk dies für eine Ausrede. Wie es aussah, wollte der Mann tatsächlich etwas von ihm, aber nicht im bösen Sinne.
»Du kannst gerne mithalten!«, bot er an und öffnete erneut seinen Vorratskasten. Jetzt hätte Marat Gelegenheit gehabt, ihn anzugreifen. Doch der Steppenkrieger blieb mehrere Schritte von ihm entfernt stehen und wartete, bis er ihm ein Stück Wurst und etwas Brot reichte.
»Ich habe sogar ein kleines Fässchen Bier dabei. Magst du einen Schluck?«
Marat nickte lächelnd. »Aber nur einen Becher! Ich will nicht betrunken werden.«
»Gerne!« Nach diesem Wort stieg Nepomuk nach hinten und füllte zwei Becher mit dem dünnen Bier, das er von einer böhmischen Marketenderin erhalten hatte.
Etwas später saßen die beiden neben dem Wagen auf dem Boden und unterhielten sich wie die besten Freunde. Doch als Marat sein fettiges Messer an seinem Hosenbein abgewischt hatte, sah er Nepomuk durchdringend an.
»Ich habe dich mit der Kastellanin von Hohenstein gesehen – und mit ihrem Mann. Was weißt du von diesen beiden und was von ihren Feinden?«
Nepomuk sah den Steppenkrieger an, als wolle er in seinem Gesicht lesen. »Weiß ich's, ob du es gut mit den beiden meinst?«
»Ich habe den Ritter schwerverletzt aus der Eger gezogen und ihn gesund gepflegt. Reicht dir das?«
»Ja, schon.« Trotz dieser Worte blieb Nepomuk misstrauisch, aber er merkte bald, dass sich Marat wirklich für das

Schicksal von Michel und Marie interessierte, und erzählte ihm, was er von Marie gehört hatte.

Marat hörte ihm aufmerksam zu, knurrte allerdings, als die Sprache darauf kam, dass Hettenheim als Händler verkleidet nach Sokolny geritten war. »Du sagst, er ist einer der Feinde des Němec? Da wundert es mich nicht, dass der Anblick meines Freundes dem Mann auf Sokolny in die Glieder gefahren ist. Leider habe ich mehr auf die Waffen geachtet als auf den Überbringer, sonst hätte ich mir den angeblichen Händler zur Brust genommen.«

»Hettenheim selbst ist nicht der schlimmste Feind, sondern der Mann, der eigentlich tot sein müsste«, erklärte Nepomuk. »Marie nannte ihn Ruppertus. Hier nennt er sich Janus Suppertur und ist der Inquisitor des Papstes.«

»Suppertur – Ruppertus, er hat nur die Buchstaben seines Namens umgestellt. Welch eine Anmaßung!« Marat schob sein Messer mit einer heftigen Geste in die Scheide.

»Du sagst, Hettenheim wäre mit seinen Reitern aufgebrochen. Gewiss wird er zu diesem Ruppertus-Suppertur reiten, um ihn gegen unsere Freunde zu unterstützen. Dieser Bande stehen Marie und der Němec ganz allein gegenüber. Ich glaube, das sollten wir ändern. Komm, steig auf deinen Wagen. Wir müssen umkehren und nach Sokolny fahren. Dort bekommen wir etwas, das uns – und ganz besonders Frau Marie und dem Němec – helfen wird.«

»Ich verstehe nicht, was du meinst!«, sagte Nepomuk verwundert.

»Ganz einfach! Ich will Hettenheim mit seinen eigenen Waffen schlagen«, antwortete Marat lachend und schwang sich auf sein Pferd.

9.

Auch wenn Ruppertus in Nürnberg so oft wie möglich König Sigismund aufsuchte, um diesen in seinem Sinne zu beeinflussen, fand er immer wieder Zeit, zu der kleinen Kapelle vor der Stadt zu gehen. Dort betete er inbrünstig zur Jungfrau Maria und forderte die Gottesmutter auf, ihm bei seinen Plänen beizustehen. Auch an diesem Tag kniete er wieder vor dem kleinen Altar und sah zu der Madonnenstatue auf. Dabei lächelte er trotz seiner Anspannung, denn er spürte, dass die himmlischen Mächte ihm gewogen waren.

Schon bald würde Fürst Vyszo ihm die gefangene Marie übergeben, und dann würde diese Frau endlich sein Weib werden, oder vielmehr das Gefäß, in dem seine Kinder reifen würden. Mehr konnte und durfte sie nach ihrer unsinnigen Flucht für ihn nicht mehr sein. Bei der Vorstellung, mit welchen Mitteln er sie zwingen würde, ihm mit Seele und Leib zu gehorchen, streckte er die Hand aus und entfernte das Laub, das der Wind zu den Füßen der kleinen Madonna angehäuft hatte.

Dann nahm er die Statue in die Hand und betrachtete sie näher. Bislang hatte er geglaubt, sie trüge Maries Gesichtszüge, doch auf einmal erschien sie ihm fremd und kalt. Mit einem wütenden Zischen packte er den Kopf, brach ihn mit einem scharfen Ruck ab und stellte die enthauptete Figur wieder an ihren Platz. Den Kopf warf er angeekelt in eine Ecke. Das Beten war ihm für den Augenblick verleidet, und er wollte die Kapelle wieder verlassen. Da vernahm er Hufgetrappel und hielt inne. Sein misstrauischer Blick verlor sich jedoch, als er Hettenheim erkannte.

Gespannt begrüßte er seinen Handlanger. »Was ist? Habt

Ihr Sokolny brennen sehen? Hat man Euch die Kastellanin übergeben?«
Hettenheim verzog das Gesicht. »Weder noch, Euer Exzellenz!«
Für einen Augenblick war Ruppertus verwirrt, ließ es sich jedoch nicht anmerken. »Der Tag, an dem Vyszo Sokolny angreifen wollte, ist verstrichen!«
»Fürst Vyszo hat Sokolny nicht angegriffen«, antwortete Hettenheim und verspürte dabei eine heimliche Schadenfreude. Der Inquisitor hatte ihn oft genug wie einen Knecht behandelt und ihm Angst gemacht. Da tat es ganz gut zu wissen, dass nur Gott, nicht aber Janus Suppertur unfehlbar war.
»Wie kann das sein? Er sagte doch ...« Ruppertus verstummte mitten im Satz und packte Hettenheim an der Brust.
Der Graf machte sich mit einer missmutigen Bewegung frei. »Was auch immer Ihr mit Fürst Vyszo ausgehandelt habt – er hat sich nicht daran gehalten. Dafür aber habe ich den Hauptmann von Hohenstein gesehen, und der war verdammt lebendig! Es muss mit dem Teufel zugegangen sein, denn ich hatte ihn zweimal gut getroffen.«
»Michel Adler lebt?«, stieß Ruppertus mit schriller Stimme aus.
»Ja! Und nicht nur das. Er ist auch wieder mit seiner Frau zusammen. Die beiden sind in Sigismunds Heerlager gekommen und haben die Nachricht überbracht, dass sowohl Fürst Vyszo wie auch Graf Sokolny mit dem König Frieden schließen wollen.«
Für einige Augenblicke hatte es den Anschein, als würde der Inquisitor seine überschäumende Wut aus sich hinausschreien. Er öffnete den Mund, schloss ihn dann aber wieder und lächelte der kopflosen Madonna in der Kapelle zu.

»Sie ist unvergleichlich unter den Weibern, nicht wahr?«, sagte er mit einem seltsamen Lächeln.
Hettenheim begriff, dass der Inquisitor damit nicht die Jungfrau Maria, sondern Marie von Hohenstein meinte, und ihm fuhr es bei dieser Lästerung der Gottesmutter kalt über den Rücken. So, wie der Inquisitor sich benahm, konnte kein Segen auf ihm und seinen Taten ruhen.
»Exzellenz, Eure Pläne sind gescheitert. Sobald Michel von Hohenstein und sein Weib bei Sigismund sind, sitzt Euer Kopf sehr wacklig auf Euren Schultern – und der meine auch!«
»Ganz im Gegenteil, mein Freund! Meine Pläne gedeihen noch immer. Die Kastellanin von Hohenstein erweist sich zwar als würdige Gegnerin, doch ich bin ihr immer noch um einen Zug voraus. Wie viele Männer habt Ihr bei Euch?«
»Nur meine Gefolgsleute, nicht das gesamte fränkische Aufgebot«, antwortete Hettenheim.
»Eure Männer reichen aus für das, was ich vorhabe!« Rupertus fixierte dabei die kleine Madonna und vor allem ihr Kind. Dann riss er sich von dem Anblick los und verließ die Kapelle.
»Kommt, Hettenheim, wenn Euch immer noch nach Sigismunds Krone gelüstet. Oder muss ich mir jemand suchen, der mir aufrichtiger dient als Ihr?«
Für Hettenheim stellten diese Worte eine Ohrfeige dar. Er wusste jedoch selbst, dass er sich auf Gedeih und Verderb mit dem Inquisitor eingelassen hatte. Ein Zurück gab es nicht mehr.

10.

Marie und Michel trieb die Angst vor Ruppertus' nächsten Schlichen vorwärts. Vor allem Marie traute ihm alles Schlechte zu und war daher nicht bereit, einen Abstecher nach Nürnberg zu machen, um dem König vom Erfolg ihrer Mission zu berichten.
»Das erledigen wir später«, erklärte sie Michel, als dieser seinen Vorschlag wiederholte. »Vorher will ich zu Hause nach dem Rechten sehen. Hettenheims Reiter sind uns noch immer ein gutes Stück voraus!«
»Sie müssen wie die Teufel geritten sein!« Michel bedauerte es, dass Maries Stute unterwegs ein Hufeisen verloren hatte und es ihnen nicht gelungen war, rasch einen Hufschmied zu finden, der es hätte ersetzen können. Dadurch hatten sie einen ganzen Tag verloren – und einen weiteren, weil sie an einer Wegkreuzung die falsche Richtung eingeschlagen hatten.
»Wir hätten Flügel gebraucht«, sagte er, während sie weiterritten. Immer wieder sah er sich verwundert um. Der Krieg war weit hinter ihnen zurückgeblieben, und er stellte fest, dass die Bauern in dieser Gegend scheinbar unbesorgt auf den Feldern arbeiteten und die Saat für die Ernte im nächsten Jahr ausbrachten. Es war ein friedliches Bild, das nicht zu ihrer angespannten Stimmung passen wollte.
Marie fragte in jeder Schenke, an der sie vorbeikamen, nach Hettenheims Reitern. Diese mussten förmlich geflogen sein, denn sie waren ihnen bereits vier Tage voraus. Dabei hatten Michel und sie weder sich noch ihre Reittiere geschont.
Maries Anspannung wuchs, als sie sich schließlich Hohenstein näherten. Aus der Ferne wirkte alles wie immer. Dennoch krampfte sich ihr Herz zusammen. Wie mochte es

Trudi gehen?, fragte sie sich. Zudem grauste ihr davor, Hiltrud sagen zu müssen, dass Thomas tot war. Sie kniff die Augen zusammen, um die Fahne zu erkennen, die schlaff an einer Stange oben auf dem Torturm hing. Es regnete mittlerweile in Strömen, und das machte die Sicht nicht besser. Hoffentlich kommen wir nicht zu spät, sagte sie zu sich und flehte die Gottesmutter an, ihnen beizustehen. Gleichzeitig dachte sie an Hiltruds Würzwein, der die Kälte rasch aus ihren Gliedern vertreiben würde.
Mit einem Mal stieß sie ein Wimmern aus und zügelte ihr Pferd. »Die Fahne da oben! Es ist das Banner der Grafen Hettenheim. Der schwarze Stier! Falko von Hettenheim hat Hohenstein eingenommen.«
Michel blickte mit zusammengekniffenen Lidern zur Burg hoch. Soweit er es erkennen konnte, war die Festung gut in Schuss gehalten worden und leicht zu verteidigen. Während er sich überlegte, wie er hineinkommen und das kleine Mädchen retten konnte, um das es Marie ging, fasste sie mit entschlossener Miene ihren Zügel fester und ritt an.
»Trudi! Er hat meine Tochter! Ich muss zu ihr!«
Mit einem leisen Fluch folgte Michel ihr und hielt ihr Pferd fest. »Bleib hier!«
Marie schüttelte heftig den Kopf, rutschte vom Pferd und eilte zu Fuß weiter. Sofort war Michel hinter ihr und sprang aus dem Sattel.
»Du darfst nicht einfach da hochgehen! Das ist doch genau das, was der Kerl da oben will«, schrie er Marie an und hielt sie fest.
Doch sie war in Panik geraten und dachte nur an Trudi.
»Ich muss zu ihr!«, schrie sie und hieb mit den Fäusten auf Michel ein.
Er blockierte ihre Schläge und entdeckte im nächsten Augenblick eine kleine Bootshütte unten am See, die von der

Burg nicht eingesehen werden konnte. Mit zusammengebissenen Zähnen versetzte er Marie einen Hieb gegen den Kopf. Obwohl er nicht mit aller Kraft zugeschlagen hatte, verlor sie das Bewusstsein und erschlaffte in seinen Armen. Er überzeugte sich noch, dass ihr Puls regelmäßig schlug, dann hob er sie auf seine Schultern, packte die Zügel der beiden Pferde und wandte sich dem Bootshaus zu.
Die Hütte war zu klein für die Tiere. Daher schlang Michel die Zügel um einen Baum, unter dem sie halbwegs im Trockenen standen, öffnete die Tür und trug die bewusstlose Marie hinein. Sanft legte er sie auf einer Bank ab. Am liebsten hätte er sie aus ihrem nassen Kleid geschält und ein Feuer gemacht, an dem sie sich wärmen konnte. Da man den Rauch von der Burg aus sehen würde, unterließ er es und begnügte sich damit, Marie fest in eine Decke zu wickeln. Anschließend setzte er sich auf das mit dem Kiel nach oben auf zwei Balken liegende Boot und begann, sein Schwert mit einem Schleifstein zu schärfen.
Das Geräusch weckte Marie, und sie sah sich im ersten Augenblick verwirrt um. Dann entdeckte sie Michel und griff sich an den Kopf. »Du hast mich niedergeschlagen!«
»Ich wusste nicht, wie ich dich sonst von der Dummheit abhalten sollte, die du beinahe begangen hättest.«
»Es geht um meine Tochter!«, zischte Marie ihn an.
Michel strich ein weiteres Mal mit dem Schleifstein über die Klinge und grinste freudlos. »Du hättest unserem Feind beinahe eine zweite Geisel geliefert, und nach dem, was du mir von ihm erzählt hast, genau die, die er unbedingt in die Hände bekommen will.«
»Was sollen wir deiner Meinung nach tun?« Marie klang hoch erregt, und sie verzog unwillig das Gesicht, als das schabende Geräusch des Schleifsteins erklang.
»Ich werde deine Tochter herausholen!«, antwortete Michel

mit einer Ruhe, als müsse er nur zur Burg gehen, das Kind an der Hand fassen und mitnehmen.
Kopfschüttelnd sah Marie ihn an. »Das gelingt dir nicht! Ruppertus hat Hettenheim und dessen ganzes Gefolge bei sich!«
Dann wandelte sich ihr vorwurfsvoller Tonfall ins Sarkastische. »Verzeih, ich vergaß, du bist ja Němec, der unbesiegbare Krieger!«
»Sei froh, dass ich ein Krieger bin. Ich werde auf jeden Fall tun, was ich kann. Vielleicht bekomme ich sogar diesen verrückten Inquisitor vor meine Klinge und kann den ganzen Schlamassel mit einem einzigen Schwertstreich beenden.«
»Der Einzige, der hier verrückt ist, bist du«, fauchte Marie ihn an.
Michel antwortete nicht darauf, sondern nahm eine alte Decke, die über einem Balken hing, breitete sie am Boden aus und legte sich darauf.
»Was machst du jetzt?«
»Ich tue, was jeder gute Soldat vor der Schlacht tut, nämlich schlafen. Weck mich, sobald der Regen nachlässt.«
Michel kam Marie so gefühllos vor, dass sie ihm beleidigt den Rücken zukehrte. Unterwegs hatte sie gehofft, dass zwischen ihnen alles wieder gut werden konnte, doch nun zweifelte sie daran. Dann aber sagte sie sich, dass er ihretwegen in die Burg eindringen wollte, um Trudi zu befreien. Bei so vielen Feinden war das ein Todeskommando.
»Gib auf dich acht! Ich will dich nicht gefunden haben, um dich sofort wieder zu verlieren«, flüsterte sie, spitzte dann aber die Ohren, weil sie ein Geräusch vernahm, das den Regen übertönte. Noch während sie ihren Dolch zog, sah sie, wie Michel aufsprang, sein Schwert zur Hand nahm und sich in den toten Winkel der Tür stellte.

Erneut erklang das Platschen, als sei jemand in eine Pfütze getreten. Dann klopfte es. Marie sprang auf, eilte auf leisen Sohlen hin und spähte durch einen Spalt zwischen zwei Türbrettern nach draußen. Anscheinend handelte es sich nur um eine Person. Beherzt riss sie die Tür auf. Jemand trat zögernd herein und hatte im selben Augenblick ihren Dolch an der Kehle.
Marie zog die Klinge jedoch sofort wieder zurück. »Hiltrud, du?«
»Ich habe eure Pferde gesehen und gedacht, ich schaue nach«, erklärte ihre Freundin, erschrocken über den rauhen Empfang.
Dann umarmte sie Marie und kämpfte mit den Tränen. »Sie sind vorgestern gekommen und waren in der Burg, bevor die Knechte reagieren konnten. Ich vermochte nichts dagegen zu tun!«
»Wie geht es Trudi?«, fragte Marie.
»Sie ist unversehrt! Aber sie weint sehr viel, seit der Inquisitor gesagt hat, er würde ihr neuer Vater werden.«
»Das sieht Ruppertus ähnlich!«, zischte Marie hasserfüllt und musterte ihre Freundin besorgt. »Was ist mit dir?«
Hiltrud machte eine besänftigende Geste. »Mir ist nichts geschehen. Ich muss die Kerle bedienen und dafür sorgen, dass ihnen nichts fehlt. Deshalb lassen sie mich auch hin und wieder ins Dorf. Diesmal sollte ich dem Schlachter Bescheid sagen, dass er noch einige Schweine für sie schlachten und das Fleisch in die Burg liefern soll. Auf dem Rückweg habe ich eure Pferde gesehen.«
Dann erst begriff Hiltrud, welchen Namen Marie genannt hatte, und starrte sie verdattert an. »Wieso sagst du Ruppertus? Der ist doch schon lange tot!«
»Das ist er leider nicht. Der Teufel selbst muss ihn vom Scheiterhaufen weggeholt und nach Rom gebracht haben.

Jetzt nennt er sich Janus Suppertur, Inquisitor des Papstes, und ist noch immer mein schlimmster Feind!«
Hiltrud war von dem Gehörten so erschüttert, dass sie kein Wort herausbrachte und Marie nur entsetzt anstarren konnte.
Unterdessen hatte auch Michel sein Schwert in die Scheide gesteckt und trat zu den beiden Frauen. »Wie dieser Ruppertus den Scheiterhaufen überstanden hat, ist derzeit nicht wichtig, denn wir haben an anderes zu denken als an die Vergangenheit. Ich muss wissen, wie es jetzt in der Burg aussieht.«
»Michel! Du lebst tatsächlich!« Hiltrud atmete erleichtert auf, sah dann das Schwert an seiner Seite und lächelte. »Thomas hat dich also doch gefunden!«
Marie drehte das Gesicht weg, damit Hiltrud ihre betroffene Miene nicht sehen konnte. »Ja«, sagte sie leise. »Thomas hat Michel das Schwert gebracht!«
»Und wo ist er jetzt?« Hiltrud sah sich in der Bootshütte um, als erwarte sie, ihr Mann würde aus irgendeiner Ecke kommen und sie in die Arme schließen.
Jetzt senkte auch Michel den Kopf. »Thomas ist tot! Er starb an der Eger. Eine Grenzwache hielt ihn für einen Feind.«
»O nein! Mein Gott, warum hast du das zugelassen?« Verzweifelt sank Hiltrud in die Knie und schluchzte.
Michel blickte auf sie hinab und verfluchte jenen Tag in Böhmen, an dem Janka unbedingt im Fluss hatte baden müssen. Wären Marat und er unter anderen Umständen auf Thomas gestoßen, hätten sie ihn wahrscheinlich gefangen genommen und verhört. In dem Fall würde Hiltruds Mann noch leben. Dann aber schüttelte er diesen Gedanken wieder ab. Nicht Janka hatte den Mann getötet, sondern Marat, und er selbst hatte sich dieser Tat auch noch gerühmt, um Eindruck auf die Komtesse zu machen.

Mit versteinerter Miene begann er, seine Rüstung festzuziehen, steckte das Schwert in die Scheide und nahm Pfeil und Bogen an sich.
Marie sah es und fasste ihn am Arm. »Willst du jetzt schon aufbrechen?«
»Ich will diesem Ruppertus und Hettenheim die Rechnung präsentieren. Sie ist mittlerweile sehr lang geworden, denn jetzt gehört auch Thomas mit dazu. Mich wundert nur eines: Wieso war er verletzt und halb tot, als er die Eger erreichte?«
Seine Worte durchdrangen Hiltruds Trauer. »Hettenheims Männer haben ihn zusammengeschlagen. Trotzdem wollte er losreiten, um Marie zu suchen und zu beschützen und um dir dein Schwert zu bringen!«
»Auch dafür werden Hettenheim und Ruppertus bezahlen!« Mit diesen Worten trat Michel hinaus in den Regen und schwang sich auf sein Pferd. Jetzt war er wirklich der Němec, zu dem Marat ihn geformt hatte, kalt und kühn und bereit, bis zum Äußersten zu gehen.
Marie und Hiltrud sahen ihm nach und klammerten sich unter Tränen aneinander. Beide trauerten um Thomas, fürchteten sich aber gleichzeitig vor dem, was noch kommen würde. Michel mochte noch so tapfer sein, doch Hettenheim hatte seine gesamte Leibwache bei sich, und das waren ein paar Schwerter zu viel für einen einzelnen Mann.
Dies war auch Michel bewusst, aber in ihm brodelte das Gefühl, jene, die er einst geliebt hatte und die ihn noch immer liebten, durch eine Laune des Schicksals heraus enttäuscht zu haben. Dies wollte er sühnen, und wenn es ihn das Leben kostete. Auch hoffte er, die Feinde im Kampf so zu verwirren, dass Marie oder Hiltrud das Kind – seine Tochter! – aus der Burg holen und mit ihr fliehen konnten.
Plötzlich klang schneller Hufschlag auf. Michel drehte sich um und vermeinte zu träumen. Da preschte Marat im vollen

Galopp über die nasse Wiese und winkte ihm heftig zu. Ebenso verwundert wie erleichtert hielt Michel an und wartete, bis sein Freund und Mentor zu ihm aufgeschlossen hatte.
»Wieso bist du mir gefolgt?«
»Ich sagte dir doch, dass man im Volk meiner Vorfahren die Verantwortung für diejenigen übernehmen muss, deren Leben man rettet«, antwortete Marat mit einem hilflos wirkenden Lächeln.
Dann betrachtete er Michels kriegerische Aufmachung und schüttelte den Kopf. »Wolltest du einfach so in den Kampf ziehen? Du hast wohl vergessen, was ich dich gelehrt habe! Mache es einem Feind nie zu leicht, sondern möglichst zu schwer.«
»Ich muss das Kind retten, meine Tochter!«
»Muss das heute Abend noch sein, oder können wir es auch morgen erledigen?«, fragte Marat bissig. »Ich bin müde vom langen Ritt, und wie du weißt, soll man in diesem Zustand nicht in die Schlacht ziehen. Außerdem fehlt noch jemand in unseren Reihen. Ich erwarte ihn morgen im Lauf des Tages.«
»Du hast Verstärkung mitgebracht?« Michel atmete erleichtert auf, als er Marat grinsen sah. Wie es aussah, bekam er nun eine Chance, diesen Kampf sogar siegreich zu beenden.
»So könnte man es nennen«, erklärte Marat mit einem amüsierten Auflachen. »Jetzt komm schon! Es wird bald dunkel, und dann ziehen die Geister über das Land. Die lieben es nicht, wenn man sie stört.«
Marat wartete, bis Michel sein Pferd gewendet hatte, und ritt dann neben ihm her bis zum Bootshaus. Dort trat eben Marie aus der Tür und blickte ihnen entgegen. Sie war erleichtert, als sie Marat erkannte, denn er war Michels Lebensretter und ein gefürchteter Krieger. Dann aber musste sie daran denken, dass er auch derjenige war, dessen Pfeil

Hiltruds Mann Thomas das Leben gekostet hatte. Dieses Geheimnis würde sie tief in ihrem Herzen vergraben müssen und Michel dazu drängen, dies ebenfalls zu tun.
»Sei mir willkommen, Marat!«, begrüßte sie den Steppenkrieger. »Du erscheinst zu einer guten Stunde.«
»Das kommt mir auch so vor«, antwortete Marat grinsend. »Dieser Narr«, er deutete mit dem Kinn auf Michel, »wollte doch tatsächlich allein zur Burg hochreiten. Wie gedachtest du denn eigentlich mit den Kerlen fertig zu werden?«, fragte er ihn.
»Ich wäre hingeritten und hätte sie totgeschlagen!« Michel sah aus, als wäre dies noch immer sein Plan.
Marat lachte ihn aus. »So kann man es natürlich auch machen. Allerdings glaube ich, dass ein wenig Strategie bei dieser Sache nicht schaden könnte!«
Marie beobachtete die beiden Männer und sagte sich, dass sie die Rettung ihrer Tochter nicht nur ihnen überlassen durfte. Michel und Marat mochten ungewöhnlich tapfer sein, aber nach Hiltruds Worten hatten sie es mit einer Übermacht zu tun, gegen die auch ihr Geschick mit der Waffe nicht ausreichte. Von den Knechten in der Burg erwartete sie sich keine Hilfe. Die waren von früher her zu sehr gewohnt, hohen Herren zu gehorchen, und würden eher auf Seiten des Inquisitors stehen. Also musste sie sich selbst um Trudi kümmern.
»Gebt mir ein Schwert! Ich werde euch morgen begleiten.«
Ihre Forderung verwirrte Michel. »Aber du bist eine Frau«, rief er, und Marat nickte dazu.
»Ich weiß mit einem Schwert umzugehen«, antwortete Marie traurig, weil Michel sich auch nicht mehr an die vielen Übungsstunden drüben auf der Wiese erinnerte.
Unterdessen rutschte Hiltrud auf der Bank unruhig hin und her. »Ich muss zurück, sonst schöpfen die Besatzer Ver-

dacht. Denen bin ich bestimmt schon zu lange ausgeblieben.«
Da Marat so aussah, als wolle er ihre Freundin aufhalten, fasste Marie Hiltrud bei der Schulter und schob sie Richtung Tür. »Geh jetzt und gib morgen acht, wenn wir kommen. Vielleicht kannst du Trudi von allem fernhalten.«
»Ich werde tun, was ich kann«, versprach Hiltrud und verließ das Bootshaus.
Mit einer energischen Geste drehte Marie sich zu den beiden Männern um. »Was ist jetzt mit einem Schwert?«

11.

Hiltrud kehrte mit einem Gefühl nach Hohenstein zurück, das in rascher Folge zwischen Angst und Hoffnung wechselte. Ihr schien es unmöglich, dass es Michel und seinem Kampfgefährten gelingen würde, gegen so viele Feinde zu bestehen. Der Inquisitor – bei dem sie bezweifelte, dass es sich tatsächlich um Ruppertus Splendidus handelte – musste nur die Tore geschlossen halten. Dann standen die beiden Männer hilflos davor. Für einen Augenblick stellte Hiltrud sich vor, Michel und der fremde Krieger könnten zu zweit versuchen, die Burg zu belagern. Das würde ihnen zwar nicht auf längere Sicht gelingen, aber vielleicht konnten sie einen Teil der Besatzer herauslocken und so dezimieren, dass sie selbst eine Chance bekam, Trudi zu befreien.
Schnell schob Hiltrud diese Überlegung beiseite, denn zwei Männer gegen mehr als dreißig war unter keinen Umständen ein gutes Verhältnis. Bei dem Gedanken stieg in ihr das Ge-

fühl auf, wieder einmal den Interessen anderer Menschen hilflos ausgeliefert zu sein, so wie damals, als sie eine Hübschlerin gewesen war und auf der Landstraße hatte ziehen müssen. Thomas hatte sie trotzdem zur Frau genommen. Warum hatte er trotz seiner Verletzungen aufbrechen müssen? Der Lohn für seine Tapferkeit war nun ein Grab in fremder Erde.

Tränen stiegen ihr in die Augen, und sie fühlte sich so elend wie selten zuvor. Ich darf mich nicht gehenlassen, sagte sie sich. Marie vertraut darauf, dass ich mich um Trudi kümmere. Mit diesem Vorsatz betrat sie die Burg und stieg hoch zu der kleinen Kammer, die man ihr und dem Kind zugewiesen hatte. Dort schloss sie Trudi in die Arme. Um das Kind zu trösten, hätte sie ihm am liebsten gesagt, dass ihre Eltern in der Nähe waren und darauf hofften, sie retten zu können. Doch die Vorsicht verschloss ihr den Mund. Auch wenn Trudi ein kluges Mädchen war, konnte es sein, dass sie sich verplapperte. Auch wollte sie keine Hoffnungen wecken, die sich wahrscheinlich nicht erfüllen würden.

In der Nacht lag Hiltrud lange wach und starrte die Schatten an, die das Licht der im Hof brennenden Wachfeuer an die Wände der Kammer malte. Die Bilder, die sie darin zu erkennen glaubte, erschienen ihr so bedrohlich, dass sie sich zuletzt die Decke über den Kopf zog und verzweifelt die Mutter Gottes bat, ihr, Marie und allen Freunden beizustehen.

Irgendwann schlief sie trotz allen Grübelns ein und erwachte erst durch den Lärm, den Hettenheims Krieger auf dem Burghof veranstalteten. Mühsam erhob sie sich, stellte fest, dass Trudi auch gerade erwacht war, und scheuchte die Kleine an die Waschschüssel. Sie selbst blieb auf ihrem Lager sitzen und starrte ins Leere. Was würde dieser Tag bringen?, fragte sie sich. Endlich Erlösung von den Schrecken der Kriege und Fehden oder neues Leid?

Hiltrud wünschte, sie könnte diese Frage beantworten. Als Trudi fertig war, wusch sie sich selbst, aber sie war so fahrig, dass sie einen Teil des Wassers verschüttete. Noch während sie den Boden aufwischte, wurde die Tür aufgerissen, und Hettenheim steckte den Kopf herein.

»Hast du gestern dem Schlachter ausgerichtet, dass er ein halbes Dutzend Schweine und ein paar Ziegen schlachten und herbringen soll? Meine Männer hungert es nach der elenden Kost auf dem Feldzug nach frischem Fleisch!«

»Ja, das habe ich!« Hiltrud wagte es nicht, den Mann anzublicken, obwohl sie ihn nicht belogen hatte. Allerdings würde der Schlachter an diesem Tag nicht mehr kommen. Auf der Burg wurden keine Schweine gehalten, und so musste er diese von den einzelnen Höfen zusammenholen. Und das würde dauern. Doch Hettenheim achtete nicht weiter auf sie, sondern schloss die Tür mit einem gereizten Knurren.

In den folgenden Stunden besorgte Hiltrud für sich und Trudi etwas zu essen und hielt sich mit dem Kind zumeist auf dem Teil der Wehrmauer auf, von dem aus sie sowohl das Dorf wie auch den Weg zur Bootshütte überblicken konnte. Aber sie wagte es nicht, zu oft zum See hinüberzuspähen, damit es den Besatzern nicht auffiel.

Die Mittagsstunde verstrich, ohne dass sich etwas tat. Die zur Wache eingeteilten Soldaten patrouillierten auf der Mauer, unterhielten sich aber mehr über Mahlzeiten und Frauen, als auf die Umgebung zu achten. So entging ihnen ein kleiner, schmutzig grauer Planwagen, der, von einem dürren Gaul gezogen, langsam über die Straße herankam und schließlich unten am See anhielt. Der Lenker des Karrens, der Hiltrud auf die Entfernung seltsam klein und unproportioniert erschien, schirrte das Pferd aus und führte es zum Wasser, damit es dort trinken konnte.

Ein anderer Mann erschien wie aus dem Nichts und trat auf den Neuankömmling zu. Hiltrud beschattete die Augen, um besser sehen zu können, und erkannte den Fremden, der sich Marat nannte. Dieser sprach mit dem Wagenlenker, nickte nach einer Weile und verschwand wieder hinter den Bäumen. Für Hettenheims Wächter musste es so aussehen, als hätte ein Dörfler die Gelegenheit genutzt, mit einem weitgereisten Mann zu reden und Neuigkeiten zu erfahren. Die Wachen kümmerten sich auch nicht um den Wagen, sondern richteten ihr Augenmerk mehr auf das Dorf. »Wenn der Schlachter nicht bald kommt, gehe ich hinunter, treibe ihm einen Ring durch die Nase und ziehe ihn an einem Strick hier herauf«, drohte Eberhard.

»Ich habe das verdammte Pökelfleisch ebenfalls satt, das wir nun schon monatelang essen müssen, und will meine Zähne endlich in einen saftigen Braten schlagen«, setzte ein anderer Soldat hinzu.

Hiltrud war froh, dass die Gedanken der Besatzer sich mehr um ihr leibliches Wohl als um ihre Sicherheit drehten. Im Gegensatz zu den anderen bemerkte sie, dass sich unten etwas tat. Marat war zu dem Planwagen zurückgekehrt und schlüpfte unter die Plane. Kurz darauf tauchte Marie auf, und zuletzt stieg Michel in den Wagen.

Dessen Besitzer hatte seinen Gaul ein wenig grasen lassen. Jetzt spannte er wieder an und fuhr weiter. Zunächst sah es so als, als wolle er Hohenstein links liegenlassen, dann aber bog er auf den Weg ein, der zur Burg hochführte.

Nun wurden auch Hettenheims Männer auf den Wagen aufmerksam. Ruppertus stieg auf die Wehrmauer und blieb neben Hiltrud stehen.

»Wer ist das?«, fragte er scharf.

»Ich weiß nicht … Das muss wohl der Schlachter sein.« Eine andere Ausrede fiel Hiltrud auf die Schnelle nicht ein.

Trudi sah sie verwundert an, denn sie kannte den Schlachter von Hohenstein und auch dessen Wagen, und das war dieser Karren gewiss nicht. Allerdings war sie gewitzt genug, nichts zu sagen. Genau wie Hiltrud blickte sie angespannt dem Wagen entgegen. Der Mann auf dem Bock trug einen weiten Mantel, der ihn fast von Kopf bis Fuß verhüllte. Auch sonst war nicht zu erkennen, welches Gewerbe er ausübte. Er konnte ein kleiner Händler sein, der von Burg zu Burg reiste, um seine Waren anzupreisen, oder auch ein Scheren- und Messerschleifer. Hettenheims Leute hielten ihn jedenfalls für den Schlachter und öffneten das Tor. Der Wagenlenker lächelte erfreut und zog dem Gaul die Peitsche über, so dass das Tier trotz des steilen Weges schneller wurde.
Ruppertus wandte sich bereits ab, als Hettenheim herankam und nach unten starrte. Einen Augenblick lang schüttelte er verwundert den Kopf, dann gellte sein Alarmschrei über die Burg.
»Das ist doch Nepomuk, der Gaukler! Der Kerl hat dieser verdammten Kastellanin bei ihrer Flucht geholfen!«
In Ruppertus' Gedanken stieg für einen kurzen Augenblick die Szene mit den beiden Köpfen auf der Stange und dem am Boden auf, und er bemerkte, dass er erneut im Begriff war, auf eine List von Marie und ihren Helfern hereinzufallen.
»Macht alle nieder, die auf dem Wagen sind, bis auf die Frau!« Es kostete Ruppertus Mühe, den letzten Halbsatz zu sprechen.
Zu oft hatte Marie ihm gezeigt, wie wenig sie es im Grunde wert war, sein Weib zu werden. Immer wieder war sie vor ihm geflohen und hatte die Frechheit besessen, ihm eine lange Nase zu drehen. Diesmal würde sie ihm nicht mehr entkommen.
Die Soldaten vernahmen Ruppertus' Befehl und eilten auf den Burghof, um das Gespann gebührend zu empfangen. In

dem Moment aber, in dem sie eine geschlossene Front bildeten und auf den Wagen losgingen, wurde dort die Plane zurückgeschlagen. Michel und Marat sprangen mit den Schwertern in der Hand heraus und blieben neben dem Wagen stehen, während Nepomuk das Pferd zügelte und sich gleichzeitig tief bückte.
Hinten auf dem Karren stand Marie mit einer brennenden Laterne in der einen Hand, während sie in der anderen ein ganzes Bündel Lunten hielt. Diese führten zu den Zündlöchern etlicher Handbüchsen, die in mehreren Reihen übereinander befestigt waren. Noch während Hettenheims Soldaten auf diese Konstruktion starrten, hielt Marie die Flamme an das Luntenbündel und sah zu, wie dieses rasch abbrannte.
Eberhard begriff als Erster, in welcher Gefahr er und seine Kameraden schwebten, und stieß einen gellenden Schrei aus. »Zur Seite! Wir müssen aus der Schussbahn kommen!«
Da schlüpfte die Glut der abbrennenden Lunten bereits in die Zündlöcher der Handbüchsen, und diese entluden sich mit heftigem Krachen. Eisenkugeln schlugen den Soldaten entgegen und fraßen sich durch Fleisch und Knochen. Dichter Pulverdampf hüllte die Männer ein, und eine Zeitlang waren nur deren schmerzerfüllte Schreie zu hören.
Oben auf der Wehrmauer starrte Ruppertus hilflos auf das Gemetzel, das die Tannenbergrohre unter Hettenheims Soldaten angerichtet hatten. Nur wenige von ihnen waren noch kampffähig, aber so entsetzensstarr, dass sie keine Chance gegen Michel Adler und den zweiten Krieger hatten.
Mit einem Wutschrei stieß er Hiltrud zurück, packte Trudi und hielt sie so, dass sie in die Tiefe stürzen würde, wenn er seinen Griff löste.
»Haltet ein!«, brüllte er nach unten.
Marie sah als Erste zu ihm hinauf, stieß einen Schrei der Verzweiflung aus und sprang vom Wagen. Ihr war klar, dass

Ruppertus ihre Tochter ohne zu zögern in den Burghof schleudern würde. Blind vor Tränen rannte sie auf die Treppe der Wehrmauer zu, stolperte über die erste Stufe und brach in die Knie.

»Nein, nicht!«, wimmerte sie.

Hochmütig lächelnd blickte Ruppertus auf sie hinab, verlor aber Maries Begleiter nicht aus den Augen. »Stehen bleiben!«, herrschte er Michel an, als dieser an den überlebenden Soldaten vorbei zur Treppe strebte.

»Du und die beiden anderen, ihr werdet jetzt die Burg verlassen«, setzte er höhnisch hinzu.

»Gib uns das Kind!«, forderte Michel ihn auf.

Ruppertus schüttelte sanft den Kopf. »Das Kind gehört zur Mutter oder in diesem Falle die Mutter zum Kind. Kommst du herauf, Marie, oder soll die Kleine zu dir kommen?«, fragte er höhnisch und streckte Trudi noch weiter hinaus.

»Du bist der Teufel in Person!«, stieß Marie hervor, stieg aber mit müden Bewegungen die Treppe hoch.

Verzweifelt streckte Michel die Hand aus, als wolle er sie aufhalten. »Sag mir, was ich tun soll?«, bat er Marat.

Dieser blickte mit starrer Miene zu Ruppertus auf und wusste, dass dieser Trudi in dem Augenblick in die Tiefe schleudern würde, in dem Marie ihm nicht gehorchte.

»Uns sind im Augenblick die Hände gebunden«, flüsterte er leise und gab Nepomuk einen Wink, das Gespann zu drehen und die Burg zu verlassen. Er selbst fasste Michel unter und führte ihn hinter dem Wagen her.

»Kopf hoch, Němec! Es wird auch andere Tage geben, Tage, an denen wir die Sieger sind. Dieser Schuft kann sich nicht ewig in der Burg verstecken. Sobald er seine Nase heraussteckt, haben wir ihn.« Es war eine bescheidene Hoffnung, aber die einzige, die ihnen noch blieb.

12.

Kaum hatten Michel, Marat und Nepomuk die Burg verlassen, befahl Ruppertus seinen verbliebenen Soldaten, das Tor zu schließen. Die Männer gehorchten jedoch nur zögernd. Ihre Blicke galten noch immer den Kameraden, die von der Salve der kleinen Kanonen niedergestreckt worden waren. Einige lebten noch, hatten aber so schwere Verletzungen davongetragen, dass sie wohl kaum wieder auf die Beine kommen würden. Auch die meisten von denen, die noch aufrecht standen, waren nicht ohne Blessuren geblieben.

Jetzt beäugten sie Marie, die wie eine Statue auf halber Höhe der Treppe stand, mit scheuen Blicken und schlichen auf das Burgtor zu. Als sie die Flügel des Tores schlossen, sahen die meisten von ihnen so aus, als würden sie lieber nach draußen laufen, anstatt bei ihren Anführern zu bleiben, und das trotz der beiden unheimlichen Krieger, die vor der Burg auf sie warteten.

Ruppertus beachtete die Männer nicht länger, sondern musterte Marie mit dem zufriedenen Blick eines Mannes, der sich seines Besitzes sicher weiß. Seine Vision hatte sich erfüllt. Die stolzeste Frau dieser Zeit war in seiner Hand. Sie würde seinen Samen in sich aufnehmen und ihm Könige und Päpste gebären. Zufrieden schob er Trudi Hettenheim in die Arme, der mit einem Blick neben ihm stand, als könne er das Geschehene nicht begreifen.

»Haltet das Kind fest! Ich will meine erwählte Braut willkommen heißen.« Mit diesen Worten stieg Ruppertus die Treppe hinab und ging mit ausgebreiteten Armen auf Marie zu, die unwillkürlich vor ihm zurückwich, bis sie auf dem Burghof stand und die Toten und Sterbenden hinter sich sah.

Aus den Augenwinkeln nahm Marie wahr, dass ihre Tochter die Wehrmauer verließ, ohne dass Hettenheim sie daran hinderte, die Treppe hinablief und auf sie zueilte. Sie bückte sich, schloss das Mädchen in die Arme und drückte sie an sich.
Ruppertus drehte sich zu Hettenheim um und drohte mit der Faust. »Ich habe Euch doch gesagt, Ihr sollt das Kind festhalten!«
»Ihr habt mir schon viel gesagt und noch mehr versprochen, aber nichts gehalten«, antwortete Hettenheim rauh und wies dabei auf seine toten Soldaten. »Bevor ich auf Eure Einflüsterungen hörte, war ich der Vetter des Königs und ein angesehener Mann mit einem starken Gefolge. Nun habe ich weniger Krieger als Finger an einer Hand. Nein, Inquisitor, unsere Wege trennen sich hier. Sucht Euch jemand anders für Eure Schandtaten. Mein Schwert gehört nicht mehr Euch!«
Dann wandte der Graf sich mit bitterer Miene an Marie. »Erlaubt mir und meinen letzten Männern, auf unsere Pferde zu steigen, und gewährt uns freies Geleit!«
Marie nahm seine Verzweiflung wahr. Ruppertus hatte Hettenheim mit Versprechungen gelockt und zu Dingen getrieben, für die der Mann sich nun schämte. Obwohl er große Schuld auf sich geladen und versucht hatte, Michel zu ermorden, nickte sie nach kurzer Überlegung.
»Geht!«
Erleichtert wollte Hettenheim an ihr vorbeigehen. Da setzte Marie ihre Tochter ab, beugte sich nach vorne und zog blitzschnell sein Schwert aus der Scheide. Der Graf erblasste, als er sah, wie sie die Waffe hochriss und schwang. Doch da schüttelte Marie leicht den Kopf.
»Ihr habt mein Wort!« Noch während sie es sagte, drehte sie sich um und trat auf ihren wahren Widersacher zu.
Ruppertus wich mit flackerndem Blick vor ihr zurück, bis er mit dem Rücken zur Turmmauer stand. In ihren Augen

las er einen schier übermenschlichen Hass und den Willen, es jetzt und auf der Stelle zu Ende zu bringen. Voller Angst brach er in die Knie, zog den Kopf ein und hob die Hände, unfähig, sich zur Wehr zu setzen.
Maries Klinge zuckte auf ihn zu, doch im letzten Augenblick lenkte sie die Spitze so, dass sie nur seine Silbermaske vom Gesicht riss und das vernarbte Fleisch darunter zerschnitt.
Mittlerweile hatten Hettenheims Leute das Tor wieder geöffnet. Michel stürmte herein, sah den knienden und blutenden Ruppertus und versetzte ihm einen Tritt. Doch als er sein Schwert zum tödlichen Streich hob, hielt Marie ihn auf.
»Lass den König über ihn richten!« Es kostete sie viel Kraft, den Mann nicht sofort zu töten, doch wenn Michel, Trudi und sie in Frieden leben wollten, brauchten sie Sigismunds Gunst. Die würden sie aber nicht erringen, wenn sie den Inquisitor und Gesandten des Papstes wie einen tollen Hund erschlugen. Papst Martin V. würde den König für den Tod des Inquisitors verantwortlich machen und blutige Sühne fordern. Das erklärte sie Michel und brachte ihn damit zur Vernunft.
Er starrte auf den sich im Dreck windenden Ruppertus hinab und befahl Nepomuk, ihn zu binden. Er selbst sah sich jetzt Trudi gegenüber, die mit leuchtenden Augen auf ihn zukam und die Ärmchen nach ihm ausstreckte.
»Papa!«
Einen Moment lang wusste Michel nicht, wie er auf das Kind reagieren sollte, dann hob er es auf und presste es an sich.
Marie sah ihn erstaunt an. »Kannst du dich endlich wieder erinnern?«
Bevor Michel eine Antwort geben konnte, trat Marat an seine Seite. Auch er war zufrieden, dass alles vorbei war, und grinste breit. »Du hast eine kluge Frau, Němec. Und ich glaube, die brauchst du auch!«

13.

So einfach, wie Marie es sich vorgestellt hatte, war es nicht, Ruppertus zur Rechenschaft zu ziehen. Sein Rang als Inquisitor und Gesandter des Papstes brachte es mit sich, dass er nicht wie ein beliebiger Adeliger vor das Gericht des Königs gestellt und verurteilt werden durfte. Nachdem er den ersten Schrecken überwunden hatte, verteidigte Ruppertus sich mit allen Schlichen, zu denen er fähig war, und erhielt zudem Unterstützung von hohen kirchlichen Würdenträgern im Reich. Zuletzt bemühte sich sogar Papst Martin V. in eigener Person nach Nürnberg, um zu verhindern, dass durch eine Verurteilung des Inquisitors seine eigene Autorität angegriffen werden konnte.
In jenen Tagen bedauerte Marie es mehr als einmal, gezögert zu haben. Sie hätte Ruppertus gleich erschlagen sollen, als sie ihn vor der Klinge gehabt hatte. Nur sein Tod konnte den Schatten vertreiben, den er über ihr Leben und das Michels und Trudis warf, und von dem schien er weiter entfernt denn je.
An einem kühlen Morgen wandte sie sich an Michel, Marat, Nepomuk und Hiltrud, die sie nach Nürnberg begleitet hatten. »Heute ist der entscheidende Tag! Entweder gelingt es uns, Ruppertus zu Fall zu bringen, oder wir werden es bitter bereuen, ihn auf Hohenstein verschont zu haben!«
Marat zwinkerte Michel kurz zu und klopfte auf sein Schwert. »Wenn es nicht anders geht, werde ich diese Sache zu Ende bringen. Auf Burg Sokolny bin ich vor allen Nachstellungen des Papstes sicher, und wenn nicht, reite ich so lange nach Osten, bis ich ein echtes Rentier gefunden habe!«
Michel nickte, sah aber so aus, als würde er am liebsten selbst den entscheidenden Schlag führen.

Marie zuckte nur mit den Achseln und trat zur Tür. »Gehen wir! Sigismund liebt es nicht, warten zu müssen.«
Hiltrud blieb bei Trudi, um auf sie aufzupassen, und Marat stellte sich wie ein Wächter neben die Tür, um beide zu beschützen. Marie, Michel und Nepomuk aber schritten durch die Korridore, bis sie den Thronsaal erreichten. Dort suchte der Zwerg sich einen Platz unter den Zuschauern, während Marie und Michel zu zwei Stühlen an der Stirnseite des Raumes geführt wurden.
Unweit von ihnen thronte der Papst auf einem reichgeschmückten Sessel und bedachte Sigismund mit verärgerten und manchmal auch verächtlichen Blicken. Ruppertus hingegen gönnte er ein aufmunterndes Lächeln, so als wolle er ihm sagen, als Sohn der Kirche brauche er sich keine Sorgen zu machen.
Vorerst aber musste Ruppertus im Büßerhemd und barfuß vor seinen Richtern stehen. Doch seine Miene verriet deutlich, dass er sich unter einem starken Schutz wusste. Als er sich umdrehte und Marie anblickte, las sie in seinen Augen erneut jene alles verzehrende Leidenschaft, mit der er sie so lange verfolgt hatte.
Marie presste die Lippen zusammen, um ihrem Unmut nicht Luft zu machen. Dann aber nahm sie Isabelle de Melancourts beruhigende Geste wahr. Die Äbtissin stand hinter Sigismunds Thron und beobachtete aufmerksam die Menschen im Saal. Auch für Isabelle ging es um viel. Wenn es Papst Martin gelang, einen Freispruch für seinen Inquisitor zu erwirken, würde wahrscheinlich sie das nächste Opfer dieses rachsüchtigen Mannes sein.
Dies war auch Marie bewusst, und sie war froh um eine Verbündete, die Sigismund bei den Verhandlungen mit dem Papst den Rücken stärkte.
Martin V. ergriff mit einem ärgerlichen Schnauben das Wort. »Ihr werft meinem Gesandten und Inquisitor allerlei Ver-

brechen vor: Intrigen gegen das Reich, Mord und Verrat an Euch! All dies soll im Namen der heiligen Kirche geschehen sein. Dies sind so ungeheuerliche Vorwürfe, dass nur der Satan selbst diese erhoben haben kann, um die heilige Kirche zu schwächen!«

Sein Tonfall hätte den König einschüchtern und dazu veranlassen sollen, den Angeklagten unverzüglich freizulassen. Doch so leicht wollte Sigismund es seinem Gegner nicht machen.

»Euer Heiligkeit, es ist eine unbestreitbare Tatsache, dass Euer Inquisitor die ihm vorgeworfenen Verbrechen begangen hat. Dies ist umso schlimmer, da Janus Suppertur derjenige ist, der in Eurem Namen spricht! Seine Taten werfen daher auch einen Schatten auf die heilige Kirche!«

Unbewusst nickte Isabelle de Melancourt. Der König führte die Verhandlung genau so, wie sie es ihm geraten hatte. Doch würde es reichen, um sich gegen den Papst durchzusetzen? Diese Frage bewegte sie ebenso wie Marie. Beide blickten zu Ruppertus hin, der einsam auf der freien Fläche zwischen dem Thron und den Zuschauern stand und den Papst mit seinem Auge auffordernd anstarrte.

Für Seine Heiligkeit Martin V. ging es um sehr viel. Er hatte Sigismunds Drohung durchaus verstanden, die Verbrechen des Inquisitors notfalls ihm persönlich anzulasten und zu versuchen, einen neuen Papst zu ernennen. So unwahrscheinlich eine erneute Spaltung der Kirche im Augenblick auch erscheinen mochte, ausschließen konnte er sie nicht. Auch die Herrscher der anderen christlichen Reiche reagierten harsch, wenn die Kurie in Rom fühlbar in ihre Rechte eingriff. Da konnte es leicht sein, dass seine Gegner einen ehrgeizigen Kardinal fanden, der ihnen alle Privilegien versprach, die sie sich wünschten, nur um auf den Thron Petri zu gelangen. Dazu blieben die Hussiten eine Bedrohung, die er nicht missachten durfte. Deren fanatischer Flügel mit den

Taboriten wurde immer gefährlicher, und er benötigte Sigismund auch weiterhin als Verbündeten gegen diese Ketzer. Wenn es gar nicht anders ging, würde er Janus Suppertur opfern müssen, um seine Position zu sichern.
Ruppertus spürte mit dem Instinkt eines gehetzten Wildes, dass der Papst allmählich anderen Sinnes wurde und innerlich von ihm abrückte. Doch er wollte nicht das Opfer eines Kuhhandels werden, der sowohl dem König wie auch dem Papst Vorteil brachte. Dies hatte er vorhergesehen und sich darauf vorbereitet, seit Marie und Michel ihn Sigismund übergeben hatten.
Daher hob er die Hand und sprach den König an. »Euer Majestät! Worauf stützt sich diese ungeheuerliche Anklage? Doch nur auf die Aussage der Kastellanin von Hohenstein, einer von Schmerz verwirrten Frau, die um ihren toten Mann trauert. Ich verstehe ihren Hass nicht, denn wie Ihr wisst, war ich bereit, in allen Ehren um ihre Hand anzuhalten.«
»Aber ihr Mann ist nicht tot. Er lebt!«, wandte Sigismund belustigt ein.
»Das mag sein, doch er hat den Verstand verloren und ist nicht mehr als ein närrisches Kind«, antwortete Ruppertus scharf.
Marie sprang empört auf. »Das ist nicht wahr! Mein Mann ist vollkommen Herr seiner Sinne. Ich rufe ihn hier als Zeugen auf, damit er gegen Euch sprechen kann!«
Auf dieses Stichwort hin trat Michel vor den Kaiser. Sein Gesicht wirkte angespannt, als er eine kleine Eisenkugel vorwies. »Dieses Ding wurde aus meiner Schulter geholt. Eine weitere Kugel traf mich am Kopf und trübte mir für ein paar Wochen mein Gedächtnis. Doch das ist vorbei. Ich kann mit Fug und Recht behaupten, dass Falko von Hettenheim diese Kugeln mit einer Handbüchse auf mich geschossen hat, nachdem es seinen drei Gefolgsleuten nicht gelungen war, mich an der Biegung der Eger zu erschlagen.«

Es ist nicht einmal gelogen, dachte Michel. Auch wenn er sich selbst an diese Szene nicht erinnern konnte, so hatte Marat sie beobachtet und Hettenheim später als Schützen identifiziert.

»Ihr habt also Euren Verstand wieder?«, fragte Sigismund nach.

Um Michels Lippen zeigte sich ein entschiedener Zug. »Mein Verstand selbst war nie getrübt, Euer Majestät. Ich hatte nur für eine gewisse Zeit mein Gedächtnis verloren!«

»Und das ist Euch wiedergegeben worden?«, wollte der König wissen.

Michel wechselte einen kurzen Blick mit Marie und lächelte. »So ist es, Euer Majestät. Ich bin der Sohn des Schankwirts Adler aus Konstanz und war während des dortigen Konzils einer der Offiziere des Pfalzgrafen Ludwig. Ihr selbst habt mich für meine Dienste zum Burghauptmann von Hohenstein ernannt. Vor etlichen Monaten habe ich mich auf Euren Befehl hin Falko von Hettenheims fränkischem Heerbann angeschlossen, nicht ahnend, dass dieser mit dem Inquisitor des Papstes im Bunde stand, um mich zu verderben.«

Die Worte kamen Michel flüssig und überzeugend über die Lippen. Maries Lächeln und Isabelle de Melancourts anerkennendes Nicken belohnten ihn dafür. Er sprach weiter und berichtete jene Dinge, die er von Marie, von Marat, aber auch von Nepomuk und Isabelle de Melancourt erfahren hatte.

Die Leute, die ihn immer noch sensationslüstern anstarrten, stießen bei seinen Worten anerkennende Rufe aus. Selbst der Papst zollte ihm seiner Miene nach widerwillige Anerkennung und begriff, dass er sich auf sehr dünnem Eis bewegte, wenn er weiterhin zugunsten seines Inquisitors eingriff.

Ruppertus empfand Michels Selbstsicherheit wie einen Schlag ins Gesicht. Dagegen würde er nur schwer ankommen. Gerade deswegen aber rang er seinem Verstand letzte

Gründe ab, mit denen er die Aussage dieses Wirtslümmels erschüttern konnte.
Unterdessen beendete Michel seine Rede mit einer Frage an die Anwesenden. »Hatte ich nicht das Recht und die Pflicht, Frau und Tochter aus den Händen dieses Mannes und seines Spießgesellen Hettenheim zu befreien?«
Während einige Zuschauer Beifall klatschten, ging Ruppertus zum Gegenangriff über. »Ihr habt eine rührende Geschichte erzählt, die aber niemand außer Euch selbst und Eurem Weib bestätigen kann. Einen Beweis dafür seid Ihr schuldig geblieben. Die angeblichen Attentäter sind gemeuchelt, und Falko von Hettenheim, der Vetter Seiner Majestät, ist seit Wochen verschollen. Was Ihr erzählt, sind die Phantasien eines Mannes, dessen Verstand noch immer unter der Wunde leidet, die Euch irgendein Hussit beigebracht hat! Wie verwirrt Ihr gewesen seid, sieht man doch bereits daran, dass Ihr Euch zunächst diesem Gesindel angeschlossen habt, anstatt, wie es sich für einen Ritter des Königs gehört, in dessen Heerlager zurückzukehren.«
Ruppertus war bereit, jeden Trumpf auszuspielen, den er in Händen hielt, und mochte er noch so gezinkt sein.
Das begriff auch König Sigismund und funkelte ihn zornig an. »Ihr habt Ritter Michel gehört. Er wurde schwerverletzt von einem Gefolgsmann des Grafen Sokolny aus den Fluten der Eger gerettet!«
»Dies ist für mich kein ausreichender Grund, sich diesem böhmischen Grafen anzuschließen, zumal bekannt war, dass er Euer Feind ist und einen Pakt mit Vyszo gegen Euch schließen wollte.«
»Von einem Pakt Sokolnys mit Vyszo weiß ich nichts«, fiel Sigismund Ruppertus scharf ins Wort.
Dieser verzog die Lippen zu etwas, das einem Grinsen ähnlich sehen sollte. »Es wundert mich nur, dass die Kastellanin

von Hohenstein völlig unbeschadet durch das Hussitenland kam, nachdem sie durch ihre Flucht Euer Gesetz gebrochen hat. Als falsche Nonne erteilte sie den Segen, und als Gauklerin hetzte sie gegen Euch und Eure Ritter.«

Erneut sprang Marie auf. »Ihr dreht die Worte so, wie sie Euch passen! Ihr vergesst nämlich ganz, dass ich vor Euren Häschern geflohen bin.«

Trotz ihrer leidenschaftlichen Anklage gewann ihr Feind wieder an Boden, das spürte sie nur allzu deutlich.

Dies entging auch Papst Martin nicht. Er beugte sich bedächtig vor und begann mit sorgfältig gewählten Worten zu sprechen. »Für all das, was meinem Gesandten und Inquisitor vorgeworfen wird, gibt es keinen Zeugen. Ein Wort steht gegen das andere. Euer Majestät, die Kastellanin von Hohenstein stellt Behauptungen und Vermutungen in den Raum, für die man einen Diener der heiligen römischen Kirche, die Euch bald zum Kaiser krönen wird, nicht öffentlich an den Pranger stellen darf.«

Mit dem Hinweis auf die Kaiserkrönung setzte Martin V. das letzte Lockmittel ein, das ihm noch blieb, um Sigismund auf seine Seite zu ziehen.

Der König verstand die Botschaft. Der Papst wollte unter allen Umständen verhindern, dass er selbst und die Kirche ihr Gesicht verloren. Der Preis dafür war das, was Martin V. ihm so lange verweigert hatte, nämlich ihn zum Kaiser des Heiligen Römischen Reiches zu krönen. Sigismund wog kurz ab, ob Janus Suppertur alias Ruppertus Splendidus es wert war, sich seinetwegen mit dem Papst zu entzweien, und verneinte diese Frage trotz Isabelle de Melancourts mahnender Handbewegung.

Mit dem festen Willen, sich nicht weiter vertrösten zu lassen, wandte er sich an Martin V.

»Wann soll die Krönung stattfinden, Euer Heiligkeit?«

»Ihr benennt den Tag!« Das Zugeständnis schmerzte Martin V. in der Seele. Doch es erschien ihm besser, mit einem Kaiser Sigismund zu leben, als aus Rom und seinem hohen Amt vertrieben zu werden. Sein Blick wanderte weiter zu Michel, der ebenso wie Marie mit wachsender Bestürzung verfolgt hatte, wie sich das Rad gedreht hatte, und vollzog eine segnende Geste, die sich jedoch so ausnahm, als würde er dem Mann am liebsten den Kopf vom Rumpf trennen.

»Freuen wir uns über die Gnade des Herrn, die den Hauptmann von Hohenstein wieder ins Leben zurückgeholt hat.« Sigismund musterte den Papst, blickte dann auf Ruppertus hinab und sah zuletzt Marie und Michel mit einem warnenden Blick an, seinen Richterspruch zu akzeptieren.

»Janus Suppertur kann gehen. Er ist frei!«

Mit triumphierender Miene verbeugte Ruppertus sich vor dem König und sagte sich gleichzeitig, dass es ihm ein Leichtes sein würde, diesen Mann zu stürzen. Auch wenn Hettenheim sich als unwürdig für die hohe Ehre erwiesen hatte, ihm zu dienen, so war er doch sicher, bald einen anderen Edelmann zu finden, der dem Glanz der Kaiserkrone verfallen und in seinem Sinne handeln würde. Nicht anders, sagte er sich, würde es einmal dem Papst ergehen. Dessen Begleiter verdienten noch mehr seinen Zorn, hatte sich doch in den letzten Tagen keiner mehr zu seinen Gunsten ausgesprochen. Dennoch verabschiedete er sich von den Kardinälen, Bischöfen und Äbten wie ein treuer Diener der Kirche und küsste zuletzt noch den Fischerring des Papstes. Bald, so schwor er sich, würde dieser ihm gehören.

Mit diesem Gedanken richtete er sich wieder auf, bedachte Marie und Michel mit einem höhnischen Blick und schritt zur Tür hinaus. Unterwegs fragte er sich, ob seine Vision ihn vielleicht getrogen hatte und es nicht die ehemalige Hure war, die ihm zu mächtigen Söhnen verhelfen sollte, sondern Isabelle de Melancourt. Die Äbtissin war ebenfalls eine Frau mit einem starken Willen und besaß zudem den Nimbus, von Männern und Frauen abzustammen, die selbst Berufene des Herrn gewesen waren.

14.

Wie in einem Alptraum gefangen, vernahm Marie, dass Ruppertus freigesprochen wurde, und wandte sich zutiefst enttäuscht und betroffen ab. Was war die Gerechtigkeit des Königs wert, an die sie so fest geglaubt hatte? Die Gunst der Hohen ist ein wankelmütiges Gut, dachte sie, während ihr gleichzeitig tausend andere Gedanken durch den Kopf schossen. Solange Ruppertus lebte, ging von ihm eine Bedrohung für sie und ihre Familie aus, aber auch für ihre Freunde und viele andere Menschen. Doch es sah nicht so aus, als gäbe es einen Weg, diesen Mann aufzuhalten.
Da tauchte ein Schatten neben ihr auf, der sich als Isabelle de Melancourt entpuppte. Die Äbtissin war bleich, und in ihren Augen flackerte Angst. Gleichzeitig wirkte sie grimmig und entschlossen. Ihr war klar, dass Ruppertus eine tödliche Gefahr für sie beide darstellte. Mit einer heftigen Bewegung packte sie Marie bei der Schulter und wies zur Tür. »Wir sind beide unseres Lebens nicht mehr sicher, solange dieser Bastard lebt. Also bringen wir die Sache auf unsere Art zu Ende – und zwar ohne Männer!«
Das Letzte betonte sie, als sie sah, dass Marie sich zu Michel umdrehen wollte.
»Aber wie?«, fragte diese.

Mehr denn je bedauerte Marie es, Ruppertus nicht gleich auf Hohenstein getötet zu haben. Ihre Furcht vor dem, was dieser Mann ihr noch antun würde, war nicht geringer als die, die Isabelle de Melancourt gepackt hatte. Ruppertus' letzter triumphierender Blick war ihr nicht entgangen, und sie wusste, dass er niemals aufgeben würde, bis er sie und auch die Äbtissin vernichtet hätte.

Die beiden Frauen folgten unauffällig dem Freigesprochenen, der bereits seine Mönchskutte übergestreift hatte, und sahen, dass er im Hof der Burg ein Pferd bestieg und losritt, ohne sich noch einmal umzuschauen.

»Er hat uns nicht bemerkt«, sagte Isabelle mit einer gewissen Erleichterung. »Dennoch müssen wir schnell sein!«

Sie führte Marie in ein Nebengebäude, in dem mehrere Nonnen auf sie warteten. Unter ihnen erkannte Marie die drei, die sie vor einiger Zeit abgefangen und zu dem kleinen Kloster in den Waldbergen gebracht hatten. Bevor sie fragen konnte, was Isabelle vorhatte, drückte diese ihr ein Schwert in die Hand.

»Ihr habt einmal erzählt, Ihr könntet damit umgehen.«

»Das kann ich!«, versicherte Marie und umklammerte den Griff der Waffe. Sie musste sie aber gleich wieder loslassen, denn zwei weitere Nonnen brachten die Tracht ihres Ordens herbei und sahen sie auffordernd an.

»Soll ich das schon wieder anziehen?« Noch während sie fragte, lehnte Marie das Schwert gegen einen Stuhl und streifte die schwarze Kutte über ihre eigene Kleidung.

Isabelle half ihr bei der Kopfbedeckung und zeigte auf eine Hintertür. »Wenn wir diesen Weg nehmen, sind wir schneller als unser Feind!«

»Wisst Ihr, wo Ruppertus hinwill?«

»Nein! Aber ich bin sicher, dass er einen bestimmten Ort aufsuchen wird. Wenn ich mich irre, müssen wir eben auf andere Weise versuchen, uns von ihm zu befreien. Seid versichert, dass dies auch in Sigismunds Sinn ist! Er misstraut dem Inquisitor – oder besser gesagt, er fürchtet ihn nicht weniger als wir beide. Ruppertus geht über Leichen – auch über die eines Königs! –, um sein Ziel zu erreichen.«

»Das hat er schon vor elf Jahren getan!« Maries Stimme zitterte, als sie an ihren Vater und ihre Tante Wina dachte, die beide durch Ruppertus' Schliche den Tod gefunden hatten.

Wild entschlossen, auch diese Morde zu rächen, nahm sie das Schwert an sich, versteckte es unter dem Umhang ihrer Nonnentracht und verließ zusammen mit Isabelle das Haus durch die Hintertür. Sie traten auf eine Gasse hinaus, die direkt zu einer Pforte in der Stadtmauer führte. Da Isabelle den Schlüssel besaß, stellte die Tür kein Hindernis für sie dar.

Draußen standen zu Maries Verblüffung zwei Pferde bereit.

»Habt Ihr schon im Voraus gewusst, dass Ruppertus freigesprochen wird?«

»Ich hatte nur den Verdacht, worauf das Ganze hinauslaufen könnte, und mich vorbereitet«, antwortete die Äbtissin mit einem freudlosen Lächeln.

Hastig stiegen sie in die Sättel und ritten los. Aus den Augenwinkeln sah Marie, dass die übrigen Nonnen ihnen zu Fuß folgten. In ihren dunklen Kleidern und den schwarzen, im Wind flatternden Umhängen glichen sie Krähen, die auf der Suche nach Beute waren. Doch würden sie finden, was sie suchten?

Marie blieb keine Zeit für Zweifel. Nach kurzer Zeit hatten sie die kleine Kapelle erreicht, in der Ruppertus öfter gebetet hatte. Der Platz, an dem die kleine Madonnenfigur gestanden hatte, war leer und in der Kapelle hielt sich niemand auf.

Marie fragte sich, wie weit Ruppertus gekommen sein mochte, und fühlte eine Beklemmung, die ihr fast den Atem raubte.

»Wenn er auf dem Weg hierher ist, müsste er bald erscheinen«, wisperte sie, so als hätte sie Angst, sogar der Wind könnte sie an Ruppertus verraten.

Isabelle machte sie auf eine Nonne aufmerksam, die ein Stück entfernt auf einem Hügel stand und in ihre Richtung winkte. »Er wird gleich kommen!«

»Dann ist es gut!« Marie rutschte aus dem Sattel und führte ihr Pferd hinter ein Gebüsch. Isabelle tat das Gleiche, griff dann in eine Satteltasche und holte eine neue Marienstatue heraus. Nachdem sie diese geküsst hatte, lächelte sie Marie aufmunternd zu.

»Seid Ihr bereit?«

Marie zögerte ein wenig, dann nickte sie. »Ich bin bereit!«

Zu mehr kam sie nicht, denn jetzt klang Hufschlag auf, und kurz darauf sahen sie Ruppertus herankommen. Er wirkte so selbstzufrieden, dass Marie vor Zorn bebte.

Anders als sie begriff Isabelle de Melancourt, dass Ruppertus diesmal nicht hier anhalten, sondern an der Kapelle vorbeireiten wollte. Rasch trat sie ihm in den Weg und knickste. Dabei hielt sie den Kopf scheinbar demütig gesenkt, damit er ihr Gesicht nicht sehen konnte.

»Euer Exzellenz, ich erbitte Euren Segen für Marien und das Kind!«, sagte sie mit verstellter Stimme.

Mit der einen Hand zeigte sie ihm dabei die Statuette, fasste aber mit der anderen den Zügel seines Pferdes und hielt ihn fest. Ruppertus blickte auf sie herab und stieg nach kurzem Zögern aus dem Sattel. Immerhin hatte er hier schon mehrmals seine Stimme zum Herrn erhoben, und es mochte sein, dass ihm an diesem Ort eine neue Vision zuteilwurde.

Mit diesem Gedanken schlug er das Kreuz über der kleinen Madonna. »In nomine patris et filii et spiritus sancti. Amen. Gehet hin in Frieden!«

Er wollte sich bereits abwenden, als Marie auf ihn zutrat und ihn mit eisigem Blick musterte.
»Frieden werden wir nur finden, wenn du tot bist!«, stieß sie hervor und zückte das Schwert.
Doch ihre Hand zitterte, und sie spürte, dass es etwas anderes war, einen Mann wie Loosen in Notwehr zu töten, als jemand mit voller Absicht umzubringen.
»Was zögert Ihr? Tötet ihn endlich!«, forderte Isabelle sie auf.
Über Ruppertus' vernarbtes Gesicht huschte ein spöttischer Ausdruck. »Sie kann es nicht, weil Gott sie es nicht tun lässt! Er hat mich berufen, Großes zu vollbringen, und dabei selbst den Nacken des Königs vor mir gebeugt. Doch ich brauche diese Hure nicht mehr. Gott hat mir gezeigt, dass du das Weib bist, das ausersehen wurde, meine Söhne zu gebären!« Noch während er es sagte, zog er den Dolch mit der vergifteten Spitze unter seiner Kutte hervor.
Im gleichen Augenblick packte Isabelle Maries Schwerthand mit der Linken. »Du wirst weder sie noch mich bekommen!«, rief sie hasserfüllt und spürte, wie die Starre von Marie abfiel. Ehe Ruppertus' Dolch Marie berühren konnte, stießen sie und Isabelle gemeinsam die Klinge in Ruppertus' Brust.
Das Auge des Inquisitors drückte grenzenloses Erstaunen aus. »O Gott! Was ist mit meiner Bestimmung?«, entfuhr es ihm.
Der Dolch entfiel seiner Hand, und er starrte auf die kleine Madonna, die Isabelle noch immer in ihrer Rechten hielt. Ein Blutspritzer hatte den Kopf der Figur rot gefärbt.
»Diese Bestimmung gab es nie! Das war deine Einbildung, und nur aus ihr heraus hast du Tod und Verderben über viele Menschen gebracht!«, rief Isabelle.
Da richtete der Inquisitor sich auf, und es schien, als würde er auch die Klinge in seinem Leib überleben. Er bleckte die Zähne, und sein Auge versprach den Frauen Höllenqualen.

Marie und Isabelle wechselten einen kurzen Blick. Dann stießen sie ihm das Schwert tiefer in den Leib und nahmen erleichtert wahr, dass das Leben aus ihrem Feind herausrann.
Ruppertus' erstarrtes Gesicht war eine einzige Anklage an Gott, der dieses Ende zugelassen hatte.
Isabelle trat zurück und schüttelte sich. In dem Augenblick entglitt das Schwert Maries kraftloser Hand und fiel auf den Leichnam. Sie selbst schwankte wie eine Birke im Sturm. Wie lange war sie von Ruppertus bedroht und ihres Friedens beraubt worden! Dennoch hätte sie beinahe nicht die Kraft gefunden, sich von ihm zu befreien.
Anders als sie fand Isabelle ihre Beherrschung rasch wieder. Angewidert wischte sie das Blut von der kleinen Statue und holte dann Maries Pferd.
»Reitet los! Eure Familie wartet auf Euch. Nun könnt Ihr und Eure Lieben in eine Zukunft schauen, die nicht mehr von diesem Mann verdüstert wird.«
Marie streifte die Nonnentracht ab, verabschiedete sich kurz von der Äbtissin und schwang sich aufs Pferd. Als sie sich noch einmal nach Ruppertus umdrehte, lag dieser nicht mehr am Wegesrand. Am Ort seines Todes waren nur noch zwei Nonnen zu sehen, die Staub über die Blutflecke kehrten, und weitere Schwestern, die etwas Schweres forttrugen. Die Äbtissin stellte die kleine Madonna auf ihren Platz in der Kapelle, winkte ihr zu und folgte ihren Frauen.
Da begriff Marie, dass es wirklich vorbei war. »Mein Feind ist tot«, sagte sie zu sich selbst und gab ihrem Pferd die Sporen.
Michel wartete in der Stadt auf sie. Sein Blick war klar, und Marie hoffte, dass er dabei war, sich wiederzufinden, denn sie wollte ihren Mann so erleben, wie sie ihn kannte, liebevoll, sanft und doch fest entschlossen, wenn es um ihre Belange ging. Sie schloss ihn in die Arme, ohne etwas zu sagen, und versuchte zu lächeln.

»Wann reiten wir heim?«
»Wenn du willst, noch heute«, antwortete Michel. »Ich soll dich übrigens von Nepomuk grüßen.«
»Wieso? Wo ist er?«
»Bereits aufgebrochen! Er sagt, du wärst die schönste und edelste Frau, die er je kennengelernt hätte, aber auch die hartnäckigste!«
Während Michel über die schwärmerischen Worte des Gauklers lächelte, bedauerte Marie Nepomuks Abreise. Aber sie begriff, was den Zwerg dazu getrieben hatte, ohne Abschied von ihr zu gehen. Nepomuk liebte sie und konnte es nicht ertragen, sie in den Armen eines anderen glücklich zu sehen. Doch anders als Ruppertus war er in der Lage, mit seinem Verzicht zu leben.
»Ich wünsche ihm viel Glück! Ohne ihn hätte ich es nicht geschafft«, sagte sie leise.
»Marat will bei uns bleiben. Sokolny braucht ihn nicht mehr, sagt er, außerdem hätte er sich mit mir eine Verpflichtung auferlegt, die ein Leben lang währt.«
Michel lächelte sanft, denn er wusste, dass es einen ganz bestimmten Grund für Marats Entscheidung gab. Doch den wollte er Marie erst später mitteilen. Erst einmal war er froh, dass sein langer Irrweg zu Ende war.

15.

Fast ein Jahr war vergangen, seit Michel zum Hoftag nach Nürnberg aufgebrochen war. Viel war in dieser Zeit geschehen, doch als Marie und er Seite an Seite um die Hügelflanke herumritten und zur Linken den See mit den blühenden Hollerbüschen und rechts oben auf der Anhöhe ihre Burg sahen, kam es ihnen beinahe so vor, als wäre es erst gestern gewesen.

Michel wies nachdenklich auf die Blüten. »Bald wird es wieder Hollerküchlein geben!«

»Ja, das wird es!« Für Marie bedeutete dieser eine Satz beinahe mehr als eine Liebeserklärung, denn er zeigte ihr, dass Michels Gedächtnis sich von Tag zu Tag besserte.

Als sie weiterritten, entdeckten sie ein Stück weiter Hiltrud, Marat und Trudi in trauter Einigkeit im Gras sitzen. Marat wies zum Himmel und schien den beiden anderen gerade etwas zu erklären. Beim Klang der Pferdehufe drehten sich alle drei um. Auf Hiltruds Gesicht erschien ein Lächeln, und sie fasste nach Marats Hand, während Trudi ihren Eltern entgegeneilte.

»Wie es aussieht, hat Marat doch noch sein ›Rentier‹ gefunden, auch wenn es anders aussieht, als er es sich vorgestellt hat«, sagte Michel leise zu Marie.

Über deren Gesicht huschte kurz ein Schatten, der sich aber rasch wieder verlor. »Er hat ihr den Mann genommen und wird ihn ihr nun ersetzen. Das dürfte seinen seltsamen Ehrbegriffen entsprechen.«

Dann aber hatten sie keine Zeit mehr, an die Freunde zu denken. Michel sprang aus dem Sattel, fing Trudi auf, die sich ihm in die Arme warf, und schwang sie hoch durch die Luft. Das Mädchen kreischte vor Freude, eilte dann, als ihr Vater sie wieder absetzte, auf die Mutter zu, um diese zu umarmen. Unterdessen zog Michel eine Strohpuppe unter seinem Wams hervor und streckte sie mit einem verlegenen Lächeln Trudi zu.

»Ich hoffe, sie gefällt dir!«

»Das tut sie!«, antwortete die Kleine in gönnerhaftem Tonfall und zog die Puppe an sich.

Marie trat neben Michel und legte ihm die Hand auf die Schulter. »Es ist schön, wieder zu Hause zu sein!«
»Das ist es! Vor allem, wenn man die Heimat wiedererkennt. Doch was meinst du? Werden wir das, was geschehen ist, irgendwann einmal vergessen?«
Marie wiegte nachdenklich den Kopf. »Ich weiß es nicht. Das wird die Zukunft bringen. Erst einmal will ich glücklich sein!«

16.

Viele Meilen von Hohenstein entfernt lag der deutsche König Sigismund in seinem Bett und las einen Text vor, während Isabelle de Melancourt auf einen Arm gestützt neben ihm ruhte und ihm lächelnd zuhörte.
»Damit ernennen Wir, Sigismund, durch Gottes Gnade Herrscher und künftiger Kaiser des Heiligen Römischen Reiches Deutscher Nation, den Hauptmann Michel von Hohenstein zum freien Reichsritter und bedenken ihn mit den Lehen von Land und Burg Kibitzstein!«
Zufrieden mit dem Klang seiner Stimme, schob Sigismund die Krone, die ihm ein wenig verrutscht war, wieder gerade und grinste. »Ist es recht so?«
»Warum übergebt Ihr ihnen nicht Hohenstein?«
»Burg Hohenstein und das Land darum sind in bestem Zustand. Also hat Marie Adler dort zu wenig Beschäftigung. Ohne eine Aufgabe aber bringt diese Frau zu viel Unruhe in mein Leben. Sie wird Kibitzstein ertragreich machen müssen, und damit hat sie alle Hände voll zu tun. Wenn sie es schafft, können sie und ihr Mann sehr wohlhabend werden.«

Isabelle de Melancourt sah ihn mit einem ironischen Lächeln an. »Alles hat seinen Preis, mein König. Marie und Michel haben Euch zu Frieden mit dem Grafen Sokolny und – was noch wichtiger ist – mit dem Fürsten Vyszo verholfen. Jetzt gilt es, daraus ein Bündnis zu schmieden. Garantiert Vyszo und seinen Kalixtinern ihren Glauben, und sie werden sich auf Eure Seite stellen. Sie fürchten den Taboriten Prokop und dessen fanatische Anhängerschaft mehr als Euch. Habt Ihr erst Böhmen befriedet, kann der Papst Euch die Kaiserkrone nicht mehr verweigern. Oder glaubt Ihr wirklich seinem Versprechen, das er Euch bei dem Prozess gegen seinen Inquisitor gegeben hat?«

»Nun, eigentlich schon! Wenngleich wir schauen müssen, was Martin V. wirklich zu tun gedenkt. Übrigens: Was ist eigentlich aus Janus Suppertur geworden?«

»Das wissen nur Gott und die Heilige Jungfrau«, antwortete Isabelle mit einem erleichterten Seufzer. »Ich glaube nicht, dass er uns noch einmal behelligen wird. Doch nun sollten wir an anderes denken als an diesen Mann. Wollt Ihr Eure Krone dabei aufbehalten oder sie nicht doch besser ablegen?«

»Wenn wir schon die Gelegenheit dazu haben, soll Euch ein König lieben«, erklärte Sigismund grinsend und zog sie an sich.

ANHANG

Nachwort

Sigismund von Luxemburg wurde 1433 feierlich zum Kaiser gekrönt, und zwar von Papst Eugen IV., dem Nachfolger von Papst Martin V., der unter mysteriösen Umständen aus dem Leben geschieden war.
Der Orden der Templer, der offiziell bereits 1312 aufgelöst wurde, besteht Gerüchten zufolge als Geheimgesellschaft bis heute.

Schlussbemerkung

Wir waren zunächst skeptisch, als an uns die Bitte herangetragen wurde, einen Roman nach dem Drehbuch von *Die Rache der Wanderhure* zu schreiben. Immerhin war unser eigener Roman *Die Kastellanin* das Vorbild für diesen Film. Anders als bei der Verfilmung der *Wanderhure* ergaben sich jedoch größere Unterschiede zur Vorlage, so dass *Die Kastellanin* sich nur eingeschränkt als Buch zum Film geeignet hätte.
Nach ausführlichen Gesprächen mit unserer Agentur einigten wir uns schließlich darauf, dass wir uns das Treatment des Films ansehen und danach entscheiden würden, ob wir auch das Drehbuch lesen wollen.
Obwohl die Drehbuchautoren Thomas Wesskamp und Dirk Salomon die Geschichte um Marie und Michel im Hussitenkrieg ganz anders aufgezogen hatten als wir in *Die Kastellanin,* waren wir rasch davon überzeugt, dass es die Grundlage für einen spannenden und emotionalen Film bieten würde.

Unsere Bereitschaft, das Buch zum Film zu schreiben, wuchs, und als uns schließlich das Drehbuch vorlag, war für uns klar, dass wir uns dieser Herausforderung stellen würden. Das Ergebnis ist dieser Roman, der zu Beginn Marie und Michel als Kastellanin und Burghauptmann in König Sigismunds Diensten sieht und mit deren Belehnung der Herrschaft Kibitzstein endet. Zwischen diesen beiden Punkten, die unser Roman und der Film gemeinsam haben, steht Maries verzweifelte und abenteuerliche Suche nach ihrem verschollenen Ehemann, die für das Medium Film anders aufbereitet werden musste als im Original. *Die Rache der Wanderhure* bringt einige überraschende Wendungen sowie mehrere neue Charaktere, vor allem aber eine spannende Geschichte und einen Film mit grandiosen Schauspielern. Wir wünschen allen viel Spaß damit.

Nun ein Kommentar zur Hintergrundgeschichte:

Nach Jan Hus' Tod auf dem Scheiterhaufen in Konstanz erhoben sich dessen Anhänger in Böhmen gegen König Sigismund und das Primat der katholischen Kirche. Sigismunds Versuche, Böhmen zurückzugewinnen, scheiterten zunächst an der mangelnden Unterstützung durch die anderen Reichsfürsten. Erst als die Hussiten in Böhmen sich in die gemäßigte Gruppe der Kalixtiner oder Kelchbrüder und die fanatischen Taboriten aufspalteten, wendete sich das Schicksal. Den von den Taboriten bedrohten Kalixtinern blieb schließlich nichts anderes übrig, als den Ausgleich mit Sigismund zu suchen. Gemeinsam mit ihm gelang es ihnen, die Taboriten, die bei ihren Raubzügen in die Nachbarländer fürchterlich gehaust hatten, niederzukämpfen.

Der Preis, den Sigismund für das Bündnis mit den Kalixtinern zahlen musste, war die Tolerierung ihres von den Dogmen der katholischen Kirche abweichenden Glaubens. Sigismunds Nachfolger als Könige und Kaiser des Heiligen Römischen Reiches Deutscher Nation hielten sich an diesen Vertrag, bis der spätere Kaiser Ferdinand II. noch während der Herrschaft seines Cousins Matthias mit der gewaltsamen Rekatholisierung Böhmens begann. Die Folgen waren der Fenstersturz von Prag und der Dreißigjährige Krieg.

Iny und Elmar Lorentz

Iny Lorentz

Die Wanderhure

Roman

Konstanz im Jahre 1410: Als Graf Ruppert um die Hand der schönen Bürgerstochter Marie anhält, kann ihr Vater sein Glück kaum fassen. Er ahnt nicht, dass es dem adligen Bewerber nur um das Vermögen seiner künftigen Frau geht und dass er dafür vor keinem Verbrechen zurückscheut. Marie und ihr Vater werden Opfer einer gemeinen Intrige, die das Mädchen zur Stadt hinaustreibt. Um zu überleben, muss sie ihren Körper verkaufen. Aber Marie gibt nicht auf …
Ein bunter Mittelalter-Roman, voller Abenteuer, Intrigen und Sinnlichkeit.

»Mitreißend.« WOMAN

Knaur Taschenbuch Verlag

Iny Lorentz

Die Kastellanin

Roman

Marie lebt zufrieden mit ihrem Ehemann Michel Adler, den sie innig liebt. Ihr Glück scheint vollkommen, als sie ein Kind von ihm erwartet. Doch dann muss Michel im Auftrag seines Pfalzgrafen in den Kampf gegen die aufständischen Hussiten ziehen. Er beweist so viel Mut, dass er zum Ritter geschlagen wird – und verschwindet nach einem grausamen Gemetzel spurlos. Nachdem er für tot erklärt wird, ist Marie ganz allein auf sich gestellt und sieht sich täglich neuen Demütigungen und Beleidigungen ausgesetzt. Schließlich bleibt ihr nur ein Ausweg: Sie muss von ihrer Burg fliehen. Marie hat die Hoffnung nicht aufgegeben, dass Michel noch leben könnte, und schließt sich als Marketenderin einem neuen Heerzug an. Es beginnt das Abenteuer ihres Lebens. Wird sie den geliebten Mann jemals wiederfinden?

»Iny Lorentz kann es einfach nicht lassen. Sie liefert ein weiteres historisches Highlight!« *Bild am Sonntag*

KNAUR TASCHENBUCH VERLAG

Iny Lorentz

Das Vermächtnis der Wanderhure

Roman

Marie lebt ein glückliches Leben mit Mann und Kind. Doch ihre Feinde haben die ehemalige Wanderhure nicht vergessen ...
Als Hulda erfährt, dass ihre Todfeindin Marie wieder schwanger ist, schmiedet sie einen perfiden Plan: Marie soll entführt und für tot erklärt werden. Die Rechnung scheint aufzugehen: Michel, Maries Mann, trauert tief um seine geliebte Frau. Hulda bedrängt ihn, sich wieder zu verheiraten. Marie ist inzwischen als Sklavin verkauft und verschleppt worden. Als es Marie unter Einsatz ihres Lebens endlich gelingt, den Weg in die Heimat zu finden, muss sie feststellen, dass Michel eine neue Frau gefunden hat ...

»Großartige Phantasie, verbunden mit profunden historischen Kenntnissen verbinden sich hier abermals zu einem wirklich fesselnden Stück Literatur.« *Westfalenblatt*

Knaur Taschenbuch Verlag

Iny Lorentz

Die Tochter der Wanderhure

Roman

Mehr als zwölf Jahre sind vergangen, seit Marie ihre letzten Abenteuer bestehen musste. Trudi, die älteste Tochter von Marie und Michel, ist der ganze Stolz ihrer Eltern und träumt von der großen Liebe. Doch auf der Hochzeit von Trudis Freundin geschieht das Entsetzliche: Michel wird ermordet!

Marie und Trudi verdächtigen sofort den Söldnerführer Peter von Eichenloh, mit dem Trudi heftig aneinandergeraten ist. Diesem gelingt es jedoch, sich von der Tat reinzuwaschen. Maries Lage wird nach dem Tod ihres geliebten Mannes immer schwieriger, denn niemand traut ihr zu, Kibitzstein erhalten zu können, und diejenigen, die sie bisher für Freunde hielt, erweisen sich nun als habgierige Neider. Allein König Friedrich könnte noch helfen, und so macht sich Trudi heimlich auf den Weg, um seine Unterstützung zu erbitten – ausgerechnet mit Hilfe des Mannes, den sie für den Mörder ihres Vaters hält …

»Mittelalter erwacht zum Leben.« *Bild am Sonntag*

KNAUR TASCHENBUCH VERLAG

Iny Lorentz

Töchter der Sünde

Roman

Heißblütig, übermütig und einer hübschen Frau niemals abgeneigt – so ist Falko, der Sohn der Wanderhure Marie, die sich auf Burg Kibitzstein zur Ruhe gesetzt hat.
Als er sich bei einem Turnier den Zorn eines Gegners zuzieht, sieht der Fürstbischof von Würzburg keine andere Möglichkeit, als Falko für einige Zeit nach Rom zu schicken.
Eine gefährliche Mission – nicht nur weil er des Fürstbischofs schöne Nichte in die Ewige Stadt begleiten soll …

»Gewohnt packend.« JOY

KNAUR